KIRSTEN SCHÜTZHOFER | Die Kapelle der Glasmaler

Kirsten Schützhofer im Gespräch

Was hat Sie zu Ihrem neuen Roman inspiriert?
Die Initialzündung war sicherlich mein erster Besuch in der Sainte-Chapelle im Januar 2000. Diese Kirche ist von einer geradezu unglaublichen Schönheit. Es ist ein Gebäude aus Stein, trotzdem wirkt es ganz leicht, denn die Kirche besteht fast nur aus großen Buntglasfenstern.

Wie haben Sie über das Thema »Glasmalerei« recherchiert?
Zuerst habe ich eine ganze Menge Bücher darüber gelesen, aber dann wuchs das Bedürfnis, das mal »in echt« zu sehen. Während meines Besuchs in der Werkstatt eines Glasstudios konnte ich feststellen, dass sich seit dem 13. Jahrhundert nicht sehr viel an der Technik geändert hat. Unbezahlbar waren die sinnlichen Eindrücke bei diesem Besuch: die bunten Glassplitter auf dem Boden, die Geräusche beim Glasschneiden, der Geruch ...

Wenn Sie sich eine Zeit aussuchen dürften, in der Sie leben könnten, welche wäre es?
Ich finde das 21. Jahrhundert in Westeuropa für mich doch am passendsten, wäre aber kleinen Stippvisiten in andere Jahrhunderte nicht abgeneigt. Wenn ich eine solche Möglichkeit hätte, würde ich gerne zuerst das 18. und das 13. Jahrhundert besuchen – und dann mal weitersehen. Ich bin neugierig.

Zur Autorin
Kirsten Schützhofer, 1972 geboren, war als Englischlehrerin in der Erwachsenenbildung tätig, bevor sie 1999 in Leipzig den Studiengang Bibliothekswesen begann. Sie verbrachte längere Zeit am Goethe-Institut in Bordeaux sowie in Bibliotheken in Colmar und in den Archives de Paris. Heute arbeitet sie als Bibliothekarin. Mehr Informationen unter www.kirsten-schuetzhofer.de

KIRSTEN SCHÜTZHOFER

Die Kapelle der Glasmaler

Roman

Diana Verlag

FSC
Mix
Produktgruppe aus vorbildlich
bewirtschafteten Wäldern und
anderen kontrollierten Herkünften

Zert.-Nr. SGS-COC-1940
www.fsc.org
© 1996 Forest Stewardship Council

Verlagsgruppe Random House FSC-DEU-0100
Das für dieses Buch verwendete
FSC-zertifizierte Papier Holmen Book Cream
liefert Holmen Paper, Hallstavik, Schweden.

Originalausgabe 05/2008

Redaktion | Barbara Raschig
Umschlagmotiv | AKG-Images/Jean-Paul Dumontier
und The Gallery Collection/Corbis
Umschlaggestaltung | Hauptmann & Kompanie Werbeagentur,
München–Zürich, Teresa Mutzenbach
Herstellung | Helga Schörnig
Satz | Leingärtner, Nabburg
Druck und Bindung | GGP Media GmbH, Pößneck
Printed in Germany 2008
978-3-453-35152-3
www.diana-verlag.de

1, Aigues-Mortes

Heftiger Wind trug den salzigen Geruch des Meeres in die Stadt hinein, drängte ihn unablässig in die Nasenflügel der jungen Frau. So früh am Morgen war die Luft noch frisch, der Himmel blass wie ungefärbtes Glas, nur ein Hauch von Blau. Auf dem Konstanzenturm flatterten die königlichen Farben im Wind. Eine Böe riss am hellgrauen Gewand der Frau, peitschte trockene Erde gegen den Saum. Ihre schweren Haare hielt sie mit einem fest um den Kopf gewickelten Tuch zusammen. Laut klapperte die Tür des grauen Steinhauses, aus dem sie gerade hervorgetreten war, während der Wind das Schild über ihrem Kopf wild hin und her schwanken ließ, das diesen Ort als Pilgerherberge auswies. Nur ein paar Schritte weiter hing bereits der Geruch von Kalk und Mörtel in der Luft. Schwere Holzbalken lagen unbewegt im fahlen Morgenlicht, Steine warteten darauf, verbaut zu werden. Noch war es früh, aber die ganze junge Stadt war ein einziger Bauplatz, und sehr bald würden die Rufe der Bauleute von Neuem alle anderen Geräusche übertönen.

Am Haus des Tuch- und Gewürzhändlers vorbei beschleunigte sie ihre Schritte. Letzte Woche war die Frau des Händlers kurz nach der Geburt ihres fünften Kindes an einem Fieber verstorben, und noch jetzt sprach man überall über die prächtige Beerdigung. Ein ganzes Säckchen Livres Parisis, wisperten manche, habe der untröstliche Witwer verteilt, um der Seele seiner Frau auf die nächsten Jahre hinaus Gebete zu sichern. Noch am Tag der Beerdigung war er in der Werkstatt aufgetaucht und hatte ein Glasbildnis der Gottesmutter bestellt, die der Verstorbenen besonders teuer gewesen war.

Nôtre-Dame-du-Sablon. Die junge Frau bekreuzigte sich, während sie sich mit wenigen, raschen Blicken der Fortschritte am Bau versicherte. Jetzt ging es nur noch die nächste Straße entlang. Vor einem schmalen Holztor blieb sie stehen, atmete tief durch und trat ein.

Das Morgenlicht hatte den Hof hinter dem Tor bisher nur zu Teilen erreicht – die Hütte an seinem Ende lag noch im Schatten –, und doch blitzte es hier und da farbenfroh. Blaue Glassplitter funkelten in den ersten Sonnenstrahlen, rote, grüne und gelbe. Hohe Mauern hielten den Wind ab, an dessen Gegenwart nur ein leises Heulen und Klappern erinnerte. Die junge Frau blieb kurz stehen, eilte dann auf die Hütte zu und holte die erste Glastafel nach draußen.

Erst gestern Abend hatte der Händler die Lieferung gebracht, und sie hatte sie bisher nicht in Augenschein nehmen können. Behutsam legte sie die Tafel auf die Arbeitsplatte, ließ die Fingerspitzen darüberhuschen. Im fast vollkommenen Blau des Glases schien die Vision eines Himmels auf. Ihr Auftraggeber hatte seine Wünsche genannt, aber es würde an ihr liegen, sie umzusetzen. Sie musste im Glas lesen, seine Verschiedenartigkeiten, seine Unebenheiten, Luftblasen, Schlieren, Unregelmäßigkeiten in Farbe und Form, sogar Verschmutzungen für sich auszunutzen wissen. Wieder strichen ihre Finger über das Glas. Sie konnte dem Glashändler sagen, dass sie zufrieden war. Es war ein gutes Blau. Ihr Blick richtete sich erneut auf das Durcheinander der Glassplitterchen zu ihren Füßen, das vertraute Gefunkel aus Blau, Rot, Gelb und Grün, das sie aus vielen Werkstätten kannte. Eine Kapelle erstand vor ihrem inneren Auge, hohe Wände aus buntem Licht. Es war lang her, dass sie sich erlaubt hatte, daran zu denken.

I

Inaestimabilis Margarita

Sens am Tag vor dem Laurentius-Fest, 1239

1. Kapitel

Die Nachricht, dass die Dornenkrone Jesu Christi in Sens eingetroffen sei, hatte sich wie ein Lauffeuer verbreitet. Nun bewegte sich die Prozession unter Jubelgeschrei, Gesang und Glockengeläut durch die mit Teppichen und kostbaren Behängen ausgeschmückte Stadt. Eine bewegliche Mauer von Menschen säumte die engen Gassen auf dem Weg bis zur Kathedrale Saint-Etienne. Leib presste sich an Leib. Längst war der Einzelne nur noch ein winziges Teil dieser berauschten Menge, über der ein beinahe greifbarer Geruch nach Straßendreck und Schweiß hing. Der Lärm war ohrenbetäubend. Männer, Frauen und Kinder schluchzten und schrien durcheinander, ihre Stimmen erhoben sich gemeinsam und gegeneinander, während die Augen der Gläubigen dem goldenen Schrein zu folgen suchten, den der König Louis, Neunter seines Namens, und sein nächstältester Bruder Robert, barfuß und im Büßerhemd, an der Spitze der Prozession trugen. Diesem kostbarsten Juwel folgten die Reliquien der Heiligen von Sens und Umgebung, danach schritten Barone, Ritter, Mönche, Bischöfe und weitere geistliche Würdenträger entlang der Straße. War das Ende des Zuges vorüber, schlossen die Wartenden auf, wodurch sich die gedrängten Reihen der Gläubigen lichteten.

Auch der breitschultrige Mann in der einfachen, braunen Reisekleidung, der sich fast bis nach vorne gekämpft hatte, nutzte rücksichtslos jede sich bietende Lücke aus. Wer aufzubegehren gedachte, den brachte er schnell zum Schweigen. Meist reichte ein Blick, denn seine Augen starrten wie graue Kiesel unter der Kapuze seines Reisemantels hervor;

manchmal musste er das feinverzierte Heft seines Dolches aufblitzen lassen, um Beschwerden im Keim zu ersticken. Indem er immer wieder über seine Schulter schaute, versicherte er sich, dass der Vater im Büßerhemd und dessen Diener ihm folgten. Dieses Mal trafen sich der Blick des Alten und der seines Sohnes. Im gleichen Moment senkte der Vater den Kopf.

Der Jüngere musterte ihn nachdenklich. Er war wirklich alt geworden, nach der letzten, schweren Krankheit, die einst so kräftige Gestalt hager. Im Tosen der Menge musste ihn dieser Tage der Diener schützend beim Arm halten. Die unter dem einfachen Hemd nach vorne gesunkenen Schultern ließen den Rücken rund werden. Der Ausdruck auf seinem zerfurchten Gesicht wirkte abwesend, nur die Augen, mit denen er seine Umgebung unablässig musterte, waren hellwach. Auch der Sohn spürte sie auf sich, beobachtend und abwartend wie die eines Raubtiers, das auf Beute harrte.

Mich täuscht Ihr nicht, er bleckte die Zähne, während er sich zurück nach vorne wandte und damit fortfuhr, sich seinen Weg zu bahnen. Euch steht kein Büßerhemd gut zu Gesicht, Herr Vater, weder barfüßig noch in Schuhen. Um seinen Mund zeichnete sich ein dünnes Lächeln ab. Der Alte hatte stets nur für seine Ziele gelebt. Niemals hatte er bereut, warum also jetzt? Der Krankheit wegen, die ihn an den Rand des Todes gebracht hatte? Nein, die Hexe war schuld. Wozu an die Vergangenheit rühren?

Vorübergehend wurde der Blick des Jüngeren starr, dann kniff er die Augen zusammen. Aber auch er konnte nicht umhin, die Gesichter der Menge abzusuchen. Er suchte schon so lange, dass es ihm inzwischen wohl in Fleisch und Blut übergegangen war. In einer Lücke, die sich inmitten der dicht gedrängten Leiber auftat, schimmerte zwischen Füßen eine Pfütze auf. In der Nacht zuvor hatte es geregnet, wie so oft in den letzten Tagen, aber heute war das Wetter schön. Er schob sich weiter voran. Schon begannen Aufmerksame auszuweichen, bevor die Gruppe sie erreicht hatte. Ein Vater nahm sein Kind auf die Schultern. Eine Hure meckerte schrill, sprang aber zur Seite. Einen Lehrjungen, der sich in die Höhe reckte, um besser zu sehen, erwischte er mit dem Ellenbogen. Der Junge fluchte. Er beachtete ihn nicht. Wenn sich der Vater der Dornenkrone nähern wollte, so würde er dafür sorgen, dass er sich der Reliquie nähern konnte. Dies war die Zeit, Buße zu tun, hatte der Vater gesagt. Er verspürte ein Gefühl der Unruhe in seinem Unterleib. War seine Seele darauf vorbereitet?

Erneut warf er einen Blick zurück, aber der Alte hatte den Kopf gesenkt. Über seinen grau behaarten Schädel hinweg traf ihn der Blick des Dieners. Er drehte sich um und schob sich weiter voran. Kein Murren war dieses Mal zu hören. Vielleicht sahen diese Leute hier ja den Befehlshaber in seinen breiten Schultern, seinem Gang oder der Haltung. Er zupfte an seinem Reisemantel. Der Brustschutz unter dem Stoff schabte an den Armen und am Hals. Stets galt es, gewappnet zu sein. Für den Augusttag und die vielen Menschen war er viel zu warm angezogen. Schweißtropfen bildeten sich an seinen Schläfen. Schweiß verklebte seine Haare. Schweiß rann über seinen Rücken, sammelte sich in den Kniekehlen und ließ die Fußsohlen in den Lederschuhen feucht werden. Aber sie hatten es fast geschafft. Er konnte die Spitze des Zuges sehen.

Inaestimabilis Margarita. Er kannte die Erzählungen darüber, wie diese kostbarste Reliquie hierhergelangt war, von Byzanz am Bosporus, wo man sie dem Kaiser Baudouin abgekauft hatte, über das Meer nach Venedig – die Venezianer hätten sie gerne behalten – und dann weiter auf dem Landweg. Der Kaiser Friedrich selbst hatte ihr Sicherheitsgeleit gewährt, und auch die wundersamen Ereignisse auf der Reise bewiesen zweifelsohne, dass der Himmel sie dem König von Frankreich vergönnte. Während der Reise über Land, wusste man zu erzählen, war tagsüber kein Tropfen Regen gefallen, des Nachts jedoch hatte es in Strömen gegossen. Eine Schweißperle rann über seine Stirn und tropfte von seiner Nase herunter. *Es ist fast so heiß wie damals.*

Er fuhr sich mit dem Ärmel über die Stirn. Ein Stoß in den Rücken ließ ihn stolpern. Offensichtlich hatte der Alte die Geduld verloren. Gehorsam trat er zur Seite. Gleich darauf drängte sich der Vater an ihm vorbei nach vorne. Unablässig hörte er den Alten Gebete murmeln. Sie schlossen zu den Edlen auf, wie es ihnen gebührte. Er brauchte nur zu folgen. Gewohnheitsmäßig suchten seine Augen die Menschenmenge ab. Er sah Jungen; immer sah er Jungen, kleine und große, solche mit dunklen Locken und solche mit hellen. Judas, schoss es ihm, angesichts eines rothaarigen Knirpses an der Hand seiner Mutter, durch den Kopf. Ein weiterer Junge schob sich in sein Blickfeld – aber die Haare waren zu hell, oder? Außerdem war er zu jung, ein bloßer Knabe. Er schloss die Augen. Manchmal musste er die Augen schließen, um sich zu erinnern. Als er sie wieder öffnete, war der Junge verschwunden. Morgen würden sie nach Paris reisen, per Schiff über die Yonne und die Seine. Alles würde sich ändern, wenn sie ihn fanden. Alles würde sich ändern, wenn sie ihn nicht fanden.

Den ganzen Tag über war sie dem breitschultrigen Mann gefolgt; mal war der Abstand größer gewesen, mal kleiner, aber auch im Gewühl der Gläubigen hatte sie ihn nie aus den Augen verloren, und auch jetzt noch war seine kräftige Gestalt so deutlich vor ihr, als stünde er hier vor ihr. Größer war er geworden, die Schultern breiter, und doch war er dem hoch aufgeschossenen Knaben mit den festen Muskeln noch ähnlich, den sie vor langer Zeit kennengelernt hatte. Wie schnell war er damals zum besten der jungen Schüler geworden, beim Schwertkampf, bei den Übungen mit der Lanze, immer und überall, wo es galt, den Körper zu kräftigen und für die Schlacht zu üben; ein vollkommener Kämpfer, wäre da nicht der maßlose Zorn gewesen, dem er immer wieder unbeherrscht nachgegeben hatte. Und dann hatte der Waffenmeister unerbittlich die Gerte über seinen Rücken tanzen lassen, bis sich ein Gewirr von Striemen auf der weißen Haut aufgetan hatte, und sie hatte aufmerksam zugesehen, damals, auf der Burg des Bruders, in jenen Sommern, in denen alles anders geworden war.

Der schlimmste Feind war er nicht. Sie bewegte sich vorsichtig, um ihre Knie zu entlasten, zupfte an dem braunen Umhang, der ihre Gestalt umhüllte. Der Schleier, von einem dünnen, kupferfarbenen Reif gehalten, bedeckte die Stirn zum Teil und endete kurz oberhalb der dunklen, fein geschwungenen Augenbrauen. Ihr Gesicht war ungeschminkt und von der Sonne zart gebräunt. Stumm wartete sie auf Antwort, wie sie das schon so lange getan hatte, doch der Mönch im Habit der Zisterzienser schwieg seit geraumer Zeit. Langsam verschränkte sie die Finger ineinander, hob sie gegen den Mund und berührte die Haut mit den Lippen. Er war so nahe, dass sie nur die Hand hätte ausstrecken müssen, um ihn zu berühren. Dann räusperte er sich. »Es geht nicht«, sagte er zum zweiten Mal, seit er in diese kleine Kapelle gekommen war, »wir können nichts für Euch tun.«

Ihre Finger lösten sich voneinander, sie legte den Kopf zurück. »Aber man hat den Vertrag gelesen, den ich Euch habe schicken lassen? Man hat ihn gelesen, oder etwa nicht?«

Der Mönch versenkte die Hände in den Ärmeln seiner Kutte.

»Wir waren einander versprochen«, fuhr sie fort. »Ich war nur ein Kind damals, ein Säugling an der Brust der Amme. Man erzählt sich, er habe mich zur Verlobungsfeier beinahe fallen lassen.«

Sie suchte den Blick des Zisterziensers, der sah auf den gestampften Boden des Kirchleins. Ihr Körper spannte sich an. Ja, das erzählte man sich. Dass ihr achtzehnjähriger Verlobter sie beinahe hatte fallen lassen, als die zukünftige Braut, für die Zeremonie dem vertrauten Duft der Amme entrissen, lauthals zu schreien begonnen hatte. Abwesend rieb sie über eine Narbe an ihrem Handgelenk. Viel hatte sie arbeiten müssen, nach dem Tod des Bruders. Wieder hob sie den Kopf, dieses Mal trafen sich ihr Blick und der des Mönchs.

Unbehaglich wechselte der Mann von einem Fuß auf den anderen. »Aber noch nicht einmal dafür gibt es Beweise, alle, die für Euch sprechen könnten, sind tot, und der Vertrag weist kein einziges Siegel auf.«

Sie betastete die Narbe, fühlte deren wulstige Ränder. Eine Sichel war es gewesen, sie erinnerte sich. »Ich habe einen Sohn«, sagte sie.

Er hob die Hände in einer halb bittenden, halb hilflosen Geste: »Bringt ihn uns.«

Sie schwieg. So klein war die Kapelle plötzlich, so eng. Mit einem Mal schien staubige Erde vom Boden in ihre Nase zu steigen, machte ihr das Atmen schwer, und sie fühlte sich so schwach wie damals, als das Blut aus ihr gelaufen war.

Dann war es vorüber, sie presste die Lippen aufeinander, richtete sich auf. »Ich fordere nichts als Gerechtigkeit. Nicht mehr als das, was mir zusteht.«

Der Zisterzienser zuckte die Schultern. »Aber so, wie es aussieht, sind uns die Hände gebunden. Wir brauchen Beweise.«

2, Aigues-Mortes

Mit der stetig höher steigenden Sonne erreichte das Licht auch die letzten Ecken des Hofs. Bald tanzten warme Sonnenstrahlen über die Fassade der kleinen Holzhütte, in der sich die Werkstatt befand, ließen die schon mittels Kreide eingefärbte, aber noch ungenutzte Arbeitsplatte auf dem Tisch davor einladend aufleuchten. Diesem Arbeitsplatz gegenüber hatte die junge Frau die Glasplatten nebeneinander vor der Mauer aus hellem Kalkstein aufgebaut und musterte sie nun nachdenklich. Wenn sie sich mit aller Macht auf diese Farben dort besann, dann sah sie sie nicht nur, nein, sie hörte sie auch, spürte sie mit dem ganzen Körper, mal wie seichte Wellen, die sie umspülten, mal wie die tosende Brandung. Manche Farben glichen auch einem schrillen Kreischen. Dieses Blau war dunkel, so wie sich der Himmel im Laufe des Tages zeigen würde. Dieses Glas dort wies einen vom Blauen ins Rötliche gehenden Stich auf und erinnerte an den kostbaren Stoff eines schönen Kleides. Das Gelb konnte sie sogar auf der Zunge schmecken, süß, wie ein weiches Brötchen aus feinem Mehl. Das Grün gluckste und roch wie tiefes Wasser, vermengte sich mit dem Geruch, der vom Meer her über das Land bis zu ihr kam. Über dieses Meer dort kamen auch die Handelswaren für die Märkte des Landes und dieser Stadt, fremde Menschen und Botschaften aus dem Heiligen Land. Das Meer dort hatte damals die Nachricht vom Tod des Königsbruders, des strahlenden Ritters Robert d'Artois, im Kampf gegen die Heiden gebracht. Das Meer brachte die Welt zu ihr. Sie hielt inne, legte die Fingerspitzen an die Schläfen, um sich auf die Arbeit zu besinnen: Blau und Rot, Blau und Grün und ein Streifen von

Gelb, sehr behutsam eingesetzt. Ein schrilles Flötenspiel, begleitet von wirbelnden Trommeln, tönte in ihren Ohren auf. Sie knabberte an ihrer Unterlippe. Nein, das ging nicht. Vielleicht sollte sie weniger Gelb nehmen, nur eine hauchfeine Borte am grünen Gewand der Maria, die es zu schaffen galt, ein zarter Streifen mit großer Kunst aus der gelben Platte dort gekröselt, ein bloßes Leuchten vor dem blauen Hintergrund.

Für einen Atemzug lang verharrte sie, dann stand sie auf und schritt die Reihe von Neuem ab, wechselte die Glasplatten aus, stellte neue Farben nebeneinander, summte leise dabei. Das tiefe Grün dort würde das farblose Stück, das sie für das Gesicht verwenden wollte, vollkommener erscheinen lassen. Wie ein Lied mussten sich die Farben anhören, wie Töne, die sie ineinanderfügen würde.

II

Der Jongleur

Sommer 1226 bis Frühjahr 1238

1. Kapitel

Wie ein Kätzchen hatte Ghislain sich zusammengerollt, den dunklen Lockenkopf auf den Beinen seines älteren Halbbruders Raymond gelagert und atmete gleichmäßig. Abendsonnenlicht überzog das Gesicht des Jungen mit einem warmen Schimmer. Auf der zarten Haut unter seinen Augen zeichneten sich die langen, schwarzen Wimpern ab. Er war schon auf dem letzten Stück des Weges eingeschlafen, wie Raymond an dem zunehmenden Gewicht auf seinem Arm bemerkt hatte, aber sie hatten noch eine gute Strecke bewältigt, bevor er das Pferd zum Stehen gebracht hatte. Sanft strich er dem Kind das verschwitzte Haar aus der Stirn.

Um Avignon zu erreichen, wo der französische König dieser Tage die Stadt belagerte, hatten sie sich beide nach Süden gewandt. Größere Handelswege hatten sie bisher gemieden und waren, um die Verzögerung wettzumachen, nun schon den zweiten Tag beinahe ohne Halt hindurch geritten, aber – weder das friedlich grasende Pferd noch der Vierjährige in seinem Schoß waren solchen Anstrengungen auf längere Sicht gewachsen. Raymond seufzte. Er wollte unter keinen Umständen riskieren, das alte Tier vorzeitig gegen ein neues eintauschen zu müssen. Der Schimmel war auffällig. Über ein solches Pferd würde es meilenweit Gerede geben.

Herr, zeig mir den Weg, den ich gehen soll … Er seufzte erneut, schob zwei Finger unter den Hemdkragen, ruckelte daran und legte den Kopf zurück. Aber irgendwo hier musste der Fluss sein. Wenn Fortuna ihnen hold war und ihn sein Ortssinn nicht trog, würden sie die Rhône morgen sicher erreichen und den Weg per Boot fortsetzen können. Auf dem Wasser verloren sich alle Spuren, sagte man nicht so?

Eine Bewegung Ghislains riss ihn aus den Gedanken. Das schlafende Kind gab ein leises Stöhnen von sich, steckte den Daumen in den Mund und begann mit kleinen, glucksenden Lauten zu saugen. Er lächelte. Bisher hatte niemand Ghislain von dieser Angewohnheit abbringen können. Vorsichtig ließ er seinen Umhang von den Schultern rutschen und deckte den Jungen zu. Dieses Mal hatte er noch im Hellen einen Platz zum Schlafen gewählt. Die kleine Lichtung am Fuß eines felsigen Hügels, umgeben von einem kleinen Wäldchen, hatte ihm auf den ersten Blick gut gefallen. Die alte Feuerstelle in ihrer Mitte war schon lange nicht mehr in Benutzung gewesen, unerwünschte Begegnungen also unwahrscheinlich. Auf die Höhle im Felsen hinter dem Busch war er mehr zufällig gestoßen. Von außen fiel der Spalt kaum auf. Später würde er das Kind auf das Laub betten, das ein anderer dort zurückgelassen hatte. Der Junge musste bei Kräften bleiben, wenn sie ihren Weg in gebotener Geschwindigkeit fortsetzen wollten.

Er betrachtete den Himmel. Bald würde die Sonne verschwunden sein. Ein leichter Wind umspielte die belaubten Bäume. Er genoss die Brise. Schon waren die verbrannten Braun- und Gelbtöne der Hügel mit dem wenigen staubigen Grün dazwischen nicht mehr zu erkennen, aber noch meinte man die Hitze in den Pflanzen knistern zu hören, fühlte sie über den warmen Boden und spürte sie an den der Sonne zugewandten Baumstämmen. Der Tag war so heiß gewesen, dass ihnen beiden der Schweiß in Strömen gelaufen war und Ghislain vor Durst zu weinen begonnen hatte. Noch konnte man schmutzige Tränenspuren auf seinen Wangen sehen. Jetzt spitzte er die Lippen, der Daumen rutschte aus seinem Mund. Seine Augenlider zuckten. Raymond strich den Umhang glatt. Wie hätte er das Kind nur dort lassen können?

Sechzehn Jahre nach dem ältesten Bruder, Donatien, und immerhin noch zwölf Jahre nach Raymond war Ghislain geboren worden, und Raymond hatte den kleinen Halbbruder von ihrer ersten Begegnung an geliebt. Manche sagten, es läge daran, dass sie einander ähnelten, wenn der eine auch blonde und der andere schwarze Haare hatte, aber das war es nicht. Er horchte auf Ghislains ruhige Atemzüge. Schon als er den Kleinen das erste Mal gesehen hatte, ein zufriedener, wohlgenährter Säugling auf dem Arm seiner Amme, war er fasziniert gewesen. Damals hatte er nicht gewusst, um wen es sich handelte. Damals hätte er vielleicht noch lernen können, ihn zu hassen. Stattdessen hatte er ihn vom ersten Augenblick an geliebt. Ein kleines Lächeln umspielte seine Lippen. Erst kürzlich, nachdem der Junge auf der Burg eingetroffen war und bevor Donatien vom Besuch der Mutter zurückgekommen war, die nun fern von ihnen weilte, bis die Sache geregelt war, hatten sie mit dem Schachspielen begonnen, auch wenn sich der Kleine bisher mehr für die Figuren als für Strategien begeisterte.

Donatien wird sich seine Stellung niemals streitig machen lassen.

Ein entferntes Rascheln ließ ihn in die zunehmende Dunkelheit hinaus horchen. Er war sich sicher, dass der Ältere längst ihre Fährte aufgenommen hatte. Vielleicht hatte ihnen das Fest etwas Vorsprung verschafft, aber er machte sich nichts vor: Wenn Donatien auf der Jagd war, konnte er eine Spur genauso sicher verfolgen wie ein Bluthund. Nachdenklich starrte er in die Dämmerung. Der Abend kam nun schnell heran. Bald würden sich die ersten Sterne zeigen. Er tastete nach dem Beutel an seinem Gürtel. Ihre Vorräte hatten stark abgenommen. Spätestens morgen würde er gezwungen sein, etwas zu essen zu besorgen. Innerlich verfluchte er seine schlechte Vorbereitung, aber hatte es nicht schnell gehen müssen?

»Raymond?«

Der Kleine war aufgewacht. Raymond strich über seinen Kopf. »Schlaf weiter, Fuchsgesicht!«

»Aber ich bin gar nicht mehr müde.«

Ghislain richtete sich auf und tastete nach dem linken Arm, dann nach dem Gesicht seines Bruders. Der lachte leise.

»Lass das, Füchschen.«

»Warum nennst du mich Füchschen?«

»Das weißt du doch, weil du ein Füchschen bist.«

Der Junge kicherte. Er liebte diesen Wortwechsel und wurde nie müde, ihn zu wiederholen.

»Und weil ich ein Fuchsgesicht habe, ein Dreieck!«, endete er und schmiegte sich enger an den großen Bruder. »Wann gehen wir zurück nach Hause?«, fragte er dann.

Raymond schwieg. Was sollte er dem Jungen sagen? Darüber hatte er sich keine Gedanken gemacht, seitdem diese kopflose Flucht begonnen hatte.

Und sicherlich war dies sein schlimmster Fehler und einer der Gründe dafür, dass er beim Schach stets verlor: Niemals machte er sich Gedanken, traf die Entscheidungen immer aus dem Moment heraus, ohne an das Später zu denken. Er war unfähig zu planen, und Donatien wusste das. Mit den Fingern fuhr er durch Ghislains Locken. Seit Beginn ihrer Flucht hatte er den Jungen in dem Glauben gelassen, sie spielten eine Art Versteckspiel mit dem Älteren. Spätestens morgen wollte er ihm die Wahrheit sagen. Nur heute nicht. Er leckte sich über die Lippen. »Ich weiß nicht, Kleiner.«

»Haben wir uns verirrt? Sind wir zu weit geritten?« Ghislains Stimme hörte sich beeindruckt an. Bisher waren Burghöfe seine Welt gewesen, seit Kurzem die Burg hoch auf dem schroffen Fels über dem Ort, die Felder, Wiesen und das Flüsschen, welches sich um die Dorfmauer schlängelte. Dort war er mit seinem ersten Pony entlanggeritten, auf der Jagd nach Schmetterlingen und Libellen. Dort hatten sie geangelt und mit dem Bogen Kleinwild erlegt. Raymond ließ seine Hand sinken.

»Wenn Donatien kommt, versteckst du dich, ja?«, sagte er ernst.

Ghislain machte ein schmatzendes Geräusch mit den Lippen.

»Aber das gehört doch zum Spiel, oder, Raymond? Ich bin ja nicht dumm.«

»Ja, das gehört zum Spiel.« Raymond war froh, dass die Dunkelheit sein ernstes Gesicht verbarg. Für Ghislain war alles ein Spiel, seit Raymond sich aus dem Trubel des Fests an die Schlafstätte des Jungen gestohlen und ihn eingeladen hatte, ein neues Pferd in den Stallungen zu bewundern. Ein Spiel war es gewesen, Ghislain auf dem Schimmel reiten zu lassen. Ein Spiel auch, den Weg zu verlieren, sodass eine Rückkehr am gleichen Abend unmöglich war, ebenso, wie es ein Spiel gewesen war, dass Donatien sie suchen würde. Ghislain hatte bereitwillig mitgemacht. Alles war ein Abenteuer für ihn, seitdem er aus den Decken gekrochen war, natürlich gehörte auch das jetzt dazu. Dass er still sein musste, damit sie keine Aufmerksamkeit auf sich zogen, verstand er. Niemand wollte Räubern oder anderen Gesetzlosen in die Hände fallen.

Unwillkürlich tastete Raymond nach seinem Dolch. In spätestens zwei Jahren sollte er seine Ausbildung abschließen, danach seinem älteren Bruder zu Diensten sein. Ein schlechter Kämpfer war er nicht, mit seinen nun schon sechzehn Jahren, auch wenn er gegen Donatien bisher jedes Mal verloren hatte. Flüchtig tauchte das stolze Gesicht des Älteren zur Schwertleite im letzten Jahr vor ihm auf. Er hob ein dünnes Ästchen vom Boden auf und brach es in winzige Stücke.

Ghislain bewegte sich wieder. »Weißt du, dass ich schreiben kann, Raymond?«

»Hm.«

»Und lesen. Ich zeig es dir morgen.«

»Ja, zeig es mir morgen.« Raymond starrte weiter in die Dunkelheit.

»Hast du Hunger?«, fragte er endlich. »Ich habe noch Brot.«

»Brot?«, seufzte Ghislain.

»Nicht jammern, morgen kaufe ich uns eine dicke, leckere Wurst, vielleicht auch einen Schinken, so wie die in der Vorratskammer. Einen Wildschweinschinken, das wäre doch was, oder?«

»Ja.« Ghislain schmatzte, rieb sich den Bauch und streckte dann die Hand aus. »Also gut, gib es mir.«

Mit einem Lächeln reichte ihm Raymond den harten, runden Fladen aus grobem Mehl. Geräuschvoll schlang ihn der Junge herunter. Dann schwiegen sie. Im Dunkeln konnten sie das Pferd schnauben hören.

Ghislain räusperte sich. »Das ist Donatiens Pferd. Stimmt doch, oder nicht?«

Raymond hob den Kopf. »Richtig, deshalb dürfen wir uns ja erst recht nicht erwischen lassen.« Er horchte der schrillen Fröhlichkeit in seiner Stimme nach.

»Wird er dir sehr böse sein?« Da war mit einem Mal Besorgnis in Ghislains Stimme. Zu oft hatte er die älteren Brüder streiten sehen.

»Nein«, Raymond wuschelte durch sein Haar, »dies ist ein Spiel, das weißt du doch.« Der Junge antwortete nicht. Hinter ihnen raschelte etwas durch das Gebüsch. Ein Vogel flog kreischend auf. Ein Nager fiepte in Todesangst. Der Ältere stand auf. »Jetzt musst du aber noch ein bisschen schlafen.«

Bereitwillig ließ sich der Junge zu der Höhle führen. Raymond wartete, bis er sich hingelegt hatte. Sanft küsste er den Kleinen auf die Stirn, bevor er sich neben ihn setzte. Ein Geräusch zeigte ihm bald darauf, dass sich Ghislain wieder aufgerichtet hatte.

»Bleibst du bestimmt bei mir, bis ich schlafe?« Die Stimme des Jungen klang schon etwas müder.

»Bestimmt, leg dich hin.« Ghislain gehorchte. Bald wurde sein Atem gleichmäßiger. Raymond beugte sich über ihn. »Und du bleibst in der Höhle, ja?«, flüsterte er in sein Ohr. »Was auch immer geschieht.«

Es waren das Feuer und die Träume, die Raymond weckten. Zuerst hatte er von dem Brand geträumt, der vor Jahren einen Teil der Wohnanlagen der heimatlichen Burg zerstört hatte, dann von einem köstlichen Braten. Beim Aufwachen spürte er Laub und kleine Äste, die sich in sein Gesicht drückten. Er musste während des Wachehaltens eingeschlafen und zur Seite gerutscht sein. Er war nicht mehr alleine.

Unvermittelt fuhr er hoch. Die Flammen ließen ihn blinzeln, aber bald erkannte er Donatiens kräftige Gestalt auf der anderen Seite des Feuers. Funken stoben auf, als der Ältere mit einem Stock zwischen den brennenden Hölzern herumstocherte. Sein Diener hatte gerade einen Schlegel von einem gebratenen Hühnchen abgerissen, das auf einen Ast gespießt über dem Feuer garte, und reichte ihn seinem Herrn. Donatien nahm ihn entgegen, machte aber keine Anstalten zu essen.

»Wo ist er?«, fragte er stattdessen.

Raymond antwortete nicht. Das Feuer malte Lichtflecke auf das hellbraune Haar seines Bruders. Zum Fest hatte Donatien sich barbieren lassen. Er war glatt rasiert und trug das Haar nur noch etwa schulterlang. Auch die grüne Cotte mit den violetten Stickereien an den Ärmeln und rund um den Halsausschnitt war neu und umschloss den Hals eng. Schon jetzt hatte er den gleichen kräftigen Nacken wie der Vater. Raymond tastete verstohlen nach seinem Dolch. Nichts, er war fort.

Auf der anderen Seite des Feuers riss Donatien ein Stück Fleisch von seinem Huhn. »Wo ist er?«

»Wer?« Zu Raymonds Ärger klang seine Stimme schwächer, als er es erwartet hatte. »Von wem redest du?«

Donatien antwortete nicht. Nur seine schweren Augenlider senkten sich weiter herab und ließen die Augen zu schmalen Schlitzen werden. Schlafend wie ein Kind hatte er Raymond aufgefunden, und eigentlich hätte ihm dies Genugtuung verschaffen müssen, aber das tat es nicht. Er hasste Raymonds ungestümen Charakter und flinken Verstand. Er hasste die Erinnerung an die Streiche, die ihm der Jüngere gespielt hatte, an die Momente, in denen er das Gesicht verloren hatte. Aufmerksam verfolgte er, wie Raymonds Hand zum zweiten Mal zu dessen Gürtel glitt.

»Euer Dolch ist hier.« Donatien hob die Waffe mit ihrem kunstvoll verzierten Griff. Dann nickte er seinem Diener zu. »Fesseln«, befahl er.

Es ging so schnell, dass Raymond keine Zeit hatte, sich zu wehren. Lederschnüre knüpften seine Hände vor dem Bauch zusammen und banden auch Füße und Beine aneinander, sodass er sich kaum rühren konnte.

Donatien beschäftigte sich unterdessen damit, das Feuer mithilfe seines Stocks höher lodern zu lassen. »Ich könnte Euch hängen dafür, dass Ihr mein Pferd gestohlen und beinahe zuschanden geritten habt«, sagte er bedächtig.

»Ich bin Euer Bruder.«

Donatien lachte tonlos. Mit dem nunmehr glühenden Ast deutete er auf seinen Diener. »Bring ihn näher ans Feuer, ich will sein Gesicht sehen.«

Der Diener gehorchte. Die Hitze des Feuers wurde drückender, das Atmen begann Raymond schwerer zu fallen. Ihm brach der Schweiß aus. Er konnte spüren, wie er unter seiner rotbraunen Cotte den Körper herunterlief. Er spürte ihn auch in den Beinkleidern und in der Bruche. Es war entsetzlich heiß. Ein Windstoß trieb Rauch in seine Richtung. Er schnappte hustend nach Luft.

Donatien ließ sich Zeit. »Wo ist Ghislain?«, fragte er, nachdem er den Hühnerschlegel äußerst sorgfältig abgenagt und sich etwas Brustfleisch genommen hatte.

»Woher soll ich das wissen?«

Die Augen des Älteren verengten sich. »Weil Ihr mit ihm fortgeritten seid.«

»Wer sagt das? Vielleicht ist er fortgelaufen und hat sich verirrt.«

»Die Torwachen haben mir anderes berichtet.«

Erneut kämpfte Raymond hustend gegen den Rauch, den ihm ein Windstoß ins Gesicht trieb.

»Rück ihn näher ans Feuer«, befahl Donatien seinem Diener, »die Nacht ist doch recht kühl.«

Raymond öffnete den Mund, überlegte es sich dann anders. Als Dreizehnjähriger hatte Donatien einen jungen

Hund, der vor Freude die Jagdbeute zerfetzt hatte, beinahe totgeprügelt. Noch jetzt hatte Raymond das Bild des blutenden Tiers und den Gesichtsausdruck seines Bruders lebhaft vor Augen. Es war besser, still abzuwarten. Er kannte die Stimmungen des Älteren, die Unberechenbarkeit hinter seinem bedächtigen Wesen. Er keuchte. Die Hitze spannte seine Haut wie zum Zerreißen. Der Geruch von verbrannten Haaren erfüllte die Luft.

»Ich brenne, Hilfe, ich brenne!«

Auf Donatiens Geheiß zog ihn der Diener aus der Reichweite der Flammen und fuhr mit seinem groben Umhang über die versengten Stellen an der linken Seite von Raymonds Gesicht. Auch auf dessen linken Ärmel zeichnete sich dunkel ein Brandfleck ab. Donatien nahm den glühenden Stock fester in die Hand.

»Wo ist er?«

»Ich weiß es nicht.« Raymond sah zu Donatien hoch, der nun direkt über ihm stand. Von einem Moment auf den anderen senkte sich blitzschnell die glühende Stockspitze auf seine Wange herunter. Er kreischte auf. Durch einen Tränenschleier sah er kurz Entsetzen in Donatiens Blick, dann Neugier. Schließlich lächelte ihn der Bruder an.

»Ich erinnere mich gerade an etwas. Ein alter Freund unseres Vaters hat mir einmal erzählt, sie hätten jemanden zum Reden gebracht, indem sie seine Füße ins Feuer gehalten haben. Der Mann hat sein Schnäbelchen rascher bewegt als ein Singvögelchen.« Donatien drehte sich zu seinem Diener hin. »Zieh ihm die Schuhe aus.«

Raymond brüllte schon, bevor sie seine Füße ins Feuer hielten, und Donatien befahl, ihn zu knebeln. Dann setzte er den Dolch an die Kehle des Jüngeren.

»Ich rate Euch dringend, ärgert mich nicht, Bruder. Und

du«, er wandte sich an den Diener, »ab in die Flammen mit ihm und halt ihn gut fest.«

Raymond dachte zuerst, er müsse vor Schmerzen ohnmächtig werden oder den Verstand verlieren, aber nichts dergleichen geschah. Es blieb da, das Gefühl, dass seine Füße aufrissen, dass die Haut platzte. Er zappelte, aber vergebens. Donatiens Diener war ein kräftiger Mann, deswegen hatte der Bruder ihn ausgewählt. Raymond konnte sich seinem Griff nicht entwinden, so sehr er sich auch mühte. Die Lederschnüre schnitten in seine Hand- und Fußgelenke. Seine Beine zuckten hilflos. Der Knebel wandelte seine Schreie in dumpfes Grunzen. Als der Diener ihn ein Stück vom Feuer wegzog und den Knebel entfernte, konnte er nur noch krächzen.

Donatien lächelte ihn an. »Wo ist der Junge?«

Stöhnend schüttelte Raymond den Kopf. Wieder wurde er geknebelt und zurück in die Flammen geschleift. Ihm war kalt. Zuerst konnte er seine Hände nicht mehr spüren, danach die Arme. Wieder riss man ihn aus den Flammen zurück. Der Knebel verschwand erneut aus seinem Mund.

»Wo ist er?«

»Gehöft ... Nähe ...« Raymond keuchte heiser.

»In einem Gehöft in der Nähe?«

»Krank ... Die Hitze ... Ich ... Hilfe ...«

Donatien sprang auf. »Zurück in die Flammen mit ihm, ich will sicher sein, dass er nicht lügt.«

Raymond heulte auf. Mit eiligen Schritten überquerte Donatien die Lichtung und passierte den kleinen Baumbestand. Es dämmerte schon, aber er musste achtsam sein, denn noch trog das fahle Morgenlicht, Äste könnten nach ihm greifen oder ihm schmerzhaft ins Gesicht schlagen. Er ließ die Augen über die Umgebung wandern. Hatte er irgendwo in der Nähe ein Gehöft gesehen? Er erinnerte sich an einen Ziegenhirten und an ein verfallenes Haus, fast einen halben Tagesritt entfernt.

Als der Diener Raymond dieses Mal geknebelt und in Stellung gebracht hatte, war er sicher, dass der Sechzehnjährige nicht mehr bei Bewusstsein war. Ein durchdringender, seltsam würziger Geruch nach verbranntem Fleisch lag in der Luft. Nach der Länge von zwei Ave Maria tauchte Donatien zwischen den Bäumen auf.

»Zieh ihn aus dem Feuer und lösch es«, sagte er, ohne seinen Bruder eines Blickes zu würdigen. Der Diener packte Raymond unter den Armen, dessen Kopf kippte nach hinten. Mit fliegenden Fingern löste er den Knebel. Stille.

Donatien zog den Ast mit den Resten des Huhns aus dem Boden und begann zu essen. »Also, wo ist das Gehöft?«, stieß er unter Kauen hervor.

»Er ist bewusstlos, Herr.«

»Weck ihn.«

Donatien löste eine lederne Flasche von seinem Gürtel und warf sie dem Diener zu. Der Mann vermied es, Raymonds Füße anzusehen. Der kleine Schwall Wasser, den er über seinem Kopf ausschüttete, zeigte zuerst keine Wirkung, dann öffnete der junge Mann die Augen. Sein glasiger Blick ging ins Leere. Seine Lippen bewegten sich, doch kein Laut war zu hören. Winzige Schweißperlen bedeckten sein Gesicht, dabei zitterte er unablässig.

»Wo ist dieses Gehöft?« Donatien pulte Reste von Huhn zwischen seinen Zähnen hervor. Raymond zitterte heftiger. Sein Gesicht war so bleich, als sei alles Blut daraus gewichen. Ab und zu zuckten seine Gesichtszüge wie in einem Krampf, dann zog er die Lippen über seine Zähne zurück, als versuche er zu lächeln.

Der Diener schüttelte den Kopf. »Ich glaube nicht, dass er Euch verstehen kann, Herr.«

Donatien spuckte in die Flammen. »Wieso, was ist mit ihm?«, fragte er im Näherkommen. Wieder ließ der junge Mann ein Stöhnen hören, wieder zogen sich die Lippen über die Zähne zurück. Der Ältere blieb stehen.

»Lacht er etwa?« Fassungslos starrte er auf den Verletzten zu seinen Füßen.

»Nein, Herr, er …«

Raymond bleckte die Zähne.

»Aber ich sehe es doch«, Donatien schüttelte den Kopf, »er lacht über mich. Er hat immer über mich gelacht.«

Seine Stimme war gefährlich leise geworden. Wieder zuckte der Mund des Jüngeren, ein seltsames Glucksen war zu hören.

Begleitet von einem tiefen Brüllen riss Donatien die Reitpeitsche aus seinem Gürtel. Mit unverminderter Kraft und immer wieder sauste der metallene Griff auf den ungeschützten Unterleib seines Bruders, brachte die Haut zum Platzen, zerschmetterte beide Daumen und den linken Zeigefinger. Hatte sich erst noch das schrille Heulen des Jüngeren in das Wutgebrüll des Älteren gemischt, verstummte es irgendwann ganz.

»Herr!« Der Diener, der sich geistesgegenwärtig vor den Hieben in Sicherheit gebracht hatte, wagte es kaum, sich zu rühren. »Haltet ein, Herr!«

Donatien gab ein warnendes Knurren von sich, dann ließ er die Peitsche fallen. »Nun, befragen wir ihn weiter. Ich verliere langsam die Geduld, also weck ihn und beeil dich ein bisschen damit.«

»Ja, Herr.« Der Diener hastete auf die Füße und huschte zu der reglosen Gestalt herüber. Hoch über ihren Köpfen, in den Wipfeln eines Baumes, begann ein Vogel sein Morgenlied zu singen. Im ersten Licht glänzte Raymonds Gesicht schweißfeucht. Aus weit geöffneten Augen starrte er in den Himmel, aber ... Zitternd stieß der Diener den Atem aus. Ein Schauder überlief seinen Körper. Diesen hier würde niemand mehr befragen können. Der Junge war tot. Noch während er sich bekreuzigte, sank er kraftlos in sich zusammen.

»Was ist?«, drängte Donatien.

»Er ist tot, Herr, Ihr habt Euren Bruder getötet.« Er wagte es kaum, den Kopf zu heben. Für einen langen, furchtsamen Moment war es still auf der Lichtung, dann wandte Donatien sich den Pferden zu.

»Pack unsere Sachen. Dieses Gehöft kann nicht weit sein. Wir holen den Jungen.«

Jemand beobachtete ihn, da war Loup, der Jongleur, sich sicher. Etliche Jahre eines Lebens auf der Straße hatten seine Sinne geschärft, in so etwas irrte er sich selten. Horchend ließ er sich auf sein linkes Knie herunter und gab vor, die Leiche zu untersuchen. Während er mit der rechten Hand nach seinem Dolch tastete, legte er die linke an den Hals des Toten.

Die Haut unter seinen Fingern war nicht vollkommen erkaltet. Blutverschmierte Hände und schwerste Verbrennungen an beiden Füßen deuteten darauf hin, dass man den Mann – eigentlich fast noch ein Junge – gefoltert und den Wildtieren zum Fraß überlassen hatte. Hände, Füße und Beine waren mit Lederriemen umschnürt, aus denen er sich, wie Abschürfungen zeigten, vergeblich zu befreien gesucht hatte. Auch auf einer Wange leuchtete eine Brandwunde, versengtes Haar ringelte sich an einer Schläfe. Die Kleidung des Mannes war vornehm, der rotbraune Stoff der Cotte rund um den Halsausschnitt mit stilisierten, goldenen Vögeln bestickt. Aber Loup konnte weder einen Geldbeutel finden, noch hatte er ein Pferd entdecken können, also hatte man ihn wohl ausgeraubt.

Mit zwei Fingern der Linken befühlte er sorgsam den Stoff der Cotte und suchte gleichzeitig die Landschaft mit den Augen ab. Vielleicht lauerten die Räuber in den Büschen. Noch immer hatte er das Gefühl, beobachtet zu werden. Er horchte angestrengter. Ein leichter Wind fuhr durch die Bäume, sodass Äste knackten und Blätter raschelten.

So viele Geräusche. Loup ließ den Stoff los und zog den Dolch aus der Scheide. Die Cotte konnte er später in seinen Besitz bringen. Vorsichtig richtete er sich auf, den Blick abwechselnd auf seine Umgebung und das Gesicht des Toten gerichtet. Mit dem letzten Windstoß hatte sich eine blonde Haarsträhne über dessen nach oben starrende Augen gelegt. Sein Mund stand leicht offen. Der Tod hatte seinen Ausdruck geglättet, aber vorher musste der Junge Höllenqualen erlitten haben.

Wieder ein Windstoß, altes Laub trieb über die Lichtung. Loup hob den Kopf und spähte zwischen den Bäumen hindurch nach draußen. Kündigte sich da ein Gewitter an? Seit er diesen Ort betreten hatte, war die Hitze immer drückender geworden, und war da hinten nicht eine Wolkensäule zu sehen, die sich hoch in den Himmel türmte? Dunkler war es auch schon geworden. Wieder schaute er den Toten an. Der hatte seine Seele gewiss nicht erleichtern können, möglicherweise würde sie deshalb für immer an diesem Ort hier bleiben müssen, wie man es sich erzählte von Leuten, die gewaltsam oder durch eigene Hand zu Tode gekommen waren. Irgendwo an einer Kirche hatte er einmal das Relief eines nackten, erhängten Judas gesehen. So war es, wenn man keine Vergebung erlangte. Er schauderte und bekreuzigte sich.

Während er um den Toten herumging, suchten seine Augen erneut unauffällig das umliegende Unterholz und die Büsche ab. Niemand war zu sehen, trotzdem hatte er das untrügliche Gefühl, nicht alleine zu sein. Die beiden Reiter – ein Herr und sein Diener –, die ihm etwas entfernt von diesem Wäldchen begegnet waren, waren es hoffentlich nicht. Hufgetrappel hätte er aber gewiss nicht überhört, schon deswegen nicht, weil er unter keinen Umständen noch einmal auf die Männer treffen wollte. Er nahm den Dolch in die linke Hand und tastete mit der rechten nach dem Peitschenstriemen, der einen Teil seiner linken Wange und der linken Halsseite zeichnete. Nicht schnell genug geantwortet hatte er dem feinen Herrn. Die beiden waren dann in Richtung des alten Gehöftes weitergeritten, das mindestens einen Tag Fußmarsch entfernt lag. Er spuckte aus. Ein heftiger Donnerschlag ließ ihn zusammenzucken. Bei allen Heiligen, so früh am Morgen.

Es wurde noch dunkler. Die ersten dicken Regentropfen klatschten auf die Lichtung herab, schlugen Loup auf die Schultern, tropften auf das Gesicht und in den offenen Mund des Toten und zerplatzten auf dessen stieren Augäpfeln. Nur wenig später und alles und jeder auf dieser Lichtung würde durchnässt sein. Inzwischen war er überzeugt, dass sich sein unbekannter Beobachter in der Nähe der kleinen Höhle aufhielt, die er beim letzten Mal entdeckt und mit trockenem Laub ausgepolstert hatte. Der Gedanke ließ ihn schneller atmen, der Dolch wechselte zurück in die rechte Hand. Ein letzter Blick auf die Leiche, und er näherte sich seinem Ziel in einem unauffälligen Bogen. Atmete da nicht jemand, kurz, stoßartig und gleichzeitig mühsam unterdrückt? Nun sah er sie auch, die dunkle Gestalt, die im Dämmerlicht des aufkommenden Sturms zwischen den Büschen kauerte. Seine Linke schoss mit einer solchen Geschwindigkeit zwischen Ästen und Blättern hindurch, dass sein Beobachter nur einen spitzen Schrei von sich geben konnte, bevor der Jongleur ihn mit einem Ruck auf die Lichtung zerrte.

Verblüfft ließ Loup sein Opfer gleich darauf los. Ein kleiner Junge, kaum vier oder fünf Jahre alt, stand vor ihm, das Gesicht von Schmutz und Tränen verschmiert. Trockenes Laub hing an seiner zweifarbigen, zur Hälfte roten, zur Hälfte grünen Cotte und in seinen dunklen Haaren. Mit vor Schreck geweiteten Augen schaute er den Jongleur an, dann pinkelte er. Ein dunkler Fleck erschien auf der Vorderseite seines kleinen Röckchens, Pisse rann auf seine Schuhe herab. Loup rührte sich nicht. Nach diesem Kind war er gefragt worden, ihm hatte er den Peitschenhieb zu verdanken. Der Blick des Jungen flog an ihm vorbei zu der Leiche hin. Wieder schrie er auf, hell und spitz, wie ein gequältes Tier, um dann an dem Jongleur vorbei auf den Toten zuzustürzen und sich vor ihm auf die Knie zu werfen. Stumm sah Loup zu, wie sich der Junge über die Leiche beugte und ihr mit spitzen Fingerchen die Augenlider schloss. »Der Erzengel Michael geleite dich«, flüsterte er mit hellem Stimmchen, drückte den Mund des Toten zu und küsste ihm Stirn und Lippen.

Bedächtig schob Loup den Dolch zurück in die Scheide. Irgendwie sahen sie einander ähnlich, der Junge und der Tote. Er verschränkte die Arme. Ein neuerlicher Donnerschlag ließ ihn zusammenzucken. Der Junge schien nichts bemerkt zu haben. Die Hände gefaltet, murmelte er ein Gebet. Auch als erste Blitze über den Himmel zuckten, wieder gefolgt von krachendem Donner, hörte er nicht auf damit. Loup zog sich die Kappe seines Reisemantels tief in die Stirn. Als der Regenschauer mit aller Macht losbrach, rettete er sich in die Höhle. Auch dort roch es entfernt nach Urin, aber alles in allem war der Ort trocken und gut geeignet, das Unwetter abzuwarten.

Zurück auf der Lichtung fand er den Jungen auch nach dem Regen an der gleichen Stelle. Durchnässt, die Augen fest geschlossen, hatte er sich an den Toten gekuschelt. Geschäftig machte sich Loup daran, die Lederschnüre von den Hand- und Fußgelenken der Leiche zu lösen, sie aufzurollen und in seinem Beutel zu verwahren. Inzwischen war der Tote steif, sodass er ihm die Cotte vorsichtig mit dem Messer vom Körper würde trennen müssen. Er schüttelte den Jungen an der Schulter. Der öffnete die Augen, blieb aber stumm.

»Da rüber«, sagte Loup und deutete auf den nächsten Baum.

Der Junge gehorchte. Schweigend beobachtete er, wie Loup die Cotte in seinen Besitz brachte und verstaute. Kurz schaute der Jongleur in die dunklen Augen des Jungen.

Das Kind hatte die Lippen aufeinandergepresst und die Zähne so fest zusammengebissen, dass seine Kiefermuskeln zitterten. Er spürte einen leisen Anflug von Bedauern, aber er würde ihn hier zurücklassen müssen. Welcher Jongleur brauchte schon ein kleines Kind bei sich, wenn er durch die Lande zog, von Feier zu Feier, Markt zu Markt, Ort zu Ort, Burg zu Burg? Nein, ein kleines Kind war nutzlos. Er hatte nun alles, was er brauchte. Ohne ein weiteres Wort drehte er sich um und verließ die Lichtung.

Aber der Junge folgte ihm. Loup tat, als bemerke er es nicht. Irgendwann würde er aufgeben, ob aus Müdigkeit oder Hunger, war gleichgültig. Ihn würde es nicht kümmern.

Ruhig schritt er seines Weges. Als sie den ersten Hügel hinter sich gebracht hatten, drehte er sich um. Der Junge war immer noch da und blieb ebenfalls stehen.

»Verschwinde«, sagte er und deutete den Weg entlang zurück, »geh dahin, wo du hergekommen bist.«

Der Junge schaute ihn nur an und folgte ihm weiter, sobald Loup ihm den Rücken zuwandte. Etliche Schritte weiter drehte der sich erneut um. Die Sonne hatte die Kleidung des Jungen inzwischen getrocknet, sein Haar stand in wirren Locken vom Kopf ab. Seine Wangen waren gerötet, und der Jongleur war sich sicher, dass er etwas langsamer geworden war, denn der Abstand hatte sich vergrößert. Diesmal wartete er, bis ihn das Kind eingeholt hatte.

»Hau ab«, zischte er es böse an, »ich kann dich nicht gebrauchen.«

Aber der Junge ließ sich nicht abhalten. Einmal hörte Loup ihn stürzen, doch als er sich umdrehte, hatte er sich schon wieder aufgerappelt. An einer Furt, die über einen kleinen Fluss führte, blieb er selbst stehen und wartete, bis der Kleine sicher auf der anderen Seite angelangt war. Als er abends sein Lager aufschlug, rollte sich das Kind in unmittelbarer Nähe zusammen. Loup holte einen Kanten Brot aus seinem Beutel, riss nach kurzem Zögern etwas davon ab und warf es dem Jungen zu. Heißhungrig vertilgte der den Bissen. Loup betrachtete ihn nachdenklich. Vielleicht konnte er sich einen Diener heranziehen, oder dem Kind Kunststücke beibringen, sodass es ihm Geld einbrachte, wenn er selbst einmal krank und zu schwach für die Arbeit war?

»He«, rief er, seiner Eingebung folgend, »hol Holz, ich will Feuer machen.« Der Junge starrte ihn an. Loup nahm einen dürren Ast vom Boden auf und hielt ihn hoch. »Holz«, sagte er, »Feuer!«

Der Junge sprang auf und kam etwas später zurück, die Arme voll dickerer Äste und dürren Reisigs, so viel ein Kind seines Alters eben tragen konnte. Loup schickte ihn noch zweimal, machte sich dann mit Flint und Zunder daran, ein Feuer zu entzünden, und lud den Jungen mit einer Handbewegung ein, sein Schlaflager in dessen Nähe aufzuschlagen. Der Gedanke, sich einen Begleiter heranzuziehen, gefiel ihm stetig besser. Mit einem knappen Nachtgruß wickelte er sich in seinen Mantel und war bald darauf eingeschlafen.

Als er am nächsten Morgen erwachte, schlief der Junge noch. Loup röstete sich ein paar Kastanien aus seinem Beutel in der Glut, aß sie auf, löschte das Feuer und erhob sich.

»Steh auf!« Er stieß den Jungen mit der Fußspitze an. Das Kind rappelte sich auf die Knie und war schon auf den Füßen.

Loup riss wieder ein Stückchen von seinem Brot ab und reichte es dem Kleinen. »Ich nehme dich in den nächsten Ort mit«, sagte er, »danach sehen wir weiter. Wenn du brav bist und arbeiten kannst, darfst du bei mir bleiben. Verstehst du?«

Der Junge nickte. Loup nahm den Beutel über die Schulter und wandte sich zum Gehen. Dieses Mal achtete er genauer darauf, dass ihm das Kind folgen konnte. Er ging etwas langsamer, hielt Pausen ein und suchte zur Mittagszeit den Schatten einer alten Steineiche auf. Das zweite Stück Brot an diesem Tag verschlang der Junge gierig.

»Was ich will«, sagte Loup, »ist, dass du mir Wasser und Holz holst, wenn ich es sage. Bei meinen Vorführungen wirst du herumgehen und mein Geld einsammeln. Ich bin ein Jongleur, verstehst du? Dafür kriegst du etwas zu essen, wenn ich zufrieden mit dir bin.«

Während Loup sprach, sagte das Kind kein Wort. Die Aufforderung, weiterzugehen, befolgte es ohne zu zögern. Gegen Abend schlugen sie ihr Lager an einem kleinen Bach auf.

Er wies den Jungen an, seine beschmutzte Cotte auszuwaschen und zum Trocknen auszubreiten, und bedeckte das Kind für die Nacht mit der Kleidung des Toten. Wenn es den Kleinen störte, sagte er jedenfalls nichts.

Am Morgen fand Loup ihn nackt, zu einer Kugel zusammengerollt; die Cotte des Toten lag neben Loups Beutel. Loup nahm sie auf und betrachtete sie erneut. Sie war aus feinem, sorgfältig gefärbten Tuch. Um den Kragen hatte jemand mit goldschimmernden Fäden diese seltsamen Vögel eingestickt, vielleicht Adler, die sich in die Lüfte erhoben. Er stopfte die Cotte zurück in den Beutel, ging zu dem Jungen herüber und pfiff verblüfft durch die Zähne. An einer Kette um den Hals trug das Kind ein silbernes Medaillon mit eben dem gleichen, stilisierten Vogel. Das war ihm gestern in der Dämmerung nicht aufgefallen. Loup zog ihm die Kette über den Kopf. Der Junge erwachte, sagte aber nichts.

»Was dein ist, ist mein.« Der Jongleur legte sich das Schmuckstück um. »Willst du bei mir bleiben, musst du dich damit abfinden. Du kannst jederzeit gehen, ich brauche dich gewiss nicht.«

Der Junge ging nicht. Ohne Murren oder Beschwerden folgte er Loup weiter. Er folgte ihm Hügel hinauf und hinunter, überquerte Bäche und Bergwiesen an seiner Seite, hielt Rast unter alten Bäumen und im Schatten von Felsen. Überall, wo Loup eine Vorstellung gab, sammelte er ihren Lohn ein und erhielt dafür täglich einen Kanten Brot, manchmal auch eine Schüssel Linsen. Manchmal fragte Loup nach, ob jemand ein Kind vermisse, aber nirgendwo fehlte eines. Weiter ging es nach Norden, nach Osten, später nach Westen. Wochen gingen ins Land, die ganze Zeit über sprach der Junge kein Wort. Loup, der Jongleur, gewöhnte sich an seinen stummen Begleiter. Er war nicht mehr alleine, und das war gut so. Viel verdienten sie allerdings nicht, auch wenn man dem stummen Kleinen, wohl aus Mitleid, manchmal ein paar Münzen mehr zusteckte.

An dem Morgen, an dem Loup sich entschied, für ein paar letzte Vorstellungen noch einmal ganz nach Süden zu wandern, war er früh erwacht. Der Junge schlief noch. In den letzten Tagen war er erschöpfter gewesen, in den Nächten war es zum ersten Mal kälter geworden. Loup brachte die Glut mittels einiger dürrer Äste zum Lodern und spülte das trockene Brot mit ein paar Schluck Wasser aus dem Flüsschen herunter, an dem sie ihr Lager aufgeschlagen hatten. Nachdem er seine Sachen zusammengepackt hatte, ging er zu dem Jungen hinüber. Der trug nichts weiter als seine Cotte, aus der seine Beinchen wie dünne Hölzer hervorstaken, und dazu mittlerweile vollkommen abgelaufene Schuhe. Rechts schaute der große Zeh aus einem Loch hervor.

»Steh auf«, sagte Loup und ließ ein Stück Brot neben dem Jungen niederfallen, »es geht weiter.«

Der Junge bewegte sich nicht.

»Wach auf, Faulpelz.« Er stieß ihn kräftig an. Das auf dem Bauch liegende Kind rührte sich immer noch nicht. Laut fluchend packte er den Jungen bei der Schulter und rollte ihn auf den Rücken. Das Kind wachte auch jetzt nicht auf. Seine Augen blieben fest geschlossen, die Wangen leuchteten hochrot. Beunruhigt legte Loup eine Hand auf seine Stirn.

Jésu, der Knirps glühte vor Fieber, hatte ja auch in den letzten Tagen etwas gehustet. Er zog die Hand zurück. Schade, er hatte sich an den Kleinen gewöhnt, der ihm Holz suchte, Wasser holte und den Lohn einsammelte, hatte sich auch daran gewöhnt, dass man ihm Dinge erzählen konnte, auch wenn er nicht antwortete, aber ein krankes Kind war noch weniger zu gebrauchen als ein gesundes. Er kreuzte die schmalen Arme des Jungen auf dessen Brust und ließ die Hände auf ihnen ruhen. Kaum merklich bewegte sich der Brustkorb des Kindes auf und nieder. Loup murmelte ein Gebet, kniete sich nieder, faltete erneut die Hände und ließ ein Vaterunser folgen. Ab und zu zuckte das gerötete Gesicht des Kleinen. Dann zitterte der Junge mit einem Mal. Wellen von Schüttelfrost überliefen ihn. Loup biss sich auf die Lippen. Krank konnte er ihn wirklich nicht gebrauchen. Besser, wenn der Herr ihn schnell zu sich nahm.

»Nimm dieses Kind zu dir, Herr«, betete er weiter, »denn bei dir ist Vergebung. Nimm ihn zu dir, Herr, denn bei dir ist Erlösung in Fülle.«

Wenn er schnell starb, konnte er sich wenigstens die Zeit nehmen, ihn zu beerdigen. Er betete und wartete. Irgendwann ließ der Schüttelfrost nach, und das Kind erschien etwas ruhiger. Sein kleiner Mund stand offen und sog keuchend Luft ein. Loup ging zum Bach, füllte den Wasserschlauch und benetzte die aufgesprungenen Lippen des Kleinen. Das Gesicht des Jungen war von einer dünnen Schweißschicht überzogen. Von Zeit zu Zeit wurden seine Glieder steif, und sein Hals bog sich zurück. Obwohl es irgendwann auf Mittag zuging, brachte Loup es nicht über sich zu gehen. Bilder der letzten Zeit tauchten vor seinem inneren Auge auf. Der Tag, an dem er den Kleinen gefunden hatte, die Begegnung mit Herr und Diener und der Peitschenhieb, die gemeinsame Wanderschaft.

Jésu, ermahnte er sich, ein Jongleur braucht kein krankes Kind. Er suchte nach der Sonne. Wie hoch sie schon stand. Er zog seinen Reisemantel aus und wickelte das Kind darin ein, um es in den Schatten zu tragen. Hier würde er es zum Sterben zurücklassen. Er würde ihm ein Lied auf den Weg geben und später eine Messe für es lesen lassen, aber er musste auch an sich denken. Die Straße war unerbittlich gegen Schwache. Er setzte sich neben den Jungen, zog seine Flöte hervor und begann zu spielen. Er bemerkte spät, dass der Junge die Augen geöffnet hatte. Als er es tat, ließ er das Instrument sinken und erwiderte den Blick des Kleinen.

»Raymond?«, fragte das Kind mit heller Stimme und setzte sich auf. »Bist du da, Raymond?« Tränen liefen über seine Wangen. Dann rappelte es sich auf, schwankte und drohte zu stürzen. Loup hielt ihn fest. Die Finger des Kindes krallten sich in den Stoff seiner Cotte. »Wo bist du, Raymond?«, flehte es. »Komm zurück, ich bin so alleine.«

Loup spürte die Anspannung des kleinen Körpers, dann lösten sich die Finger des Kindes. Seine Augen fielen zu. Der Körper erschlaffte.

2. *Kapitel*

In seinen allerletzten Stunden war der König in einen unruhigen Schlaf gefallen. Über eine Woche heftigen Durchfalls hatte ihn da schon in einem Maß ausgezehrt, dass die Augenblicke, die er bei wachem Verstand zugebracht hatte, kostbar gewesen waren. Meist hatten sie über Stunden hinweg tatenlos zusehen müssen, wie er abwechselnd wie gelähmt dagelegen hatte, um sich dann wieder vor Schmerzen zu winden. Immer wieder hatte er über die entsetzliche Kälte des Raumes geklagt, in dem seit seiner Ankunft unzählige Metallbecken mit glühenden Kohlen den Schweiß auf die Gesichter der wartenden Vertrauten getrieben hatten. Geduldig hatten sie auf die lichten Momente geharrt, in denen man die Zukunft planen konnte. Was hatte man von den mächtigen Baronen zu erwarten, die ihrem König im letzten Feldzug eher widerwillig gedient und ihre Lehnskontingente gleich nach Erfüllung der pflichtgemäßen vierzig Tage Heerfolge abgezogen hatten, was von Philippe Hurepel, Comte de Boulogne, dessen fünfundzwanzig Jahre alten Halbbruder? Zwischen Warten und Beratungen waren immer wieder die beschmutzten Laken gewechselt, der abgemagerte Körper mit feuchten Tüchern gewaschen worden. Um den Geruch zu überdecken, hatte man Weihrauch und Gewürze verbrannt, doch manches Mal war der Gestank so überwältigend gewesen, dass die Anwesenden ein Würgen nur mühsam hatten unterdrücken können. Nun war der König von Frankreich tot, wie so viele andere auch, denen der Hunger, die Hitze der provenzalischen Sonne, die Krankheiten eines Heerlagers und die Kämpfe auf diesem Kreuzzug gegen die Ketzer aus dem Süden das Leben gekostet hatten.

Mit einem tiefen Atemzug sog Gautier Cornut, Erzbischof von Sens, den beruhigenden Geruch von Honigkerzen ein, der in den Gemächern der Königin hing. Paris im November. Man hatte ihn vor Blanches Schmerz gewarnt – den Tod habe sie sich geben wollen –, aber nun erschien sie ihm sehr ruhig, und nur die zu fest ineinander verschränkten Finger und die zu einer schmalen Linie zusammengepressten Lippen verrieten ihren aufgewühlten Zustand. Morgen, acht Tage nach seinem Tod in der Abtei von Montpensier, würde man Louis an der Seite seines Vaters, des großen Philippe, in der Grablege der französischen Könige zu Saint-Denis zur letzten Ruhe betten. Der Erzbischof ließ den Blick über die Wandteppiche schweifen, musterte die geschnitzten Truhen, die Bänke mit ihren bunten Polstern, auf denen sich eben noch Blanches engste Vertraute gedrängt hatten, die ganzen Dinge, mit denen die Königin dem einst so düsteren Palast Schönheit verliehen hatte. Nach seiner Ankunft hatte sie die Frauen mit einer knappen Handbewegung hinausgeschickt.

Gewohnheitsmäßig verschränkte er die Arme, ließ die Hände in die Ärmel seiner Kutte gleiten.

»War mein Gemahl auf seinen Tod vorbereitet?«

Blanches Stimme zitterte. Sicherlich war ihr nicht bewusst, dass sie diese Frage schon zum zweiten Mal gestellt hatte.

»Er hat gebeichtet, erhielt die Absolution und wurde gesalbt«, bestätigte Gautier Cornut ruhig. »Er war darauf vorbereitet, unserem Herrn gegenüberzutreten.«

Aufmerksam verfolgte er, wie die Königin einen flüchtigen Blick auf den zarten, wenn auch groß gewachsenen Jungen an ihrer Seite warf, die gespreizte Hand auf ihren Leib legte und diese sogleich sinken ließ. Schon im Sommer hatte den König vor Avignon die Nachricht erreicht, dass seine Gemahlin guter Hoffnung sei, und noch im Angesicht des Todes hatte er sich erfreut gezeigt. Ob sie zu Anfang dieses Jahres 1226 daran gedacht hatte, dass sie ihren Mann nicht wiedersehen würde? Und sie, die sie ihn begleitet hatten; hatten sie nach dem glorreichen Erfolg – das rebellische Avignon war eingenommen worden, und die anderen Städte des Südens waren infolgedessen zur raschen Aufgabe bereit – ein solch bitteres Ende erwartet?

Die Wege des Herrn waren unergründlich.

Schon auf dem Heimweg befindlich war der König schwer erkrankt und hatte gegen Allerheiligen, zu schwach, um die Reise fortzusetzen, in der Abtei von Montpensier haltgemacht, wo er seine Seele nach Tagen der Agonie dem Herrn empfohlen hatte. Noch vor Ort hatte man sein Herz und die Eingeweide entnommen und sie in der kleinen Kirche von Montpensier bestattet. Dann war der Verstorbene, einbalsamiert und mittels Salz haltbar gemacht, in Tücher und Rindslederhäute eingeschlagen, auf den Weg nach Paris geschickt worden: Louis von Montpensier, Märtyrer

Gottes, der Kämpfer mit dem Herz eines Löwen, gefallen im Kreuzzug gegen die Häresie. Vater eines zwölfjährigen Thronfolgers.

Unvermittelt richtete sich auch der Blick des Erzbischofs auf den Jungen an Blanches Seite, das Kind, das man schon Ende des Monats in Reims zum neuen König krönen würde. Hatte man ihn ausreichend darauf vorbereitet? Aber es war ja doch nicht mehr möglich, die Entscheidungen anzuzweifeln, die am Sterbebett seines Vaters getroffen worden waren, jene Maßnahmen, die die Einigkeit des Reiches fördern und zermürbende Kleinkriege verhindern sollten. Wieder suchte er den Blick der Königin. Es hieß, Blanche habe sich Gebände und Schleier vom Kopf gerissen und sich schreiend die Haare gerauft, als die Todesnachricht eingetroffen sei. Auch jetzt sah er die Trauer in ihren hellen Augen, während das Kind an ihrer Seite die tief greifenden Veränderungen in seinem Leben nicht zu erfassen schien.

»Wird er Aufnahme in Gottes Reich finden? Wird sich der Herr gnädig erweisen?« Blanches Stimme zitterte so sehr, dass sie für kurze Zeit nicht weitersprechen konnte. »Warum hat er mich alleine gelassen?«, flüsterte sie.

»Der König ist im Dienst des Herrn gestorben.« Gautier Cornut sah Blanches Hände zucken und leckte sich über die Lippen, bevor er fortfuhr. »Und er muss Euch sehr zugetan gewesen sein, ma Dame. Wisst Ihr, dass er es abgelehnt hat, zu seiner Heilung ein jungfräuliches Mädchen in sein Bett zu nehmen, wie Archambaud de Bourbon es vorschlug? Er war gottesfürchtig und Euch treu, bis zum letzten Atemzug.« Er machte eine Pause. »Und er hat Eurer Stärke vertraut. Hätte er Euch sonst die Gewalt über Euren Ältesten übertragen, bis dieser die Volljährigkeit erreicht hat? Ihr wisst, so etwas hat es nie zuvor gegeben.« Blanche schaute ihn nunmehr unverwandt an. »Und er war bei dieser Entscheidung bei gutem Verstand und wachem Geist, ma Dame, jeder von uns könnte das bezeugen, auch wenn kein Schreiben mehr angefertigt werden konnte und die meisten der großen Barone nicht zugegen waren, um ihre Zustimmung zu geben.«

Sie nickte. »Ihr meint, dieser Vorgang könnte manchen, der nach der Macht giert, in Unruhe versetzen?«

»Wir«, Gautier Cornut atmete tief durch, »müssen darauf vorbereitet sein, aber es gibt viele, die an Eurer Seite stehen: Bartholomé de Roye, Jean de Nesle, ich …«

»Und wie viele, die sich mir entgegenstellen könnten – Pierre Mauclerc, Thibaud de Champagne, Philippe Hurepel …«

Er sah, wie sich ihre Hand fester um die Schulter ihres Sohnes schloss. Wehe dir Land, dessen König ein Kind ist. Hieß es so nicht im Buch Kohelet? Nun mussten sie diesem Kind dort beibringen, was es hieß, König von Frankreich zu sein, Gottes Auserwählter, Mittler zwischen Himmel und Erde, der Schild, der Unheil von den Untertanen abwenden sollte.

3. Kapitel

Vom Fluss Yonne drang eine Flötenmelodie zu Loup herüber, setzte aus und begann erneut. Beim Aufwachen erkannte er Elemente einer Tanzweise, doch sie wurde so langsam gespielt, dass es wie eine Klage wirkte, ein ruhiges Zwiegespräch mit den Geräuschen der morgendlichen Landschaft. Unter den ersten rötlichen Sonnenstrahlen suchte ein Igel einen Schlafplatz im Unterholz. Erste Vögel durchkreuzten den Himmel über dem fruchtbaren Plateau von Sens. Vor Wochen waren sie in Auxerre aufgebrochen. Gestern hatten sie kurz nach Schließung der Tore Villeneuve passiert und waren der Straße nach Paris noch etwas weiter gefolgt. Loup streckte sich gähnend und brachte seine Gelenke zum Knacken. Durch Reisemantel, Cotte und Beinkleider hindurch war unerbittlich die Morgenfrische in seine Glieder gekrochen. Die ersten Bewegungen schmerzten. Er kratzte sich über das raue Kinn. Längst war das Feuer der letzten Nacht niedergebrannt, aber vielleicht ließ sich mit etwas Geduld ein neues aus der Glut zaubern, die sicher unter der Asche zu finden war. Die Fischgräten der abendlichen Mahlzeit lagen noch verräterisch an Ort und Stelle. Er versteckte sie in dem Gestrüpp, welches ihren Schlafplatz geschützt hatte. Dann schob er sich durch den dichten Pflanzenbewuchs zum Ufer hin.

Ghislain hatte auch den kleinen Packesel mitgenommen, über den er fast stolperte, als er sich am letzten Busch vorbeidrückte. Mit spitzen Lippen rupfte das Tier zartes Gras und sah seinen Herrn nur kurz aus schwarz geränderten Augen an, bevor es den Kopf senkte. Das Gepäck lag auf dem Boden, an den Stamm einer Erle gelehnt. Loup ließ den Blick über den Fluss wandern, bevor er mit zehn Fingern durch den dichten Schopf seines rötlichen, von grauen Strähnen durchzogenen Haars fuhr. Seine dicke, nicht nur in ihrer Form einem Tannenzapfen ähnelnde Nase zuckte, während er die frische Luft einsog. Noch hatten sich die Morgennebel über dem Fluss kaum gehoben. Im Dickicht des gegenüberliegenden Ufers schob eine Ente ihren Kopf unter dem Gefieder hervor und beobachtete ihn. Schon waren in der Ferne die Rufe der ersten Bootsführer zu hören. Der Junge war zuerst nicht zu sehen, dann schlenkerten mit einem Mal zwei nackte, schmutzige Füße direkt vor Loups Nase hin und her. Den Kopf in den Nacken gelegt, sah er nach oben, direkt hinein in Ghislains dunkle Augen. Nur einen Moment später hatte der sich aufgerichtet und balancierte freihändig auf dem Ast, auf dem er gerade gesessen hatte.

Loup seufzte. Das letzte Winterquartier auf einer Burg im Westen hatten sie sich mit Akrobaten geteilt. Nicht nur was das Bretonische der Gegend anging oder den italienischen Dialekt der Akrobatengruppe, war der Junge ein äußert gelehriger Schüler gewesen. Wenn sie nicht gerade gearbeitet und Hausherrn und Hausherrin mit Geschichten und Liedern erfreut hatten, hatte er gelernt, Salti zu schlagen, eine neue Jongliernummer einstudiert oder war unter dem Gelächter der Anwesenden auf den Händen durch die Burg spaziert. Er hatte auch seinen Umgang mit dem Messer verfeinert, was nie schlecht war, wenn man auf der Straße lebte. Schon bei Wintereinbruch war er über die schmalsten Stege balanciert, am Ende war er im Burghof über ein Seil gelaufen, und die Italiener hatten ihm lachend angeboten, sich ihnen anzuschließen. Auch wenn Ghislain abgelehnt hatte, versetzte Loup die Erinnerung daran noch heute einen Stich.

Als stünde er auf festem Boden, hatte der Junge schon wieder die Flöte angesetzt und spielte. Loup kannte die neue Weise nicht, auch wenn ihm Versatzstücke bekannt erschienen. Der Junge spielte längst nicht mehr nur die Lieder, die er ihn gelehrt hatte. Beinahe täglich lernte er neue oder variierte alte. Bei den meisten Vorstellungen waren es inzwischen seine Lieder, die die Tanzwilligen anlockten und die Deniers klimpern ließen. Ghislain wippte auf einem Bein, wechselte auf das andere und stand ruhig da. An den kleinen Jungen erinnerte nur wenig. Die dunklen Locken trug er stets raspelkurz geschnitten und meist unter einer braunen Kappe versteckt. Zudem war er gewachsen, Gesicht und Körper waren von den Jahren der Wanderschaft gezeichnet; die sonnengebräunte Haut trug hier und da eine Narbe, und in seinem Blick war ein wachsamer Ausdruck.

Aus dem Augenwinkel sah Loup, wie der Junge zum nächsthöheren Ast schaute, sprang und kurz frei in der Luft schwebte, bevor er sich nach oben zog und ruhig dasaß, den Rücken gegen den Baumstamm gelehnt. Der Ältere atmete auf. Ohne Zweifel war es Ghislain, der inzwischen einen bedeutenden Teil ihres Geldes verdiente. Er durfte nicht ausfallen, denn häufig hatte er selbst in letzter Zeit nicht genügend eingenommen, um auch nur einen gut durchzubringen. Der Junge war es auch, der schnell genug rennen konnte, um einen Beutel abzuschneiden, wenn die Zeiten schlecht waren, und doch hatte Loup schon manches Mal darüber nachgedacht, ob es an der Zeit war, das Leben auf der Straße aufzugeben. Vielleicht würde er zu seinem Bruder Hugo nach Viens zurückkehren können, obwohl er sich mit dessen Frau nicht verstand, vielleicht würde er Aufnahme in einem Kloster finden. Andererseits liebte er dieses freie Leben. Luft hatte eben keine Balken, kannte nicht die Enge des Dorflebens mit seinen unzähligen Vorschriften und Nachbarn, dachte er seufzend. Wieder schaute er zu Ghislain hinauf, flüchtig trafen sich die schwarzen Augen des Jungen und Loups wasserblaue.

Acht Jahre gemeinsamen Lebens auf der Straße lagen hinter ihnen, und er konnte sich längst nicht mehr vorstellen, je alleine gewesen zu sein. Auch heute waren ihm die Tage, in denen er um das fiebernde Kind gebangt hatte, gut im Gedächtnis. Den Moment, in dem sich Ghislains Finger in seine Cotte gekrallt hatten und er zum ersten Mal in Wochen die Stimme des Kindes gehört hatte, würde er nie vergessen.

Er hatte nach einem Raymond gerufen. Loup hatte gemeint, dass es sich um den Toten auf der Lichtung handeln musste, aber dies war immer eine Vermutung geblieben. Im Laufe der Zeit war die Erinnerung an die Ereignisse verblasst. Nachdem das Fieber abgeklungen war, hatte der Junge abermals lange Zeit geschwiegen, selbst als Loup ihn zur Erholung zur Familie seines Bruders gebracht und sich allein auf den Weg zu einem Gönner gemacht hatte. Seltsamerweise hatte er den Jungen schon sehr bald vermisst und war so schnell wie möglich zurückgekehrt.

»Er heißt Ghislain«, hatte Hugo gesagt, als sie gemeinsam zu dessen kleinem Garten gegangen waren, »mehr habe ich nicht aus ihm herausbekommen.« Das Kind hatte oben auf dem höchsten Mauerfirst gesessen, und während Loup beinahe der Atem gestockt hatte, war Hugo ruhig geblieben. »Er heißt also Ghislain«, hatte er gesagt, »ist Christ – zumindest kennt er unsere Gebete – und ein guter Kletterer. Außerdem kann er etwas lesen und schreiben. Mehr weiß ich nicht. Vielleicht weiß er auch nicht mehr.«

Auf seinen Zuruf hin war Ghislain von der Mauer heruntergeklettert und hatte bald schweigend vor ihnen gestanden. »Erinnerst du dich an mich?«, hatte Loup gefragt.

Er hatte genickt.

»Und weißt du, wo du herkommst?«

Kopfschütteln, langsam erst, dann heftiger.

»Lass ihn«, hatte Hugo gesagt.

Ja, vielleicht wusste Ghislain wirklich nichts mehr. Irgendwann jedenfalls hatten sie eine gemeinsame Vergangenheit gehabt, gemeinsame Erinnerungen an Gastspiele auf Burgen, an Auftritte auf Dorfplätzen und Märkten, und nicht mehr an die Zeit gerührt, in der sie einander nicht gekannt hatten.

Eine leichte Bewegung über ihm ließ Holz knacken, dann hangelte der Junge sich behände von Ast zu Ast, um schließlich federnd auf dem Boden zu landen. Im Verlauf dieses Jahres war er in die Höhe geschossen und überragte den Alten um fast einen halben Kopf. Loup klopfte ihm auf die Schulter. »Hast du etwas gesehen?«

Ghislain zuckte die Schultern und spielte mit der Flöte, die er um seinen Hals gebunden hatte. Die Haut über seinen Wangenknochen spannte sich straff, als er die Lippen spitzte und zu pfeifen begann.

Loup schüttelte den Kopf. »Wie sieht es auf der Straße nach Sens aus, Dummkopf?«

Der Junge warf einen Blick in das Geäst. »Die Wagen werden mehr, dazu kommen Fußgänger und Reiter. Die Stadt wird voller Zuschauer sein.«

»Andere Jongleure?«

Ghislain verschränkte die Arme. »So viele, wie zu erwarten.«

Er sah in Richtung der Stadt, von der er in der Ferne hauptsächlich den hohen Bau der Kathedrale erkannt hatte. Sie würden also nach Sens gehen. Er hatte schon vermutet, dass Loup darauf hoffte, auf der Hochzeit des Königs Louis mit der kleinen Marguerite de Provence einen Gönner zu finden, der sie für länger aufnehmen würde. Die meisten Gönner aus Loups ersten Tagen auf der Straße waren längst verstorben. Verständlich, dass auch er jetzt, wo seine Knochen müder und die Krankheiten häufiger wurden, nach Beständigkeit suchte. Im Frühjahr hatte ihn ein Husten gequält, der Auftritte beinahe unmöglich gemacht hatte. Dabei war es gerade das Zusammenspiel ihrer beider Gestalten, des gedrungenen Körpers des älteren Loup mit dem seltsamen Gesicht und der sonoren Erzählstimme und seiner eigenen hochgewachsenen, jungen Gestalt, das die Menschen anlockte. Zur Hochzeit des Königs würden viele hochgestellte Persönlichkeiten kommen. Es war eine gute Gelegenheit und trotzdem stimmte es Ghislain etwas unbehaglich, wenn er an die Menschenmengen dachte, die ihnen in den nächsten Tagen begegnen würden. Er würde ihnen nicht ausweichen können, genauso wenig wie den Dämonen, die zurückgekehrt waren, unangekündigt und erbarmungslos.

Unterdrücktes Husten war zu hören, das Geräusch scharrender Füße auf dem Steinfußboden, Stoffe, die gegeneinander raschelten und schabten und auf- und abschwellendes Wispern. An diesem 27. Mai 1234 war die Kathedrale Saint-Etienne in Sens, erbaut im neuen Stil und ganzer Stolz der Stadt, eine Ansammlung von betörenden Düften, kostbarem Schmuck und Menschen in modischer, farbiger Kleidung, über der die klare Stimme Gautier Cornuts, des Erzbischofs von Sens, schwebte.

Feines Tuch prunkte mit Hermelin und Zobel besetzt, auf Seide waren kostbare Stickereien zu bewundern; Federn wippten auf den Filzhüten einiger Gäste, Schuhe aus feinstem Leder waren mit Edelsteinen geschmückt. Der Praefatio war der Fußfall des frischgetrauten Ehepaars vor dem Erzbischof gefolgt. Nun lagen der König und seine Braut reglos ausgestreckt unter einem Tuch auf dem Boden, während Gautier Cornut für sie um die Gnade Gottes betete.

Die Stimme des Erzbischofs, die Versammlung der Gläubigen, der nach oben strebende Bau mit seinen filigranen, spitzen Bögen, die farbigen, lichten Fenster vereinigten sich zu einem einzigen Gebet. Alle Sinne der Anwesenden schienen sich auf den Herrn des Himmels und der Erde zu richten. Blanche de Castille jedoch, die Mutter des Königs, konnte die Augen nicht von der Silhouette des ungleichen Paars nehmen. Ihr Sohn Louis war in diesem Jahr zwanzig Jahre alt geworden, Marguerite, älteste Tochter Raymond Berengars V., Comte de Provence, zählte dreizehn und war gerade heiratsfähig.

Im Rhythmus des »in nomine Patris – et filii – et Spiritus Sancti« war der jungen Braut soeben in der Öffentlichkeit vor der Kirche der Ring zuerst an den Daumen, dann den Zeigefinger und zuletzt an den Mittelfinger gesteckt worden. Blanche, das Gesicht inmitten des weißen Schleiers ausdruckslos, die Hände ineinander verschränkt, schien es, als verschwände das Mädchen fast unter dem Tuch. Auch sie war damals gerade heiratsfähig gewesen, auch sie erinnerte sich gut an die Zeremonie: an das Tuch über ihr, an den harten Boden, auf dem sie lag, an den unbekannten, blonden Jungen neben sich, an die Erwartung, die Zuflucht im Glauben und die Furcht. Das Land, in das man das Mädchen Blanche gebracht hatte, war ihm schrecklich fremd gewesen, es selbst dort eine Fremde. Die Kastilierin nannte man sie noch heute.

Es war keine besondere Hochzeit gewesen, damals zur Zeit des Interdikts, das den französischen König gezwungen hatte, die Vermählung seines Sohnes auf dem Hoheitsgebiet des englischen Königs vorzunehmen. Sehr rasch und ohne jegliche Festlichkeit war die Zeremonie vonstattengegangen, Dauphin und Dauphine danach sofort zurück auf französisches Gebiet gehetzt. Selbstverständlich hatte es auch keine großen Feiern gegeben, doch sie erinnerte sich an die Freude beim Einzug in Paris. Sechsundzwanzig Jahre lang war sie Ehefrau gewesen, drei Jahre davon Königin, seit nunmehr acht Jahren war sie Witwe.

Vorne am Altar richteten sich Louis und Marguerite auf.

Blanche spürte die eigenen kalten Fingerspitzen der rechten Hand, wie sie, unmerklich fast, über den linken Handrücken wanderten. Dass sie die Hochzeit aus Gefallen an der Macht herausgezögert habe, hatten ihr manche unterstellt, so, wie ihr viele die Regentschaft und die Muntschaft über den Sohn geneidet hatten. Wie viele neunzehnjährige Könige, hatte es im letzten Jahr geheißen, hat es bisher gegeben, die in diesem Alter noch nicht einmal verlobt gewesen waren? Schon Wickelkinder wurden einander versprochen! Blanches Mund zuckte. Was nutzte es, wenn man seinen Platz nicht kannte? Nun, möglicherweise hatte sie tatsächlich Gefallen an der Macht gefunden. Sie hatte immer eigene Pläne gehabt. Willensstark war sie, die Kastilierin, so wie es auch Philippe-Auguste gewesen war. Zudem wusste jeder, welch genauer Planung eine königliche Hochzeit bedurfte, und niemand konnte heute sagen, dass sich die Geduld nicht gelohnt hatte. Vielleicht ermöglichte diese Verbindung zwischen Nord und Süd sogar den Frieden für eine Region, die Krieg und Häresie schon so lange zerrissen hatten, und verhalf der einen wahren, katholischen Kirche, der sie sich verbunden fühlte, zum Sieg. Im fremden Land und in der fremden Sprache war es stets der Glaube gewesen, der ihr Halt gegeben hatte.

Einen Moment lang wünschte Blanche, ihr Sohn möge sich umdrehen und zu ihr hinsehen, aber er folgte dem Ritual voller Aufmerksamkeit, genau, wie es auch die hochrangigen Gäste taten, darunter Louis' Brüder, Robert und Alphonse – Charles und Isabelle, ihre beiden Jüngsten, waren unter dem Schutz der Pariser Bürger zurück und der Hochzeit ferngeblieben –, sein Vetter, Alphonse de Portugal, hohe kirchliche Würdenträger und etliche Adlige. Die Herren von Flandern und Hennegau waren da, von Bourbon, der

Bourgogne, Artois, Courtenay et Nevers. Die Mächtigsten der Region hatten sich versammelt und die drei wichtigsten Lehen: Flandern, Marche und Toulouse. Beide waren sie da, Hugo de Lusignan und Raymond III., Comte de Toulouse, die Stachel im Fleisch der französischen Krone. Kurz weiteten sich Blanches Augen. Es war eine Genugtuung gewesen, die persönlich zu begrüßen, die es sonst mit ihrer Treue nicht genau nahmen, und doch durfte man sich niemals in Sicherheit wiegen, niemals nachlassen in seiner Aufmerksamkeit.

Mit der Anrufung »Pax Domini sit semper vobiscum« konnte sie ihren Sohn die Stufen zum Altar hinaufsteigen sehen, ein schlanker, hochgewachsener Mann, der viele überragte. Gleich würde er seiner Braut den Friedenskuss des Erzbischofs überbringen und nach dem Abendmahl gesegnetes Brot und gesegneten Wein symbolisch mit ihr teilen. Es gab keinen Weg zurück.

Als er sich umdrehte und die Stufen hinabschritt, sah er seine Braut zum ersten Mal wieder von Angesicht zu Angesicht. Blanche konnte seinen Ausdruck nicht erkennen. Sein helles Haar schimmerte, und sie erinnerte sich daran, dass manche sagten, er habe taubenblaue Augen und sei alles in allem ein gut aussehender Mann. In den Tagen, die er vor der Hochzeit in der Abtei Sainte-Colombe verbracht hatte, hatte er sicherlich über die Ehe und ihre Pflichten nachgedacht. Nun stand er vor seiner Frau und neigte den Kopf. Zufrieden begutachtete Blanche seine Haltung. Festigkeit im Glauben, Treue gegenüber dem Blut der Familie, dies hatte sie ihm beigebracht. Durch sie hatte er gelernt, solche Ereignisse mit einer Grazie über sich ergehen zu lassen, als habe er nie etwas anderes gemacht, durch sie war er sich seiner Aufgaben stets bewusst. Würde er dieses kleine Mädchen ins Vertrauen ziehen?

Marguerite bewegte sich nicht, als Louis sich zu ihr herunterbeugte. Sie war kleiner als er, der Körper unter den kostbaren Gewändern schmal und kantig, doch offensichtlich hatte man auch sie gelehrt, Haltung zu bewahren. Das Kind hielt sich so gerade, als habe es einen Stock verschluckt. Die Schultern stemmten sich trotzig gegen das Gewicht von Hemd, Unterkleid, Unter- und Obergewand. Er küsste sie. Kinderhaut, weiß und weich, überzog sich mit zarter Röte.

Blanche stieß die Luft aus. Mit einem Mal fiel es ihr schwer, sich zu sammeln. Später an diesem Tag würde man die Eheleute auf das gesegnete Ehebett legen und über Nachkommenschaft scherzen. Würde Louis nach diesem Tag weiter ihren Rat suchen? Mit einem unsicheren Gefühl starrte Blanche das Mädchen an, das nun endgültig zwischen sie getreten war. Ihre Hände schlossen sich enger umeinander. Sie senkte abrupt den Kopf.

Es fiel ihr nicht schwer, sich den Anschein des Betens zu geben. Zumindest hatte Louis ihr versprochen, die Tobiasnächte zu respektieren und seine Frau in den ersten Nächten nicht anzurühren. Und danach?

Sie hob den Kopf. Marguerite hatte kurz den Überblick über die Abläufe verloren und wurde sanft in die richtige Richtung geschoben. Robert, ihr Zweitältester, warf seiner Mutter Blanche einen nachdenklichen Blick zu, um sich dann einer der Damen zu widmen, die Marguerites Gefolge bilden würden. Blanche hatte kaum bemerkt, dass die Zeremonie zu ihrem Ende gekommen war. Die Gäste sammelten sich in kleinen, erwartungsvollen Trauben. Louis schaute seine Frau an, dann wandte er sich dem Raum zu. Blanche trug das Haupt hoch erhoben. Sie wusste, dass es nur ihre Gestalt sein konnte, die seine Augen suchten.

Ghislain beobachtete das Mädchen, seitdem sie gemeinsam mit zwei anderen auf dem Platz aufgetaucht war, an ihrer Seite ein bullig aussehender Mann. Es trug ein faszinierendes Kleid, das ihren nackten Bauch teilweise unbedeckt ließ, und einen Stein im Nabel, der mit jedem ihrer Schritte tanzte. Sicher gehörte sie zu dem fahrenden Volk, das vor der Stadt sein Lager aufgeschlagen hatte. Zuerst war sie an zwei Akrobaten auf einem Seil vorübergeschlendert und hatte ein paar Worte mit ihnen gewechselt, dann hatte sie sich dem Musiker genähert, der in einer Ecke um Kunden buhlte. Die beiden hatten heftig gestritten, und sie war sehr bald weitergegangen. Die Wahrsager, die sonst gute Geschäfte machten, hatte sie ausgelacht. Leichtfüßig war sie jeden kleinen Karren mit seinem Angebot und jede Menschengruppe auf dem bevölkerten Platz abgelaufen. Endlich war sie zu dem Bulligen zurückgekehrt, der bald darauf in einer der Gassen verschwunden war. Wieder hatte sie sich unter die kleinen Unterhalter gemischt, die Tänzerinnen, Wandersänger, Musikanten und Kraftprotze, das ganze Volk, das sich hier eingefunden hatte, dazu Krämer, Straßenverkäufer und Bettler, die das Fest des Königs angelockt, die jedoch keinen Einlass gefunden hatten und nun den Stadtbürgern ihre Aufwartung machten.

Ghislain hatte eine Schale Linsen verspeist und danach auf einem kurzen Mauerstück, das einen Garten schützte, Stellung bezogen. Kräuterrabatten und Blumenbeete lagen dort sorgfältig ausgerichtet. Eine ordnende Hand hatte Zwiebeln auf der einen Seite gepflanzt und auf der anderen ein Apfelbäumchen. In einer Ecke, an der Hauswand, war eine Bank aufgemauert, vor der ein einzelner Fußschemel stand. Jemand, vielleicht eine Magd, hatte einen Holzeimer stehen lassen. Durch die offen stehende Tür des Hauses drangen

Rufe, Fragen und Antworten, Anweisungen und Ermahnungen. Die zum Garten hinweisende Kante des Hauses hatte ein Steinmetz mit Figuren verziert. Hier grinste eine Fratze, dort schreckte ein Fabelwesen, und ein in Stein gehauener Musiker spielte zu einem nicht endenden Fest auf. Auf der Straßenseite, zu Ghislains Füßen, wühlte ein Schwein im Unrat. Ein blinder Bettler flehte lautstark um Almosen, ein Händler erkaufte sich ein Gebet für sein Seelenheil. Man sprach vom großen Fest der hohen Leute, vom König, der die Skrofelkranken berühren würde, von Kleidung in Purpur und Seide, Geschmeide wie aus einem Märchen und feinsten Speisen. Man sprach von der kleinen Marguerite de Provence, die heute zur Königin gekrönt worden war. Man wusste zu berichten, dass Papst Gregor IX. das junge Brautpaar vom Ehehindernis der Blutsverwandtschaft dispensiert hatte. Man sprach von prächtigen Pferden, vom riesigen Gefolge des Königs, von seiner Mutter, der Kastilierin, vom Comte de Toulouse, dem Verräter.

Ghislain hatte beschlossen, sich von den Vornehmen fernzuhalten und es Loup zu überlassen, einen Gönner zu finden.

Das Mädchen mit dem Stein im Nabel blieb stehen und lächelte ihm zu. Er lächelte zurück. Erst am vorigen Tag waren Loup und er in Sens eingetroffen und hatten sich eine Schlafstätte in einem Gasthof erkauft. Angesichts der vielen in der Stadt weilenden, illustren Gäste waren Plätze rar und die Preise empfindlich gestiegen. Aneinandergedrängt hatten sie die Nacht verbracht, in einem Schlafsaal mit unzähligen anderen. »Dabei hat der verdammte Wirt den Raum längst an Flöhe und Wanzen vermietet«, hatte Loup geschimpft und sich den Kopf gekratzt, »denn ganz bestimmt verlangt er von denen auch Bezahlung.«

Schon im Schankraum hatten sie ihre Künste dargeboten und ihre ersten Deniers eingenommen. Es war zum Streit gekommen, als ein anderer Gast im Aufstehen den Halt verloren und sich an Ghislain festgehalten hatte. »Lass den Jungen los«, hatte Loup gefaucht. An diesem Abend hatte Ghislain Loup zum ersten Mal vollkommen betrunken erlebt.

Das Mädchen mit dem Stein kam näher. Krauses, braunes Haar umstand ihr kantiges Gesicht wie geschorene Schafwolle. Sie hatte sich die Augenbrauen nachgezogen und rote Farbe auf ihren Wangen verteilt. Billige Ohrringe klimperten an ihren Ohren. Ihre hellbraunen, weit auseinander stehenden Augen zwinkerten, die schmalen, rosafarbenen Lippen hatten sich zu einem Lächeln verzogen. Von oben betrachtet wogte ihr Dekolleté verlockend gegen den Stoff ihres Kleides. Ghislain richtete sich auf. Nun konnte er ihren Busen besser sehen. Üppig nannte man das wohl. Er grinste. Sie beugte sich wie zufällig vor und grinste ebenfalls.

»Du stehst sicher, was bist du, ein Akrobat?«

»Ein Jongleur.«

Ghislain hielt die Augen auf die Brüste des Mädchens gerichtet. Sie schwang die Hüften.

»Komm herunter, Jongleur.«

»Warum sollte ich?«

»Weil ich mit dir tanzen will?«

Wieder grinsten sie einander an. Irgendwo erklang ein schrilles Lachen. Er sprang und kam genau vor ihr zum Stehen. Sie war etwa einen Kopf kleiner als er und viel älter, als sie ihm aus größerer Entfernung erschienen war. Tiefe Falten hatten sich um Mund, Augen und Nase eingegraben. Kein Mädchen war sie mehr, sondern eine Frau, die ihr Haar nicht ehrbar bedeckt trug. Eine schlechte Frau. Der Geruch, der von ihr ausging, war säuerlich, aber nicht unangenehm. Er bemerkte, dass auch sie ihn musterte.

»Bist aber noch ein junger Bursche.«

»Ich kann für mich sorgen.« Er nahm die Schultern zurück und streckte sich, um größer und breiter zu wirken. Sie lachte, trat näher heran. Er konnte ihren Körper spüren, die festen Brüste, sogar den geschmückten Bauch, den sie gegen ihn zucken ließ. Hitze stieg in ihm hoch, breitete sich über sein Gesicht und brachte die Ohren zum Glühen.

Wollte sie das? Seine Gedanken gerieten ins Stolpern. Er hatte Loup einmal dabei beobachtet. Eines Nachts, als er aufgewacht war, hatte der Ältere keuchend über einer Frau aus einer Schauspieltruppe gelegen, mit der sie gemeinsam ein Stück des Wegs gegangen waren. Er erinnerte sich an Loups weißen Hintern im Mondschein, an die seltsamen Geräusche. Das Ereignis war ihm damals gleichermaßen anziehend wie abstoßend erschienen. Jetzt schlangen sich die Arme der Frau unter der Cotte um seinen Leib, ihre Finger wanderten über seine Haut, streiften die Beinkleider. Er starrte sie an. Sie war doch schön, ihr Duft nunmehr begehrenswert. Eine feuchte Spur glänzte auf ihrer Oberlippe. Er musste an ihre Brüste denken. In seiner Bruche begann sich etwas zu bewegen. Ihr Gesicht hob sich seinem entgegen.

»Gehen wir?«

Er fuhr sich mit der Zunge über die Lippen und hatte schon vergessen, was sie gesagt hatte.

»Gehen wir, kleiner Jongleur?«, wiederholte sie lachend.

Er ließ sich von der Mauer wegziehen. Bemerkte niemand, was geschah? Zwei ehrbare Frauen wandten die Köpfe ab und gingen flüsternd weiter.

Die Frau führte ihn vom Platz weg, vorbei an Unrat, Schweinen und Federvieh, vorbei an schmalen Türen, spielenden Kindern, Ratten, tiefer in die Stadt und hinein in die engste Gasse von allen. Dann ließ sie ihn los und drehte sich zu ihm hin. Die Mauern der Häuser schoben sie gegeneinander. Das Dämmerlicht der Gasse ließ sie jünger wirken, die Schatten zerbrachen ihr Lächeln in Stücke. Er meinte, Wasser rauschen zu hören, eine Frauenstimme keifte. Wenn er den Kopf in den Nacken legte, konnte er etwas entfernt die Kathedrale sehen, die sich hoch über den Häusern erhob.

»So ein hübscher Junge.« Die Frau streifte die Kappe von seinem Kopf und berührte sein borstiges Haar. Dann reckte sie sich und legte die Arme um seinen Hals. Halbherzig versuchte er, Abstand zwischen ihre Körper zu bringen.

»Was verlangst du?«

»Nichts.« Ihre Finger tasteten nach seiner Mitte, sie küsste ihn. In der Bruche pulsierte es. Ghislain schloss die Augen. Ihre Lippen suchten seinen Mund. Sie küsste ihn. Unbeholfen küsste er sie zurück, wurde sicherer, suchte ihren Hals, küsste sie wieder, pustete gegen ihr Haar, küsste sie. Fordernd schob sie ihre Zunge in seine Mundhöhle. Wellen ihres Geruchs umhüllten ihn wie eine Decke. Er spürte ihre Hände und riss ihren Körper begehrend gegen sich. Sie schob die Finger über sein Geschlecht und rieb darüber. Er öffnete die Augen. Sie war so schön ... Wieder sah er ihre Brüste vor sich, das Haar, das Kleid, welches ihren Körper mehr enthüllte als verbarg. Sie hob seine Cotte an, ließ ihre Finger über seine Bruche spielen. Die Anspannung in ihm wuchs. Er stöhnte aus weit geöffnetem Mund. Es war angenehm, eine große, angenehme Leere, eine Sicherheit, ein Vergessen, auf das er zusteuerte. Er wollte, dass es niemals aufhörte.

»Sanglante Mère de Dieu!«

»Loup!«

Mit einem Schlag schnurrte das angenehme Gefühl in sich zusammen, und doch war er noch nicht im Hier und Jetzt. Aus verschwommenen Augen nahm er seine Umgebung wahr. Am Ende der Gasse konnte er die Frau mit schnellen Schritten verschwinden sehen.

»Sanglante Mère de Dieu!«, brüllte Loup erneut. Sein Gesicht war verzerrt, die verschieden großen Augen wässrig und blutunterlaufen. »Der Gernegroß lässt sich anführen wie ein dummer Junge, wie ein Kind, das die Straße nicht kennt, von einem hässlichen Weibsbild, das seine beste Zeit längst hinter sich hat.«

Er stieß gegen Ghislains Brust. Der bedeckte seine Blöße.

»Du hast es nicht einmal gemerkt, oder?« Der Ältere stieß ihn wieder an. »Du blinder Esel vermisst nichts. Würdest dich jetzt anziehen und zum alten Loup zurückkehren und dir keine Gedanken machen, weil du dir nie etwas denkst.«

Ghislain starrte Loup fragend an. Dann verstand er. Mit einem unguten Gefühl tastete er nach seinem Beutel. Er war fort, die Frau hatte ihn sauber abgetrennt. Verblüfft berührte er die Reste. Sein Unterleib zog sich zusammen, im Hals setzte sich ein Schlucken fest. Er schaute Loup an – und lachte. Loups Ohrfeige kam umgehend.

»Sanglante Mère de Dieu!«, schrie er, »was für ein dummes Balg du bist!«

Am frühen Nachmittag hatten Ghislain und er sich wieder einmal gestritten, und nun, die Glocken hatten längst zur Vêpres geläutet, hatte Loup den Jungen gefunden. Vergeblich hatte er zuvor die Plätze Auxerres nach dem Vierzehnjährigen abgesucht, die großen Kirchen, natürlich auch die Kathedrale. Gefunden hatte er ihn in dieser alten Kapelle, die im Schatten zwischen Mauern und neuen, hohen Bürgerhäusern beinahe verschwand. Es war der Handel, der diese Stadt reich machte und die Vergangenheit nach und nach beiseitedrängte.

Zuerst blieb er in der Nähe des Eingangs stehen. Die Kapelle war ein düsterer, eher enger, lang gezogener Raum mit einer halbrunden Apsis, wo sich der Altar befand. Die schmucklosen Wände waren hell getüncht und ringsherum lediglich mit Zierstreifen in Grün und Rot versehen. Durch ein rundes Fenster in der Apsis fiel Licht auf den Altar mit seiner hölzernen Jesusfigur, ein leidender, blutender Gottessohn, wie es diese neuen Wandermönche predigten, kein Weltenherrscher. Irgendjemand pflegte diesen Ort, denn am Altar flackerte ein ewiges Licht, und auch vor der kleinen Statue eines Heiligen brannten Kerzen.

Ghislain stand in der Nähe der Apsis, auf der rechten Seite, vor einer Marienstatue und regte sich nicht. Er war größer geworden, in den zwei Jahren seit Sens, das Kreuz breiter, auch wenn er insgesamt eher schmal blieb. Die Arme hielt er um den Leib geschlungen. Es war ihm nicht anzusehen, ob er den anderen bemerkt hatte. Leise trat Loup heran und musterte ihn von der Seite. Ghislain schlang die Arme enger um den Körper. Sein Gesicht war ernst. Ab und zu bewegte sich sein Kinn. Die Kiefer mahlten. Ein Knirschen war zu hören.

»Manchmal erinnere ich mich an etwas«, sagte er plötzlich, »an etwas, mit dem du nichts zu tun hast.« Loup stand stumm. Ghislain streckte die Hand nach der Figur aus, zuckte aber zurück, bevor er sie berühren konnte. »Was war, bevor du mich gefunden hast?«

»Ich habe dein Leben gerettet.« Loup konnte nicht umhin, seine Stimme spitz klingen zu lassen.

»Ich weiß.« Erneut streckte der Junge seine Hand aus, erneut verharrten seine Fingerspitzen dicht vor der Statue.

»Aber irgendwo muss ich doch hergekommen sein?« Er drehte sich zu Loup um. Der verschränkte die Arme. »Hätte ich länger suchen sollen? Ich habe versucht, deine Verwandten zu finden. Niemand kannte dich. Ich habe dir das Leben gerettet. Mehr kann ich nicht sagen, mehr weiß ich nicht.«

»Ja, ich weiß«, Ghislain nickte, »diese Bilder sind nur in mir.«

Er schaute die Statue wieder an: das perfekte ovale Gesicht, den Schleier, das Kleid, das den Körper bedeckte und doch sichtbar werden ließ; das Kind, das hoch aufgerichtet auf dem Arm der Mutter saß und sich von ihrem schmerzerfüllten Blick abwandte.

»Es sieht seine Mutter nicht an«, flüsterte er.

Loup räusperte sich. »Das ist unser Herr. Er sieht sein Opfer, das, was geschehen wird.«

Ghislain nickte erneut, rieb mit beiden Händen über seine Oberarme. »Wir werden immer weiter wandern, Loup, nicht wahr? Immer gemeinsam, immer auf dem Weg, irgendwohin. Der April ist vor der Tür. Die Wege sind wieder frei, und Luft hat keine Balken.«

Loup zog die Augenbrauen zusammen. Heute war Ghislain mit ein paar Burschen in der Yonne schwimmen gewesen. Er hatte die lärmenden Stimmen von ferne gehört, hatte sich vorgestellt, wie die Jungen sich gegenseitig nass spritzten oder unter Wasser zu tauchen versuchten, wie Jungen das so taten. Er selbst hatte ihm das Schwimmen beigebracht. Längst bewegte der Vierzehnjährige sich im Wasser beinahe so sicher wie an Land, doch an die ersten Übungen erinnerte sich Loup gut. Er hatte den Jungen unter Brust und Bauch gehalten, der hatte mit Armen und Beinen gepaddelt. Gelernt hatte er schnell und sich bald zu viel zugetraut. Einmal war er fast ertrunken.

Das Lachen der Badenden hatte sich fröhlich angehört. Loups Mund wurde trocken. Seit er den Jungen zu seinem Begleiter gemacht hatte, war er nicht mehr alleine gewesen, aber nun konnte er sich nicht daran erinnern, wann Ghislain und er selbst zum letzten Mal gemeinsam gelacht hatten. Anfangs hatte er sich gesagt, es läge daran, dass der Junge älter werde, dass er störrisch sei wie ein Esel. Häufig hatte er ihn zurechtgewiesen, oft auch an den Verlust von Sens erinnert, sanglante Mère de Dieu! Ghislain hatte sich gefügt, aber seit damals war etwas Neues in seinem Gesicht, ein anderer Ausdruck in seinen Augen. Seit Sens war ein Abstand zwischen ihnen gewachsen, und heute stellte sich manchmal jedes Wort zwischen sie.

Er starrte den Jungen an. Seit zehn Jahren teilten sie ihr Leben. Er hatte alles gesehen, oder nicht? Er kannte die Art, wie Ghislain den Kopf schräg legte. Er wusste, wie sein Kinn aussah, wenn ihm etwas missfiel. Er konnte das Kind, das er gewesen war, in seinem Gesicht sehen: eine Ahnung in der Nase, die größer geworden war und inzwischen dem Schnabel eines Raubvogels ähnelte, in den Wangen, am Mund. Er kannte seine Bewegungen, jede Einzelheit seines Körpers, und doch war er ihm so noch nicht erschienen, so nah und gleichzeitig so weit entfernt.

Eines Tages würde Ghislain ihn verlassen. Loup fühlte einen Stich in der Seite, der ihm vorübergehend den Atem nahm, und schloss die Augen. Er musste inzwischen über vierzig Jahre alt sein, so genau wusste er das nicht. Er war zu alt für die Straße, zu zahnlos für ein solches Leben, zu schwach für die Anstrengungen, die es einem abverlangte. Sein Haar war inzwischen ergraut. Ein Bader hatte ihm zwei Backenzähne gezogen, einen Schneidezahn hatte er bei einer Prügelei verloren. Er kannte den Ausdruck auf Ghislains Gesicht, wenn er sich in Händel hatte ziehen lassen, inzwischen gut. Aber die Wut kam einfach über ihn, immer wieder. Er betrank sich. Jemand stieß ihn an. Jemand sagte etwas. Jemand sprach Ghislain an, und Loup ließ die Fäuste fliegen. Er war ein hässlicher, maßloser, alter Mann mit einer Nase wie ein Geschwür. Er öffnete die Augen. »Eines Tages wirst du gehen«, sagte er ruhig. »Du wirst mich verlassen.«

Ghislain drehte sich um und schaute den Älteren an. Loup wirkte sehr müde. Was würde Hugo sagen, wenn sie wieder einmal zu Besuch nach Viens kamen? Würde er sagen, bleib hier? Und würde Loup bleiben?

»Kommst du an einen solchen Ort, wenn du Fragen hast?«, fragte er Loup nach einer Weile.

Loup zuckte die Schultern. »Ich komme an solche Orte, um zu beten und meine Seele zu erleichtern.« Kurz lächelte er sein altes, verschmitztes Lächeln. »Und um die Heiligen daran zu erinnern, dass es mich gibt.«

Ghislains Unterkiefer mahlten wieder. »Ich habe einen Namen«, sagte er schließlich, »aber niemand kann ihn bezeugen. Ich habe keine Familie, und man ist doch nichts ohne Familie. Niemand kann bezeugen, wo ich hingehöre, oder welchen Platz ich habe. Ich bin Ghislain, der Jongleur, der nichts hat und nicht weiß, wo er hergekommen ist.« Er machte eine Pause. »Ich habe nur dich, Loup«, stellte er leise fest. Die beiden schwiegen, der Jüngere legte dem Älteren die Hand auf die rechte Schulter. »Wirst du bei mir bleiben?«

Sie verbrachten den nächsten Sommer auf der Straße und fanden im darauffolgenden Winter keinen Unterschlupf. Im Sommer danach begann Loup erneut zu husten, leise erst, später heftiger. Anfang Oktober spuckte er Blut. Ghislain entschied, nach Viens zu gehen.

4. Kapitel

Loups Krankheit ließ sie nur langsam vorankommen. Im ersten Herbststurm verloren sie den alten Esel, als dieser durch ein Loch in einer Brücke in einen Fluss stürzte, und mit ihm all ihre Habseligkeiten. Mit knapper Not gelang es ihnen, das marode Bauwerk bei heftigem Regen doch noch zu überqueren und die andere Seite zu erreichen. Völlig erschöpft schliefen sie in einem Gebüsch am Wegesrand ein. Am nächsten Tag machte sich Ghislain auf die Suche nach dem Tier, doch es war vergeblich. Auf den Jüngeren gestützt, schleppte sich Loup weiter. Zum Husten gesellte sich bald Fieber.

Zuerst begegneten ihnen andere Reisende. Letzte Wagen und Packpferde von Händlern kämpften sich über immer schlechter passierbare Straßen. Reiter sprengten durch Pfützen. Fußgänger näherten sich eiligen Schritts ihren Zielen. Dann war kaum noch jemand anzutreffen. Die, die kein Heim hatten, beobachteten die etwaigen Raubopfer von ferne und ließen bald enttäuscht von ihnen ab. Einmal fanden Loup und Ghislain einen noch warmen Leichnam, nackt und mit durchschnittener Kehle, die Eingeweide wie ein Höllenbild um die geöffnete Bauchdecke drapiert. Einmal passierten sie eine Gruppe Fahrender, die man an einem Baum aufgeknüpft hatte. Der Regen ließ die Wege schlammiger und die beiden einsamen Wanderer nicht mehr trocken werden. Auf dem Boden sammelte sich das Laub der Bäume in feuchten, schmierigen Haufen. Der Pegel der Flüsse stieg weiter an, riss manchen Steg mit und zwang zu Umwegen. Die Wolken am hellgrauen Himmel hingen zumeist tief und drückend über dem Land, und ab und an schneite es ein paar dünne Flocken. Ghislain und Loup litten Hunger, wie sie es schon lange nicht mehr getan hatten. An manchen Tagen fanden sich nur ein paar vergessene Beeren und Pilze, an anderen gelang es Ghislain, Fische zu fangen. Einmal stöberten sie einen Igel in seinem Winterversteck auf und buken ihn in einer Hülle aus Lehm. Beide wurden sie mager. Wenn sie an ein Gehöft oder in ein Dorf kamen, bot Ghislain seine Künste an, oder sie bettelten. Manchmal jagte man sie einfach davon, manchmal fragte man sie neugierig aus und gab etwas zu essen für ein Gebet. Je näher sie Viens kamen, desto schwächer wurde Loup. Sein einst dunkler Hautton war längst einem fahlen Grau gewichen. Die dicke, schuppige Nase hing über seinen schmalen Lippen herab, als fände sie keinen Halt mehr. In seine Cotte, die Bruche und die Beinkleider hätte er inzwischen zweimal hineingepasst. Als sie an ihrem Ziel eintrafen, liefen Ghislain Tränen der Erleichterung über das Gesicht. Josepha, Hugos Ehefrau, empfing sie mit zusammengezogenen Augenbrauen.

Den ganzen vorigen Tag hat Loup in Bewusstlosigkeit zugebracht, nun hielt er seine Augen offen, doch er sagte nichts. Josepha stand über die Herdstelle gebeugt und rührte Grütze in einem Kessel. Hugo war hinaus in den Garten gegangen, um in dem Häuschen, in dem er Kräuter und Saatgut aufbewahrte, nach dem Rechten zu sehen. Ghislain säuberte und polierte die Flöte, die er sich nach dem Verlust der alten geschnitzt hatte. Es war warm in dem Wohnraum, und der Kranke unter der weichen Webdecke hatte etwas Farbe gewonnen. Josepha füllte einen Schlag Grütze in einen Napf und stellte ihn vor Ghislain auf den Tisch.

»Für ihn.« Sie nickte zu Loup herüber, ohne ihn anzusehen. Ghislain legte die Flöte beiseite und nahm das Essen. Loup schüttelte den Kopf, noch bevor er sich setzen konnte.

»Sie ist heiß, sie wird dir guttun«, sagte Ghislain, während er nichtsdestotrotz Platz nahm.

Loup antwortete nicht, ließ sich jedoch in eine sitzende Haltung ziehen. Sorgsam klopfte Ghislain die Kissen in seinem Rücken auf und half ihm, sich dagegen zu lehnen. Hugo hatte das stabile Bett mit seinen hohen Seitenrändern und vier geschnitzten Bettpfosten bei einem Nachbarn geliehen. Dass das Bett mit dem Kranken im Wohnraum in der Nähe der Feuerstelle stand, erregte Josephas Missfallen. Pikiert bemerkte sie das Ausbleiben der Nachbarn und bedauerte, dass nun nicht alle ihre neuen, verzierten Holzlöffel bewundern konnten oder den Stoff, den Hugo aus Marseille gebracht hatte. Vielleicht ging sie deshalb häufiger zum Brunnen, stand am Hofeingang und blieb abends und sonntags nach dem Kirchgang länger fort.

Loup drückte den nackten Unterarm gegen den Mund und hustete heftig. Mit der Bewegung rutschte seine Decke herab. An seinem bloßen Oberkörper konnte man inzwischen mühelos jede Rippe zählen. Ghislain zog die Decke hoch und breitete sie sorgfältig über dem Kranken aus. Seit sie in Viens weilten, hatten Loups Augen an Glanz zurückgewonnen, aber der Auswurf war blutig, und er hatte selten Appetit. Sein Gesicht, von Falten zerfurcht wie spröde Erde, war das eines alten Mannes. Ghislain hob den Napf auf, nahm einen Löffel voll Grütze und hielt sie dem Kranken hin. »Bitte, Loup.«

Loup betrachtete den Jüngeren, als sähe er ihn zum ersten Mal. Das größere seiner beiden Augen zuckte, er öffnete den Mund und schluckte gehorsam.

Josepha drehte sich um und beobachtete die beiden. Ihr Gesicht unter der hellen Haube wirkte streng. Die zuerst steil nach oben weisenden, dann abfallenden Augenbrauen gaben ihr einen Ausdruck ständigen Vorwurfs. Ihre Nase und der Mund waren klein und wirkten beide wie aus Holz geschnitzt. Das graublaue Wollkleid und die hellen Ärmel wiesen keinen einzigen Fleck auf. Sie war eine gute Frau, in deren Haus es an nichts fehlte. Im Hof lag das Feuerholz sauber aufgeschichtet. Der Wasservorrat war stets gut gefüllt. Koch- und Essgeschirr waren in ordentlichem Zustand, die Vorräte, so gut es ging, gegen Nager und anderes Getier geschützt. Die Familie hielt sich mehrere Ziegen, ein Schwein und ein paar Hühner. Hugo handelte mit Tuch und Gewürzen, Josepha hielt das Geld ihres Mannes beisammen. Für Josepha, das wusste Ghislain, waren Loup und er lediglich zwei weitere Mäuler, die es zu stopfen galt. Für sie hatte Loup nie zur Familie gehört. Unehrlich war er, Hugos jüngerer Bruder, ein Taugenichts, ein Vagabund, den sie am liebsten nicht gekannt hätte.

Geduldig brachte Ghislain Loup dazu, mehr Grütze zu essen. Endlich ließ der sich erschöpft in die Kissen zurücksinken und schlief ein.

Bald darauf kam Hugo aus dem Garten zurück. Josepha füllte eine große Schüssel mit Grütze, stellte sie auf den Tisch und legte eine Scheibe Speck an den Platz ihres Mannes. Das Essen verlief schweigend.

Gegen Ende des Mahls begann Loup wieder zu husten. Hugo setzte sich an das Bett seines Bruders. Der Hustenanfall hatte einen feinen, blutigen Sprühregen auf der Webdecke hinterlassen. Er holte ein Tuch hervor und wischte dem Jüngeren sanft über die Lippen, sagte etwas. Dann, die Köpfe zueinander geneigt, flüsterten die beiden miteinander.

Ghislain beobachtete sie. Die Brüder sahen sich nicht im Mindesten ähnlich. Während Loup immer kräftig gewesen war, hatte Hugo eine hagere Gestalt, an der alles lang war. Einmal lachten sie, und das Geräusch war schmerzhaft ungewohnt, denn Ghislain hatte Loup schon lange nicht mehr lachen hören.

Hugo drehte sich zu ihm um. »Spiel uns ein Lied, Ghislain«, bat er.

Josepha nahm ihren Stickrahmen von der Fensterbank, wo eine Bespannung aus Ziegenleder den kalten Wind von draußen abhielt. Solange das Talglicht brannte, wollte sie arbeiten. Das Feuer im Herd hatte sie noch einmal geschürt, nun würde es für die Nacht reichen.

Ghislain nahm die Flöte und ließ die Finger über die Löcher gleiten. Loup sah ihn an. Seine Wangen hatten sich gerötet, sein Blick war wach. Ghislain entschied sich, das erste Lied zu spielen, das er je von Loup gehört hatte. Während er spielte, suchte er dessen Blick. Loup lächelte.

Später am Abend trat Hugo an Ghislains Seite und legte ihm eine Hand auf die Schulter. »Ich denke, es geht ihm besser«, sagte er. Ghislain nickte. Dann stand er auf und ging in den Stall hinüber, wo Josepha ihm sein Lager bereitete, seit sie in Viens eingetroffen waren.

Im Frühjahr des Jahres 1238 starb Loup, ein alter Mann von knapp vierundvierzig Jahren.

Auch als die Leichenwäscherinnen gekommen waren, um den Körper für die Beerdigung bereit zu machen, ließ Ghislain sich nicht vertreiben. Starr kauerte er neben dem Toten, so wie er Loup auch im Moment des Todes nicht verlassen hatte. Die Kerzen, die böse Geister abhalten und dem Sterbenden seinen Weg erleuchten sollten, waren niedergebrannt, die Luft stickig von Rauch, zu vielen Menschen und Krankheit. Durch kleine Fensteröffnungen kroch der Tag herein. Seit Stunden hatte Ghislain nicht gesprochen, war sich nicht einmal mehr sicher, ob er noch sprechen konnte. Nur einmal hatte er geschrien, als Hugo, nachdem er den Ausdruck von

Loups Augen und die Schmerzempfindlichkeit seiner Haut sorgfältig überprüft hatte, Augen und Mund seines Bruders geschlossen und dessen Kopf bedeckt hatte. Da hatte er geschrien und die Decke wie von Sinnen von Loups Gesicht heruntergezerrt, womit er einen kleinen Tumult auslöste. Hugo und Josepha hatten ihn festgehalten. Josepha hatte ihm schließlich mit aller Kraft links und rechts auf die Wangen geschlagen, doch erst als sein Blick auf Loups Gesicht gefallen war, war ihm klar geworden, dass ihn sein Freund, der, der ihm so lange ein Vater gewesen war, für immer verlassen hatte, und er war verstummt. Kurz darauf war Josepha aus dem Haus gegangen, um alles Weitere zu veranlassen. Hugo hatte sich in sein Vorratslager zurückgezogen und war nun dabei, die Bücher zu überprüfen. Den toten Loup hatte man unter seiner Decke auf der Erde liegend zurückgelassen.

Schon als sich Loups Ende abgezeichnet hatte, hatte man den Kranken aus dem Bett gehoben und auf den Boden gelegt. Demut stand jedem Sterbenden an. Aus dem Staub kam man und war selbst nichts als Staub. Die einzige Hoffnung bestand darin, zum Herrn zurückzukehren. Gemeinsam hatten sie gebetet, und Ghislain und Hugo hatten abwechselnd Loups Hand gehalten. Mit schwacher Stimme hatte der seine Sünden gebeichtet: Neid, Hass, Geiz, Zorn, Traurigkeit, Diebstahl, unreine Küsse und Umarmungen. Er hatte seinen Bruder, dessen Frau und Ghislain um Verzeihung gebeten für alles, was er ihnen angetan haben mochte, und sie hatten es ihm gleichgetan. Die Kerze zu halten, die man ihm gereicht hatte, dazu hatte er keine Kraft mehr gehabt. Hugo hatte diese Aufgabe für seinen Bruder übernommen. Mit geweihtem Öl hatte schließlich der Priester Kreuze auf Loups Kopf, Augen, Ohren, die Nase, die Lippen, Hals, Brust, Herz- und Schultergegend, Hände und Füße gemalt und

Gott angefleht, ihn von seinen Sünden zu reinigen, ihn gesunden zu lassen oder zu erlösen. Obwohl Loup so schwach gewesen war, dass man ihn kaum gehört hatte, hatte er nicht aufgehört zu beten. Mitten im *De Profundis* war seine Stimme für immer gebrochen.

Es waren die Leichenwäscherinnen, die die Decke schließlich wieder von seinem Körper genommen hatten. Fremd war er Ghislain da erschienen, denn nur wenig an dem abgemagerten Leib erinnerte ihn noch an den kräftigen Mann, mit dem er so viele Jahre geteilt hatte, und doch hoffte er darauf, der Brustkorb möge von Neuem anfangen sich zu heben und zu senken, begleitet von jenen Geräuschen rasselnden Atems und Hustens, die seinen Kopf ausfüllten. Doch alles blieb still.

Statt zu hören, sah er Loups Knochen, die sich unter der Haut abzeichneten, als wollten sie hindurchstoßen. Er sah die schlaffen, weißen Hinterbacken, als man ihn kurz umdrehte, und erinnerte sich an eine Nacht, in der der Ältere vor Lust keuchend und sehr lebendig über einer Frau gelegen hatte. Er sah seine dünnen Arme und Beine, gelbe Fuß- und Fingernägel. Er sah den nur noch von dünnen, weichen Haaren umstandenen Schädel und im Kontrast dazu drahtige, graue Haare überall auf dem Körper. Er sah die Nase, im Tod noch prominenter geworden, die eingefallenen Wangen und den Unterkiefer, der ohne Halt auf die Brust herabhing und den Blick auf eine schwarze Mundhöhle mit wenigen braungefärbten Zahnstummeln freigab. Man würde den Unterkiefer doch festbinden müssen. Er sah die Augen, tief in ihre Höhlen zurückgesunken, darüber die Augenlider, die Hugo seinem Bruder geschlossen hatte, wie auch den Mund, genau so, wie man es von einem Verwandten erwartete.

Seit Loup gestorben war, hatte sich der Ausdruck von Schmerz aus seinem Gesicht gelöst und war einer Leere gewichen, die Ghislain verstörte. Wenn er die Hand ausstreckte und die Leiche berührte, erschien es ihm, als durchströme ihn Eiseskälte. Der Freund war unwiderruflich fort und hatte ihn zurückgelassen. Schon lange hatte er sich nicht mehr so einsam gefühlt.

Immer noch schweigend beobachtete er, wie man dem Leichnam das feine Totenhemd überstreifte, das Loup gekauft hatte, als er viel jünger gewesen war, in Vorbereitung auf das sichere Ende, das jeden erbärmlichen Sünder ereilte. Er hatte sich den Stoff einiges kosten lassen, und Hugo hatte es, auf einer Handelsreise in den Süden, in Santiago de Compostela zum Grab des Heiligen gebracht. Nun kreuzte man Loups Arme, um ihn in das Leichentuch einzuschlagen, in dem man ihn der Erde überantworten würde. Vorher würde man ihn im Sterbehaus aufbahren. Es würde mehr Gebete geben. Wie von selbst tasteten Ghislains Finger nach der Flöte um seinen Hals, glitten erst nur über die Löcher, bevor er das Instrument an die Lippen setzte. Auf der Suche nach etwas Bekanntem richteten sich seine Augen auf Loups unbedecktes Gesicht, blieben an den Augenbrauen hängen, die kräftig geblieben waren wie eh und je. Die ersten Töne klangen unsicher und schrill, als kämen sie von jemandem, der gerade lernte. Unbeirrt suchte er weiter. Zwischen die Misstöne begannen sich angenehme zu mischen, dann griffen seine Finger sicherer, fanden eine Melodie. Ein Tanzlied war es, das er spielte, eines, das Loup gemocht hatte, eines, bei dem er Frauen angesprochen hatte, um später mit ihnen in den Büschen zu verschwinden. Ghislain spielte, variierte und fing von vorne an. Langsamer spielte er das Lied und getragener, damit der Himmel Loup gnädig aufnehmen mochte, und während er spielte, rannen ihm unaufhaltsam Tränen über das Gesicht.

Am Tag nach der Beerdigung fand Hugo Ghislain hoch oben auf der Gartenmauer sitzend vor. Der Junge, aus dem, wie er nun feststellte, längst ein junger Mann geworden war, hatte die Beine angezogen, spielte Flöte und starrte in die Ferne. Er trug die alte Cotte, die er auch getragen hatte, als Loup und er in Viens angekommen waren, farblos graue Beinkleider und keine Schuhe. Sein Haar war über den Winter länger geworden, und Hugo fühlte sich angesichts der dunklen Locken umso mehr an den Kleinen erinnert, den Loup ihm vor so vielen Jahren vorgestellt hatte. Er schätzte, dass Ghislain heute um die fünfzehn oder sechzehn Jahre alt sein musste, doch erschien er ihm älter. Wie bei vielen, die einen Großteil ihres Lebens auf der Straße zugebracht hatten, war die Kindlichkeit früh aus seinem Ausdruck verschwunden. Eine über der Nasenwurzel steil aufsteigende Linie teilte seine Stirn in zwei Hälften. Zumeist wirkte er sehr wachsam, oft auch angespannt. Heute war sein Blick voller Trauer.

Hugo seufzte. Kurz dachte er daran, dass dieser hier sein Sohn sein könnte. Josepha und ihm waren nie Kinder vergönnt gewesen. Alle waren sie vor oder kurz nach der Geburt gestorben. Irgendwann war Josepha überhaupt nicht mehr schwanger geworden. Wundermitteln hatte sie sich verweigert. »Gott will es nicht«, hatte sie gesagt, »unsere Aufgabe in dieser Welt ist eine andere. Er will nicht, dass wir dem schmutzigen, tierischen Verlangen nachgeben, wie es alle Sünder tun.«

Hugo hatte ihre Haltung bewundert und sich doch sehnlich ein Kind gewünscht, einen Nachfolger. Wenn Ghislain mein Sohn wäre, überlegte er, würde ich ihn in das Geschäft einführen. Später würde er für uns sorgen. Doch er verwarf den Gedanken. Josepha hatte schon ausgemacht, dass ihr

Neffe nach Viens ziehen würde, wenn Hugo sich vom Geschäft zurückziehen wollte. Er verschränkte die Arme.

»Als dich Loup zum ersten Mal zu uns gebracht hat, hast du auch oft dort oben gesessen«, sagte er.

Ghislain ließ die Flöte sinken und wandte den Blick zur Seite, doch Hugo konnte sehen, dass Tränen in seinen Augen standen. Auch er kämpfte mit sich, zog die Nase hoch und spuckte aus. Nach einer Weile sah Ghislain zu ihm hin. Sein Mund zuckte, und es war dieser Mund, in dem sich die Beherrschtheit seines Ausdrucks nicht spiegeln wollte. In diesem Mund steckte der kleine Junge. In der Unterlippe zitterte die Angst, in der Oberlippe kämpften Mut und Trotz, und die Mundwinkel waren Gradmesser seiner Gefühle. Mit den Fingern tappte Ghislain einen raschen Rhythmus auf die Mauer. Hugo trat unwillkürlich von einem Bein auf das andere. Der Junge schien es gar nicht zu bemerken, klopfte einen neuen Rhythmus, als habe er den anderen vergessen, und hörte abrupt auf.

»Wie war ich damals?«, fragte er. »Wo kam ich her?«

Hugo lüpfte seinen Filzhut, kratzte sich den Schädel und spürte Schweiß unter seinen Fingern. Meine gute wollene Cotte ist viel zu warm für heute, dachte er, während er über die Verzierungen an den Ärmelaufschlägen strich. Vom Gürtel hing der Beutel herab, aus dem er Almosen zu geben pflegte, und eine kleine Wachstafel für Notizen. Er kniff die Augen zusammen, die Sonne war gleißend, auch wenn sie den höchsten Punkt überschritten hatte.

»Es war ein heißer Sommer«, erinnerte er sich. »Es war das Jahr, in dem der französische König Avignon belagerte. Es war auch das Jahr, in dem der König starb und ein Kind König wurde.«

Zwei Dohlen umspielten einander in der Luft. Eine machte eine Drehung, stürzte herab und fing sich wieder. Auf der anderen Seite der Mauer, zur Straße hin, leckte eine Ziege über einen Stein. Fliegen umschwirrten einen Haufen Unrat.

»Loup kam im Frühherbst. Ich war überrascht, denn er besuchte uns insgesamt eher selten zu dieser Zeit. Zwar war er damals schon über dreißig Jahre alt, aber gesund, eigensinnig und kräftig wie ein Bär«, fuhr Hugo fort und musterte Ghislain, als könne er sich damit genauer erinnern. »Du trugst eine halb grüne, halb rote Wolltunika. Es war guter Stoff, doch du warst krank gewesen und hattest dich befleckt. Deine Haare waren schulterlang. Erst hast du kein Wort gesagt. Später, als du zugänglicher wurdest, versuchte ich, in Erfahrung zu bringen, von woher du kamst – ich bin ein Händler, ich höre viele Menschen sprechen –, aber ich konnte es nicht herausbekommen, und vielleicht wusstest du es auch nicht.« Er machte eine Pause. »Oder?«

Ghislain schwieg. Auf der Straße meckerte leise die Ziege. Die Haushälterin des Pfarrers trat vor die Tür und leerte einen Eimer Schmutzwasser aus.

»Nein, ich weiß nichts.« Der Junge schwang die Beine herab, sprang von der Mauer herunter und ließ den Blick über die Umgebung wandern. »Weißt du, dass ich deinen Garten gleich mochte?«, fragte er dann.

»Ich ...« Verblüfft über den Wechsel wandte Hugo den Kopf und musterte die Anordnung der Beete. Er hatte heimische Kräuter gepflanzt und versuchte sich auch an Kräutern und Blumen, die er von seinen Handelsreisen mitbrachte. Er hatte schönen und nützlichen Dingen nie widerstehen können. Er mochte sie. Er mochte auch sein feinverziertes Essgeschirr und die bronzenen Öllampen und Kerzenhalter. Er liebte die Schnitzereien an den Schemeln und den Schreibtisch mit seinen Einlegearbeiten, der in dem kleinen Zimmer stand, welches sich neben seinem Vorratslager befand. Schöne Dinge zogen ihn an, so wie auch die Waren, mit denen er handelte. Er hatte einen Sinn dafür, wusste, wie sie aussehen, sogar wie sie sich anfühlen und riechen mussten, um zu gefallen.

»Die Kleidung haben wir verbrannt. Außerdem trugst du eine Kette bei dir, ein silbernes Medaillon mit einem Vogel darauf«, fuhr er fort, ohne Ghislain anzusehen. »Loup hat mir vor seinem Tod davon erzählt. Er bat mich, es zu verkaufen und mit dem Erlös Messen für seine Seele lesen zu lassen.«

Ghislain drehte sich zur Mauer hin und starrte dagegen. »Ich würde es gerne sehen«, sagte er schließlich.

»Natürlich.« Hugo machte eine fahrige Bewegung. »Ich wollte es dir ohnehin geben. Josepha wird nicht glücklich sein, aber ich werde die Messen für meinen armen Bruder aus meinem Beutel bezahlen. Du wirst uns bald verlassen?«

Ghislain berührte die Mauer.

»Josepha wird davon ausgehen, dass du gehst, jetzt, wo mein Bruder tot ist«, sagte Hugo.

Als der Felsrücken, auf dem Viens lag, schon lange hinter ihm lag, drehte sich Ghislain um und schaute zurück. Sehr bald nach seinem Gespräch mit Hugo hatte Josepha darauf gedrungen, dass er sich auf den Weg machen müsse. »Er gehört nicht zur Familie«, hatte sie gesagt, »ist nicht unser Blut. Er wird immer ein Fremder bleiben, warum sollten wir ihn durchfüttern? Noch dazu, wo niemand weiß, wo er herkommt, noch nicht einmal er selbst. Was ist das denn für einer, der nicht weiß, zu wem er gehört?«

Hugo hatte nichts gesagt. Heimlich hatte er Ghislain eine neue Cotte und Beinkleider aus einer Truhe geholt und ihm ein wenig Proviant eingepackt. »Josepha wird mich schelten«, hatte er gesagt und zaghaft gelacht, während seine Augen um Vergebung gebeten hatten. Wortlos hatten sie voneinander Abschied genommen.

Ghislain kniff die Augen zusammen. Warum nur hatte er noch einmal angehalten? Vielleicht war es ja der Umstand gewesen, dass das Vogelgezwitscher aufgehört hatte. Den Kopf in den Nacken gelegt, musterte er die Wolkenfetzen, die über den Himmel tanzten, sich an den Bergen linker Hand fingen und dort auftürmten. Er sah den schmalen Weg entlang zurück, den er gekommen war und der sich längst im Dunkel des dichten Pflanzenbewuchses verlor. Im Geäst der umliegenden Bäume begannen leise, als wisperten sie, die Blätter zu rauschen. Von ferne war ein Heulen zu hören, das wilde Getrappel einer Herde.

Reglos stand er da, während erste Böen an seiner Kleidung rissen. Der Wind wurde stetiger. Büsche und Bäume bogen sich unter seinem Angriff. Laub wirbelte durch die Luft. Ghislains rechte Hand suchte eine Stelle unter dem wollenen Reisemantel. Eine kräftige Böe peitschte durch die Büsche, zerzauste sein Haar und riss den Umhang über der neuen, braunen Cotte auseinander. Unter seinen Fingern war etwas Silbernes zu sehen. Der Sturm ließ genauso plötzlich nach, wie er angefangen hatte, und es war still. Er ließ die Hand sinken. Um ihn wurde es dunkler und dunkler, dann fielen schwere Tropfen von einem fast schwarzen Himmel. Er zog die Kappe des Reiseumhangs über den Kopf, drehte sich um und setzte seinen Weg fort. Der Regen hatte ihn in kürzester Zeit durchnässt, hörte aber schnell wieder auf. Bald würde er die Straße nach Avignon erreichen. Noch war er sich unsicher, wo er seine Suche beginnen wollte.

3, Aigues-Mortes

Sie summte leise. Dieses Bild sollte ein Lied sein, ein Lied wie diese Gegend: Aigues-Mortes, die toten Wasser, Marschland mit Salz bekrönt, Salzgeruch vom Meereswind herübergetragen, gefüllt mit den Geschichten der See, Geschichten erzählt von fremden Stimmen, begleitet von fremden Liedern, Tönen und Farben, die Händler wohlfeil von weit her brachten und gemeinsam mit ihren Waren anboten, mit ihren Stoffen aus dem Morgenland, Tänzerinnen vom Hof eines Sultans, biegsam wie Weidengerten. Die junge Frau legte den Kopf in den Nacken und spähte zum Nachbarhaus hinüber, wo ein Fensterladen im Wind knarrte. Im zweiten Stock dieses Gebäudes bewahrte ein Tuchhändler seine Waren auf: gutes Wolltuch, Brokate, flatternde, bunte Seide, die junge Mädchen anlockte; kichernd sammelten sie sich unter den bunten Fähnchen. Manchmal konnte sie ihn dort oben sehen, manchmal winkte er ihr mit dem Wachstäfelchen zu, auf dem er Anmerkungen zu Waren, Lieferungen und Kunden notierte.

Als die Glocken die Tierce anzeigten, huschte der kleine Junge, der ihr neuerdings dabei half, die Tafeln für die Entwürfe zu grundieren, durch das Hoftor. Im wechselnden Morgenlicht veränderten auch die Glasscheiben ihre Wirkung. Manche Farben schienen nun strahlender, andere zurückhaltender. Sie lächelte dem Jungen zu, der gleich in die Werkstatt eilte und mit einer geweißten Holzplatte zurückkam. Genauestens prüfte sie die Unterlage, nickte. Er hatte gute Arbeit geleistet. Sie bedeutete ihm, bei ihr zu bleiben, während sie mit Blei das Bleinetz und die ersten groben Strukturen des Bildes anlegte.

III

Die Familie des Glasmalers

Frühjahr 1243 bis Sommer 1243

1. Kapitel

Die Stille hatte ihn geweckt. Behutsam schob sich Clément zur Bettkante vor und setzte sich auf. Stroh kitzelte unter seinen Füßen. Der kalte Steinfußboden ließ ihn schaudern. Sogleich bildete sich eine Gänsehaut auf seinem nackten Körper. Inmitten der Dunkelheit horchte er auf die Geräusche seiner Familie, auf die ruhigen Atemzüge seiner Frau Edwige und die seiner Töchter Lise, Jehanne und Margaux. Eine Erinnerung kam zurück, ließ ihn den schräg gelegten Kopf heben und in Richtung der schmalen Fensteröffnung blicken, wo, kaum merklich, schwaches Licht durch den hölzernen Laden fiel. Die Stille – er sprang auf –, bei den Wundmalen Christi, er konnte keinen Wind mehr hören. Der Sturm, der in den letzten zwei Tagen über das Land getobt war, hatte aufgehört.

Vorsichtig tastete er sich zu dem Schemel hinüber, auf dem er Hemd, Cotte, Bruche und Beinkleider abgelegt hatte. Die Morgenstunden in diesem Frühjahr waren noch recht kühl, und er beeilte sich mit dem Ankleiden. Auf dem Weg in den Burghof hinunter traf er auf die ersten müden Diener, die sich treppauf, treppab an ihre Arbeit zu gehen schickten. Mägde schleppten Wasser herbei. Kohlenbecken wurden gereinigt und neu bestückt. Unten angekommen konnte er die Stimmen der Knechte hören, die aus den Ställen zu ihm heraus drangen. Von irgendwoher kam das Meckern einer Ziege, ein Hahn krähte. Ein gähnender Knappe eilte in Richtung der Latrinen. Der ihm folgende Waffenmeister, die Nase gerötet, die Augen blutunterlaufen, grüßte mit hochgezogenen Brauen, als sei er überrascht, den Glasmaler so früh anzutreffen. Der grüßte zurück, um dann prüfend nach Osten zu schauen, wo ein leichter Schleier zwischen Lila, dunklerem Blau und hellem Rosa den klaren, beinahe wolkenlosen Himmel überzog.

Am Brunnen angekommen zog er sich einen Eimer Wasser herauf und wusch Gesicht und Hände. Das kalte Nass vertrieb die letzten Reste seiner Müdigkeit. Nachdem er einen Schluck getrunken hatte, ließ er die Finger auf den metallenen Ringen ruhen, die den hölzernen Eimer zusammenhielten. So, wie dieses Holz im Laufe der Jahre dunkler geworden war, hatte das Leben Spuren auch an seinen Händen hinterlassen. Breiter und kräftiger waren sie geworden, mit knotigen Knöcheln, die Haut dunkler, fast ledrig, hell nur dort, wo sich Narben und alte Brandmale abhoben. Mit der hohlen Hand schöpfte er noch einen Schluck Wasser, trank und streckte den sehnigen Körper. Mit vollen Zügen sog er die frische Luft ein. Im Osten hatte sich das Farbspiel zwischen hellem Rosa, Graublau und Lila abgeschwächt. Selbstvergessen zupfte er an der braunen Cotte, die über seiner Brust offen stand und den Blick auf das grobe Leinenhemd zuließ, drehte sich um.

Beim entschlossenen Gang über den Hof marschierte er geradewegs in eine der Pfützen, die der wochenlange Regen zurückgelassen hatte, aber er bemerkte es kaum. Fast kam er ins Laufen auf dem Weg zur Kapelle, bremste sich jedoch. Rennen war einem gestandenen Meister der Glasmalerkunst nicht angemessen, konnte er doch nie wissen, wer ihn beobachtete. Als er die Kapelle erreichte und die Tür aufstieß, blieb er kurz stehen, bevor er das Gebäude gemessenen Schritts betrat und sorgfältig die Tür hinter sich schloss.

Augenblicklich war Stille um ihn. Hier drinnen war nichts mehr zu hören vom geschäftigen Erwachen dieser nordwestlichen Burg. Keine Stimmen, kein Klappern, keine Schritte, nur düstere Kälte hing zwischen den gedrungenen Mauern. Vorsichtig bewegte er sich weiter. Rechts schälte sich die kunstvolle Steinmetzarbeit des Weihwasserbeckens aus den Schatten, vorne sah er den geschnitzten Altar. Der Tür genau gegenüber befand sich das Spitzbogenfenster, das die Bauleute auf seine Anweisung hin im letzten Spätsommer in die Ostseite der Kapelle eingefügt hatten. Stumm, beinahe ängstlich richtete er seinen Blick dorthin. Seine Hände ballten sich zu Fäusten. Sein Herz hämmerte bis in den Hals hinauf. Der Atem flog.

Clemens Vitrearius Carnotensis me fecit. Es war vollbracht.

Ohne es wirklich zu bemerken, streckte er die Hände nach oben. Vor ihm leuchtete die heilige Maria, die Gottesmutter, die mit der einen Hand den kleinen Sohn stützte und die andere segnend erhoben hatte. Im Morgenlicht erstrahlte ihr zartes, ovales Gesicht. Ihr grünes Gewand, der rote Umhang und der Heiligenschein leuchteten wie eine Handvoll Diamanten. Sachte bewegte er die Finger, fuhr die Konturen nach. Jeden Abschnitt des Fensters begutachtete er. Wie viel Sorgfalt hatte er nicht in dieses Bild gesteckt, mit wie viel Bedacht das bunte Glas gewählt. Mit Gottes Hilfe war es vollbracht worden. Gott zu danken stand die Gottesmutter vor seinen und würde bald vor aller Augen stehen. Langsam, denn er konnte sich kaum von dem Anblick lösen, senkte er den Kopf und fiel auf die Knie: »*Ich danke dir, Herr, in Ewigkeit; / denn du hast alles vollbracht* …«, murmelte er, sagte es lauter und noch einmal. Erst ein Geräusch an der Tür ließ ihn aufhorchen.

Er schaute zurück und sprang auf.

»Edwige!« Wie so häufig hatte seine Frau ihr hellblondes Haar zu einem langen Zopf geflochten und im Nacken zu einem Knoten gewickelt. Auf dem Kopf trug sie eine Leinenhaube. Das blassgraue Frauengewand schmückte ein bunter, geknüpfter Gürtel, dessen Enden bis zu ihren Knien reichten. »Schau nur!« Er streckte beide Arme zum Fenster hin.

»Es ist wunderschön.«

»Findest du?« Jetzt suchte er ihren Blick. »Ich bin so dankbar, Edwige, am liebsten möchte ich hier auf den Knien liegen und Gott danken.«

Seine Augen, funkelnd vor Begeisterung und doch unsicher, trafen ihre. Er konnte nicht sagen, warum ihn diese Aufregung stets von Neuem packte, die Angst vor dem Augenblick, an dem er das fertige Fenster zum ersten Mal sehen würde. Aber war es nicht so, dass der Mensch plante, und nur Gott entschied, was aus diesen Plänen wurde? Langsam kam seine Frau näher heran, ihre leichtfüßigen Schritte waren auf dem gestampften Erdboden nicht zu hören. Dann stand sie vor ihm. Überschwänglich presste er sie an sich, schob sie fort von sich und umfasste ihr Gesicht mit den Händen. Aus ruhigen, grauen Augen sah sie ihn an. Sanft ließ er die Daumen über ihre dichten, geraden Augenbrauen wandern und lächelte. Er kannte dieses Gesicht besser als sein eigenes. Aus dem Gedächtnis konnte er sie zeichnen, die kleine Stupsnase, die zwischen den großen Augen verloren wirkte, den Mund, der ihm einmal wie ein Rosenblatt erschienen war. Aber es war ihr stolzer Gang gewesen, der ihm damals zuerst aufgefallen war, und das Kleid, das ihre Formen umflossen hatte, wie Wasser einen Stein. Heute war ihre einst straffere Gestalt weicher. Feine Linien hatten sich rund um ihre Augen gebildet und führten auch von den Nasenflügeln zum Mund hinab. Und doch war sie immer noch so fröhlich, wie sie es als junges Mädchen gewesen war. Er spielte mit den Härchen in ihrem Nacken, spürte Haut, die nicht mehr ganz so weich war wie früher, aber vertraut, berührte ihre Hände, die durch die Arbeit im Laufe der Jahre kräftig und rau geworden waren. Damals, in Chartres, wo sie aufgewachsen war, hatte jeder gewusst, dass sie bisher alle Verehrer abgewiesen hatte. Es hieß, ihr Vater, ein ortsbekannter Glasmaler, der an der berühmten Kathedrale gearbeitet hatte, habe sich deshalb schon die Haare gerauft. Ein Blick von ihr verwandle gestandene Männer in stammelnde Jünglinge zurück. Angebote hatte es trotzdem viele für sie gegeben. Die Werkstatt, in die man einheiraten würde, war ein Anreiz, die Aussicht auf das hübsche Mädchen verlieh den Bittstellern die nötige Leidenschaft. Er selbst war neu in der Stadt gewesen. Lächelnd war ihre erste Begegnung verlaufen, auch wenn ihm die nächste einen Korb eingebracht hatte. Seinem Eifer hatte dies keinen Abbruch getan. Natürlich hatte er bald darauf erfahren, wer sie war und nicht mehr locker gelassen. Fast ein Jahr lang hatte er um sie geworben. Bedauerlicherweise hatte sich schließlich Thomas Le Bœuf, ein junger Glasmaler aus der Werkstatt ihres Vaters, mit dem er sich in seinen ersten Tagen in Chartres befreundet hatte, als sein einziger, ernst zu nehmender Rivale erwiesen. An dem Tag, an dem sich die Glasmalertochter für ihn, den Fremden, entschieden hatte, war Thomas verschwunden. Bald darauf hatte es auch Clément zurück auf Wanderschaft getrieben. Ohne zu murren war ihm seine junge Ehefrau gefolgt. Von Baustelle zu Baustelle waren sie gezogen. Nicht überall hatte man nach Buntglasfenstern verlangt oder auch nur das nötige Geld dafür zur Verfügung gehabt. So war er Wandmalern zur Hand gegangen, hatte alte Fenster ausgebessert und Hilfsarbeiten verrichtet, immer auf der Suche nach dem großen Auftrag, den es in seiner Vorstellung schon immer gegeben hatte.

Gleichwohl hatten sie eine schöne Zeit gehabt. Lise war zur Welt gekommen, die nun schon vierzehn Jahre zählte, etwa drei Jahre darauf Jehanne und vor vier Jahren die kleine Nachzüglerin Margaux. Kurz nach Jehannes Geburt waren sie noch einmal nach Chartres zurückgekehrt. Gemeinsam mit seinem Schwiegervater hatte er bei Ausbesserungsarbeiten an der großen Kathedrale geholfen, und Edwige hatte die ihr vertraute Umgebung genossen. Abends, wenn alle schliefen, hatten sie sich leidenschaftlich geliebt. Von der Scheu, die ihre ersten Begegnungen geprägt hatte, war zu jener Zeit schon längst keine Spur mehr geblieben. Ein-, zweimal wurde Edwige schwanger und verlor das Kind, ein bedauerlicher Umstand, aber nichts, was das Leben zum Stillstand brachte. Die anderen Kinder lebten ja und gediehen gut. Sacht strich er seiner Frau über die linke Wange. Obwohl er selbst nicht groß war, reichte ihm die zierliche Edwige gerade bis zur Schulter. Mit einem Seufzer legte sie den Kopf gegen seine Brust. »So ist es also vollendet«, flüsterte sie.

»Ja, es ist vollbracht.« Noch einmal drückte er sie an sich.

»Wir werden weiterziehen müssen. Du wirst dir neue Arbeit suchen«, sagte sie.

Dann schwiegen beide. Sie hatte sich nie beschwert, auch nicht, als es ihn nach dem Tod ihres Vaters verlangt hatte, Chartres und die Werkstatt zu verlassen und nach Rouen zu gehen. Wohin würde ihr Weg sie dieses Mal führen? Schon vor dem Auftrag hier hatte er lange nach Arbeit gesucht. Wohl hatte es Anstellungen zu Ausbesserungs- und Hilfsarbeiten gegeben, aber sie hatte in seinen Augen sehen können, dass ihm dies nicht genügte. Manchmal beobachtete sie ihn, wenn er über den Arbeitstisch gebeugt stand und den Marderhaarpinsel mit der gleichen behutsamen Zärtlichkeit über das Glas führte wie abends die Finger über ihre Haut. Sie wusste, wie viel ihm seine Arbeit bedeutete, und doch gab es einen Ort, an den ihre Gedanken nicht rühren wollten. Vorsichtig, als könne sie ihn verletzen, löste sie sich von ihm und sah zum Fenster hinauf.

Clément lächelte. Ob Edwige ihr Gesicht erkannte, die Augen und den Mund? So oft hatte er sie schon gemalt, und jedes Mal näherte er sich ihr nur ein kleines Stückchen mehr. Er sah, wie sich ihr Körper straffte.

»Wir werden bald aufbrechen?«, fragte sie ruhig, indem sie sich zu ihm drehte. Er nickte.

Edwige beugte sich vor und stützte die Hände auf dem Tisch auf. Sie hatte begonnen, ein neues Schmuckband zu knüpfen, aber ihre Gedanken wanderten stetig fort, und nun hielt sie inne. Seit dem frühen Morgen war sie kaum die Länge ihrer Hand weit gekommen, nun war es bald Mittag. Mit zitternden Fingern ordnete sie die bunten Fäden nebeneinander an. Das Wetter war gut, und sie hatte den Fensterladen weit geöffnet. Von draußen leuchtete heller Sonnenschein auf den Tisch und Teile des Steinfußbodens. Von unten drangen Stimmen zu ihr herauf. Sie konnte hören, wie Anweisungen gerufen wurden. Im Vorhof führte der Waffenmeister seine Schützlinge in seine Kunst ein, und klappernd drang das Geräusch der Übungsschwerter bis zu ihnen hinauf. Mit einem leisen Seufzer bückte sie sich, hob ein rotbraunes Fadenknäuel vom Boden auf und legte es zu den anderen. Wie lange war es her, dass sie nicht mehr an Thomas gedacht hatte? Dabei waren sie einmal Freunde gewesen. Sie hatten einander Geschichten erzählt, damals in Chartres, hatten gelacht und gesungen, und sie hatte die Bewunderung der beiden jungen Männer genossen, ohne Fragen zu stellen, wie man das als Mädchen so tat. Über alle Freundschaft hinaus hatte es ihr gefallen, wie sich Clément und Thomas um sie bemüht hatten. Sie hatte sich an ihren kleinen Geschenken erfreut. Sie hatte die unbeholfene Tapsigkeit gemocht, mit der Thomas sein Lob ihrer Schönheit in Worte fasste, und die ungezügelte Freude Cléments angesichts ihres Staunens über die Kunstfertigkeit des kleinen Bildes, das er für sie angefertigt hatte. Für keinen der beiden hatte sie ihre freundschaftlichen Gefühle je aufgegeben, und doch hatte sie sich Clément irgendwann näher gefühlt. Es war die Leidenschaft gewesen, mit der er seiner Arbeit nachging und an der er sie wie selbstverständlich teilnehmen ließ. Es waren die stillen Momente, in denen sie bemerkte, dass er sie mit erstauntem Ausdruck beobachtete, als betrachte er einen wunderbaren Schatz, der unerklärlich vor ihm aufgetaucht war. Sie mussten nicht immer sprechen, oft verstanden sie einander auch ohne Worte. Also hatte sie sich für ihn entschieden. Dass beide Männer das Gleiche in die Ehe einbrachten, hatte ihren Vater überzeugt. Sie dagegen war sich sicher gewesen, dass Clément und sie auch ein gemeinsames Leben teilen konnten.

Hatte sie Thomas deshalb vergessen? Nein, vielmehr hatte sie lange nicht an ihn zu denken gewagt. Zu Anfang, auf Wanderschaft, kurz nach ihrer Hochzeit, hatte sie sogar gefürchtet, ihn auf irgendeiner Baustelle anzutreffen, denn gute Arbeit für Glasmaler war oft rar, und wie schnell sammelten sich viele von ihnen an einer Stelle. Inzwischen fiel es ihr schwer, sich seine Gesichtszüge in Erinnerung zu rufen. Vage hatte sie seine stämmige Gestalt vor Augen, sein dunkles Haar, und sie dachte an den Stiernacken und die Sturheit, die ihm seinen Beinamen eingebracht hatte: Le Bœuf. Schon am Tag, als sie ihm ihre Entscheidung mitgeteilt hatte, Clément zu heiraten, hatte er Chartres verlassen, ohne ihr Lebewohl zu sagen. Nachbarn hatten ihn weggehen sehen. Er hatte sie nichts gefragt und ihr keine Zeit zur Erklärung gegeben, hatte auch niemandem gesagt, wohin er gehen wolle. Von einem Tag auf den anderen war der Kreis ihrer Freundschaft zerbrochen, und die Erinnerung schmerzte noch heute.

»Maman!«, drang die energische Stimme ihrer ältesten Tochter Lise in ihre Gedanken, aber sie drehte sich nicht um. Paris war es, an das sie nicht zu rühren wagte, der einzige Ort, den sie bisher nicht aufgesucht hatten. Irgendwann im letzten Sommer hatte ein fahrender Händler davon erzählt, dass der König dort eine neue Kirche für die Dornenkrone Christi bauen lasse und zu diesem Zweck die besten Handwerker zu sich rufe. Es war ihr nicht entgangen, wie aufmerksam Clément dem Staubfuß zugehört hatte.

»Maman, hör doch!«

Edwige zog ob der neuen Störung die Augenbrauen zusammen, drehte sich um und schaute ihre Tochter an. Ihre Älteste trug ihr graublaues Frauengewand und hielt ihr besseres, grünes hoch in die Luft gereckt.

»Darf ich es anziehen? Ausnahmsweise, nur heute.«

»Aber du wolltest dieses Kleid doch nur am Tag des Herrn tragen.« Edwige schüttelte den Kopf. »Nur deshalb hat dein Vater dem Kauf zugestimmt.«

Die mittlere Jehanne ließ etwas zwischen Lachen und Schnauben hören und verdrehte kurz die Augen. »Es ist dieser blonde Stallknecht, nicht wahr? Oh, Mathieu, ich ...«, versuchte sie die Schwester nachzuäffen, doch rasch versagte ihr die Stimme, und sie kicherte lauthals.

»Das geht dich überhaupt nichts an«, fauchte Lise unsicher in Richtung der Jüngeren, während zartes Rot ihre hellen Wangen überzog.

Die rümpfte die Nase. »Seit Neuestem verdächtigt unsere Lise nämlich jeden Mann im Umkreis von Meilen, ihr schöne Augen zu machen.«

Die Ältere wurde noch röter. »Du bist bloß neidisch, weil alle dich kleines Mädchen nennen und niemand dich Klappergestell anschaut.« Ihre Stimme bebte.

Jehanne hob die Schultern bis fast zu ihren Ohren. »Das ist mir auch ganz gleich!«, gab sie zurück, zog ein Messerchen aus einer Scheide an ihrem Gürtel und widmete sich einer Schnitzerei. Edwige, die eben noch mit einem Lächeln gekämpft hatte, betrachtete ärgerlich die Späne, die die Elfjährige achtlos auf den Boden fallen ließ.

»Jehanne, du befindest dich nicht im Hof«, wies sie das Mädchen zurecht.

»Das Stroh muss doch ohnehin ausgewechselt werden«, kam es zurück.

»Noch ein Wort, und diese Aufgabe wird dir übertragen.«

Jehanne öffnete den Mund, schloss ihn aber gleich wieder und zog sich mit mürrischer Miene zum Fenster zurück. Innerlich seufzend verstaute Edwige das angefangene Schmuckband in ihrem Beutel. Nur kein Streit heute. Manchmal war ihre Mittlere einfach unausstehlich, so wie sie zwischen dem Bedürfnis nach Anlehnung, Misslaunigkeit und Eigensinn hin und her schwankte, und Lise hatte zweifellos recht: Jehannes Figur hatte noch nichts Frauliches an sich, alles an ihr war entweder knochig oder flach, wohingegen die Ältere selbst schon wohlgerundet war und Margaux ... Sie warf einen Blick auf ihre Jüngste, die mit einem von Jehannes geschnitzten Püppchen spielte und, wie so häufig, die Welt um sich herum vergessen zu haben schien. Dann schaute sie erneut zu Jehanne. Wenn das Mädchen sich besonders konzentrierte, schob sich die Zungenspitze zwischen ihren Lippen hervor. Ihre Launen wechselten schnell. Schon sah sie wieder zufrieden aus, die Gesichtszüge hatten sich entspannt. Sorgsam achtete sie darauf, keine Holzspäne auf den Boden fallen zu lassen. Wenn auch Lise eindeutig die hübschere war, so hatte Jehanne immerhin nicht nur das mausbraune Haar ihres Vaters geerbt und dessen lange, etwas krumme Nase, sondern auch sein handwerkliches Talent. Unzweifelhaft schön waren nur ihre schmalen Augen, die in manchem Licht grün, dann wieder blau und manchmal sogar braun wirkten.

Während sie Spänchen um Spänchen von ihrer neuen Schnitzerei abhob und zum Fenster hinausfallen ließ, musste Edwige lächeln. Die Hände dieses Mädchens hielten nie still, ob sie dem Vater nacheiferte und Bildvorlagen auf Holztafeln malte oder schnitzte. Auf einem Teil der Fenstereinbuchtung stand eine ganze Ansammlung von Holzfigürchen, die seit Beginn ihres Aufenthalts entstanden waren. Hier stand die hübsche Rappstute der Burgherrin in Miniaturausführung, dort einer der Jagdvögel des Burgherrn. Sie nahm den kleinen Falken in die Hand und begutachtete ihn. Der Blick ihrer Tochter war scharf. Bis in die ausgebreiteten Schwingen hatte sie die Lebendigkeit des Tieres kopiert. Den Schnabel leicht geöffnet, hatte der kleine Holzfalke etwas Bedrohliches wie wohl auch sein lebendiges Vorbild. Sie runzelte die Stirn. Eigentlich war es ihr lieber, wenn sich ihre Tochter von den kostbaren Jagdvögeln des Burgherrn fernhielt. Allerdings war sie auf andere Weise nicht von Cléments Seite zu bringen. Wenn man es nur zuließ, stand sie vom ersten Entwurf an unweigerlich neben ihm, sah zu, wie der Vater das Glas zurechtschnitt, wartete, ebenso aufgeregt wie er, auf das Glas, das er den Zwischenhändlern abkaufte, verfolgte, wie aus einzelnen farbigen Glasstücken ein Bild entstand, wie Strukturen und Faltenwurf mit Schwarzlot aufgetragen wurden – und hielt ihn von der Arbeit ab …

»Maman!«, war wieder Lise zu hören.

»Zieh es an«, antwortete Edwige, deren Blick erneut auf Margaux verweilte. Keines ihrer Kinder war je so zart gewesen wie dieses kleine Mädchen, und manchmal schnürte ihr die Unsicherheit darüber das Herz zusammen.

»Meinst du wirklich?« Ihre Älteste schien überrascht.

»Ja, wir werden ohnehin bald abreisen.«

»Aber, ich dachte …«

»Dass wir hierbleiben? Wir können nicht bleiben, das weißt du.« Edwige ging zu Margaux hinüber und hob ihre Jüngste vom Boden auf. Die ließ es sich gefallen, schlang die Arme um den Hals der Mutter und drückte einen feuchten Kuss auf deren linke Wange. Stumm erwiderte Edwige die Liebkosung. Die Kleine war federleicht. Mit ihr auf dem Arm ging sie zur Tür. »Dein Vater hat seine Arbeit beendet. Es ist Frühjahr. Wir gehen nach Paris.«

Heftig atmend, denn Clément hatte ihr keine Pause gegönnt, lehnte Edwige an der Turmbrüstung und sah über das Land hinweg. In dieser Nacht wirkte die Umgebung wie mit Silber überzogen, und der kleine Fluss war ein Band aus schwarzem Glas. Ab und zu bewegten sich die Wipfel der Bäume im Wind, oder der Mond verschwand hinter Wolken, sodass sie in Finsternis standen. Sie hatten beide nicht schlafen können und waren irgendwann gemeinsam aufgestanden. Ihre Schritte hatten sie hierhergeführt, wo Clément schon so oft gestanden und nach Süden, nach Paris, geschaut hatte. Hatte er eben neben der Tür gelehnt, trat er nun hinter sie und umfing sie mit seinen Armen. Sie legte den Kopf zurück, horchte auf sein Atmen, machte sich los und drehte sich um. Mit einer Bewegung dehnte sie ihren Rücken und stützte die Hände nach hinten gegen die Mauer. Zwischen Licht und Schatten sah das Gesicht ihres Mannes hohlwangig aus. Seine Augen hatte er auf einen Punkt irgendwo weit draußen gerichtet, dann bemerkte er ihren Blick und lächelte sie an. Mit einer Hand griff er nach ihrem Zopf und zog sie näher an sich heran. Ihre Körper berührten sich. Sie wich zurück, aber schon umarmte er sie erneut. Wie die Flügelschläge eines Vogels pochte ihr Herz gegen den Käfig ihrer Rippen.

»Wir sind nicht mehr jung«, sagte sie.

»Ich weiß.« Sie spürte seine ruhigen Atemzüge auf ihrer Stirn, die Berührung seiner Lippen. »Du willst Ruhe, nicht wahr?«, flüsterte er. »Eine Werkstatt, einen Ort, an dem wir bleiben ...«

Sie schaute auf seine Brust. »Lise ist traurig, dass wir fortmüssen.«

»Und Jehanne?«

Sie zuckte die Schultern. »Jehanne ist dir ähnlich. Es kümmert sie nicht.«

Wieder spürte sie seine gleichmäßigen Atemzüge auf ihrer Stirn. Paris – eigentlich war es ein Wunder, dass er über all die Jahre hinweg niemals darauf bestanden hatte, dorthin zu gehen. Näher als Saint-Denis waren sie nie gekommen. Er hatte ihre Wünsche stets respektiert. Wieder küsste er sie.

»Als ich damals von diesem Bau hörte ...«, setzte er an, hielt inne und begann erneut: »Ich möchte einmal in meinem Leben etwas schaffen, das der Schönheit Gottes angemessen ist, Edwige.«

Sie legte den Kopf an seine Brust, horchte auf seinen ruhigen Herzschlag. »Ich weiß.«

Er lockerte seine Umarmung, hielt sie bei den Armen. »Ich bin ein guter Glasmaler.«

Von weiter unten klangen Stimmen zu ihnen herauf.

»Ich weiß«, wiederholte sie.

Er räusperte sich. »Ich will bereit sein, wenn die Gelegenheit da ist, verstehst du? Außerdem bin ich hier fertig. Man hat keine Verwendung mehr für mich. Wenn wir uns beeilen, können wir Paris in ein paar Wochen erreichen. Das Jahr ist lang genug.«

»Und Thomas?« Sie hob den Kopf. »Heißt es nicht, er sei nach Paris gegangen? Du weißt, dass er dort sein könnte. Dieser Bau wird viele anlocken.«

»Denkst du immer noch an ihn? Muss ich eifersüchtig sein?« Mit dem Zeigefinger strich er von ihrer linken Schläfe, über die Wange bis zu ihrem Mund. »Aber wir können doch nicht ewig voreinander weglaufen. Es ist so lange her. Wir haben es vergessen. Er wird es auch vergessen haben.«

»Ja, vielleicht hast du recht.«

Sie schwiegen beide.

»Bist du gut bezahlt worden?«, fragte sie.

»Das, was wir ausgehandelt haben.« Clément ließ sie los und verschränkte die Arme vor der Brust. Edwige musterte ihn. Zur letzten Verhandlung mit seinem Auftraggeber hatte er sich besondere Mühe mit seinem Aussehen gegeben, sogar den Bart hatte er sich frisch gestutzt und das Haar ordentlich gekämmt. Handbreit um Handbreit, vom Scheitel seines Haars über die Cotte aus gutem Stoff bis hin zu den Sohlen seiner Rindlederschuhe entsprach er dem Bild des erfolgreichen Handwerkers, der seinen Auftrag zu aller Zufriedenheit ausgeführt hatte. Nun war die Arbeit erledigt. Sie seufzte. Es würde schwerfallen, die Sicherheit aufgeben zu müssen. Jedes Mal fiel es schwerer, sie wurden schließlich tatsächlich nicht jünger. Sie lehnte sich gegen ihren Mann. Der legte den Arm um sie. Als sie zu ihrer Kammer zurückkehrten, schliefen die Mädchen. Leise zogen sie einander aus und krochen unter die Decken. Ihre Bewegungen erfolgten in völliger Übereinstimmung. Mit seinen Händen streichelte und lockte er sie, bis sie die Schenkel öffnete und ihn willkommen hieß.

2. Kapitel

Ohne Unterlass tropfte das Wasser von Ästen und Blättern herunter auf den Boden. Überall hatten sich Rinnsale, sogar kleine Bäche und Schlammlöcher gebildet. Die Bäume waren dunkel vor Feuchtigkeit, der Boden im Übermaß vollgesogen, doch das Schlimmste schien überstanden. Der Regen hatte aufgehört. Die ersten Tiere wagten sich aus ihren Verstecken hervor. Rehe musterten großäugig ihre Umgebung. Wildschweine wühlten den schlammigen Boden auf. Vögel ließen ihre Lieder hören oder stießen Warnrufe aus.

Der magere Gesetzlose war den Spuren der kleinen Gruppe schon eine Weile gefolgt, stets darauf bedacht, nicht gesehen zu werden. Er war hungrig und müde; ohne ein geschütztes Plätzchen hatte er über die letzten Tage nur wenig Ruhe gefunden. Nichts Trockenes war mehr an ihm. Der Regen hatte seine Kleidung durchdrungen. Feuchte Kälte ließ seine Gelenke schmerzen. Immer wieder lösten sich Wassertropfen aus seinen Haaren und glitten seine Nase entlang nach unten. Jedes Mal wischte er sie mit dem Handrücken fort. Als er sich am Kopf kratzte, enthüllte er ein geschlitztes Ohr. Es war lange her, dass man ihn auf diese Weise bestraft hatte, und er hatte schnell lernen müssen, wie schwer es Gezeichnete in dieser Welt hatten. An dem Ort, der einst sein Zuhause gewesen war, hatte ihm nach der Verurteilung jeder misstraut. Schnell, als trügen sie Flügel, hatten sich Gerüchte verbreitet. Als man ihn des Diebstahls verdächtigt hatte, war er geflohen. Seit dieser Zeit lebte er hier draußen im Wald. Er hatte lange Zeiten alleine verbracht und ebenso lange in der Gemeinschaft anderer Gesetzloser. Im letzten Winter war sein Begleiter der letzten Jahre elend zugrunde gegangen, nachdem man Hunde auf sie gehetzt hatte. Während er sich selbst auf einen Baum hatte retten können, hatten die Tiere das rechte Bein des anderen bis auf den Knochen zerfleischt. Zwar hatte er ihn schließlich fortschleppen können, doch der Kumpan war gestorben, kaum einen Atemzug, nachdem sie in Sicherheit gewesen waren. Seit dieser Zeit hatte er niemanden mehr gefunden, dem er auf die gleiche Art und Weise vertrauen konnte. Der Gesetzlose schüttelte den Kopf, als könne er mit dem fliegenden Wassertropfen auch die Erinnerung fortschleudern.

Nachdem er aus seiner Erstarrung erwacht war, hatte er dem Toten das Hemd ausgezogen, es über das eigene gezogen und ihm zu guter Letzt auch den Beutel mit den wenigen Habseligkeiten und das Messer abgenommen. Die Leiche hatte er zurückgelassen, er hatte nicht die Kraft gehabt, sie im winterharten Boden zu begraben. Sicherlich hatten sich Füchse, wilde Hunde, vielleicht sogar Wölfe und ganz bestimmt Krähen an ihr gütlich getan. Wie oft hatte er das schon im Traum gesehen: Einmal fraßen Hunde das zerfetzte Bein auf, ein anderes Mal hackten Krähen der Leiche die Augen aus, dann rissen Füchse ihr die Därme aus dem Leib. Auch Gebete hatte er gesprochen und sprechen lassen – eines sogar von einem heiligen Mann –, doch seit damals hatte ihn das Glück verlassen. Seit Wochen ernährte er sich nun schon von Wurzeln und vertrockneten Beeren, aber in den letzten Tagen hatte er überhaupt nichts mehr gefunden. Hunger saß längst wie ein wildes, forderndes Tier in ihm. In ein Dorf hatte er sich bisher jedoch nicht getraut. Bettelte er, so würde sicher sehr bald jemand sein geschlitztes Ohr bemerken und ihn davonjagen. Gut möglich, dass man Hunde auf ihn hetzte. Gut möglich, dass er verflucht war. Vielleicht hätte er den Toten nicht einfach liegen lassen dürfen?

Sein Magen knurrte vernehmlich. In Gedanken versunken war er der Gruppe inzwischen so nahe gekommen, dass er ihre Stimmen deutlicher hören konnte. Drei Frauen und ein Mann, wie er meinte. Seine nackten Füße glitschten über den Boden. Bald konnte er die Gruppe sogar sehen. Vorneweg ging tatsächlich ein Mann mit einem großen Sack auf dem Rücken. Ihm folgte eine Frau in einem weiten Umhang mit einem kleineren Mädchen an der Hand, dann zwei Mädchen mit langen Zöpfen. Während alle durch den Schlamm stapften, redeten sie miteinander und schenkten der Umgebung wenig Beachtung.

Eine Weile lang verfolgte er sie weiter. Wenn sie ihn nicht vorzeitig entdeckten, hatte er die Überraschung auf seiner Seite. Er konnte eines der Mädchen packen und in seine Gewalt bringen. Er tastete nach dem Messer, nur noch ein paar Sprünge waren nötig. Der Mann und eines der Mädchen gingen jetzt schneller, als trachteten sie, ein Ziel zu erreichen. Die Frau hatte die Kleine auf den Arm genommen und folgte ihnen, nur das blonde Mädchen, ganz hinten in der Reihe, war langsamer geworden. Hatte sie etwas bemerkt? Nein, offensichtlich war sie mit ihrem linken Schuh im Lehm stecken geblieben und versuchte nun ärgerlich, ihn frei zu bekommen. Sie schimpfte leise, dann sah sie in seine Richtung.

Ihre Augen weiteten sich. Er konnte nicht mehr warten. Mit einem dumpfen Brüllen, das er tief aus seiner Bauchhöhle nach oben zwang, stürzte er auf sie zu.

Lise schrie, schrie voller Entsetzen und mit einer solchen Eindringlichkeit, dass die anderen auf der Stelle herumfuhren und erstarrten. Ein zerlumptes, bärtiges Wesen mit langen Haaren hielt das Mädchen umklammert und hatte ein rostiges Messer an dessen Kehle gesetzt. Für einen Moment schien es Clément, als sähe er den wilden Mann aus einer Geschichte, die man ihm irgendwann einmal erzählt hatte, leibhaftig vor sich. Edwige öffnete den Mund als Erste, brachte aber keinen Ton heraus, während sie in einer Bewegung ihre Jüngste an sich drückte. In Jehannes schreckensbleichem Gesicht waren die Augen riesig.

Ein Gesetzloser, Clément wollte das Herz stehen bleiben, heilige Mutter Gottes, sie waren, ohne es zu bemerken, von einem Gesetzlosen verfolgt worden. Unruhig versuchte er das Dunkel der Büsche rechter und linker Hand zu durchdringen. War der Mann alleine? Wahrscheinlich war es das ständige Geräusch fallender Tropfen oder die Nässe gewesen, die sie unaufmerksam hatten werden lassen. Das Einerlei des heftigen Regens, die Finsternis zwischen den dicht stehenden Bäumen und die alles durchdringende Nässe hatte sie zermürbt. Über Tage, seit sie das Unwetter vom rechten Weg abgebracht hatte, hatte ihnen kein wärmendes Feuer Erleichterung verschafft. Während sie durch Tümpel gewatet, sich durch Schlamm gekämpft und über Wurzeln gestolpert waren, hatten sie nur daran denken können, wann wohl das Ende des Waldes erreicht war. Sehnsucht nach Wärme und Trockenheit hatte ihre Gedanken ausgefüllt. Fröstelnd hatten sie sich alleine gewähnt. Aber wie viele Gesetzlose mochten, versteckt im Dickicht, noch lauern? Er machte eine Bewegung auf den Mann zu. Der hielt ihn mit einem Knurren zurück und schlang den Arm fester um Lise. Sie maßen einander mit Blicken.

Zottige, blonde Haare hingen dem Gesetzlosen bis weit über die Schultern herab. Sein schmales Gesicht war vom Leben im Freien verwittert wie ein alter Stein, die Haut wächsern vom Nahrungsmangel. Unter den aufmerksamen, hungergroßen Augen lagen dunkle Flecken. Entzündungen leuchteten im struppigen, von weißen Strähnen durchzogenen Bart. Ein schmutziges Hemd lugte durch die vielen Löcher seiner zerschlissenen, braunen Cotte. Die Beine waren bis zu den Knien mit Dreck überzogen. Er trug keine Schuhe. Den linken Arm eng um Lises Hals gelegt, hielt er das Messer mit der rechten Hand an ihre Halsbeuge. Während er die rechte Seite seines Kopfes gegen den des Mädchens drückte, rutschten auf der linken seine Haare auseinander und enthüllten ein verstümmeltes Ohr. So weit Clément erkennen konnte, hatte man es ihm irgendwann einmal geschlitzt. Ein Betrüger also, und dazu ein sehr magerer. Wäre da nicht das Messer gewesen, Lise hätte sich mit einem beherzten Stoß befreien können – da war er sicher –, so aber stand sie starr, den Blick auf den Vater gerichtet, und atmete unregelmäßig. Er konnte sehen, wie sie zitterte. Fast fühlte er das Metall selbst, das sich in ihre Haut drückte. Nun lockerte der Mann den Griff, krallte seine Finger gleich darauf in Lises dichtes Haar und zerrte ihren Kopf zurück. Im Zurückbiegen straffte sich ihr Hals. Unter der zarten Haut pulsierte es. Sie stieß einen gequälten Laut aus. Clément stöhnte auf. »Bei Jesu Liebe, lass mein Kind los!«

Wieder sahen die Männer einander an. Keine Bewegung des anderen entging Clément, kein Blick war da, den er nicht bemerkte. Er war wie der Schauspieler auf dem Marktplatz, der auf das Zeichen für seinen Einsatz wartete, ohne zu wissen, wann dieser kommen würde. Das schiefe Lächeln des Gesetzlosen enthüllte eine Reihe von dunklen Zahnstummeln. »Was geschieht, liegt nur in deiner Hand, Maître.«

Seine Stimme klang rau und ungeübt, als habe er schon lange mit niemandem mehr gesprochen. Er hielt die Schneide nun etwas entfernt vom Hals des Mädchens. An der Stelle, an der sich eben noch das Messer in ihre Haut gepresst hatte, leuchtete ein roter Strich auf.

»Lise!« Edwiges Aufschrei endete in einem erstickten Laut. Verschreckt begann Margaux zu weinen. Jehanne schmiegte sich an ihre Mutter.

Lise, die die Augen vorübergehend geschlossen hatte, öffnete sie wieder. »Papa!«

Ihre Stimme war winzig. Clément konnte sie nun heftig zittern sehen. Ihm wurde kalt, dann durchfuhr ihn ein Hitzeschauer. Schweißperlen bildeten sich an den Schläfen und auf seiner Oberlippe. Schweiß rann ihm aus den Achselhöhlen den Leib herab. »Lass mein Kind los!«

»Gib mir deinen Beutel.«

Clément schüttelte den Kopf. »Das sind nur Werkzeuge.«

»Erzähl mir nichts, und glaub mir«, der Mann grinste, »mit Lügnern und Betrügern kenne ich mich bestens aus.«

Kurz drückte er das Messer fester in Lises Haut. Die rührte sich nicht. Alles Blut schien inzwischen aus ihrem Gesicht gewichen zu sein. In seinem Rücken konnte Clément Jehanne leise schluchzen hören, sonst nichts. All seine Aufmerksamkeit richtete sich auf die zitternde Lise. Was tun? Er ließ den großen Beutel mit den Vorräten von seinem Rücken gleiten und stellte ihn vor sich auf den Boden.

»Das andere Mädchen soll ihn bringen.« Der Gesetzlose

unterstrich seine Forderung, indem er das Messer nochmals enger an Lises Hals drückte. Die wimmerte. Wut kochte in Clément hoch, und er musste sich beherrschen, nicht mit erhobenen Fäusten auf den Mann loszustürzen. Aber er durfte seine Tochter nicht gefährden. Aus den Augenwinkeln bemerkte er, wie Edwige Margaux an ihre mittlere Tochter weiterreichte und an seine Seite trat. Langsam drehte er sich zu ihr hin. Edwiges Haltung spiegelte Unbeugsamkeit. Ihre Augen schienen den Gesetzlosen zu durchbohren, die nach unten gezogenen Mundwinkel verwandelten ihr Gesicht in ein Abbild der Verachtung.

»Niemals, ich bringe dir den Beutel, niemand sonst.«

Obwohl er seine Frau kannte, war Clément verblüfft, wie fest und kalt sie ihre Stimme klingen lassen konnte, auch wenn es ihr sicherlich, wie ihm selbst, die Kehle zusammenschnürte. Der Blick des Gesetzlosen verließ Clément und richtete sich auf die kleine Frau, die an dessen Seite stand, die Arme entschlossen in die Hüften gestemmt.

»Gut«, sagte er, während er sie abschätzig musterte, »bring du ihn mir, Frau!«

Noch einmal ließ er seine Augen über ihre zarte Gestalt schweifen. Clément tastete nach Edwiges Hand. Sie war eiskalt.

»Lass mir wenigstens meine Werkzeuge«, sagte er, bemüht, jedes Zittern aus seiner Stimme zu halten.

Der Gesetzlose überlegte, dann nickte er.

Als Clément sich bückte, um den schmalen Eisenstab, den er zum Auftrennen des Glases benutzte, Bleimesser, Bleihammer, Kröselzange und die Marderhaarpinsel aus dem Bündel zu schnüren, schien ihm alles wie ein böser Traum, ein Geschehnis, bei dem man zusah, an dem man aber nichts ändern konnte, so wie der drohende Unfall, auf den man viel zu kurz vorher aufmerksam wurde: das Kind, das in den reißenden Fluss stürzte, der Zimmermann, der vom Dach fiel, die neue Kirche, die nicht standhielt. Alles hatte sich angekündigt. Seine Finger zitterten. Aber waren das überhaupt seine Finger? Konnte er das sein, der Glasmaler Clément, der sich hier ohne Gegenwehr an dem Bündel zu schaffen machte; der bereit war, all ihre Habseligkeiten aufzugeben? Der Inhalt dieses Bündels hatte sie bis weit ins Jahr hinein durchbringen sollen. Es enthielt Kleidung, einen großzügigen Vorrat an getrocknetem Gemüse und Hartbrot, sogar geräucherten Speck, alles Dinge, für die sie einen Großteil des Geldes ausgegeben hatten, das er für seine letzte Arbeit erhalten hatte.

Der Inhalt dieses Beutels hatte ihnen Sicherheit verschafft. Als Edwige ihn dem Gesetzlosen zu Füßen legte, war er den Tränen nahe. Die Lippen zusammengepresst, legte er den Arm um seine Frau und zog sie an sich. Ihre Wärme stützte ihn, ihre stolze Haltung war ihm ein Licht in dieser Finsternis.

»Heb es auf!«, herrschte der Mann Lise an, und die gehorchte, obwohl sich der Griff um ihren Hals nur wenig lockerte. Als sie das Bündel fest umklammert hielt, zerrte der Mann sie zurück. Sie geriet ins Stolpern, schrie auf. Keiner wagte es, sich zu rühren. Der Mann schaute zuerst Clément an, dann, etwas länger, Edwige.

»Ihr bleibt hier«, forderte er, »wenn ich sicher bin, lasse ich das Mädchen frei.«

Clément nickte wie betäubt. Noch immer hielt er den Eisenstab fest umklammert. Lise und der Mann verschwanden zwischen den Bäumen. Laut weinend klammerte sich Margaux an Edwiges Rock fest und machte der Anspannung, die sich von den Älteren auf sie übertragen hatte, Luft. Schluchzend stürzte sich auch Jehanne in die Arme ihrer

Mutter. Kaum einen Augenblick später zerriss ein schriller Schrei die Luft, gefolgt von Wimmern, das abrupt verstummte.

Lise! Clément rannte los, bevor die Laute vollends verklungen waren. Mit gewaltigen Sprüngen hetzte er in die Richtung, in die seine Tochter und der Gesetzlose verschwunden waren. In kurzer Entfernung traf er auf eine von Gras bewachsene Lichtung. Lise lag fast genau in ihrer Mitte, auf dem Rücken, die Augen geschlossen. Blut lief ihr aus Nase und Mund. Blut tropfte von einer Stirnseite über die Schläfe herab. »Lise«, flüsterte er. Sie rührte sich nicht. »Lise«, wiederholte er über sie gebeugt, versuchte ihren Atem zu erspüren, doch da war nichts.

»Lise!« Beim dritten Mal brüllte er ihren Namen.

Wie gehetztes Wild jagte der Gesetzlose vor ihm her, aber Clément, den Eisenstab fest in der Hand, kam ihm stetig näher. Eine nie gekannte Wut trieb ihn voran. In unbarmherzigem Rhythmus donnerten seine Füße über den Waldboden. Äste peitschten gegen sein Gesicht, schlugen Schrammen und kleinere Wunden. Sein Herz hämmerte in lauten, grimmigen Wirbeln bis in seinen Hals hinauf. Jeden Haken des Flüchtigen vollzog er nach, jede Wendung vollführte er mit einer Geschwindigkeit, als habe er die Bewegung schon lange vorher erahnt. Umgestürzte Bäume und kleinere Graben nahmen sie beide im Sprung. Schlammige Fontänen spritzten auf, während Verfolger und Verfolgter durch Wasserlachen stürmten, die der Regen zurückgelassen hatte. Vögel flohen kreischend vor ihrem Lärm. Er fühlte weder Atemnot noch Schmerzen. Brennender Zorn trieb ihn vorwärts, und gleich einer schweren Last, die von einem Gerüst in die Tiefe fiel, konnte er nicht anhalten. Nichts mehr war in ihm, außer der Gedanke, dass er den Teufel fassen musste, der sein Kind getötet hatte.

Bei einem kleinen Tümpel holte er den Gesetzlosen ein. Brüllend stürzte er sich auf den Mann, prallte gegen ihn und riss ihn mit sich zu Boden. Im Sturz schmetterte seine rechte Schulter gegen einen Baumstumpf. Modriges, übel riechendes Wasser, vermischt mit pechschwarzem Morast spritzte hoch und durchnässte sie beide. Der Eisenstab wurde aus seiner Hand geschleudert, aber der Schmerz ließ ihn nur kurz innehalten. Mit beiden Händen fuhr er in die Haare seines Gegners, riss dessen Kopf zurück und zerrte den Mann auf den Rücken, um ihn mit bloßen Fäusten zu bearbeiten. Wie rasend lenkte er seine Hiebe gegen Gesicht und Hals des Mannes. Haut platzte unter seinen wütenden Schlägen auf. Mit einem knackenden Geräusch brach die Nase des Gesetzlosen. Blut strömte ihm aus Mund und Nase in den struppigen Bart. Der nächste Faustschlag traf die Unterlippe des Mannes und lockerte einen der wenigen verbliebenen Zähne.

Zuerst vollkommen überrascht, begann sich der Gesetzlose zu wehren. Geschmeidig versuchte er seinem Angreifer zu entkommen, indem er sich hin und her wand wie ein Aal. Clément musste sein ganzes Gewicht aufbringen, um ihn am Boden zu halten.

Für eine Weile versuchte jeder der beiden Männer, die Oberhand zu gewinnen, dann brüllte Clément vor Schmerz. Eine winzige Unaufmerksamkeit war seinem Gegner nicht entgangen. In einer blitzschnellen Bewegung hatte der die rechte Hand des Glasmalers gepackt und kräftig zugebissen. Der ließ ihn sofort los. Mit einer geschickten Drehung wand sich der Gesetzlose unter ihm hervor, sprang auf und riss das rostbraune Messer hervor, mit dem er seinen Angreifer auf Abstand hielt.

Schwankend und keuchend kam Clément auf die Beine. Die Bisswunde an der Hand pochte heiß. Sein Körper war feucht von Schweiß und Wasser. Mit dem Ärmel fuhr er sich über das Gesicht. Auch der Gesetzlose atmete schwer. Der erbeutete Sack hing schräg auf seinem Rücken, überzogen vom schwarzen Morast. In einem Gemisch aus Blut und Speichel spuckte er einen Zahn aus.

»Verschwinde, geh zurück zu deiner Familie und lass mich in Frieden!«

»Ich bringe dich um!« Erneut wollte Clément auf seinen Gegner losstürmen, doch der sprang zurück. Wasser spritzte hoch.

»Versuch es!« Der Gesetzlose fuchtelte mit dem Messer und wischte sich mit der anderen Hand das Blut aus dem Gesicht, das aus der Nase tropfte und von der aufgeplatzten Lippe über Bart und Hals lief. »Kümmere dich lieber um die Kleine.«

»Teufel! Mörder!« Die Erwähnung seiner Tochter ließ Clément die Beherrschung verlieren. Ungestüm versuchte er den Mann zu packen und konnte gerade noch einem Messerstich ausweichen. Der Gesetzlose vollführte einige weitere warnende Stiche in seine Richtung. »Geh, sonst schlitz ich dir die Kehle auf. Deine Cotte gefällt mir. Schau mich an, ich könnte eine neue gut gebrauchen.«

»Bestie!«

Mit verächtlichem Gesichtsausdruck spuckte der Gesetzlose ein zweites Mal aus. »*Sanglante Mère de Dieu*, hör mit dem Gejammer auf und verschwinde!«

Noch einmal stieß er das Messer warnend in Cléments Richtung. Der rührte sich dieses Mal nicht. Lise erschien vor seinem inneren Auge, sein totes Kind, wie es da so reglos auf der Lichtung gelegen hatte.

Bei Gott, niemals würde er diesen Mann entkommen lassen. Er zwinkerte einen Schweißtropfen fort. Sein ganzer Körper spannte sich wie eine Bogensehne. Keine Bewegung seines Gegners entging ihm. Die Welt um sie herum gab es nicht mehr, es gab keinen Wald, kein Wasser zu ihren Füßen, keine Geräusche, nur das Gegenüber. Als der Gesetzlose einen unsicheren Schritt rückwärts machte und ins Stolpern geriet, stürzte er nach vorne und rammte den Mann zu Boden, doch dieses Mal hatte sein Gegner den Angriff kommen sehen. Die Spitze des Messers fuhr an Cléments linker Schulter durch Cotte und Hemd ins Fleisch und glitt an einem Widerstand ab. Der Schmerz verstärkte Cléments Wut. Blitzschnell hatte er die Rechte seines Gegners gegriffen und hielt sie eisern umklammert. In der Anstrengung, sich loszureißen, traten die Sehnen am Hals des Gesetzlosen hervor. In seinem blutverschmierten Gesicht leuchteten die aufgerissenen Augen umso weißer. Als es ihm nicht gelang, die Messerhand zu befreien, fuhr er mit den ausgestreckten Fingern der Linken in Cléments Gesicht, verfehlte die Augen und krallte sich um Nase und Mund fest. Mit einem Aufschrei rammte Clément seinen Ellenbogen in den Unterleib des Gesetzlosen, fasste den linken Arm des Mannes und schmetterte ihn mit aller Gewalt auf den Boden. Hatte der Mann beim Schlag in den Unterleib nur dumpf gekeucht, so ließ ihn der Schmerz jetzt brüllen. Gelähmt und damit nutzlos fiel der linke Arm zur Seite. Clément bemühte sich erneut, die um das Messer geklammerten Finger des Mannes auseinanderzubiegen. Wieder versuchte sich der Gesetzlose unter dem Körper seines Gegners hervorzuwinden, doch der drückte ihn mit aller Kraft in den Tümpel.

Der Gesetzlose war nicht kräftig, aber er war zäh, und angesichts seiner erlahmenden Kräfte wehrte er sich mit dem

Mut der Verzweiflung. Wild strampelten seine Beine und überzogen die Kämpfer mit einem Schauer aus übel riechendem Wasser. Wieder hatte Clément alle Mühe, seinen Gegner festzuhalten. Das Geräusch eines zerbrechenden Astes ließ ihn aufhorchen.

War da nicht eine Bewegung gewesen, ein Schatten rechts zwischen den Bäumen? War der Gesetzlose doch nicht alleine, kamen jetzt die anderen, um ihm zu helfen?

Er versuchte nach rechts zu spähen, lockerte dabei den Griff, und im nächsten Moment hatte der Gegner eine Handvoll Schlamm nach ihm geschleudert. Mit beiden Händen fuhr Clément sich ins Gesicht. Am platschenden Wasser erkannte er, dass der andere aufsprang und kämpfte sich selbst auf die Knie hoch. Vergeblich bemühte er sich, sich zu orientieren, aber es gelang ihm nicht. Schlamm verklebte seine Augen. Aber er hörte: Bewegungen, Schritte, heftige Atemzüge. Und er roch den Gestank, der vom Morast ausging. Jetzt, wo der Kampf seine Unterbrechung gefunden hatte, keuchte sein Gegner vor Anstrengung. Dann näherte sich das bedächtige Plitsch-Platsch seiner Schritte. Clément horchte, drehte den Kopf, horchte wieder. Stille, Schritte.

Jetzt war der Gesetzlose ganz nah. Clément spürte das Messer schon, in der Brust, in der Schläfe, im Hals, spürte, wie seine Kraft nachließ mit dem ausströmenden Blut. Er drehte den Kopf nach links, nach rechts, horchte angestrengter. Wo war dieser verdammte Hund?

»Lise, meine liebe Lisette!«

Jehanne hatte sich neben der Älteren auf den Boden geworfen und hielt deren Oberkörper umklammert. Sie war so kalt, die Schwester. Warum hatte der Mann das tun müssen, sie hatten den Wald doch schon fast hinter sich gebracht?

Aus von Tränen verschleierten Augen sah sie zu ihrer Mutter herüber, die ihre heulende Jüngste auf dem Boden abgesetzt hatte und ebenfalls neben Lise in die Knie ging.

Edwiges Gesicht war blass. Keine Regung zeigte sich darin, es war, als sei sie vollkommen erstarrt. Mit einem Teil ihres Umhangs machte sie sich daran, behutsam das blutige Gesicht ihrer Tochter zu reinigen.

Jehanne weinte lauter. Sie hasste den Wald, hatte sich nie an ihn gewöhnen können, nicht an seine Finsternis und nicht an diesen modernden, toten Geruch, den er manchmal ausströmte. Sie wollte weg von hier.

Die Hand, die das Messer hielt, glitt von Cléments Schulter ab und rutschte weiter nach oben. Metall schabte über seinen Hals. Er hörte das leise Knurren des Gesetzlosen, das jenem warnenden Laut ähnlich war, den der Mann ganz zu Beginn ausgestoßen hatte, und schluckte mühsam. Als sich das Messer fester in seine Haut drückte, warf er sich mit aller Kraft zurück. Wasser spritzte hoch. Der Morast schmatzte unter dem Gewicht seiner Bewegungen. Ein Ast bohrte sich in seinen Rücken und schürfte die Haut auf. Unfähig, etwas zu sehen, tastete er nach dem Stück Holz und zog es unter seinem Leib hervor. Der heftige Schlag, den er gleich darauf ausführte, ging ins Leere. Noch während er mit dem Gleichgewicht kämpfte, konnte er den Gesetzlosen meckernd lachen hören. Reglos verharrte er in der Stellung, in die er gestürzt war, und horchte. Auf der rechten Seite liegend, konnte er das Wasser spüren, das mit seinen Bewegungen gegen sein Gesicht schwappte. Das Lachen setzte aus und begann von Neuem. Er stützte sich auf den rechten Ellenbogen, stemmte sich hoch und drehte den Kopf in die Richtung des Geräuschs. Immerhin hatte er nun eine vage

Vorstellung davon, wo sich der Mann befand. Langsam schob er sich ein Stück weiter weg von der Stelle, hielt inne und horchte erneut. Das Lachen war nicht mehr zu hören, dafür Schritte. Er erstarrte.

Wenn er sich ruhig verhielt, konnte er vielleicht wenigstens früh genug erkennen, woher der Angriff erfolgte. Noch immer bestand die Welt um ihn aus undeutlichen Schemen; dazu schlossen sich seine Augen immer wieder wie von selbst, ohne dass er es hätte verhindern können, und seine Lider zuckten wild in dem Bemühen, den Dreck fortzublinzeln.

Jetzt waren die Geräusche ganz nahe.

Entgegen seiner ersten Entscheidung, sich ruhig zu verhalten, schob er sich hastig rückwärts und krachte gegen ein Hindernis. Vorübergehend wusste er nicht mehr, wo oben war und wo unten. In den Schmerz und die Orientierungslosigkeit mischte sich das Geräusch verwirrend schneller und lauter Schritte, raschelnden Laubs und zerbrechender Äste. Ein Vogel stieß eine rasche Folge von schrillen, keckernden Warnrufen aus. Clément tastete sich an dem Hindernis vorbei. Als er gleich darauf anhielt, um zu horchen, blieb alles still um ihn. Nichts schien da mehr, außer den eigenen Bewegungen, die den Morast schmatzen und blubbern ließen.

Beobachtete ihn sein Gegner? Sah er zu, belustigt darüber, wie sein hilfloses Opfer zappelte gleich einem Tier in der Falle? Was würde Edwige tun, wenn er nicht zurückkam? Was würde mit seinen Kindern geschehen?

Er zuckte zusammen. Jetzt hörte er doch wieder etwas: Tritte, Rascheln, Schmatzen, dann dieses Plitsch-Platsch sich nähernder Schritte. Mit klopfendem Herzen tastete er umher auf der Suche nach etwas, das er als Waffe nutzen konnte, während er den Kopf angestrengt horchend nach links und nach rechts drehte. Sehen konnte er noch immer nichts, und er bemühte sich nun umso heftiger darum, rieb die Augen mit der Linken, suchte mit der Rechten den Schlamm ab. Die Schritte verharrten.

Clément setzte sich auf.

»Ich tue dir nichts.«

Eine fremde Stimme. Sein Körper versteifte sich. Ganz sicher würde ihn nichts dazu bringen, seine Wachsamkeit aufzugeben.

»Nicht erschrecken, ich gebe dir meinen Wasserschlauch«, fuhr die Stimme fort.

Etwas wurde in Cléments Schoß geworfen. Er spürte das Gewicht, die Schritte entfernten sich. Die Rechte geballt, blieb er reglos sitzen. Noch immer verklebte Schlamm seine Augen, aber er konnte sich nicht dazu bringen, etwas zu tun.

»Los, wasch dir die Augen aus«, forderte ihn die Stimme auf.

Clément legte den Kopf schief, schätzte die Richtung ab, in der er den Fremden vermutete. Wieder versuchte er die Augen zu öffnen. Immer noch verschwamm alles, auch wenn er kurz die am nächsten stehenden Bäume erkennen konnte, bevor sich seine Augen erneut schlossen. Er horchte, tastete schließlich nach dem Gegenstand in seinem Schoß.

Plötzlich war es die Stille, die ihn verunsicherte.

War da jemand, oder war er doch alleine? Er berührte den Wasserschlauch, spürte glattes Leder unter seinen Fingerspitzen. Also hatte er sich die Stimme nicht eingebildet. Vorsichtig nahm er das Behältnis in beide Hände und suchte nach dem Verschluss, dann legte er, kurz entschlossen, den Kopf in den Nacken und tat, wie ihm geheißen worden war.

Das Erste, was er danach sah, war ein junger Mann, der am Rand des Tümpels an einen Baum gelehnt stand und ihn beobachtete. Clément blieb sitzen und starrte ihn an, aber der Fremde machte vorerst keine Anstalten, zu sprechen oder etwas zu tun. Nein, mit einem Mal zog er sich sogar ein paar Schritte zurück, sodass er den Kopf drehen musste, um ihn ins Blickfeld zu bekommen.

Der Fremde war hochgewachsen, aber eher schmal gebaut. Über einem Leinenhemd trug er eine dunkelgrüne, mit roten Flicken und bunten Federn übersäte Cotte, die knapp über seinen Knien endete und ihm durch einen Schlitz Bewegungsfreiheit ermöglichte, dazu rote Beinkleider und Lederschuhe. Sein schwarzes Haar war so kurz geschoren, dass die Haut seines Schädels hervorleuchtete, das Gesicht von der Sonne gebräunt. Auch die Augen wirkten auf die Entfernung, als seien sie vollkommen schwarz. In ihrer Reglosigkeit wirkte die Gestalt wie ein Teil der Schatten des Waldes. Clément bekreuzigte sich, nahm erst dann die Flöte wahr, die an einem Band um den Hals des Mannes baumelte, und gleich darauf die Laute, die dieser über der linken Schulter trug. Zu seinen Füßen stand ein kleiner Sack, in dem er wohl seine Habe aufbewahrte. Ein fahrender Musicus, ein Vagabund, ein Jongleur.

Er rappelte sich hoch. Seine Kleidung war völlig durchnässt. Die Erinnerung überfiel ihn wie ein unerwarteter Angreifer. »Wo ist er?«

»Der andere? Er hat die Beine in die Hand genommen und ist gerannt, wie ein Hase, als er mich bemerkt hat.«

Clément sah sich um. Tatsächlich, der Gesetzlose war verschwunden und mit ihm ein Großteil ihrer Habe. Also war er zu schwach gewesen, hatte nicht nur den Dieb entkommen lassen, sondern dazu den Mörder seines Kindes. Mit einer wütenden Bewegung bedeckte er das Gesicht mit den Händen. Ein Stöhnen stieg in seiner Kehle hoch und drängte alle Worte zurück. Mit einem Mal spürte er die Schläge und

Verletzungen, die ihm sein Gegner zugefügt hatte, insbesondere die Bisswunde und auch etwas an seiner Schulter, wo Morast und Schlamm klebten. Übelkeit überkam ihn – plötzlich würgte es ihn angesichts des durchdringenden Gestanks nach Fäulnis und Moder, der ihn umgab. Als er die Hände sinken ließ, sah er, dass sich der Fremde nach seinen Habseligkeiten gebückt hatte.

»Warte«, bat er, »ich kenne nicht einmal den Namen meines Retters.«

Der Fremde warf sich den Beutel über die freie Schulter. »Ghislain nennt man mich, und wie ich schon sagte, der Mann ist von selbst geflohen. Ich musste nichts tun.«

»Wer weiß?« Mit schweren Schritten durchquerte Clément den Tümpel und näherte sich ihm. »Clément, Glasmaler«, stellte er sich vor.

Der Fremde lächelte. »Ghislain, Jongleur.«

Sie schwiegen. Clément kämpfte gegen ein neues Gefühl von Übelkeit an. »Ich danke dir jedenfalls«, sagte er endlich, »dafür, dass du im rechten Moment gekommen bist.«

»Danke Gott, man sagt, er sei es, der seine Pläne mit uns macht.« Wieder schwiegen sie. »Ich nehme an, du bist nicht alleine«, sagte Ghislain dann, »solche wie du sind selten alleine unterwegs.«

Clément verzog das Gesicht. »Meine Familie begleitet mich. Wir wurden angegriffen. Es wird nicht leicht sein, sie zu finden in diesem elenden Dickicht hier.« Er spuckte aus. »Wir sind auf dem Weg nach Paris«, fügte er hinzu, »meine Tochter Lise ... Diese Bestie hat ...«

Unvermittelt war der Schmerz zurück, und er konnte nicht weitersprechen.

»Was ist mit ihr?«

»Sie ist tot.« Cléments Stimme war tonlos vor Bitterkeit.

Schweigend sahen die Männer einander an, dann ging ein Ruck durch den Jongleur. »Ich werde dir helfen, deine Familie zu finden.« Ein Blick streifte Cléments Schulter, wo sich das Blut aus der Wunde mit Dreck verklebt hatte. »Du bist verletzt.«

»Nicht schlimm.« Clément tastete nach seiner Schulter und zuckte unter der eigenen Berührung zusammen. »Es blutet nicht mehr. Lass uns meine Familie suchen. Vorher muss ich allerdings meinen Eisenstab finden, wenig genug ist mir geblieben, als dass ich ihn aufgeben könnte.«

»Eisenstab?«

»Ein Werkzeug. Ich brauche es, um Glas zu spalten.«

Ohne ein weiteres Wort kehrte er zu der Stelle zurück, an der der Kampf begonnen hatte. Auf den Knien und mit bloßen Händen durchwühlte er den Morast. Als er schon fast aufgeben wollte, hielt er das Werkzeug in den Händen. Noch in der gebeugten Stellung schickte er ein Dankgebet zu Gott, dann stand er auf. Der Blutverlust, die Schmerzen und die Feuchtigkeit ließen ihn frösteln. Wenn er an den Beutel dachte, der ihm geraubt worden war, krampfte sich sein Unterleib zusammen. Der Gedanke an Lise trieb Tränen in seine Augen. Dieses Jahr nahm keinen guten Verlauf. Als er an Ghislains Seite trat, schwankte er.

Alleine wäre es ihm schwergefallen, den Weg zurückzufinden, den er während seiner Verfolgung so achtlos genommen hatte, aber dieser Jongleur verfolgte die Spuren mit erstaunlicher Sicherheit. Während der junge Mann meist schweigend vorausschritt, ertappte Clément sich dabei, wie er einem Fremden die Ereignisse des Tages schilderte.

Ghislain sprach nur das Allernötigste. Mit der traumwandlerischen Sicherheit eines Mannes, der in der Not auch schon längere Zeit im Wald überlebt hatte, bewegte er sich vorwärts. Einmal, als er sich reckte, um einen abgebrochenen Zweig zu untersuchen, konnte Clément, versteckt in den Falten seiner Cotte, den Griff eines Dolches sehen, den dieser Fremde sicherlich auch zu benutzen wusste. Er versuchte, sein Alter zu schätzen, kam aber zu keinem Schluss. Misstrauen stieg in ihm hoch. Konnte er diesem Mann überhaupt trauen, oder brachte er seine Familie in neue Gefahr? Was, wenn dieser Jongleur sich weitere Beute versprach? War es nicht leichtgläubig, sich dem Ersten anzuvertrauen, der einem im Wald begegnete und vorgab, einem das Leben gerettet zu haben? Was hatte er denn gesehen? Nichts. In die Erinnerung an den erbitterten Kampf mischte sich Verwirrung.

»Wohin führt dich dein Weg?«, fragte er schließlich.

»Auch nach Paris«, entgegnete Ghislain.

»Um Arbeit zu suchen?«

Der Jongleur bückte sich nach einer Spur und schien ihn nicht zu hören.

Dann erkannte Clément etwas und vergaß seine Frage. Aufgeregt streckte er die Hand aus. »Von dort drüben, von da bin ich gekommen.«

Sein junger Begleiter sah in die angegebene Richtung. Clément beschleunigte seinen Schritt. Sie hatten die Lichtung erreicht.

Jehanne hockte neben ihrer Mutter und wiegte die schlafende Margaux im Arm. Tränen hatten helle Spuren in deren verschmutztem Gesichtchen hinterlassen. Edwige kauerte auf dem Boden, hatte Lises Kopf in ihren Schoß gebettet und stützte ihn mit der einen Hand, während die andere einen blutigen Stofffetzen umklammert hielt. Zu erschöpft, um einen Ton von sich zu geben, sah sie ihrem Mann und seinem Begleiter entgegen und sagte auch nichts, als Letzterer sich neben ihr niederkniete und die Schwellung an der Stirn des Mädchens begutachtete.

»Man hat sie niedergeschlagen?«, fragte er zu Edwige gewandt, dann drehte er sich zu Clément um. »Sie lebt.«

»Lise lebt?«

»Ja, er hat sie niedergeschlagen.« Edwiges Stimme klang flach vor Anstrengung. »Vor Kurzem ist sie aufgewacht, jetzt schläft sie.«

In Cléments Kopf breitete sich Schwindel aus. Übelkeit füllte ihn aus. Da war etwas an seiner Schulter. Er fühlte sich so schwach, dass er sofort umgefallen wäre, hätte er sich nicht mit aller Willenskraft aufrecht gehalten. Erschöpft forderte der Körper seinen Tribut. Er setzte sich. »Dieser Mann hat mir das Leben gerettet«, brachte er noch hervor, dann sank er zur Seite.

»Clément!« Edwige bettete Lise ins Gras und kroch auf Knien zu ihrem Mann herüber. »Clément!« Sie strich über seine feuchten, verschmutzten Haare, streichelte sein bärtiges Gesicht.

»Er ist ohnmächtig«, sagte der Fremde, »aber er wird bald zu sich kommen. Ich werde mich um seine Schulter kümmern.«

»Und meine Schwester? Wird es ihr wieder gut gehen?«, fragte Jehanne nach einer Weile zaghaft.

Der junge Mann lächelte. »Sie schläft, das ist immer gut.«

Die Sonne ging gerade auf, als Ghislain aus dem Schlaf schreckte. Zuerst blieb er zitternd liegen und horchte, aber da war nichts. Es gab keine unbekannten Geräusche. Er konnte Vögel singen hören, Tiere, die durch das Unterholz raschelten. Als er sich aufsetzte, huschte am gegenüberliegenden Ende der Lichtung ein Fuchs zurück ins Gehölz. Das

Feuer der letzten Nacht war unter einer Schicht Asche verschwunden. Fröstelnd rieb er sich über die von der morgendlichen Kälte steifen Arme.

Er hatte geträumt. Von Zeit zu Zeit hatte er diese Albträume, an die er sich stets nur bruchstückhaft erinnern konnte. In den letzten Tagen, seit er die Burg verlassen hatte, waren sie öfter gekommen. Er gähnte unterdrückt und rieb sich mit einer Hand über das Gesicht. Langsam wurde ihm wärmer. Sorgsam streifte er trockenes Laub und Blattgerippe von seinem wollenen Umhang und tastete nach dem kleinen Lederbeutel, den er geschützt unter seinem Hemd verwahrte. Er atmete ein paar Mal ruhig ein und aus. Die Bilder seines Albtraums verblassten. Dämonen nannte er diese Träume. Stets kam Feuer darin vor und jemand, der entsetzlich schrie.

Leise stand der junge Jongleur auf und warf einen Blick auf die schlafende Familie des Glasmalers. Der Vater lag auf dem Rücken, die verletzte Hand auf den Bauch gelagert, und hielt die Augen geschlossen. Ein Verband schützte seine linke Schulter. Sein verschmutztes Gesicht wirkte angespannt. Das Haar klebte an seinen Schläfen. Seine Frau lag auf der Seite, die Jüngste im Arm, die rechte Hand auf dem linken Handgelenk ihres Mannes. Auch die älteren beiden Mädchen rührten sich nicht, so erschöpft waren sie alle. Einen Moment länger betrachtete Ghislain die Schlafenden, griff seine Habseligkeiten und verließ die Lichtung. Er würde Wasser holen, außerdem musste er ein paar Schritte gehen. Da war der Traum, der ihn festhielt, der sein Herz schneller schlagen und den Atem rascher gehen ließ. Tierische Warnrufe begleiteten ihn. Mal raschelte es zu seiner rechten, mal zu seiner linken Hand. Rehe kreuzten seinen Pfad. An einer Stelle hatten Wildschweine den Waldboden zerwühlt. Einmal meinte er ein Bellen zu hören. Zu dieser frühen Stunde hing der Nebel dicht über den Wassertümpeln zwischen den Bäumen, aber es war hell genug, und er fand den Weg ohne Schwierigkeiten.

Als er die Quelle erreichte, legte er Beutel und Laute ab, füllte den Schlauch und setzte sich auf einen von Moos bewachsenen Stein zu Füßen einer alten Buche. Als er das letzte Mal hier gewesen war ... Er stockte. Der Traum übte heute eine seltene Macht über ihn aus. Die Bilder kehrten stetig zurück, das Feuer, die Schreie, Einsamkeit und Schmerzen. Ein Gefühl der Verlorenheit überkam ihn. Er tastete nach dem Geld tief in den Falten seines Umhangs, das ihm sein Auskommen sicherte. Dann richtete er seine volle Aufmerksamkeit vor sich auf den Boden: Ein Käfer krabbelte eine Wurzel hoch; eine Spinne wob ihr Netz zwischen zwei niedrigen Büschen; die ersten Ameisen hatten ihren nahe gelegenen Bau verlassen und untersuchten einen toten Eichelhäher.

Ein Schauder überlief ihn, er griff nach seinem Beutel und schnürte ihn auf. Abgesehen von seiner Laute besaß er nicht viel: ein zweites Hemd, eine Einhandflöte, ein paar Schellen, eine kleine Pauke, Jonglierbälle und bunte Bänder. Die alte Cotte hatte er auf dem letzten Fest, dank der Großzügigkeit des Burgherrn, gegen eine neue eintauschen können. Der Burgherr hatte ihm außerdem ein Empfehlungsschreiben für eine befreundete Familie in Paris ausgestellt und noch ein paar Briefe mitgegeben, zum Schutz vor der Witterung in eine kleine, abgegriffene Ledertasche verpackt, die er eigens dafür aus einer Truhe geholt hatte. Auf die wie nebenher gestellte Frage, ob er lesen könne, hatte Ghislain »sehr wenig« geantwortet und bedauernd mit den Schultern gezuckt.

Wieder einmal zog er die Ledertasche mit dem Briefbündel hervor, welches er überbringen sollte. An der bestickten Lasche, mittels derer die Tasche verschlossen wurde, fehlte ein Stück. Er öffnete sie. Mit dem Empfehlungsschreiben waren es insgesamt fünf Briefe. Vorsichtig zog er einen nach dem anderen hervor und legte die Tasche zur Seite. Schon als er die Schreiben das erste Mal angeschaut hatte, war er stutzig geworden, ohne dass er sagen konnte, warum. Alle Nachrichten waren versiegelt. Auf allen prangte ein wilder Eber, das Wappen des Burgherrn. Alle waren im gleichen Haus abzugeben. Damit er es nicht verfehlte, denn Paris war groß, hatte man es ihm genau beschrieben. Es war nichts Verwunderliches daran, doch irgendetwas rumorte in ihm, seitdem er die Briefe erstmals betrachtet hatte.

Noch einmal sah er jedes Schreiben einzeln an, dann nahm er die Tasche auf. Die kleine Stickerei auf der Lasche war nur noch halb zu sehen und durch jahrelangen Gebrauch abgegriffen. Durch eine Lücke zwischen den Bäumen fielen erste Sonnenstrahlen bis zur Quelle herunter und ließen das Wasser glitzern. Er stand auf und hielt die Lasche ins Licht. Er war sich nicht sicher, aber ... Was sah er?

Mit einer Hand tastete er nach der Kette um seinen Hals. Eine Wolke zog vor die Sonne. Zwischen Licht und Schatten sah das kleine Abbild wie ein Fabelwesen aus, und das änderte sich auch nicht, als die Sonne erneut hinter den Wolken hervortrat. Noch einmal musterte er die Tasche sorgfältig von allen Seiten.

Vielleicht war es die Stille des Waldes, vielleicht ein wenig mehr Aufmerksamkeit an diesem Morgen, vielleicht war es auch hell genug – jedenfalls fiel ihm dieses Mal der Lederstreifen auf der Rückseite auf, dessen Färbung sich ein kaum merkliches bisschen vom Rest der Tasche abhob. Er strich mit den Fingern darüber. War die Tasche geflickt worden? Aber es handelte sich um gut gegerbtes, geschmeidiges Leder. Er zupfte an dem Streifen. Der, stellte er fest, ließ sich an einer Seite etwas abheben und enthüllte ein enges Fach. Nur mit Mühe konnte er das Stückchen Pergament erkennen, das darinnen steckte. Mit den Fingerspitzen ließ es sich nicht hervorholen. Er nahm die Dolchspitze zu Hilfe.

Da das Fach zu eng war, war diese Botschaft unversiegelt. Der junge Jongleur drehte das Stückchen Pergament zwischen seinen Fingern hin und her. In winziger Schrift stand etwas darauf geschrieben. Irgendjemand hatte es für ratsam gehalten, diese Botschaft vor allzu neugierigen Augen versteckt zu halten. Misstrauisch untersuchte er das Pergament auf weitere Zeichen, konnte aber nichts entdecken. Er setzte sich und saß für eine Weile reglos da. Die Ameisen, die sich auf den Weg zu dem toten Vogel machten, waren zahlreicher geworden. Der Käfer war verschwunden, dafür entdeckte er ein zweites, taubedecktes Spinnennetz zwischen den Büschen.

Irgendjemand hatte es für ratsam gehalten, diese Botschaft zu verstecken.

Er stand auf und trat zu einem der Sonnenflecken hinüber. Das Leben hatte ihn gelehrt, niemandem zu trauen. Kurz entschlossen drehte er die Botschaft ins Licht. Nur ein Satz stand da. Er las ihn zweimal.

Die kalte Morgenfrische weckte Jehanne aus einem unruhigen Schlaf. Nun schaute sie nach oben, in den Himmel und beruhigte sich damit, ihrem eigenen Atem zu lauschen. Durch die Öffnung, die die Lichtung zwischen den mächtigen Bäumen freigab, fielen Sonnenstrahlen bis zu ihr herunter, tanzten auf den Blättern über ihrem Kopf und spielten auf den Grashalmen zu ihrer Seite. Tautropfen glitzerten. Über die Feuerstelle hinweg konnte sie Lise sehen, deren eng um sie gewickelter Umhang die Konturen ihres Körpers hervorhob. Margaux lag in Edwiges Armen. Auch das kleine Mädchen war wach, begnügte sich aber damit, schläfrig mit Mamas Haaren zu spielen. Clément atmete schwer. Gestern waren sie weit gelaufen. Der Fremde, dieser Ghislain, hatte ihnen nur wenig Ruhe gegönnt.

Gähnend schaute Jehanne erneut nach oben. Noch hielt sie ihr Traum gefangen, dazwischen mischten sich die Geräusche des Waldes. Sie hörte etwas Größeres durch das Unterholz brechen. Ein Vogel stieß schrille Warnlaute aus. Auf einem Ast direkt über sich konnte sie ein Eichhörnchen sehen, das sie aus kleinen, dunklen Augen betrachtete. Vorsichtig rollte sie sich auf die Seite. Zur gleichen Zeit bewegte sich auch Lise im Schlaf, keuchte vor Schmerz und fiel in die alte Stellung zurück.

Jehanne runzelte die Stirn. Vor wenig mehr als einem Tag erst, erinnerte sie sich, und Tränen stiegen in ihre Augen, waren sie angegriffen, Lise und Papa verletzt worden. Fast das gesamte Hab und Gut hatte man ihnen gestohlen; nur noch die wenigen Münzen waren da, die Edwige unter Schichten von Kleidung um ihren Leib geschnallt trug, und der kleinere Vorratssack. Seit dem Überfall führte sie dieser Ghislain, der Papa das Leben gerettet hatte. Sie rollte sich zurück auf den Rücken und gab ihren Tränen freien Lauf. Ohne dass ein Laut zu hören gewesen wäre, rannen sie aus ihren Augen seitlich zu den Ohren hin und von dort in den Nacken. Eigentlich weinte sie eher selten, aber jetzt verschaffte es ihr Erleichterung. Ihre Gedanken schweiften erneut ab.

Seit sie die Burg verlassen hatten, waren sie nur einmal von dem Weg abgewichen, der sie nach Paris bringen sollte, und hatten diesen im Unwetter prompt ganz verloren. Doch auch an früheren Tagen, an denen sie zu langsam vorangekommen waren, hatten sie im Wald übernachtet oder auf freiem Feld, an anderen in Herbergen oder Klöstern. Manche Wegstrecke waren sie mit anderen Reisenden gemeinsam gegangen, was immer besser war. Die Geschichten, die sie unterwegs über Paris gehört hatte, mischten sich mit denen, die sie schon kannte, und beflügelten ihre Neugier. Verlaufen konnte man sich zwischen den vielen hohen Steinhäusern. Alles gab es dort zu kaufen, edle Stoffe und Steine, die feinsten Gewürze und Spezereien aus dem Morgenland. Die Frauen in Paris waren alle wunderschön. Alles, was neu war, gab es in dieser großen Stadt; dazu viele, viele Menschen, mehr jedenfalls, als sie je zuvor gesehen hatte.

Sie versuchte, sich sehr viele Menschen auf einem Fleck vorzustellen. Viele Menschen machten Lärm, das fiel ihr immer als Erstes ein. Sie erinnerte sich an das dröhnende Getrappel der Gläubigen an Tagen, an denen die Reliquie eines Heiligen der Öffentlichkeit gezeigt wurde. Bei solchen Gelegenheiten konnte es leicht geschehen, dass man sich verletzte, umgerissen, niedergetrampelt wurde. Einmal hatte sie die Geschichte eines Bettlers gehört, dem solches geschehen war. Zur Feier eines Heiligen hatte man ihm im Gedränge den Arm gebrochen, der danach nicht richtig zusammengewachsen war. Die Frauen hatten geschrien wie Gebärende, hatte er erzählt, wie ein donnerndes Rauschen sei es gewesen, das Geräusch der Schritte und, kurz bevor er das Bewusstsein verloren habe, war ihm der Heilige erschienen, und er hatte seine Zukunft gesehen.

Vielleicht hatte sich die Ankunft des Heiligen in diesem donnernden Rauschen manifestiert, überlegte Jehanne, drehte den Kopf auf ein Geräusch hin von der Feuerstelle weg und erstarrte. Dieser Ghislain saß da und lächelte sie an. Sein Mund wurde breit, wenn er lächelte, die Augen entboten ihr einen stummen Gruß. Misstrauisch zogen sich ihre Augenbrauen zusammen. Mit seinen kurzen Haaren und in seine bunte Cotte gekleidet, die sich vor den dunklen Baumstämmen seltsam unwirklich abzeichnete, erschien er ihr eher wie ein Trugbild; dann trafen Sonnenstrahlen auf seine roten Beinkleider, das Messer und die Schnitzerei, die er im Schoß hielt, und sie war sich sicher, dass sie nicht träumte. Niemand in ihren Träumen hatte jemals geschnitzt. Ihr fiel die Geschicklichkeit ein, mit der er Papas Schulter verbunden hatte.

»Guten Morgen, Jehanne.«

Er kannte sogar ihren Namen, dabei hatten sie bisher nur ein paar Worte gewechselt. Die meiste Zeit über hatte er Lise gestützt, deren Kopf stark schmerzte. Für deren jüngere Schwestern hatte er kaum einen Blick gehabt. Ein unbekanntes Gefühl ließ Jehannes Unterleib zusammenkrampfen. Seine Augen waren auf sie gerichtet und ja, sie lächelten. Sie setzte sich auf. Ihr Umhang rutschte herunter und enthüllte schmale, eckige Schultern in einem Frauengewand.

»Guten Morgen«, erwiderte sie. Er brauchte nicht zu glauben, dass sie Angst vor Fremden hatte. Sie hatte niemals Angst. Fröstelnd zupfte sie den Umhang nach oben. Ghislain zog die Beine an. Irgendwie beruhigte sie die Bewegung. Sie hatte etwas Jungenhaftes, so als wäre er doch nur wenig älter als sie selbst und habe damit etwas mit ihr gemeinsam. Ein erneutes Lächeln ließ sie bemerken, dass sie ihn angestarrt haben musste. Verwirrt senkte sie den Kopf und rieb über die Schmutzspritzer am Saum des Umhangs. Ghislain ließ seinen Dolch zurück in die Scheide gleiten. Auf der anderen Seite der Feuerstelle erhob sich Clément und kam gähnend zu ihnen herüber. Edwige folgte.

Kleine Flammen loderten auf, als sie mit einem Ast in der Asche herumstocherte und trockenes Reisig auflegte. Gestern hatten sie ein paar kleine Fische über dem Feuer gebraten, die Ghislain in einem Bach in der Nähe gefangen hatte, und wilde Zwiebeln hinzugefügt. Nun legte Edwige Kastanien, die sie in ihrem Beutel aufbewahrt hatte, in die Glut. Aus den Augenwinkeln beobachtete sie Ghislain. Weil der Jongleur sich gut im Wald auskannte und sie doch alle auf dem Weg nach Paris waren, hatte Clément ihn gebeten, die Familie zu begleiten, und der junge Mann hatte nach kurzem Überlegen eingewilligt und sich ihrer Geschwindigkeit weitgehend angepasst. Trotz der Anstrengungen waren sie den ganzen letzten Tag weiter vorangekommen, als sie sich hatten vorstellen können. Dieser Jongleur kannte alle Wasserläufe und Quellen, wusste, wo die Möglichkeit gut stand, auch zu dieser Jahreszeit vertrocknete Beeren, essbare Wurzeln und Nüsse zu finden, führte sie sicher an Stellen vorbei, an denen Windbruch und Regenfälle einen alten Pfad unpassierbar gemacht hatten.

Mehr als einmal hatte sich Edwige unwillkürlich bekreuzigt, wenn er wie ein Geist aus dem Unterholz hervorgetreten war. Er war nicht kräftig, aber flink, und er bewegte sich mit der Vorsicht eines Außenseiters. Auch er musste Zeiten des Mangels erlitten haben. In seinem mageren Gesicht spannte sich die Haut straff über den Knochen und ließ die Struktur deutlich hervortreten. Bei genauerer Betrachtung erwiesen sich auch sein Umhang und die Beinkleider als abgetragen; nur die Cotte schien neu zu sein, und Dolch, Flöte und Laute befanden sich in einwandfreiem Zustand. Edwige spürte, wie Margaux sich an sie drängte und strich dem Mädchen abwesend über das dünne blonde Haar. Ein-, zweimal hatte sie bemerkt, wie Ghislain – der Fremde, wie sie ihn insgeheim nannte – ihre jüngste Tochter mit Blicken bedacht hatte. Einmal, als sie sich zur Rast unter einer großen, alten Eiche niedergelassen hatten, hatte er sie sogar gefragt, wie alt das Mädchen sei. Sie wusste nicht, was sie von ihm halten sollte.

Als Clément zum Wald hinüberging, um sich zu erleichtern, folgte sie ihrem Mann in einigem Abstand.

»Ich traue ihm nicht«, sagte sie, als er wieder zwischen den Bäumen hervortrat.

Ihr Mann berührte ihren Arm. »Warum nicht?«

Sie verschränkte die Arme. »Warum bleibt er bei uns?«

»Er will nach Paris, wir haben den gleichen Weg.«

»Alleine wäre er schneller.«

»In einer Gruppe reist es sich besser.«

»Ich kenne ihn nicht. Er erzählt nichts von sich.«

»Er hat mir das Leben gerettet. Reicht das nicht?« Sie schwiegen. Clément tastete nach dem Verband an seiner Schulter. »Ich weiß nicht«, fuhr er fort, »aber ich denke, wir müssen dankbar sein, wenn er bei uns bleibt. Er kennt sich auf der Straße aus.«

»Er lebt auf der Straße«, berichtigte sie ihn. Ihre Stimme zitterte leicht. »Ach, versteh mich doch, er gehört keiner Gemeinschaft an, keiner Gilde, ist Bürger keiner Stadt. Wir wissen nicht, wohin er gehört.«

Clément zögerte, dann legte er den gesunden Arm um seine Frau und drückte sie an sich. »Aber wir sind auch unterwegs, wohin gehören wir?«

»Du bist Glasmaler, Clément. So wie ich die Tochter meines Vaters bin, in Chartres geboren, bist du der Sohn deines Vaters und Glasmaler. Es gibt viele, die das bezeugen können. Unsere früheren Nachbarn kennen uns, die Paten unserer Kinder ...«

»Ja, das stimmt.« Clément horchte auf die Geräusche des Waldes und Edwiges Atemzüge. »Er ist Christ«, sagte er, »er gehört unserer Kirche an. Ich verdanke ihm mein Leben.«

Edwige presste die Lippen zusammen, dann drehte sie das Gesicht zu ihrem Mann hin.

»Natürlich muss ich ihm dankbar sein, dass er dich mir erhalten hat«, sagte sie leise.

»Natürlich«, bestätigte er.

Noch einmal zog er seine Frau behutsam an sich und musste ein Stöhnen unterdrücken, als sie seine Zärtlichkeit erwiderte. Seit Kurzem schmerzte die Schulterverletzung stärker als zuvor.

»Es tut mir leid, dass es mir so schwerfällt«, murmelte sie in die Falten seiner Cotte hinein; dann löste sich die Anspannung in einem schier endlosen Strom leiser Tränen.

Edwige war immer geradeaus gegangen, den Hügel hinauf, auf dessen oberstem Plateau sie den Galgen am frühen Abend entdeckt hatte. Nun blieb sie stehen. Die Verurteilten mussten eine gute Sicht auf Gottes schöne Welt haben von dort oben. Einmal war ihr die Spitze des Hügels schon in greifbarer Nähe erschienen. Sie hatte lediglich einen Toten wahrgenommen, wie er am Galgen baumelte und sich um die eigene Achse drehte, aber bevor sie sein Gesicht sehen konnte, war dichter, feuchter Nebel aufgekommen. Wie aus dem Nichts war die schöne Holzpuppe vor ihr erschienen, die ihr als Kind der Vater geschenkt hatte und die irgendwann verloren gegangen und bitterlich beweint worden war. Von einer runden Kinderhand bei den langen Flachshaaren gehalten, hatte sich das Püppchen hin und her gedreht. Nun lichtete sich der Nebel vor ihren Augen, und der Morgen zeigte sich in verschiedenen Schattierungen von Grau. Farben gewannen an Intensität. Sie stolperte weiter. Wenn sie nicht umkehrte, würde sie bald das Gesicht des Toten sehen. Übergangslos begann sie zu zittern, aber etwas trieb sie vorwärts, und wenn es nur ihr Unvermögen war, anzuhalten.

Ihr fiel auf, dass es unfassbar still war. Sie vermisste das Geschrei der Krähen und anderer Vögel, die sich stets in der Umgebung von Richtstätten fanden. Nichts war zu hören, nicht einmal die eigenen Schritte, aber ein gleichbleibender Sog zog sie durch das Grau weiter hinauf. Sie war nun ganz nahe, sah den Rücken des Toten, seine gedehnte Gestalt, die der Erde entgegenstrebte, als wolle sie sich mit ihr vereinen. Er war voll bekleidet, was sie verwunderte. Eine Kappe bedeckte seine Haare und verbarg deren Farbe. Cotte und Beinkleider waren abgeschabt, jedoch aus gutem Stoff. Die Schuhe sahen aus, als seien sie nie getragen worden. Ein Handwerker, dachte sie und war verblüfft, denn sie wusste, dass dieser Gedanke wahr war.

Sie erwachte ohne einen Laut, aber mit einem Gefühl, als habe jemand ein schweres Brett über ihre Brust gelegt und sich darauf gesetzt. Die Augen starr gegen den Himmel gerichtet, blieb sie zitternd liegen. Schon lange nicht mehr war ihr ein Traum so deutlich erschienen. Einzelne Szenen waren ihr vor Augen, eindringlich, als wiederholten sie sich gerade von Neuem. Längere Zeit konnte sie nur flach atmen. Ihre Schultern hoben und senkten sich, während sie um Luft rang.

Paris wird uns Unglück bringen. Der Gedanke kam ebenso plötzlich, wie sie aus dem Schlaf gerissen worden war. Bebend setzte sie sich auf. Mit einer Hand tastete sie nach der Stelle, an der sie Margaux gestern in ihren Umhang gewickelt zum Schlafen gelegt hatte und griff ins Leere. Flüchtig erstarrte sie, dann riss sie den Umhang weg, als könne sich das

Kind doch darunter verstecken. Nichts, das kleine Mädchen war nicht mehr da und der Fremde auch nicht, wie ihr als Nächstes gewahr wurde.

Sie sprang auf. Wie hatte er Margaux nur forttragen können, ohne dass sie etwas davon bemerkt hatte? Aber keiner hatte ja etwas bemerkt, und auch jetzt schlief ihre Familie, als sei nichts geschehen. Ihr Blick wanderte zurück zu dem Platz, an dem sie Ghislain zuletzt gesehen hatte. Noch sah sie ihn vor sich, auf der Seite liegend, die Arme angezogen. Die Hände, zu Fäusten geballt, hatten sein Gesicht verborgen. Auch schlafend hatte er gewirkt, als sei er bereit, beim kleinsten verdächtigen Geräusch aufzuspringen. Seine wenigen Sachen waren fort. Unwillkürlich fasste sie nach ihrer Kehle. Ihr Blick wanderte zum Waldrand hoch, dann hastig nach rechts und nach links, um an zwei Gestalten hängen zu bleiben – einer großen und einer kleinen –, die einträchtig nebeneinander an dem Fluss saßen, den sie gestern erreicht hatten.

Margaux! Sie konnte nicht schreien, denn der Hals war ihr wie zugeschnürt, also begann sie zu laufen. Die Angst wich einer Wut, die sich verstärkte mit jedem Schritt, die sie den beiden näher kam. Damit war er zu weit gegangen. Sie würde mit Clément sprechen.

»Was«, rief sie, noch bevor sie die beiden erreicht hatte, »tust du …?«

Mit einer geschmeidigen Bewegung wandte sich Ghislain zu ihr hin. Sie stockte. Es war nicht so, dass er sie ansah, vielmehr gingen seine Augen wie die eines Blinden direkt durch sie hindurch. Nichts war in ihnen zu lesen als unendliche Trauer. Edwige verschränkte die Arme vor der Brust. »Was glaubst du …?«, setzte sie noch einmal an.

Ein Ruck ging durch seinen Körper, als bemühe er sich,

von einem Ort, der sehr weit weg lag, in die Welt ihrer Stimme zu gelangen. Vor Wut kochend, sprach sie weiter. »Was machst du mit meinem Kind?«

Ghislains Augen weiteten sich. Er nahm sie wahr.

»Nichts«, entgegnete er leise, und sein Gesicht hatte kurz selbst etwas von dem eines Kindes, bevor der übliche, verschlossene Ausdruck zurückkehrte. »Sie hatte Hunger. Ich habe ihr zu essen gegeben.«

Edwige öffnete den Mund und schloss ihn. Margaux, offensichtlich unversehrt, schaute aus großen Augen zu ihrer Mutter herauf. Er musste sie mit Brot gefüttert haben, denn in seinem Schoß lag ein Kanten, von dem etwas abgebrochen worden war, und Margaux' Hemdchen war voller Krümel. Unbeholfen stand das kleine Mädchen auf und stakste in die ausgestreckten Arme ihrer Mutter. Wieder bemerkte Edwige, wie der Fremde sie und ihre Tochter betrachtete, doch als sie herausfordernd seinen Blick suchte, wich er ihr aus.

»Ein Kind weint, und du verschleuderst deine Vorräte?« Sie schüttelte den Kopf und hob ihre Tochter hoch.

Ghislain schwieg. Die Augen zum Fluss gewandt, stand er ebenfalls auf, stopfte das Brot zurück in seinen Beutel und klopfte mit energischen Schlägen seine Kleidung sauber. Vorübergehend folgte sie seinem Blick, sah zarte Nebelschwaden von der Wasserfläche aufsteigen. Als sie zu ihm hinsah, schlang er die Arme um den Körper und schwankte mit kaum merklichen Bewegungen vor und zurück.

»Ich«, setzte er an, und ein neuerlicher Ruck ging durch seinen Körper. Sie wich ihm nicht aus. Unter ihrem ausdruckslosen Blick verdunkelte sich der Ton seiner gebräunten Haut. »Ich«, begann er noch einmal, »muss etwa in Margaux' Alter gewesen sein, als ich meine Familie verloren habe. Manchmal versuche ich, mich daran zu erinnern.«

Edwige drückte ihr Kind fester an sich.

»Ich weiß nichts von meiner Familie«, fuhr er fort. »Hatte ich auch eine Mutter, wie du Margaux' Mutter bist? Ich kann mich nicht erinnern. Ich kann mich einfach nicht erinnern, ob ich je meine Arme um den Hals einer Frau geschlungen habe, wie es Margaux jetzt tut.«

Nun glitten seine Finger zu dem Medaillon um seinen Hals, das ihr schon aufgefallen war. Abwesend spielte er damit, dann verbarg er es wieder. Sie schob Margaux auf ihre Hüfte herüber und drückte einen Kuss auf die weichen Haare des Mädchens. Was wollte er ihr damit sagen? Er hatte nichts mit ihrer Familie zu tun, er war ein Vagabund, nicht mehr. Sie konnte nicht erwarten, dass er aus ihrem Leben verschwand. Mit Margaux auf dem Arm machte sie sich daran, zurück zum Lager zu gehen. Erst war es still hinter ihr, dann folgten ihr hastige Schritte. Eine Hand griff nach ihrem Ärmel. Sie riss sich los.

»Edwige.«

Vielleicht war es der Ton seiner Stimme, der sie dazu brachte, sich doch umzudrehen. In geringer Entfernung standen sie einander gegenüber. Er musterte sie, dann trat er einen Schritt zurück.

»Bitte, sag mir eins, warum sollte ich dir mehr trauen, als du mir?«

Ohne ihr Zeit für eine Erwiderung zu geben, drehte er sich um und ging zurück zum Fluss, wo er, mit dem Rücken zu ihr gewandt, stehen blieb.

Empört fuhr Edwige auf dem Fuß herum und stapfte zum Lager zurück.

»Clément«, rief sie, noch bevor sie ganz dort angekommen war, »Clément!«

Sie konnte Jehanne und Lise sehen, die neben ihrem Vater

saßen, und Clément, der sich aus einer liegenden Haltung hochstemmte. Sie war so wütend, dass sie etwas hätte zerschlagen können. Vor ihrem Mann blieb sie stehen und holte tief Luft. »Schick diesen Fremden fort.«

»Edwige.«

Cléments Stimme war leise. Sie schluckte. Nun würde er sie überreden wollen, den Fremden weiter zu dulden. Vor Aufregung traten ihr Tränen in die Augen, dann hörte sie Jehannes Stimme.

»Maman, Papa ist krank. Seine Schulter ist ganz dick, und ich glaube, er hat Fieber.«

3. Kapitel

An diesem Maitag im Jahr des Herrn 1243 stand Bruder Philippe im Herbularius der Abtei Ourscamp und ließ den Blick prüfend über die Beete hinweg wandern. Dort drüben begannen gerade zaghaft die ersten Malven zu blühen, daneben reckte sich die Akelei dem Himmel entgegen. Ab Juni würden Basilikum und weiße Lilien ihren starken Duft verbreiten. Alle Pflanzen in jeweils einem Bereich des Gartens dienten nur einem Zweck; ein zu feuchtes, zu heißes, zu kaltes oder zu trockenes Temperament zurück ins Gleichgewicht zu bringen, damit der kranke Mensch mit Gottes Hilfe gesunden konnte. Immer und überall galt es, das rechte Maß zu halten. Ächzend – seine Knochen waren im Laufe der Jahre nicht jünger geworden – beugte sich der Mönch zu den kleinen, mal rosa, mal blauen Blüten des Lungenkrauts herab. So wie dessen gefleckte Blätter an die kranke Lunge eines Menschen gemahnten, so ließ sich auch leicht der heilende Zweck der Pflanze erkennen. Bruder Germund, der Infirmarius des Krankensaals, setzte sie gerne gegen allerlei Lungenbeschwerden ein. Vom nächsten Beet, das der Laienbruder, der ihm neuerdings zur Hand ging, sorgfältig geharkt und von Unkraut befreit hatte, nahm Philippe Erde auf und zerkrümelte sie zwischen den Handflächen. *Pflanze Salbei im Mai, und er wird immer wachsen.*

Er durfte den Lavendelwein nicht vergessen. Einer der jüngeren Brüder hatte heute Morgen nach der Prime über einen hartnäckigen, feuchten Husten geklagt. Er richtete sich auf, warf einen kurzen Blick auf die Stelle, an der die gelben Ringelblumen auf sich warten ließen. Etwas abseits davon hatten sich ein paar Maiglöckchen auf ein kleines Wiesenstück verirrt und erinnerten ihn an die reine Liebe Jesu und die Tränen, die Maria um ihren Sohn vergossen hatte. Überall stießen neue Pflanzen aus der Erde hervor, stand helles Grün wie ein fein gewebter Teppich über brauner Erde. Kaum konnte er es erwarten, dass sich sein Garten, so sicher wie jedes Jahr, in einen bunten, duftenden Hort des Lebens verwandelte; denn nichts verschloss sich in Gottes Erde ohne Hoffnung auf Wachstum. Behutsam entfernte er ein paar dürre Zweige vom Rosmarinstrauch. Noch zehrte er von den Vorräten des letzten Jahrs, aber er würde alle Mühe darauf verwenden, die neue Aussaat zu schützen, so Gott und Saint-Fiacre ihm beistanden. Über das Jahr hinweg würde er heilsame Tinkturen, Salben, Tees und Liköre zubereiten, die Germunds Kranken und auch jenen Brüdern, die sich auf dem Weg der Besserung befanden, Erleichterung verschafften.

Leise summte er vor sich hin. Im Sommer besuchten ihn die anderen Brüder öfter als jetzt, wo der Boden zu feucht war und nicht zum Sitzen einlud. Spätestens jedoch, wenn im August die Sonne hoch stand, legte mancher gerne eine

Pause im Schatten der Mauer ein, pflückte hier und da ein Blättchen, atmete Kräuterduft ein oder trank mit Minze versetztes Wasser. Sogar der Abt verließ zu dieser Zeit des Jahres manches Mal den eigenen Garten und vergaß über der Bedächtigkeit, mit der sich Philippe seinen Pflanzen widmete, die Klosterpolitik mit all ihren Wirren und bitteren Erfahrungen. In ruhigen Momenten erzählte er dem älteren Mönch von seinen Plänen, die prächtige Kirche weiter zu vergrößern und im neuen Stil zu verschönern, wie es einer mächtigen Abtei wie der von Ourscamp anstand, oder er berichtete von dem Lagerhaus in Paris, wo sich die Erzeugnisse des Klosters mit besserem Gewinn und damit zu höheren Ehren Gottes verkaufen ließen.

Philippe lächelte. Aber er musste jetzt aufhören, sich in allerlei unnützen Gedanken zu verlieren. Er hörte auf zu summen und wollte sich gerade nach seiner Harke umsehen, als ihn lautes Geschrei zusammenfahren ließ. Im Umdrehen gewahrte er einen jungen Novizen mit einem Schopf weizenblonder Haare, der mit hoher Geschwindigkeit auf das abseits gelegene Gebäude zuraste, in dem die kränksten der Mitbrüder, unter der sorgsamen Obhut des Infirmarius und eines Laienbruders, ihrer Genesung oder dem Tod entgegensahen.

»Bruder Germund«, brüllte der Junge mit heller, sich überschlagender Stimme, »Bruder Germund!«

»Was ist los?«, tönte Philippes dunkles Organ.

»Ein Toter, Bruder Philippe, vor dem Tor liegt ein Toter!« Der Junge rannte weiter.

Es bedurfte keiner weiteren Worte. Um schneller vorwärtszukommen, schürzte Philippe sogar die Kutte und enthüllte im Rennen zwei dünne, grau behaarte Beine. Das Alter, das ihn eben noch gezwickt hatte, spürte er nicht mehr, stattdessen hatten ihn das Leben und seine Aufgaben wieder. Die Füße in den Sandalen eilten geschwind über den harten Boden, vorbei am Schlafsaal und an der Küche der Novizen, am Refektorium und an der Bibliothek, durch einen weiteren Garten, am Brunnen vorüber und in den Eingangsbereich hinein. Eine dichte Traube von Menschen hatte sich um das Tor gesammelt.

»Aus dem Weg«, rief er, »was gibt es denn hier Maulaffen feilzuhalten, zurück an eure Arbeit!« Raunend teilte sich die Menge vor ihm, wie das Meer vor Moses.

Mose streckte seine Hand über das Meer aus, und der Herr trieb die ganze Nacht das Meer durch einen starken Ostwind fort. Er ließ das Meer austrocknen, und das Wasser spaltete sich.

»Fort, fort!« Philippe warf die Hände hoch. Einige Gaffer ließen sich von der Autorität des Älteren beeindrucken, andere wichen nur wenig zurück und blieben wieder stehen. Draußen vor dem Tor traf er auf eine kleine Gruppe Reisender, die sich um eine zusammengesunkene, männliche Gestalt geschart hatte. Mit raschem Blick erkannte er einen weiteren Mann, zwei Frauen und zwei Mädchen.

»Gott mit euch«, grüßte er flüchtig, ließ den Saum seiner Kutte fahren und kniete neben dem liegenden Mann nieder. Bewusstlos war er, nicht tot, wie Philippe schnell feststellte. Schweißfeuchte Strähnen klebten an seiner bleichen Stirn. Anscheinend litt er Schmerzen, denn sein Mund zuckte, und er stöhnte zwar leise, aber unablässig.

»Bruder«, die ältere Frau griff nach dem Ärmel seiner Kutte und ließ ihn gleich wieder los. Ihre Augen waren so bleigrau wie die guten Becher des Abtes in der Klosterküche. Ihre Stimme zitterte. »Verzeiht aber, bitte, helft ihm, helft meinem Mann!«

Der nächste Tag war warm. Blendend leuchtete die Sonne von einem strahlend blauen Himmel herunter, sodass man gezwungen war, die Augen gegen das helle Licht zusammenzukneifen. In dem kleinen Dorf Chiry, das sich, dem Kloster gegenüberliegend, an einen Hügel schmiegte, bemühte man sich darum, einen Gutteil der schweren Arbeit vor Mittag zu erledigen. Unablässig erklang das Pinkepank des Schmieds. Auf der Wiese am nahe gelegenen Fluss Oise rupften Gänse Gras. Ein Bauer, der Abtei zu Dienst verpflichtet, pflügte eines der zum Kloster gehörigen Felder, während seine drei Töchter, der Spur des Pfluges folgend, Steine aufsammelten und ihr jüngster Bruder ein Auge auf die klostereigenen Schweine hatte. Grunzend suchten die Tiere in Schlammkuhlen Schutz vor der stetig zunehmenden Hitze und störenden Fliegen, während die Kühe die summenden Störenfriede mit heftigen Schwanzschlägen zu vertreiben suchten. Im Schatten zwischen den Dorfhütten pickten Hühner nach Nahrung. Durch die Türen einiger Häuser drang Qualm, manchmal begleitet vom Duft einer über dem Feuer köchelnden Grütze. Vom Kloster her schwärmte ein Bienenvolk nach Nektar aus. In den Vorratskammern des Klosters verzeichnete man die Menge an Kerzen, die im letzten Monat verbraucht worden waren; in der Klosterbibliothek rasselte die Kette an einem der Kettenbücher, als ein jüngerer Mönch etwas ungeschickt die Seite umschlug.

Im Gästehaus des Klosters knieten Edwige und ihre Töchter auf dem harten Boden und beteten leise, während der Jongleur Ghislain aus den Schatten der Tür zum Hospital hinüberspähte, wo eben Bruder Philippe aufgetaucht war.

Philippe bemerkte den Beobachter nicht. Beladen mit einem Korb voller Kräuter, Lösungen, Tinkturen und sauberem Leinen, hatte er sich nach der Tierce auf den Weg zu

Bruder Germund gemacht. Im Eingang des Hospitals blieb er kurz stehen, um seine Augen an das fahle Licht im Innenraum des Gebäudes zu gewöhnen. Nur ein Bett war belegt, ansonsten befanden sich zurzeit keine Kranken in Germunds Obhut, und doch stieg ihm sogleich der vertraute Geruch nach Krankheit und Kräutern in die Nase, aus denen der Duft nach Minze, Rosmarin und Lavendel am deutlichsten hervorstach. Am Ende des Saales konnte er zuerst nur Germunds weißen Haarkranz sehen, bis sich mit dem Näherkommen auch der restliche Körper des im Gebet versunkenen Infirmarius aus den Schatten schälte.

Wie schon am Abend zuvor lag der verletzte Mann reglos auf seinem Lager. Seine Augen waren fest geschlossen, die zarte Haut darunter sah aus, als habe jemand feinsten Kohlenstaub darauf verwischt, und auf seinen Wangenknochen leuchteten rote Flecken auf. Schweißdunkles Haar umrahmte das eingefallene Gesicht. Seit sie ihn ausgezogen und in dieses Bett dort gelegt hatten, schien er sich überhaupt nicht bewegt zu haben.

Als Germund sein Gebet beendete, sich bekreuzigte und aufstand, trat Philippe einen Schritt näher und stellte den Korb ab. »Wie geht es ihm?«

Schweigend betrachtete der Angesprochene den Pflegling, nahm eine Kanne von dem gemauerten Absatz, der sich an der hinteren Wand entlangzog und Platz für allerlei Utensilien bot. »Das weiß nur Gott«, murmelte er, während er etwas Flüssigkeit in einen leeren Becher füllte. »Ich habe ihm deinen Beifuß-Sud eingeflößt, um das Fieber zu senken, und die ganze Nacht über gebetet. Wir tun, was wir können, aber dieser Mann ist eindeutig in Gottes Hand.«

»Wir sind alle in Gottes Hand.« Philippe bekreuzigte sich, und Germund tat es ihm gleich, bevor er sich bückte, um den

Becher auf den Boden zu stellen und ein Stück Leinen aus Philippes Korb zu nehmen. Sorgfältig begann er, es in gleichmäßige Streifen zu reißen. Vorübergehend war nur das Geräusch des schleißenden Stoffes zu hören, dann ließen unruhige Bewegungen des Kranken den Infirmarius innehalten. Mit einer Kopfbewegung bat er Philippe an dessen Seite. »Halt seine Hand, das beruhigt ihn. Ich habe sie fast die ganze Nacht hindurch gehalten.«

Philippe tat, wie ihm geheißen. Zuerst erschien ihm die Hand des Verletzten schlaff, dann verspürte er einen leichten Druck und erwiderte ihn. Germund hatte sich derweil erneut den Gegenständen auf dem Mauerabsatz zugewandt und beschäftigte sich mit dem Inhalt eines größeren Beutels. Als er sich umdrehte, hielt er ein in Leder geschlagenes Päckchen an seine Brust gedrückt. Sein Gesichtsausdruck war ernst, während er Philippe und den Kranken schweigend betrachtete, um dann einen zweiten Schemel zu sich heranzuziehen und das Päckchen daraufzulegen. Sehr vorsichtig schlug er die Umhüllung auseinander. Philippe sah mehrere Messer, eines schmaler als das andere, von denen jedes in seinem eigenen Futteral steckte.

»Du willst schneiden?«

Germunds Hand, die eben noch wie suchend über den Instrumenten geschwebt hatte, verharrte, bevor er kurz entschlossen eines der Messer hervorzog. Über den reglosen Körper zwischen ihnen hinweg trafen sich die Blicke der Männer. »Hilfst du mir?«

Unwillkürlich senkten sich Philippes Augen auf den Mann herab. Gerade war es ihm erschienen, als hätten dessen Lider gezuckt, aber er hatte sich wohl geirrt. Er blickte hoch und nickte.

»Gut.« Germund lächelte ihm aufmunternd zu, bevor er

das Leintuch, das den Verletzten bedeckte, bis auf die Taille des Mannes herunterzog und dessen nackten Oberkörper enthüllte. Ein Gemisch aus hellbraunen und grauen Haaren kräuselte sich auf dessen bleicher Brust. Auf den Armen fanden sich verblasste Reste einer Sonnenbräune, die linke Schulter war dick angeschwollen. Philippe stieß einen leisen Seufzer aus. Germund nahm das Messer in die linke Hand und legte ihm die rechte auf den Arm. »Wenn ich nicht schneide, werden ihn die schlechten Säfte verderben. Aber dazu musst du ihn festhalten. Wirst du das tun?«

Philippe nickte. Es war nicht das erste Mal, dass er Germund zur Hand ging, dessen Geschicklichkeit im Aufschneiden von Geschwüren und beim Aderlass weit über die Mauern dieses Klosters hinaus bekannt war – und doch saß ihm jedes Mal ein Würgen in der Kehle, und auch jetzt musste er heftig schlucken.

»Gott wird uns beistehen.« Auf seinem Arm übten Germunds Finger einen leichten, aufmunternden Druck aus, dann zog er sie zurück und ließ das Messer aus der linken Hand flink zurück in die rechte wechseln. »Er darf sich nicht bewegen«, ermahnte er seinen Gehilfen.

Unfähig, etwas zu sagen, denn nun war ihm der Hals wie zugeschnürt, nickte Philippe erneut. Als Germund die Entzündung vorsichtig abtastete, was die Lider des Verletzten zum Flattern und seine Zähne zum Knirschen brachte, richtete er den Blick starr gegen die hintere Wand. Er spürte, wie sich Schweiß auf seiner Oberlippe bildete.

»Bereit?«, konnte er Germund sagen hören.

Er nickte noch einmal, entschied sich, sein ganzes Körpergewicht zu nutzen, um ein Aufbäumen des Kranken zu verhindern, und wusste schon mit dem ersten knirschenden Schnitt, dass er nicht falsch daran getan hatte. Ein gewaltiger Schauder brachte den Körper unter ihm zum Zucken. Stinkender Eiter quoll aus der Öffnung hervor. Philippe vergaß den nächsten Atemzug, nahm den folgenden umso tiefer und hätte fast ausgespuckt.

Derweil widmete sich Germund seiner Aufgabe mit aller Aufmerksamkeit. Ruhig vollführte er den Schnitt bis zum Ende, legte das Messer zur Seite und drückte und massierte die Schulter, bis mehr Eiter, dieses Mal mit Blut vermischt, hervortrat. Als er mit zwei Fingern in der Wundöffnung verschwand, stöhnte der verletzte Mann laut. Sein Atem beschleunigte sich. Noch mehr Eiter trat aus. Philippe würgte einen kleinen Schwall bitter-scharfer Flüssigkeit die Kehle hinunter.

»Germund?«, fragte er mit zitternder Stimme.

»Wir haben es gleich«, entgegnete der. »Mit Gottes Hilfe, wir haben es gleich.«

Philippe musste alle Kräfte aufbieten, um den Mann ruhig zu halten, dessen Oberkörper er kaum länger halten konnte und dessen zuckende Beine das Leintuch fortstrampelten. Wieder knirschten die Zähne laut aufeinander, während Germunds Finger die Wunde absuchten. Der Infirmarius hatte die Augen nunmehr fast geschlossen, als konzentriere er sich vollkommen darauf zu fühlen, dann hielt er inne. Während sich sein Gesicht erhellte, riss der Verletzte die Augen auf. Für einen Atemzug lang, bevor sein schriller Schrei die Stille durchdrang, versank Philippe im Blaugrün seines Blicks.

»Halt ihn fest«, brüllte Germund, und er verdoppelte seine Anstrengungen, um gleich darauf zu bemerken, dass dies nicht mehr notwendig war. Der Mann regte sich nicht mehr.

Ein wilder Wirbel aus Farben stürzte auf Clément ein; dann tanzten alle Bilder um ihn herum, die er je erschaffen hatte oder je hatte erschaffen wollen. Er sah seine erste Maria, die etwas grob geraten war und steif in der Bewegung. Er sah seine Heilige Familie auf der Flucht nach Ägypten, sah Joseph, der den Arm ausgestreckt hatte, um auf etwas zu deuten, und Maria auf dem Esel, das Jesuskind im Arm. Er sah den Tuchhändler, den er bei der Arbeit dargestellt hatte, und eine anmutige Maria Magdalena, die die Füße des Herrn wusch. Streifen von Rot, Grün, Blau und Weiß zogen an ihm vorüber und verschwanden. Zuerst war es warm, danach kalt, und dann wurde alles blau. Grün verschaffte ihm Atemnot, als befände er sich in einem tiefen Teich und könnte nicht an die Oberfläche gelangen. Rot war immer da. Heißes Rot. Er sah wunderschöne Muster und Ornamente, aber bevor er sie erfassen konnte, zogen sie sich zusammen, lösten sich auf, verschwanden im Nichts. Plötzlich stand er in einer unbekannten Kirche vor einer riesigen Rosette, durch die gerade das Mittagslicht fiel, und musste die Hände heben, um nicht geblendet zu werden. Das Licht war wunderschön und voller Leichtigkeit. In einem Muster aus bunten Flecken floss es über den Altar und brachte das Kruzifix zum Schweben. Den ganzen Raum löste es auf, als befände man sich in einer Halle aus vollkommenem Licht, in der alles nach oben strebte, strahlend, wie in einem lichten Frühlingswald. Ein Engel schwebte über seinem Kopf, lang und schlank und hell.

Er stand über seine letzte Arbeit gebeugt. Es war Winter, und er malte die Linie, die Marias Gesicht begrenzen würde, und vor seinen Augen wurde Maria zu Edwige und Edwige zu Maria. Lachend beugte er sich vor, um die letzte Helligkeit auszunutzen, setzte sorgsam den Pinsel an und dachte daran, was er als Nächstes malen würde. Suchend bewegten sich seine Gedanken zwischen den Farben hin und her. Eine Welt von Farben und Geschichten, die schon immer in ihm gewesen war. Er würde mehr Glas brauchen, als er sich je vorstellen konnte, um sie zu erzählen. Eine Geschichte, alles Glas für eine Geschichte ... Oh, es war so heiß, so brennend heiß war es, wie bei den Öfen der Glasmacher, und gleich darauf war es kalt. Er keuchte. Jemand hielt ihn fest, er versuchte, sich zu befreien. Sein Herz raste. Als er die Augen öffnete, war die Welt grau. Heftiger Schmerz riss ihn empor ins Licht und stürzte ihn zurück in die tiefste Nacht. Da war wieder dieser hellste Engel, und dieses Mal breitete er die Arme weit aus und nickte ihm zu.

Jehanne musste die Hände vor den Mund schlagen, um nicht zu schreien, und konnte doch den leisen, gequälten Laut, der zwischen ihren Fingern hervorkroch, nicht unterdrücken. Wie von unsichtbaren Fäden gezogen, lief sie auf die zwei Mönche zu, die das Krankenbett ihres Vaters umringten, dessen durchdringender Schrei ihr unverkennbar gewesen war. Während der eine Mönch – deutlich konnte sie seinen dichten, weißen Haarkranz sehen – seine Hände an einem Leintuch abwischte, kniete sich der andere nieder und richtete etwas an Cléments Schulter. Gleich darauf nahm der weißhaarige Mönch einen Gegenstand von einem Schemel dicht an seiner Seite und hielt ihn sich vor die Augen.

»Eine Messerspitze?« Sein Tonfall war unschlüssig.

Der zweite Mönch, in dem sie denjenigen erkannte, der den Vater gestern hatte forttragen lassen, stand auf und näherte sich.

»So winzig«, hörte sie ihn murmeln und, während er auf den Vater hinabschaute: »Wird er leben?«

Der Weißhaarige zuckte die Schultern. »Wie es uns übermittelt wurde, haben wir ihn bluten lassen, um die schlechten Säfte auszutreiben. Alles andere ist in Gottes Hand.«

Jehanne riss die Augen auf. Da war etwas in ihrem Weg. Ihr

Fuß stieß gegen ein Hindernis. Das Geräusch eines umstürzenden Schemels polterte durch den Saal und ließ sie erstarren. Sie hatte kaum bemerkt, wie weit sie schon vorgedrungen war. Nun drehten sich die beiden Mönche zu ihr hin. Ihre Blicke flogen zu ihr herüber, zusammen mit dem fauligen Geruch, der, mit jedem Schritt, stärker geworden war.

»Wer bist du?«, rief der mit dem weißen Haarkranz, reckte den Kopf vor und kniff die Augen zusammen, als versuche er genauer zu sehen. Sie öffnete den Mund, brachte aber keinen Ton hervor. Unschlüssig sah sie zur Tür zurück, durch die helles, blendendes Licht in den Saal hineinfiel, drehte sich dann wieder um, zupfte an ihrem Umhang, stolperte rückwärts.

»Wer bist du?«, rief die gleiche Stimme, und die des anderen Mönchs folgte dicht darauf: »Dieser Mann ist in Gottes Obhut. Der Herr hält seine schützende Hand über ihn. *Gott ist uns Zuflucht und Stärke, / ein bewährter Helfer in allen Nöten* ...«

Die Mönche bekreuzigten sich und setzten sich in Bewegung. Während die beiden näher kamen, stolperte Jehanne weiter rückwärts, stieß gegen einen warmen Körper, quiekte, als ihr jemand den Zopf unter den Umhang schob, eine Kappe auf ihren Kopf setzte und sie am Arm festhielt. »Jean, mein Kleiner, da bist du ja!«

Die Stimme des Jongleurs. Sein Arm hielt sie fest umklammert. Jehanne sah rote Flicken vor sich, in ihrem Atem tanzende Federn.

Die beiden Mönche blieben stehen. »Wer da?«, fragte der mit dem weißen Haarkranz und bekreuzigte sich wieder.

»Ghislain de Viens aus dem Gästehaus. Der kleine Jean hat sich wohl um seinen Vater gesorgt und ist uns davongelaufen. Ich bringe ihn zurück, wenn Ihr erlaubt.«

»Jean?« Nun kam der Mönch, der sie gestern am Tor empfangen hatte, dichter heran. Jehanne starrte auf den Boden, spürte den prüfenden Blick des Mannes auf ihrem gesenkten Kopf, das Gewicht einer schweren Hand auf einer Schulter. »Machst du dir Sorgen, kleiner ... Bruder?«

Die minimale Verzögerung, mit der er das letzte Wort aussprach, ließ Röte in ihre Wangen aufsteigen. Also hatte man sie erkannt, also war sie nicht vorsichtig genug gewesen. Sie reckte die Schultern, hob den Kopf und sah in ein längliches, von dünnen, grauen Haaren umstandenes Gesicht. Beinahe fühlte sie, wie die Augen ihres Gegenübers ihre schmale, eckige Gestalt durch den Umhang hindurch abtasteten.

»Ich bin Bruder Philippe«, sagte der Mann lächelnd. »Hab keine Angst, dein Vater ist bei Gott und dessen Diener dort, unserem Bruder Germund, in guten Händen. Komm, möchtest du ihn sehen?« Er wartete ihre Antwort nicht ab, schloss die Hand fester um ihre Schulter und schob sie zu dem Bett hin, wo dieser Germund dabei war, das Gesicht des Vaters mit einem feuchten Tuch abzuwischen. Stumm stand sie da.

»Wird Gott Papa retten?«, flüsterte sie endlich heiser.

Philippes Hand auf ihrer Schulter übte neuerlich Druck aus. »Sieh es einmal so«, sagte er, »zumindest hält Gott für alles eine Lösung bereit. Für guten Schlaf hat er uns Baldrian gegeben. Drückt der Magen, so gibt man Fencheltee. Wer Beifuß bei sich trägt, heißt es, ist sicher vor Gift, wilden Tieren und Sonnenstich, außerdem senkt es das Fieber. Alle Hoffnung auf Hilfe und auch alle Entscheidung liegt jedoch beim Herrn, auf den wir immer vertrauen müssen. Er ist unsere Burg. Amen.«

»Amen«, flüsterte sie.

»Amen«, schlossen sich Ghislain und Germund an.

Jehanne starrte in das aschgraue Gesicht ihres Vaters.

»Bete für ihn, mein Junge«, sagte Germund, ohne zu ihr aufzuschauen, während er die Stirn des Fiebernden kühlte.

Als Jehanne noch näher heranwollte, hielt Philippe sie fest und schob sie in Ghislains Arme. »Und jetzt bring den Jungen zu seiner Mutter zurück. Sicherlich macht sie sich schon Sorgen.«

»Ja, Bruder Philippe.«

Ohne ein weiteres Wort zog Ghislain sie mit sich und ließ nicht los, bis sie das Gästehaus erreicht hatten, wo er sich umdrehte und sich zu ihr herunterbeugte.

»Du musst dich an ihre Gebote halten, Jehanne, Frauen dürfen nur in Ausnahmefällen dort hinein.« Seine Stimme klang sehr ernst, beinahe wie die des Vaters, wenn er sie zurechtwies.

Mit einem Ruck riss sie sich los. »Aber ich wollte ihn doch nur sehen!« Sie stemmte die Hände in die Seiten und funkelte ihn herausfordernd an. »Außerdem, wer sagt, dass ich eine Frau bin? Niemand da drüben hat es erkannt!«

Er schaute sie an, sie hielt seinem Blick stand, sah ein stilles Lachen in seine Augen steigen, sah, wie seine Mundwinkel sich nach oben zogen.

»Bruder Philippe hat dich erkannt.«

»Er wusste es.« Sie schob die Unterlippe vor.

»Und ich sehe es.«

»Du ...« Sie verstummte. Da war dieses Lächeln in seinen Augen, und der Blick auf ihrem Gesicht fühlte sich wärmer an. Hell leuchtete die Kopfhaut zwischen den schwarzen Stoppeln seines Haars hervor. Oben am Stirnansatz bemerkte sie eine lange, dünne Narbe. Feinere Linien hatten sich auch um den Mund eingegraben. Seine Nase bog sich scharf wie ein Vogelschnabel, aber die Lippen wirkten weich. Leise seufzend bemerkte sie, wie sich die Anspannung ihres

Körpers löste. Zum ersten Mal, seitdem er im Wald aufgetaucht war, spürte sie vollkommenes Vertrauen. »Du wirst uns nicht verlassen, oder?«, flüsterte sie.

»Wirst du bleiben? Wirst du uns nach Paris begleiten?«

Edwige hatte ihn abgefangen, als Ghislain gerade von den Latrinen zurückgekommen war. Eine Frau ohne Umwege, war ihm durch den Kopf gefahren, während er noch an seiner Kleidung genestelt hatte, und auch jetzt, als er ihr durch die im Mondlicht silbergraue Welt ein Stück vom Gasthaus weg in eine dunkle Ecke des Hofs folgte, ließ ihn die Erinnerung belustigt grinsen. Offensichtlich wollte sie ungestört mit ihm sprechen. Als sie ihr Ziel erreicht hatten, entspannte sie sich etwas, zog sich jedoch die Kapuze ihres Umhangs tiefer ins Gesicht und ließ den Blick über die nächste Umgebung schweifen.

Er wartete ab. Ehrbare Handwerkerfrauen suchten selten das Gespräch mit ihm, und er wusste nicht, wie er diese zu nehmen hatte. Die Tage, die sie auf Wanderschaft gemeinsam verbracht hatten, hatten keine Brücken geschlagen; auch Edwige gehörte eher zu jenen Matronen, die ihre neugierigen Kinder und Männer weiterzerrten, wollten diese die Darbietung eines Jongleurs verfolgen.

Ernsthaftigkeit zeichnete das Gesicht, das sie ihm schließlich zuwandte. Zuerst mied sie seinen Blick. Als sie sprach, war der Abstand zwischen ihnen weit wie ein Fluss ohne Übergang.

»Mein Mann muss nach Paris.«

Er horchte ihrer Stimme nach. Er kannte ihren dunklen Tonfall, und doch klang sie ungewohnt, hier, in dieser Nacht, an diesem Ort.

»Aber dein Mann ist krank.«

Sie schaute ihn forschend an. Nichts war zu hören, als der Schrei eines Käuzchens in weiter Ferne. »Du willst uns im Stich lassen«, stellte sie fest.

Er zuckte mit den Schultern. Er konnte ihr sagen, dass er für ein paar Deniers zu kaufen war, dass er stets den Weg nahm, der ihm das Überleben am wahrscheinlichsten machte. Für einen Augenblick lang musste er an die Kleine denken, diese Jehanne. Eigentlich war er schon viel zu lange bei ihnen geblieben. Nun, vielleicht, weil der Winter zu lange gewesen war und sich das Leben weniger einsam angefühlt hatte mit diesen Menschen; trotzdem konnte er das Misstrauen dieser braven Frau auch jetzt aus der Luft greifen. Wieder sah er das vertrauensvolle Gesicht des Mädchens vor sich. Ein Gedanke fuhr ihm durch den Kopf, ballte sich zu einem leisen Lachen. Vielleicht würde er es sich überlegen, wenn sie ihm die Wahrheit sagte.

»Warum Paris?« Er sah sie unverwandt an.

Sie antwortete nicht, heftete die Augen auf die Kette um seinen Hals, deren feine Glieder sich im Rhythmus seiner Atemzüge auf seiner glatten Kehle bewegten.

Vielleicht will sie es mir nicht sagen, dachte er. Aber er irrte sich.

»Es ist der Wunsch meines Mannes, am Bau der neuen Kapelle mitzuarbeiten, die der König in Paris bauen lässt«, teilte sie ihm mit äußerst klarer Stimme mit, als habe sie sich für einen Weg entschieden.

Eine Frau, die zu verhandeln gedachte. Er tastete nach der Kette, spielte damit. Die neue Kapelle also – auch er hatte von diesem Bau gehört, der einmal die bedeutendsten Reliquien der Christenheit aufnehmen sollte: ein Splitter des Kreuzes, ein Stück der Dornenkrone und des Schwammes, der die Stirn des leidenden Christus berührt hatte, sowie die eiserne Spitze der Lanze, die die Seite des Herrn durchbohrt hatte. War es nicht erst ein paar Jahre her, dass der König die besten Handwerker nach Paris gerufen hatte, und hatte er nicht schon die tollsten Geschichten auf Märkten, in Herbergen und Schankstuben gehört?

»Der Baumeister soll ein Dieb sein, sagt man nicht so?«

Die Frau zuckte die Schultern.

»Der wahre Meister soll unten an der Seine sitzen, ein Bettler, dem man das Lebenswerk zerstört hat«, fuhr er fort, »so blond und schön, dass ihm ständig geifernde Weiber auf den Fersen sind. Solche Geschichten habe ich gehört.«

Sie schaute ihn etwas länger an. »Für manche ist diese Kapelle mehr als Geschwätz oder eine bloße Geschichte für ein wenig Unterhaltung«, entgegnete sie leise, die grauen Augen hart wie Stein.

Die Festigkeit ihrer Stimme verblüffte ihn. »Was ist mit deinen Kindern?«

Sie hob eine Hand, zupfte an ihrer Kapuze und ließ die Hand sinken. Wieder dieser forschende Blick. »Es ist sein Wunsch«, wiederholte sie, in einem Tonfall, der zeigte, dass sie etwas Unabänderliches akzeptiert hatte. »Wenn man mich morgen zu ihm lässt, und ich sage ihm, wir kehren um, wird er …« Sie machte eine Pause. »Wir sind ein gutes Paar, ich muss an unsere Kinder denken.«

Erneut starrte sie auf seinen Hals. Ghislain bemerkte, dass er das Medaillon nunmehr mit der rechten Hand umklammert hielt und schob es sorgsam zurück unter den Stoff seiner Cotte.

»Gott könnte auch einen anderen Weg für euch gewählt haben, weißt du es?«

Sie zuckte die Schultern. »Ich muss es versuchen. Clément und ich, wir haben unsere Wünsche immer gemeinsam gelebt.«

Er verschränkte die Arme. »Wünsche können gefährlich sein.«

»Nichts zu wünschen bedeutet den Tod, Jongleur.«

»Es könnte ebenso Vollkommenheit bedeuten.«

»Strebst du nach Vollkommenheit?«

Ihre Stimme war zu gleichmäßig, um höhnisch zu klingen, und doch musste er näher zu ihr hintreten, um in ihr Gesicht zu sehen. Zum ersten Mal wichen sie einander nicht aus.

»Ich bin käuflich«, sagte er dann, »das hindert mich schon einmal daran, vollkommen zu sein. Mein Magen fordert seinen Tribut, ebenso wie meine Kehle und überhaupt dieser ganze nutzlose Leib.« Er streckte sich. »Wie könnte ich vollkommen sein?«

Es dauerte zwei weitere Tage, bis Clément aus seinen Fieberträumen erwachte, aber dann war sein Ausdruck klar. Mit Germunds Hilfe aß er etwas Grütze und trank dünnen Wein dazu. Man erlaubte seiner Frau Edwige, zu ihm zu kommen. Am späten Nachmittag desselben Tages erkundigte er sich nach dem Verbleib des Jongleurs, der, wie ihm berichtet wurde, zu einem Fest in eines der umliegenden Dörfer aufgebrochen war, aber bald zurückkehren wollte.

Als Ghislain den Krankensaal gegen Mittag des nächsten Tages betrat, grüßte ihn der Glasmaler mit einem Nicken. Der Jongleur zog einen Schemel heran und setzte sich. Schweigend verharrten sie nebeneinander.

»Edwige meinte, du würdest nicht zurückkommen«, sagte Clément endlich. »Sie sagte, auf einen Jongleur ist kein Verlass.«

Ohne ihm Antwort zu geben, wandte Ghislain den Blick zu den Fenstern, die den Raum mit Licht versorgten. Jetzt, kurz vor Mittag, fielen hier hinten die ersten Sonnenstrahlen herein, und die Fensteröffnungen bildeten unregelmäßige Rechtecke auf dem Boden. Staub tanzte in der Luft.

Clément kämpfte sich auf seinen gesunden Arm hoch. »Warum bist du noch hier?«

Nun stand der Jongleur auf, lief zur Wand hinüber und blieb vor einem der Fenster stehen. Erst sagte er nichts, lehnte sich mit dem Kopf und einer Schulter gegen die Mauer.

»Ich bin ein Jongleur, Glasmaler«, sagte er dann, »ungebunden, frei, wie der Wind. Heute bin ich hier und morgen dort, niemand hält mich, niemand wartet auf mich. Ich kenne es nicht anders.«

Clément stemmte sich, vor Anstrengung keuchend, noch etwas höher.

»Aber sicher erwartet man dich auf Festen oder zu Markttagen?«

»Mich?« Ghislain legte den Kopf in den Nacken und spähte durch das Fenster nach draußen. »Man erwartet mich oder einen meiner Brüder. Den meisten Zuschauern ist das einerlei. Ich muss sie unterhalten, sie necken, ihnen das geben«, er drehte sich um und schaute den Glasmaler an, »was sie hören wollen, aber das heißt nicht, dass ich es bin, den sie hören wollen. Sicher, es gibt Berühmtheiten, auch unter uns Jongleuren, aber ich gehöre nicht dazu. Niemand kennt mich, ich habe keinen Ruf. Ich lebe, wie so viele«, er machte eine knappe Bewegung, »unbemerkt und von der Hand in den Mund.«

Mit einem leisen Stöhnen sank der Glasmaler zurück auf seine Liege. »Und wie lange lebst du schon so, Jongleur?«, fragte er, nachdem er wieder zu Atem gekommen war.

»Seit ich denken kann.«

»Deine Eltern?«

»Ich kenne sie nicht.« Da war ein Ton in der Stimme des anderen, der es Clément nicht erlaubte, weiter zu fragen. Dann schaute der Jongleur erneut nach draußen. Clément musste gegen ein Gähnen ankämpfen. Die Krankheit hatte ihn stärker geschwächt, als er wahrhaben wollte. Er war entsetzlich müde.

»Ich würde dich bezahlen«, sagte er gegen den Rücken des Jongleurs.

»Du hast kein Geld«, erwiderte der ruhig, ohne sich umzudrehen.

»In Paris werde ich Arbeit finden, ich bin ein guter Glasmaler.«

»Das kann sein.« Der Jongleur zuckte die Schultern. »Ich bin ein Jongleur, der immer ausgekommen ist, und weißt du warum, Glasmaler? Weil ich Gelegenheiten stets einzuschätzen wusste.«

Der Glasmaler antwortete nicht. Nur seine Atemzüge waren zu hören, dann seufzte er tief. Ghislain runzelte die Stirn. In den Lichtstreifen, die durch das Fenster fielen, tanzte neuer Staub herein. Ein Schmetterling hatte sich durch eine der Fensteröffnungen verirrt und flatterte über ihm umher. Einsamkeit. Gehen oder bleiben. Ein aufmüpfiges, empörtes Mädchengesicht, das ihn auch jetzt, in der Erinnerung, lächeln ließ. Es dauerte eine Weile, bis er sich umdrehte.

Der Glasmaler hatte die Augen geschlossen. Ghislain betrachtete ihn erst aus der Entfernung, schlich dann näher heran. Der Mann schlief. Stumm sah er auf ihn herab. Cléments Kopf war zur Seite gesunken, der Mund stand leicht geöffnet. Mit der rechten Hand hielt er das Leintuch umklammert, das er etwas herabgeschoben hatte. Er war sehr blass, aber sein Atem ging sacht und gleichmäßig. Eine Erinnerung stieg in Ghislain hoch, ein anderer Körper auf einem anderen Bett, ein Gefühl unbarmherziger Verlassenheit. Er betrachtete noch einmal das friedliche Gesicht des schlafenden Mannes, löste dann behutsam den Stoff aus dessen Fingern und deckte ihn sorgfältig zu.

4. Kapitel

Von der Ferne betrachtet, offenbarte sich Paris als ein Meer aus Häusern und geradewegs in den Himmel aufstrebenden Türmen und Kirchen. Prächtige Paläste aus hellem Stein erhoben sich über bescheideneren Holzgebäuden. Klosteranlagen wechselten sich ab mit Gärten, Feldern und Weinbergen. Auf dem Weg, der auf die Pforte Saint-Martin zuführte, war es heiß, und es herrschte ein unerträglicher Lärm. Ein unübersichtlicher Strom von Menschen aus den umliegenden Dörfern und Stadtteilen wälzte sich voran und drängte in die rasch wachsende Stadt. Neuigkeiten wurden ausgetauscht, Protest herausgeschrien, Fragen lautstark geklärt. Karren ratterten rücksichtslos voran. Ein Esel weigerte sich weiterzugehen. Schafe blökten, Ziegen meckerten, Kühe brüllten und Pferde wieherten. Ein Reiter drängte sein Tier erbarmungslos vorwärts. Ein Bote versuchte die Menge mittels Schimpfen zu teilen. Die Wachen eines Handelszuges wehrten allzu Neugierige mit Stockhieben ab. Bettler und Diebe hatten sich unter die Menge gemischt und machten ihr Geschäft.

Jehanne wagte einen flüchtigen Blick nach hinten. Sie waren ein gutes Stück vorangekommen. Schon lag die Festungsanlage – der Templer, wie Ghislain ihr erklärt hatte – in ihrem Rücken. Rasch sah sie wieder nach vorne. In dieser tosenden Menge durfte sie die anderen nicht aus den Augen verlieren. So viele Menschen waren hier, eine solche Masse, dass der Boden unter ihren Füßen zur Mitte des Weges hin ausgetrampelt war und sich zu den Seiten hin anhob. Noch niemals zuvor hatte sie so viele prächtige und zugleich so viele ärmliche Kleidungsstücke gesehen. Grobes ging neben feinem Leinen. Ein Herr in Samt ritt an einer Sänfte vorbei, deren Vorhänge von einem in raschelnde Seide gewandeten Arm zur Seite gehalten wurden. Eine Kakophonie an Stimmen und eine Vielzahl an Gerüchen stürmte auf die Reisenden ein. Jehanne roch den fischigen Schweiß einer schwarzhaarigen Matrone, den Ziegengestank des Bauern hinter ihr und den Uringeruch des alten Bettlers, der sich nur mühsam voranschleppte.

Ein rücksichtsloser Stoß brachte sie aus dem Gleichgewicht und hätte sie fast stürzen lassen. Mit einem Aufschrei hielt sie sich an Ghislains Cotte fest. Mit einem Mal hatte sie Angst. Waren Menschen so, rochen Menschen so, mussten sie einen solchen Lärm machen? Sie krallte die Finger fester in den Stoff. Bisher hatte der Jongleur sie sicher geführt, immer näher und näher nach Paris und näher und näher zum Tor hin. Nun waren sie schon so weit, dass sie die Wächter sehen konnten, die die Menge aus zusammengekniffenen Augen musterten. Einer von ihnen sprach mit einem farbenprächtig gekleideten Mann, der einen Affen mit sich führte; Jehanne hatte ihn schon eine Weile zuvor neugierig beobachtet. Der Mann ließ den Affen ein Kunststück vollführen. Die, die nahe genug waren, lachten. Manche blieben, um dem Schauspiel beizuwohnen, andere drängten von hinten ungeduldig nach.

Ein neuerlicher Stoß schob das Mädchen gegen den Jongleur, ihr Gesicht wurde gegen seine rechte Schulter gedrückt. Sie schrie auf, dieses Mal wütend, blieb stehen, stieß die Ellenbogen zur Seite und erntete keifenden Protest.

Ghislain, auf ihre Schwierigkeiten aufmerksam geworden, zog sie rasch vor sich. Als sie den Kopf zu ihm drehte, um ihm zu danken, lächelte er sie an. Sie vergaß den nächsten Atemzug, holte ihn keuchend nach und spürte, wie sich ihre Wangen rosig färbten. Doch noch bevor sie etwas sagen konnte, hatte er sich in Richtung des Tores gewandt.

Unter der Kapuze seines von Schmutz bespritzten Reisemantels schauten seine Augen achtsam hervor. Sein Profil zeichnete sich scharf gegen das helle Sonnenlicht ab. Hätte sie Kohle und eine Unterlage gehabt, sie hätte ihn, ohne nachzudenken, zeichnen können. So oft hatte sie ihn während ihrer gemeinsamen Tage gemustert. Sie hatte ihn beobachtet, als er eine Flöte geschnitzt, als er Fische geangelt und Enten mit der Schleuder gejagt hatte. Sie kannte seine Bewegungen, wenn er ein Feuer entzündete, und die Haltung, die er beim Schlafen einnahm. Sie hatte seinen Geschichten gelauscht und den Liedern, bei denen er sich auf der Laute begleitete. Hier in der Menge trug er das Instrument wie ein rohes Ei.

Heute würden sich ihre Wege trennen. Ein flaues Gefühl breitete sich in ihr aus, doch nun verlangte das Vorwärtskommen alle Aufmerksamkeit.

Aus den Augenwinkeln bemerkte sie, dass Clément Lise beim Ellenbogen genommen hatte und ihre Schritte steuerte. Der Jongleur achtete auf Edwige und ihre Jüngste. Jehanne spürte, wie sein Körper auch sie sanft voranschob. Wieder wollte sie etwas sagen, doch nichts fiel ihr ein. Zwei Frauen gifteten einander durchdringend an. Der Zug geriet neuerlich ins Stocken. Vor ihnen wartete nur noch eine Familie mit hochbeladenem Maultier und eine Reiterin samt bewaffneter Begleitung, aber noch bevor sich alle in Bewegung setzen konnten, sprengte ein berittener, königlicher Bote die Menge auseinander, wurde erst kurz vor dem Tor langsamer und war gleich darauf in den Gassen der Stadt verschwunden.

Wenig später hatten auch sie das Tor passiert, und Jehanne und Lise bekamen vor Staunen den Mund kaum zu. Je mehr sie sich von der Mauer entfernten, desto höher und prächtiger wurden die Häuser. Handwerker hatten ihre Läden geöffnet und ließen sich bei der Arbeit zusehen. Ein paar grau gewandete Mönche kamen ihnen entgegen. An einem Haus wies ein gemalter Badezuber auf die Nutzung als Badestube hin. In der Nähe einer Kirche, an der engsten Stelle der Straße, hatten sich Bettler postiert. Einer hielt seinen Fuß mit einer schwärenden, abscheulich stinkenden Wunde in den Weg. Eine Frau lag gekrümmt entlang einer Mauer; hatte sich Holzbretter unter die Ellenbogen geklemmt und hielt mühsam den Kopf aus dem Dreck. Ein Kind hob sein Kittelchen und erleichterte sich in ihrer unmittelbaren Nähe. Ein Mann grölte ein unflätiges Lied. Lise und Jehanne rissen die Augen weiter auf. An der nächsten Straßenkreuzung bemühte sich ein schimpfender Händler, seinen kleinen Karren um die Ecke zu heben.

Wieder eine Kirche. Ein paar Handwerksburschen eilten lachend vorüber. Erst an der Seine legten sie eine kurze Pause ein. Wie ein Schiff lag es vor ihnen im Fluss, das Zentrum der großen Stadt, von der sie schon so viel hatten reden hören. Rechts reckte sich die riesige Kathedrale Nôtre-Dame über alle Häuser hinweg, links flatterten die Farben des Königs auf den Türmen seines Palastes.

»Wir sind da«, hörte Jehanne ihren Vater sagen, während ihr Blick zum Wasser hinunterwanderte, zu den größeren Handelsschiffen und kleineren Kähnen, zu dem Volk, das auf und vom Wasser lebte. Sie waren angekommen. Ihre Wege würden sich trennen.

»Ja, wir haben das Ziel erreicht.« Ghislain machte eine Pause. »Gott mit euch, Clément de Chartres.« Er wandte sich Edwige und ihren Töchtern zu. »Gott mit euch. Ich hoffe sehr, dass er die schönsten Glasfenster von Paris malen wird.«

»Ich bin ein guter Glasmaler«, sagte Clément.

Der Jongleur lächelte. »Das bezweifle ich nicht.«

»So Gott will«, fügte Clément hinzu.

»So Gott will«, entgegnete der Jongleur.

4, Aigues-Mortes

Ein Muster war es, wie das Netz der Straßen, Gassen und Wege draußen, auf denen der Verkehr zunahm, während die Sonne am Himmel immer höher stieg. Rumpelnd machten sich Karren bemerkbar, lautstark wurden Nachrichten ausgetauscht, klapperten Holzschuhe und Hufe über den sonnenharten Boden. Stückchen um Stückchen, gleich dem Bild, das die junge Frau auf die geweißte Holzplatte gezeichnet hatte, setzte sich der Vormittag zusammen.

Es waren die dunklen Striche der Vorlage, die anzeigten, entlang welcher Linien die Glasstücke getrennt werden mussten.

Noch immer verfolgte der Junge jede ihrer Handbewegungen. Sorgsam legte sie das erste Stück Glas auf das Holz, übertrug die durchscheinende Linie mit in Wasser angerührter Kreide, nahm den heißen Eisenstab und legte ihn an der mit Spucke befeuchteten Trennlinie an. Nur das leichteste Knacken zeigte ihr, dass das Glas riss, dass man es nun vorsichtig an der gewünschten Stelle auseinanderbrechen konnte.

Aber die Arbeit war damit nicht beendet. Nun galt es, die endgültige Form sorgsam mit der Kröselzange zu erarbeiten.

IV

Ankunft

Sommer 1243 bis Herbst 1244

1. Kapitel

Seit dem frühen Morgen brütete der Baumeister Pierre de Montreuil in der Chambre de trait über seinen Entwürfen. Kaum zwei Jahre war es her, dass der König Louis ihn auserwählt und ihm die Aufgabe gestellt hatte, eine Kapelle zu errichten, wie es nirgendwo sonst eine gab; einen Tempel zu Ehren Gottes, gleichsam ein Schmuckkästlein – ein Hort aus Licht für die kostbarsten Reliquien der Christenheit. Haltlos glitten Pierres Augen über die großflächigen Fenster seines Entwurfs, und wieder einmal musste er ein Gefühl des Unbehagens bekämpfen. Ein Wagnis blieb es. Er konnte Bleigittern und Windeisen besondere Aufmerksamkeit zollen und doch ... Die Fragen blieben nicht aus. Seine Lippen bewegten sich in einem Stoßgebet: Wie soll ausgerechnet Glas diesem Druck standhalten?

Er seufzte. Hatten sie von solcherlei geträumt, damals in Montreuil? Hatten sie davon geträumt, während sie am Fluss auf dem Rücken gelegen hatten? Die Entwürfe auf dem Tisch und die auf dem Boden mischten sich mit der Erinnerung an Linien im feuchten Ufersand. Zu Ehren Gottes bauen zu dürfen; es konnte nichts Größeres geben, da waren sie sich einig gewesen. Doch nun auf der Baustelle hatte ihn das Einerlei der Tage fest in den Krallen. Seufzend ging er im Geist die Namen der Handwerker durch, mit denen er sprechen musste. Der Zweck des Baus und die gute Bezahlung hatten die Besten von ihnen angelockt, auch Fremde von weit her. Manchmal gab es Streit, wenn zwei Hitzköpfe nicht die gleiche Sprache teilten, aber solcherlei hielt sich in Grenzen.

Wieder schaute er auf die Stellen, an denen später einmal

die Fenster sein würden. Er musste sich bald mit den Meistern der Glasmalerwerkstätten beraten. Der Bau wuchs rasch in die Höhe, nicht mehr lange, und sie würden ihre Arbeit beginnen können. Längst waren die ersten Entwürfe besprochen und geschaffen worden. Der König verfolgte die Entwicklungen aufmerksam. Berater machten Vorschläge. Die besten Gelehrten der Pariser Universität beteiligten sich. Einmal würde man in den Bildern lesen können wie in einem riesigen Buch, einmal würde man dort eine Geschichte sehen, von den besten Glasmalern geschaffen: Die Genesis, Exodus und Numeri würde den Gläubigen vor Augen geführt werden. Auf sie würden Josua, Die Richter und Isaias folgen, dann der Evangelist Johannes und die Kindheit Christi, Die Passion, Das Leben Johannes des Täufers und das Buch Daniel. Ezechiel. Jeremias und Tobit. Judit und Job. Ester. Könige. Die Geschichte der Reliquien der Passion.

Mit dem Zeigefinger fuhr er eine Linie auf der Zeichnung entlang. Zuweilen war alles so nahe. Zuweilen erschien es ihm, als habe er seinen Entwurf eben erst gezeichnet und warte voller Ungeduld auf Louis' Urteil. Manche Linien riefen Bilder aus der Vergangenheit in ihm hervor, so lange begleiteten sie ihn schon. Seine Kapelle würde nach oben streben, so wie alles Gute nach oben strebte. Schmal würde sie sein, aber hoch und über die Fenster von so viel Licht erfüllt, dass man sich der Enge nicht gegenwärtig war.

»Pierre?«

Hinter ihm klappte die Tür zu. Er hatte nicht bemerkt, dass noch jemand in den Raum getreten war, und fuhr überrascht herum.

»Jean!« Pierre lief ein paar Schritte auf Jean de Chelles, seinen alten Lehrer, zu. »Ist etwas auf der Baustelle? Gibt es Schwierigkeiten?«

»Nein, nein ...«, der andere lächelte, »es ist früh, sie haben kaum mit der Arbeit begonnen.« Er beugte sich über die Entwürfe auf dem Tisch und nickte hin und wieder zustimmend, dann hob er den Kopf. »Du hast dir Gedanken über die Verstärkungen gemacht?« Er deutete auf die Fenster.

Pierre nickte, während sein Blick nicht von dem anderen wich. Lange Jahre hatte man den einen von ihnen nicht ohne den anderen denken können. Sie hatten gemeinsam an Nôtre-Dame gearbeitet, kaum einen Steinwurf vom Palais du Roi, dem Königspalast und diesen Räumlichkeiten hier entfernt.

»Maître Thomas hat mir einige Vorschläge gemacht«, sagte er auf Jeans Kappe herunter, unter der graue, strähnige Haare hervorschauten. Die dunkle Cotte wirkte zu groß für die magere Gestalt des älteren Baumeisters. Seit im letzten Jahr zwei von Jeans Kindern gestorben waren, war er sichtlich gealtert.

»Thomas ist ein guter Handwerker«, murmelte er, über die Entwürfe gebeugt. Wie nebenbei bemerkte er: »Agnès macht sich Sorgen.«

Pierre schwieg. Seit der Geburt ihres jüngsten Sohnes vor etwa acht Monaten – ja, er erinnerte sich an die Oktobersonne und daran, dass die Ernte in vollem Gang gewesen war – war seine Frau empfindlich geworden. Nach vielen Totgeburten war es zuerst die Angst um das Kind gewesen, doch inzwischen war aus der Furcht ein großes, alles überwältigendes Gefühl geworden, das sie von einem Moment auf den anderen in eine todesartige Starre versetzen konnte. Manchmal gelang es ihm, sie zu beruhigen, indem sie gemeinsam beteten. Manchmal rief er seine Schwägerin mit dem kleinen Raoul, der jeden mit seiner Munterkeit erfreute, zu Hilfe. Manchmal blieb nichts als Warten.

Jeans Räuspern riss ihn aus den Gedanken. »Gestern hat ein Glasmaler nach Arbeit gefragt. Ich sagte, ich bräuchte gerade niemanden und ihr auch nicht. Das ist doch richtig?«

Pierre nickte.

»Der Mann ließ sich allerdings nicht abwimmeln«, fuhr Jean fort, »ich solle ihm irgendeine Arbeit geben, bat er mich, also habe ich ihn Steine schleppen geschickt, um ihn zu ernüchtern, aber heute Morgen war er wieder da. Sagte, er habe eine Familie zu ernähren. Den ganzen Tag hat er Steine geschleppt. Einer meinte, er kenne ihn vielleicht aus Rouen, da habe es vor ein paar Jahren einen Glasmaler seines Namens gegeben, ein Clément de Chartres. War er auch bei dir?«

Pierre schüttelte den Kopf. »Ich war nicht da, aber wir brauchen tatsächlich niemanden. Wir haben genügend Leute.«

Nachdenklich starrte er auf seinen Entwurf. Er brauchte keinen Glasmaler. Er brauchte jemanden, der die Zweifel zerstreute.

Die untergehende Sonne tauchte die Spitzen der Baugerüste der Kapelle in ihr goldenes Licht, die Bauarbeiter beendeten ihr Tagwerk. Nach und nach verstummte der Baulärm. Kein Hämmern war mehr zu hören, kein Quietschen und Klappern von Flaschenzügen und Laufrädern. Keiner rief mehr Anweisungen, keine Karren holperten mehr über das Pflaster. Der Staub legte sich. Die Steinmetze verstauten Hammer und Meißel, die Zimmerleute legten die Werkzeuge fort. Junge Gesellen und Tagelöhner lockerten die schmerzenden Schultern in Erinnerung an die schweren Quader, die sie heute auf den Bauplatz geschleift hatten. Während sich die Vorarbeiter Anweisungen für den nächsten Morgen holten und ein paar wenige den Weg nach Hause antraten, strebten die meisten Arbeiter in kleinen Gruppen in

Richtung einer Schankstube, wo die Männer eine Schale Eintopf, Linsen oder sogar eine kräftig gewürzte Wurst, Zwiebeln, Wein oder Dünnbier zu sich nehmen wollten. Der Baubetrieb war hart, und sicherlich würde es auch heute einiges geben, über das man sich ereifern konnte.

Mit gerunzelter Stirn sah Pierre de Montreuil einer kleineren Gruppe hinterher. Inzwischen kannte er seine Unruhestifter, aber es war ratsam, stets Augen und Ohren offen zu halten. Es war bekannt, dass ihm nicht wenige seine Stelle neideten. Für seine Neider würde eine falsche Entscheidung, eine Verzögerung im Ablauf ein gefundenes Fressen sein. Das letzte Grüppchen verschwand im Schatten der Gassen, noch einmal ließ er den Blick über den Bauplatz wandern. Zwar war er schon gut vorangekommen, und da das Geld für den Bau der Kapelle direkt aus der königlichen Schatulle kam, hatte er sich bisher nicht mit den üblichen Geldsorgen herumschlagen müssen, aber man konnte nie vorsichtig genug sein. Trotzdem war es angenehm, dass verlässlich Geld floss, wenn es nötig war, und dass sich nichts als zu kostbar erwies für das riesige Reliquiar, welches diese Kapelle einmal darstellen würde.

Er drehte die Hülle mit seinen Unterlagen hin und her. Er brauchte die Augen noch nicht einmal zu schließen. Wenn er diesen Bauplatz betrachtete, sah er die Kapelle schon fertig vor sich, die hier neben dem Palais du Roi entstand. Er sah ihre Gewölbe, ihre schlanken Säulen, die Mauern und Spitzbögen und das kostbare, bunte Glas, das den Innenraum zum Leuchten bringen würde. Er sah die Wogen aus farbigem Licht, die jeden Gläubigen einhüllen, ihn von dieser Welt entrücken und Gott näher bringen würden.

Bisher war der König äußerst zufrieden. Bis zur Fertigstellung allerdings würde er, der Baumeister, kaum Ruhe haben; würden auf diesem Bauplatz unter seinem Befehl Bildhauer arbeiten, Steinmetze und Steinhauer, Zeichner, Schreiner, Zimmermänner und Tischler, Maurer, Schmiede, Glasmaler und viele mehr, und er selbst hatte vor, diesen Ort nur selten zu verlassen. Mochte es auch Baumeister geben, die weit voneinander entfernt liegende Baustellen betreuten, er würde hier sein, so oft es ihm möglich war. Er würde ein Auge auf die Arbeit der anderen Meister haben. Er würde den Baumaßnahmen vorstehen, sich Gedanken um den Einsatz seiner Arbeitskräfte machen und den Nachschub der Materialien sichern. Man würde ihn auf den Gerüsten finden, überall, wo es notwendig war, um den Fortgang der Arbeiten zu überwachen. Man würde ihn fürchten müssen – die knappen Befehle, den düsteren Habitus, den Unmut über schlechte Arbeit, den er nicht zu verstecken gedachte, seine Wut.

Eben erst hatte er die Überprüfung des vorhandenen Baumaterials beendet und einen Jungen zum Holzlieferanten geschickt, damit dieser für Nachschub sorgte. Als er sich noch einmal um die eigene Achse drehte, entdeckte er einen schmalen, grauhaarigen Mann in einer abgewetzten Cotte am Rande des Bauplatzes.

Die Kleidung des Mannes war von Staub überzogen, und er ging gebeugt, als schmerzten ihn seine Glieder. Pierre verschränkte die Arme, die lederne Hülle für Pergamente fest gegen den linken Oberarm gedrückt, und musterte den Fremden unter sehr buschigen Augenbrauen hervor. Der wirkte, als bemerke er ihn nicht. Mit einer Hand beförderte Pierre eine widerspenstige Haarsträhne zurück unter die runde Kappe auf seinem Kopf und hakte den Daumen seiner linken Hand in den Gürtel, der sich um seine Taille schlang. Sicher wartete seine Frau schon mit dem Essen; außerdem freute er sich schon den ganzen Tag darauf, sein Söhnchen in den Arm zu nehmen, warum stand er also hier und glotzte den Fremden an? Der Mann hatte inzwischen die Arme ausgestreckt und ließ seine Finger eine Reihe tanzender Bewegungen machen – paume, palme, empan, coudée –, Pierre ließ ihn nicht aus den Augen.

Als der Fremde auf ihn zukam, verschränkte er die Arme.

»Maître Pierre?«, fragte der.

Er nickte. Der Mann kam nicht aus Paris. Man hörte es.

»Habt Ihr vielleicht Arbeit für mich, Maître Pierre?«

Pierre runzelte die Stirn. Nein, dachte er und konnte später nicht sagen, warum er von allen Erwiderungen, die ihm in den Kopf kamen, die eine als erste aussprach: »Warum?«

Der Fremde schwieg, dann straffte er die Schultern, ein schmerzverzerrtes Lächeln huschte über sein Gesicht.

»Weil ich hier arbeiten muss. Weil es Gottes Wille ist und weil ich Jesus dienen will.«

Pierre nickte. »Und was bist du zu tun bereit?«, fragte er.

Der Mann zögerte nicht. »Alles.«

Nun war es am Baumeister, ihn nachdenklich zu betrachten.

Der Fremde wich seinem Blick nicht aus. »Ich weiß, dass Ihr niemanden mehr braucht«, sagte er irgendwann leise.

»Und du bist trotzdem gekommen?«

Er zuckte die Schultern.

»Wie heißt du?«

»Man nennt mich Clément, Clément aus Chartres.« Er machte eine kurze Pause. »Ich bin Glasmaler«, fügte er hinzu.

Pierre schwieg, dann lockerte er die fest über der Brust verschränkten Arme. »Wir brauchen nur solche, die Steine schleppen und den anderen zur Hand gehen«, sagte er. »Dafür musst du frühmorgens zur Stelle sein, wenn die Arbeit verteilt wird.« Er trat ein paar Schritte zurück. Vielleicht war es das Feuer in den Augen dieses Clément de Chartres', das ihn so an das eigene Brennen erinnerte, denn er nickte ihm noch einmal zu: »Ich erwarte dich.«

2. Kapitel

Es war ein lärmender Ort, der sich Ghislain nach der langen Zeit fern der Städte bot, voller trubeliger Gassen, manche so eng, dass keine zwei Männer sie zur gleichen Zeit durchschreiten konnten, andere breit genug, um zwei Karren aneinander vorbeizulassen. Schon im Morgengrauen hatten ihn die Signale von den Haupttürmen der Stadt geweckt, die den wachhabenden Bürgern anzeigten, dass ihre Torwache vorbei war. Danach hatten ihn die Rufe der Étuviers, der Badehausbesitzer, wach gehalten, die lautstark die Annehmlichkeiten ihrer Etablissements anpriesen. Nun, auf der Straße, im Gewirr unzähliger Menschen galt es, die Augen offen zu halten. Gesprächen entnahm er, dass die meisten einem Markt zustrebten. Dazwischen mühten sich Gaukler, Trouvères und andere Fahrende, die Aufmerksamkeit eines verwöhnten Publikums auf sich zu ziehen, während Händler, vor ihren Läden stehend, den Vorbeiziehenden ihre Waren anpriesen. Immer wieder fiel sein Blick auch auf kleinere Nutzgärten und Felder, auf Obst- und Weingärten, sogar auf Wiesen, auf denen Schafe, Ziegen oder Federvieh auf Futtersuche war.

Eine Weile ließ er sich treiben, zuerst hinaus aus dem Latein seines Viertels, wo Studenten auf Stroh sitzend Vorlesungen lauschten oder in hitzige Diskussionen verstrickt waren, vorbei an den Seineinseln Cité, Vaches und Javiaux, sowie Nôtre-Dame mit ihrer im Gewirr aus Holz- und Fachwerkhäusern majestätisch in höchste Höhen strebenden Kathedrale, der von Meaux kommenden Straße folgend, hinüber zur Festungsanlage des Louvre mit ihrem großen Wehrturm; vorbei auch an vielen Kirchen, Geschäften und Werkstätten. In der Rue des Marchands sah er eine Dame in einem blauen, mit roten Rankenstickereien versehenen Surcot über der gefältelten Cotte aus bestem Leinen über das Angebot eines Stoffhändlers gebeugt. Zwei Mägde und ein bewaffneter Begleiter warteten, während die Frau die Ware des Händlers befühlte, sich mit ihm aber über den Preis nicht einig zu werden schien.

Ghislain ging weiter. Ein Stück des Wegs begleitete ihn das rhythmische Klirren eines Schmiedehammers, dann brachten ihn beinahe Kinder zu Fall, die einander brüllend im Spiel verfolgten. Zwei Jungen prügelten sich. Ein dritter, kleinerer Knirps hielt sich die blutende Nase, wollte aber nicht aufgeben und versetzte mal dem einen, mal dem anderen Spielgefährten einen unbeholfenen Stoß, während zwei weitere eine Katze mit Steinwürfen verfolgten. Etwas weiter, dort, wo sich die Gasse zu einem Platz erweiterte, lauschte eine Frau, ihr weinendes Kind im Arm, den Geschichten eines anderen bunt gekleideten Jongleurs mit einem zahmen Bären an der Kette. Neuigkeiten wurden lauthals angepriesen und begierig aufgeschnappt.

»Neues aus der Heiligen Stadt!«, brüllte jemand.

»Neues von den Teufelsanbetern!«, rief ein anderer dagegen an.

Als Ghislain stehen blieb, um zuzuhören, nahm ihn eine Frau zur Seite und bot an, ihm die Zukunft aus der Hand zu lesen. Er lehnte ab.

Nun näherte er sich wieder dem Fluss. Am Grand-Pont mit seinen dicht gedrängt stehenden Häusern blieb er stehen und lauschte dem durchdringenden Gebrüll der Flussschiffer und Schiffsentlader. Auf einem ins Wasser gebauten Steg gingen Wäscherinnen ihrer Arbeit nach. Einige sangen, andere stöhnten laut, während sie die Wäsche schrubbten. Wenig später war er erneut auf dem anderen Ufer, ging vorüber an der Schankstube, die ihm empfohlen worden war, wo sich inzwischen eine wechselnde Anzahl Männer dem Glücksspiel widmete, die Würfelbecher kreisen ließen und lautstark auf gleiche oder ungleiche Paare wettete, während ein paar Gesellen auf dem Weg zur Arbeit das erste Dünnbier des Tages tranken.

Vor einer kleineren Kirche zog Ghislain seine Flöte hervor. Ein paar Dinge wollte er in Erfahrung bringen, sich baden und den Bauch vollschlagen, bevor er sein Empfehlungsschreiben verwenden und die Familie de Luzy aufsuchen würde. Die erste Melodie war ein lockendes Lied, das Aufmerksamkeit erregte, darauf ließ er eine bekannte, schnelle Tanzweise folgen.

»Nur eine Schale Linsen, brauch ich …«, rief er zwischen zwei weiteren Liedern in die Runde. Unter Gelächter landeten die ersten Münzen zu seinen Füßen. Mit einer galanten Verbeugung hob er sie auf.

Die Frau eines Badehausbesitzers – Marylise heiße sie, wie sie ihm lächelnd verriet – versprach ihm ein heißes Bad für ein Lied aus ihrer Heimat. An einem Tisch, an dem ein paar Männer ein Brettspiel spielten und Obstkerne klacken ließen, klopfte einer den Takt mit. Frauen und Männer tanzten allein oder zu Paaren, immer rundherum. Kleider blähten sich im Wind. Eine Frau schlug unter kreischendem Lachen nach einem Mann. Braune und graue Kittel und Beinkleider, eine blaue Cotte, eine grüne, ein roter Surcot glitten an ihm vorüber.

Er spielte die Weise der Badehausfrau Marylise, dann, in immer schnelleren Wechseln, ein bekanntes Lied, ein weniger bekanntes, ein bekanntes und noch einmal eine Variante des Lieds der Badehausfrau.

Die lachte fröhlich. Er nickte ihr zu und spielte weiter.

Von einer Garküche herüber zog Rauch in seine Nase. Er spielte.

Das Mädchen, das sich da vor ihm drehte, machte zum zweiten Mal die Runde. Krause, blonde Haare rutschten unter ihrem Kopftuch hervor und wirbelten durch die Luft. Sie drehte sich lachend, die Arme zur Seite gereckt, leicht wie ein Ascheflöckchen über einem Feuer, nach dem die Flammen züngelten. Er konnte den Blick nicht von ihr wenden. Seine Finger fühlten sich kalt an, aber er spielte weiter. Noch ein Triller. Noch eine Variation des alten Liedes. Marylise klatschte fröhlich mit. Seine Finger flogen über das Instrument. Das Mädchen tanzte. Es roch nach Feuer. Wenn die Erinnerung kam, musste er die Augen schließen. Er schloss die Augen.

Das Badehaus der Eheleute Bertrand und Marylise wies zwei Stockwerke auf und war massiv gebaut. Es gab einen Raum, in dem man sich zu mehreren traf, und zwei kleinere, einen für Reinigungs- und einen für Schwitzbäder. Die ganze Einrichtung wirkte sauber auf Ghislain, fröhlich, und sie duftete. In der Mitte des Raumes, in dem er sich befand, erstreckte sich eine hübsch verzierte Steinsäule vom Steinfußboden zur Decke aus einfachen Holzbohlen. In einem der beiden anderen Zuber saßen zwei Männer, ein Brett zwischen sich, aßen und diskutierten Geschäftliches, in einem weiteren war ein dicker Mann eingeschlafen und schnarchte laut.

Behaglich lehnte Ghislain den Kopf gegen den Rand des Zubers und genoss die Wärme, die ihn umgab. Bevor er hierhergelangt war, hatte er sorgfältig den Schmutz der langen Reise abgespült, ein Mädchen hatte ihm den Körper mit Bürsten abgeschrubbt – noch immer glühte seine Haut wohlig –, ein Bader hatte ihn rasiert. Mit etwas Brot und würzigem Käse hatte er seinen Hunger gestillt. Das Tablett schwamm irgendwo im Zuber und stieß ab und an gegen seine Arme, die Brust oder ein Knie.

Die Hitze ließ ihn schläfrig werden. Bilder des Tages und der vergangenen Wochen tauchten vor ihm auf, mischten sich und verschwanden, bevor er sie recht fassen konnte. Gedanken begannen und endeten im Nichts. Immer leiser drangen Stimmen, Musik und Gelächter anderer Badender aus dem Vorraum zu ihm herein, wo sie zu mehreren saßen, wo Marylise die Gäste empfing und ein Schwätzchen mit ihnen hielt.

Er schloss die Augen und öffnete sie unvermittelt wieder.

Jahrelanges Leben auf der Straße hatte seine Sinne geschärft und egal, ob er alleine unterwegs war oder sich einer vertrauenswürdigen Reisegruppe hatte anschließen können, war er immer wachsam geblieben.

Der Dicke schlief weiter. Die beiden anderen Männer sprachen und schienen sich durch nichts gestört zu fühlen. Behutsam richtete er sich auf. Vielleicht war da jemand hinter der Steinsäule, aber er konnte sich dessen nicht sicher sein. Wirklich, nun meinte er sogar zu hören, wie sich leise Schritte näherten. Er sank tiefer ins Wasser.

Patsch, patsch – ja, es war dieses Geräusch, das nackte Füße auf Steinplatten machten –, dann nichts mehr, nur Stille. Er horchte angestrengt.

Das Mädchen tauchte neben ihm auf, als er sich gerade sicher war, sich getäuscht zu haben. Ghislain fuhr hoch. »Jesus, Maria, Joseph und alle Heiligen!«

Vom Dicken drang ein unwirscher Schnaufer herüber. Einer der anderen Männer schaute kurz zu Ghislain herüber, wandte den Blick aber gleich ab. Das Mädchen mit dem krausen, blonden Haar, das sich über den Rand des Zubers lehnte, betrachtete ihn amüsiert. Er sank ins Wasser zurück.

»Na, wenn das nicht unser flötender Jongleur ist«, sagte sie lächelnd und war schon über den Rand des Zubers gestiegen. Schlank war sie, wie er bemerkte, bevor sie untertauchte, fast ein wenig zu schlank; die Brüste allerdings, die sie ihm mit über den Kopf gereckten Armen darbot, waren wohlgeformt. Er konnte nicht anders als hinzustarren.

»Ich bin Alix«, stellte sie sich vor.

»Ghislain«, murmelte er und schielte zu den Männern hinüber, die aus ihrem Zuber gestiegen waren und nun verschwanden. Dann streifte sein Blick das Gesicht des Mädchens mit der schmalen Nase und den etwas zu kleinen Augen und landete schnell in tieferen Regionen. Irgendwie kam sie ihm bekannt vor. Schmunzelnd nahm sie die Arme herunter und kreuzte sie züchtig über dem Oberkörper.

»Gibst du mir etwas von deinem Essen, Ghislain?«

Er gab dem Tablett, das gerade neben seinem linken Arm trieb, einen leichten Stoß und musterte sie erneut.

»Warst du vor der Kirche?«, versuchte er es.

Sie lachte. »Du erinnerst dich? Ich war mit meiner Herrin da. Meine Herrin hat eigentlich etwas gegen Vergnügungen zur Arbeitszeit, aber deine Lieder haben sie milde gestimmt.«

Ein Stück Käse verschwand in ihrem Mund. Sie kaute

sorgfältig, noch eines folgte. Er spürte, wie ihre Beine in dem engen Zuber gegen seine stießen, sie schwang das linke über den Rand. Ein schönes Bein. Sie wackelte damit, bleckte lächelnd die Zähne; die klein waren, rund und sehr weiß. Sie musste seinen Blick bemerkt haben, denn sie klopfte dagegen.

»Ich pflege sie gut. Meine Herrin will das. Sie lässt mich Stöckchen kauen. Manchmal gibt sie mir auch weißen Natron, gemahlene Ziegel und so etwas.«

Während er ihr Alter schätzte – vielleicht fünfzehn, möglicherweise auch erst vierzehn –, wanderte ihr rechter Fuß die Innenseite seines Schenkels entlang.

»Alix!«

»Was ist?«

»Du ...«

»Gefällt es dir nicht?«

»Doch.«

Sie wickelte eine Strähne ihres Haars um den Ringfinger ihrer rechten Hand. Er senkte den Kopf. Vor seiner Brust schwammen zwei tote Flöhe und eine Wanze im Wasser.

»Ich habe kein Geld«, sagte er aus Gewohnheit.

Das Mädchen ließ ihre Haare los, grinste breit. »Ich gehöre zum heutigen Angebot, mein geiziger Jongleur.«

»Marylise ist deine Herrin?«

Sie schwang das linke Bein zurück in den Zuber. »Ich arbeite für sie.«

Er schwieg. Alix schöpfte Wasser mit ihren Händen und ließ es sich über Hals und Brüste rinnen. Er verfolgte den Weg der Tropfen. Das Mädchen strich sich zart über seine Arme, ließ die rechte Hand unter der Wasseroberfläche verschwinden und griff sich zwischen die Beine. Ihre sanft kreisenden Bewegungen ließen das Wasser bis zum Rand des Zubers schwappen. Ghislain spürte, wie sich etwas in ihm regte. Das Mädchen lächelte ihn an. »Bin ich schön?«

Er sah sie verwirrt an. Der Dicke fuhr grunzend hoch und sank erneut in sich zusammen. Dann war sie bei ihm. Ihr Körper lagerte auf seinem, nasse Haarspitzen streiften sein Gesicht. Mit beiden Händen suchte sie seine pulsierende Mitte. Er ließ geschehen, dass sie sein Glied mit ihren schmalen Fingern geübt massierte.

»Du bist aber hungrig«, stellte sie fest, ohne ihn loszulassen, den Kopf gegen seine Schulter gelagert.

»Ich war lange unterwegs.« Er stützte ihren Körper mit der linken Hand und strich mit der rechten eine Haarsträhne aus ihrem Gesicht zurück. Seine Finger berührten ihren Mund.

»Nicht«, sie bog den Kopf zurück, »nicht der Mund.«

Das Gefühl der Nähe verflog. Er zog die Hand zurück und wartete. Alix rührte sich nicht. Dann setzte sie sich plötzlich auf, war über ihm, und er, mit einem Mal, in ihr.

Ihre Bewegungen hatten etwas Routiniertes, aber er genoss es. Viel zu rasch war es vorbei. Das Mädchen glitt ebenso behände von ihm herunter und aus dem Zuber, wie es zu ihm hereingeschlüpft war, und war gleich darauf verschwunden.

Ghislain blieb stumm zurück. Das Wasser war inzwischen abgekühlt. Ihn fröstelte, und so stand er auf. Im Verlauf des Tages hatte er in Erfahrung gebracht, was es über die de Luzys zu erfahren gab. Morgen würde er das Haus der Familie aufsuchen.

Am späten Nachmittag des folgenden Tages brach Ghislain zu den de Luzys auf und bezog einen Posten in der kaum einen Mann breiten Gasse dem Haus gegenüber, von der aus man das großzügige, zweistöckige Gebäude gut beobachten konnte. Unten hell gekalkt, schauten im oberen Bereich zur Zierde die dunklen Holzbalken des Fachwerks hervor. Zur Straße hin gab es wenige Fenster. In seiner Gänze umschloss der Gebäudekomplex einen Hof, den man bei offenem Tor von der Straße aus gut einsehen konnte.

Als er auf dem Hinweg daran vorübergekommen war, hatte er größere Mengen Holz dort lagern sehen. Rechts und links des Tors standen Wachen, die jeden Fremden kontrollierten und Bekannte hereinwinkten.

Kurz nachdem er seinen Posten eingenommen hatte, war ein Tuchhändler gekommen, in dessen Gefolge mehrere Gehilfen Stoffe hereingetragen hatten. Etwas später holperte der Karren eines Weinhändlers durch das Tor, es folgten ein Silberschmied und ein Gewandschneider. Auch ein Minderbruder wurde hereingelassen und kam wenig später wieder heraus. Unterdessen wiesen die Wachen einen alten Bettler ab und verjagten eine lautstarke Meute spielender Kinder mit Stockhieben, sonst tat sich zu seinem Bedauern nichts.

Als die Schatten länger wurden, verließ er seinen Platz und trat auf die größere Gasse hinaus. Von der Familie, da war er sich sicher, hatte er bisher niemanden zu Gesicht bekommen, und er fragte sich inzwischen, ob diese wohl in Paris weilte oder auf einer der ländlichen Besitzungen, von denen er gehört hatte.

Vor dem Haus, wo sich die Straße verbreiterte, blieb er stehen und mühte sich, einen erneuten Blick auf das Hofinnere zu erhaschen. Die Luzys, hieß es, handelten mit Holz, Stein und allem, was ihr Land hergab. Gerade war eine neue Holzlieferung eingetroffen und musste durch das Tor dirigiert werden, weshalb die Wachen nicht auf den neugierigen Fremden achteten, und schließlich lenkte Ghislain seine

Schritte entschlossen den stetig enger werdenden Teil der Gasse entlang zurück. Er würde anderntags zurückkommen müssen, entschied er, ein wenig missgestimmt.

Die Gruppe Reiter, die aus einer Seitengasse auf seinen Weg drang, traf ihn an der wohl engsten Stelle. Das erste Tier, ein schöner, goldfarbener Falber mit cremefarbener Mähne, war eines der kräftigsten Pferde, das er seit Langem gesehen hatte. Massige, aber wohlgeformte Beine liefen in mächtigen Hufen aus, die, ob der Verzögerung, unruhig zu scharren begannen. Die Nüstern blähten sich, das Spiel der Ohren deutete rückwärts.

Unwillkürlich wich Ghislain einen Schritt zurück. Der Reiter, ein muskulöser, blonder Kerl, betrachtete ihn aus schmalen, blauen Augen. Irgendetwas, das sah man ihm an, war an diesem Tag nicht wie erwünscht verlaufen. Ghislain wich noch einen Schritt zurück. Unter dem über der Stirn in einer geraden Linie abgeschnittenen Haar des jungen Mannes zogen sich die Augenbrauen zusammen. Die Lippen waren schmal, die leicht pausbäckigen Wangen gerötet. Eine seiner behandschuhten Hände, bemerkte Ghislain, lag auf dem toten Körper eines teuren Gerfalken, der vor dem Sattel ruhte. Hinter dem Mann sah er Diener und zwei weitere gut gekleidete, junge Burschen. Mit einem verächtlichen Blick streifte der Blonde Ghislains kurzgeschorenen, schwarzen Schopf.

»Aus dem Weg, dreckiger Jongleur!«

Ghislain spürte, wie er blitzartig errötete. So war das – in einem Moment diente man zur Unterhaltung, im nächsten wurde man herumgeschubst. Man wurde angehalten, die Wahrheit zu sprechen und dafür gestraft. Drei alte Jongleure erschienen vor seinem inneren Auge, mit denen man sich auf dem letzten Markttag einen Spaß gemacht hatte; alte

Männer, schmutzig, am Ende ihrer Kräfte, die man mit verbundenen Augen und Prügeln bewaffnet gegeneinander um ein Schwein hatte kämpfen lassen.

»Ist das Eure Straße, Herr?« Vielleicht hatten ihn das Warten und zu wenig Bewegung in angriffslustige Stimmung versetzt. Er wagte viel, und er wusste es, als er die Flöte zückte und einen aufreizenden Triller spielte. »Euch steht doch sicherlich eine größere und vor allem breitere zu.«

Der Mann presste die Lippen zusammen und gab einen knappen Laut von sich. Das Pferd machte einen Satz vorwärts. Behände sprang Ghislain zurück und stand wieder fest auf beiden Füßen.

Die beiden Männer maßen einander. Ein kurzes Leuchten flackerte in den Augen des Blonden. Ghislains Unterleib krampfte sich zusammen. In seinem Nacken stellten sich die Haare auf. Ihm wurde kalt und gleich darauf warm. Die zitternden Finger schlossen sich fest um den Gurt, an dem er die Laute über die Schulter gehängt trug.

Zu viel riskiert, dachte er, zu viel.

»Aus dem Weg, elender Bettler!«, zischte der junge Blonde.

Es war Zeit, den Rückzug anzutreten – Ghislain wusste das –, aber das Gebaren des Mannes hatte etwas in ihm zum Klingen gebracht. Er wollte nicht weichen, jedenfalls nicht sofort, und so blieb er stehen und warf dem Reiter einen langen Blick zu, spürte, wie sich Röte auf seinen Wangen ausbreitete. Eine Gänsehaut überlief seinen Körper. Die Augen des Blonden wurden noch schmaler. Von weiter hinten drang die Stimme einer jungen Frau bis zu ihnen nach vorne.

»Was ist denn, Aimon? Warum geht es nicht weiter?«

»Wir haben hier ein Hindernis«, erklärte einer der anderen jungen Männer grinsend, »dein Bruder kümmert sich schon darum. Auf, de Luzy, fort mit dem Störenfried!«

De Luzy – der Name ließ Ghislain vorübergehend unaufmerksam werden –, alle hatten de Luzys Alter mit weit über vierzig Jahre beschrieben, außerdem sollte er dichtes, braunes Haar haben. Etwas zu spät bemerkte er, dass der junge Mann sein Pferd von Neuem auf ihn zutrieb. Etwas zu spät wich er zurück. Ein Peitschenhieb zischte knapp an seinem Gesicht vorbei. Er riss den rechten Arm hoch, um sich vor dem nächsten zu schützen, aber zu spät. Der Hieb, der seine linke Wange traf, entlockte ihm einen Schrei. Tränen schossen in seine Augen.

»Geh uns aus dem Weg, du frecher Bettler!«

Nun traf ihn de Luzys Peitsche mitten im Gesicht. Noch ein Peitschenhieb, noch einer und noch weitere trafen Schultern, Arme und Kopf. Stück um Stück wich er vor dem nachdrängenden Reiter zurück, schon hatten sie den Platz vor dem Haus der de Luzys erreicht, doch man ließ nicht von ihm ab. Geschickt, scheinbar mühelos, lenkte der Reiter sein riesiges Pferd mit dem Gewicht und der bloßen Kraft seiner Schenkel. Ghislain stolperte, hatte Mühe, sich aufrecht zu halten, geschweige denn, dass er sich hätte umdrehen und die Flucht ergreifen hätte können.

Als er erneut mit dem Gleichgewicht kämpfte, zwang de Luzy sein Tier vorwärts. Der warme, massige Körper prallte gegen ihn. Der Zusammenstoß ließ den toten Falken durch die Luft wirbeln. Während der Jongleur zu Boden stürzte, sicherte er geistesgegenwärtig seine Laute. Stinkender Schlamm drückte sich an seinem linken Ellenbogen breit, er war mit dem Hintern in einem Haufen Pferdemist gelandet. Eilig rappelte er sich hoch, doch sein Gegner hatte endlich von ihm abgelassen und lenkte sein Pferd durch das Tor. Einer der anderen jungen Herren tat so, als habe er sein Tier nicht in der Gewalt und drängte Ghislain gegen die nächste

Hausmauer, bevor er laut lachend ebenfalls verschwand. Zwei Diener folgten ihm. Der Jongleur ballte die Fäuste. Die junge Frau und ein weiterer Diener tauchten als Letzte aus der Gasse auf.

Neben dem Falken hielt die Frau ihr Pferd an. »Mein Bruder Aimon hat wohl doch noch den Gefallen an seinem geliebten Spielzeug verloren«, sagte sie und wies den Diener an, das Tier aufzuheben und es ihr zu reichen. Den toten Vogel in der Hand saß sie fast reglos da und streifte mit den Fingerspitzen über das Gefieder des Tiers, bevor sich ihr Blick auf den Jongleur richtete.

Die Peitschenhiebe hatten blutige Striemen auf Ghislains Gesicht hinterlassen. Von einer tieferen Wunde auf seiner linken Wange lief Blut in seinen linken Mundwinkel. Mit dem Ärmel seiner Cotte wischte er es fort.

Ein Band schmückte die Stirn der jungen Frau und spiegelte, wie auch ihre Cotte, die Farbe ihrer klaren, hellblauen Augen, aus denen sie ihn so unverwandt ansah, dass er errötete. Ihr schwarzes Haar war in einen langen Zopf geflochten, und doch sah sie ihrem blonden Bruder ähnlich. Ohne ihn aus den Augen zu lassen, fuhr sie fort, mit dem rechten Daumen das Gefieder des toten Falken zu streicheln. Sie hielt den Vogel knapp unterhalb des Halses. Schlaff ruhte der Kopf des Tiers mit dem gebogenen Schnabel über ihrer behandschuhten Hand.

Nach einer Weile wandte sie sich dem Diener zu, gab ihm eine leise Anweisung und lenkte ihr Pferd ebenfalls zum Tor. Der Diener holte einen weichen Lederbeutel hervor und ließ ein paar Münzen vor Ghislain niederfallen, bevor er der jungen Frau folgte. Der Jongleur rührte sich nicht. Gerade aufgerichtet blieb er stehen. Auch als der alte Bettler, der immer noch vor dem Tor herumlungerte, den Kopf fragend schief gelegt, die Münzen aus dem Dreck klaubte, sagte er nichts. Kurz vor dem Tor wendete die junge Frau das Pferd noch einmal und starrte ihn an.

Wie immer begann es mit Feuer und endete mit Schmerzen. So sehr er sich wand und der Hitze zu entkommen suchte, blieb er dem Brandherd doch zu nahe, konnte weder die Augen verschließen vor dem, was er sah, noch die Ohren vor den Schreien. Er fühlte mit allen Sinnen, sah, hörte, roch, schmeckte, spürte die Flammen mit seinem ganzen Körper. Röchelnd bemühte er sich, die Kehle frei zu bekommen, und erwachte.

Alix' Arm lag ausgestreckt über seinem Hals. Ghislain schob ihn beiseite und setzte sich auf. Er war nackt. Neugierig ließ er die Augen durch die kleine Dachkammer schweifen. Gerade genug Platz für ein Bett mit Strohsack, eine Waschschüssel, ein Bord an der Wand und einen Schemel, auf dem er im Schein des grauen Morgenlichts seine Kleidung ausmachte.

Die Erinnerung kam langsam zurück. Nach seiner ersten, unerwarteten Begegnung mit den de Luzys hatte er sich in eine Schankstube verzogen, einen Teller Linsen gekauft und Dünnbier getrunken. Er hatte mit niemanden gesprochen, war für sich geblieben, hatte sich auch allen Anfragen nach musikalischer Unterhaltung verweigert und nachgedacht.

Irgendwann war Alix aufgetaucht. Mit ihren schwarz umrandeten Augen, den geröteten Lippen und dem geschickt geschnürten Kleid hatte er sie zuerst fast nicht erkannt. Dann aber hatte er ihr Grinsen bemerkt, welches etwas schief war, wie ihm gestern aufgefallen war, und hatte sie an seinen Tisch gebeten.

»Ich mach's nicht umsonst«, hatte sie gesagt, während sie sich gesetzt hatte.

»Ich auch nicht«, hatte er entgegnet und auf ihren Wunsch einen Becher Wein bestellt. Danach war sie *geschäftlich* unterwegs gewesen, aber am Ende des Abends hatte sie ihn hierher mitgenommen. Völlig übermüdet waren sie beide eingeschlafen.

Ein Geräusch ließ ihn zum Bett hin blicken. Die junge Frau hatte sich bewegt, murmelte etwas im Schlaf, wälzte sich herum und begann zu schnarchen. Er stand auf und zog sich rasch an. Mit leisen Schritten tappte er zu ihrer Waschschüssel hinüber und spritzte sich Wasser ins Gesicht. Schmerz durchzuckte ihn. Die Peitschenhiebe, verdammt. Er nahm die Ecke eines Stückchens Leintuch, tauchte sie in das Wasser und betupfte sich das Gesicht, bevor er sich suchend umsah. Auf dem Bord an der Wand bewahrte die Bewohnerin dieses Zimmers offenbar ihre Habe auf. Er sah Tiegelchen, eines davon mit jener roten Lippenfarbe, ein kleines Stück Kohle, einen Holzkamm und ein rundes, längere Zeit nicht poliertes Stückchen Messing, das ihr wohl als Spiegel diente und in dem er sich undeutlich erkennen konnte.

Mit den Fingerspitzen der linken Hand untersuchte er seine Verletzungen, bis ihn leises Lachen herumfahren ließ. Alix war erwacht, hatte die Haare schon zu einem Zopf geflochten und schlüpfte eben in ihr Unterkleid, um ihn dann eingehender zu betrachten.

»Du siehst verwegen aus.« Sie lachte wieder. »Ich habe dich gar nicht gefragt, mit wem du aneinandergeraten bist?«

»Mit einem jungen, blonden Herrn de Luzy.« Er runzelte die Stirn. »Ich dachte, dieser Luzy ist über vierzig.«

»Du hattest das Vergnügen mit seinem Sohn Aimon.«

Die Stimme der jungen Frau hatte einen härteren Klang angenommen. Unvermittelt sah er zu ihr hin, doch sie beugte sich gerade zu ihrer Cotte hinunter, sodass er ihr Gesicht nicht sehen konnte. Die Augen leicht zusammengekniffen, betrachtete er erneut seine Wunden.

»Geierschnabel!« Sie nahm ihm das Messingstück aus der Hand.

Für einen tiefen Atemzug lang schauten sie einander an. Sie kannten sich. Sie hatten ein gemeinsames Leben gelebt, ohne voneinander zu wissen. Die gemeinsamen Erfahrungen hingen in den härteren Zügen ihrer Gesichter, in den Falten und den Narben, die ihre Haut zeichneten. Er wandte den Blick ab.

»Ich werde dir etwas Salbe für die Peitschenhiebe geben«, sagte Alix, während sie die Sachen auf dem Bord hin und her schob. »Der Hieb auf der linken Wange ist tiefer, aber auch schon verkrustet, die anderen werden schnell verheilen.« Mit einem Töpfchen in der Hand blieb sie vor ihm stehen. »Willst du es auftragen, oder soll ich es tun?«

»Mach du es, du siehst mich besser.«

Er schloss die Augen, spürte Finger, die zart waren und geschickt.

»Fertig, du wirst nichts von deiner Schönheit einbüßen.«

»Danke, meine Schöne.«

Er schaute sie an, lachte, bemerkte, wie sie ihre Augen schmaler werden ließ, die Cotte aus grobem, graublauen Leinen glatt strich, das Unterkleid zurechtzupfte und die Verschnürung rechts und links fester zog.

»Bin ich schön?«, fragte sie mit diesem Grinsen, das schief war, weil sich, wie er endlich bemerkte, einer ihrer Mundwinkel nicht bewegte.

Er nickte. »Du bist eine Schönheit, Alix.«

Ghislain war von einem Diener in das Haus der de Luzys gelassen, einen langen, mit dunklem Holz getäfelten Gang entlang geleitet und schließlich in eine Halle geführt worden, die deutlich größer war als der Schlafsaal der Herberge, in der er die ersten Nächte verbracht hatte. An zwei Wänden hingen kunstvolle Tapisserien – auf einigen bemerkte er biblische Darstellungen, andere zeigten eine Schlacht, auf einer war es sogar eine belagerte Burg –, die dritte Wand wies mehrere Fenster auf, deren Flügel weit zum Hof hin geöffnet waren. Er hatte vermutet, dass er den Herrn oder die Frau de Luzy treffen würde, doch nun saß Aimon de Luzy in der Mitte der Halle in einem Stuhl mit gekreuzten Beinen, einen großen Wolfshund zu seinen Füßen, und betrachtete etwas, das auf einem Tischchen neben ihm lag. Aus der Nähe erkannte Ghislain eine Anzahl fein verzierter Dolche und bemerkte auch den Jungen – vielleicht einen Lehrling –, der in gebührender Entfernung wartete.

»Sag deinem Meister, dieser hier gefällt mir am besten.« Aimon hob den prächtigsten Dolch hoch; er war ziseliert, und man hatte farbige Steine in den Griff eingelassen. »Die anderen bring ihm wieder.«

Mit einer ablehnenden Bewegung schob er die restlichen Dolche zusammen. Der Junge huschte herbei, sammelte sie ein und wich ebenso rasch zurück. Aimon schien ihn kaum zu bemerken, denn er spielte mit seinem neuen Dolch, tippte mit dem Finger seiner rechten Hand leicht gegen die Spitze, bewegte ihn so, dass Licht auf die edlen Steine fiel, und hob den Kopf endlich, um den wartenden Jungen verblüfft zu betrachten.

»Ist etwas?«

Der Junge errötete und wurde sofort darauf blass. »Mein Herr hat gesagt, ich soll dieses Mal nicht ohne Bezahlung ...«

»Bezahlung?« Aimon richtete sich in seinem Stuhl auf und gab seiner Stimme einen raueren Klang, allerdings blieb sie – wie Ghislain schon bei ihrer ersten Begegnung bemerkt hatte – doch ungewöhnlich hell. »Ich bezahle«, der Dolch richtete sich auf den Jungen, »wann ich es für richtig halte. Sag das deinem Herrn, wenn er für dieses Haus arbeiten möchte.«

»Er ...«

»Ich bin mir sogar sicher«, Aimon machte eine Bewegung, die den ganzen Raum umfasste, »dass er die Familie de Luzy weiter zu seinen Kunden zählen möchte.«

Er lächelte breit, und Ghislain begriff sofort. Es waren die kostbaren Tapisserien, auf die der junge Mann mit seiner Geste hingewiesen hatte. Es war der Boden aus dunklem Holz, der rote Webteppich mit dem hellen Rankenmuster, auf dem sein Stuhl stand und das Tischchen daneben. Es waren die im Raum verteilten Kohlenbecken, die für Wärme sorgten, wenn es zu kalt wurde, und die mit Pergament verkleideten Fenster. Es waren die Bronzekandelaber mit den Honigkerzen. Es war der Wolfshund mit seinem glänzenden Fell, und es war nicht zuletzt auch Aimon de Luzy selbst in seiner roten, geschlitzten Cotte, unter der es grün schimmerte, mit dem ebenfalls grünen, verzierten Halsausschnitt, weiten, pelzgefütterten Ärmeln und blauen Beinkleidern, zu denen er feine, spitze Lederschuhe trug.

»Sag das deinem Meister.« Aimon schaute den Jungen an, der erneut errötete, dann heftig nickte und sich unter Verbeugungen zurückzog.

Seufzend widmete sich der junge Mann seinem neuen Dolch. Ghislain musterte die Tapisserie hinter seinem Kopf. Ein Gewimmel von Kämpfern zog sich über den hellen Untergrund, zahllose Figuren in Grün und Rot, die er auf die

Entfernung kaum erkennen konnte und die doch den Eindruck einer zielgerichteten Bewegung machten.

»So sehen wir uns also ein zweites Mal, Jongleur«, riss ihn Aimons Stimme aus den Gedanken. Unwillkürlich zuckte er zusammen. Auf etwas über zwanzig Jahre schätzte er sein Gegenüber, möglicherweise waren sie beide sogar im gleichen Alter. Jetzt legte der junge Mann den Dolch beiseite und betrachtete ihn eingehend, ohne die Miene zu verziehen. Ghislain spürte ein leichtes Pochen an seiner Wange und vermutete, dass er errötet war. Aimons Lippen verzogen sich zu einem Lächeln, dann stand er auf und trat näher heran. Er überragte Ghislain um etwas mehr als einen halben Kopf. Für einen Moment sah er auf den Jongleur hinunter, dann schlug er blitzschnell mit zwei Fingern gegen dessen linke Wange. Ghislain versuchte vergeblich, ein Zusammenzucken zu verhindern. Die Verletzung pochte. Aimon kehrte zu seinem Stuhl zurück und setzte sich. »Was will er?«, wandte er sich an den Diener.

»Er sagte, er sei ein Bote.«

Aimon betrachtete den Jongleur von Neuem. »Ein Bote?«, fragte er nach einer weiteren Pause, in der er seine, im Unterschied zu Ghislains, kräftigen Schultern spielen ließ, als müsse er sich lockern. »Sollte ich wirklich einen Boten verprügelt haben?« Er grinste belustigt.

»Ich trage Briefe für René de Luzy bei mir«, bestätigte Ghislain.

Aimon wedelte mit der Hand. »Mein Vater weilt nicht in Paris.«

Im rückwärtigen Teil der Halle bewegte sich etwas. Eine junge Frau trat aus einer der hinteren Fensternischen hervor. Zwei Mägde – eine davon eine dralle Rothaarige, die andere schmal und weizenblond – traten an ihre Seite.

Ghislain starrte die junge Frau an. Aimons Schwester trug heute kein Stirnband, ihr Haar fiel in einem mit blauen und roten Bändern verzierten Zopf vorne bis zu den Hüften herab. Das blaue Gewand mit den grünen Ärmeln war mit Gêren in Form gebracht worden. Um Hüfte und Taille schlang sich ein weicher, mit Metallringen besetzter Stoffgürtel, der vorne bis auf Höhe der Schienbeine herabhing und den Blick auf das gefältelte Unterkleid aus feinem Leinen lenkte.

Ihr Bruder drehte sich halb in seinem Stuhl und winkte sie zu sich heran. »Kommt einmal her zu mir, Alissende«, rief er und lachte laut, »wie es scheint, habe ich einen Boten verprügelt.«

Er grinste. Die junge Frau legte eine Hand auf seine breite Schulter.

»Ihr seid einfach zu unbeherrscht, Aimon.«

Der Ausdruck auf ihrem Gesicht ähnelte dem des Bruders, wenn ihr Lächeln auch feiner ausfiel. Auch die Dienerinnen kamen näher. Die schmale Blonde in einem schlichten, graublauen Gewand mit einer Halbschürze um die Hüften trug ein kleines Hündchen auf dem Arm, das heftig kläffte, als es den größeren Hund entdeckte, diesem aber nur ein Gähnen entlockte. Das Kleid der Rothaarigen war braun und mit blauen Stickereien versehen.

»Warum hat er denn nichts gesagt?«, murrte Aimon.

»Habt Ihr ihm Zeit dafür gelassen?« Alissende lächelte spöttisch. »Unser Fremdling wusste ja nicht einmal, wer wir sind, nicht wahr?« Sie wandte sich an Ghislain. »Gib meinem Bruder die Briefe.«

Ghislain bemerkte, dass Aimon seiner Schwester einen erstaunten Blick zuwarf.

»Er genießt das volle Vertrauen unseres Vaters.« Sie machte eine kaum merkliche Pause. »Und das unserer Mutter«, fügte sie leiser hinzu.

Ghislain tastete nach der Tasche, welche er gut verwahrt unter seiner Cotte trug. Mit einem Mal war er ruhig. Es war wie ein Spiel, bei dem man ihn zwang, den ersten Zug zu tun. Sein Blick suchte die junge Frau. Sie hielt die Hand auf der Schulter ihres Bruders. Ghislain zog die Tasche hervor und überreichte sie dem immer noch erstaunt dreinblickenden Aimon. Die Schwester stieß den Bruder aufmunternd an, bis dieser das Behältnis öffnete und die Briefe in seinen Schoß leerte.

Lange starrte er auf die gefalteten, versiegelten Botschaften, nahm endlich eine nach der anderen in die Hand und studierte die Siegel. Dann hob er den Kopf und schien überrascht, Ghislain zu sehen.

»Du kannst gehen.«

Alissende beugte sich vor, nahm einen Brief aus dem Schoß ihres Bruders und betrachtete ihn eingehend.

Ghislain räusperte sich. »Man sagte mir, die Familie de Luzy suche einen Unterhalter.«

Die junge Frau hob die Augenbrauen, sah ihn aber nicht an.

»Ich habe ein Empfehlungsschreiben«, fuhr er fort.

»Ah, ja?«

Wieder huschte dieses feine, beherrschte Lächeln über ihre Züge, doch dieses Mal war Ghislain abgelenkt, denn Aimon hatte die Tasche aufgenommen und drehte sie hin und her. Während der junge Mann die Vorderseite der Tasche und dann deren Rückseite betrachtete, hielt der Jongleur die Luft an. Hier in der lichten Halle wirkte die Tasche fleckig, abgegriffen von zu langem Gebrauch.

Aimon legte erneut die Stirn in Falten, während die wulstigen Finger über das Geheimfach auf der Rückseite glitten und sich wieder davon entfernten. Ghislain konnte kaum den Blick von ihm wenden. Mit dem rechten Daumen strich Aimon über die Verzierungen auf der Lasche. Inzwischen hatte Alissende das Empfehlungsschreiben gefunden und reichte es ihrem Bruder. Abwesend nahm der es entgegen und starrte kurz darauf, bevor er unwillig den Kopf schüttelte.

»Ich lese nicht gerne, Alissende. Das ist Weiberkram.«

Seine Stimme klang vorwurfsvoll. Dann presste er die aufgeworfenen Lippen zusammen und erhob sich. Die Briefe fielen von seinem Schoß zu Boden. Der Diener, der sie aufhob, musste aufpassen, nicht von den Füßen des jungen Mannes getroffen zu werden. Aimon klatschte derweil zweimal, und sogleich näherte sich aus einer Ecke, der Ghislain vorher keine Aufmerksamkeit geschenkt hatte, ein weiterer Diener.

Verblüfft kniff der junge Jongleur die Augen zusammen. Auch dort hatte er nur eine Tapisserie gesehen – Blau, Braun, Rot und etwas Grün, Bäume, Pflanzen und Tiere. Ob sich in diesem Raum noch anderes verbarg? Er drehte den Kopf, ließ die Augen auf der einen Seite entlangwandern, konnte aber nichts entdecken. Da gab es steinerne Bänke bei den Fensteröffnungen, auf denen Kissen lagen, aber nichts Außergewöhnliches.

»Mein Pferd«, forderte Aimon, »ich will ausreiten.«

Alissende trat an seine Seite und drückte sich an ihn. »Nehmt mich mit, Bruder, seid mir nicht böse.«

»Böse?« Aimon tätschelte seiner Schwester die Wange. »Böse? Ihr könnt nichts dafür. Ihr seid ein zänkisches Weib, so hat Gott Euch erschaffen.«

Sie schmiegte sich enger an ihn. »Wollt Ihr gar nicht wissen, was dort steht?«, neckte sie ihn.

Ghislain beobachtete die beiden neugierig. Konnte Aimon nicht lesen?

»Alissende!« Die Stimme des Bruders nahm einen warnenden Tonfall an.

Gleich darauf war der helle Klang einer kleinen Glocke zu hören. Ein Diener näherte sich der zu den Fenstern hin liegenden Wandseite und sah zur Decke hinauf. Ghislain meinte eine leise Stimme zu hören. Nach einer Weile verbeugte der Mann sich tief und kam zu den Geschwistern zurück.

»Herr Aimon, Alissende, Eure Mutter wünscht, Euch und den Jongleur zu sprechen.«

Auf dem Weg zur Tür warf Ghislain einen Blick auf die Stelle, unter welcher der Diener gestanden hatte. Hoch oben konnte er ein schmales Gitter erkennen. Wer immer dort war, bekam alles mit, was in der großen Halle besprochen wurde.

Erneut ging es durch holzgetäfelte Gänge, danach eine Treppe hinauf. Aimon trug die Briefe. Alissende hatte Ghislain die Tasche überreicht und ging ihm voraus. Der Jongleur versank in Gedanken. Würde er diese Frau de Luzy erkennen? Seit wie langer Zeit hatte er vergebens auf eine solche Begegnung gewartet?

Die kleine Gruppe blieb stehen. Sie mussten jetzt jenen Bereich des zweiten Stocks erreicht haben, der über der Halle lag. Der Diener klopfte an einer der Türen und öffnete sie, als ihm von innen so geheißen wurde.

Die Geschwister traten zuerst ein. Ghislain folgte.

Im Halbdunkel war die Frau, die mit gerader Haltung in einem Stuhl der Tür gegenübersaß, anfangs fast nicht zu erkennen. Erst langsam gewöhnte er sich an die Lichtverhältnisse. Die Frau trug kleine, weiche Lederpantoffeln und hatte ihre Füße auf einem polierten Bänkchen platziert, dessen Oberfläche blind gerieben war von langer Benutzung. Über ihre Beine war eine Decke aus schwerem Wollstoff geschlagen, aus deren Falten ein Gebetbuch hervorschaute. Ein silbernes Glöckchen glänzte an einer Kette um ihren Hals. Das Gebände saß tadellos, die Haut zog sich straff über die Knochen ihres ebenmäßigen Gesichts, und der Kopf wirkte zu groß für ihre schmalen Schultern. Ihre Augen waren riesig. Ghislain drückte in einer unwillkürlichen Bewegung die Tasche gegen seinen Oberkörper. Dann hätte er am liebsten aufgeschrien. Diese Frau kannte er nicht.

3. Kapitel

Zur Mittagszeit hatte man in den Bauhütten Laut gegeben, und die Arbeiter hatten sich in den Schatten von Gerüsten und aufgetürmten Steinquadern zurückgezogen; eben vermeldete man die None, aber es war immer noch unerträglich heiß. Ein Tuch um Mund und Nase gebunden, versuchte Clément, sich gegen den allgegenwärtigen Staub zu schützen, doch die Mühe war vergeblich. Schweiß trieb stetig mehr Steinstaub in seine brennenden Augen. Er biss die Zähne aufeinander und kämpfte sich mit dem mit Steinen gefüllten Tragkorb die Rampe zu den Maurern nach oben. Gestern hatte er den ganzen Tag über schwere Quader gewuchtet, tags zuvor – nachdem an einem der Karren, mit denen man die Steine vom Fluss herüberbrachte, das Rad gebrochen war – gemeinsam mit anderen Tagelöhnern die Unebenheiten auf dem Bauplatz ausgefüllt. Die unglaubliche Wut des Baumeisters über die Verzögerung hatte ihn sprachlos zurückgelassen. Noch nie zuvor hatte er erlebt, wie sich ein Mensch so plötzlich verändern konnte, wie aus einem ernsten, aber nicht unfreundlichen Gesicht eine Fratze des Zorns wurde. Unruhig hatte er sich die Erzählungen in den Kopf zurückgerufen, die er über Pierre de Montreuil gehört hatte; Geschichten über Jähzorn, Diebstahl, Bevorzugung, ja, sogar Zauberei.

Mit dem Handrücken wischte er sich den Schweiß von der Stirn. Während er sich langsam umdrehte, um den Weg zurück nach unten anzutreten, ließ er den Blick über den Bauplatz schweifen. Die Kapelle war schon weit emporgewachsen. Längst hatten auch die Glasmaler ihre Hütten und Tische aufgebaut. In großer Eile entstanden die ersten Vorlagen. Jeden Tag konnte sich der König ankündigen, um diese, seine liebste Baustelle zu besuchen. Zu Ostern, so hatte Clément sich erzählen lassen, waren die Reliquien ausgestellt worden, und ihre heilige Kraft hatte sie alle durchströmt.

Er blieb stehen und schaute zu einer der Glasmaler-Hütten hinüber, vor der gerade ein Gehilfe einen Lehrling in die Kunst des Glasschneidens einführte.

Thomas' Hütte. Er hatte immer gewusst, dass sie sich einmal treffen mussten. Ihre Welt war zu klein, um einander nicht zu begegnen, und sie beide hatten stets von einer Gelegenheit wie dieser hier geträumt. Trotzdem hatten sie einander noch nicht gesehen. Zur Zeit ihres Eintreffens in Paris hatte man in der Umgegend gerade die Schafe geschoren und das erste Gras geschnitten. Tage zuvor schon, so war ihm irgendwann zu Ohren gekommen, war Thomas aufgebrochen, um eine Lieferung neues, bestes Glas zu veranlassen.

Er warf einen zweiten Blick auf Thomas' Lehrling. Foulques hieß der Junge, der sich hier redlich abmühte, ein munterer Kerl mit kupfernen Locken, tiefblauen Augen und wenig Geduld. Der Mann an seiner Seite war Giles, Thomas' ältester und erfahrenster Gehilfe. Belustigt bemerkte Clément, wie sich das Gesicht des Jungen verzerrte, während er mit dem heißen Eisen hantierte. Dieser Foulques mochte ungestüm sein, aber die Arbeit gefiel ihm, und Clément war sich sicher, dass er das Zeug zum Glasmaler hatte. Ab und an, wenn sich die Zeit bot, beobachtete er ihn, meist konnte er sich kaum beherrschen, nicht selbst Hand anzulegen.

»He, was stehst du da und hältst Maulaffen feil?« Die wütende Stimme eines Maurers hieß ihn seine Schritte beschleunigen. Mit den raschen Bewegungen begann sein Körper zu schmerzen. Jeden Abend, wenn Edwige seine verkrampften Glieder massierte und ihn wegen mancher Verletzung ein scharfer Schmerz durchfuhr, überfiel ihn die Erkenntnis ihrer Lage wie ein Fausthieb. Sein täglicher Lohn brachte viel zu wenig ein, längst waren auch die letzten Ersparnisse aufgebraucht. In der feuchten Kammer, die er gemietet hatte, hatte sich Margaux einen hartnäckigen Husten zugezogen.

»Vielleicht könnten sich die Mädchen als Mägde verdingen?«, hatte Edwige ihm kürzlich vorgeschlagen. Er hatte den Kopf geschüttelt. Niemals, er war ein angesehener Handwerker. Einst hatte er seiner Frau zwei Gewänder schenken können; einst hatten sie in einem Haus gelebt. Edwiges Stimme war leiser gewesen, als sie wieder gesprochen hatte: »Aber niemand kennt dich hier, Clément, niemand kann für dich sprechen.«

Sie hatte recht. Während er noch seinen Gedanken nachhing, erreichte er den Fuß der Rampe und ließ den Korb neu füllen. Er war ein Schaf in einer Herde. Jemand, der vorwärtstrottete, um die Schmerzen zu vergessen, Tag für Tag, Schritt um Schritt. Ein wütender Schrei ließ ihn herumfahren. Ein Pferd samt Karren stand mit einem Mal so dicht hinter ihm, dass das Tier nur den Nacken recken musste, um ihn zu berühren. Clément kam ins Wanken, seine Trage geriet aus dem

Gleichgewicht. Mit einem Prasseln entleerte sich der Inhalt des Korbs zu seinen Füßen. Gleich war einer der Maurermeister über ihm und ließ seinen Stock erbarmungslos über seinen Rücken tanzen.

»Du elender Taugenichts!«, brüllte er.

Auf den Knien liegend krallte Clément seine Finger in Staub und Steine vor ihm, um keinen Laut von sich zu geben. Nach einer Weile ließ man von ihm ab. Zitternd wollte er sich eben erheben, als sich zwei Schuhe in sein Blickfeld schoben. Dunkelgraue Beinkleider schlossen sich an die Schuhe an, der Saum einer braunen Cotte folgte. Er legte den Kopf in den Nacken.

Thomas hatte sich wenig geändert. Seine Gestalt war etwas kräftiger geworden, das Haar dafür schütterer. Im Stirnbereich war es deutlich zurückgegangen. Trotzdem war es unzweifelhaft Thomas, der da auf ihn herabblickte, der Mann, der mit ihm um Edwiges Liebe gebuhlt hatte.

Aber das war so lange her. Er richtete sich auf. Thomas' Blick wanderte über die abgerissene Gestalt seines Gegenübers. Clément spürte ihn in jeder Wunde, in jedem Kratzer, in jedem Riss. Genüsslich begutachtete der andere jedes Zeichen des Abstiegs, bevor er endlich in Cléments Augen blickte.

»Ich hätte nicht geglaubt, dich so wiederzusehen.«

Clément schwieg.

»Ich habe so viel von dir gehört«, fuhr Thomas fort. »Kein Tag, an dem man nicht über das meisterhafte Können dieses Clément de Chartres sprach.«

Clément sagte nichts.

»Ich habe sogar gehört, du hättest deinen Namen auf ein Fenster geschrieben, aber«, Thomas ließ einen abfälligen Blick über den einstigen Freund wandern, »du hast dich ja immer für etwas Besonderes gehalten.« Er machte eine Pause, dann fragte er: »Wie geht es Edwige?«

Clément leckte sich über die Lippen. Es war nicht vorbei; was geschehen war, würde niemals vorbei sein.

Irgendwann einmal hatte irgendjemand eine grob gemauerte Herdstelle in der kleinen Fläche hinter dem Gebäude angelegt, und dort stand nun Edwige über den Dreifuß gebeugt und rührte mit gleichmäßigen Bewegungen in dem Kessel, der an einem Haken über den Flammen hing. Die aufsteigende Hitze rötete ihr Gesicht, aber sie bemerkte sie kaum. Angelockt vom Duft des morgendlichen Getreidebreis stand Margaux an ihrer Seite und verfolgte erwartungsvoll jeden Handgriff der Mutter. Das helle Hemdchen reichte dem Mädchen bis zu den Knöcheln, darunter schauten winzige, schmutzige Füße hervor. Ein zartes Gespinst blonder Locken umrahmte ein vom Schlaf rosiges Gesicht. Mit ernster Miene nuckelte die Kleine an ihrem rechten Daumen.

»Geh hinein, und lass dir Schuhe anziehen«, forderte Edwige ihre Tochter auf.

Die Kleine griff nach dem Rock ihrer Mutter. Wie so häufig wirkte sie, als habe sie nicht gehört.

Sie ist nicht von dieser Welt, durchfuhr es Edwige, doch sie verbannte den Gedanken sofort.

Die vierjährige Margaux war deutlich kleiner, als Lise oder Jehanne es im gleichen Alter gewesen waren. Manchmal erschien es ihr, als wolle das Kind überhaupt nicht wachsen. Sie war ein zartes Wesen, das eher nach ihr, der Mutter, kam, aber auch sie war niemals so schwächlich gewesen. Ob es die schwere Geburt gewesen war, die ihrer jüngsten Tochter die Stärke fürs Leben genommen hatte? Entschlossen löste sie die Finger des Mädchens und schob sie zurück auf das Haus zu. »Es ist zu kalt, mein Täubchen, zieh dir etwas an.«

Noch einmal drehte sich Margaux herum und schlang flüchtig die Arme um die Beine ihrer Mutter, dann verschwand sie hüpfend in Richtung der Eingangstür. Edwige schaute ihr hinterher. Sehr spät hatte das Mädchen sprechen gelernt und sprach immer noch wenig. Zuweilen erschien es ihr, als habe die Kleine eine andere Form gefunden, sich auszudrücken, als spreche sie ohne Worte, indem sie küsste und streichelte, ihren ganzen Körper einsetzte.

Nachdenklich starrte Edwige auf den köchelnden Brei. Längst schaute ihr der Boden des Krugs entgegen, in dem sie den Vorrat an Getreide aufbewahrten. Auch deshalb hatte sie ihre Ältesten losgeschickt. Lise hatte den Mund verzogen, aber nichts gesagt. Jehanne fasste die ganze Sache als Abenteuer auf.

Mit einem leisen Seufzer zog sie den Löffel aus dem Brei und begutachtete die Konsistenz. Das Essen war fertig. Sie gab einen leisen, aber deutlichen Pfiff von sich. Nur einen Augenblick später waren die älteren Mädchen zur Stelle. Auch heute würde sie sie von Haus zu Haus schicken. Nur der Gedanke an Clément beunruhigte sie. Aus den Augenwinkeln sah sie Margaux herantappen.

»Vorsicht, heiß!«, mahnte Edwige ihre Jüngste, übergab Lise den Löffel und ging ins Haus.

In dem kleinen Raum hing trotz der Feuchtigkeit noch die Wärme ihrer Körper. Wie im Wald schliefen sie auf dem Boden. Sie hatten nichts übrig für Möbelstücke. Vorübergehend musste Edwige sich am Türrahmen festhalten. Sie erinnerte sich an die zwei Zimmer in Rouen, den Tisch und zwei Betten, von denen eines sogar Schnitzereien aufgewiesen hatte. Sie erinnerte sich an ihre zwei Kleider an den Haken. Sie war eine ehrbare Frau gewesen, bekannt bei den Nachbarn, sorglos, die Frau eines begabten Handwerkers. Sie musste sich zwingen, weiterzugehen. Aus dem Halbdunkel des Raums sah Clément ihr entgegen.

»Jehanne hat es mir gesagt«, sagte er. »Du schickst die Mädchen in die Häuser. Als Mägde!« Sein Tonfall war abfällig.

Edwige fuhr mit den Fingern um den Deckel des Fasses herum, in dem sie ihr Frischwasser aufbewahrten. Es musste gut abschließen, damit das Wasser nicht moderte.

Clément räusperte sich. »Warum hast du mir nichts gesagt?«

Sie hob den Kopf. »Weil ich wusste, wie schwer es für dich sein wird.«

Nun schwieg er, hob die Hand und begann, sich den Bart zu kraulen. Als er näher trat, bemerkte sie, dass vorne über der Stirn ein paar seiner Haare in die Höhe standen. Sie hätte sie gerne glatt gestrichen, konnte sich aber nicht entscheiden, ihn zu berühren. Draußen hörte sie das Quieken eines Schweins. In den engen Gassen – mit ausgestreckten Armen konnte man rechts und links die Häuserwände erreichen – gerieten Mensch und Tier trotz aller Verbote häufig aneinander, und der Himmel war ein schmaler, unerreichbarer Streifen weit oben. Der dumpfe Geruch von Feuchtigkeit war überwältigend.

»Meinst du, ich verkenne unsere Lage?« Er schaute sie kopfschüttelnd an.

Edwige antwortete nicht. Seine Eigenwilligkeit war es gewesen, die sie alle hierhergebracht hatte, ihm waren sie gefolgt. Ihre Wangen wurden heiß. Aber war es nicht auch das gewesen, was sie einst zu ihm hingezogen hatte? Hatte sie nicht deshalb seinem Antrag nachgegeben und den des nüchternen Thomas' abgewiesen? Weil Clément ihr von den Glasfenstern erzählt hatte, die er noch schaffen wollte, von seiner Arbeit für Gott. Und weil er es mit einer solchen Begeisterung getan hatte, dass sie in ihren Gebeten Abbitte für ihn geleistet hatte? Sie erinnerte sich an lange, gemeinsame Nachmittage an einem Flusslauf. Sie erinnerte sich an das Geräusch von Rudern, die sich aus dem Wasser hoben und hineingestoßen wurden. Sie erinnerte sich daran, wie sie den Kopf zurückgeneigt und die Lippen geöffnet hatte. Sie erinnerte sich an die junge, erwartungsvolle Frau, die sie gewesen war.

Ein Geräusch ließ sie zusammenzucken. Sie sahen einander an.

Cléments Ausdruck war ernst, aber seine Augen liebkosten sie, und sie sah es ihm an: Er wollte sie in den Arm nehmen, sein schönstes Mädchen von allen. Er hob die Hand, ließ sie sinken.

»Wir haben keine Wahl, ich weiß das.« Seine Stimme klang bedrückt.

Edwiges Finger strichen die Cotte glatt, sie prüfte, ob die Haube richtig saß. Würden sie auch nächstes Jahr hierbleiben? Es gab so viel zu besprechen, aber sie brachte kein Wort heraus, nicht einmal ein Lächeln wollte ihr gelingen.

Es war Jehanne, die angeregt hatte, einen Umweg über den Bauplatz zu machen, um Papa zu besuchen, und Lise hatte sich ihr angeschlossen. Am frühen Vormittag steigerte sich der Lärm auf der Baustelle nach und nach. Tagelöhner schleppten Steine und andere Materialien heran oder besserten die Zufahrtswege aus. Der Führer eines Ochsenkarrens brachte eine neue Lieferung Holz. Die Mörtelmischer waren an der Arbeit. Maurer sorgten dafür, dass die Mauern stetig emporwuchsen. Metallisches Hämmern drang aus der Schmiede. An die Mauer der Kapelle schmiegten sich Bauhütten, zwischen denen Arbeiter geschäftig umherliefen. Die Türen der Hütten waren weit geöffnet. Ein Steinmetz arbeitete an einer Reihe neuer Ornamente. Irgendwo in dem Gewühl brüllten zwei Männer aufeinander ein. Staub wirbelte unter den eiligen Schritten der Arbeiter auf.

Neugierig ließ Jehanne den Blick schweifen. Papa war nirgends zu sehen.

Lise lüpfte ihr Gewand, um es aus dem Staub heraus zu halten, und schaute sich unsicher um. Mit jedem Moment, den sie hier standen, wuchs ihre Unruhe. Maman hatte sie zu einer Dame geschickt, die Hilfe bei der Wäsche brauchte. Gewiss wurden sie schon erwartet. Aber Jehanne störte das nicht. Nein, sie machte sogar Anstalten, sich dem Steinmetz zu nähern, der mit äußerster Sorgfalt Blattornamente aus dem Stein schälte. Lise hielt die Schwester am Arm fest.

»Lass uns gehen. Papa ist nicht da, du musst auf heute Abend warten.«

»Das ist noch so lange hin«, Jehanne starrte auf die von einer Schicht weißen Staubs überzogenen Hände des Steinmetzen, »ich muss Papa dringend etwas sagen.«

Lise schüttelte den Kopf. »Aber wir brauchen das Geld.«

»Es dauert ja nicht lange, warum bist du so ungeduldig?« Jehanne drehte sich um, die Hände in die Hüften gestemmt, und wollte gerade weitersprechen, aber sie kam nicht dazu. Ein stämmiger Mann mit Stiernacken und dunklen Haaren, gekleidet in eine braune Cotte, war hinter Lise aufgetaucht und legte ihr eine Hand auf die Schulter.

»Edwige? Jésu, Edwige, wie bist du hierhergekommen?«

Verwirrt beobachtete Jehanne, wie die kräftige Hand Lise an der Schulter herumzog und die Schwester dazu zwang, in das fremde Gesicht zu blicken. Aus fast runden Augen schaute der Mann das Mädchen verwirrt an. Unwillkürlich suchte Jehanne nach der Hand ihrer Schwester und hielt sie fest. Aber ihr schenkte der Mann gar keine Aufmerksamkeit, er sah nur die Ältere an. Ungläubigkeit und Hoffnung zeichneten sich im Wechsel auf seinen Gesichtszügen ab.

»Das kann nicht sein«, sagte er endlich, »du bist nicht Edwige, oder du wärest keinen Tag gealtert.« Er wich einen Schritt zurück und bekreuzigte sich. »Oder bist du es doch? Bist du Edwige aus Chartres?«

Er wurde blass. Auch Lise hielt die Hand ihrer Schwester nun fest umklammert. Jehanne spürte, dass sie zitterte. Keinen Ton würde sie herausbekommen. Anstelle der Älteren antwortete die Jüngere.

»Unsere Mutter heißt Edwige«, erklärte sie.

Der Mann schaute sie an, als nähme er sie zum ersten Mal wahr. Sein Mund klappte auf, er fuhr sich mit dem Handrücken über die Stirn. Dann wanderte sein Blick von einem der Mädchen zum anderen.

»Ihre Töchter«, sagte er mehr zu sich. Gleich darauf ließ er seine Hand herabsinken. Erneut musterte er Lise. »Du bist ihre Tochter und sie«, er drehte sich zu Jehanne, »erinnert mich auch an jemanden. Clément sucht ihr? Man hat ihn heute nach Nôtre-Dame herübergeschickt.«

Er stockte. Oben auf dem Gerüst wurden laut Befehle gebrüllt. Die Streithähne waren immer noch zu hören. Die Tagelöhner hatten den Wagen abgeladen, und der Ochsenführer schickte sich an, die Baustelle zu verlassen. Fragend schauten die Mädchen den Fremden an.

»Ich bin Thomas le Bœuf, der Glasmaler.« Sein Mund verzog sich zu einem Lächeln, welchem die Augen nicht folgten. »Hat man euch von mir erzählt?«

Die Mädchen schüttelten den Kopf.

Das Lächeln auf dem Gesicht Thomas' Le Bœuf verschwand so schnell, wie es aufgetaucht war. Sein Kopf sank tiefer zwischen die Schultern herab.

Jehanne fröstelte. Jetzt erschien es ihr, als begutachte er sie beide. Doch während sein Blick die jüngere nur streifte, betrachtete er die errötende, ältere Schwester eingehend. Unsicher zupfte die ihren Zopf nach vorne und spielte damit.

»Du bist ihr so ähnlich«, murmelte er. »Wie geht es Edwige? Es geht ihr doch gut, oder?«

»Ja, Mama geht es gut«, sagte Lise sehr leise.

Jehanne bemerkte, dass ihre Schwester den Kopf nun gesenkt hielt, um dem Blick des Mannes auszuweichen. Der starrte ihre Brüste an. Jehanne trat unruhig von einem Fuß auf den anderen. Dieser Thomas Le Bœuf kannte Papa. Warum hatte Papa nie von ihm erzählt? Jetzt lachte er.

»Die kleine Lise, die Tochter der schönen Edwige, wer hätte das gedacht.« Sein Blick richtete sich auf Jehanne. »Ich habe einen Sohn. Etienne heißt er. Ich vermute, ihr seid im gleichen Alter.« Das Lachen war immer noch in seiner Stimme. »Edwige hat eine Tochter«, wiederholte er fast ungläubig, »wer hätte das gedacht.«

Thomas Le Bœuf verließ die Baustelle an diesem Tag als einer der Letzten und ging ohne Umwege nach Hause. Sofort nach dem Abendessen schickte er seinen Sohn zu Bett. Auch Mahaut, die Frau, die ihm seit dem Tod seiner Ehefrau den Haushalt besorgte, zog sich bald in ihre Kammer zurück. Er selbst werde das Licht löschen, teilte er ihr mit. Vor seinen Augen begann sie, ihre blonden Zöpfe zu lösen. Er wandte sich ab, bis die Tür hinter ihr zuklappte.

Zuerst saß er nur am Tisch, beobachtete die Flammen in

der Herdstelle und das Spiel des verlöschenden Lichts auf der Abbildung des heiligen Martin de Tours. Schließlich stand er auf und ging zu der geschnitzten Truhe, dem kostbarsten Besitz, der ihm als Erinnerung an Etiennes Mutter geblieben war. Er kontrollierte auch den Wasservorrat, die Holzvorräte, die sauber gescheuerten Töpfe und das Geschirr.

Der Haushalt wurde gut geführt. Mahaut, das blasse Weib, war geschwätzig, aber die Arbeit verrichtete sie tadellos. Einmal war sie die Jüngste gewesen, in einem Haushalt zu vieler Mädchen. Einmal hatte sie ein Leben gehabt, mit einem Mann in einem kleinen Dorf, aber der war gestorben und sie war nach Paris gekommen. Sicherlich machte sie sich Hoffnungen, aber sie war farblos, mittellos, gute Arbeit war das Einzige, was sie zu bieten hatte. Manchmal besuchte er sie in ihrer Kammer. Heiraten würde er sie niemals.

Er tauchte einen Finger in den Wein vor sich. Irgendwann hatte er sich einen Becher eingegossen, sich an den Tisch gesetzt und zu trinken begonnen. Es tat weh. Er hatte es nicht glauben wollen, aber an Edwige zu denken tat immer noch weh. Mit dem weinfeuchten Finger malte er ein Gesicht auf die Tischplatte. Zurück war sie, hier in seinem Kopf, und es tat weh. Er fügte dem Gesicht auf der Tischplatte Haare hinzu.

Warum hatte sie den anderen erwählt? Warum hatte sie dieser Dahergelaufene für sich gewinnen können, nachdem er, Thomas Le Bœuf, fast ein Jahr lang um sie geworben hatte? Es hatte ihr doch gefallen. Auch ihr Vater war der Verbindung nicht abgeneigt gewesen, schließlich war er ein guter Glasmaler. Nachmittage hatten sie alleine miteinander verbringen dürfen, man hatte ihm vertraut. Alles war gut gewesen, bis Clément aufgetaucht war.

Er fügte dem Gesicht auf dem Tisch eine weitere Linie hinzu. Für ihn war der Sommer danach vorbei gewesen. Die Hand auf der Tischplatte ballte sich wie von selbst zur Faust. Die Knöchel traten weiß hervor. Dazu hatte er sie auch noch miteinander bekannt gemacht. Freunde – er lachte bitter.

Zur Hochzeit war er nicht geblieben.

Eine Zeit lang war er umhergereist, hatte Erfahrungen gesammelt, immer ängstlich darauf bedacht, den beiden nicht zu begegnen. Zumeist hatte er sich im Norden aufgehalten, in der Picardie, zwischen Senlis, Noyon und Reims. In Beauvais hatte er Béraude kennengelernt und geheiratet.

Béraude mit ihrem runden, weichen Gesicht und den kastanienbraunen Locken. Nachts im Bett hatte er sich stets Edwige vor Augen gerufen. Béraude hatte sein Leben in Ordnung gehalten. Sechs Jahre nach der Geburt ihres Sohnes war sie an einem Fieber verstorben, das in jenem Winter in der Stadt grassierte. Er hatte sie keinen Tag lang vermisst. Er vermisste Edwige. Edwige war die Wunde, die man ihm gerissen hatte.

Das Gesicht vor ihm auf der Tischplatte war getrocknet. Thomas ließ den Becher leicht kippen und schüttete Wein darüber. Die Tränen, die über seine Wangen rannen, bemerkte er erst, als er Salz auf den Lippen schmeckte. Er drängte ein Schluchzen zurück. Er war Meister einer Werkstatt mit vielen Gehilfen und Lehrlingen, die ihn fürchteten, ein angesehener Mann, aber alleine, immer und überall alleine. Ein leiser, gequälter Ton entrang sich seiner Kehle. Er weinte nun hemmungslos, so wie er es nicht mehr getan hatte, seit er als Lehrjunge von seinem Meister verprügelt worden war. Zwischen den Tränen nahm ein Gedanke Gestalt an. Er würde sie wiedersehen. Endlich.

»Papa?«

Thomas fuhr aus seinem Sitz hoch. Etienne war aus der Dachkammer heruntergeklettert, nichts als ein Hemd übergezogen, und starrte in das von Tränen verschmierte Gesicht des Vaters. Reglos blieb der stehen und schaute den Sohn an. Selten zuvor hatte ihn der Junge so sehr an seine Mutter erinnert: die Haarfarbe, die leicht schräg stehenden, blauen Augen, die dem Blick etwas Abwesendes gaben, die langen, dunklen Wimpern, die viel zu runden, rosigen Lippen. Auf den kalten Steinplatten bewegte der Junge die Zehen. Noch war er schmal, ein Kind eben. Thomas drehte sich um, schob den Becher Wein von der Tischkante zurück und fuhr sich mit dem Ärmel über das Gesicht. Dann wandte er sich erneut seinem Sohn zu.

»Warum bist du auf, ich hatte dich doch ins Bett geschickt? Warum belauschst du deinen Vater?«

»Ich lausche doch nicht.«

Etienne biss sich auf die Lippen, kaum dass er den Satz beendet hatte. Thomas' Gesicht und Kehle nahm eine tiefrote Farbe an. Eine Stelle an seinem Hals pumpte und bewegte sich. Der Junge wich zurück.

»Ich habe dich doch ins Bett geschickt!«, wiederholte Thomas etwas leiser. An seiner Schläfe begann eine Ader zu pochen. Der Junge zitterte.

»Ich hatte nur etwas gehört, ich dachte …«

»Du dachtest? Du hast nichts zu denken. Bring mir den Stock.«

Etienne riss die Augen auf.

»Hast du mich nicht verstanden? Den Stock!«

»Papa …«

»Den Stock, Etienne, du weißt doch, oder muss ich ihn selbst holen?«

Mit den letzten Worten wurde Thomas' Stimme lauter,

dann war er auch schon bei der Feuerstelle. Rechts davon, in einer Ecke, hing eine lange, schmale Gerte an der Wand. Der Junge blieb stocksteif stehen.

Der erste Schlag traf ihn am rechten Oberarm, der zweite am linken, dann kamen die Beine dran, links und rechts und links und rechts. Als Thomas den Jungen gegen den Tisch schleuderte und ihn hieß, sich längs über die Tischplatte zu legen und gut festzuhalten, gab der Junge den ersten Schmerzenslaut von sich. Mit einem kräftigen Ruck zerriss Thomas das Hemd seines Sohnes und prügelte auf dessen nackten Rücken ein.

»Du wirst nichts sagen, hörst du mich?«

»Ich sage nichts, Papa. Bitte nicht mehr schlagen, ich sage doch nichts.«

An einer Stelle riss die Haut auf. Thomas ließ einen erneuten Schlag darauf niedergehen. Ein Streifen Blut erschien. Er prügelte weiter.

»Papa«, flehte der Junge.

Doch Thomas schlug wieder zu und wieder und wieder. Ein Muster roter Linien erschien auf dem Rücken seines Sohnes, manche nur zart, manche tief verfärbt. Endlich ließ er die Gerte sinken.

»Schau mich an.«

Steif richtete sich der Junge auf und drehte sich um. Sein Gesicht war bleich. Tränen zitterten an seinen Wimpern.

»Du wirst mich nie wieder belauschen.«

»Nein, Papa.« Er wimmerte leise.

»Geh in dein Bett.«

Der Junge hob sein zerrissenes Hemd vom Boden auf und schwankte auf die Leiter zu. Thomas hängte die Gerte zurück an ihren Platz, drehte sich um und ging zu Mahauts Kammer hinüber. Als er die Tür öffnete, sah er, dass sich die Frau im

Bett aufgesetzt hatte. Ihr fades blondes Haar hing über ihre nackten Schultern und schlaffen Brüste herab. Sie lächelte. Sie wusste, was er jetzt brauchte.

Pierre de Montreuil erreichte die Seine mit der sinkenden Sonne, blieb stehen und bekreuzigte sich. Den Blick auf das fließende Wasser gerichtet, formten seine Lippen das Vaterunser wie von selbst. Tagsüber war dieser Fluss voller Leben, nun war es stiller; bleiern lag das Gewässer da, doch in seiner Erinnerung würde es ohnehin immer nur einen Fluss geben, jenen Fluss, an dem er gemeinsam mit seinem Freund Arnauld lange Nachmittage verbracht hatte, dort, wo sie Gebäude entworfen hatten, größer und prächtiger, als es je zuvor welche gegeben hatte.

Er seufzte. Wie viele Jahre war das jetzt her, und noch immer war sein Kopf voll jener Ideen, die sie als Jungen ausgeheckt hatten. Aber er durfte nicht daran denken. Er holte tief Luft, schluckte. Er durfte nicht daran denken, denn er war Pierre de Montreuil, geachtet und angesehen, ein Baumeister des Königs.

Langsam ließ er den Blick wandern. Wo war er? Im Abendlicht, zwischen Tag und Nacht, zu der Zeit, in der goldene Dämmerung die Stadt ergriff, entdeckte er den Mann. Wie er es schon öfter gesehen hatte, hockte der Bettler zusammengekauert am Ufer. Den Kopf hielt er gesenkt, ein Arm streckte sich gegen den Uferschlamm. Pierre beobachtete ihn eine Zeit lang, dann kletterte er die Uferböschung hinab und näherte sich ihm mit entschlossenen Schritten. Der Bettler gab kein Anzeichen, ob er ihn bemerkt hatte. Von der Seite wirkte sein Gesicht so gleichmäßig wie das der schönsten Statue, die der Baumeister je gesehen hatte. Jung erschien er ihm. Blond gelocktes Haar umspielte Gesicht und Hals. Die schlanken Beine, die der Mann eng gegen den Körper gezogen hatte, waren nackt und verschmutzt. Unter dem zerlumpten Hemd, gerade lang genug, um seine Blöße zu bedecken, saßen breite, sehnige Schultern. Mit einem dünnen Stock zeichnete er etwas in den Schlamm. Die Aufgabe nahm ihn gefangen. Er sah auch nicht auf, als Pierre näher herantrat.

Linien, Mauern, Dächer, Bögen und schlanke Säulen – verblüfft pfiff der Baumeister durch die Zähne. Also war es wahr, was man sich erzählte. Der schöne Bettler malte Baupläne in den Uferschlamm. Er beugte sich noch näher und musterte die Zeichnung. Eine kleine Kirche war es, die zwei Etagen aufwies, wie es einst auch die seine tun würde. Prüfend wanderten seine Augen weiter. Dort war der Sockel, der Platz für die heiligen Reliquien, dort ... Er ging in die Hocke, fuhr mit dem rechten Zeigefinger eine gezeichnete Linie nach. Aber, wie konnte er ...? Er stockte. Doch nein, dies dort stimmte nicht und dies dort auch nicht. Er kniff die Augen zusammen, um besser sehen zu können.

Nein, eigentlich stimmte nichts an dieser Zeichnung. Er hielt die zeichnende Hand des Mannes fest, fuhr mit der anderen heftig über den Boden und zeichnete neu. So würden die Säulen stehen, so würde sich der zentrale Teil der Kirche erheben. So sah sie aus, seine Kirche. Er ließ den Mann los. Der hielt inne, betrachtete Pierres Zeichnung.

Der Baumeister richtete sich auf. Seine Kirche. Er starrte sie an: Dort die schmalen Spitzbögen, das Gewölbe der unteren Kapelle, das auf einzelnen Säulen ruhte, die sich auf diese Weise wie ein steinerner Wald um den Raum herum gruppierten; weiter oben, in der oberen Kapelle, nur Bündel von schmaleren Säulen und dazwischen die ganze überwältigende Pracht der Fenster. Seine Augen suchten den Altar.

Für ihn war es keine Baustelle, es war ein Traum, der sich ihm jeden Tag aufs Neue zum Greifen nahe zeigte. Schon jetzt sah er sie vor sich, diese Kirche, Gottes Wort und Natur aus hellem Pariser Stein und buntem Glas geschaffen. Unter seiner Anleitung wuchs dieses Bauwerk empor, schufen Hammer und Meißel graziöse Säulen, bogen sich Steine zu Gewölben und neigten sich in Spitzbögen, wurden zu Mauern und breiteten sich als Steinplatten aus. Stets fand man ihn dort, auf der Baustelle, inmitten der Arbeiter, auch hoch oben auf den Gerüsten. Immer. Überall. Er wusste, dass man ihm seine Stellung missgönnte. Er kannte die Geschichten, die die Runde machten. Einmal hieß es, er habe die Pläne gestohlen, sogar einen Mord dafür begangen, dann, dass ihm der Teufel geholfen habe, kein Mensch könne so etwas Wunderbares entwerfen. Nun, vielleicht waren es aber auch die Engel gewesen? Über das Gesicht Pierres de Montreuil zuckte ein Grinsen. Niemals würde er sich schwach zeigen dürfen.

Ein Gefühl der Kälte riss ihn aus den Gedanken. Fröstelnd rieb er sich über die Arme, gut geschützt vom Stoff einer warmen Cotte und eines wollenen Umhangs. Unvermittelt wandte der Bettler ihm den Kopf zu.

Der Baumeister schrak zurück. Zweifellos, dies war einmal ein sehr schöner Mann gewesen, aber heute teilte eine tiefe Narbe seine Stirn in zwei Hälften, die nicht gleichmäßig zusammengewachsen waren. Das Gesicht, von der Seite betrachtet von einem bezaubernden Gleichmaß, wirkte von vorne gesehen, als habe es eine unglaubliche Kraft brutal verschoben. Ein schmutziges Tuch bedeckte das linke Auge. Die rissigen Lippen waren gerötet, denn der Bettler biss beinahe fortwährend auf ihnen herum. Er musste sich beherrschen, sich nicht zu schütteln. Ein tiefes, nicht unfreundliches Knurren kam aus der Kehle des Mannes, die Fratze verzog sich zu einem Grinsen. Wie ein Kind schlug er auf den Boden neben sich. Setz dich, schien er zu fordern, setz dich.

Pierre ging erneut in die Hocke. Kannten sie einander? Er suchte nach Erinnerungen in den Zügen seines Gegenübers. Wieder ein Knurren, ein Stöhnen, das Jaulen desjenigen, der keine Gewalt über seine Sprache hatte. Der Mann griff nach dem rechten Arm des Baumeisters und befühlte den Stoff des Umhangs.

Der Turm zu Babel, schoss es Pierre durch den Kopf.

Das Jaulen des Mannes wurde dringlicher. Unwillkürlich streckte er die Hand aus und legte sie dem Bettler auf den Arm. Der Mann verstummte und starrte ihn an. Wieder versuchte er etwas zu sagen. Speichel tropfte aus seinem Mund. Pierre zog Brot aus dem Beutel hervor, den er am Gürtel trug, und reichte es ihm. Gierig griff der andere danach, stopfte es sich in den Mund, nickte, kauend und grinsend.

Es musste ein schrecklicher Unfall gewesen sein. Pierre konnte den Blick nicht von seinem Gesicht nehmen.

Zum Ende seiner Mahlzeit hin suchte der Bettler sein Hemd sorgfältig nach Krümeln ab und schob schmatzend die Hände in den Mund, wenn er einen erwischt hatte. Die unartikulierten Laute wurden dringlicher, verstummten aber ganz, als sich der Mann von Neuem seiner Zeichnung widmete.

Ein Baumeister? Pierre runzelte die Stirn. Sollte etwas dran sein an den Gerüchten?

Er stand auf, berührte nach kurzem Überlegen die Schulter des Mannes und legte den Umhang in dessen Schoß. Der Bettler gab keinen Laut von sich. Er zeichnete.

Pierre wandte sich ab. Ohne den Umhang war es kühler, aber er würde bald zu Hause sein. Seht Ihr mich, Herr, mein Gott? Seht Ihr meine guten Taten?

Edwiges Körper erschien ihm der Gleiche zu sein, und auch die Haare erinnerten ihn an früher, obwohl Thomas auf den zweiten Blick graue Strähnen im Blond entdeckte. Auch die feinen Linien um Mund und Nase waren neu, die dunklen Schatten unter den Augen hätte er gerne fortgewischt. Die Hände, die sie seiner ansichtig, gegen die Brust presste, waren rotfleckig, die Haut aufgequollen, als habe sie sie einen ganzen Tag lang in heißes Wasser gehalten. Sie war sprachlos.

»Edwige«, sagte er leise.

Ihre Hände begannen zu zittern, dann spähte sie unvermittelt durch die geöffnete Tür in ihrem Rücken nach drinnen, wo er eine weitere Tür erkannte und eine schmale Stiege, die nach oben führte. Erstaunlich, aber sie konnte ihm nicht in die Augen blicken. Er betrachtete ihre einfache Kleidung und die geflickten Schuhe. Sie sah älter aus, als sie sein konnte. Er liebte sie.

Mit dem Schritt, den er auf sie zu machte, drehte sie sich zu ihm hin.

»Thomas?« Es war die müde Stimme einer älteren Frau und doch ihre. »Was machst du hier?«

»Euer Haus?« Er schob sie sanft zur Seite.

Sie schüttelte den Kopf. »Ein Zimmer.«

Er bemerkte, dass sie sich auf die Unterlippe biss. Ein beißender Geruch nach Urin und Kot drang in seine Nase. Irgendjemand hatte sich im Hauseingang erleichtert. Als er sie anschaute, errötete sie und wich ihm erneut aus. Er betrachtete den Schwung ihrer Wangenknochen, folgte den Lippen bis zu den Mundwinkeln und liebkoste in Gedanken ihre geraden Augenbrauen.

»Ich habe mir immer gewünscht, dass du glücklich bist, Edwige.«

Sie zupfte an ihrer Haube. »Aber ich bin glücklich.«

Vielleicht war es die falsche Antwort, denn nun schwieg er.

»Ich kann nicht glauben, dass er dir so etwas antut«, fuhr er endlich fort, leises Beharren in der Stimme.

Mit den Fingerspitzen ordnete sie ihren Haaransatz. »Warum bist du gekommen, Thomas?«

Er starrte sie an, als wisse er nicht, was sie meinte, dann ging ein kaum merklicher Ruck durch seine Schultern. »Er könnte in meiner Werkstatt arbeiten.« Den Namen sprach er nicht aus. Zum ersten Mal blieben ihre Augen auf ihn gerichtet. Er erkannte etwas Abwartendes – Zweifel, Unsicherheit.

»Was willst du dafür?«

»Nichts. Wirst du ihn fragen? Die Arbeit wird hart sein. Ich werde ihn nicht schonen.« Seine Mundwinkel bewegten sich wie von Fäden gezogen nach oben.

»Clément kann arbeiten. Er ist ein guter Mann.«

Der Stolz in ihrer Stimme bohrte sich in seine Magengrube und ließ eine Gänsehaut über Arme und Rücken wandern. Sein Atem ging vorübergehend schneller. Sie konnte ihn immer noch verletzen. Er wartete, bis er sich sicher war, dass seine Stimme nicht zittern würde.

»Sag es ihm. Sag ihm auch, dass die Witwe L'Anglais bei Saint-Séverin zwei Zimmer vermietet.«

Sie nickte. Er trat einen Schritt zurück und betrachtete sie prüfend. Würden sie das Angebot annehmen? Aber natürlich, sie hatten keine andere Wahl. Er hörte Schritte die Treppe heruntertrappeln, und im nächsten Moment hielt sich ein kleines Mädchen an Edwiges Rock fest. Den Daumen der linken Hand in den Mund geschoben, schaute sie ihn an. Als Edwige sie auf den Arm nahm, begann sie zu husten. Er verabschiedete sich. Sie hatten keine Wahl. Er musste nur geduldig sein.

4. Kapitel

»Nein, wir benötigen heute nichts. Kommt später wieder«, hatte man ihnen gesagt, und die Erinnerung daran trieb Lise Röte ins Gesicht. Ihre vor dem Bauch gekreuzten Hände zitterten. Heute hatte niemand ihre Hilfe angefordert, niemandem hatten die Gewänder ausgebessert werden müssen, niemand brauchte zusätzliche Bedienung für ein Fest oder weitere Mägde für die Wäsche. Unruhig kratzte sie über die frische Brandnarbe auf ihrem Handrücken.

Den Rücken an die Wand gelehnt, beobachtete Jehanne die Mutter und die ältere Schwester. Seit sie in Paris waren, hatte der müde Ausdruck Edwiges Gesicht nicht mehr verlassen. Je näher der Winter rückte, desto mehr Angst mischte sich hinein.

Edwiges Lippen wurden schmal, als sie die rechte Hand aus dem Beutel hervorzog und zum wiederholten Mal die wenigen Deniers in ihrer Handfläche zählte. Ein Husten zerriss die Stille, die Köpfe der Frauen fuhren zu Margaux' Lager herum. Seit Tagen schon fieberte das Mädchen.

Stumm kniete Edwige sich neben ihrer Tochter nieder und erneuerte sorgsam das feuchte Tuch auf deren Stirn. Margaux hielt die Augen geschlossen, ihre Lippen waren blass. An den Schläfen schimmerten bläuliche Adern. »Später also«, murmelte Edwige.

Jehanne setzte sich und zog die Beine an. Vom langen Weg schmerzten ihre Füße. Lises Hände zitterten. Die Schwester hasste es, von Haus zu Haus zu ziehen. Sie hasste die Flicken auf ihrer Kleidung und den Schmutz. Sie hasste, dass niemand sie sah oder kannte.

Behutsam streichelte Edwige das Gesicht ihrer Jüngsten. »Täubchen«, murmelte sie, »Gottes Geschenk …«

Jehanne massierte ihre Knöchel. Gestern waren ihnen auf dem Nachhauseweg Thomas Le Bœuf und sein Sohn Etienne begegnet, ein schmaler Junge mit pausbäckigem Gesicht und blauen, schräg stehenden Augen. »Sagt eurer Mutter«, hatte Thomas gesagt, »dass mein Angebot gilt. Sagt ihr, der Winter steht vor der Tür.«

Jehanne lagerte das Kinn auf ihren Knien und starrte auf den gestampften Lehmboden. Fast jeden Abend hörte sie die Stimme ihrer Mutter, leise erst, bald zischend, bald erregt: »Du kannst nicht ablehnen. Margaux ist krank. Der Winter kommt, wovon sollen wir leben, Clément?«

So, wie sie das Clément aussprach, klang es wie eine Anklage; und jeden Morgen, bevor er zum Bauplatz aufbrach, sah Jehanne ihren Vater in der Tür stehen, die Schultern hängend, den ratlosen Blick auf seine Familie gerichtet.

Wie sollen wir über den Winter kommen? Jehanne rieb erneut über ihre Knöchel. In letzter Zeit, wenn sie sich noch einmal umdrehte, die Beine gegen die Brust gezogen, um die Wärme zu halten, dachte sie häufiger an Ghislain. Sie stellte sich seinen Schädel mit den schwarzen Haarstoppeln vor, die dunklen Augen, die geschmeidigen Bewegungen, den lachenden Mund, und erinnerte sich daran, dass er ihrem Vater das Leben gerettet hatte. Sie wünschte ihn sich an ihre Seite, so wie er damals an ihrer Seite gewesen war. Deutlich wie nie zuvor drängte sich der Gedanke in den Vordergrund, dass er ein Mann war und sie – nun ja – bald eine Frau sein würde.

Kurz lächelte sie in sich hinein. Ein warmes Gefühl breitete sich in ihrem Unterleib aus. Vorsichtig schaute sie zu ihrer Schwester hinüber, die sich nunmehr in ihrer Nähe niedergelassen hatte und mit fliegenden Fingern knüpfte, als könnten sie die schnellen Bewegungen vergessen lassen. Sie würde lachen, wenn Jehanne ihr von diesen Gedanken erzählte – erneut tanzte ein leichtes Lächeln um den Mund der Jüngeren –, aber sie würde nichts erzählen. Es war ihr Geheimnis. Aus den Augenwinkeln bemerkte sie, dass Edwige den Kessel nahm, um ihn nach draußen zur Feuerstelle zu tragen. Sicherlich gab es Grütze, wie jeden Abend.

5. Kapitel

Jehanne konnte nicht sagen, warum sie stehen blieb. Etienne hatte das Gesicht zur Hauswand gedreht, seine bebenden Schultern verrieten Aufregung und Schmerz. Im Licht der Mittagssonne, das sich in seinen Haaren gefangen hatte, wiesen die braunen Locken einen rötlichen Schimmer auf. Trockenes, wütendes Schluchzen schüttelte den Körper des Jungen. Vielleicht war es seine Verlorenheit, die sie ansprach. Unsicher trat sie von einem Bein aufs andere. Edwige hatte sie geschickt, dem Vater das Brot zu bringen, das er heute Morgen vergessen hatte. Schon zeigten die Glocken die Sixte an, sie musste sich beeilen.

Als Etienne sich umdrehte, zuckte sie zusammen. Seine Augen waren rot gerändert, aber er weinte nicht mehr. An der linken Seite seines Mundes klebte dunkel verkrustetes

Blut. Ein schmaler, grünlicher Fleck schimmerte unter seinem linken Wangenknochen.

»Was willst du?«, stieß er abweisend hervor, während gleichzeitig etwas wie Erleichterung in seiner Stimme schwang.

Das Mädchen straffte die Schultern. »Ich bringe Brot für meinen Vater.«

Sie schauten einander an.

»Wer hat dich geschlagen?«, fragte sie nach einer Weile leise.

»Das geht dich nichts an«, erwiderte er barsch, machte aber keine Anstalten zu gehen. Seine Augen wirkten traurig.

Jehanne runzelte die Stirn. Seit sie in das Haus der Witwe L'Anglais gezogen waren und der Vater nachgegeben hatte, hatte sie Etienne manchmal vor Thomas Le Bœufs Haus stehen sehen, oder sie war ihm auf der Baustelle begegnet, wenn sie Clément besucht hatte. Da war etwas Geducktes an diesem Jungen – etwas, das sie anzog und abstieß. Jetzt schlang er abwehrend die Arme um den Körper, zitterte, als friere er, ließ sie aber nicht aus den Augen. Als sie ihren Weg fortsetzte, blieb er zuerst stehen, dann folgte er ihr wie ein Hund.

6. Kapitel

Mächtig überragte der Palais du Roi die Seine. Der Mond überzog die Welt mit seinem weichen, silbergrauen Licht. Vereinzelte Öllampen erhellten die langen Gänge des Palastes. Eilfertige Diener befanden sich auf dem Weg zu ihren Herrschaften. Füße trappelten über gewundene Treppen. Aus einem der größeren Säle drangen Musik und Gelächter. Um einen Tisch hatten sich einige wohlgekleidete Männer versammelt. Leise sprachen sie miteinander. Ein Minderbruder eilte eine Wendeltreppe hinauf. In der Palastküche kümmerte man sich um die letzten Wünsche der Palastbewohner und bereitete sich auf den neuen Tag vor. Ansonsten war es still. In Schlafsälen und Kammern dämmerten manche schon in die Welt der Träume hinüber.

Ein Zögern lang war Blanche de Castille vor einem der schmalen Fenster stehen geblieben und spähte zum Fluss hinüber. Tagsüber hatte sie dort früher die Lastkähne beobachtet, die Waren von weit her brachten. Zuweilen hatte sie an das ferne Land gedacht, in dem sie aufgewachsen war. Wie mit leisen Fingern streifte sie die Einsamkeit. Ohne Familie oder Verbündete war man nichts, wie oft hatte sie das erfahren müssen. Seit sie nicht mehr im Palast wohnte, fühlte sie sich manchmal unendlich müde.

Mit starren Fingern überprüfte sie den Sitz ihres hellen Gebändes und zupfte den violetten Schleier mit dem Muster winziger goldener Blüten zurecht. Der Ärmel des Kleides rutschte über ihren erhobenen Arm zurück und ermöglichte den Blick auf das grüne Innenfutter. Sie musste zu ihm gehen. Sie reckte den Nacken, spürte die Kraft, die mit der Bewegung durch ihren Rücken rieselte; hielt die Riechkugel in ihrer Hand gegen ihre Nase und nahm einen tiefen Atemzug von dem Kräutergemisch.

Auch jetzt konnte niemand der Mutter des Königs den Besuch ihres Sohnes verwehren, und niemand – sie griff nach dem Kruzifix um ihren Hals – würde dies je wagen. Morgen aber würde sie den Palast wieder verlassen, der ihr keine Heimat mehr war, seit die Provenzalin hier regierte. Vereinigt im Geschmack für Poesie und Schönheit scharten sich die Troubadours heute um die junge Frau, die einst ihr, der Königin Blanche, Verehrung entgegengebracht hatten.

Mit einer Bewegung wandte sie sich vom Fenster ab. Das Licht einer Öllampe ließ die goldenen Blüten auf ihrem Gewand aufleuchten. Durch die Nacht schwebte der Gesang von Mönchen zu ihr herüber, war mal zu hören und wieder nicht, brandete auf und verstummte ganz.

Eilig strebte sie den Gang entlang. Das Complies war vorüber, nun würde Louis sein allabendliches Gebet in seinen Privaträumen fortsetzen. Angesichts der beiden Dienstleute vor der Tür straffte sie die Schultern und verlieh ihrem Gesicht einen unnahbaren Ausdruck.

Wo befand sich Marguerite de Provence, die Frau des Königs? War sie schon dort, in diesem Raum da? Früher hatte man ihr zu ihrem Amüsement zugetragen, die junge Königin springe aus dem Bett ihres Mannes, sobald die Ankunft seiner Mutter gemeldet werde. Doch aus der harmlosen Dreizehnjährigen vom Hochzeitstag war eine hübsche Frau geworden, die den König immer erfolgreicher mit ihren Reizen verführte und ihn zu sündigem Verhalten anhielt. Die junge Königin nannte man sie, so, wie man sie, Blanche, die alte hieß, oder gleich die Witwe.

Unter ihrem scharfen Blick nahmen die beiden Dienstleute Haltung an. Wahrscheinlich hatten sie gerade erst die Würfel verschwinden lassen, mit denen sie sich die Zeit vertrieben hatten, eben noch hatte sie leises Lachen gehört und das untrügliche Klacken auf der Tischplatte. Stetig rollten hier die Würfel, wurden Augen gezählt, wurde wieder gewürfelt. Die Männer spielten leise, fluchten leise, gewannen und verloren leise. War Gefahr im Verzug, verschwanden die Würfel schneller als Schnee in der Sommerhitze.

Auf dem Tisch zwischen den beiden stand ein Krug mit Wein. Sie hob die Augenbrauen. Sie kannte die Männer, einer war Spanier, ein dunkler Typ vom Hof ihres Vaters, der andere kam aus Flandern. Der Spanier öffnete ihr die Tür, sie schlüpfte hinein und blieb stehen. Lautlos schloss sich die Tür hinter ihr.

Sie sah sich um. Kerzen verwandelten auch diesen Raum in ein Spiel aus Licht und Schatten. Im Luftzug, der durch die geöffnete Tür gedrungen war, hatte manche kleine Flamme zu flackern begonnen. Ihr Sohn Louis, der sich nach seinem Taufort auch Louis de Poissy nannte, sprach gerade ein Ave Maria, in dessen Verlauf er bis zu fünfzig Mal niederknien und wieder aufstehen würde. Versunken in sein Gebet hatte er ihr Eintreten nicht bemerkt, und sie machte ihn nicht auf sich aufmerksam. Ruhig setzte sie sich auf eine Bank an der Wand und beobachtete ihn.

Er war alleine. Jedes Mal, wenn er aufstand, versah die Stundenkerze seinen Kopf mit einem goldenen Strahlenkranz, und er sah aus wie eine Figur aus einem ihrer illuminierten Psalter.

Sie kreuzte die Hände im Schoß. Er war ein schöner Mann.

Ihre Gedanken begannen zu wandern. Sie dachte an einen feuchten Novembertag, an dem man dem Jungen den Tod seines Vaters im Kampf gegen die Ketzer des Südens mitteilte. Sie dachte an ein königliches Kind, das Ritter geworden war, an einen Jungen, den man zum König gemacht hatte. Sie dachte an seinen Zorn und seine Tränen, an die Art, wie er die Bürde hatte tragen und an ihr hatte verzweifeln wollen. Das Leben war nicht leicht gewesen für den zwölfjährigen König, und sie beide hatten mehr als einen Kampf ausfechten müssen. Doch das Leid hatte sie auch geeint, ebenso wie die Wunden, die man ihnen geschlagen hatte, und der gemeinsame Glaube.

»Herrin?«

Blanche zuckte zusammen. Sie hatte nicht bemerkt, dass

er sein Ave Maria beendet und zu ihr herübergekommen war. Barfuß und barhäuptig, bekleidet mit einem einfachen, hellen Leinenhemd, so wie es sich geziemte, dem Herrn gegenüberzutreten, kniete er vor ihr. Sein Gesicht strahlte vor Freude über ihr Kommen. In einer geschmeidigen Bewegung legte sie eine Hand gegen seine linke Wange und genoss seine Wärme. Er ließ sie kurz gewähren, sprang dann auf und half ihr auf die Beine.

»Herrin, ich freue mich, dass Ihr hier seid. Ich fürchtete, Ihr hättet Paris bereits verlassen.«

Sie lächelte. »Vorher musste ich Euch sehen.«

Sie blieben voreinander stehen, ohne sich zu rühren.

Louis betrachtete das weiße, von winzigen Fältchen durchzogene Gesicht seiner Mutter. Sie war vierundfünfzig Jahre alt. Sein geliebter Großvater, der große Philippe Auguste, war nur vier Jahre älter geworden.

Das Begräbnis war eines der Ereignisse seiner Kindheit, an das er sich gut erinnerte. Einbalsamiert, angetan mit seinen besten, königlichsten Gewändern, dem Zepter und der Krone hatte der tote, fremde Großvater mehrere Tage hindurch aufgebahrt gelegen, damit man Abschied von ihm nehmen könne. Er erinnerte sich deutlich daran, wie seine Mutter ihn an die Leiche herangeführt hatte, an diesen wächsernen Körper, die Hülle eines toten, starren Königs, in der er das bewunderte Vorbild kaum hatte erkennen wollen. In einer Prozession war der Tote schließlich von hohen Würdenträgern und Rittern nach Saint-Denis getragen worden. Gebete hatten seinen letzten Weg begleitet. Sein Vater Louis, an den sich der König weniger erinnerte als an den Großvater, war in Tränen aufgelöst gewesen.

»Würfeln sie?«, fragte er unvermittelt.

Blanche nickte.

Er verschränkte die Arme. »Ich weiß, dass sie würfeln und dass mein Umfeld murrt, es seien der Messen, Predigten und Gebete zu viele.« Seine Stirn runzelte sich. »Würden sie gleichfalls murren, wenn ich meine Zeit beim Würfelspiel oder auf der Jagd verdoppelte?« Fast erschien es ihr, als schmunzele ihr Sohn, dann wurde sein Gesicht ernst, und gleich darauf schüttelte er heftig den Kopf. »Aber ich will das Geschrei erdulden, um der Liebe Christi willen, der sich für uns geopfert hat.«

»Amen.«

Sie schwiegen. Blanche streckte die Rechte aus und streifte eine Haarsträhne aus seinem Gesicht. Wo war seine Frau? Mit dem rechten Handrücken berührte sie erneut seine linke Wange. Er ließ es geschehen, dann wandte er sich abrupt ab, ging zu seiner Stundenkerze hinüber und hielt die rechte Hand nahe an die Flamme. Der Gedanke an seine Schmerzen ließ ihren Brustkorb enger werden. Endlich zog er die Hand zurück, ballte sie zur Faust.

»Das Leben ist ein beständiger Kampf gegen den Teufel, liebe Mutter«, sagte er nach einer Weile leise und begann auf und ab zu laufen. »Ich weiß das, bin ich der Versuchung doch tausendfach ausgesetzt und muss deshalb umso strenger mit mir sein. Ich liebe Annehmlichkeiten, liebe die Schönheit. Ich esse gerne und gut und lache viel. Mir diese Dinge zu versagen fällt mir nicht leicht, aber ich tue es.« Er blieb stehen. »Sagt, ist das gut, ma Dame?«

Blanche öffnete den Mund, brachte aber vorerst keinen Ton heraus.

»Aber Ihr dürft Euch nicht verletzen«, sagte sie dann, »vergesst nie, dass ich Euch über alle Maßen liebe, Louis.«

Er wandte den Kopf und schaute sie an. Im Licht der

Stundenkerze schimmerte sein blondes Haar. Die blauen Augen musterten sie ernst.

»Aber wer, außer Jesus, verdient ein Übermaß unserer Liebe?«

»Niemand.«

Ihre Stimme war kaum zu hören. Louis nickte.

»Richtig, niemand, denn der Sohn des Herrn hat uns so sehr geliebt, dass er sich für uns geopfert hat.« Er schaute auf seine rechte Handfläche, hob seinen Arm und streifte den Ärmel seines Hemdes zurück. »Für dieses, unser vergängliches Fleisch hat er sich geopfert. Wie unermesslich muss diese Liebe sein, frage ich?« Er ließ den Arm sinken. »Deshalb versuche ich, streng mit mir zu sein, und gelingt es mir nicht, so bin ich am nächsten Tag strenger.« Er machte eine Pause. »In der Messe, während des Gesangs, fällt es einem am leichtesten, Gott nahe zu sein«, fügte er hinzu.

Blanche nickte. Während der Messe kannte sie dieses Gefühl, Teil eines größeren Ganzen zu sein, mit einer Stimme zu bitten, sich gemeinsam zu bewegen, als wäre man ein Körper. Ihr Sohn trat an ihre Seite. Sie spürte seine Wärme.

»Aber man ist niemals sicher vor den Versuchungen des Teufels.« Louis nahm den feinen Stoff ihres Gewands zwischen zwei Finger und rieb diese gegeneinander. »Manchmal suchen mich die Dämonen sogar während des Gebets heim. Am liebsten gaukeln sie mir das Bild der Königin vor, das Bild meiner Frau Marguerite, dann entfliehen mir die Gedanken, und ich sehe nur ihren feinen Leib vor mir, fühle ihr warmes Fleisch, ihre weiche Haut und erinnere mich an das beschämende Vergnügen, das ich bei ihr finde.«

Blanche wendete sich abrupt von ihm ab. »Das ist schlimm«, flüsterte sie gegen die Wand. Der König antwortete nicht. »Wann werdet Ihr sie wieder besuchen?«, fuhr sie fort. »Heute Nacht? Morgen? Könnt Ihr nicht dagegen kämpfen?«

»Ich weiß es nicht. In diesen Momenten zweifele ich an mir«, sagte er, »aber wenigstens zweifele ich nicht an Gott. *Die Welt und ihre Begierde vergeht; wer aber den Willen Gottes tut, bleibt in Ewigkeit.*«

Blanche räusperte sich. »*Ich schreibe euch, ihr Kinder, dass ihr den Vater erkannt habt. Ich schreibe euch, ihr Väter, dass ihr den erkannt habt, der von Anfang an ist. Ich schreibe euch, ihr jungen Männer, dass ihr stark seid, dass das Wort Gottes in euch bleibt und dass ihr den Bösen besiegt habt.*«

Der König zog sie am Arm zu sich herum. »Alles, was der Herr tut, hat ein Ziel.«

»Alles hat ein Ziel«, bestätigte sie. »Wie geht es der kleinen Prinzessin?«

»Isabelle geht es gut.«

»Ich freue mich, das zu hören.« Sie griff nach seiner Hand. »Ihr wisst doch, Kinder sind der einzige Grund.«

Draußen war unterdrücktes Lachen zu hören, das Geräusch von Würfeln, die vom Tisch herunterfielen und auf dem Boden aufschlugen. Vorübergehend war es still, es folgte aufgeregtes Flüstern.

Louis drückte die Hand seiner Mutter. »Zweifelt nicht, ich liebe Euch.«

Seine linke Hand bewegte sich auf Blanches rechte Schulter und blieb dort liegen. Sein Blick wandte sich von ihr ab, schien Mauern zu durchdringen und diesen Raum hier weit hinter sich zu lassen.

»Ich habe mir gestern den Fortschritt des Baus der neuen Kapelle angeschaut«, sagte er dann. »Erinnert Ihr Euch noch? Damals, als man die Dornenkrone Christi nach Paris brachte, hat es nachts geregnet, tagsüber fiel kein Tropfen – ein

Wunder. Mein Bruder Robert und ich trugen den Schrein gemeinsam, barfuß im Büßerhemd von Villeneuve-l'Archevêque nach Sens, und viele Edle begleiteten uns auf gleiche Weise, denn vor dem Herrn muss auch der Vornehmste sein Haupt beugen. *Ich schreibe euch, ihr Kinder, dass euch durch seinen Namen die Sünden vergeben sind.*« Er lächelte. »Erinnert Ihr Euch? In Sens empfing uns eine riesige, jubelnde Menschenmenge. Die Straßen hatte man ausgeschmückt mit Teppichen und kostbaren Behängen, und nachts war die Stadt erleuchtet von den großen, gedrehten Wachskerzen der Prozession. Als wir die Dornenkrone sahen, gab es für uns alle nur noch eine Zeit, das Leid des Herrn, das Opfer, das er für uns erbracht hatte, und wir waren eins.« Er kniete sich nieder, stützte die Ellenbogen auf das niedrige Bänkchen vor sich und faltete die Hände. »*Liebt nicht die Welt und was in der Welt ist! Wer die Welt liebt, hat die Liebe zum Vater nicht*«, sprach er.

»*Denn alles, was in der Welt ist, die Begierde des Fleisches, die Begierde der Augen und das Prahlen mit dem Besitz, ist nicht vom Vater, sondern von der Welt. Die Welt und ihre Begierde vergeht; wer aber den Willen Gottes tut, bleibt in Ewigkeit*«, fuhren sie gemeinsam fort.

Blanche lächelte. Heute Nacht würde die Königin vergebens warten.

7. Kapitel

Der Lehrling Foulques drehte sich zur Melodie seines Liedes nach rechts und nach links, sprang hoch hinauf, wirbelte um die eigene Achse, drehte sich, sprang erneut. »So tanzt man bei uns zu Hause«, hatte er zu Beginn seiner Darbietung in die noch spärliche Menge seiner Zuschauer gerufen. Nun versammelten sich die anderen Lehrlinge und Gehilfen um ihn und klatschten lachend Beifall.

Von seinem Arbeitstisch aus beobachtete Clément das Treiben. Thomas hatte Wort gehalten, er schonte ihn nicht und doch war er zufrieden. Längst brauchte die Werkstatt mehr Helfer, und so übertrug man ihm zuweilen einen Platz unter den Malern. Unzählige Entwürfe wollten gemalt und übertragen, zahllose Geschichten warteten darauf, in Glas gebannt zu werden. Reglos ruhten seine Hände am Rand der Holzplatte, auf die er den neuesten Entwurf gemalt hatte. Rechts lag der alte Marderhaarpinsel, den Thomas ausgelöst hatte. Thomas' Pinsel nunmehr.

Er machte eine knappe Handbewegung, als könne er damit die düsteren Gedanken verscheuchen, und lenkte die Aufmerksamkeit auf seine Arbeit. Heute Morgen, zu Arbeitsbeginn, war Pierre de Montreuil aufgetaucht und hatte sich die Entwürfe angeschaut. Neben Cléments Arbeitstisch war er länger stehen geblieben und hatte irgendwann zustimmend genickt: »Ein guter Mann, Thomas, behalt ihn.«

Clément bewegte die Daumen. Etwas schwarze Farbe klebte am rechten Zeigefinger. Er rieb darüber, seufzte. Vielleicht waren sie jetzt sicher, vielleicht würden sie doch gut über den Winter kommen.

Seine Augen wanderten zurück zu Foulques. Die warmen Tage waren längst gezählt, der frühe Morgen saß neuerdings kalt und feucht in den Knochen; der Tanz des Lehrlings aber war voller Lebenslust, seine Ausgelassenheit erinnerte an ein junges Tier, das seine Kräfte erprobte.

Aus einem kleinen Dorf weit im Norden hatte ihn seine Mutter zu einem Onkel nach Saint-Denis geschickt, und von dort hatte er sich selbst nach Paris aufgemacht, das er immer noch voller Neugier erkundete.

Clément musste lächeln. Der Junge stellte sich wirklich nicht dumm an, er mochte ihn. Schon jetzt hatte er ein gutes Gefühl für Farben und Formen. Die Entwürfe, an denen er sich, wo immer die Zeit blieb, erprobte, waren roh, aber Foulques würde lernen. Sie hatten rasch zueinander gefunden. In ruhigen Momenten stellte er sich vor, er sei der Sohn, der Edwige und ihm wohl nicht vergönnt sein sollte.

Nun hielt der Bursche erhitzt inne, fuhr sich mit den gespreizten Fingern durch die kupferblonden Locken und streckte sich. Er war gewachsen seit ihrer ersten Begegnung. Nach und nach wandelte sich sein Körper in den eines Mannes. Das Kreuz wurde breiter, und wenn man den Blicken der Weiber Glauben schenken wollte, war er schon ein recht ansehnlicher Bursche, aber noch ahnte er nichts von der Magie, die er auszuüben in der Lage war. Als er Cléments Blick bemerkte, kniff er fröhlich grinsend die strahlenden, verstörend blauen Augen zusammen.

Der Ältere schmunzelte. Foulques war eben manches Mal schon ein Mann und manches Mal ein Junge, der nur umherrennen, toben und sich im Spiel mit anderen Jungen messen wollte. Sein Ausdruck war beweglich. Stets in Veränderung begriffen, ähnelte sein Gesicht einem sonnigen Himmel, über den der Wind zarte Wolkenschleier trieb.

Clément beugte sich über die Holztafel, auf deren eine Hälfte er die Vorlage erst mit einer Bleimine, dann mit schwarzer Farbe gemalt hatte. Mit sorgfältigen Buchstaben waren die Farbe des Gewandes der Figur und alle anderen Dinge vermerkt. Später würde er die einzelnen bunten Glasplatten auf die Vorlagen legen und mit einem Pinsel und einem Kreidegemisch die durch das Glas leuchtenden Umrisse abmalen, um die Stücke danach in ihre endgültige Form zu kröseln.

Vorsichtig hob er das Tuch vom zweiten, längst fertigen Fensterteil. Ester verbeugt sich vor Ahasuerus. Er lächelte. Esters Gesicht war ihm gut gelungen, und er dankte Gott dafür. Mit dem Hemdsärmel fuhr er sich über die Stirn. Der Geruch von Arbeit hing in der Luft, von Holz und Holzfeuer, Kalk und Blei, von Leim und Verbranntem, säuerlich, süßlich und harzig zugleich.

Ein Gehilfe nahm eine der dünnen Holzplatten auf und klopfte einen Rhythmus darauf. Foulques schloss sich ihm an. Der junge Mann sang, Foulques fiel ein. Die Stimme des Gehilfen war dunkel und warm, die des Lehrlings hell, sie klang eher frech als angenehm, aber sie reizte zum Mitsingen. Beflügelt vom zustimmenden Applaus setzten die beiden ihre Vorführung fort. Immer wilder wurden Foulques' Bewegungen.

Giles bemerkte das Näherkommen Thomas' Le Bœuf als Erster. Einer nach dem anderen verstummte auf seinen Laut hin. Nur Foulques sang weiter. Er hatte den Tanz vom Anfang wieder aufgenommen, jenen aus der Heimat, zu dessen Rhythmen er nach links und nach rechts wirbelte und hoch hinaufsprang.

Clément stand reglos. Die anderen Männer duckten sich. Foulques tanzte. Nun hatte er Cléments Arbeitstisch erreicht; ein Sprung, eine kühne Drehung. Das Geräusch zerbrechenden Glases war zu hören, und es war wohl der Umstand, dass niemand ein Wort sagte, der den Lehrling aufschreckte.

Thomas ließ ihm keine Zeit, die Hände zu heben.

Der erste Schlag traf den Jungen mitten im Gesicht und ließ seine Lippen aufplatzen. Dann riss der Glasmalermeister den schmalen Stock, den er stets bei sich trug, aus seinem Gürtel hervor und prügelte auf ihn ein.

Zuerst wich Foulques nur zurück, endlich begann er zu schreien. Ungezügelt prasselten die Schläge auf seine erhobenen Arme herunter, trafen Kopf, Schultern und Oberkörper. Die Männer aus der Werkstatt duckten sich tiefer. Der Pinsel fiel aus Cléments Hand. Aus den Tiefen der Hütte tauchte Etienne auf und beobachtete das Geschehen aus weit aufgerissenen Augen. Ein kräftiger Schlag an die rechte Schläfe ließ Foulques taumeln.

Durch Cléments Körper ging ein Ruck. Dass ein Lehrling Prügel einsteckte, war nichts Verwunderliches, aber Thomas' Wut ließ nicht nach, sondern verstärkte sich mit jedem Schlag. Es fehlte nicht mehr viel, und der Junge würde zu seinen Füßen zusammenbrechen. Blut strömte ihm aus Mund und Nase über das Kinn. Aufrecht hielt er sich längst nicht mehr. Cléments Finger klammerten sich um den Rand der Holzplatte, seine Knöchel traten weiß hervor.

Erneut ein heftiger Schlag, und ein schmaler, blutiger Riss erschien auf Foulques Stirn. Der Lehrling stolperte zurück, knickte in den Knien ein und kauerte schon auf dem Boden. Seine Stimme war nur noch ein Krächzen. Der Kopf sank nach vorne und entblößte in der Bewegung den Nacken. Thomas holte weit aus, doch er schlug nicht zu. Kräftige Finger hielten sein Handgelenk umklammert und zwangen ihn dazu, den Stock fallen zu lassen. Als er sich umdrehte, blickte er in blaugrüne Augen.

»Clément!« Er riss die Hand aus der Umklammerung und wich einen Schritt zurück.

»Lass den Jungen, er ist ausreichend gestraft worden.« Cléments Arme sanken herab.

Thomas rieb mit der linken Hand über die schmerzende Stelle an seinem Handgelenk. Dann bückte er sich und hob den Stock auf, um ihn hochzureißen. »Du wagst es ...«

Der nächste Schlag würde Cléments Schultern treffen, das Gesicht oder den Kopf.

Der Glasmaler stand unbeweglich. In Thomas' weißen, harten Gesicht entfärbten sich die Lippen. Die Kiefermuskeln bebten, so fest hatte er die Zähne aufeinandergepresst, dann ließ er den Stock sinken.

Nein, so nicht, so würde er ihn nicht davonkommen lassen. Er fühlte, wie die Wut aus seinem Körper floss und kalten Hass zurückließ. Wie damals war es, aber damals war er schwach gewesen und verzweifelt. Damals hatte man ihn zurückweisen können, heute waren sie es, die von ihm abhängig waren. Hätte er es vermocht, so hätte er gelächelt. Sorgsam verstaute er den Stock in seinem Gürtel.

Clément suchte verunsichert seinen Blick, aber Thomas hatte die Augen auf Foulques gerichtet und achtete nicht mehr auf ihn. »Steh auf und geh an die Arbeit!« Seine Stimme klang ruhig.

Stumm half Clément Foulques auf die Beine. Der Junge wagte es nicht, ihn anzusehen. Den Kopf gesenkt, stand er zitternd da. Clément ging zu seinem Arbeitstisch zurück. Der Lehrling hatte eine unbearbeitete Platte erwischt. Die Ester war unbeschädigt. Warum hatte Thomas nicht zugeschlagen? Er fröstelte.

8. Kapitel

Seit dem frühen Morgen hatte es geregnet und nun, kurz bevor Lise das Haus wieder erreicht hatte, hatte es aufgehört. Ärgerlich zog das Mädchen den Umhang von ihren ohnehin durchnässten Haaren und schüttelte sich. Der Winter war da. Bei flackernden Talglichtern oder im Kerzenschein tauschte man Neuigkeiten aus, während man Werkzeuge und Haushaltsgegenstände ausbesserte, die man im nächsten Jahr brauchen würde. In den Gassen mischten sich feuchter Nebel und der Rauch der Herdstellen zu einer dichten Suppe. Im November hatte man die Schweine geschlachtet, die über das Jahr gemästet worden waren, das Fleisch gepökelt oder geräuchert. Mit vorsichtigen Schritten suchte Lise sich ihren Weg durch Schlamm und Unrat hindurch. Der Geruch von Kot und Urin drang in ihre Nase. Ein paar Schritte weiter schimpfte eine besser gekleidete Dame über den verschmutzten Saum ihres Gewandes, während sie mit einer kleinen, weißen Hand zierlich ihren Umhang raffte.

Lises Blick wanderte zu den eigenen Händen. Das stets zu kalte Wasser, das sie zum Kochen und Waschen heranschleppte, hatte die Haut rau und rot werden lassen, aber trotz aller Arbeit reichte der Familie das Geld selten aus. Auch Clément brachte jetzt weniger nach Hause. Häufig blieben die Lieferungen aus, und es gab nichts zu tun. Keine Arbeit aber hieß kein Geld. Wer essen will, soll arbeiten, sagte der heilige Paulus. Der Duft von einer Garküche schwebte zu ihr herüber. Das Mädchen drückte eine Hand gegen ihren hungrig rumorenden Bauch. Seit Wochen gab es nichts als Brot, und davon zu wenig. Sie hasste diesen Hunger.

Sie blieb abrupt stehen. An einer Stelle war sie angelangt, wo sich zwei häufig befahrene Straßen kreuzten. Hier war der Schlamm mindestens knöcheltief. Unschlüssig raffte sie ihr Kleid und sah sich prüfend um, aber sie konnte keinen günstigeren Weg entdecken. Gerade als sie sich daranmachen wollte, die Straße zu überqueren, spürte sie eine Berührung am Arm.

»Darf ich helfen?«

Sie wandte den Kopf. Thomas Le Bœuf lächelte sie an.

Unsicher lächelte sie zurück. Seit ihrer ersten Begegnung hatte sie nicht mehr mit ihm gesprochen. Meist befand er sich auf der Baustelle. Seitdem sie in seine Nähe gezogen waren, sah sie ihn manchmal sonntags vor seinem Haus stehen. Heute trug er eine saubere, blaue Cotte, eine Kappe bedeckte die dunklen Haare. In der Hand hielt er einen Rosenkranz, den er sorgsam verstaute. Sie zog das Umschlagtuch zurück über ihr Haar.

»Lise, stimmt's?«, fragte er.

Sie nickte nur. Er machte eine Bewegung nach rechts, die Straße hinauf.

»Hier entlang, wenn deine Schuhe«, er warf einen Blick auf den Flicken auf ihrem linken Schlupfschuh, »sauberer bleiben sollen.«

Sie folgte ihm. Offenbar war auch er auf dem Weg nach Hause. Er sprach nicht viel und fragte sie nichts. Manchmal ging er schneller, und sie musste in Laufschritt verfallen, dann wieder langsamer. Er kannte bessere Wege. Sie versuchte, sie sich zu merken. Vor seinem Haus angekommen, blieb er stehen, und sie tat es ihm gleich. Das Umschlagtuch rutschte von ihrem Haar. Sie wollte es zurück über ihren Kopf ziehen.

»Lass, lass nur«, sagte er sanft. Sie spürte seinen Blick auf ihren Haaren. Als sie zu zittern begann, stieß er die Haustür auf. »Dir ist kalt, wärm dich auf, Lise.«

Sie rührte sich nicht.

»Dein Vater wird nichts dagegen haben. Alte Freunde, du weißt.«

Er lächelte. Sie sah durch die geöffnete Tür. Ein Schwall von Wärme und Essensduft drang zu ihr heraus. Hinten in einer Ecke des dunklen Raumes sah sie eine schmale Frau stehen.

»Komm, wärm dich auf«, bat er noch einmal. »Meine Haushälterin hat mir erzählt, dass deine Mutter schon längere Zeit kein Holz mehr gekauft hat. Ist es nicht kalt bei euch?«

Sie senkte den Kopf.

»Komm.«

Sie trat einen Schritt zur Tür hinein, zögerte, aber er drängte sie nicht.

Sofort nachdem er selbst eingetreten war, nahm seine Haushälterin ihm den Umhang ab und breitete ihn über eine Bank nahe der Feuerstelle. Stumm schaute sich Lise um. Thomas rückte einen Schemel heran, nahm ihr vorsichtig das Umschlagtuch ab – sie bemerkte es kaum – und reichte es der Frau weiter.

»Setz dich.« Er deutete auf den Schemel.

Sie gehorchte. Die Wärme tat gut. In den letzten Tagen hatten sie einander nur gegenseitig wärmen können, gefroren hatte sie trotzdem manches Mal.

Für einen Moment lang richtete sie alle Sinne auf das Feuer, beobachtete die Flammen, das glühende Holz, die Asche. Zu Anfang hatte sie kurz an das feuchte Gewand gedacht, das ihre Körperformen nachzeichnete, aber die Wärme, ebenso wie der Duft, der aus dem Topf über dem Feuer in ihre Nase drang und den sie vergeblich nicht zu bemerken versuchte, waren zu verlockend. Als die Haushälterin eine große Schale mit duftender Speise füllte und sie zum Tisch trug, senkte sie die Augenlider. Das Knurren ihres Magens ließ Röte in ihre Wangen schießen.

»Komm, setz dich zu mir.« Thomas pochte auf den Platz neben sich und lächelte sie breit an, als sie zu ihm hinsah. »Lieber Gott, du könntest meine Tochter sein. Was wäre ich stolz auf solch eine hübsche Tochter.«

Irgendwo über ihnen knarrte es. Lise fuhr auf. Flüchtig, aus den Augenwinkeln, sah sie ein weißes Jungengesicht durch eine Luke über ihr spähen. Die Haushälterin verschwand durch eine schmale Tür nach hinten. Thomas streckte ihr den Löffel entgegen, sie nahm ihn. Kaum hatte sie sich gesetzt, knurrte ihr Magen noch einmal.

»Iss, mein Kind. Es ist ein Confit von Ente mit Speck, Rosinen und Rüben.« Er steckte sich einen gehäuften Löffel in den Mund und kaute mit strahlender Miene.

Lise folgte seinem Beispiel. Schon lange hatte sie nichts mehr so Köstliches gegessen. Sie schmeckte das würzige Fett auf ihren Lippen, knusprige Ente und süße Rosinen. Sogar der Geschmack der Rüben war angenehm. Als Thomas ihr ein Stück Brot reichte, berührte er ihre Hand, und sie errötete, aber er schien nichts zu bemerken.

»Schmeckt es?«

Sie nickte. Ihre Löffel stießen in der Schale gegeneinander, umrundeten sich. Mit spitzen Zähnen zerteilte sie ein neues Stück Ente. Sie wurde satt, aber sie konnte nicht aufhören.

»Du bist eine gute Esserin«, sagte er schmunzelnd.

»Wir essen seit …«, setzte sie mit vollem Mund an und verstummte. Vielleicht sollte sie das nicht erzählen. Die Haushälterin kam zurück durch die schmale Tür. Über ihnen schwebte immer noch das ernste Kindergesicht. Sie schob erneut den gefüllten Löffel in ihren Mund und zerteilte ein besonders zartes Stück Ente mit der Zunge. Ihre ganze Mundhöhle war voll des köstlichen Geschmacks. Den Wein, den Thomas ihr anbot, lehnte sie ab. Irgendwann war die Schüssel leer. Sie legte den Löffel beiseite. Ihr Magen war so prall gefüllt, dass er gegen den Stoff ihres Kleides drängte. Mit dem Handrücken fuhr sie sich über den fettigen Mund.

»Möchtest du getrocknete Pflaumen?«, fragte Thomas. »Es gibt noch welche vom Herbst.«

Lise schüttelte den Kopf, rülpste leise.

»Hat es dir geschmeckt?«

Sie nickte. Er musterte sie lächelnd, wandte sich an seine Haushälterin. »Der Umhang.«

Er ließ es sich nicht nehmen, dem Mädchen den frisch ausgebürsteten und bereits etwas getrockneten Umhang selbst um die Schultern zu legen. Für einen Moment lang hielt er ihn an beiden Enden fest, und sie starrte verlegen auf seinen spärlichen Bart, dann ließ er sie los, ging zur Tür, öffnete sie und trat hinaus auf die Gasse. Flüchtig schaute er nach beiden Seiten. Erst als er zu ihr hinsah und ihr zunickte, folgte sie ihm nach draußen. Ein paar Schritte weiter, wieder allein, runzelte sie die Stirn. Warum hatte sie gewartet? Sie hatte doch nichts Verbotenes getan? Noch einmal drehte sie sich um. Thomas stand vor der Tür seines Hauses. Mit einer winzigen Verzögerung hob er die Hand und winkte ihr zu. Das Gemisch aus Margaux' Husten und Weinen hörte sie schon, als sie das Haus ihrer Familie noch nicht ganz erreicht hatte.

Ein erster, schwerer Winterschauer fegte durch die Gassen, als Thomas Le Bœuf sich auf halbem Weg zum Wirtshaus befand. Missmutig verschränkte er die Arme und versuchte tiefer in Umhang und Kapuze zu versinken, doch der Regen war überall, ob er nun vom Himmel oder den Dächern herabkam, oder ihn der Wind fast waagerecht vorantrieb. Schmutzige Rinnsale begannen, sich ihren Weg zu bahnen, schossen, kleinen Bächen gleich, die Gassen herunter oder sammelten sich in schlammigen Pfützen, sodass man noch mehr als sonst gezwungen war, darauf zu achten, wohin man seine Füße setzte. Unter einem schützenden Vorsprung hervor beäugten Krähen die vorübereilenden Stadtbewohner. Dichte Wolken verstärkten den Eindruck, der Abend sei längst hereingebrochen. Mit gesenktem Kopf kämpfte er sich gegen einen besonders heftig peitschenden Regenschauer voran. In der Schankstube würde es warm und trocken sein, aber wenn er sich nicht beeilte, war er gänzlich durchnässt, bis er dort ankam.

Er beschleunigte seine Schritte. Auch andere hatten das Wetter zum Anlass genommen, die Arbeit für den heutigen Tag niederzulegen oder zumindest zu unterbrechen, stellte er fest, als er die Gasse erreichte, in der die Schankstube *Zum Goldenen Ochsen* lag. Der Bäcker, der nur ein paar Häuser entfernt von ihm wohnte, betrat in Begleitung eines Gesellen die Schankstube. Zwei der Bauleute, die vor Einbruch des Winters Ausbesserungsarbeiten an einem der großen Handelshäuser am Fluss vornehmen sollten, drängten sich respektlos an ihm vorbei und schlüpften in das Gebäude. Kurz verengten sich die Augen des Glasmalermeisters zu wütenden Schlitzen. Angesichts des sich stetig verschlechternden Wetters, so tröstete er sich, konnte es allerdings nicht mehr lange dauern, bis die Arbeit an vielen Baustellen eingestellt oder zumindest eingeschränkt werden musste. Dann würde auch dieses Pack verschwinden, das Jahr für Jahr von Bauplatz zu Bauplatz wanderte, immer bemüht war, so wenig als möglich zu arbeiten und bei der ersten Gelegenheit mit dem vollen Lohn zu verschwinden. Er spuckte aus. Viele Maurer und Steinmetze waren schon vor Wochen entlassen worden und längst abgereist.

Erneut öffnete sich die Tür *Zum Goldenen Ochsen*. Ein betrunkener Zimmermannsgeselle stolperte auf die Gasse, krümmte sich ein paar Schritte entfernt von Thomas zusammen und erbrach sich würgend, bevor er, vor sich hin brabbelnd, in Richtung der Kathedrale Nôtre-Dame verschwand.

Thomas trat durch die noch offen stehende Tür. Wärme,

Lärm und der Duft nach einem kräftigen Eintopf umfingen ihn und minderten den Ärger über das Wetter. Während er aus dem Umhang schlüpfte, sah er sich um. Er war nicht der Einzige, der nass geworden war. Dampfende Feuchtigkeit schwebte über der Gästeschar. Wasser tropfte herab und bildete kleine Lachen auf dem gestampften Boden. Schmutzspuren verfolgten ihre Besitzer bis zu den Tischen hin. Das feuchte, dreckige Stroh, das den Boden bedeckte, würde man morgen austauschen müssen. Im Schimmer von Kerzenrad und Talglampen saßen, hockten und standen, überall im Raum verteilt, Menschen. Um den Schanktisch drängelten sich die Tagelöhner und bestellten reihum vom billigsten Bier. Der Glasmalermeister schob sich durch die schwätzende Menge hinüber zur Feuerstelle. Ein magerer Dachdeckergeselle rückte eilends zur Seite. Thomas streckte Hände und Füße gegen die Flammen und genoss die Wärme. Dann drehte er sich um.

Wieder ging die Tür – ein paar Steinmetze vom Bauplatz der heiligen Kapelle, wie sie manche nannten. Begrüßungslärm und Gelächter erfüllte den Raum. Guter Laune, dass die Arbeit für heute schon vorüber sein sollte, gesellten sich die Männer zu ein paar Zimmerleuten, die sich dem Würfelspiel widmeten, und bald wurde jeder Wurf mit lauten Rufen begleitet. Ein paar Spielrunden später stand einer der Steinmetze auf, kam ebenfalls zum Feuer herüber und streckte seine von einer hellen Staubschicht überzogenen Hände gegen die Flammen, während er genüsslich den Essensduft einsog, um schließlich einen an seinem Gürtel hängenden Becher loszunesteln. Schon einige Gäste hatten sich ihre mitgebrachten Gefäße füllen lassen und genossen schmatzend die wärmende Speise.

Thomas verspürte keinen Hunger. Unablässig ließ er den

Blick wandern. Rechts sah er den Gewandschneider, der nach ihm angekommen sein musste und schon einen Krug Bier umklammerte, während er sich in ein Gespräch mit diesem rothaarigen Tuchhändler vertiefte. Ein paar Händler versoffen ihre Einnahmen. Andere riefen lautstark nach der Wirtin, die sich gemeinsam mit der zweiten Bedienung, einem jungen Mädchen, mürrisch den Weg durch die Schankstube bahnte, um den nicht endenden Durst der Meute zu stillen. Bestellungen wurden gerufen. Arme reckten Bierkrüge in die Luft. Finger kniffen in die Hinterteile von Wirtin und Mädchen. Die Wirtin fluchte.

»Sei doch nicht so griesgrämig!«, lachte einer der Flussschiffer.

Die Frau knallte den Bierkrug vor ihm auf den Tisch und funkelte ihn unter gerunzelten Brauen hervor an.

»Haltet doch alle das Maul, verdammte Drecksbande!«

In der Nähe der Tür kreischte das Mädchen auf, als es ein korpulenter Mann auf seinen Schoß ziehen wollte, und versuchte sich von ihm loszumachen. Lachend zog er sie herum und erzwang einen Kuss. Ein Dunkelhaariger, der gerade zur Tür hereingekommen war, umfasste ihr Hinterteil mit beiden Händen und grunzte selig. Thomas bestellte ein Bier, gesellte sich zu ein paar bekannten Gesichtern, allesamt wichtige Meister und alteingesessene Bürger an einem Tisch nahe des Feuers, und legte den Umhang neben sich.

Mit jedem Neuankömmling, besonders mit den jungen Gesellen, nahm der Lärm zu und legte sich bald wieder. Ohne auf die Gespräche der anderen zu achten, musterte der Glasmalermeister eine Gruppe junger Maurer. Er kannte diese Burschen, nichts als Unsinn im Kopf, warfen Steine nach Katzen und streunenden Hunden, oder gingen auf Vogeljagd, spielten, soffen und stellten den Weibern nach.

Wieder ging die Tür. Dieses Mal herrschte einträchtige Stille, bevor die ersten erneut losredeten, auch wenn der Tonfall ihrer Stimmen gedämpfter blieb. Ein Windstoß ließ Tür und Fensterläden klappern und brachte Bewegung in den langen, dunklen Umhang des neuen Gastes.

Thomas nahm einen kräftigen Schluck Bier. Er konnte sich nicht erinnern, den Baumeister Pierre de Montreuil jemals vorher hier gesehen zu haben.

Mit einer energischen Bewegung streifte der Mann seine Kapuze zurück und enthüllte ein Barett und schulterlanges, feuchtes Haar, das sich an den Enden ringelte. Im Schein der schwachen Beleuchtung erschien seine Cotte dunkel vor Nässe. Um seine feinen, ledernen Schlupfschuhe hatte sich in kürzester Zeit eine Wasserlache gebildet. Auch er ließ seinen Blick schweifen, hielt, als er den Glasmalermeister erblickte, kurz inne und neigte grüßend den Kopf.

Thomas erwiderte den Gruß. Sie waren beide gute Handwerker, trugen Hemden aus feinem Leinen und Cotten aus gutem Stoff. Ihre Kleidung passte, denn sie war nur für sie gemacht und tadellos im Schnitt. Wieder nahm er einen Schluck Bier. Nein, er konnte sich nicht erinnern, den Mann jemals hier gesehen zu haben, aber ganz sicher hatte er die Gäste über ihn reden hören. Sie hatten über seine Handwerkskunst gesprochen, über das, was sie über seine Vergangenheit gehört hatten, über seine schneidend kurzen Befehle, den Mangel an Zuspruch, das nahezu geniale Maß seines stechenden Blicks und seinen Sinn für Proportionen. Sie hatten festgestellt, dass er wenig sprach, wenn er nicht gerade Anweisungen gab, dass sein Ausdruck meist hart war und voller Konzentration und seine Augen überall. Aus heiterem Himmel konnte er auftauchen und einen überraschen, so sehr man auch versucht hatte, ihn im Blick zu behalten.

Schon längst hatte das Gerede über den Baumeister seinen eigenen Lauf genommen, war zu einem reißenden Fluss geworden, der sich unaufhaltsam und ohne Rücksicht seinen Weg bahnte.

Ein erneuter Windstoß ließ die Tür zuschlagen. Mit raschen Schritten ging Pierre de Montreuil zum Schanktisch der Wirtin hinüber und bestellte ein Bier. Die letzten Neugierigen wandten sich ihren alten Beschäftigungen zu. Den Krug in der Hand drehte Pierre de Montreuil sich zurück in den Raum. Von Neuem schweifte sein Blick über die Anwesenden hinweg. Sein dunkler Bart, die buschigen Augenbrauen, das wie aus dunklem Holz geschnitzte Gesicht ließen ihn abweisend wirken, und tatsächlich hatte sich bald, unübersehbar, ein kleiner Freiraum um ihn gebildet.

Als sich die Tür eine Weile später erneut öffnete, war zumeist Johlen zu hören, doch hier und da erklang auch ein Schreckenslaut, und selbst Thomas wäre der Bierkrug beinahe aus der Hand gerutscht. Zwar hatte er den Bettler schon häufig aus der Ferne gesehen, ein blonder Mann, den man tagaus, tagein unten an der Seine beobachten konnte, aber aus der Nähe betrachtet, war der Anblick verstörender. Wasser tropfte von der zerschlissenen Kleidung des Mannes und aus seinen dichten Haaren herab. Der sehnige Körper, der durch zahlreiche Löcher im Stoff gut zu erkennen war, war schön und gerade gewachsen. Furchtbar dagegen war das schiefe Gesicht und das einzelne, große, blaue Zyklopenauge, mit dem er seine Umgebung betrachtete. Das zweite Auge bedeckte ein schmutziges Tuch. Ein Schritt weiter in den Raum hinein, und er hatte die junge Bedienung erreicht. Das Mädchen schrie auf. Erneutes Johlen. Der Bettler vernahm den Lärm und stimmte ein, indem er laut, fröhlich und misstönend lachte, bevor er sich seinen Weg zum Feuer hinüber bahnte. Thomas bemerkte, dass er ein Bein nachzog. Mit jedem Schritt, den er näher kam, wich die Menge vor ihm auseinander, so gut sie konnte. Körper drängelten gegeneinander. Ein schmales Bürschchen wich aus, indem es polternd über einen Tisch hinwegsetzte. Dann hatte der Mann das Feuer erreicht, streckte die klammen Hände gegen die Hitze und stieß ein leises Grunzen aus.

Nach einem Moment erstarrten Wartens wagte sich einer der jüngeren Gesellen an ihn heran und tat es ihm gleich. Wohlig reckte und streckte der junge Mann sich, bewegte die Finger, warf seinen grinsenden Gefährten bedeutungsvolle Blicke zu und verstärkte die Anstrengungen, den Bettler auf sich aufmerksam zu machen. Der beachtete ihn nicht. Stattdessen glotzte er gierig den Kessel über dem Herdfeuer an, in dem der Eintopf brodelte. Nach kurzem Zögern griff der junge Mann nach seinem Arm, worauf der Bettler ihn stumm ansah. Der junge Mann grinste und grunzte, wackelte mit dem Kopf. Der Bettler gab keinen Laut von sich. Der junge Mann ließ seine hübschen, lang bewimperten, grünen Augen schielen. In der nächsten Nähe der beiden stockten die Gespräche, jemand lachte lauthals. Alle sahen nunmehr zum Feuer hin.

Er hat die neue Kapelle entworfen, erinnerte sich Thomas an eines der vielen Gerüchte. Unauffällig ließ er seinen Blick zurück zu Pierre de Montreuil wandern. Der hatte sich nicht vom Schanktisch weg bewegt und beobachtete das Treiben ruhig. Der Glasmalermeister lehnte sich gegen die Hauswand. Ja, es gab Erzählungen darüber, dass die Kapelle nicht Baumeister Pierres eigener Entwurf sei, schlimmer noch, dass er gemordet habe, um die Pläne in seinen Besitz zu bekommen. Er nippte an seinem Bier, während er rasch die Gestalt des Baumeisters abmaß. Der Mann hatte eine Vorliebe für dunkle Kleidung, alles an ihm war dunkel. Konnte ein solcher Mensch etwas so Schönes, Farbenprächtiges entworfen haben, wie es die neue Kapelle einmal sein würde? Ja, es gab Gerede, hier in der Schankstube und unter den Arbeitern auf den Baustellen, auf den Märkten und in den Gassen der Stadt – wo auch immer Menschen zusammentrafen. Ein kaum wahrnehmbares Lächeln huschte über Thomas' Gesichtszüge. Es bedurfte niemals viel, um ein Gerücht auf den Weg zu schicken.

Ein Geräusch riss ihn aus den Gedanken. Der Bettler hatte einen Schrei ausgestoßen, seine ganze Gestalt geriet in Bewegung. Sein Gesicht zuckte, das sichtbare Auge richtete sich auf den Tisch, an dem auch Thomas saß. Der Glasmalermeister spürte, wie ihn ein Schauder überlief. Der entstellte Mann stieß eine rasche Folge von Lauten aus, auf die mit grölendem Gelächter geantwortet wurde. Eine Art Lächeln verzerrte daraufhin auch seine Züge, er stieß ein misstönendes Lachen aus.

»So schleudert einen Fortuna herab, nichts ist sicher auf dieser Welt«, flüsterte eine Stimme an Thomas' Seite.

Der Bettler wandte sich zum Feuer und deutete auf den Kessel.

»Ah, du willst essen?« Der Geselle stemmte die Hände in die Seiten. »Unser lieber Gast will essen, Wirtin!«

Die Frau schüttelte den Kopf. »Die Fratze verschwindet hier, sie verdirbt mir nur das Geschäft.«

»Warum so hartherzig, Frau Wirtin?«

»Gott wird schon wissen, warum er ihn gezeichnet hat. Jedenfalls verschwindet er hier.«

Die Frau zupfte an ihrer Leinenhaube. Ihr Gesicht glänzte rot im Schein der Talglichter, die den Bereich des Schanktischs erhellten. Der Bettler hatte nicht verstanden, sah den jungen Mann an und deutete gierig auf den Kessel. Eine Reihe von drängenden Lauten untermalte seine Bewegungen. Mit der flachen Hand schlug er sich gegen den mageren Bauch.

»Tut mir leid, mein Guter.« Der Geselle zuckte die Schultern und sah dann, einem Einfall folgend, in die Runde. »Aber vielleicht kann er uns ja etwas zeigen, und wenn es uns gefällt ...«

Jemand lachte. Ein paar klatschten Beifall.

»He, du!« Der junge Mann musste den Bettler, der den Kessel anstarrte und sich kaum von dem Anblick trennen wollte, am Arm zu sich herumziehen. »Sag, warst du nicht einmal ein wichtiger Mann?«

Zuerst sah es nicht aus, als habe er verstanden, dann drehte der entstellte Mann den Kopf zu dem jungen Mann hin.

»Ein Baumeister?«, fragte der.

Der Blick des Bettlers wanderte an ihm vorbei gegen die gemauerte Rückwand des Hauses, dann starrte er auf den gestampften Boden, auf dem unzählige Füße ihre Spuren hinterlassen hatten. Einen Moment lang schien er in Gedanken versunken, plötzlich stieß er eine Reihe klagender Töne aus.

»Baumeister«, wiederholte der junge Mann überdeutlich.

»Ba...«, stotterte der Bettler.

»Ein großer Baumeister.« Der junge Mann fuhr mit einer ausladenden Geste über die Runde seiner Zuschauer hinweg und wandte sich wieder dem Bettler zu. »Ein sehr großer, wichtiger Baumeister. Der größte aller Baumeister.«

Lachen war zu hören. Der Bettler starrte seine kräftigen Hände an, drehte die Handflächen nach außen und wieder zurück. Seine Lippen zitterten. Er bemühte sich, etwas zu sagen.

»Ein Baumeister, der? Lächerlich, schaut ihn euch doch nur an!«, rief jemand dazwischen.

Thomas folgte der Aufforderung. Die Schultern des Mannes waren nach seinem letzten, vergeblichen Ringen um Worte nach vorne gesunken. Ein Speichelfaden rann über sein Kinn, und der Ausdruck seines einen Auges wirkte mit einem Mal blöde.

»Hunger?«, fragte der junge Mann.

Der Bettler hob den Kopf höher.

»Aber etwas geben musst du uns«, fuhr der junge Mann fort.

Das Gesicht des Bettlers zuckte.

»Nun, sag uns doch deinen Namen.«

Der Bettler öffnete den Mund: Stille, erneut misstönende Laute, ein heulendes Grunzen, wieder Stille. Sein Kopf sank vornüber, auf die Brust.

»Also, kein Name, aber was kannst du uns geben? Kein Name, keine Geschichte. Kannst du tanzen?« Der Geselle zog den Mann am Arm von der Feuerstelle weg zu einem freieren Geviert hin. »Vielleicht willst du ja mit unserer Kleinen hier tanzen, dem netten Wirtsmädelchen. Komm, Tanzbär, tanzen wirst du doch können!«

Die Männer grölten, das Mädchen kreischte auf, als man es dem Bettler entgegenschob. In Ermanglung eines Musikanten begann jemand ein rhythmisches Lied zu singen, andere fielen klatschend ein oder klopften auf die Tische. Das Mädchen versuchte sich aus dem Griff des Mannes zu befreien, der sie näher und näher zu dem Bettler hinschob. Der Bettler hob den Kopf. Ein Schauder überlief seinen Körper, er schüttelte sich, versuchte auszuweichen, aber die Mauer der Leiber hinter ihm war zu dicht. Wieder schüttelte er abwehrend den Kopf. Der Geselle lachte nunmehr schallend laut. Jemand hatte einen Stock in der Hand und schlug gegen das rechte Bein des Bettlers. Der hob es hoch. Der nächste Schlag traf das linke Bein.

»Dreh dich, Tanzbär, dreh dich!«

Der Bettler hob das linke Bein, dann wieder das rechte. Die Bedienung versuchte zu entkommen, doch ein kräftiger Stoß warf das Mädchen in die Arme des entstellten Mannes. Als dieser sie festhielt, hallte ihr Schrei durch die ganze Schankstube und ging dann in ein schrilles Jammern über. Weitere Hiebe trafen die Beine des Mannes, und er erstarrte. Abrupt ließ er das Mädchen los, das die Gelegenheit nutzte, sich hinter dem Schanktisch in Sicherheit zu bringen. Aus der Kehle des Bettlers kam ein tiefer Laut. Im nächsten Moment hatte er den Stock in seine Gewalt gebracht und ließ ihn um seinen Kopf herumwirbeln. Schmerzensschreie waren zu hören. In der Bewegung rutschte das schmutzige Tuch vom Kopf des Bettlers und enthüllte das Narbengeflecht, das die Stelle überzog, an der einst das zweite Auge gesessen hatte. Entsetzt versuchten die Zuschauer in der ersten Reihe zurückzuweichen. Der Bettler hielt inne, drehte sich knurrend nach rechts, dann nach links. Er war flinker, als sie alle erwartet hatten. Als er den Gesellen entdeckte, trat er einen Schritt vor. Der junge Mann gab einen erschreckten Laut von sich. Der Bettler, den Stock in der Hand, kam näher.

»Baumeister«, war die Stimme Pierres de Montreuil in der Menge zu vernehmen.

Thomas hatte sie hier noch nicht gehört.

Zum Schanktisch hin traten die Zuschauer auseinander. Der Bettler sah in die Richtung, aus der die Stimme zu ihm gedrungen war. Der Arm mit dem Stock sank herab.

»Baumeister«, wiederholte Pierre in einem sanften, dunklen Tonfall.

Der Stock klapperte auf den Boden. Pierre legte eine Hand auf die Schulter des Bettlers. »Wo ist dein Umhang?«

Der Bettler antwortete nicht, ein gewaltiges Zittern ging durch seinen Körper. Tränen füllten sein verbliebenes Auge und rannen über das vernarbte, schiefe Gesicht. Behutsam schob Pierre de Montreuil ihn durch die nur zögerlich zurückweichende Menge zur Tür hin. In die um den Schanktisch Versammelten geriet Bewegung.

»Komm bloß nie wieder«, kreischte die Wirtin.

»Judas«, zischte jemand in der Menge.

Pierre ließ den Bettler nicht los. Mit sanftem Druck schob er den Mann voran. Hintereinander, im Gänsemarsch, verschwanden die beiden durch die Tür.

Je weiter der Winter fortschritt, desto stiller wurde es in den Gassen und auf den Plätzen von Paris. Auf den wenigen Märkten, die noch stattfanden, verklang der Lärm. Von den Baustellen der Stadt waren kaum noch Geräusche zu hören. Keine Handelszüge waren mehr unterwegs, die Staubfüße waren nach Hause zurückgekehrt, die ortsansässigen Kaufleute überprüften den Stand der Dinge und bereiteten sich auf das Frühjahr vor. Noch mehr feuchte Kälte kroch in die Knochen, ließ Kleidungsstücke klamm werden. Manchmal senkten sich dünne Schneeflocken auf die graubraune Landschaft und überzogen sie mit ihrem vergänglichen Schleier. Der Fluss trug Holz und Geäst zu einer Barriere heran, hinter der er sich grollend staute und anschwoll, um sich eines Tages unerwartet Bahn zu brechen, wobei er zwei Wäscherinnen mitriss und den frechen Zwölfjährigen des Bäckers, dessen Haus am Anfang der Straße stand, in der auch die beiden Glasmaler wohnten. Während man die toten Frauen am gleichen Tag fand, wurde der zerschmetterte, aufgedunsene Körper des Jungen erst nach zwei Wochen verzweifelter Gebete entdeckt, von einem Lastschiffer, an dessen zur Winterruhe vertäuten Kahn sich die Leiche verfangen hatte. Vergeblich hatte man auf ein Wunder gehofft. Sogar die Eltern erkannten ihr Kind lediglich am Medaillon des Schutzheiligen wieder, das um seinen Hals baumelte. Die Mutter war untröstlich, der Vater suchte den Schmerz lautstark zu vertreiben. Man hatte Pläne gehabt mit dem Jungen, erzählte er jedem, einen Studenten habe man bezahlt, um ihm Schreiben, Lesen und Rechnen beibringen zu lassen. Ein gutes Kind sei er gewesen, das die Eltern immer in Ehren gehalten habe. Der Himmel stünde ihm sicherlich offen. Gott würde es bei sich aufnehmen, auch wenn der Tod es unvermittelt aus dem Leben gerissen habe. Das würde er doch, oder nicht? Gerüchte kamen auf, der Junge habe noch einmal die Augen geöffnet, gerade, als er aus dem Wasser gezogen worden sei, und seine Seele Gott befohlen. Die Mutter schluchzte laut auf und ließ sich kaum mehr beruhigen. Als man die in ein Tuch gewickelte Leiche aus dem Haus zur Kirche hinübertrug, um den Jungen dort ein letztes Mal aufzubahren, brach auch der Vater in Tränen aus. Während es erneut heftig regnete, eilten die Anwohner der Straße nach Saint-Séverin, um für die Seele des Kindes zu beten. Nachdenklich, aber erleichtert kehrte man nach Hause zurück.

In den ärmsten Hütten, die sich unter den hellgrauen, tief hängenden Winterwolken duckten, nahmen die Vorräte derweil am schnellsten ab. Vor Klostertüren und Kirchen begannen sich mehr Bedürftige zu sammeln. Abfallhaufen wurden gründlicher durchwühlt. Ratten, Schweine und anderes Getier erhielten unerwartet starke Konkurrenz. Ein Fieber ging um und raffte zuerst eine Reihe alter Bettler hinweg. Der König besann sich auf seine christlichen Pflichten; die

Klärung wichtiger Fragen wurde auf das Frühjahr verlegt, wenn man neue Bündnisse schließen und alte überprüfen wollte. Im Palast wurden Waffen und Kettenhemden, aber auch Werkzeuge instand gesetzt, Stoffe geflickt und Behältnisse ausgebessert. Im kurzen Licht des Tages prüften und vervollständigten die Schreiber ihre Chroniken.

Die Arbeit an der Kapelle ruhte. Längst ließ der Zustand von Straßen und Wegen die nötigen Neulieferungen nicht mehr zu, während das von Neuem steigende Wasser des Flusses die Baustelle bedrohte. Nun galt es zu schützen, was man erreicht hatte. Unter der Anleitung Pierres de Montreuil bauten Tagelöhner Barrieren und Schutzwälle und stemmten sich den Fluten entgegen. Zwar stieg der Fluss bald nicht weiter, aber man blieb vorsichtig. Thomas Le Bœuf schickte die letzten Helfer fort, beauftragte Clément, eine Liste der vorhandenen Materialien anzufertigen, und entließ ihn dann ebenfalls in die Winterpause.

Zurück im Haus brütete Clément bald den ganzen Tag über am Tisch sitzend über seinen Entwürfen.

Wenn sie Glück hatten und sparsam waren, würde das Geld reichen, dachte er, während sein Blick von einem Familienmitglied zum anderen wanderte. Edwige würde schon darauf achten. Sie war eine gute, umsichtige Frau. Eben hatte sie sorgfältig die knappen Vorräte auf Ungeziefer und Feuchtigkeit hin untersucht und besserte nun Kleidungsstücke aus. Cotten, Hemden und Beinkleider lagen neben ihr. Zielgerichtet eilte ihre Nadel durch den Stoff. Ab und zu verknotete sie einen Faden. Sein Blick glitt weiter zu Margaux, die zusammengekuschelt auf Lises Schoß kauerte und sich eine Geschichte erzählen ließ. Zwar hustete das kleine Mädchen, aber sie war nicht mehr so bleich wie kürzlich. Mit einer Hand umklammerte sie ihr Holzpüppchen, während

Lise das Holzpferd über ihren Schoß galoppieren ließ. Wie so oft spürte er Jehanne an seiner Seite. Meist harrte sie darauf, dass er ihr etwas von seiner Arbeit erzählte. Heute starrte sie auf die Linien einer Figur, die sie selbst auf eine alte Holzplatte gemalt hatte. Belustigt erinnerte er sich an die Mischung aus Trotz und Abwehr, die auf ihrem Gesicht erschienen war, als er sie bei ihrem Tun im Innenhof entdeckt und die Hand nach dem Holzstück ausgestreckt hatte.

»Es ist ohnehin kaputt«, hatte sie aufbegehrt, »du hast es weggeworfen.«

Der Blick ihrer Augen war ihm grünlicher erschienen, wie so häufig, wenn sie sich angegriffen fühlte. Mit beiden Händen hatte sie das Stück Holz, die Hälfte einer dünnen Platte, umklammert gehalten. Er hatte bemerkt, dass der Nagel an ihrem rechten Zeigefinger abgesplittert war und sämtliche Fingerspitzen schwarz waren von Kohlenstaub.

»Komm«, hatte er entgegnet, war hineingegangen, hatte sich an den Tisch gesetzt und sie aufgefordert, ihr Werk inmitten seiner eigenen Entwürfe abzulegen.

Er betrachtete es noch einmal. Am Rand hatte Jehanne sich an den Linien und Mustern versucht, mit denen er selbst seine Arbeit auszuschmücken pflegte, dies aber aufgegeben, als ihre Hand sicher genug geworden war. In der Mitte stach die Zeichnung eines Menschen ins Auge. Das Mädchen hatte eine seiner Vorlagen kopiert, der Figur aber etwas Eigenes gegeben. Cléments Heiliger lächelte, Jehannes hatte den Mund zu einer schmalen Linie zusammengepresst, während seine Augen den Betrachter rund vor Erstaunen ansahen.

Sicherlich hat sie sich nicht zum ersten Mal an solcherlei versucht, dachte er, während er seine Tochter betrachtete. Jehanne hielt dem Blick stand. Elf, fast zwölf Jahre. Er streckte die Hand aus und stockte. Plötzlich kam sie ihm älter vor, dabei war sie ihm noch vor Kurzem wie ein Kind erschienen. Aber etwas hatte sich verändert in der Struktur ihres winterblassen Gesichts, etwas war klarer geworden. Da war ein neuer Ausdruck in ihren Augen, ein Zug um den Mund, und dann, mit einem Mal, lächelte sie, drängte ihre heiß gerötete Kinderwange gegen seine Hand, und die Frau war verschwunden. Mit zwei Fingern zwirbelte er die widerspenstigen Haare in ihrem schmalen Nacken zu kleinen Locken. Dann legte er den Arm um ihre Schultern und zog sie an sich.

Sie ließ ihn kurz gewähren. Edwige tauchte hinter ihnen auf. Als er den Kopf drehte, bemerkte er, dass sie seine Vorlagen betrachtete. Auch er schaute die Entwürfe von Neuem an: Der heilige Martin teilt seinen Mantel. Samson wird geblendet. Unbarmherzig fährt das Schwert in das Auge des Mannes. Die Geschichte liegt da, vor einem, so wie sie geschieht, so wie man sie aus Erzählungen kennt, sichtbar für jeden. Unverwandt starrte Clément in das verzerrte Gesicht des geblendeten Mannes, den unterliegenden Körper, der sich an den unteren Rand des Bildes drückte. Wenn er die Vorlage erst einmal in buntes Glas, Blei und Schwarzlot übertragen hatte, würde jeder Betrachter Samsons Schmerz fühlen können.

Er drehte sich um und griff nach Edwiges Arm. Er musste sie fragen, er hatte immer Wert auf ihr Urteil gelegt. »Wie findest du es?«

Sie entzog sich ihm. »Thomas …«, ihre Stimme schwankte bei dem Namen, und sie musste neu ansetzen, »… hat dich als Gehilfen angestellt, vielleicht solltest du das endlich begreifen.«

»Aber …«

»Du bist ein Gehilfe, nichts mehr. Du wolltest an dieser

Kirche mitarbeiten, also tu die Arbeit, die man dir aufträgt, wenn es Zeit dafür ist. Keiner schert sich um deine Entwürfe.«

»Aber ...« Clément war aufgesprungen, spürte die Hitze, die in ihm aufstieg. Seine Lippen bewegten sich, und doch bekam er keinen Ton heraus. Edwige schwieg. Reglos stand sie ihm gegenüber und musterte ihn mit ruhigen, grauen Augen. Sie war schmaler geworden. Da waren neue, tiefere Falten, die sich von den Nasenflügeln zu den Mundwinkeln herabzogen. Er lächelte unbeholfen, aber sie bot ihm keinen Zugang. »Ich bin besser, als ...«

Sie wandte sich ab, ging zu Margaux und Lise hinüber und nahm das kleine Mädchen auf den Arm. In den graubraunen Beinkleidern fühlten sich die Beinchen ihrer Jüngsten erschreckend dünn an. Sie trat wieder an ihren Mann heran.

Er spürte ihren Körper und den seiner Tochter, sah, wie sich Edwige mit der Zunge über die Lippen fuhr.

»Du hast eine Familie, vergiss das nicht.«

»Ich habe es nicht vergessen.«

Edwige drückte ihre Jüngste fester an sich. Warm und feucht spürte sie den Atem des Kindes in ihrer Halsbeuge. Auch durch den Stoff der groben Kleidung hindurch konnte sie die Knochen spüren, zart wie die eines Vögelchens, das aus dem Nest gefallen war. Sie musste ihr Kind schützen. Es gab keine andere Möglichkeit.

»Ich bitte dich darum, Clément.«

Ihr Mann erblasste, nickte langsam.

»Räum die Platten weg, Jehanne«, wandte er sich an seine Tochter.

Die gehorchte. Als sie zurück in den Raum kam, war das Gesicht ihres Vaters kreidebleich.

9. Kapitel

Hoch ragte das Gebäude vor Pierre de Montreuil auf. Der Schein großer Prozessionskerzen ließ seine hellen Mauern erstrahlen. Lichtflecken tanzten und hüpften im Wind, während sich das Knarren des Gerüsts mit dem leisen Gesang der Gläubigen mischte. Der halbwüchsige Junge mit den sehnigen Gliedern, der sich soeben, nur wenige Schritte von ihm entfernt, daranmachte, das Gerüst zu erklimmen, trug lediglich ein dünnes Hemd und schien weder den aufkommenden Sturm noch seine Umgebung wahrzunehmen. Sein Blick war nach oben gerichtet, dorthin, wo die Stützbalken aus der Hausmauer kamen, und jetzt, da er selbst aufmerksamer lauschte, hörte Pierre etwas, undeutlich, aber vorhanden. Etwas Riesiges stürmte von weit her über das Land herüber, er hörte Hufgetrappel, blökende Schafe, eine donnernde Jagd ... Lachend griff der Junge nach einem der Seile, an dem sich tagsüber die Steinmetze, aber auch Maurer, Zimmerleute und andere Handwerker nach oben zogen, hielt es fest und machte sich daran, in die Höhe zu klettern.

»Arnauld!« Mit einem Mal war ihm der Name im Kopf, nun streckte er die Arme aus. Der Junge aber hörte ihn nicht, hangelte sich voran, erreichte bald die ersten horizontal vertauten Bretter, kletterte rasch weiter und weiter, immer weiter.

»Arnauld, bleib, bitte!« Pierres Unterleib krampfte sich zusammen, aber die kletternde Gestalt hielt nicht inne, und da war dieses Dröhnen in seinem Kopf, diese wilde Jagd – und da oben, ganz oben, erinnerte er sich, da war ... Arnauld durfte nicht weiterklettern.

»Arnauld!«, brüllte er nunmehr, und endlich, ganz, ganz langsam drehte sich die Gestalt herum, und Pierre erstarrte. Aber das war ja er selbst – ein eisiger Hauch durchfuhr ihn –, er selbst war es, der ihm da entgegenblickte. *Gott sei mir Sünder gnädig*, durchfuhr es ihn und, inmitten des tosenden Geräuschs von splitterndem Holz, kippte sein Ebenbild nach hinten, verschwand einfach, und da war nur noch eine Stimme, die schrie und schrie und schrie …

Die Augen weit aufgerissen schreckte Pierre nach oben. Sein Atem ging keuchend, als sei er eine lange Wegstrecke gerannt, und es dauerte eine Weile, bis er sich beruhigt hatte. Dann sah er sich um. Alles war gut. Zuhause war er, in der Schlafkammer. Wenig von ihm entfernt stand seine Frau Agnès und suchte, ihren Jüngsten zu beruhigen. Schuldbewusstsein schien auf ihrem Gesicht auf, als sie sein Erwachen bemerkte.

»Es tut mir leid«, flüsterte sie, als gelte es noch immer leise zu sein, »ich dachte, er würde sich von alleine beruhigen.«

Im Nähertreten drückte sie das Kind an sich. Der Junge schluchzte wütend, stemmte die kleinen Fäuste gegen ihren Oberkörper und drückte sich von ihr weg. Im Morgenlicht, das durch einen geöffneten Fensterladen fiel, sah Pierre Tränen in den Augen seines Sohnes glänzen. Glockengeläut war zu hören.

»Es tut mir leid«, wiederholte sie, »verzeihst du mir?«

»Es ist gut, beunruhige dich nicht.« Er nahm die Nachtkappe vom Kopf, schwang die Beine aus dem Bett und setzte sich auf. »Ich sollte ohnehin aufstehen.«

Er ging zum Fenster hinüber und spähte hinaus, bevor er eilig in seine Kleidung schlüpfte. Noch immer saß ihm der Traum im Genick. Er hörte seine Frau leise mit dem Kammermädchen sprechen, kurz danach war der erste Ausrufer eines Badehauses zu hören. Mit der rechten Hand massierte er seinen Nacken, strich sich über den Bart, den es bald wieder zu stutzen galt. Agnès huschte die Stiegen zur Wohnstube hinunter. Ein erster Karren holperte über die Gasse, die man auf Anweisung Philippe-Augustes gepflastert hatte, damals, als, so berichtete man, dem König der Gestank in seiner Stadt gar zu widerwärtig geworden war.

Der Winter war vorüber, ein neuer Anfang wartete. Gähnend stützte er sich mit dem linken Ellenbogen auf den Fensterrahmen. Gestern hatte er sich fast den ganzen Tag über in der Chambre de trait aufgehalten und war jeden Teil der Kapelle, innen und außen, Stück um Stück, durchgegangen. Häufiger in letzter Zeit, wenn der Bauplatz verwaist dalag, hatte er sorgfältig begutachtet, was schon gebaut worden war, und nach jenen Rissen und Veränderungen gesucht, die der Schrecken eines jeden Baumeisters waren. Wie oft hatte er es nicht miterlebt, das harmlose Knacken und das darauffolgende Krachen und Bersten, mit dem ein Gewölbe in sich zusammenstürzte. Manchmal träumte er davon, und jedes Mal erwachte er schweißgebadet und verbrachte den Rest der Nacht betend auf seinen Knien. Er träumte viel. Zu viel. Er seufzte. Noch war nichts geschehen, alles lief gut, allein die großen Fenster bereiteten ihm Sorgen.

Als er den Wohnraum erreichte, lächelte ihm seine Frau entgegen. Ihr braunes, offenes Haar umspielte ihre Taille. Im Körbchen auf dem Tisch schlief der Kleine längst wieder. Leise trat Pierre an das Kind heran. In letzter Zeit war es ihm zur Gewohnheit geworden, es anzublicken, wenn er selbst unruhig wurde. Über das Körbchen gebeugt, betrachtete er den Jungen. Der Kleine lag auf dem Rücken, das Gesicht zur rechten Faust hingedreht. Manchmal schnaufte er leise. Pierre berührte die Tränenspuren auf seinen geröteten Wangen.

Gestern hatte er das Gespräch zweier Mörtelmischer belauscht.

»Das Gesicht unseres Baumeisters wird immer düsterer«, hatte der eine gesagt, »man erschrickt ja zum Gotterbarmen, wenn er einen nur anschaut.«

»Ja, sein Blick geht einem durch und durch, wie ein gut geschliffenes Messer«, hatte der andere bestätigt.

Pierres Hand auf der weichen Wange seines Kindes regte sich nicht.

Er war stehen geblieben. Die Männer hatten eine Weile geschwiegen. Nein, es war nicht seine Absicht gewesen, zu lauschen. Er hatte schon weitergehen wollen, als einer der beiden doch wieder gesprochen hatte.

»Die Steinmetze aus Geralds Hütte meinen«, hatte der Mann gesagt, »dass es eine schwere Tat sein muss, die auf ihm lastet.«

Ein tiefer Schnaufer ließ den Körper des Kindes beben. Eine Magd stellte eine Schüssel mit Getreidegrütze auf den Tisch. In der Bewegung rutschte das Leinenhemd von Agnès' linker Schulter. Sie gähnte, lächelte ihn an. Er lächelte zurück. Manchmal stand er am Abgrund. Es war auch ihre Schönheit, die ihn am Leben hielt.

»Seht nur, seht!« Foulques rief die anderen aus der Werkstatt herbei, als das Sonnenlicht das Glas erfasste und die Farben zum Leuchten brachte. In verschiedenen Blautönen, Rot, Violett, wenig Grün, Weiß und Gelb erwachte die Szene zum Leben, schreckte und lockte das entschlossene Weib, welches, über den Mann gebeugt, die Waffe führte. Hier und jetzt geschah es. Jeder, der sehen konnte, fühlte Judits Entschlossenheit. Stumm bewegten sich Cléments Lippen: *Dann ging sie zum Bettpfosten am Kopf des Holofernes und nahm von dort sein Schwert herab. Sie ging ganz nahe zu seinem Lager hin, ergriff sein Haar und sagte: Mach mich stark, Herr, du Gott Israels, am heutigen Tag!*

Ein paar mehr scharten sich um den Lehrling, andere, die noch an ihren Arbeitstischen damit beschäftigt waren, Glas zu schneiden, Bleiumrandungen vorzubereiten oder Schwarzlot aufzutragen, reckten die Hälse. Eine vorüberflanierende Dame in Begleitung einer Dienerin und eines bewaffneten Dienstmanns blieb stehen. Ein paar Ängstliche versicherten sich, dass der Meister auf dem Baugerüst weilte, wohin ihn der Baumeister Pierre de Montreuil etwas früher am Morgen bestellt hatte, bevor sie ebenfalls ihrer Neugier nachgaben. Aufgeregt gestikulierend eilte Giles herbei: Warum nur brachte sich dieser Junge immer in Schwierigkeiten? Dann stand auch er an Maître Thomas' Arbeitstisch, sah das Bild an und verstummte.

»Ja, kommt nur her, schaut es euch an«, rief der Lehrling, »das hat er gemacht. Clément war es. Schaut es euch an.«

Clément, der seine Arbeit trotz des Tumults nicht unterbrochen hatte, rührte sich nicht. Ebenso wenig hob er den Kopf, als auch die jüngeren Gehilfen nach und nach ihre Plätze verließen und sich, der Aufforderung folgend, um den Tisch des Meisters sammelten. Zwischen ihrem Geflüster konnte er Foulques' Stimme hören, die mal dunkel tönte wie die eines Mannes und dann kindlich hoch. Sorgsam befeuchtete er das vor ihm liegende Glas mit dem Finger, bevor er das heiße Eisen anlegte und auf das gewohnte leichte Knacken horchte, das ihm anzeigte, dass das Glas auseinandersprang. Auf seiner Stirn rückten die Augenbrauen näher zusammen. Für heute war dies hier seine Aufgabe, Thomas hatte sie ihm aufgetragen. Zuerst würde er die Stücke mit dem heißen Eisenstab grob auf die richtige Größe bringen und sie dann mithilfe der Kröselzange sorgsam nach den Maßen der Vorlage vor ihm formen.

Ja, vielleicht hatte er Thomas' Entwurf tatsächlich etwas

Eigenes beigefügt. Er hatte nicht geglaubt, dass es jemandem auffallen würde. Bisher ließ man ihn selten malen, aber dies konnte sich die Werkstatt angesichts der Größe des Auftrags immer weniger leisten. Riesige Scheiben mussten erschaffen werden, aus unzähligen Einzelstücken, Glasbilder für Glaswände, die bis hoch in den Himmel hinauf reichen sollten, wo sich die Bilder alsbald den Blicken entzogen und doch immer da waren. Es ging das Gerücht, dass der König die Meister der Werkstätten bald zur Audienz einbestellen würde, wie auch andere Handwerker im Palais du Roi schon ihre Künste hatten zeigen dürfen.

Er hielt inne. Manchmal versuchte er, sich das Licht vorzustellen, das diese Fensterwände einst durchleuchten würde. Licht, unfassbar wie es war, war das wichtigste Element ihrer Arbeit. Ohne Gottes Licht blieb alles tot, mit Licht erwachte alles zum Leben und verwandelte sich in etwas Überirdisches, etwas, das den Menschen Gott näherbrachte: Hier, an diesem Ort, würden sie Gott ein Haus aus funkelndem Licht bauen.

Er sah zu einem der verwaisten Nachbartische hinüber, wo gerade in einem weiteren Arbeitsschritt die einzelnen Stücke eines Fensters mittels Bleiruten zusammengefügt wurden. Bunte, farbige Glasstücke zu Bildern verbunden, die einst die Kapelle erstrahlen lassen sollten; Farben, so viele Farben, immer neue Farben in neuen Verbindungen: Rot und Grün und Blau, Violett und gelbes Gold. Es waren diese Farben, die auch in ihm immer neue Bilder entstehen ließen, unzählige, jeden Tag und auch nachts, wenn er schlief. Von dem Tag an, als er sein erstes Glasfenster gesehen hatte, hatten sie ihn nicht mehr losgelassen. Die Wandmalereien, die er bis dahin gekannt hatte, waren ihm nichtig vorgekommen, schwerfällig, kaum würdig, den Herrn und die Heiligen zu preisen.

Rund um den Arbeitstisch Thomas' Le Bœuf verteilt standen immer noch die Gehilfen und der Lehrling und sprachen eifrig aufeinander ein. Langsam drehte Clément sich um und ließ den Blick über das Baugerüst schweifen, konnte hoch über sich die dunkle Gestalt Pierres de Montreuil erkennen und unten, am Fuß des Gerüsts, Maître Thomas und seinen Sohn Etienne, die soeben festen Boden erreicht hatten. Sogar auf die Entfernung sah der Gesichtsausdruck des Jungen unbehaglich aus.

Während er und sein Vater sich näherten, musterte Clément seine schmale Gestalt. Bisher ließ nichts an ihm den späteren Mann erahnen. Kindlich rund war das Gesicht, auf dem immer mal wieder ein blauer Fleck, eine Schwellung oder ein Kratzer aufschien; und während er hastig den Ärmel über den Bluterguss auf einem Arm zupfte, offenbarte er, weil sein Hemd verrutschte, gleichzeitig Striemen auf dem Rücken. Öfters in letzter Zeit, wenn er hatte malen dürfen, hatte er den Jungen irgendwann neben sich entdeckt, wie er stumm jeden Handgriff verfolgte. Thomas selbst jagte seinen Sohn eher davon, als ihn an seiner Seite zu dulden; und so huschte der schmale Knabe meist wie ein Schatten durch die Werkstatt, war mal hier und mal dort, immer bemüht, nicht aufzufallen.

Vater und Sohn hatten den Ort des Geschehens fast erreicht. Clément senkte den Kopf, um keine Aufmerksamkeit auf sich zu ziehen. Keinen Ärger, er hatte es Edwige versprochen. Mit ruhiger Hand nahm er die Kröselzange auf, ein letzter Blick zeigte ihm, dass sich die neugierige Schar um die Judit nicht verloren hatte. Auch Foulques war unter ihnen, obwohl der Junge angewiesen war, neues Blei zu holen. Clément hätte ihn gerne ermahnt, aber Thomas war schon zu nahe.

Den aufmerksamen Blick auf Gehilfen und Lehrling gerichtet, klopfte der Meister eben mit kräftigen Schlägen den Baustaub von seiner Cotte. Als er den Tisch erreichte, war Foulques verschwunden.

Wenig später konnte ihn Clément mit seinem eigentlichen Auftrag beschäftigt sehen. In einem flüchtigen Moment erlaubte der Lehrling sich, ihm zuzuzwinkern. Der Junge hatte die Prügel nicht vergessen und war ihm seit jenem Tag treu ergeben.

Auch Thomas stand nun zwischen den anderen am Tisch. Nach und nach verstummte auch das letzte Flüstern. Die Ersten machten sich zurück an ihre Arbeit. Man konnte heute Abend reden, über einem Bier, in der Schankstube. Vom jeweiligen Platz aus wartete man auf die Antwort des Meisters.

Schweigend starrte Thomas die Judit an. Dieses Bild war nicht mehr seines, war nicht ausschließlich nach seiner Vorlage entstanden. Er sah es sofort, obwohl nur Kleinigkeiten verändert worden waren; hier eine Armbewegung, dort eine Körperhaltung. Unmittelbar wie sie war, wirkte die Szene schrecklich und zugleich wunderschön. Schwerfällig drehte er sich herum und schaute zu Clément herüber. Der mied seinen Blick. Mechanisch durchsuchten Thomas' Augen die Menge nach Foulques. Der Lehrling stand über seine Arbeit gebeugt und konnte doch ein zufriedenes Lächeln nicht aus seinen spitzbübischen Gesichtszügen verbannen. Die Knöchel an Thomas' geballten Fäusten traten hervor. Aber er war geduldig. Er konnte warten. Und er vergaß niemals. Er spreizte die Finger und fuhr mit dem rechten Zeigefinger die Linie des Schwertes nach. Sie würden sich noch in Acht nehmen müssen. Alle.

Pierre de Montreuil drückte das mitgebrachte Brot in die Hände des Bettlers und sah dem Mann für eine Weile beim Essen zu, bevor er sich, die Arme verschränkt, dem Fluss zuwandte. Über den Winter hatte er ihn häufiger besucht. Wie ein unsichtbares Band, das sie miteinander verknüpfte, hatte sie die Begegnung in der Schankstube enger miteinander verbunden. Es war nicht so, dass er nicht zu Festen eingeladen wurde, dass ihn der König nicht zu Audienzen einbestellte oder er hochgestellten Persönlichkeiten niemals vom Baufortschritt erzählen durfte. Aber ihnen erzählte er nichts von seinen Sorgen, nichts von den elenden Momenten, in denen Gott ihn in ein schwarzes Loch stürzte, um ihn im nächsten schon jubelnd daraus emporzuheben. Ihnen erzählte er nichts von den Tagen, an denen er sicher war, alles zu können, und jenen, an denen ihm schon das Aufstehen schwerfiel. Sie wussten nichts von stundenlangen Gebeten, die er auf den Knien zubrachte, oder vom Abgrund hoher Mauern, der ihn anzog, oder der Tiefe des Wassers, die ihn zu sich rief. Sie wussten nichts von der Furcht vor dem Scheitern.

Er schlang die Arme um den Körper und verfolgte mit den Augen einen der Lastkähne, die den Getreidehafen ansteuerten. Seit das Wetter verlässlich war, kamen auch die Lieferungen an. Die Arbeit konnte unbehelligt weitergehen. Die Kapelle wuchs rasch.

Der Bettler war an die Seine zurückgekehrt.

Als die Fluten hoch gestanden hatten, hatte er selbst den Mann in einem Kloster untergebracht und fast täglich dort besucht. Jedes Mal hatte er ihn in einer nicht gepflasterten Ecke des Klosterhofs vorgefunden, wo er mit einem Stock unermüdlich Baupläne in den Boden geritzt hatte. Eines Tages war er verschwunden gewesen, und ein so heftiger Schmerz war durch Pierre hindurchgefahren, als habe er ein

Kind verloren, seine Frau, oder seinen Bruder Eudes. Als er ihn schließlich an der alten Stelle am Ufer entdeckte, hatte er die Tränen kaum zurückhalten können.

Er drehte sich um und ging neben dem Bettler in die Hocke. Immer diese Kapelle. Seine Kapelle. Er hatte sie ihm gezeigt, oder nicht?

Stumm legte er einen Finger auf einen Teil der Zeichnung. Der Bettler zog eine Linie kräftiger nach. Seit jenem Tag in der Schankstube hatte Pierre seine Stimme nicht mehr gehört. Immer noch schien ihn niemand zu kennen. Niemand hatte eine Antwort.

Er legte eine Hand auf die Schulter des Mannes. »Ich baue diese Kirche. Das weißt du doch, oder?«

Der Bettler starrte die Zeichnung an. Pierre strich über seinen Bart. Etwas weiter vom Ufer entfernt dröhnte der Lärm eines Reiterzuges vorüber. Seit bekannt war, dass der König die Dornenkrone zu den Osterfeierlichkeiten ausstellte, strömten täglich Menschen in die Stadt.

10. Kapitel

Für einen Moment blieben Lise und Jehanne vor einem Mann stehen, der einen Obstkern unter drei Holzschälchen hin und her wandern ließ, dann trieb Edwige ihre Töchter zum Weitergehen an. Sie spürte Margaux' heiße Wange an ihrem Hals. Das kleine Mädchen klammerte sich mit aller Kraft fest, barg das Gesicht an der Halsbeuge ihrer Mutter und wagte nur ab und zu einen Blick auf die brodelnde Menge. Anlässlich der Osterfesttage herrschte ein ziemlicher Trubel auf den Straßen der Stadt, und manches Mal war es erschreckend eng. Gerade strebte eine neue Woge Menschen in bunter, kostbarer Kleidung unter Musikklängen vorwärts, vorneweg drei Fahnenträger zu Fuß, dann zwei Ritter auf Schlachtrössern, angetan mit Kettenhemden, ihnen folgend ein kleinwüchsiger Narr, Jongleure und Akrobaten, dann der hohe Herr selbst, begleitet von Damen, manche mit Gebände und Schleier, ein paar Schritte dahinter ein Priester sowie ein Sänger, der den Zug mit seiner Weise begleitete, gefolgt von einer Sänfte und einem schwer bewachten Reisewagen samt grimmig dreinschauendem Wagenlenker, einem nicht minder beeindruckenden, schwarzen Hund und noch mehr Rittern. Pferdeknechte begleiteten jeden Reiter. Pagen liefen mit dem Zug und verteilten Almosen. Dem Wagen folgten Packpferde und schließlich ein kleines Grüppchen Pilger, das sich für die Reise der Sicherheit der großen Gruppe angeschlossen hatte. In größerem Abstand folgte, laut singend, eine übermütige Gruppe Studenten und Kleriker.

Der Vornehmen ansichtig geworden, drängten sich bald Verkäufer und Bettler um die wertvollen, geschmückten Pferde mit ihren nicht minder kostbar gekleideten Reitern, doch angehalten wurde nicht. Unaufhaltsam wälzte sich die Menge vorwärts. Ein Hund sprang jaulend zur Seite. Eine Frau riss ein verschreckt heulendes Kleinkind vor den Hufen eines Pferdes zurück. Der Straßenbelag wurde aufgestampft. Dreck wirbelte durch die Luft. Handwerker spähten aus ihren Werkstätten. Ein Gewandschneider trat, Nadel, Faden und Stoff in der Hand, vor die Tür seines Ladens. Ein Töpfer beeilte sich, seinen Stand vor der Menge zu schützen. Eine Handschuhmacherin und ein Tuchhändler boten lauthals ihre Waren an.

»Schau sie dir nur an«, flüsterte Lise Jehanne zu und deutete auf eine der Damen, »ist sie nicht wunderschön?«

Jehanne folgte ihrer Aufforderung. Die Dame in einem

Kleid aus Samit saß elegant auf einem Schimmel. Eine lange Kette aus bunten Steinen schlang sich um ihren Hals und die Taille. Ihr dicker, goldblonder Zopf fiel bis tief in ihren Rücken hinab. Das durchscheinend weiße Gesicht war ein perfektes Oval mit halbmondförmig geschwungenen Augenbrauen. Die meiste Zeit über war ihr Ausdruck beherrscht, nur ab und an lächelte ihr kleiner, roter Mund huldvoll. Dann nickte sie einem jungen Pagen zu, der neben ihrem Pferd herlief. Der holte daraufhin Münzen aus einem Beutel und verteilte sie an die Bettler, die der Dame und ihrem Pferd bald in einer dichten Traube folgten. Manche waren blind und reckten nur ihre Hände in die Richtung, in der sie das Hufgetrappel hörten. Die Tauben stießen ein Heulen aus, andere schleppten sich auf Krücken vorwärts, bemüht, Schritt zu halten; einem saß ein großes Geschwür mitten auf der linken Wange und verzerrte seine Züge.

»Gott schütze Euch!«, war es aus dem großen Durcheinander ihrer Stimmen zu hören. »Wir beten für Euch, Herrin.«

»Zehn Paternoster für mein Seelenheil«, rief die Dame mit heller Stimme und ließ noch einmal Münzen austeilen. Die Bettler gerieten in Aufregung und stießen jeden beiseite. Jehanne und Lise wurden von Edwige und Margaux getrennt und gegen die nächste Hauswand gedrängt. Im hitzigen Wirbel hatten sie Mühe, stehen zu bleiben. Der Zug wollte und wollte nicht enden. Mehr Menschen drängten nach. Huftritte und unzählige Füße wühlten die Gasse auf, die sich mit dem nächsten Regen in ein Schlammloch verwandeln würde.

Jetzt waren alle vorbeigezogen. Ein Hund suchte schnüffelnd und mit eingezogenem Schwanz nach etwas Essbarem. Jemand hatte ein feines Tüchlein verloren. Eine Meute zerlumpter Kinder prügelte sich um ein angebissenes Stück

Brot. Eine Bettlerin, deren Rückgrat von einer Krankheit so gekrümmt war, dass sie ihren Kopf nur gegen den Boden richten konnte, verstaute mühsam ihre Ausbeute unter der Kleidung.

Lise seufzte. »Hast du gesehen, wie schön sie war?«

»Aber du bist doch auch schön«, entgegnete Jehanne, auch wenn sie nicht verstand, was daran wichtig sein sollte. Sie hatte es jedenfalls sagen hören. Man hatte bewundernd von Lises Haaren gesprochen, die von einem so hellen Blond waren, dass sie einen blenden konnten, und der Schwester offen bis fast zu den Kniekehlen reichten. Lise lächelte nun, wiegte sich hin und her, als stecke ihr die Erinnerung an einen letzten Tanz in den Gliedern. Drei Schritt nach links, Wiegeschritt, drei Schritt nach links, Wiegeschritt ...

Tanzen, noch so etwas Langweiliges. Jehanne schürzte die Lippen.

»Findest du mich wirklich hübsch?« Die Ältere spielte mit ihrem bestickten Gürtel.

»Ja, wirklich.« Die Augen rollend drehte Jehanne sich weg. Auf der Suche nach Margaux und der Mutter schaute sie die Straße hinauf und hinunter. Weniger Menschen waren da. Bis auf die Handwerker waren die meisten dem Zug der Vornehmen gefolgt. Nirgends konnte sie ein bekanntes Gesicht entdecken. Wahrscheinlich waren Edwige und Margaux von der Menge erfasst worden, also würden sie dem Zug folgen müssen.

»Ich sehe sie nicht«, Jehanne zupfte an Lises Ärmel, »vielleicht sollten wir dort entlanggehen?«

Sie deutete in die Richtung, in die der Großteil der Menge verschwunden war. Lise nickte, während sie mit einer Hand Schmutz von ihrem Gewand klopfte, der von der Hauswand auf den Stoff abgefärbt hatte.

Je näher sie Nôtre-Dame kamen, desto dichter standen die Menschen. Am Eingang, zwischen zwei Häusern, bevor man vor das Hauptportal der Kirche gelangte, bettelte ein junges Mädchen mit einem Säugling im Arm. Etwas weiter standen und hockten Studenten und unterhielten ihr Publikum mit zotigen Liedern. Auch Gaukler und andere fahrende Gesellen weilten zum Fest in der Stadt. Ein Junge, wenig älter als Jehanne selbst, jonglierte. Eine Gauklertruppe beendete eben ihre Darbietung. Ein älterer Mann ließ seinen Affen Kunststücke darbieten, während eine kleinwüchsige Frau den Lohn einsammelte. Von irgendwoher drang eine rasche Melodie zu ihnen herüber, kleine Mädchen hüpften jauchzend im Kreis. Man aß und trank. Die meisten scharten sich um die letzte Truppe, die ihre Vorstellung noch nicht beendet hatte; italienische Akrobaten, die mit Handstandüberschlag und Salti zu beweisen schienen, dass auch Menschen fliegen können.

Mit offenem Mund sahen die Schwestern den wirbelnden Körpern zu. Eben hatten sich zwei Männer postiert und, auf einen wilden Schrei hin, sprang ein weiterer auf ihre Schultern; und darauf folgte behände wie ein Äffchen ein schmaler Junge, der in luftiger Höhe zu singen begann. Neugierig und ungeachtet aller Proteste drängten Jehanne und Lise sich durch die Zuschauermenge hindurch nach vorne. Dort angekommen mussten sie zu ihrem Bedauern feststellen, dass die Akrobaten längst wieder auf festem Boden standen. Ein Mann lachte den anderen zu und klopfte dem Jungen auf die Schulter. Gegenüber, auf der anderen Seite des Zuschauerkreises, entdeckte Lise Edwige und Margaux, die eingekeilt zwischen Schaulustigen standen.

»Sieh mal«, wandte sie sich ihrer Schwester zu, »da sind sie ja!«

Doch Jehanne hörte nicht. Die Augen weit aufgerissen, deutete sie auf die Akrobaten. »Da ist Ghislain.«

Lise folgte der Richtung, in die die Hand der Jüngeren sie wies. Den einen Mann in seinem farbenprächtigen Gewand aus roten, blauen und grünen Fetzen kannte sie nicht, bei dem anderen aber handelte es sich unzweifelhaft um den Jongleur, mit dem sie vor fast einem Jahr gemeinsam in Paris eingetroffen waren. Er trug eine zweigeteilte Cotte, die auf der einen Seite grün gestreift, auf der anderen goldbraun war. Die Beine steckten in grünen Beinkleidern, die Füße in neuen Lederschuhen. Er und der andere Mann hatten eben an entgegengesetzten Enden des Runds Aufstellung genommen. Ein kurzer Blick, ein knappes Nicken, und die beiden Körper wirbelten aufeinander zu, mal auf den Händen, mal auf den Füßen, mal ohne den Boden überhaupt zu berühren. Jetzt hatten sie einander fast erreicht, gleich würden sie gegeneinanderprallen. Ein Schreckensschrei entrang sich unzähligen Kehlen. Gerade rechtzeitig wichen die beiden Akrobaten einander aus und landeten fest auf den Füßen, um ihr Spiel noch einmal und noch schneller zu wiederholen.

Jehanne verfolgte das Geschehen durch die gespreizten Finger ihrer rechten Hand, aber es sollte schlimmer kommen. Eine der Frauen brachte eine große Holzplatte und winkte Ghislain herbei, der sich lachend dagegen lehnte. Der Mann in seinem bunten Gewand verschwand und kehrte mit fünf Messern zurück. Wieder raunte die Menge. Als sich der Mann aber dem Jungen zuwandte und ihm die ersten beiden Messer reichte, schrien ein paar auf. Das erste Messer landete mit einem dumpfen Schlag dicht neben Ghislains rechtem Bein, das zweite wippte gleich darauf neben dem linken. Lise musste Jehanne festhalten.

»Lass mich«, zischte die ihre Schwester an, versuchte sich loszureißen. Sie war wütend. Warum tat er das?

Ghislain spreizte die Daumen ab und nickte dem Jungen zu. Die nächsten beiden Messer landeten in der kleinen Fläche zwischen Daumen und Zeigefinger. Nun blieb das letzte Messer. Der Junge berührte die Spitze, drehte das Messer, wog es in der Hand, warf es hoch und fing es. In die Menge geriet Bewegung. Der Kopf, deuteten manche an, genauer, der Hals, vielleicht auch die Stelle neben den Ohren.

Ghislain stand reglos. Die Messer steckten so dicht neben seinem Körper, dass er sie mit der kleinsten Bewegung spüren musste. Er schaute den Jungen an, ein Nicken. Der Junge fixierte sein Ziel. Das Messer flog durch die Luft. Ein wildes Stöhnen erhob sich. Zu nah, das war zu nah, man sah es. Der Mann auf dem Brett warf seinen Kopf zur Seite.

»Ghislain!« Mit aller Kraft riss Jehanne sich los. Lise stieß einen Schmerzensschrei aus.

Um den Ort des Geschehens hatte sich sofort eine dichte Traube Menschen gesammelt. Als sich Jehanne zu ihrer Mitte hin vorgekämpft hatte, war Ghislain nirgends zu sehen. Das Brett lag auf dem Boden. Der Mann, der die Messer gebracht hatte, stand da und unterhielt sich mit der Frau. Jehannes Augen jagten umher. Jetzt lachte der Mann. Am liebsten wäre sie ihm mit ausgestreckten Fingern ins Gesicht gefahren, dann erstarrte sie. Gegenüber hatte sich Ghislain durch die Menge gedrängt, eine Hand auf der Schulter des Messerwerfers, und drehte sich nun zu einem der anderen Akrobaten. Sein Haar war länger geworden, seit sie sich von ihm verabschiedet hatte. Die schwarzen Locken hingen ihm nunmehr bis zu den Ohren herab.

»Ghislain!«, rief sie.

Zuerst schien er sie nicht zu hören, dann drehte er sich um.

»Jehanne!« Er musterte sie von oben bis unten, lachte. »Wie schön, dich zu sehen.«

Sie überhörte seine Begrüßung. »Musst du so etwas tun?«

Für einen Moment schlossen sich seine Finger enger um die Schulter des Jungen neben ihm. »Nein, kleine Jehanne«, sagte er dann, »aber so etwas hat mich jahrelang überleben lassen, und das hier sind alte Freunde.« Er schob den Jungen auf sie zu. »Luigi kannte ich schon, als er gerade vier Jahre alt war. Er wird einmal ein sehr guter Messerwerfer sein. Sein Vater war es, der mich viel Nützliches gelehrt hat. Ich wollte einfach wissen, ob ich es noch kann.« Er lachte erneut.

Die Stirn gerunzelt, musterte Jehanne die Blutflecken, die den Rand seiner Cotte zierten. »Er hat dich getroffen.« Ihre Stimme klang vorwurfsvoll.

»Ein wenig«, gab er lächelnd zu und berührte eine Stelle an seinem Hals. »Aber er ist sehr geschickt, besser, als ich es je sein werde.«

»Wenn du den Kopf nicht gedreht ...«

»Wenn, wenn, wenn ... Bei den Heiligen, sag mir lieber, wie es dir geht. Bist du alleine hier?«

»Nein ... Es geht mir gut ... Ich ...«

Belustigt hob er eine Augenbraue, dann grüßte er Lise, die zu ihnen durchgedrungen war, und auch Edwige und Margaux. Angesichts des blassen, kleinen Mädchens sagte er erst nichts, streichelte lediglich seine Wangen. Edwige ließ es geschehen.

Er sieht weniger hart aus, mit längeren Haaren, dachte sie und starrte auf seine schlanken, so jugendlichen Hände. Mit einem Mal wurde ihr bewusst, dass ihr Gewand mehrfach geflickt war und dass sie älter geworden war, seit sie ihn zuletzt gesehen hatte. Mit einem Mal dachte sie daran, dass sie in seiner Schuld standen. Sie bekam keinen Ton heraus.

»War die Kleine krank?«, fragte er.

Edwige nickte.

»Im Winter, aber es geht ihr wieder besser«, fuhr Jehanne dazwischen, während Lise den Boden musterte.

»Im Winter.« Wieder streichelte Ghislain Margaux' Wangen. »Ja, der Winter ist gefährlich. Wie gut, dass er vorbei ist.«

Durch die dünne, rückseitige Wand hörte Jehanne das gleichmäßige Aufschlagen der Wassertropfen, die von der Kante des Daches herab auf den Boden des Innenhofs klatschten. Ein früherer Besitzer hatte dort einst seine Tiere gehalten; Hühner und auch ein Schwein, dessen Suhle an der hinteren Mauer noch gut zu erkennen war. Seit das um den Innenhof herum angelegte Haus in verschiedene Parteien aufgeteilt worden war, sammelte sich Abfall in dem kleinen Geviert. Zahlreiche Anwohner hatten dort jene Dinge hinterlassen, die sie nicht mehr gebrauchen konnten. Der Boden war übersät von zerbrochenem Geschirr, alten Lumpen und nicht mehr funktionstüchtigen Werkzeugen.

Die Mieter wechselten schnell. Seit sie hier wohnten, waren zwei Familien ein- und wieder ausgezogen, drei Gesellen und eine alleinstehende, ältere Frau, die nach dem Tod ihres Mannes in die Stadt gekommen war, um sich als Dienstmagd zu verdingen.

Zurzeit bewohnte eine Wäscherin die enge Kammer über dem alten Stall, eine schmale Frau mit dünnen, braunen Haaren und roten, stets entzündeten Händen. Manchmal sah Jehanne sie am frühen Morgen, wenn sie, sobald es hell wurde, eilig zu den großen Familien aufbrach, denen sie die Wäsche besorgte. Jeden Abend kam sie schweren Schritts zurück, und in einem todmüden Rhythmus klapperten ihre Holzschuhe die Stiege zu der kleinen Kammer hinauf.

Draußen läuteten die Glocken das Complies. Jehanne lauschte erneut dem Aufschlagen der Wassertropfen. Den ganzen Tag über hatte es geregnet. Feuchte Kälte durchdrang längst alles, setzte sich in jede Faser, und sie war froh um jedes bisschen Wärme, das die Körper ihrer Familie in die kleine Schlafkammer brachten, die sie alle miteinander teilten. Beruhigend waren auch die Geräusche der anderen, ihr Atmen, Stöhnen, Seufzen und die Bewegungen, die ihr Einschlafen begleitet hatten, so lange sie zurückdenken konnte.

In dem Raum war es ansonsten stockfinster. Erst am nächsten Morgen würde ein schmaler Streifen Licht unter der Kammertür zu sehen sein und den neuen Tag ankündigen. Behutsam, um ihre Schwester nicht zu stören, zog sie die Beine an und umschlang die Knie mit den Armen. Das Bett mochte nicht breit sein, aber sie war geübt. Sie konnte sich nicht erinnern, ihre Schlafstätte jemals nicht mit Lise geteilt zu haben.

Ein Gesicht, umrahmt von schwarzen Locken, tauchte vor ihr auf. Wie von selbst schob sich ihre Unterlippe nach vorne. Ghislain behandelte sie wie ein Kind, dachte sie ärgerlich. Eine Gänsehaut zog über ihren rechten Arm, der sich außerhalb der Decke befand. Sie zog ihn an sich und drückte ihn gegen ihre Brust, aber was war das? Sie hielt inne. Ihre Brust war nicht mehr flach. Zwei zarte Spitzen reckten sich keck gegen ihren Unterarm. Sie hielt den Atem an und stieß ihn geräuschvoll aus.

Lise seufzte. »Was ist denn?«, wisperte sie.

»Nichts.« Jehanne fuhr fort, ihre Brust zu berühren, die nicht mehr hart und flach war, wie die eines Jungen, sondern zwei weiche Spitzen aufwies.

»Kannst du nicht schlafen?«

»Doch, es ist nichts.«

Unter ihren Berührungen waren die Brustspitzen fest geworden. Erschreckt ließ sie von ihrem Tun ab und legte die Hände auf den Bauch. Wieder horchte sie auf das Geräusch der Wassertropfen draußen. Hoffentlich musste die Arbeit auf der Baustelle nicht eingestellt werden. Das Geld war knapp. Sie wussten es alle.

Sie hielt inne. Ihre Hände waren zurück zu ihren Brüsten gewandert. Die Spitzen fühlten sich wieder zart und weich an. Beruhigt rollte sie sich auf den Bauch. Stroh piekte an einer Stelle durch den grob gewebten Stoff der Matratze. Mit den Fingern tastete sie danach und entfernte den störenden Halm.

»Lise?«

»Ja?« Die Stimme der Älteren klang schläfrig.

»Wie ist das, wenn man eine Frau ist?«

Stille. Jehanne konnte Clément schnarchen hören, Margaux' erkältetes Schnaufen, Edwiges schwere Atemzüge, und spürte Lises warmen Atem auf ihrer rechten Wange und ein Stückchen unterhalb ihres Ohrs. Mit der ausgestreckten Hand tastete sie nach der Schwester. Die lag auf der Seite und hatte die Beine ebenfalls angezogen.

»Sag doch mal«, beharrte sie.

»Pst!«

Lise runzelte die Stirn. Frau zu sein – sie seufzte –, das hieß Monatslumpen, auf seine Kleidung achten, die Zukunft ab einem bestimmten Zeitpunkt eben viel deutlicher zu sehen als vorher. Mit dem Beginn ihrer Reife hatte die Mutter begonnen, ein strengeres Auge auf ihre Älteste zu haben. Gleichzeitig war sie stets mit Ratschlägen zur Stelle.

»Wirst du einmal heiraten?«, fragte Jehanne, nun bemüht leise.

Vom Bett des Vaters kam ein tiefer Schnarcher herüber, dann drehte er sich geräuschvoll schnaufend auf die andere Seite.

»Wirst du?«, wiederholte Jehanne, als Cléments Schnarchen wieder gleichmäßiger geworden war.

»Woher soll ich das wissen?« Lise zog die Decke höher.

Jehanne rollte sich auf den Rücken. Jeden Morgen hatte sie Gelegenheit, Lises Körper zu betrachten, der sich geheimnisvoll wandelte und dem der Mutter immer ähnlicher wurde. Lise war eine Frau. Würde sie, die Jüngere, nun auch zu einer Frau werden? Sie glitt zurück auf die Seite. Wie ein Kissen spürte sie ihr fülliges Haar unter sich, nahm seinen Geruch wahr, die darin hängende Feuchtigkeit und die Erinnerung an die wässrige Suppe, die es heute gegeben hatte. Ihr Magen rumorte, Jehanne massierte ihn mit einer Hand. »Ich habe solch einen Hunger«, flüsterte sie.

Lise atmete unterdrückt, aber hörbar.

»Hast du Margaux' Husten gehört?«, fuhr die Jüngere fort. »Und sie ist so furchtbar dünn geworden! Ich glaube, Maman macht sich Sorgen.«

Lise sagte nichts. Die kleine Schwester war wirklich dünn geworden. Häufig in letzter Zeit war sie sogar zu müde zum Spielen gewesen. Immer wieder schüttelten sie Hustenanfälle. Sie selbst hatte schon auf der Bank neben dem Herdfeuer gesessen, das aus Mangel an Brennholz viel zu häufig ausgebrannt war, und hatte Margaux' fiebernden Körper an sich gedrückt, während sie ihr eine Geschichte erzählte. Und dann gab es die Momente, in denen die Kleine ihre Kraft zurückgewann und fröhlich spielte.

Lise holte ein paar Mal tief Luft. Sie brauchte den Mund nicht zu öffnen. Sie wusste, dass die Worte wie Staub auf ihrer Zunge zerfallen würden. In der letzten Woche hatte sie fast täglich bei Thomas Le Bœuf gegessen. Sie hatte die köstlichsten Speisen genossen und die immer unverhohleneren Blicke der Bewunderung, die er ihr schenkte. Er sah sie an, wie man eine Frau ansah, und sie mochte das. Er war ein stattlicher Mann mit seinen dunklen Haaren und den strahlend blauen Augen. Er hatte einen Sohn, eine Werkstatt, aber keine Frau. Unausgesprochen blieb, dass sie vorerst nichts von ihren Treffen sagen durfte. Er hatte ihr eine schmale Pforte auf der hinteren Seite des Gebäudes gezeigt, durch die sie durch einen kleinen Hof hindurch ungesehen in sein Haus gelangen konnte. Ruckartig zog sie die Beine eng gegen den Körper und machte sich ganz klein.

»He, lass mir etwas Platz«, murrte Jehanne.

Die Ältere rührte sich nicht. Gestern, erinnerte sie sich, hatte der Vater sie gemustert und stolz festgestellt, er sei froh, dass zumindest einem seiner Mädchen der Mangel kaum anzusehen sei. »Sie ist schön, nicht wahr?«, hatte er zur Mutter gesagt, und die hatte genickt. Von außen und deshalb natürlich auch von innen, ein schönes Kind, ein Ebenbild Gottes. Lise stiegen Tränen in der Kehle hoch. Sie drückte eine Hand gegen den Mund, um ein Schluchzen zu unterdrücken. Jehannes warmer Körper drängte sich gegen sie. »Was ist?«, murmelte die jüngere Schwester müde.

Lise antwortete nicht. Jehanne kuschelte sich enger an sie. Dicht an dicht, wie sie es von jeher gewohnt waren, schliefen sie ein.

11. Kapitel

Ghislain ließ die Laute von seiner Schulter gleiten und entlockte dem Instrument eine kurze, ziellose Melodie. Seit Beginn seines Aufenthalts im Hause de Luzy hatte er die Geschwister Aimon und Alissende kaum einmal voneinander getrennt erlebt. Stets fanden sie sich gemeinsam, manchmal auch begleitet von Freunden, zur abendlichen Unterhaltung ein. Heute war Alissende alleine gekommen.

»Spiel, Jongleur«, hatte sie ihm knapp befohlen, bevor sie es sich in dem reich verzierten Faltstuhl bequem gemacht und die kleinen Füße in den bestickten Pantöffelchen auf einer Fußbank platziert hatte. Die Kerbe zwischen ihren dichten, geschwungenen Augenbrauen verriet Missmut. Mit spitzen Fingern pickte sie ein paar gesüßte Walnüsse von dem Tablett, das ihre rothaarige Leibdienerin mit Namen Rose aus der Küche gebracht hatte, während die weizenblonde Berthe einen Pokal mit Wein füllte. Dann spürte er ihren aufmerksamen Blick auf sich, während seine Finger dem Instrument die ersten Töne entlockten. Mit einer Hand fächelte sie sich Luft zu.

Die großen blauen Augen sind das Auffälligste an ihr, dachte er, während sich die Töne zu Melodien verbanden und er schließlich in sein erstes Lied überwechselte. Sie bilden einen bemerkenswerten Kontrast zu ihrem schwarzen Haar und der durchscheinend weißen Haut, von so feinen Sommersprossen übersät, als habe jemand Goldpuder darübergestäubt. Wie so häufig hielt sie ihr Hündchen auf dem Schoß und streichelte es beinahe unablässig. Sein Blick fiel auf die kunstvoll gearbeitete Spange, die den Kragen ihres Gewandes schmückte und genau unterhalb der kleinen Kuhle an ihrem Hals lagerte. Auf und ab bewegte sich das Schmuckstück mit ihren Atemzügen.

Er hielt im Spielen inne und räusperte sich. »Was wollt Ihr hören, junge Herrin?«, fragte er, während er ihre Hände betrachtete, wie sie das Fell des Hündchens kraulten. Die junge Frau nahm einen kleinen Leckerbissen aus einem Beutel an ihrem Gürtel und steckte ihn dem Tier zu. Gleich darauf war ein leiser Schmerzensschrei zu hören. Schimpfend fuhr sie auf, das Hündchen sprang zu Boden und flüchtete sich kläffend in eine weiter entfernte Ecke.

»Herrin?« Ghislain legte die Laute vorsichtig auf das Tischchen neben sich und kam zu ihr herüber. Anklagend streckte die ihm den rechten Zeigefinger entgegen. Er bemerkte eine Rötung, wo das Tier, wohl etwas gierig, zugeschnappt hatte. Klein und weiß war die Hand der jungen Frau, die Fingernägel oval. Keine Narben oder andere Spuren waren auf der zarten Haut zu sehen. Es war die Hand eines Kindes, das niemals spielte. »Darf ich?« Er schaute sie fragend an.

Zögernd streckte sie die Hand aus. Ihre Finger berührten sich. Ihre Haut fühlte sich erhitzt an, stellte er fest, und etwas klebrig von den Leckereien, die sie gegessen hatte. Er beugte sich darüber, begutachtete die Verletzung. Die Rötung hatte schon nachgelassen, sehr bald würde nichts mehr zu sehen sein. Er hob ihre Hand näher zu seinen Augen hin, fühlte seinen eigenen warmen Atem dagegen streifen; meinte, spüren zu können, dass sie ihn ansah. Dann entzog sie sich ihm mit einem Ruck, sprang auf und stampfte mit dem Fuß auf. »Nun, ihr lahmen Mägde, bringt mir den Übeltäter, und du, Jongleur«, sie wandte sich ihm zu, »spiel, du weißt schon, was ich hören möchte.«

Er setzte sich und nahm die Laute in den Arm. Neue Töne lösten sich. Dann schloss er die Augen und sang und spielte die Geschichte, die sie liebte; die Geschichte von einem Mädchen, das von einer Zauberin in einen See gebannt worden war und von einem Ritter gerettet wurde, eine Geschichte von der Reinheit der Liebe. Nach der ersten Strophe schaute er zu der jungen Frau hin. Alissende hatte sich in ihrem Stuhl zurückgelehnt und kraulte den Hund, den Berthe mit eisernem Griff zu seiner Herrin zurückgetragen hatte.

Das Tier war nicht bestraft worden. So rasch sie gekommen war, war Alissendes Wut verflogen. Ghislain richtete den Blick auf den Boden und sang weiter, ließ seine klare Stimme die Geschichte in den Raum hineintragen, überallhin, bis er ganz ausgefüllt war davon. Als er endete, war es kurz still. Eine Strähne ihres weizenblonden Haars um den Finger wickelnd, beugte Berthe sich vor. Rose ließ ihre Stickerei sinken. Alissende hob die Pfötchen ihres Hündchens, einmal rechts, einmal links, wieder rechts, wieder links. »Ich würde dir ja Beifall zollen, Jongleur«, sie lächelte, »aber ich habe alle Hände voll.«

Er erwiderte ihr Lächeln. »Zweifellos. Ich verstehe Euch, Herrin.«

»So?« Die junge Frau packte den Hund im Genick und reichte ihn an Berthe weiter. Dem festen Griff entkommen, nutzte das Tier die Gelegenheit und biss dieses Mal die Dienerin.

»Autsch!«, jammerte die Frau.

Alissende hob kopfschüttelnd die Augenbrauen. »Du musst ihn richtig packen, dummes Ding!«

Berthe nickte, schob den verletzten Daumen in den Mund und lutschte daran, während sie mit der anderen Hand das kläffende Hündchen bändigte. Lächelnd beugte seine Herrin sich über das Tier. »Du machst aber auch immer, was du willst, kleiner Racker!«

Das Hündchen leckte ihr über das Gesicht, sie drückte ihm einen Kuss auf die pelzige Stirn.

Tumult am Eingang des Saales ließ sie freudestrahlend aufblicken.

Aimon und seine Freunde waren eingetroffen, und ganz offensichtlich hatte die junge Frau die Gruppe sehnlichst erwartet. Ghislain lagerte die Laute auf seinen Beinen und schaute den lärmenden, jungen Männern entgegen. Zwei kannte er vom Tag ihrer ersten Begegnung. Alle waren sie angetrunken, Vorsicht war also ratsam. Stumm verfolgte er, wie Alissende zu ihrem Bruder lief, sie prallte förmlich gegen ihn, so sehr beeilte sie sich. Dann klammerten sich ihre kleinen Hände an seinen kräftigen Oberarmen fest. Den Kopf in den Nacken gelegt, sah sie zu ihm hinauf. »Ihr seid spät. Wo wart ihr?«

»Saufen waren wir«, mit seiner rechten Hand griff Aimon nach dem Zopf seiner Schwester und zog sie näher an sich heran, »saufen, saufen und saufen, Schwesterchen!«

Einer seiner Begleiter lachte dröhnend. Ein weiterer konnte sich kaum auf den Beinen halten, schwankte auf einen Faltstuhl zu und ließ sich mit einem gewaltigen Rülpser darauf nieder. Alissendes Finger streiften über die weinroten Wangen ihres Bruders, berührten sein glattes Kinn.

»Aber ich langweile mich hier alleine«, beschwerte sie sich.

Aimon warf einen längeren Blick auf den Jongleur.

»Ihr seid aber nicht alleine«, bemerkte er und machte eine Pause. »Muss ich mir Sorgen machen?« Er zog sie erneut am Zopf.

»Natürlich nicht«, sie schmiegte sich an ihn, »ich habe brav auf euch gewartet. Sag, was soll er spielen?«

Die blutunterlaufenen Augen des jungen Mannes richteten sich erneut auf Ghislain, ein Dunst von Alkohol schwebte von ihm herüber.

»Ich glaube, ich möchte die Geschichte von dem Bauern hören, der ein Ritter werden will, Stand und Eltern verrät und zum Schluss gehängt wird.«

Aimons Begleiter lachten. Längst hatten sich alle gesetzt, nur Alissendes Bruder stand noch und starrte den Jongleur an. Ghislain vermeinte mit einem Mal die Narbe auf seiner

Wange zu spüren, fühlte ein Klopfen, als sei die Wunde noch frisch, erinnerte sich an den Geschmack des Blutes auf seinen Lippen. Auf immer würde er dieses Zeichen tragen, ein deutlicher Strich, der seine linke Wange in zwei Hälften teilte, genau wie ihn die Narbe am Stirnansatz begleitete und unzählige andere Verletzungen, die ihm das Leben beigebracht hatte.

»Wein für meine Freunde!«, forderte Aimon die Mägde seiner Schwester auf, die rasch weitere Pokale füllten und sich dann in eine Fensternische zurückzogen, um auf neue Befehle zu warten. Ungeduld zeichnete die Gesichter der Zuhörer.

Ghislain begann zu singen. Er kannte das Lied so gut, dass er die Augen derweil durch den Raum wandern lassen konnte. Oberhalb der Tapisserien, das hatte er schon kurz nach seiner Anstellung entdeckt, befand sich ein Holzbalken mit geschnitzten Gesichtern, manche hübsch, manche Dämonen ähnelnd. Längst hatte er jedes einzelne betrachtet, hatte sie sogar mit den Mitgliedern des Haushalts verglichen und keine Ähnlichkeiten gefunden. An zwei Stellen, mitten unter den Gesichtern, reckten sich dem Betrachter Hinterteile entgegen. In der Nähe des verzierten Holzbalkens befand sich das Gitter, welches das kleine Zimmer Mérsandas de Luzy, der Mutter der Geschwister, mit dem großen Saal verband. Abends, wenn man genau hinsah, konnte man dort einen Lichtschimmer bemerken. Seit dem ersten Tag war er der älteren Frau de Luzy nicht mehr begegnet.

Er gelangte an die Stelle, an der der junge Bauernsohn seine Eltern mit verachtungsvollen Worten zurückließ und sich eine glänzende Zukunft ausmalte. Eine Bewegung Alissendes ließ ihn zu ihr hinschauen. Wahrscheinlich hatte sie nur die Stellung gewechselt, aber nun sah sie ihm in die Augen. Verhalten lächelte sie. Er stellte fest, dass ihre Oberlippe dicker war als die untere, während er davon sang, wie der Bauernjunge seine erste Missetat beging, weil er nicht wusste, wie ein Ritter sich geziemend zu benehmen hatte.

Die junge Frau lächelte etwas offener. Mit einem Blick vergewisserte er sich, dass Aimon beschäftigt war, und lächelte sie ebenfalls an.

Alissendes Blick erstarrte. Sie schaute auf das Hündchen in ihrem Schoß, hielt es hoch, um dem Tier in die Augen zu sehen, verwuschelte das Haar an seinem Vorderkopf.

Er sang von weiteren Verbrechen. Gegen Ende fand der Bauernsohn noch nicht einmal Aufnahme bei seinen Eltern und starb jämmerlich am Galgen. Nachdem er geendet hatte, herrschte Stille, dann klatschte Aimon laut und sehr langsam in die Hände, bis schließlich die anderen einfielen.

»Es ist wichtig, seinen Platz zu kennen«, sagte Aimon und lächelte. »Den Platz, an den Gott jeden von uns gesetzt hat.« Die anderen nickten beifällig. Von oben, durch das Gitter hindurch, war das feine Klingen eines Glöckchens zu hören, dann erinnerten die Glocken der benachbarten Kirche die Gläubigen an ihre Pflichten. Leise murmelnd vereinigten sich die Stimmen zum Gebet.

Mérsanda de Luzy saß, die Hände locker im Schoß gefaltet, in ihrem Stuhl neben der Fensteröffnung zum Hof und spähte hinaus. Eine Dienerin hatte die mit Pergament bespannten Flügel geöffnet. In ihrem Rücken und seitlich hielten bestickte Kissen den mageren Körper in Position. Vorne am Haupteingang konnte sie die Wachen sehen, denen das Wohlergehen ihrer Familie oblag und die angehalten waren, das schwere Holztor bei Gefahr sofort zu schließen; eine Vorrichtung aus Zeiten, in denen die kostbaren Waren ihres

Vaters – Gewürze, feine Wollstoffe und gutes Leinen – hier gelagert worden waren.

Doch das war lange her. Nichts war von ihrer Kindheit und Jugend geblieben, außer diesen Gebäuden, und auch ihre Schönheit, von der einst die ganze Stadt gesprochen hatte, war vergangen.

Sie beugte sich vor. Am gegenüberliegenden Flügel hatte sich gerade die schmale Seitentür geöffnet, die der Dienerschaft vorbehalten war, und der junge Jongleur war ins Freie getreten. Gegen die grüne Kleidung, die ihm die Familie überlassen hatte, setzte sich sein Haar tiefschwarz ab. Wie immer bewegte er sich flink und wirkte wachsam, als versichere er sich zu jeder Zeit, dass keine Gefahr lauere. Seit er seine Arbeit für das Haus de Luzy begonnen hatte, hörte sie ihn jeden Tag spielen. Er musizierte zur Unterhaltung ihrer Kinder Aimon und Alissende, auf kleineren Gesellschaften, aber auch im Rahmen intimerer Treffen mit Freunden der Familie. Bisher hatte er jedes Lied spielen können, das man von ihm verlangte, und noch viele Melodien und Weisen mehr. Dank ihm hatte sie hier oben die Lieder ihrer Jugend gehört und sich an die Tänze erinnert, die sie einst geliebt hatte. Drei Schritt nach links, Wiegeschritt, drei Schritt nach links, Wiegeschritt ... Sie beobachtete, wie er durch den Hof schlenderte und dabei den Blick über die umliegenden Gebäude schweifen ließ. Den Balkon, der sich rechter Hand über die ganze Höhe des ersten Stockes zog, betrachtete er länger und blieb dann neben den Stapeln von Holz stehen, das noch heute auf die Baustellen geliefert werden sollte. Laut rufend und stöhnend machten sich eben die Knechte daran, Balken und Bretter auf feste Karren zu laden.

Sie beugte sich vor, so weit es ihre Kräfte zuließen. Längst hatte sie ihrem Mann auf kleinen Wachstäfelchen von dem

Jongleur berichtet, und immer ungeduldiger fragte sie sich, was René de Luzy wohl zu dem jungen Mann sagen würde.

Als dieser Ghislain de Viens im letzten Jahr eingetroffen war, hatte sich ihr guter René gerade auf dem Weg nach Santiago de Compostela befunden, und kein Bote war in der Lage gewesen, ihn ausfindig zu machen. Sie hatten sogar kurz befürchtet, er sei verschollen. Danach hatten ihn Geschäfte und Beratungen mit Verbündeten aufgehalten. Wie immer gestalteten sich viele Verhandlungen zäh. Nun aber kehrte er zurück. Schon hatten ihn Boten angekündigt. Jeden Tag erwartete man ihn, jeden Augenblick konnte er hier sein.

Der Jongleur drehte sich um. Als habe er etwas bemerkt, suchte sein Blick erneut die Hauswände mit ihren Fensteröffnungen ab. Mérsanda rührte sich nicht. Ihr Sohn hatte ihr mehrfach bestätigt, dass dieser Ort der beste für ungestörte Beobachtungen war. Der Jongleur konnte sie nicht sehen, nirgends fanden seine Augen Halt, und so gab er es auf und wandte sich zwei Mägden zu, die, beladen mit prächtigen Schinken und Würsten, aus dem Keller emporstiegen. Kichernd stießen sich die jungen Frauen an, als er sich ihnen gegenüber tief, aber etwas spöttisch verbeugte und ein kurzes, freches Schanklied anstimmte, das sogar über dem allgemeinen Lärm hinweg zu hören war. Der erste vollgeladene Karren rumpelte aus dem Hof. Der Zugochse stieß ein dumpfes Schnauben aus.

Aus der Halle drang Aimons ersticktes Schnarchen durch das vergitterte Fensterchen zu ihr herauf. Mérsanda umfasste das silberne Glöckchen um ihren Hals. Spät am gestrigen Abend war er in den Saal gekommen, hatte verlangt, dass der Jongleur noch einmal geweckt werde und ihm etwas zum Nachtmahl spiele, war aber bald über einer Mahlzeit von kaltem Fleisch eingeschlafen.

Im Hof begann die Arbeit lautstark von Neuem.

Sie lehnte den Kopf gegen die Rückenlehne ihres Stuhls und betrachtete das Zimmer, in dem sie seit mehr als zehn Jahren den Großteil ihrer Zeit verbrachte. Ihr Bett aus dunklem Holz auf einem kleinen Podest mit einem Betthimmel, der aus einem Stoff gefertigt war, den ihr der Vater zur Hochzeit geschenkt hatte; ihr Stuhl mit Fußschemel, ein weiterer Stuhl mit gekreuzten Beinen für Gäste, ein Bildnis des heiligen Martin auf Holz, ein Tisch, eine Fingerschale und eine geschnitzte Truhe, in der sich – abgesehen von dem Holzkästchen mit Silberbeschlägen auf dem Boden neben ihrem Stuhl – ihre gesamte Habe befand.

Es hatte Jahre gebraucht, bis sie, die reiche Händlertochter, so viel von ihrem Besitz weggegeben hatte, dass der Rest in diese Truhe passte, aber sie brauchte nicht mehr als die zwei Unterkleider aus Leinen und zwei Überkleider aus Seide und Leinen sowie jenes Gewand aus rauestem Stoff, das auf ihrer zarten Haut schabte und sie an die Leiden des Heilands erinnerte und das sie darum am häufigsten trug. Mit den Jahren hatte sie all ihre Habe an Klöster verschenkt, sie an Kapellen weitergegeben, damit diese besser ausgestattet wurden und Reliquien erwerben konnten, und nichts verlangt, als Gebete für ihren Vater. Sie war sich nicht sicher, ob er erlöst gestorben war. Manchmal sah sie ihn nachts im Traum, und dann tanzten die Fratzen aus einer Kirche ihrer Kindheit um sie herum, und Flammen schlugen aus seinem Mund, und sie erwachte jedes Mal schweißgebadet.

Hufgetrappel ließ sie erneut den Kopf wenden. Endlich, dachte sie, als sie ihren Mann inmitten der Schar Reiter ausmachte, die in den Hof geritten kamen. Er trug eine leuchtend rote geschlitzte Cotte zu engen, dunkelblauen Beinkleidern und ließ seinen Schimmel eine ganze Drehung vollführen, bevor er geschmeidig vom Rücken des Tiers sprang und sich umsah.

Die Knechte bei den Holzstapeln hielten in ihrer Arbeit inne und grüßten ihren Herrn ehrerbietig. Mägde und Stallburschen blieben, ihrem Beispiel folgend, stehen. Mit lauter Stimme richtete René de Luzy einige Worte an sie. Den Jongleur gewahrte Mérsanda erst, als der junge Mann hinter einem der Holzpfeiler des Balkons hervortrat. Ihr Mann musste ihn aus den Augenwinkeln wahrgenommen haben, denn er drehte sich inmitten seiner Begrüßungsrede in seine Richtung und verstummte. Auch während der Jongleur sich verbeugte, sprach er nicht weiter, wandte sich schließlich an seinen Intendanten und fragte etwas. Der antwortete. Der Jongleur verbeugte sich tiefer, sagte wohl etwas, denn René de Luzy starrte ihn einen Moment lang an und lachte dann auf.

Wenig später konnte Mérsanda Schritte auf der Treppe hören, dann stand ihr Mann nach langer Zeit wieder vor ihr, verschwitzt vom Ritt, schwer atmend von seinem eiligen Lauf.

»Seid willkommen, ich habe Euch schon erwartet.« Sie streckte ihm die Arme entgegen.

Mit wenigen Schritten war er bei ihr, griff nach ihren Händen und küsste sie vorsichtig auf den Teil ihrer Wange, den das Gebände frei ließ. »Geht es Euch gut?« Sie spürte seinen aufmerksamen Blick auf sich und nickte, atmete seinen Geruch nach Schweiß und Pferd ein, spürte, wie seine Wärme ihre kalten Hände erfasste. »Fastet Ihr schon wieder?«

Dieses Mal wich sie seinem Blick aus. »Erzählt mir von draußen, was gibt es Neues?«

Ihre Hände, die er immer noch festhielt, kamen ihm leicht vor, wie Vogelknöchelchen, der Hals, auf dem ihr runder Kopf thronte, schien ihm zu zart für seine Last. Vor dem Hintergrund des Fensters zeichnete sich ihr scharfes Profil ab, die spitze Nase, das Gebände, das Kinn und Wangen umfasste, der blassgrüne, steife Stirnreifen, mit silbernen Kreuzen bestickt. Ihre Haut war weiß, aber sie war nicht durchscheinend, vielmehr erinnerte sie ihn an die gekalkten Wände dieses Zimmers. Er wusste nicht, was er sagen sollte, ließ ihre Hände los und nahm neben ihr Platz. »Ich habe Euer Hemd zum Grab des Heiligen gebracht.« Er musterte sie. »Ich konnte auch über Alissendes Hochzeit ...«

»Hat es eine Einigung gegeben?«

Er nickte. Sein Blick wurde starr, dann riss er sich vom Anblick ihres heiligen Martins los und bekreuzigte sich.

»Die Verträge sind aufgesetzt. Der Herr de Faure wünscht seine Braut bald zu sehen. Wir könnten ein Fest ausrichten. Es ist eine wichtige Verbindung, je mehr davon erfahren, desto besser.«

Sie nickte. Er streckte seine Beine von sich.

»Ihr seid dünner geworden«, bemerkte er nach einer Weile.

»Bin ich das?« Sie sah ihn nicht an. »Soll ich Euch etwas zu essen holen lassen?«, fragte sie.

»Werdet Ihr mit mir essen, Mérsanda?«

Sie schüttelte den Kopf. »Ich habe mein Gelübde erneuert, ich ...«

Er beugte sich zu ihr herüber und griff nach ihren Händen. »Habt Ihr Euer Gelübde nicht zur Genüge erfüllt?«

»Nein, ich fühle nicht, dass ...« Sie entzog ihm ihre Hände und drückte sie gegen ihren Oberkörper, spürte, wie sich, von der verletzten Haut unter dem Hemd ausgehend, der Schmerz ausbreitete. »Ich fühle nicht, dass es genug ist«, vollendete sie mit festerer Stimme.

Ihr Mann stand auf und ging zum Tisch hinüber. Eine Mahlzeit – mittags, wie es ihr der Beichtvater auferlegt hatte – und immer nur Brot und Räucherfisch. Er konnte es riechen, beim Gekreuzigten.

»Ich werde unten essen.«

Sie nahm seine Absage stumm hin.

»Ihr habt unseren Jongleur getroffen?«, fragte sie, während er unschlüssig in der Tür wartete.

Er nickte.

»Er hat Botschaften gebracht. Ich habe sie in Euer Zimmer legen lassen.«

Er nickte, dieses Mal langsamer, und musterte sie.

»Ich überlasse es Euer Entscheidung, ob er bei uns bleiben soll«, fuhr sie fort. Er nickte zum dritten Mal, fragte, als ob es ihm gerade eingefallen sei: »Wie geht es den Kindern?«

Mérsanda fasste nach dem Glöckchen um ihren Hals und hielt es fest. »Aimon hat sich nicht verändert, und das Mädchen ...« Sie seufzte leise. »Ich kann sie keine Demut lehren.« Nein, keine Demut. Ihre Jüngste war wie ein Vogel, der seine Flügel gegen das Gitter des Käfigs schlug, ohne darauf zu achten, ob er sich verletzte. Sie ließ das Glöckchen los. »Ich könnte Euch Wein mit Zimt aufkochen lassen, René, das mögt Ihr doch, oder?«

Abweisend wie eine Festung lag das Haus der Familie de Luzy in der Dämmerung. Von der Kapelle des nahe gelegenen Klosters drang das Glockengeläut herüber, das die Mönche zur Abendandacht rief. Ein Mann lenkte seine Schritte vorbei an Abwässern und einer toten Ratte. Eine Schar Reiter folgte, beobachtet von den beiden Torwachen, doch es gab nichts, was Anlass zur Besorgnis gegeben hätte. Hinter dem Haus, im zweiten Hof, in einem von einer hohen Mauer umfassten Garten, schlich eine Katze auf der Suche nach Beute umher. Etwas raschelte. Ein paar Krähen erhoben sich kreischend in die Luft. Im Haus öffnete sich eine Tür und wurde geschlossen. Schritte, erneut Stille.

In seiner Kammer lief René de Luzy ruhelos auf und ab, kehrte immer wieder zu seinem Schreibtisch zurück und starrte die Tasche an. Der Jongleur habe sie gebracht, hatte seine Frau ihm gesagt, gemeinsam mit den Botschaften, die er längst durchgelesen hatte. Nun hielt er nur noch den schmalen Streifen Pergament in der Hand, den er dem Geheimfach entnommen hatte, und lauschte den Geräuschen, die von seinem Sohn herüberdrangen.

Aimon hatte sich auf das Bett seines Vaters geworfen und die Arme hinter dem Kopf verschränkt. Sein dichtes, blondes Haar war wirr, da er anscheinend gerade erst aufgestanden war, die blauen Augen schauten wässrig und blutunterlaufen. Offensichtlich hatte er zu viel getrunken. Viel Kluges hatte er auf die vorsichtigen Fragen seines Vaters bisher nicht zu sagen gehabt. René seufzte. Manchmal wollte er dieses träge Ungetüm von einem Sohn am liebsten schütteln. Zu nichts war er zu gebrauchen.

Wir haben ihn gefunden. Erneut schaute er auf den schmalen Pergamentstreifen in seinen Fingern, ging zu einem der großen Kerzenständer hinüber und verbrannte ihn.

»Steht auf und kommt mit!«, herrschte er den jungen Mann in einem Anfall sich verstärkenden Unmuts an und riss die Tür auf, um mit langen Schritten den Gang hinunterzueilen.

Mérsandas Blick folgte den beiden. Wie es ihre Gewohnheit war, wenn René im Hause weilte, hatte sie die Tür zu ihrer Kammer offen stehen lassen. Sie fröstelte. Unruhig spielten ihre Finger mit dem silbernen Glöckchen um ihren Hals. Neben ihr, auf dem Tischchen, lag der Ring aus feinem Goldgeflecht, den ihr Mann ihr in jenem glücklichen Jahr ihrer Hochzeit geschenkt hatte. Kaum neun Monate später war Emerssende geboren worden, die älteste Tochter, die vor nunmehr fast zwei Jahren im Kindbett verstorben war. So lange war das schon her, dass ihr guter, starker René seine Trauer kaum hatte bändigen können.

Ein Geräusch ließ sie aufblicken. Ein Diener schloss die Tür zu Renés Kammer, und sie fühlte Bedauern in sich. Wenn René im Haus war, arbeitete er sonst abends in seinem Zimmer und ließ die Tür stets offen stehen, sodass sie ihn durch die ihre beobachten konnte, wie er seinem Schreiber diktierte, während er selbst auf und ab wanderte, ihr stattlicher Riese aus dem Norden. Manchmal blieb er stehen und sah zu ihr herüber. Als sie ihn zum ersten Mal gesehen hatte, erinnerte sie sich, war er kaum mehr als ein abgerissener, halb verhungerter Bursche mit verbeultem Helm und geborgtem Kettenhemd gewesen, jüngster Sohn eines unbedeutenden Herrn aus der Champagne. Es waren seine Augen gewesen, die sie gefangen genommen hatten – stechend hellblau und doch so sanft, wie es später auch Emerssendes gewesen waren.

Emerssende ... Sie seufzte. Nachdem Alissende geboren worden war, hatte man ihre älteste Tochter immer das liebe Kind genannt. Die kleine Alissende dagegen hatte ihrer Amme in die Brust gebissen. In ihrer jüngsten Tochter gab es keinen Platz für das Leid des Gekreuzigten. Draußen im Hof waren Hufschläge zu hören. Gleich würden Vater und Sohn zum Tor hinaus traben. Ihre Finger krampften sich um das Glöckchen an der Kette um ihren Hals, dann sank die Hand zurück in ihren Schoß. Es hatte begonnen.

Sie hatten beide die Morgenmesse besucht und gönnten sich einen gemeinsamen Augenblick am Wasser. Alix hatte sich auf eine Mauer gesetzt, von wo aus sie den Fluss und das Treiben im Hafen im Blick hatte. Ghislain saß neben ihr, die Beine angezogen, und sah zum Grand-Pont hinüber. Mit sorgfältigen Strichen kämmte die junge Frau ihre Haare. Wie so oft musste er ihr vom Haus der Familie de Luzy erzählen. Besonders die Einrichtung interessierte sie – das Mobiliar, die Tapisserien und die Teppiche hatte sie sich mehrfach beschreiben lassen –, und stets fragte sie ihn, was die Familie aß.

»Fleisch, süßes Obst und Mandelmilch«, sagte er nun. Genießerisch schloss sie die Augen. »Knuspriges Huhn, Nüsse in Honig, süßer Würzwein«, fuhr er fort.

»Röstfleisch, zartes Brot und Gebäck«, vollendete sie schwärmerisch.

Er drehte den Kopf von der Brücke weg und beobachtete, wie sie sich mit dem Kamm durch das Haar fuhr. Manchmal blieben die krausen Locken an einer Zinke hängen und zwirbelten sich, als wäre eigenes Leben in ihnen. Am Flussufer wurde es laut, ein neues Schiff legte an, ein anderes wurde entladen. Wein, Salz, Fisch vom Kanal, Holz und Steine für den Bau und vieles mehr kam auf diesem Weg in die Stadt. Unablässig mischte sich das Brüllen der Schiffsentlader mit den Rufen der Verkäufer, Makler und derjenigen, die die Maßangaben kontrollierten, und manches Verkaufsgespräch kam erst in einer der umliegenden Schankstuben oder Herbergen zum Abschluss. Ghislain sah einen Diener in einem grauen Gewand, der bei einer Weinlieferung wartete.

»René de Luzy ist zurück«, sagte er.

Alix hielt inne. »Hast du ihn also kennengelernt?«, fragte sie grinsend.

Er nickte. »Was weißt du über ihn?«

»Nicht viel.« Sie zuckte die Schultern. »Man erzählt sich, sein Vater habe kein eigenes Land besessen, und doch ist der Sohn heute ein reicher Mann mit besten Verbindungen. Man munkelt sogar, er werde bald zum König vorgelassen.« Sie kämmte sich weiter.

»Was weißt du noch?«, fragte er nach einer Weile.

»Nichts, was soll ich wissen?« Sie zog die Augenbrauen hoch.

»Es heißt, Frauen deines Schlags wissen viel.«

»Meines Schlags?« Das schiefe Grinsen erschien auf ihrem Gesicht. Im hellen Licht konnte er auch die feine Narbe erkennen, die sich von ihrem linken Mundwinkel zum Kinn herabzog. Aber ihre Augen lächelten nicht. Sie ließ die Hände in ihren Schoß sinken. Wieder einmal fielen ihm ihre sehnigen Handgelenke auf. Sie hatte einen schmalen, festen Körper, und sie konnte schnell rennen, wenn es darauf ankam.

»Und?«, bohrte er.

»Sein Land liefert Holz, Steine und Glas für den Kirchenbau. Das ist ein Weg in das Herz unseres Königs, ansonsten ...«

Ihre Stimme nahm einen abweisenden Tonfall an, so wie an dem Tag, als er ihr berichtet hatte, was Alissende de Luzy getragen und wie sie darin ausgesehen hatte, so wie man eben von einer schönen Frau erzählte. Nur eine Geschichte, wie so viele andere, die er kannte. Alix hatte nichts davon hören wollen. Die und schön, hatte sie gesagt und die Augen gerollt, schwarze Haare hat sie, siehst du nicht? Das bringt Unglück.

»Ansonsten?« Er griff nach ihren Händen.

»Ansonsten verkehre ich selten«, sie warf ihm einen langen Blick zu, »mit feinen Herren.«

Ghislain hatte Alix noch einen Becher Wein spendiert, bevor er das Mädchen zu seinem Stammplatz in der Vorhalle einer Kirche begleitet hatte, um den Weg zurück zu den de Luzys einzuschlagen.

Es war ein schöner Tag. Noch ließ er sich mit der wie jeden Tag in die Stadt strömenden Menge treiben, mit den kleinen Bauern und ihren holprigen Karren, den hoffnungsvollen Arbeitsuchenden, den Neuankömmlingen, die die Augen weit aufsperrten, den erwartungsvollen Studenten, Mönchen und gut gekleideten Herren und Damen zu Pferde sowie den Händlern mit ihren großen Wagen, vollbeladen mit Tuch, Gewürzen und Spezereien, Metallen und edlen Steinen, Farben, Glas, Holz und allem anderen, was das Herz begehren mochte. Als er das Lagerhaus der Abtei von Ourscamp erreichte, blieb er stehen und hielt gewohnheitsmäßig Ausschau nach Philippe, den er zu Ostern überraschenderweise dort getroffen hatte, aber der Mönch war nirgendwo zu entdecken. Für eine Weile beobachtete er ein paar junge Mönche im Inneren des Lagerhauses, wie sie schnaufend die Weinfässer in den Keller räumten, die sie vom Fluss herauf bis hierher gebracht hatten. In der schmalen Gasse an der rechten Seite des Lagerhauses standen zwei Schüler der Kathedralschule von Nôtre-Dame in ein Gespräch vertieft. Etwas weiter hielt ein hagerer, hochgewachsener Mönch einem deutlich jüngeren einen angebissenen Käse unter die Nase, während ein weiterer den honigfarbenen Inhalt einer Flasche begutachtete.

Ein Lächeln auf den Lippen setzte er seinen Weg fort, nahm, ein paar Gassen weiter, das Angebot eines Bronzeschmieds in Augenschein und wählte eine kleine Fibel für Alix aus. Nur kurz später erweckte eine Silberschüssel im Angebot eines Silberschmieds mit ihren kunstvollen Verzierungen aus Blüten, Blättern und Ranken seine Aufmerksamkeit.

So war Paris, dachte er, voller Angebote und Verlockungen, voller Farben und Glanz. Behutsam streifte er über den glatten Rand der Schüssel und zeichnete mit den Fingern das komplizierte Blattmuster nach. Nicht lange, und der Meister selbst trat vor die Tür und betrachtete den etwaigen Käufer.

»Ein schönes Stück«, sagte er und deutete auf Ghislains Hals.

Ghislain stellte die Schüssel zurück an ihren Platz. Mit gerunzelter Stirn ertastete er das Medaillon. Anscheinend hatte er es, entgegen seiner Gewohnheit, versäumt, das Schmuckstück unter seiner Kleidung zu verbergen.

Der Silberschmied kam näher. »Verkaufst du es? Ich bin stets auf der Suche nach gutem Silber«, fuhr er, ermutigt vom Schweigen des jungen Mannes, fort.

Der umfasste das Medaillon mit der rechten Faust. Nur wenn er alleine war, pflegte er den stilisierten Vogel darauf eingehender zu betrachten. Längst kannte er jede Linie, jede Unebenheit, jede noch so winzige Kerbe auswendig. Er wusste, wie sich das Schmuckstück anfühlte und hätte es mit Leichtigkeit blind aus mehreren erkennen können, aber die Erinnerungen, die aus ihm emporstiegen, blieben lediglich Fetzen, manche heller, manche dunkler, manche hinterließen angenehme Gefühle, manche schreckliche.

Wieder runzelte er die Stirn. Ein Sommersturm. Der Geruch von gebratenem Fleisch, das Geräusch zischenden Fetts. Seine Kehle wurde eng. Er musste den Kopf schütteln, um die Gedanken abzuwehren.

»Schade«, sagte der Silberschmied.

Ghislain wandte sich ab. Während er das Medaillon sorgsam unter seiner Kleidung verbarg, schritt er kräftiger aus. Die Bewegung würde die dunklen Gedanken verjagen. Bald rannte er fast. Viele Wege hatte er auf diese Weise schon zurückgelegt, Wege durch das ganze Land hindurch, Wege, die ihn kreuz und quer durch Paris führten. Manchmal besann er sich nur auf die Bewegungen, manchmal dachte er nach, doch heute beschäftigte ihn schon nach kurzer Zeit etwas anderes: Jemand folgte ihm.

An der nächsten Straßenecke blieb er stehen, scheinbar unschlüssig, welche Richtung er nehmen wollte, sodass er den Mann in Augenschein nehmen konnte. Er wusste nicht, wie lange er ihm schon auf den Fersen war. Zweifellos hatte er es im Gedränge schlecht bemerken können, doch nun, als die Fußgänger weniger zahlreich waren, gab es keinen Zweifel. Ein stämmiger Mann blieb hinter ihm, ganz gleich, in welche Richtung er sich wandte, nahm jede Biegung, die er auch nahm, lief jede Gasse entlang, überquerte jeden Platz und blieb vor dem Angebot eines Töpfers stehen, als Ghislain sich gegen die nächste Hauswand erleichterte.

Der Jongleur runzelte die Stirn. So häufig er auch verstohlen über seine Schulter blickte, er kannte den Mann nicht. Einmal ging er sogar aus heiterem Himmel ein paar Schritte zurück, vorgeblich, um das Stoffangebot eines Tuchhändlers zu betrachten, aber auch aus größerer Nähe blieb ihm das kantige, vernarbte Gesicht unter der tief in die Stirn gezogenen Kappe unbekannt.

Er schritt kräftiger aus, der Mann folgte ihm. Er schlug einen Haken, der Mann blieb hinter ihm. Natürlich würde es bis zu den de Luzys einige ruhigere Gassen geben, möglich, dass er dort herausfinden konnte, worum es ging, aber ein solches Vorhaben barg auch Gefahren.

Wieder blieb er stehen, nutzte die Gelegenheit, nach seinem Dolch zu tasten und den Mann verstohlen zu mustern. Sie waren etwa von gleicher Größe, aber sein Verfolger war weitaus kräftiger, sein Gesicht von einer tiefen Schwertnarbe, die sich vom linken Ohr zum rechten Kinnbogen zog, in zwei unregelmäßige Hälften gespalten. Ein Söldner? Zumindest trug er einen ledernen Brustschutz unter dem Umhang. Zweifellos jemand, der mit Waffen umgehen konnte.

Der Duft einer Garküche brachte Ghislain auf den Einfall, eine Schüssel Linsen zu sich zu nehmen. Sein Verfolger zögerte, doch dann steuerte er ebenfalls die Theke an und bestellte Dünnbier. Rechts und links von ihm wichen die anderen Gäste zur Seite.

Ghislain beugte sich über sein Essen. Wenn er es richtig bedachte, gab es nur eine Gasse, in der er eine Begegnung wagen konnte. Er lehnte sich zurück, um den Unbekannten abzuschätzen. Der Mann nahm einen großen Schluck Bier und fuhr sich mit dem Handrücken über den Mund.

Die Entscheidung war gefallen. Rasch leerte Ghislain seine Schüssel und schob sie dem Garküchenbesitzer zu. Wortlos klaubte der die Münzen eines neuen Gastes vom Tresen. Von rechts näherte sich eine johlende Meute Studenten. Ein paar sangen, ein paar waren in ein Streitgespräch vertieft, das sich zuzuspitzen drohte. Eine Schlägerei lag in der Luft.

Ghislain trat von der Theke zurück. Langsam drehte er den Kopf, um seinen Verfolger anzuschauen. Als habe der etwas bemerkt, wandte ihm der Mann ebenfalls den Kopf zu. Ihre Blicke trafen sich. Zuerst musterten sie einander ausdruckslos, dann lächelte Ghislain. Sein Verfolger runzelte die Stirn. Das Johlen der Studenten wurde lauter, der drohende Zweikampf war nur noch eine Frage der Zeit. Mit einem geschickten Satz setzte Ghislain zwischen zwei hünenhaften Engländern hindurch, kämpfte sich durch die Meute und beschleunigte seine Schritte. Ein wilder Fluch erklang hinter ihm. Als er in die nächste Gasse einbog, hörte er heftiges Schimpfen, aber das Geschrei kam näher.

Auch sein Verfolger rannte. Ghislain beschleunigte. Mit weit ausgreifenden Sprüngen nahm er Gassen und überquerte Plätze; Ecke, Gasse, Durchgang: Im Gewirr der planlos gewachsenen Straßen, Häuser, Höfe und Übergänge fanden sich nur wenige zurecht, er kannte es in- und auswendig. Und doch gelang es ihm nicht, den Mann abzuschütteln. Schon schwerer atmend stürmte er durch einen schmalen Spalt zwischen zwei Häusern hindurch, drehte nach links und raste die nächste Gasse entlang, während er seine Aufmerksamkeit immer wieder nach hinten richtete. Inzwischen war er sich sogar sicher, dass ihm mehr als einer auf den Fersen war. Zwei Stimmen waren zu hören. Manchmal riefen sich seine Verfolger etwas zu. Die kräftige, dunkle Stimme kannte er aus der Garküche, die zweite war heller und durchdringend. Diesen zweiten Verfolger musste er übersehen haben, oder er war später hinzugestoßen. Er rannte noch schneller, doch auch seine Verfolger waren gute Läufer.

Vor allen Dingen kannten sie sich aus. Der Karren, über den Ghislain mit einem Sprung hinübersetzen musste, kostete ihn Abstand. Gleich darauf stolperte er über einen auf dem Boden kauernden Bettler. Der Mann schrie auf und machte durch wütendes Schimpfen auf das Geschehnis aufmerksam. Ghislain rappelte sich hoch, stolperte weiter.

Nur noch ein paar Schritte, und er hatte sein Ziel erreicht. Etwas zischte knapp an seinem Kopf vorüber, sodass er beinahe zum zweiten Mal stürzte. Taumelnd fuhr er herum. Wirklich, zwei Verfolger: zu dem Stämmigen mit Kappe hatte sich ein schlanker Blonder gesellt, der eine kleine Armbrust im Arm hielt und gerade einen neuen Bolzen einlegte. Ein Sirren, Ghislain ließ sich fallen und war gleich wieder auf den Beinen. Noch bevor der Blonde den dritten Pfeil einlegen konnte, schnellte er los, bog rechts in die Gasse und stürmte weiter, bis er die hohe Mauer rechter Hand erreicht hatte. Mit einem gewaltigen Satz erreichte er den Mauerfirst, ein Schwung und keinen Moment zu früh, und er hatte sich behände nach oben gezogen. Hier oben schützten ihn vorerst die Läden der nächsten Häuser davor, entdeckt zu werden, aber er selbst konnte die Männer beobachten, die unschlüssig in die Gasse hineinspähten.

Als sie näher kamen, glitt er vorsichtig in den von Unkraut überwucherten Hof, den wohl nicht wenige Anwohner zum Abladen ihrer Abfälle nutzten. Zerbrochenes Geschirr lag neben Lumpen und menschlichem Unrat. In einer Ecke der kleinen Fläche versenkte ein mageres Schwein seine Nase in einen Haufen Dreck und suchte nach Fressbarem.

Ghislain horchte. In der Gasse waren die ratlosen Stimmen seiner Verfolger zu hören. Leise schlich er zu einer schief in den Angeln hängenden Tür und erreichte durch das verlassene Haus hindurch die nächste Gasse. Alix hatte ihm diesen Weg einmal gezeigt. Er ließ seinen Blick schweifen, bevor er die Deckung verließ. Das Atmen brannte und sein Herz hämmerte. Die mit einem Mal drückende Hitze über der Stadt bemerkte er kaum. Wer, bei den Wunden Christi, wollte ihn umbringen?

Der zunehmenden Hitze zum Trotz ging es auf dem Friedhof auch um die späte Nachmittagszeit lebhaft zu. Bettler, Vagabunden, Akrobaten und Jongleure hatten sich in Gruppen zusammengefunden, standen, saßen und lagen entlang der Friedhofsmauern. Manche schliefen, andere redeten. Stimmen waren zu hören, die stritten, sich neckten oder Empfehlungen austauschten. Manche widmeten sich den Verbänden, die ihre verstümmelten Glieder verhüllten. Ein Mann umwickelte sein von Schwären und Wunden übersätes

Bein mit schmutzigen Leinenstreifen. Ein anderer färbte eine Narbe ein, während die Frau an seiner Seite ihr Kind stillte. Huren gingen ihrem Geschäft nach, dazwischen liefen Studiosi umher auf der Suche nach ein wenig Vergnügen. Einer der Jongleure probte ein neues Lied vor Publikum und erntete Lacher, indem er die körperlichen Reize einer schönen Rothaarigen besang und sein Unvermögen, in ihren Genuss zu kommen. Ein blondes, kraushaariges Mädchen zog einen Mann hinter sich her auf eine der ungestörteren Ecken zu. Ihr geschürztes Gewand enthüllte schlanke Beine. Unter dem Stoff ihres Kleides zeichneten sich runde Hüften ab.

Verunsichert verfolgte Lise das muntere Treiben. Übler Geruch lag in der Luft. Sie presste die Hand auf den Mund. Maman würde sie hier nicht sehen wollen, und sie würde sich genauso ungern von Maman sehen lassen. Sie war mehr als froh, als sie nahe hinter sich die ihr vertrauten, kräftigen Schritte hörte. Sie erkannte sie schon jetzt an ihrem raschen Rhythmus, an der Zielstrebigkeit. Die Augen geschlossen, faltete sie die Hände. Ein wenig nur wollte sie es herauszögern, seinen Blick auf sich spüren, wie er über ihr Haar strich und den zarten Hals unter dem schweren, blonden Zopf liebkoste. Die Schritte verharrten. Sie spürte, wie sich ihre Haare im Nacken und auf den Oberarmen sträubten.

»Lise?«

Sie öffnete die Augen. Sie liebte Thomas' Stimme, die ihr so klar und sicher klang. Indem sie laut die letzten Worte eines Gebets sprach, drehte sie sich zu ihm. Sie mochte es auch, wenn er sie ansah, wie er es jetzt tat, wenn sein Blick ihren Körper hinauf und hinunter wanderte und sich an sie schmiegte wie der hellbraune Stoff ihres Kleides. Errötend zupfte sie ihren Zopf über die rechte Schulter nach vorne und spielte damit. Auf dem rechten Ärmel von Thomas' Cotte glänzten winzige, metallene Punkte. Er musste direkt aus der Werkstatt gekommen sein. Seine Beinkleider wiesen ein Muster von Schmutzspritzern auf, denn schon das gestrige Unwetter hatte Pfützen hinterlassen, und auch heute drohte es zu regnen. Mit einem Lächeln auf den Lippen trat er näher zu ihr hin. Sie genoss es, ihn zu spüren, seinen herben, männlichen Geruch einzusaugen. Wie unabsichtlich streifte er ihre Hand.

Sie legte den Kopf zurück. Thomas schenkte ihr Beachtung, während der Vater immer nur Zeit fand, Jehannes Fragen zu beantworten. Der Gedanke daran ließ ihre Mundwinkel zucken, sie spürte erneut die Berührung von Thomas' Kleidung und atmete tief durch. Mochten sich Vater und Schwester auch über die Verwendung von Schwarzlot und die Eigenschaften von Buntglas austauschen, irgendwann würde auch die Jüngere heiraten und einen Haushalt führen müssen. Später fragte niemand mehr danach, was sie von Glas wusste.

Thomas' nächste Berührung ließ sie zusammenzucken. Aus klaren Augen blickte er sie an. Noch nie war ihr aufgefallen, wie schön geschwungen seine Augenbrauen waren, die Stirn hoch und edel. Angesichts seiner kräftigen, geraden Nase war sein Mund etwas klein, aber die Lippen waren fein gezeichnet. Längst konnte sie sich kaum daran erinnern, wann aus den Besuchen und den Essen in seinem Haus mehr geworden war.

Heute hatte er sie zum ersten Mal hierhergebeten, wo sie das gute Wetter ungestört genießen konnten. Im Trubel auf dem Friedhof würde man sie kaum bemerken. Unschlüssig schaute sie zu einem Grüppchen Huren hinüber, von denen zwei in Verhandlungen mit einigen Herren verstrickt waren.

Thomas küsste sie unvermittelt. Sie gab einen erschreckten Laut von sich.

»Was ist? Gefällt es dir nicht?« Er sah auf sie herunter. Unwillkürlich berührte sie ihre Lippen mit Zeige- und Mittelfinger. Unsicherheit machte sich in ihrem in seiner Rundlichkeit immer noch kindlichen Gesicht breit.

»Doch, es gefällt mir.«

»Aber man tut so etwas nicht«, vollendete er mit ernster Stimme. Sie wich seinem Blick aus. Mit zwei Fingern unter ihrem Kinn hob er ihr Gesicht gegen seines. »Du bist das schönste Mädchen, das ich kenne.«

Er ließ seine Stimme schwanken, spürte die Hitze, die von ihr ausging, dieses leichte Zittern, und zog seine Finger zurück. Dann griff er nach ihrer Hand. Ihre Finger fühlten sich eiskalt an und verschwanden in seiner. Ihre Hand war so klein, dass er beinahe gelacht hätte, ein verschwindendes Nichts im Vergleich zu seiner Pranke. Du bist das schönste Mädchen, das ich kenne, eine Blume in Weiß und Rosa, das schönste Gewächs des Gartens. Wie lange war das her, dass er das zum letzten Mal gesagt hatte? Edwige, du bist das schönste Mädchen, das ich kenne. Er küsste die Kleine noch einmal, wieder versteifte sie sich.

Was für ein Kind! Beinahe hätte er gelacht, doch er trat zurück, hielt sie bei den Oberarmen und schaute sie ernst an. Die Wimpern an ihren gesenkten Augenlidern flatterten. Der sanfte Schwung ihrer Wangen zeigte sich verfärbt.

»Magst du mich nicht?« Sie riss die Augen auf. Er verschränkte die Arme. Jetzt konnte er sie sogar frösteln sehen. »Was hat meine Taube denn?«

Wieder berührte er ihren Arm. Ohne Arg wandte sie ihm ihr Gesicht mit den großen, grauen Augen zu, zwischen denen ihre kleine Stupsnase fast verschwand. Ihr schwerer Zopf lagerte auf ihrer linken Brust und bewegte sich mit ihren Atemzügen auf und ab.

»Nichts.« Mit einer Hand fuhr sie sich über das Gesicht. »Bin ich dir wichtig, Thomas?«

»Wichtiger als alles, unseren Herrgott ausgenommen, das weißt du doch.« Er lächelte. Ohne es zu bemerken, hatte sie die Unterlippe nach vorne geschoben, was den kindlichen Ausdruck verstärkte. Ein Windstoß fuhr durch den Friedhof, zupfte an ihren Haaren und Kleidungsstücken und brachte Grashalme zum Tanzen.

»Und du? Magst du mich denn nicht?«, wiederholte er eindringlich.

»Doch!« Sie begleitete ihre geflüsterte Antwort mit heftigem Nicken, starrte auf den Boden, wo sich ihrer beider Schatten zu einem einzigen vereinigten. Er hielt sie bei den Armen. Sie war mehr als einen Kopf kleiner als er und so zart, dass er sie ohne Schwierigkeiten in die Höhe hätte heben können. Sachte berührte er sie.

»Mein Herz, bist du es?« Er machte eine Pause. »Du musst jetzt nichts sagen.«

»Doch ...« Dieses Mal trat sie selbst an ihn heran. »Ich bin es.«

»Gut.« Er küsste sie. Die Hitze war noch drückender geworden. Ein erster kräftiger Wind brauste über sie hinweg. Heute lag ein Gewitter in der Luft.

Leise war der Wind aufgefrischt, war stetig heftiger geworden und hatte nun einen Teil des Baugerüsts aus der Verankerung gerissen; eben beeilten sich die letzten Arbeiter, festen Boden zu erreichen. Den Kopf in den Nacken gelegt, verfolgte Clément den Weg der Männer, bis auch der letzte von ihnen das Gerüst verlassen hatte. Der Regen prasselte immer heftiger herab, Wasser lief über Gesichter, tropfte aus Kleidern; Wassertropfen bildeten sich an Wimpern, Nasen und Lippen, rannen über den Kragen in den Hals und über Rücken und Brust hinab. Manchmal peitschten die Regenschauer so heftig, dass man die Tropfen wie feine Schläge auf der Haut spürte. Der Wind ließ Balken und Verstrebungen bedrohlich knarren, ein Seil riss sich los, flog sirrend durch die Luft, gefolgt vom Krachen der Bretter, die haltlos zu Boden rutschten.

»Bei allen Heiligen!«, schrie jemand in seinem Rücken.

Clément schützte sein Gesicht mit den Händen gegen die Wassermassen und zählte die Anwesenden durch. Ein Blitz, ein Donnerschlag: Er zuckte zusammen und musste von vorne beginnen. Noch hatte er nicht alle entdecken können, wo waren die fehlenden Männer? Er suchte in allen Richtungen.

Ein paar hatten sich zu einer der Steinmetzhütten geflüchtet.

Er zählte noch einmal. Die Arbeiter, stellte er gleich darauf fest, waren vollzählig. Wo aber war der Baumeister? Zu Anfang des Unwetters hatte er ihn gesehen. Da hatte er die Männer angetrieben, die Baumaterialien zu sichern, hatte Holz an trockene Stellen tragen, Seile festzurren lassen und dafür gesorgt, dass nichts Schaden nehmen konnte. Überall war er gewesen. In ruhigem Tonfall und ohne Unterlass hatte er Befehle erteilt.

Clément ließ seinen Blick schweifen. Dort drüben, wo die Bretter zu Boden gegangen waren … Er vergewisserte sich noch einmal. Nein, da war niemand. Über den nachtschwarzen Himmel zuckte ein neuer Blitz, gefolgt von einem Donnerschlag. Aus den Augenwinkeln sah er ein paar Männer in einer Gasse verschwinden. Sicherlich würden sie eine Schankstube aufsuchen, um sich aufzuwärmen und zu reden, bevor sie in die kleinen Kammern zurückkehrten, in denen sie zu mehreren wohnten.

Giles tauchte neben ihm auf. »Komm ins Trockene«, sagte er zögernd, »setz dich nicht diesem Zorn aus.«

Clément schüttelte den Kopf. »Ich kann Maître Pierre nirgends entdecken.«

Ein neuer Blitz tauchte die Szenerie in sein gespenstisches Licht. Der unweigerlich folgende Donner ließ die Männer zusammenschrecken.

»Maître Pierre«, murmelte Giles und bekreuzigte sich, »man erzählt ...«

Clément berührte seinen Arm, um ihn zu unterbrechen, dann streckte er die Hand aus und deutete auf etwas. Thomas' ältester Gehilfe folgte der vorgegebenen Richtung. Eine dunkle Gestalt näherte sich. Als sie die beiden Männer fast erreicht hatte, wurde sie von einem neuerlichen Blitz erhellt. Eine Fratze sprang ihnen geradezu entgegen, eine kräftige Hand packte Giles beim Ärmel.

»Jesus, Maria und Joseph«, kreischte der in den nächsten Donnerschlag hinein und wich zurück. Die Gestalt grunzte. Giles schauderte, wie in einem Fieber. »Ihr Heiligen, das ist der Gottseibeiuns, der Maître Pierre holen wird!«

»Giles«, unterbrach ihn Clément, »das ist nur der Bettler, der immer an der Seine sitzt. Du kennst ihn doch.«

Er musterte den Mann, den der Regen ebenfalls durchnässt hatte, sodass die zerlumpte Kleidung eng an seinem Körper klebte.

Derweil sprang der Bettler von einem nackten Fuß auf den anderen und blickte sich nervös um. Mal streckte er die Hand aus, mal wirbelte er im Kreis, als wolle er alles auf der Baustelle in sich aufnehmen. Als Clément den Mann ansprechen wollte, stieß der ein lautes Heulen aus und deutete auf das

Gerüst. Clément drehte sich um. Blitz und Donner, bemerkte er im nächsten Moment verblüfft, hatten aufgehört, auch der Wind legte sich, aber es regnete immer noch stark. Ihm stockte der Atem.

»Maître Pierre«, rief Giles aus. Sie hatten den Baumeister entdeckt.

Pierre de Montreuil saß weit oben, reglos, an der Stelle, an der der Wind das Gerüst teilweise aus der Verankerung gerissen hatte, am Ende eines Brettes, das sich bedrohlich gegen den Boden neigte. Er drückte den Körper gegen die Mauer und ließ die Beine über dem Abgrund baumeln.

Mit wenigen Sprüngen war Clément am Fuß des Bauwerks angelangt und hatte eines der Seile gepackt. Das erste Stück hinauf kletterte er behände wie ein Tier und ohne zu überlegen. An manchen Stellen war das Holz glitschig von Lehm und dem, was an Füßen und Schuhsohlen klebend hier heraufgetragen worden war. Als er nach einem Seil griff, um einen größeren Spalt zu überwinden, löste sich dieses, und er rutschte beinahe ab. Keuchend auf dem Bauch liegend hielt er inne und spähte nach unten. Wie Schläge auf einem Amboss hämmerte sein Herz gegen seine Rippen. Er musste ein Würgen unterdrücken und dankte Gott dafür, dass er seit dem Mittag nichts mehr zu sich genommen hatte. Schweißperlen auf seiner Stirn vermischten sich mit Regenwasser. Zitternd kam er auf die Knie. Giles und der Bettler standen immer noch an derselben Stelle und sahen zu ihm herauf. Das Regenwasser sammelte sich in großen Pfützen überall auf der Baustelle. Als er den Kopf hob, konnte er den Fluss sehen.

Nicht denken. Er schob sich Handbreit um Handbreit weiter, versuchte, nicht auf das Knarren des Gerüsts zu hören oder auf andere Geräusche, sondern vorwärts zu kommen. Stück um Stück wandelte sich der Regen zu einem feinen Nieseln. Kriechend brachte er auch das letzte Stückchen hinter sich, das ihn von dem Baumeister trennte, griff nach einem Pfosten, stemmte den rechten Fuß gegen ein Brett und zog sich hinauf. Ganz behutsam fühlte er ein Schwanken, der Untergrund geriet in eine leichte Schräglage, und erneut schlug ihm das Herz bis in den Hals hinauf. Er konnte sein eigenes Keuchen hören und musste verharren, um den fliegenden Atem zu beruhigen.

Pierre de Montreuil saß starr da, die Arme um einen Stützpfeiler geklammert, und sah wie gebannt nach unten. Unwillkürlich folgte Clément seinem Blick. Giles und der Bettler waren gut zu erkennen, aber sie erschienen ihm beinahe so klein wie die geschnitzten Figürchen seiner Tochter Jehanne. Die Höhe würde ausreichen, um seinen Körper und den des Baumeisters zu zerschmettern. War er vorbereitet, seinem Schöpfer gegenüberzutreten? Wie lange lag die letzte Beichte zurück? Stumm rief er die Heiligen an, bat Maria um Fürsprache.

»Maître Pierre?«

Etwas ungläubig, als habe er den Glasmaler eben erst bemerkt, wandte der Baumeister ihm das Gesicht zu. Wie tiefe, dunkle Brunnen lagen die Augen in dunklen Höhlen in seinem bleichen Gesicht. Aus seinem gestutzten, dichten Bart rann Wasser auf seine Cotte herab. Den Umhang trug er über seine Schultern zurückgeschlagen. Er war barhäuptig.

»Maître Pierre?« Immer noch dieser Blick, in dem man sich verlor, ausdruckslose Augen, keine Angst, Freude oder Wut, wie kleine Fässer ohne Boden, in die man hineinstürzte. Er gab sich einen Ruck. »Lasst mich Euch helfen, Maître Pierre.«

Vorsichtig bewegte er sich auf den Mann zu. Das Gerüst

unter ihm knarrte, eine leichte, schwankende Bewegung, ein Rutschen, und das Brett hing wieder fest. Er brauchte einige tiefe Atemzüge, bevor er seinen Weg fortsetzen konnte. In Griffweite zu Maître Pierre verharrte er. Der Baumeister hatte den Blick abgewandt und sah nach unten.

»Maître Pierre.« Clément langte nach seinem Arm. Der Schreck musste den Baumeister gelähmt haben. »Kommt mit mir.«

Es schien eine Ewigkeit zu dauern, dann nickte der andere kaum merklich. Ein Zittern ging durch seinen Körper. Er zog die Beine an, machte eine geschickte Drehung und kniete auf dem Brett.

Das Gerüst knarrte. Clément krabbelte eilig rückwärts. Der Baumeister folgte ihm. Wieder knarrte es. Die Männer hielten inne, dann ging es weiter. In dem Maß, in dem er sich rückwärts bewegte, kam der Baumeister ihm hinterher, und er tat es mit einiger Geschicklichkeit.

Der Regen hatte inzwischen aufgehört. Die Luft war frisch, aber die Männer schwitzten. Stück um Stück schoben sie sich voran, Stück um Stück kämpften sie sich dem Boden näher. Die ganze Zeit über mied der Baumeister Cléments Blick. Er wirkte abwesend, und doch bewegte er sich stetig weiter. Kurz über dem Boden angelangt, sprang der Glasmaler, und Pierre de Montreuil folgte seinem Beispiel. Im Sprung flatterte sein dunkler Mantel wie ein kleines Segel. Dann standen sie schwer atmend nebeneinander.

Der erste Blick des Baumeisters fiel auf den Bettler, der ihn, immer noch an Giles' Seite, aus einem weit aufgerissenen Auge anstarrte, bevor er den Arm hob und einen tiefen, knurrenden und doch kläglichen Ton aus seiner Kehle zwang. Pierre de Montreuil machte eine Bewegung zur Seite, als wolle er dem Mann ausweichen, und ging dann doch mit langsamen Schritten auf Giles und den entstellten Mann zu. Clément folgte ihm.

»Ihr beide habt mich entdeckt?«, fragte der Baumeister mit einem Kopfnicken zu Clément und Giles hin.

Giles warf einen unsicheren Blick auf den Bettler.

»Er?«, entgegnete der Baumeister.

Schweigend betrachtete er den Mann, während Giles sich unschlüssig durchs feuchte Haar fuhr und Clément die schmutzigen Hände an seiner Cotte abrieb. Nichts war vorübergehend deutlicher zu hören, als tropfendes Wasser und die Atemzüge der Männer.

»Ich danke dir«, sagte der Baumeister, berührte die Schulter des Bettlers und wandte sich Clément zu. »Dir auch, Clément aus Chartres.« Er musterte den Glasmaler eindringlich. »Ich werde mich erkenntlich zeigen, ich ...« Für einen Moment schien es, als wolle er etwas sagen, dann trat er zwei Schritte zurück. »Geht, ruht euch aus, wir werden morgen viel zu tun haben.«

Gleich würde das Gewitter losbrechen, das sich den ganzen Tag über vom Norden her angekündigt hatte. Kurz noch verharrte der breitschultrige Mann mit dem schulterlangen, hellbraunen Haar am Fenster der Kammer, dann nahm er seine unruhige Wanderung wieder auf, nur hier und da unterbrochen von einem flüchtigen Blick auf die beiden Kerle – ein schmaler Blonder und ein stämmiger Mann mit auffälliger Narbe –, die erst kürzlich eingetroffen waren und sich sofort und ohne Umschweife über die bereitgestellte Mahlzeit hergemacht hatten. Er schauderte. Die beiden hatten sich noch nicht einmal Zeit genommen, ihre Hände zu waschen. Nun zerpflückten schmutzige Finger die in einer Schale aus Silbergeflecht dargebotenen weißen, weichen

Brötchen. Missmutig sah er für sich selbst bereitgestellte Speisen in gierigen Mäulern verschwinden. Er blieb stehen, entriss einer Dienerin unwirsch den Weinpokal und zwang dessen Inhalt mit großen, hastigen Schlucken in seine ausgedörrte Kehle. Ein leichter, roter Wein war es, durchaus schmackhaft, vielleicht aus Auxerre. Er ließ den Pokal neu füllen, leerte ihn zum zweiten Mal und wischte sich mit dem Handrücken über den Mund. Draußen zuckte ein erster Blitz über den Himmel, gefolgt von dumpfem Grollen. Die ersten, schweren Tropfen klatschten auf den sommerharten Lehm des Innenhofs der Burg. Er hatte die beiden Männer nicht mehr gesehen, seitdem ihr Auftrag sie von hier fortgeführt hatte. Seine Anwesenheit schien sie kaum zu bekümmern, jedoch senkten sie ehrerbietig die Köpfe, als nun ein Diener die Tür öffnete und an ihm vorbei eine Frau hoch erhobenen Hauptes den Raum betrat.

Sie ist schön, durchfuhr es ihn, während er seiner Mutter lächelnd entgegentrat, wobei es sicherlich hauptsächlich die aufrechte Haltung der älteren Frau in dem roten Gewand mit den weizengelben, mit winzigen Perlen bestickten Ärmeln war, die jeden Betrachter auch nach so vielen Jahren an ein junges Mädchen gemahnte.

»Donatien!« Mit einer eleganten Bewegung bot sie ihm die Wange zum Gruß dar.

»Richarde!« Er küsste sie, neigte den Kopf und wartete.

Sie hatte ihn stets warten lassen. Dieses Mal wies sie zuerst den sie begleitenden Diener an, die beiden Männer zu bezahlen und ihnen den Weg zur Badestube zu zeigen, bevor sie sich auf einen der Stühle am Tisch setzte und ihm winkte, es ihr gleichzutun. Für eine Weile ruhten ihre Augen auf ihm, dann machte ihre rechte Hand eine kaum merkliche Bewegung, und er fühlte, wie sich sein Hals zuschnürte.

Seit er sich erinnern konnte, hatte sie ihre Umgebung mit diesen knappen Bewegungen regiert, mit jener Überlegenheit, die es ihr erlaubte, Befehle mit einem Zucken der Augenbrauen zu geben oder mit heruntergezogenen Mundwinkeln zu strafen. Als kleiner Junge hatte er dies mehr gefürchtet als die Prügel eines Lehrers oder den Jähzorn des Waffenmeisters, deren Schläge man irgendwann an den nächsten weitergeben konnte. Auf dem Rücken, den Händen und den Armen begannen uralte Narben zu kribbeln.

Sie sagte nichts, schaute nunmehr mit gerunzelter Stirn auf das Schlachtfeld, das die beiden Männer zurückgelassen hatten: Brötchenkrümel, ein Rest Braten, dazu geschmorte Zwiebeln, die sich über die ganze Tischplatte verteilten, Olivenkerne in einer bunten Schüssel und ein angebissener Laib orangefarbener Käse.

»Etwas Wein?« Er machte sich bereit, einer der Dienerinnen zuzuwinken, aber seine Mutter schüttelte den Kopf, und das Mädchen mit dem fröhlichen, runden Gesicht unter dem Leinenhäubchen sank wieder in sich zusammen. Wieder machte Richarde eine kaum merkliche Bewegung mit ihrer Hand, bevor sich ihre eisblauen Augen fest auf ihn richteten.

»Ich bin etwas besorgt.« Ihre rechte Augenbraue hob sich, die Mundwinkel zuckten. »Ich dachte, ich hätte klar zu verstehen gegeben, dass sie ihn einfangen und nicht töten sollen. Auch ihr kennt schließlich das Testament, mein lieber Donatien. Habt Ihr mich nicht verstanden?«

»Doch, ich ...« Er musste ihrem Blick ausweichen.

»Ihr dachtet nicht, dass er je wieder auftauchen würde, oder?« Plötzlich fühlte er ihre Aufmerksamkeit wie das Kind, das er einst gewesen war, wie eine Maus, die den Blick der Katze auf sich spürte. »Aber bedenkt, seit Euren Vater das

Gewissen plagt, müssen wir darüber sogar frohlocken.« Ihr Tonfall ließ ihn zu ihr hinblicken, unter einem heftigen Donnerschlag zuckte er zusammen. Sie reckte den Nacken, er sah, wie sich ihre Lippen bewegten: »*Die Stimme des Herrn erschallt über den Wassern. / Der Gott der Herrlichkeit donnert, / der Herr über gewaltigen Wassern* …«

Er bekreuzigte sich. »Dämonen sind in einer solchen Nacht unterwegs, Teufel auf der Suche nach Seelen.«

Jetzt lachte sie. Draußen zuckte Blitz um Blitz über den Himmel, rasch gefolgt von tiefem grollenden Donner. Unten in den Ställen ertönte das schrille Wiehern eines Pferdes, die anderen fielen ein.

»Wie viele Männer haben wir ausgeschickt? Vier?«

Er schüttelte den Kopf.

»Fünf?«

»Ja, ma Dame.«

Mit einer ruckartigen Bewegung stand sie auf, ging zum Fenster und sah hinaus. Er folgte ihr. Draußen regnete es heftig, auch wenn der Sturm etwas nachgelassen hatte. Sturzbäche ergossen sich über den Innenhof, sammelten sich in Mulden. Die Mauern waren schwarz vor Nässe.

»Und alle wurden benachrichtigt?«

»Drei waren nicht zu finden, ma Dame.«

Ganz leicht hob sie die Hand. Er schauderte, den Blick unverwandt auf ihren Rücken gerichtet, dann drehte sie sich um. Ihre Augen sahen ihn fest an. Ihre Stimme klang sehr weich, als sie sprach: »Findet sie, bevor es zu spät ist.«

Im ersten Morgenlicht des nächsten Tages lief ein übermütig lachendes, schwätzendes Grüppchen Dienerinnen zum Burgtor hinaus, um am nahe gelegenen Flusslauf die Wäsche zu machen. Kurz blieb eines der Mädchen neben einem der

Bettler stehen, die dort wie stets am Wegesrand auf Almosen warteten.

»Komm, beeil dich doch«, riefen ihr die anderen zu, »es ist viel Wäsche, wir werden bis heute Abend zu tun haben.«

Das fröhliche, runde Gesicht des Mädchens verzog sich flüchtig. Sie winkte ab. »Nur Geduld, ich komme ja«, rief sie, während sich der zerlumpte Bettler zu ihren Füßen aufsetzte und sie ansah. »Hat uns nicht der Herr gelehrt, den Armen zu geben, auf dass uns unsere Taten bei der Auferstehung vergolten werden?«, fuhr sie fort, zog eine kleine Münze aus einem Beutelchen an ihrem Gürtel hervor und reichte sie dem kauernden Mann. »Betet für mich«, sagte sie und fügte leiser hinzu: »*Denn mein Sohn war tot und lebt wieder; er war verloren und ist wieder gefunden worden.*«

13. Kapitel

Erstaunt bemerkte Clément, wie viele Menschen sich in der großen Halle des Palais du Roi drängten. Gut gekleidete, wohlfrisierte Männer und Frauen waren es, von tadelloser Haltung, in Zindeltaft, Estanfort und andere feine Webstoffe gehüllt, in Farben von Purpur, Blau, Rot und Grün, mit Gold- und Silberfäden bestickt, mit funkelnden Edelsteinen besetzt, die Köpfe barhäuptig oder mit einem Gebände versehen, mit Filzkappen oder Stirnbändern geschmückt. Die Mächtigen des Reiches fanden sich hier zusammen, die Prälaten, hohen Würdenträger und jene, deren große Besitzungen ihren Einfluss ausmachten. Zwanglos verteilten sie sich im ganzen Raum, sprachen miteinander, lachten, beobachteten unablässig. Immer wieder drängten Diener durch die Menge, um die Grüße ihrer jeweiligen Herrschaften zu überbringen. Bekannte umarmten einander, tauschten Küsse und Neuigkeiten. Fremde loteten die Möglichkeit einer Verbindung aus. Feindschaften wurden gepflegt, man beäugte sich misstrauisch. Boten kamen von draußen herein, während andere mit neuen Nachrichten aufbrachen. Verträge wurden ausgehandelt, Heiraten und Bündnisse beschlossen, ganze Dörfer, Städte, Landstücke wechselten ihre Besitzer, und durch den lebendigen Trubel hindurch zog sich, von der Tür zur Halle bis zum König an ihrem anderen Ende, die Schlange der Bittsteller.

Clément ließ den Blick über die Menge schweifen. Wie stets, wenn der König sich in Paris aufhielt, herrschte großer Andrang. Mindere Brüder, denen Louis' besondere Sympathien galten, warteten ebenso wie kleine Herren unwichtigerer Lehen und einfache Stadtbürger. Männer, Frauen und Kinder standen bunt gemischt, sogar eine junge Nonne, dazwischen Pierre de Montreuil, die Meister der anderen Werkstätten, und in ihrem Gefolge Clément, den der Baumeister nun an seine Seite bat.

Der König selbst war erst spät am gestrigen Tag zurückgekehrt, mit großem Gepäck, Bognern und vielen Reitern, denn nicht selten erforderte die Politik des Reichs seinen direkten Einsatz. Im Süden musste die Herrschaft konsolidiert werden, doch auch die Engländer machten Schwierigkeiten. Vor knapp einem Jahr erst hatte er den englischen König bei Taillebourg und Saintes besiegt, im Laufe des Jahres einen erneuten Aufstand eines Grafen von Toulouse niederschlagen müssen. Niemand konnte sich erinnern, wann es einmal keinen Kampf gegeben hatte.

Langsam, sehr langsam setzten die Wartenden Fuß vor Fuß, blieben geduldig stehen, wenn jemand sein Anliegen vortrug, und bewegten sich darauf ebenso langsam, aber stetig weiter. Kleidung schabte und raschelte. Füße scharrten. Flüsternde Stimmen mischten sich mit den anderen Geräuschen in der Halle. Ab und an näherte sich ein Diener des Königs mit einem Almosenbeutel, ab und an fielen ein paar kleine Münzen in eine ausgestreckte Hand, und eine der zerlumpteren Gestalten verließ ihren Platz, aber nicht alle nahmen das Angebot an. Köpfe wurden geschüttelt, Hände abwehrend erhoben, hier und da ein Blick gesenkt. Ein blasser Mann in ihrer nächsten Nähe, vielleicht ein Kriegsversehrter, deutete auf sein rechtes Bein, das man ihm am Knie abgenommen hatte. Auch er musste den König persönlich sprechen.

Clément kratzte sich mit dem rechten Daumen hinter dem Ohr. An Thomas Le Bœuf vorbei, der die Lippen zusammenpresste, sobald er in die Richtung seines Glasmalers blickte, entdeckte der in einer Ecke der Halle Blanche de Castille, die Mutter des Königs, im Gespräch mit einem Herrn und umringt von ihren Damen. Seit einigen Jahren wohnte sie nicht mehr bei Hof, weilte aber ab und an zu Besuch. Er kratzte sich noch einmal.

Wie viele Geschichten über diese Frau und ihren frommen Sohn Louis liefen nicht in den Gassen von Paris um, überall waren sie, fanden sich an Straßenecken und in Schankstuben, in Liedern, Gedichten und Gesprächen. Hart und gottesfürchtig sei sie, gleichzeitig mütterlich und von klarem Sinn, kühl abwägend und heißblütig, und sie mache ihrer Schwiegertochter, wo immer möglich, das Leben zur Hölle. Als Dame Hersent erschien sie in manchen Liedern, andere bezeichneten sie als lüstern, wieder andere priesen ihre Schönheit. Liebhaber sagte man ihr nach, und erzählten nicht einige Lieder davon, die Witwe Blanche habe sich eines Tages, der Gerüchte müde, nackt, wie Gott sie erschaffen habe, vor Fürsten, Prälaten und Amtsdienern auf einen Tisch gestellt, um zu beweisen, dass sie kein Bastardkind im Leib trüge? Seine Augen fingen sich an ihrem roten Gewand mit der goldenen Zierborte und den dunkelgrünen Ärmeln, zu dem die ehemalige Königin einen grünen Umhang trug, den sie kunstvoll über den Arm drapiert hatte. Ihre linke Hand spielte mit einer Schmuckspange am Kragen ihres Gewandes, die rechte nestelte an den Falten des Umhangs.

Ein kurzes Wispern ließ ihn zur Seite blicken. Maître Thomas, zur Rechten des Baumeisters, hielt die Arme fest verschränkt. Seine Kleidung wirkte wohlausgesucht, die dunklen Haare hatte er für den besonderen Tag frisieren lassen. Auf dem Kopf trug er eine neue Filzkappe mit Feder, in der Hand eine Lederrolle mit den neuesten Entwürfen. Tage hatte er über diesen zugebracht, jederzeit bereit, aus der Haut zu fahren und dem Nächstbesten eine Tracht Prügel zu verabreichen. Alle waren sie ihm aus dem Weg gegangen, insbesondere der junge Etienne, dessen Gesicht noch die Blutergüsse des letzten Wutausbruchs aufwies.

Clément zuckte zusammen. Völlig in Gedanken hatte er nicht bemerkt, dass er immer noch in Thomas' Richtung schaute und dass jener seinen Blick längst erwiderte. Helles Licht strömte durch eine der großen Fensteröffnungen im Rücken des anderen und ließ dessen Gestalt dunkel wirken. Er fröstelte. Thomas' Mund verzog sich zu einem schiefen Lächeln. Dieses Mal musste er sich zwingen, in eine andere Richtung zu schauen.

Die Schlange kam nun langsamer voran, sie hatten den König fast erreicht. Der Kriegsversehrte war vorne angelangt und verbeugte sich tief.

Nervös zupfte Clément am Kragen seiner Cotte. Edwige hatte ihm das Kleidungsstück für diesen Tag ausgebürstet, ebenso die grauen Beinkleider. Nachdenklich fuhr er sich durch den frisch gewaschenen, gestutzten Bart und warf einen erneuten, kurzen Blick auf Thomas. Gerade hatte Pierre de Montreuil ein paar Worte an den Glasmalermeister gerichtet, auf die dieser rasch, aber einsilbig geantwortet hatte. Wieder trafen sich ihre Blicke. Er schluckte unwillkürlich. Wirklich, es war, als habe jemand ihre Köpfe mit Fäden verbunden, als zöge jede Bewegung des einen unweigerlich die des anderen nach sich, und jeder neue Blickwechsel löste ein Gefühl des Unbehagens aus. Vielleicht hätte er ablehnen sollen, vielleicht sollte er nicht hier sein?

Aber sie waren verbunden, auf Gedeih und Verderb. Er arbeitete an dieser Kapelle, und Thomas zahlte seinem besten Tagelöhner einen Lohn, der knapp für den Unterhalt der Familie reichte – wenn nichts dazwischenkam, dachte Clément und seufzte. Er senkte den Blick. Nun, vielleicht musste er es aufgeben, an dieser heiligen Kapelle zu arbeiten, aber konnte er das? Ein zarter Stich unterbrach sein Atmen, dann setzte es wieder ein. Diese Arbeit war wie ein Gebet, wie das Beste, was er dem Herrgott je würde darbringen können. Jede Bewegung, jeder Pinselstrich, jedes neue Bild war eine Huldigung, an deren Ende der schönste Tempel Gottes stand, den die Welt je gesehen hatte, eine Schatzkiste, erfüllt von Gottes Licht.

Noch ein paar Schritte vorwärts. Er stolperte, fing sich. Zwischen den Rücken konnte er für einen flüchtigen Augenblick die volle Gestalt des Königs sehen, ein großer, blonder Mann, aber von eher feingliedriger Gestalt. Die Schönheit, so hatte er reden hören, habe er von den Vorfahren seiner Großmutter, den Grafen von Hennegau. Heute trug der König ein feines, besticktes Gewand und seidene Beinkleider, die Stirn schmückte ein einfaches, wollenes

Band. Der junge Mann zu seiner Rechten musste ihn amüsiert haben, denn er hatte sich weggedreht und drückte die linke Faust gegen den lachenden Mund, während er den Mann mit einer Geste entließ. An seiner Seite bemerkte Clément eine hübsche Frau, die ein etwa zweijähriges, in Rot gekleidetes Mädchen im Arm hielt, dessen Kopf ein goldgelbes, geflochtenes Stirnband schmückte. Vor Pierre de Montreuil und seinen Begleitern wichen die letzten Rücken auseinander. Sie hatten den König erreicht.

»Mein guter Baumeister, seid uns willkommen.« Das erkennende Lächeln auf Louis' Gesicht wich fast sofort einem erwartungsvollen Ausdruck. »Wir freuen uns zu sehen, wie rasch der Bau voranschreitet. Schon gestern bei unserer Ankunft waren wir voll des Lobs.«

Der Baumeister verbeugte sich noch einmal tiefer. »Danke, Herr, mit Eurer gnädigen Hilfe ...«

»Mit Gottes Hilfe und zu Ehren Gottes«, erwiderte der König ruhig. Er lachte. »Wir hoffen, von weiteren Fortschritten zu hören und zu erfahren, wie lange wir uns noch in Geduld üben müssen ...«

Erneut verbeugte sich Pierre de Montreuil. »Dies sind die Glasmaler, von denen ich gesprochen habe«, sagte er und deutete auf seine Begleiter, »Maître Thomas und Clément de Chartres.«

Der König nickte. Blanche de Castille zupfte den über den Arm drapierten Umhang zurecht. Die schöne Frau mit dem Kind zog sich zurück.

»Wir erinnern uns, man hat uns von ihnen erzählt«, antwortete Louis. Seine Augen richteten sich auf Clément. »Du kommst aus Chartres?«

»Nein, Herr, ich habe dort gearbeitet, ebenso in Rouen und andernorts.«

Der König nickte wieder. »Man hat uns Beispiele deiner Arbeit gezeigt. Sie haben uns gefallen.« Clément verbeugte sich. Louis lächelte, während er sein Gegenüber kurz eingehender betrachtete. »Hattet ihr Gelegenheit, die Reliquien der Passion zu sehen?«, wandte er sich dann allen dreien zu.

Die Männer nickten. In der Luft zeichneten die Hände des Königs den Schwamm nach, die Dornenkrone und die Lanze.

»Wenn wir uns vorstellen, dass sich diese Lanze in das Fleisch unseres Herrn gebohrt hat …«, seine Hände hielten in den Bewegungen inne, »dann fühlen wir den gleichen Schmerz, den er gefühlt haben muss. Nein, wir werden eins mit seinen Schmerzen. Das ist es, was wir den Menschen nahezubringen versuchen: Das Opfer, das der Gottessohn für uns Unwürdige erbracht hatte, und wie schwer es für jeden von uns ist, sich dieses Opfers tagtäglich würdig zu erweisen.«

Sein Gesicht war nun ernst. Blanche de Castille legte eine Hand auf den rechten Arm ihres Sohnes. »Der König wünscht«, sagte sie, »den Glauben besser in allen Herzen zu verankern, denn in manchen sitzt er zu locker, und wo der Glaube nicht fest sitzt, da ist Verführung und Ketzerei, Sünde und Zweifel. Nehmen wir als Beispiel die Berichte, die uns aus dem Süden erreichen.« Für einen Moment erschien es jedem der drei Männer, als sähe sie nur ihn an. Ihre Stimme klang fest, als sie fortfuhr: »Der Glauben muss stets verteidigt werden, stets muss man für ihn kämpfen.«

Pierre de Montreuil nickte. Ein kurzer Seitenblick auf Thomas zeigte Clément, dass dieser in Gedanken woanders weilte. Louis berührte die Hand seiner Mutter in einer

Geste, die ohne viele Worte ausdrückte, wie viel sie miteinander erlebt hatten. Dann straffte er die Schultern. »Also, Pierre de Montreuil, berichtet uns von unserer liebsten Baustelle.«

14. Kapitel

»Jehanne!«

Lises Stimme war deutlich zu hören, aber Jehanne antwortete nicht. Sie war die Gasse, in der sie wohnten, ein Stück zurückgegangen und stand nun an einer Stelle, an der die Sonnenstrahlen die Glasscherbe in ihrer Hand ungehindert treffen konnten. Den ganzen Weg über hatte sie ihren Schatz fest umschlossen gehalten, hatte gespürt, wie sich die unregelmäßigen Ränder des Glases in die Innenfläche ihrer rechten Hand drückten. Nun öffnete sie die Finger, nahm das blaue Glasstück zwischen Daumen und Zeigefinger und streckte den Arm weit nach vorne, sodass Licht darauf fallen konnte. Ein bläulicher Schimmer bildete sich auf ihren Fingern, an manchen Stellen dunkler, an anderen zarter, der sich erst am Handgelenk verlor. Ihr Vater hatte ihr diese Scherbe geschenkt. In Chartres hatte er sie einst an sich genommen, so hatte er ihr berichtet, und dann hatte er ihr Geschichten aus dieser Zeit erzählt: von der Belle-Verrière, den anderen Fenstern, von ihrem Großvater und all den anderen, die diese geschaffen hatten. Behutsam bewegte sie die Glasscherbe hin und her.

»Jehanne!«

Jehanne schaute flüchtig auf. Lises Stimme klang schrill, wie immer, wenn sie ungeduldig wurde. Ihre Hand schloss sich enger um die Glasscherbe und öffnete sich, um das

Glasstück erneut zu bewegen. Blaues Licht auf ihrer Haut. Himmelslicht. Das Licht von Chartres. Sie konnte weitergehen, vielleicht in eine der nächsten Gassen hinein, wo die Ältere sie nicht suchen konnte, weil sie auf Margaux aufpassen musste.

»Jehanne!«

Die Stimme kam plötzlich aus nächster Nähe. Vorsichtig spähte Jehanne an den geöffneten Läden der Häuser vorbei. Wirklich, die Schwester stand schon fast vor dem Haus Thomas' Le Bœuf.

»Habt ihr sie gesehen?«, fragte sie gerade die zwei Söhne eines Nachbarn, die Schemel vor die Tür getragen hatten und nun munter ihrem Würfelspiel nachgingen.

»Ist sie dir fortgelaufen?«, feixte der eine, während der andere ungerührt die Würfel rollen ließ.

Jehanne schmunzelte. Der Vater der beiden Jungen würde toben, wenn er sie beim Spiel erwischte und sah, dass sie ihre Arbeit vernachlässigt hatten. Auch Lise runzelte die Stirn und schaute von Neuem suchend die Gasse entlang. Eilig und immer bemüht um Deckung vergrößerte Jehanne den Abstand, blieb erst stehen, als sich ein enger Pfad zwischen zwei Häusern auftat und die Möglichkeit zur Flucht bot. Ein dumpfer Geruch nach Kot und Urin stieg in ihre Nase, gesteigert von der Hitze der letzten Tage. Ein paar Schritte entfernt wühlte ein Schwein im Dreck. Zwei Hühner pickten mit wippenden Köpfen. Eine Frau hockte mit geschürzten Röcken dicht an der Hauswand und erleichterte sich, während zwei kleine Kinder in Jehannes Richtung glotzten. Das Mädchen wandte sich ab und linste die Gasse entlang. Lise stand nun vor dem Haus Thomas' Le Bœuf. Jehanne stopfte die Scherbe in den kleinen Beutel an ihrem Gürtel. Dass Thomas gleich darauf an die Seite ihrer Schwester trat, ließ sie verwundert die Augen aufreißen. Sie hatte ihn auf der Baustelle vermutet. Die Ältere schien ebenso überrascht, denn sie lachte unbeholfen. Kurz standen die beiden einander schweigend gegenüber, dann sagte der Glasmalermeister etwas, und die Schwester legte den Kopf zur Seite und lächelte. Thomas erwiderte ihr Lächeln, sagte wieder etwas. Lise spielte mit ihrem Zopf. Thomas sprach weiter. Jetzt wiegte sich die Schwester kaum merklich hin und her.

»Sie scheinen sich zu verstehen«, ließ Jehanne eine Stimme in ihrem Rücken herumfahren.

Wie aus dem Nichts war Etienne hinter ihr aufgetaucht. Unwillkürlich starrte sie auf die weichen Lederschuhe, mit denen er sich ihr so lautlos genähert hatte, hob den Kopf. Er war größer geworden, seitdem sie einander zuletzt gesprochen hatten. Inzwischen war sie gezwungen, zu ihm aufzublicken. Abgesehen davon sah sein Gesicht schmaler aus, weniger pausbäckig. Mit dem Blick der Schnitzerin gewahrte sie die hohen Wangenknochen, die sich unter der strafferen Haut abzuzeichnen begannen. Auf seiner rechten Wange prangte ein schwarzer Streifen, in seinem Haar funkelte es metallisch. Unter ihrem aufmerksamen Blick kratzte er über die trockene Farbe auf seiner Haut und schaute dann zu Thomas und Lise hinüber. Ohne Zweifel hatte er den Morgen in der Hütte der Glasmaler verbracht, wo er alles lernen durfte, was ein Glasmaler wissen musste. Fast meinte sie etwas von den Materialien riechen zu können, mit denen er hantiert hatte und fühlte Neid in sich aufsteigen. Wenigstens war er so mager, wie sie ihn kennengelernt hatte: schmale Schultern, magere Arme und Beine, die Knie klein und hart wie Äpfelchen. Die Sonne leuchtete seinen Hals aus und hob eine Stelle hervor, an der sich ein Bluterguss dunkel verfärbt hatte. Die wulstig verheilte Brandwunde am linken Handgelenk würde ihn immer an den Tag erinnern, an dem sein Vater mit einem heißen Eisen auf ihn losgegangen war. Clément hatte Jehanne davon erzählt. Er hatte seine Kinder noch nie geschlagen. Was man mit Liebe nicht zu erreichen vermag, pflegte er zu sagen, das erreichen auch keine Prügel. Sie seufzte. Leider riss der Mutter der Geduldsfaden schneller.

Als habe er ihren bohrenden Blick bemerkt, drehte sich Etienne zu ihr hin. Seine Augen, stellte sie fest, waren von einem solch dunklen Blau, dass sie in diesem Licht fast schwarz wirkten. Für ein paar Atemzüge lang rührten sie sich beide nicht. Sie stemmte die Hände in die Seiten.

»Wie meinst du das, sie verstehen sich?«

Etienne schien zu überlegen, kratzte sich schließlich am Kopf.

»Bist du weggelaufen?«

»Was geht's dich an?«

Sie wagte einen neuen Blick die Gasse entlang. Gerade hatte ihre Schwester herzhaft gelacht. Flüchtig schien Thomas ihren Ellenbogen berühren zu wollen – Jehanne hielt den Atem an –, dann vollführte seine Hand eine Drehung und landete am Türrahmen.

»Der Baumeister hat deinen Vater zum König mitgenommen, habe ich gehört«, meldete sich Etienne wieder zu Wort.

Sie zuckte die Schultern, straffte den Rücken. Thomas' Sohn, warum sollte sie eigentlich mit ihm reden? Zu ihrer Erleichterung ging Lise in Richtung des Hauses der Familie zurück, während Thomas stehen blieb und der jungen Frau hinterherschaute. Leise aufseufzend lehnte Jehanne sich gegen die nächste Hauswand. Mit der Spitze seines rechten Schuhs malte Etienne eine Linie auf den Boden. »Ich werde bald Vorlagen zeichnen«, sagte er in die Stille zwischen ihnen.

Sie griff in ihren Beutel und holte die Glasscherbe hervor. Blau, wie der Himmel. Himmelblau. Traumblau. Sie hielt das Glas gegen das Licht. »Da habe ich anderes gehört.«

Er runzelte die Stirn. »Von wem?«

Sie zuckte die Schultern. Etiennes Fuß malte einen Kreis auf den Boden. Wenn sie den Kopf leicht drehte, konnte sie die Linie seines versteinerten Kiefers sehen. Mit harten Tritten löschte der Junge den Kreis aus. Staub wirbelte auf. »Wenn ich mich gut anstelle, werde ich sicher irgendwann auch malen dürfen«, beharrte er leise. Sie sah ihn an. Seine Augen zeigten nicht den geringsten Zweifel, aber sein Mund wirkte hart.

»Hm«, erwiderte sie, hielt die Glasscherbe ins Licht und bewegte den Arm. Geraume Zeit sagte er nichts. »Ist das eine Scherbe aus Chartres?«, fragte er endlich.

Sie nickte. Blau. Himmelblau. Traumblau. Wunschblau. Sie war voller Wünsche.

Wie häufig aßen Thomas und Etienne schweigend zu Abend. Löffel um Löffel verschwand die mit Speckstückchen und Rosinen versehene Grütze in ihren Mündern. Vergebens hatte die Haushälterin Mahaut versucht, ein Gespräch in Gang zu bringen, doch seit der königlichen Audienz war Thomas besonders schlechter Laune, nun wartete sie stumm darauf, dass die beiden Männer ihre Mahlzeit beendeten.

Eigentlich war sie froh, dass er nichts sagte. Es war warm, ein heißer Abend, der das Atmen schwer machte, und es war unübersehbar, dass Thomas gereizt war. Immer wieder war er sich ungehalten über die Stirn gefahren, um den Schweiß fortzuwischen. Nun ließ er klappernd den Löffel fallen. »Was soll das?«, fragte er mit harscher Stimme und deutete auf ihre Stirn.

Verwirrt ertastete sie eine Haarsträhne, die unter dem Kopftuch hervorgerutscht war.

Die Lippen des Glasmalermeisters zogen sich zu einer missbilligenden, schmalen Linie zusammen, dann packte er ihr rechtes Handgelenk. »Glaubst du, du kannst mich verlocken, du läufige Hündin?«

Kurz presste er die Finger eisern zusammen, dann ließ er sie los. Erschreckt holte sie Luft. Er lachte, während sie mit zitternden Fingern ihr Tuch zurechtzupfte.

Sie senkte die Augen. Er musste getrunken haben, dachte sie und fuhr sich mit der Zunge über die viel zu trockenen Lippen, wenn er trank, war er unberechenbar. Zu solchen Zeiten war es besser, ruhig weiterzuarbeiten, ihn nicht zu verärgern. Stumm, wie sie es gewohnt war, erhob sie sich, um den Tisch abzuräumen. Seine Stimme kam wie ein Peitschenhieb. »Ich habe dir nicht erlaubt aufzustehen, Weib!«

In seinem geröteten Gesicht zogen sich die Augenbrauen drohend zusammen. Verwirrt plumpste sie zurück auf ihren Platz. »Ich wollte nur den Tisch abräumen.«

»Und ich esse noch«, erwiderte er, und wie um es ihr zu beweisen, stopfte er sich kurz hintereinander zwei weitere Löffel voll mit Grütze in den Mund. »Aber du willst mich ins Bett zerren, nicht wahr? Der Geifer der Wollust trieft dir ja schon aus allen Löchern.«

Verächtlich ließ er den Blick über sie wandern, von ihrem Gesicht, über die blassen Augen, die fadblonden Zöpfe, bis zum älter gewordenen Körper, der sich unter dem Gewand verbarg.

»Und du warst einmal verheiratet? Man mag es kaum glauben.« Er schüttelte den Kopf. »Weißt du was, ich sollte dich reiten, Weib, sollte dich reiten, bis du um Gnade wimmerst.« Erneut lachte er und fuhr im nächsten Augenblick seinen Sohn an: »Setz dich! Wie willst du je lernen, wie man die Weiber nimmt?«

Etienne erstarrte. Sein Gesicht war blass, die Farbe der hochroten Flecken auf seinen Wangen vertiefte sich. »Ich möchte das lieber nicht.«

Er hatte den Satz kaum beendet, da war Thomas schon bei ihm. Sein Fausthieb ließ den Sohn krachend gegen den Tisch fliegen. Die Schüssel Grütze polterte herab, zerbarst; der Inhalt verteilte sich auf dem Boden. Mahaut flüchtete kreischend zur Tür. Thomas wollte ihr nachsetzen, stolperte über den Sohn und glitt auf den Resten der Grütze aus. Mit einer Hand fing er sich am Tisch ab. »Wag es, dieses Haus zu verlassen, und du kannst dir eine neue Stellung suchen!«, brüllte er die Haushälterin an. Schluchzend blieb die Frau stehen.

Zu Thomas' Füßen kämpfte sich Etienne auf die Knie. Ihm war schwindelig. Seine Wange pochte. In der Mundhöhle und auf den Lippen schmeckte er Blut.

»Warum willst du nichts von deinem Vater lernen?« Thomas versetzte ihm einen leichteren Schlag. »Ich kenne die Weiber – vertrau ihnen, und sie reißen dir das Herz heraus. Sie kennen keine Gnade. Du musst ihnen zeigen, wer der Herr ist.«

Wieder versetzte er dem Sohn einen Schlag, dann ging er auf die Haushälterin los, die sich nunmehr stocksteif gegen die Tür drückte. Mit einem Ruck riss er ihr Kopftuch herab. »Zuerst wollen sie dir ihr Haar zeigen …« Mit beiden Händen fuhr er in Mahauts Schopf hinein und zerrte ihren Körper ruckartig gegen sich.

Etienne räusperte sich. »Ich möchte das nicht lernen, Vater.« Seine Stimme war leise, aber gut verständlich.

Thomas ließ von der Haushälterin ab und wandte sich wieder seinem Sohn zu. »Warum nicht? Du bist doch sonst so anhänglich wie Ungeziefer.«

Ein vernichtender Blick traf den Jungen. Der Vierzehnjährige war in die Höhe geschossen in diesem Jahr, sah aber nicht kräftiger aus als vorher. Lediglich das schmale Gesicht mit den hohen Wangenknochen und den dunkelblauen, etwas schräg gestellten Augen hatte sich verändert. Fast hätte man sagen können, es sähe männlicher aus. Bei dem Gedanken musste Thomas auflachen. »Du kannst so viel von mir lernen, Sohn, und jetzt schau, verdammt noch mal, zu!«

Mit einer Hand griff er in den Halsausschnitt der Frau und schickte sich an, ihr Gewand zu zerreißen. Hatte die Haushälterin eben noch gewimmert, stand sie nun wie erstarrt.

Thomas keuchte. Es war nicht leicht, er musste alle Kraft aufwenden, bevor er das grobe Leinen zum Einreißen brachte. Dann hielt er inne. Bleiche, ein wenig faltige Haut schaute aus dem Riss hervor, und er hätte am liebsten ausgespuckt. Entschlossen griff er die Stoffränder mit beiden Händen und zerrte sie auseinander, sodass Mahauts Brüste frei lagen. Sie versuchte, ihre Blöße zu bedecken, aber er ließ es nicht zu. Mit eiserner Kraft hielt er ihre Handgelenke fest. Er liebte ihr Zerren, ihr Widerstreben, die Angst, die diese kleinen Laute auf ihre Lippen zauberte. Und er wollte sie schreien hören. Er drückte ihre Handgelenke fester zusammen. Kein Laut. Er drückte unbarmherziger. Sie keuchte vor Schmerz. »Sag, vergib mir«, zischte er sie an, »vergib mir, Thomas! Vergib, was ich dir angetan habe.«

»Vater?«

Er knurrte unwillig. Er wollte ihn jetzt nicht hören, den verdammten Sohn einer verdammten, falschen Frau. Er würde ihn nicht hören. Er lächelte Mahaut an, während er ihr rechtes Handgelenk weiter umklammert hielt und mit der linken Hand nach ihren Brüsten grabschte. Edwige hatte er geliebt, aber sie hatte ihn zurückgewiesen, hatte ihm das Herz herausgerissen, ihn zum Gespött der Stadt gemacht. Er konnte sie nicht vergessen, hatte es nie gekonnt, an keinem Tag in den vergangenen Jahren. Höhnisch kräuselten sich seine Lippen. »Es ist so einfach, sag, vergib mir, Thomas!«

»Vater!«

Die Stimme des Sohnes klang eindringlicher, und er wandte den Kopf, um nach ihm zu sehen. Noch immer brannten ihm die Augen im Schädel, lief ihm der Schweiß in Strömen, und in seiner warmen Körpermitte pulsierte es ...

Er stockte. Ungläubigkeit. Er rieb sich mit einer Hand die Augen und doch ... Thomas erstarrte: Etienne hatte den Schürhaken in der Hand und hielt ihn drohend erhoben. »Lass sie los!«

Thomas schüttelte den Kopf. »Das Drecksweib? Das kannst du nicht ernst meinen.«

Auch wenn sich Unsicherheit in seinen Augen spiegelte, hob der Junge den Schürhaken höher. »Lass sie los!«

Seine Stimme zitterte. Hastig wanderten seine Augen zwischen dem Vater und der Frau hin und her, die ihn anglotzte, wie eine Erscheinung. Während Thomas auf seinen Sohn zukam, zerrte er Mahaut hinter sich her. Der Junge starrte auf Mahauts Brüste.

»Bitte!« Thomas grinste breit, stieß Mahaut von sich. Schluchzend brachte die Frau den Tisch zwischen sich und die Männer. »Bist du zufrieden?«

Er ließ seinen Sohn nicht aus den Augen. Der nickte, den Schürhaken schon etwas lockerer in der Hand.

»Willst du mir nicht danken?«

»Danke, Vater.«

»Und das da?« Er deutete auf den Schürhaken. Etienne legte ihn auf den Tisch. Vater und Sohn sahen sich an.

Was folgte, geschah so schnell, dass Etienne sich bereits auf dem Boden fand, bevor er dazu kam, Gesicht und Kopf mit den Armen zu schützen. Unbarmherzig prasselten Schläge und Tritte auf ihn nieder. Dann riss der Vater den Schürhaken vom Tisch. Ein brutaler Schlag traf Etiennes linke Schulter. Panisch versuchte der Junge unter den Tisch zu entkommen. Ein weiterer Schlag traf das Tischbein direkt neben seinem Kopf und ließ Holz absplittern. Im nächsten Moment zerrte ihn der Vater unter dem Tisch hervor, riss ihn hoch und schleuderte ihn gegen die nächste Wand. Mit dumpfem Krachen landete er auf der Truhe, und zum ersten Mal schrie er vor Schmerz. Ein Schlag in den Unterleib ließ ihn würgen. Flüchtig sah er Mahaut, die reglos auf der anderen Seite des Raumes stand. Ein neuer Fausthieb traf ihn mitten im Gesicht. Benommen rutschte er von der Truhe auf den Boden, kam flach auf dem Rücken zu liegen, holte keuchend Luft. Der Schmerz war überall, und er hätte sich gerne zusammengekrümmt, aber es war noch nicht vorbei. Der Vater hatte die Gerte, die seine Kindheit begleitet hatte, aus ihrer Ecke geholt und prügelte mit unverminderter Wut auf den Sohn ein. Vergeblich versuchte der Junge, sich auf die Seite zu drehen, die Beine anzuziehen, den Kopf zu schützen. Es gelang ihm nicht. Auf dem Rücken lag er und konnte sich nicht rühren, als habe man ihn festgenagelt. Manchmal hörte er sich schreien. Sein Körper glühte, und obwohl er kämpfen wollte, war es mit jedem weiteren Schlag genauso verlockend, die Augen zu schließen. Dann wurde es dunkler, sanfter, die Geräusche gedämpfter, wie in die Ferne gerückt. Man spürte weniger, konnte sich diesen immer dichter werdenden, schwarzen Wirbeln überlassen. Dass die Gerte in des Vaters Händen zerbrach, bemerkte er nicht mehr. Er hatte das Bewusstsein verloren.

Als Etienne zum ersten Mal zu sich kam, war es stockfinster, und irgendwann schlief er trotz der Schmerzen ein. Als er zum zweiten Mal erwachte, kam der Morgen durch die geöffnete Tür. Es dauerte eine Weile, bis er erkannte, dass er auf der Seite lag, zusammengekrümmt, in der Haltung, die er irgendwann während der Nacht eingenommen hatte. Seine rechte Wange drückte sich in den unebenen, gestampften Boden. Eine Fliege hatte sich auf dem verkrusteten Blut auf seiner rechten Hand niedergelassen. Weitere flogen auf, als er sich zaghaft bewegte. Stöhnend hielt er inne. Sein ganzer Körper tat weh. Obwohl er wach war, konnte er sich einfach nicht vorstellen aufzustehen, und so blieb er liegen, ließ seine Augen wandern, von dem einen Tischbein, das er noch sehen konnte, an der Tischecke entlang zu der Truhe an der Wand. Von seinem Platz auf dem Boden aus konnte er durch die geöffnete Tür die Gasse erkennen. Menschen wanderten vorüber, manche geschäftig, manche ziellos, manche langsam, manche schnell. Er erkannte die alte Witwe L'Anglais, deren Rückgrat sich immer weiter gegen den Boden neigte. Der Nachbar mit den zwei ausgewachsenen Söhnen ging vorüber. Wenig später erschien eine von Mahauts Bekannten, woraufhin die Haushälterin ihren Platz an der Herdstelle verließ und zur Tür herüberkam. Geraume Zeit lang ging es flüsternd hin und her, dann klappte Mahaut die Tür zu und tauchte den Raum in das Dämmerlicht, das die einzige Fensteröffnung zuließ. Auf dem Boden tanzten Morgenlicht und Schatten miteinander.

Er setzte sich auf. Wieder konnte er ein Stöhnen nicht unterdrücken. Die Haushälterin stand an der Tür, eine Hand auf den Riegel gelegt, als überlege sie, was zu tun sei. Als sie sich umdrehte, trafen sich ihr Blick und der des Jungen.

Kein Stück Haar, stellte Etienne fest, schaute an diesem

Morgen unter ihrer Haube hervor. Die Arbeit an der heißen Herdstelle hatte ihr Gesicht gerötet. Nur ihre blassen Augen mit jenen harten, schwarzen Pupillen waren dieselben geblieben, vor denen er sich als Kind gefürchtet hatte. Sie starrte ihn etwas ratlos an, kam näher, öffnete den Mund. Zuerst erschien es, als wolle sie etwas sagen, dann nickte sie nur und ging zu dem Kessel, in dem die Grütze für den Tag brodelte.

Er hob die Hand, um mit schwachen Bewegungen die Fliegen zu verscheuchen. Der Boden um ihn herum war sorgfältig gesäubert worden, die zerbrochene Schüssel und die Reste der Abendgrütze waren verschwunden. Vorsichtig senkte er den Kopf und sah an sich herunter. Blutflecken fanden sich auf der Vorderseite seines Hemdes, verkrustetes Blut auf Striemen und Wunden an seinen Händen und Beinen. Behutsam betastete er seinen Kopf, vermied es aber, das Gesicht zu berühren.

Der Schmerz war allumfassend.

Er sah erneut zu Mahaut hin, und die, als habe sie es bemerkt, drehte sich um. Stumm verfolgte sie, wie er sich auf die Knie hochstemmte und am Tisch nach oben zog. Dieses Mal gab er keinen Laut von sich, auch wenn ihm die Tränen in die Augen schossen. Die linke Schulter schmerzte so stark, dass ihm übel wurde. Er musste die Zähne zusammenbeißen. An der Haushälterin vorbei sah er, dass der Schürhaken an seinem Platz hing. Mit einem Kopfnicken deutete die Frau auf die Schüssel mit Frühstücksbrei auf dem Tisch, die wohl der Vater zurückgelassen hatte, und kam herüber, um einen Löffel für Etienne bereitzulegen. »Iss.«

Das erste Wort. Er schüttelte den Kopf. Schulterzuckend wandte sich Mahaut ihrer Arbeit zu.

In einem kleinen Metallspiegel, den er von dem Bord an der Wand nahm, betrachtete Etienne sich. Das linke Auge war geschwollen, der Mund dick und blutverkrustet. Er ging zurück zum Tisch.

Die Haushälterin rührte mit gleichmäßigen Bewegungen im Kessel über der Herdstelle. Anders als gestern, sah sie heute zufrieden aus. Jetzt meinte er sogar, sie leise summen zu hören; eine Weise aus ihrer Heimat, die sie schon öfter gesungen hatte. Er starrte ihren Rücken an. Wirklich, sie sang, ein leichtes, fröhlich neckendes Lied. Sie trug auch etwas Neues, bemerkte er nun, einen Gürtel mit Metallbeschlägen, der ihre Taille umspielte. Warum hatte sie ihm nicht geholfen?

Sein Atem setzte kurz aus, und es erschien ihm unmöglich, sich zu bewegen oder sie nicht anzustarren. Als sie sich umdrehte und ihn an etwa der gleichen Stelle gewahrte, zuckte sie die Schultern, bevor sie mit wiegenden Schritten zum Tisch kam und den Löffel näher zu ihm hinschob. Zwei dünne, silberne Armreifen klimperten auf ihr Handgelenk herab. Ein Schauder überlief ihn. Ihre Freude, ihre gute Stimmung – der Vater musste sie beschenkt haben, wie so oft schon. Er fühlte sich hundeelend. Ohne auch nur ein Wort gesprochen zu haben, ging er zu der Leiter, die zu seiner Kammer hinaufführte, und kletterte unter Aufbietung all seiner Kräfte nach oben. Er hatte keinen Hunger. In seinem Körper pochte und wütete es wie in einem Feuer. Ihm war schlecht. Er wollte nichts essen, vielleicht nie wieder. Leise stöhnend kroch er auf sein Lager zu und ließ sich darauf fallen. In der Nähe läuteten die Glocken die Tierce. Für einen Augenblick lang blieb er liegen, dann weinte er.

Während die letzten Glockenschläge verklangen, hatte Lise sich zwischen den geschäftigen Arbeitern der Werkstatt hindurch ihren Weg gebahnt, doch weder Thomas noch Clément waren an ihren Plätzen. Am Arbeitstisch ihres Vaters blieb sie stehen. Judit an der Quelle, er hatte ihnen davon erzählt. Kreisrund lag das Fensterstück vor ihr. Zwei Gestalten vor blauem Hintergrund, begrenzt von riesigen Blütengewächsen, eine weißhäutige Frau in den Wasserfluten, daneben eine aufrecht stehende Frau, die ein violettes Gewand im Arm hielt. Mit feinen Pinselstrichen waren die Gesichtszüge der Figuren eingezeichnet, dünne Linien von Schwarzlot ahmten den Fall des Gewands nach, helles Haar hing offen herab. Flüchtig schwebten Lises Finger über dem Glas, berührten zaghaft die Bleinägel, die die Bleiruten an ihrem Platz hielten, bis die einzelnen Teile verlötet wurden. Jede Nacht, erinnerte sie die Geschichte, war Judit in die Schlucht von Betulia gegangen, um sich im Lager an der Wasserquelle zu baden, und im Zustand der Reinheit war sie zu Holofernes zurückgekehrt. Das Wasser hatte sie gereinigt. Nachdenklich berührte Lise die Zeichenkohle, die ihr Vater auf der Tischplatte zurückgelassen hatte, strich mit der Hand über die dünnen Holztafeln, die am Tisch lehnten, und nahm einen der Marderhaarpinsel in die Hand.

»Lise!«, hörte sie wenig später eine erstaunte Stimme hinter sich, ließ den Pinsel fallen und drehte sich um. »Vater.«

»Was machst du hier?«

Er lächelte sie an. Sie lächelte zurück, auch wenn es ihr schwerfiel. Seit der schweren Verletzung damals war er mager geblieben. Nun trat er neben sie, stützte die Fingerspitzen auf die Tischplatte und musterte sie.

»Und?«, fragte er in ihr Schweigen hinein.

»Ich war in der Nähe«, erwiderte sie unbeholfen und deutete auf den Korb, den sie zu ihren Füßen abgestellt hatte. »Maman hat mich zum Einkaufen geschickt.«

»Ich habe dich lange nicht hier gesehen.« Er nahm den Marderhaarpinsel auf und ließ ihn zwischen den Fingern wirbeln. Sie beobachtete ihn dabei. Es stimmte, sie besuchte die Arbeitsplätze ihres Vaters eher selten. Sie hatte nie den Eindruck gehabt, dass es da etwas gäbe, was er mit ihr teilen wollte. Jehanne hatte die geschickten Hände, sie nicht.

»Wie findest du die Bilder?«, fragte er und riss sie aus den Gedanken.

»Schön.« Sie zuckte die Schultern. Sie wusste nicht, was er hören wollte. Solche Dinge hatte er immer mit Jehanne besprochen, und sicherlich dachte er auch jetzt an die andere Tochter, die ihm so sehr ähnelte. Jehanne hatte ihm stets bei der Arbeit zusehen dürfen. Manchmal machte er sogar nach, wie sich ihre Nase kräuselte und die kleine Zunge zwischen ihren schmalen Lippen hervorlugte, wenn sie besonders aufmerksam war. Wenn Jehanne und er eine Kirche betreten hatten, hatten sie als Erstes überlegt, wo sie die Fenster einsetzen würden, um das Gebäude in einen Raum aus Licht zu verwandeln, und dann mit neuen, immer kühneren Vorstellungen gewetteifert. Gott ist Licht, hatte er einmal gesagt, Gott ist Leben. Diese allmächtige Herrlichkeit muss man die Menschen spüren lassen, und sie müssen sie dort spüren, wo sie Gott begegnen sollen.

»Gefällt dir meine Judit, Lise?«

»Das Wichtigste ist doch, dass sie Gott gefällt«, entgegnete sie.

Er runzelte die Stirn. Sie biss sich auf die Lippen. Das hatte sie nicht sagen wollen. Sie war hierhergekommen, um mit ihm zu reden. Sie war gekommen, um nur einmal so angesehen zu werden wie Jehanne. Sie starrte auf die Farben: Blau, Rot, Grün, Violett, Gelb ... Doch, auch sie liebte diese Farben. Sie waren schön. Sie leuchteten. Sie füllten das Herz. Sie deutete auf eine Holzplatte, auf die ihr Vater die Umrisse eines späteren Bildes aufgetragen hatte.

»Ein Fest«, beantwortete er ihre nicht gestellte Frage, »Judit und Holofernes.«

Sie zögerte, betrachtete die Werkzeuge, die auf dem Tisch verteilt lagen: Eisenstab, Kröselzange, Bleiruten, Bleihammer, Bleimesser, Kohle, Pinsel, Glas. Schwieg. Sah ihren Vater die Stirn runzeln. Mit diesem Bild war er wohl beinahe fertig, drei weitere warteten auf die Fertigstellung. Angesichts der riesigen Aufgabe mussten die Männer schnell arbeiten. Sie spürte seinen Blick auf sich. »Ist noch etwas?«

Sie schüttelte den Kopf.

»Ich muss arbeiten, Lise.«

Sie nickte. »Bis heute Abend, Papa.«

15. Kapitel

Lise schlug die Augen nieder. Ein braves Mädchen sollte das nicht tun. Auf jeden Fall hatte sie das von den älteren Frauen gehört, von jenen guten Eheweibern und Witwen, die wohlangesehen waren. Ein Mädchen musste stets auf seinen Ruf achten. Sie legte den Kopf zurück und schaute nunmehr forschend in Thomas' Gesicht. Er hatte sie hierherbestellt, zum zweiten Mal, und zuerst war sie sich unsicher gewesen. Zu Beginn ihres Treffens war er ihr wütend erschienen, sogar grob. Sie hatte ihn wieder einmal nach dem Palast gefragt, in dem sie noch nie gewesen war, nach König und Königin, doch er hatte nicht davon sprechen wollen, und jeder neue Versuch ihrerseits hatte seinen Ausdruck noch missmutiger werden lassen. Mit den Fingern hatte sie schließlich ängstlich die strengen Falten aus seinem Gesicht zu glätten versucht, während sein kühler Blick sie auf Abstand gehalten hatte. Was sie falsch gemacht haben mochte, hatte sie sich gefragt und sich nichts sehnlicher gewünscht, als ihm nahe zu sein, auch wenn sie nun unter seinem harten Kuss zitterte. »Thomas …«

Sie berührte ihre Lippen mit den Fingern. Er starrte sie wortlos an.

Sie beide waren nicht die Einzigen, die zu dieser Stunde hierher auf den Friedhof gekommen waren. Das übliche Volk hatte sich versammelt. Lachen, Rufe und Gesang drangen zu ihnen herüber, ebenso wie jene tierischen Geräusche, von denen sie lieber nichts hören wollte. Ihre Augen weiteten sich nachdenklich. Als er ihr Gesicht mit den Händen umfing, zuckte sie zusammen, doch seine Berührung war sanft. Endlich, stellte sie erleichtert fest, entspannten sich seine Gesichtszüge. Ruhig lächelte er sie an, und sie versank in der Liebe, die sein Blick verhieß. »Lise …«

Sie mochte es, wenn er sie so anschaute, als gäbe es nur sie auf der Welt. Seine Lippen formten ihren Namen mehr, als dass er ihn aussprach. Errötend wich sie ihm aus, ließ die Augen über seine stattliche Gestalt wandern, spürte den wilden Schlag des eigenen Herzens, und es war wie immer: Mit jedem ihrer Blicke wurde er schöner. Manchmal träumte sie davon, wie es sein würde, wenn sie die Frau an seiner Seite war. Eines Tages würde er sie fragen, da war sie sich sicher. Sie war kein Kind mehr, das sich sein Leben mit der kleinen, schnitzenden Schwester teilen konnte, in einem Tal der Rachsüchtigkeiten, in dem man sich Löffel stahl und Schuhe versteckte und stets neu um Respekt kämpfen musste.

Der zweite Kuss war weniger fest, und sie erwiderte ihn, bevor sie sich nebeneinander auf den Boden fallen ließen.

Für einen Moment ließ sie den Kopf an seiner Brust ruhen, dann setzte sie sich abrupt auf, zog die Beine an und schlang die Arme um die Knie. Sie spürte, dass er sie beobachtete. Als sie zu ihm schaute, sah sie, dass er sich zurückgelegt und die Arme hinter dem Kopf verschränkt hatte. Ein paar Fliegen umschwirrten ihn, doch er störte sich nicht daran. Unruhig zupfte sie am Saum ihres Gewandes. Ihr Busen hob und senkte sich unter nervösen Atemzügen. Sein Blick folgte der Bewegung, dann richtete er sich auf und legte seine linke Hand auf ihre rechte. Ein Lied drang zu ihnen herüber.

»Amor ist der Herr der Himmlischen,
den Jupiter liebt Juno.
Du liebst mich doch nicht,
sein wildes Wallen bändigend,
bezwingt er den Neptun,
Pluto, dem die Unterwelt gehört,
ist nur durch diesen einen sanft.«

Sie lauschte, konnte hören, wie er die Melodie summte, und war froh, nicht sprechen zu müssen. Sie wusste ohnehin nie, was sie sagen sollte. Behutsam legte er seine Rechte in ihren Nacken. Sein Gesicht kam näher. Seine Augen waren so wasserblau, dass sie kurz nur das Schwarze in ihrer Mitte sah. Er beugte sich unvermittelt vor und küsste sie. Dieses Mal waren seine Lippen erneut fester und länger auf den ihren, und dann küsste er sie noch einmal, lehnte sich zurück, die Arme nach hinten gestützt, und betrachtete sie.

»Meine liebe Lise«, sagte er, als sie schon unruhig wurde. Wie eine Laute vibrierte seine Stimme für sie, und sie drängte sich gegen ihn, spürte die Wärme und das Zittern seines Körpers. Als er sich von ihr löste und aufsprang, schaute sie verwirrt zu ihm hoch. Er wies zur Friedhofsmauer. »Komm, lass uns dort hinübergehen.«

Ohne eine Antwort abzuwarten, schritt er voraus. Sie folgte ihm.

Wie geschickt er sich über den unebenen Grund bewegte. Sie konnte den Blick nicht von ihm nehmen, auch wenn sie das selbst mehr als einmal ins Stolpern brachte. Er trat kein einziges Mal fehl.

An der Mauer angekommen, blieb er stehen. Sie tat es ihm gleich.

Auch hier waren sie nicht alleine. Andere Paare hatten sich gefunden. Ein Mann stand hinter einer Frau, die ihre Röcke nach oben geschoben hatte. Ein Mädchen hatte ihren Kopf im Schoß eines Mannes gelagert und sang.

»Lise«, flüsterte er und zwang sie, ihn anzuschauen. Dieses Mal war sein Kuss vollkommen zart. Sie schloss die Augen.

So will ich stehen bleiben, bis ich sterben muss, dachte sie, ohne Veränderung bis zum Tod; so will ich bleiben und nur seine Wärme spüren. Er liebt mich. Ewig. »Ich bin froh, dass du da bist, Thomas.«

Bei seinem Namen zitterte ihre Stimme. Mit den Daumen wischte er ihre Tränen fort. »Ich werde doch immer da sein, meine arme, kleine Lise.«

Sie schluckte, fasste seine Hand und hielt sie gegen ihre Wange. Sie konnte seine rauen Fingerspitzen fühlen, die Haare auf dem Handrücken. Er würde immer da sein. Sie spürte seine Lippen an ihrem Haaransatz. Wieder ein Kuss, flüchtig wie ein Hauch.

»Liebst du mich, Lise?«

»Natürlich.«

»Würdest du es mir beweisen?«

»Schwören?« Er schüttelte den Kopf. Sie runzelte die Augenbrauen. »Was meinst du?«

Er führte sie näher zur Mauer hin, setzte sich und zog sie auf seinen Schoß herunter. Mit der linken Hand tastete er nach ihren Brüsten. Sie erstarrte. »Liebst du mich, Lise?«

Diese Kränkung in seiner Stimme. Sie küsste ihn unbeholfen. »Doch.«

Er wartete, dann begann er die Verschnürung ihres Gewandes zu lösen. Noch immer half sie nicht mit, noch immer versteifte sie sich, zitterte sogar. Er zögerte. »Es wäre ein Beweis, Lise, das schönste Pfand. Ich würde mich sicherer fühlen.«

Sie starrte ihn verständnislos an, während er mit der Linken ihren Nacken massierte.

»Ich glaube, ich habe dich noch nie um etwas gebeten«, fuhr er fort. »Versteh doch, ich bin ein Mann, ich ...« Er wollte seine Hand zurückziehen.

»Nein, nicht, ich tue es ja.« Sie errötete.

Abwartend legte er den Kopf schräg.

»Ich bin dir wichtig, nicht wahr, Thomas?« Sie suchte seinen Blick. Die Wichtigste, nicht wahr? Er lächelte sie an. Oh ja, er liebte sie. Für ihn war sie die Schönste. Er beugte sich vor und ließ seine Hände über ihre Brüste gleiten. »Du bist schön, Lise«, flüsterte er, »wunderschön, das weißt du doch.« Leise begann er zu summen.

»Jehanne!« Edwige hielt ihre mittlere Tochter am Ärmel ihres einfachen Kleides fest und nahm ihr das Schnitzmesser aus der Hand, worauf das Summen des Mädchens verstummte. »Komm einmal mit mir.«

Unwillig runzelte Jehanne die Stirn, doch Edwige achtete nicht darauf. Ohne eine Entgegnung abzuwarten, zog sie ihre Tochter zur weit geöffneten, hinteren Tür, wo es heller war, und blieb dort stehen.

Jehanne zog die Schultern unter dem groben, einförmigen Gewand hoch und verschränkte die Arme vor der Brust. Ihr Mund wirkte mürrisch. Leise, aber deutlich konnte ihre Mutter sie atmen hören. Vielleicht war sie wütend – Edwige konnte sich ein Lächeln nicht verkneifen –, immerhin war sie beim Schnitzen gestört worden. Jehanne wurde dann immer wütend. Mit festem Griff fasste sie ihre Tochter beim Kinn und zwang ihr Gesicht in die Richtung des Lichts. Deren Gesichtsausdruck wurde noch mürrischer.

Edwige runzelte die Stirn. Jehannes längliches Gesicht ähnelte dem des Vaters, wirkte aber sanfter und konnte durchaus hübsch aussehen, wenn sie nur öfter lächelte. Mit einem leisen Seufzer ließ sie sie los. Flüchtig ruhten ihre Augen auf dem Oberkörper des Mädchens. Noch war es mehr die Ahnung einer Brust, aber doch vorhanden. Geschickt raffte sie den Stoff, sodass er enger um Jehannes Körper lag. Manchmal war es ihr in letzter Zeit erschienen, als verändere sich die Art, wie das Mädchen sich bewegte, als werde sie geschmeidiger, dann wieder stolperte Jehanne über ihre langen Gliedmaßen wie ein frisch geborenes Füllen. Sie ließ ihre Tochter los. »Du wirst zu einer Frau, Jehanne«, sagte sie unvermittelt.

Jehanne schwieg, die Zähne nunmehr fest zusammengebissen. Auch als sich ihre Mutter an ihr vorbeischob und zurück in die Wohnstube ging, sagte sie kein Wort. Der Deckel der Truhe, in der die Familie ihre bescheidene Habe aufbewahrte, flog auf. Dann war Edwige zurück und drückte der Tochter ein hellbraunes Gewand in die Hände.

Stumm, die Lippen schmal, hielt Jehanne es hoch. Ein Frauengewand – sie öffnete den Mund –, ihre Mutter hatte ihr ein Frauengewand überreicht, mit Verschnürungen unter den Armen. Jemand hatte sich sogar die Mühe gemacht, einen

Teil des Stoffs mit einem Gewirr vieler kleiner grüner und einzelner roter Blüten zu besticken.

»Für dich«, sagte Edwige.

Jehanne schluckte. Ein rosiger Schimmer verfärbte ihr Gesicht. »Das ist für eine Frau.«

Ihre Mutter nickte, streckte die Hand aus und strich dem Mädchen einige Haarsträhnen aus dem erhitzten Gesicht. »Gefällt es dir? Ich war mir nicht sicher, ob dir so etwas gefallen würde.«

»Doch …« Jehanne lächelte, während sich ihre Augen in die Ferne richteten. Ihre Lippen spitzten sich, wurden weicher, beweglicher, fast einladend.

Vielleicht waren sie sich doch ähnlicher, als sie gedacht hatte. Unwillkürlich tastete Edwige nach ihrem eigenen Mund. Blütenmund hatte Clément ihn einst genannt und äußerst begehrlich gefunden. Wie oft hatten sie gemeinsam gelacht; heute war ihr ihr Mann manchmal fremd.

16. Kapitel

Nackt, die Arme über den Kopf gereckt, stand Alissende im Raum und betrachtete sich in den polierten Metallspiegeln, die ihre Leibdienerinnen, Berthe und Rose, ihren Anweisungen zufolge hielten. Nach einem ausgiebigen, heißen Bad am Vormittag hatten die beiden vom Kopf abwärts alle Haare vom Körper ihrer Herrin entfernt und die Haut anschließend abgerieben, massiert und mit duftenden Ölen behandelt. Zufrieden begutachtete Alissende ihre schlanken Glieder, die Brustwarzen, die sich in dem kalten Zimmer aufrichteten, und drehte sich ein wenig, um ihre Körpermitte eingehender zu betrachten. Die Scham bot sich rein und weiß dar. Jedes einzelne der sich ringelnden Härchen hatte man entfernt, und sie war zufrieden, auch wenn der Schmerz ihr die Tränen in die Augen getrieben hatte. Selbstvergessen berührte sie die seidenweiche Haut an der Innenseite ihrer Schenkel. Sie fühlte sich leicht, wie ein Frühlingswind, rein und schön wie dieser Mai, gewappnet, dem künftigen Ehemann entgegenzutreten, den die Eltern für sie ausgewählt hatten. Wenn sie die fröhliche Miene ihres Vaters richtig bewertete, so hatte er einen guten Fang gemacht, und auch ihre Mutter schien zufrieden. In den nächsten Tagen würde man die Verträge unterzeichnen, dann dauerte es nicht mehr lange, und sie war eine verheiratete Frau und würde ihrem eigenen Haushalt vorstehen.

Während sie eine Haarlocke um den Zeigefinger ihrer rechten Hand wickelte, nahm ihr Gesicht einen nachdenklichen Ausdruck an. Wie ihr zukünftiger Mann wohl aussah? Sie hatte versucht, etwas darüber von ihrem Vater zu erfahren, aber der hatte nur gelächelt und ihre Wangen getätschelt. »Ihr werdet zufrieden sein«, hatte er gesagt, »er ist so reich, dass er Euch alles bieten kann. Es wird Euch an nichts mangeln, meine Schöne, man erzählt sich, dass er seine Burgen von den besten Malern ausgestalten lässt. In den Schlafkammern liegen Teppiche aus dem Morgenland, und die Speisen an seiner Tafel sind immer gut gewürzt. Er ist stark, und er liebt Euch schon jetzt. Ich habe ihm Eure Schönheit beschrieben und Euren sanften Geist.«

Sie ließ ihr Haar los und knabberte an ihrer Unterlippe, schnippte mit den Fingern. »Mir ist kalt, ihr lahmen Weiber, seht ihr das nicht?«

Stumm eilte Rose herbei und streifte das feine Leinenhemd über den Kopf ihrer Herrin. Strümpfe wurden über ihre Beine gezogen, die Füße in weiche Lederschuhe gesteckt;

die Cotte in leuchtendem Blau, durchsetzt mit silbernen Fäden, folgte und wurde mittels Bändern und einem mit Bernsteinen bestickten Gürtel in Form gezupft. Berthes flinke Finger flochten ihr Haar zu zwei dicken, perlengeschmückten Zöpfen. Als die Leibdienerinnen wie auf einen geheimen Wink hin zurückwichen, sah sie an sich herunter. Ein Himmel, dachte sie, ich bin der Himmel mit einem gelben Sternengürtel. Sie war schön. Man musste sie einfach lieben.

»Der Spiegel!«, befahl sie.

Berthe hielt einen Metallspiegel hoch. Alissende lachte ihrem Abbild zu. Eine schöne Frau, dachte sie, die bald Herrin einer Burg sein wird. Sie trat näher an das Metall heran und betrachtete ihre Augen. Himmelblau, wie das Kleid, durchsetzt mit silbergrauen Sprenkeln. Sie war bereit.

Die Gäste trafen am späten Nachmittag ein. Als die ersten Reiter in den Hof einritten, wo René de Luzy schon in Begleitung seiner engsten Berater wartete, stand Alissende im Schatten eines Balkonpfeilers und spähte hinunter. Erst zu einem späteren Zeitpunkt würde man sie in die Halle rufen. Vorher wollte man den Gästen etwas zu trinken anbieten, ihren ersten Hunger stillen und sie bereit machen für die vielfältigen Schönheiten des Hauses.

Neugierig schweifte Alissendes Blick über die im Hof versammelte Menschenmenge. Seit die Männer von ihren Pferden gestiegen waren, herrschte heilloses Durcheinander. Diener liefen umher. Pferdeknechte widmeten sich den Tieren. Drei kräftige, gut gekleidete Fremde hatten sich um ihren Vater versammelt.

Wer von ihnen war es? Ihre Augen streiften einen älteren Mann, dessen Haar im Stirnbereich schon schütter war, in einem roten Gewand mit dunkelgrünen Stickereien, richteten sich kurz auf einen Rothaarigen in silbrigem Schwarz und blieben an einem jungen Mann hängen, dessen grüne Cotte sein weißblondes Haar zum Leuchten brachte.

Das war er, sie war sich sicher. Ihr Herz tat einen Hüpfer. Er war der Schönste von allen. Schon die Art, wie er aus dem Sattel seines Schimmels gesprungen war, hatte ihr behagt. Offensichtlich erheiterte er ihren Vater, denn der war nun schon mehrfach in dröhnendes Gelächter ausgebrochen.

»Seht ihr ihn?« Alissende winkte ihre Leibdienerinnen herbei und deutete auf den jungen Mann. »Er ist es, ich bin mir sicher. Er ist einfach wunderschön.« Sie drehte sich zu Rose, die einen raschen Blick gewagt hatte und nun an Berthes Seite zurückwich, und enthüllte lachend eine Reihe gesunder weißer Zähne. »Willst du meinen Zukünftigen nicht auch sehen, Berthe?«

»Aber Herrin, wenn Euer Vater uns hier sieht! Er hat Euch strengstens untersagt, Euch auf dem Balkon zu zeigen.«

»Er sieht mich ja nicht.« Alissende runzelte die Stirn, dann lachte sie unterdrückt. »Und was soll er tun? Er wird mich schon nicht bestrafen.«

»Euch nicht«, murmelte Rose.

Alissende betrachtete ihre Dienerin, wandte sich lachend erneut dem Hof zu. »Ist er nicht ein schöner Ehemann? Ich kann es kaum erwarten, in die Halle gerufen zu werden.«

Ihr Vater hatte den richtigen Augenblick gewählt. Alissende erkannte es, sobald sie die Halle betrat. Die Gäste, bereits ausreichend von den Strapazen der Reise erholt, hatten noch nicht zu viel gegessen, und niemand war vollkommen übermüdet. Die ersten, neugierigen Blicke trafen sie, als sie durch die Tür kam. Mit jedem Schritt, den sie machte, wandten sich ihr mehr Gesichter zu. Fremde Männer und Frauen rissen sich von der Beschäftigung mit dem Röstfleisch los, Köpfe drehten sich unvermittelt von Gesprächen fort. Augenpaare folgten ihr. Ein junger Mann, eben noch in ein Geplänkel mit einer Magd vertieft, erhob sich wie von unsichtbaren Fäden gezogen und starrte sie an. Ein Älterer ließ sein Messer klirrend auf den Tisch fallen.

Unmerklich hoben sich ihre Mundwinkel. Es war der richtige Zeitpunkt. Der Vater hatte gut daran getan, sie rufen zu lassen. Gemessenen Schritts, bemüht keinen Fehler zu machen, bewegte sie sich weiter. Nur mit den Fingerspitzen hielt sie den mit silbernen Ranken bestickten Mantel knapp über dem Brustansatz zusammen, sodass jeder den Fall des edlen Stoffes bestaunen konnte. Das Kleid darunter umfloss ihren Körper. Der Gürtel lenkte den Blick auf ihre Hüften, und während sie den Stoff auf ihrer glatten Haut spürte, nahm sie den Raum mit allen Sinnen in sich auf. Da war ein Geruch von Schweiß, Bratenduft, Wein und Erwartung. Da war die Hitze, die von unzähligen, honiggelben Kerzen und den Menschen ausging; eine Hitze, in der sie schwebte und die ihre Haut umhüllte, zart und wohlig, wie ein warmes Bad. Ihre kleinen Füße machten keinen Laut auf dem Boden. Nur das Klirren ihres Schmucks drang ab und zu an ihr Ohr, hier und da der heftigere Atemzug eines Mannes, dessen Tisch sie passierte. Sie hatte das elegante Auftreten geübt, seit sie ein kleines Mädchen gewesen war. Nun, vor den Augen ihres zukünftigen Ehemannes, war es so weit, ihr Wissen anzuwenden.

Ruhig reckte sie den Kopf wie eine Edle. Als sie den freien Platz zwischen den Tischen erreichte, auf dem später Trouvères und Jongleure ihre Künste darbieten würden, verstummten auch die letzten Gespräche. Die Augen dorthin gerichtet, wo das Salz stand, vor dem Platz ihres Vaters, auf den Tisch mit den wichtigsten Gästen, geriet sie kaum merklich aus dem Tritt. Geistesgegenwärtig blieb sie stehen. Vor den Augen der Männer straffte sie ihren Körper, bemerkte die Blicke, die ihren Busen und die runden Hüften trafen. Ihre langen, mit Bändern und Perlen geschmückten Zöpfe tanzten um ihre Taille. Ihr Herz hämmerte bis in ihre Kehle hinauf. Sie spürte Schweißperlen an ihren Schläfen, Schweiß, der von ihrem Nacken herab über den Rücken lief. Bevor sie ihren Weg fortsetzte, schlug sie die Augen nieder. Genau vor dem Tisch des Vaters blieb sie zum zweiten Mal stehen.

»Alissende ...« Der Vater stand auf.

Sie liebte das Lächeln in seiner Stimme. Als sie den Blick hob, bedeutete er ihr, sich etwas zur Seite zu drehen. Sie gehorchte, achtete darauf, die neue Schmuckspange im besten Licht erscheinen zu lassen. Noch immer spürte sie Blicke, im Rücken, in der Seite, auf ihrem ganzen Körper, noch immer hämmerte das Herz in ihrer Brust. Ihr Vater machte eine Bewegung in die Runde. »Dies ist Alissende, meine Tochter.«

Seine Stimme klang sonor, und die ganze Liebe des kleinen Mädchens, das sie einst gewesen war, strömte in ihr zusammen. Ihr Vater liebte sie, sein Schmuckstück, sein Kleinod, sein schönstes Weib. Er war zufrieden mit ihr. Sie schaute auf ihre zarten Finger, die den Stoff des Umhangs mit unnachahmlicher Anmut hielten.

»Lasst uns hoffen, dass Aphrodite nichts von ihrer Schönheit erfährt«, bemerkte eine dunklere Stimme.

Sie hob den Kopf. Der Hellblonde hatte gesprochen, so wie sie es erwartet hatte. Seitdem sie ihn im Hof erblickt hatte, hatte er Zeit gefunden, eine neue, dieses Mal goldbraune Cotte anzuziehen und sein Haar zu frisieren, welches seinen Kopf wie ein schimmernder Helm umschloss. Aus der Nähe sah sein Kiefer kräftig aus, die Nase war etwas klein, aber sehr gerade. Ein Paar intensiv blauer, fast violetter Augen musterte sie. Sie konnte sich nicht von ihnen losreißen. Es würde sie nicht wundern, wenn er wie ein Held hieß, Roland, vielleicht, oder Erec. Erec und Enide. Langsam stand er auf. Er war einen Kopf größer als sie, breitschultrig. Sie fragte sich, wie er in einer Rüstung aussah, stellte sich vor, wie er an der Spitze eines Heeres, welches eine ganze Ebene mit seinem Funkeln und Glitzern ausfüllte, auf sie zu ritt, wie er ihre Farben tragen würde.

»Ich …«, setzte sie an.

»Alissende«, fuhr ihr Vater sanft dazwischen, »ich möchte Euch jemanden vorstellen.«

Sie nickte, während ihr Blick kaum von ihrem blonden Gegenüber wich. Bewegung kam in die drei Fremden, und bevor René de Luzy das Wort erneut ergreifen konnte, hatte sich der ältere Mann mit dem schütteren Haar von seinem Platz erhoben. Ein Schreiber, ein Sekretär – sie schenkte ihm einen Wimpernschlag ihrer Aufmerksamkeit. Gleich darauf sprang der Rothaarige mit einem geschickten Satz über den Tisch und kniete sich vor ihr nieder. »Lasst uns ihre Schönheit besingen.«

»Setzt Euch und dem Mädchen keine Flausen in den Kopf!«, rief René lachend. Der Rothaarige erhob sich, die Unterlippe schmollend vorgeschoben, während sich um seine Augen ein Gewirr von Lachfältchen bildete. Langsam, als sei er mit schweren Gewichten behängt, wandte er sich von Alissende ab und verbarg in einer theatralischen Geste das Gesicht hinter seinem rechten Arm. Sie lachte. Ebenfalls lachend wandte sich René an den Blonden. »Pfeift Euren Jongleur zurück, Trouvère.«

Ein Trouvère, ein Sänger …? Mitten im Lachen erstarrte Alissende.

»Laurent de Valvert«, stellte sich der Mann mit dem

schütteren Haar vor. Sie spürte, wie sich ein Schauder über ihren Körper ausbreitete. Der Herr de Valvert war sorgfältig gekleidet, aber er war doch ein hässlicher, alter Mann mit schütterem Haar, einer, der schon lange nicht mehr kämpfte, dessen Körper Fett ansetzte. Sie drehte den Kopf zu ihrem Vater hin. Aufmunternd lächelte dieser ihr zu. »Der Herr de Valvert ist in Vertretung des Herrn de Faure hier, Eures zukünftigen Ehemannes.«

Mit einem Mal wurde ihr kalt. Ein Diener brachte einen Stuhl herbei, und sie setzte sich, eckig in den Bewegungen, als lenke ein anderer ihren Körper. Er war nicht gekommen. Ihr Verlobter hatte einen Vertreter geschickt, um den Vertrag zu unterzeichnen. Abwesend griff sie nach dem Pokal, den ihr ein Diener reichte. Sie schmeckte nicht, was sie trank. Sie sah nicht. Sie hörte nicht. Sie war alleine.

Wein und Fleisch, von denen Alissende viel zu viel zu sich genommen hatte, hinterließen einen schlechten Geschmack in ihrer Mundhöhle. Stumm, im Schutz der Zurückhaltung, die man einem jungen, unerfahrenen Mädchen zubilligte, ließ sie das Fest über sich ergehen. Zum wiederholten Mal brachte ein Diener eine Schüssel mit Wasser, in der Rosenblätter schwammen, und zum wiederholten Mal reinigte sie mit gezierten Bewegungen ihre Finger. Sie wusste, dass man sie beobachtete, dass man über ihr madonnengleiches Gesicht sprach, über die großen, fragenden Augen, die seidig glatte Haut. Man sang Lieder zu ihren Ehren.

»Apollo wurde wundersam gefesselt,
als er Daphne erblickte;
so ist meine Liebe neu durchtränkt,
hat alles Alte abgelegt ...«

In ihrem Schweigen bemühte sie sich, einer Statue zu gleichen, hart und kalt und edel wie behauener Stein. Sie konnte sich nicht daran erinnern, jemals einen schrecklicheren Tag durchlebt zu haben. Rose und Berthe taten gut daran – ihre Mundwinkel zuckten kaum merklich –, ihrer Herrin jeden Wunsch von den Augen abzulesen. Sie würde sich ihre Wut für später aufheben. Schon mit zwölf Jahren, so erzählte man sich noch heute, hatte sie mit einer Rute auf eine Dienerin eingeprügelt, die ihr Missfallen erregt hatte.

Seufzend lehnte sie sich in ihrem Stuhl zurück. Nachdem sie den Platz an der Seite ihres Vaters eingenommen hatte, war noch mehr Essen herangetragen worden. Zuerst hatte es Früchte gegeben, danach Suppen, Ragouts, gekochten sowie gebratenen Fisch, Gemüse und Salat, Röstfleisch und zwischendurch honigsüße Leckereien. Zum Schluss war Wild gereicht worden, wieder Früchte, auch Nüsse, begleitet von Würzwein. Erst vor Kurzem hatte man mit den Darbietungen begonnen. Ihr Jongleur Ghislain sang Lieder aus dem Süden und jonglierte zum Beifall der Gäste. Drei, dann vier, dann fünf rote und grüne Bälle wirbelten durch die Luft und entpuppten sich als Äpfel, von denen er unter Gelächter drei aufaß. Danach erzählten Schauspieler die Geschichte von Jason und dem Goldenen Vlies, erweckten das Morgenland mit seinen Schätzen den begeisterten Zuhörern zum Leben. Bald darauf sprach man über Jerusalem und die Befreiung der heiligen Stadt, die sich in den Händen der Heiden befand. Besonders der Herr de Valvert hatte viel zu sagen. Er war befugt, die Verträge zu unterzeichnen. Er würde die Braut seinem Herrn zuführen. Es war kaum möglich, seiner Stimme zu entkommen. Ärgerlich sah die junge Frau durch die Halle hindurch zu Ghislain hinüber, der sich, an der Seite eines Trommlers, bereit machte, zum Tanz aufzuspielen.

»Zur Hochzeit des Vaters meines Herrn«, drang Laurent de Valvert Aufmerksamkeit heischend an ihr Ohr, »hatte man überall vor der Burg Zelte aufgebaut, so viele waren es«, er machte eine ausgreifende Armbewegung, »viele, viele und noch mehr. Ich erinnere mich genau, obwohl ich damals sehr jung war. Auf den größten Zelten flatterten die schönsten Fahnen der wichtigsten Herren im Wind, denn die Familie meines Herrn hat wichtige Verbündete, und über allem lag der Duft von Essen: Fisch und Huhn, Hasen und Schweine brutzelten über den Feuern, sogar Reis, Mandeln und süßes Gebäck gab es und mehr davon, als man essen konnte. Die Frauen …«

Alissende bemerkte, dass er sie nicht aus den Augen ließ, nahm einen Knochen vom Tisch und warf ihn den Hunden zu, die sich sofort in einem knurrenden Wirbel darüber hermachten.

»… waren die Schönsten, die ich je gesehen habe. Allesamt trugen sie Damast, Seide und feinste Wollstoffe.«

Sie nahm den Blick nicht von dem knurrenden Hundeknäuel.

So hatte man also diesen Herrn de Valvert geschickt, damit er sie begutachte wie ein Stück Vieh. Wütend warf sie einen weiteren Knochen zwischen die erregten Tiere. Vom anderen Ende des Tisches drang dröhnendes Gelächter zu ihnen herüber. Der blonde Trouvère lehnte sich in seinem Stuhl zurück und spielte mit einem schmalen Dolch.

Tanzweisen erfüllten die Halle. Wispernd und lachend fand die Festgesellschaft zueinander. Blaue, grüne, rote und goldbraune Stoffe glänzten gegeneinander an, wie die kostbaren Steine, welche Hälse, Arme und Finger schmückten. Körper wiegten sich hin und her. Sie presste die Lippen aufeinander. Sie wollte gerne tanzen, lange, lange tanzen und vergessen. Drei Schritt nach links, Wiegeschritt, drei Schritt nach links, Wiegeschritt ... Einen abwesenden Ausdruck in den Augen, klaubte sie den nächsten Knochen vom Tisch.

In den frühen Morgenstunden taumelte das bunte Fest über seinen Höhepunkt. Noch einmal flatterten die weiten Ärmel, wirbelten gelbe Gewänder um blaue, grüne um rote, violette um braune, dann verstummte die Musik, und sogar die unermüdlichsten Tänzer hielten inne. Schwitzend, noch etwas unschlüssig, standen sie beieinander. Ein Bediensteter der de Luzys hatte Laut gegeben, um die Aufmerksamkeit auf die letzte Darbietung zu lenken, die die Gäste erwartete. Neugierige Augenpaare richteten sich auf die Mitte der Halle, wo, neben einer bunten, hölzernen Zielscheibe stehend, ein strohblonder Junge in einer zur Hälfte gelben, zur Hälfte roten Cotte wartete.

Mit einem Seufzer ließ Ghislain die Flöte sinken und leckte sich die wunden Lippen. Der Trommler massierte sich die Arme. Diener eilten mit gefüllten Bechern herbei, um ausgetrockneten Kehlen Erleichterung zu verschaffen. Kurz hielt man inne, dann strebten Tänzer und Tänzerinnen lachend und schwätzend zu den Tischen, wo, wie von Zauberhand, neue Speisen und mehr Getränke aufgetaucht waren. Witze flogen von Tisch zu Tisch, Liedfetzen mischten sich dazwischen, und übermütige Herren verloren sich im lockenden Duft der Damen. Mitten in das Brodeln hinein trat ein einzelner, schmaler Mann von mittlerer Größe, gekleidet in eine dunkle Cotte, die über und über mit Silbermonden und goldenen Sonnen bestickt war. In einiger Entfernung zur Zielscheibe nahm er Aufstellung.

Dieser Akrobat aus Herrn de Valverts Begleitzug, dessen dunkelbraunes Haar am Hinterkopf zusammengenommen und zu einem langen Zopf geflochten war, erinnerte sich Ghislain, während er seinen Becher absetzte und sich noch einmal über die schmerzenden Lippen leckte, war spät zur Festgesellschaft gestoßen. Erstmals hatte er ihn nach dem vierten oder fünften Lied bemerkt. Aber das war lange her. Seitdem hatte der Mann Handstand und Salti, Jongliereinlagen und kecke Lieder dargeboten – Ghislain hatte seinem Geschick mit der gleichen Begeisterung wie alle anderen Gäste applaudiert –, und auch jetzt wirkte er kaum ermüdet, ebenso wenig sein junger, strohblonder Gehilfe.

Ghislain gähnte. Er genoss die Pause von dem über Stunden andauernden Musizieren, den akrobatischen Einlagen und den Darbietungen, die man ihm ohne Unterlass abverlangt hatte, und streckte sich ausgiebig. Sein Mund war trocken, obwohl er schon viel zu viel und zu rasch getrunken hatte. Sämtliche Glieder schmerzten. Der Schädel dröhnte. Er ließ die Finger knacken, stützte sich mit einer Hand gegen den Pfeiler, neben dem er Aufstellung genommen hatte, und ließ den Blick durch den Raum wandern. Viele hatten sich zurück zu ihren Plätzen begeben, doch auch im Halbdunkel der Fensternischen tummelte sich ein Gewirr von Leibern. Diener eilten umher, wechselten Öllampen aus, brachten neue Kerzen, Speisen und Getränke herbei oder warteten an der Tür zur Halle auf Befehle. Alissende de Luzy saß sehr aufrecht an der Seite ihres Vaters, kaum anders als vor Stunden, als er die Halle betreten hatte, und sah starr geradeaus.

Sein Blick wanderte zurück zum Mittelpunkt der Halle. Reglos stand der Messerwerfer da, die Schultern hingen nach vorne, die Augen waren geschlossen. Der Trommler trommelte einen raschen Wirbel, doch erst auf Zuruf seines Gehilfen straffte der Mann seinen Körper, öffnete die Augen und warf.

Tschack. Tschack. Tschack. Die dumpfen Schläge folgten so rasch aufeinander, dass die Laute ineinander übergingen, die Messer wirbelten in einer Geschwindigkeit, dass Ghislain übel davon wurde. Mit aller Kraft kämpfte er gegen den beißenden Geschmack an, der in seiner Kehle aufstieg. Sein Schädel fühlte sich inzwischen wie ein Eisen auf dem Amboss an, unablässig von einem Schmiedehammer bearbeitet. Er schluckte den sauren Speichel herunter. Wahrscheinlich sollte er darum beten, an diesem Abend nicht mehr singen zu müssen. Sehr behutsam lehnte er den Kopf gegen den Pfeiler und blickte in Richtung der Zielscheibe. Der Messerwerfer hatte einen Kreis geworfen, in dessen Zentrum das erste Messer mit seinem roten Griff leuchtete, darum verteilt, in einem ebenmäßigen, vollkommenen Muster, die anderen Messer. Ein bewunderndes Raunen ging durch die Menge. Als sich der Mann seinem Publikum zuwandte, klatschten ein paar. Ein Lächeln auf den schmalen Lippen, ließ er seinen Blick durch den ganzen Saal schweifen.

Erneut drängte saurer Speichel in Ghislains Kehle nach oben. Wenn er auf die Zielscheibe blickte, ohne die Augen zusammenzukneifen, dann begannen die Messer vor seinen Augen zu tanzen. Vorsichtig holte er Luft. Das Hämmern schien seinen Schädel zu spalten. Ein wenig frische Luft würde mir guttun, dachte er mit einem sehnsüchtigen Blick auf die vielen, weit geöffneten Fensterflügel auf der anderen Seite der Halle.

Tschack. Tschack. Tschack. Er zuckte zusammen. Von Neuem lenkte die heftig applaudierende Menge seine Aufmerksamkeit auf die Zielscheibe.

»Mehr«, ließen sich Stimmen vernehmen, »mehr!«

Er gähnte wieder, stützte den linken Ellenbogen gegen den Pfeiler und die Stirn gegen die Hand. Am Tisch Renés de

Luzy beugte sich der blonde Trouvère zu Alissende hinüber und flüsterte ihr etwas ins Ohr. Ein Betrunkener warf im Aufstehen eine Bank um und brachte zwei kreischende Mädchen zu Fall. Am Tisch gegenüber bettete ein Mann seinen Kopf zwischen Brotscheiben, Knochen und Wein und begann bald kräftig zu schnarchen.

Tschack. Der Messerwerfer setzte seine Vorführung fort. Ghislain ließ den Arm sinken. Der Mann war ein absoluter Meister seines Fachs, dabei ansehnlich, wenn auch nicht schön. Seine Haut war dunkler als gewöhnlich, aber das einzig wirklich Auffällige waren ein großes, braunes Muttermal, das neben der schmalen, gebogenen Nase prangte, und seine geschmeidigen Bewegungen. Wolf. Raubkatze. Adler. Der Fremde war der beste Messerwerfer, den er bis zu diesem Tag gesehen hatte, und doch war er sich sicher genug, niemals zuvor von ihm gehört zu haben.

»Zu viel Wein?«, riss ihn die joviale Stimme Renés de Luzy aus den Gedanken. Ghislain nickte. Tschack, tschack, tschack machten die Messer des Messerwerfers.

Sieben, dachte Ghislain und sah zu ihm hinüber. Der Mann hielt das nächste Messer schon bereit in der Wurfhand, verlagerte das Gewicht, wippte vor und zurück. Acht und neun folgten. Mit den Bewegungen stieg neue Übelkeit in ihm auf. Er bemerkte kaum, wie René de Luzy seinen Arm berührte und sich wieder zurückzog. Der strohblonde Gehilfe entfernte alle Messer aus dem Holz, verband die Augen seines Herrn mit einem schmalen, schwarzen Band und stellte sich nunmehr selbst vor die Zielscheibe.

Es war jetzt sehr still. Ein Gefühl der Spannung ließ die Gespräche ringsherum verstummen. Alle Augen richteten sich auf den Messerwerfer, der bewegungslos an seinem Platz stand, den Kopf zur Seite gelegt, als horche er. Voll gespannter Aufmerksamkeit verfolgte auch Ghislain das Geschehen. Die Kopfschmerzen waren vergessen. Ein Aufschrei begleitete das erste Messer, das so dicht über den Kopf des Jungen fegte, dass dünne Haarsträhnen zu Boden fielen. Die Messer, die rechts und links seiner Ohren im Holz landeten, staken so nahe, dass er das Metall an seiner Haut spüren musste.

Ghislains bewundernder Pfiff zerriss die angespannte Stille. Der Messerwerfer hielt inne. Kurz stand er nur da, dann drehte er sich in die Richtung, aus der das Geräusch gekommen war, und schob die Binde in die Stirn. Seine hellen Augen leuchteten förmlich aus seinem bräunlichen Gesicht heraus.

Raubtieraugen, durchfuhr es Ghislain, bereit zur Jagd.

Als der Mann das Messer schleuderte, drehte er sich geistesgegenwärtig zur Seite. Wie ein silberner Pfeil wirbelte das Geschoss an ihn vorbei, fuhr durch den Stoff von Hemd und Cotte, ritzte seine Haut auf und landete krachend im Holzpfeiler, wo es den Arm fixierte. Ghislains nächster Atemzug geriet zu einem Keuchen. Gäste in seiner Nähe schrien auf. Im hastigen Bemühen, von ihm fortzukommen, stolperten einige übereinander und kamen zu Fall. Der junge Jongleur ließ seinen Angreifer nicht aus den Augen und wirklich: Im selben Moment schleuderte der Mann schon das nächste Messer. Mit einem kräftigen Ruck riss Ghislain seinen Arm los, hörte das Schleißen des Stoffs und ließ sich zu Boden fallen. Über ihm drang das Messer an der Stelle ins Holz, gegen die er lange Zeit seinen Kopf gelagert hatte. Gleich war er wieder auf den Beinen. Er hatte nun mehr Platz, denn alle Gäste waren aus seiner nächsten Nähe zurückgewichen. Unschlüssiges Stimmengewirr schwoll auf und ab. René brüllte nach seinen Dienstleuten. Herr de Valvert hatte sich von seinem Ehrenplatz erhoben und starrte zu Ghislain herüber, als habe er eine Erscheinung. Dem nächsten Messer entkam der junge Jongleur, indem er sich zur Seite warf. Ein Hund brach tödlich getroffen zusammen.

Mit einem gewaltigen Sprung setzte Ghislain zwischen die Gäste, die sich zu den Fenstern zurückgezogen hatten, schob und drängte sich rücksichtslos an ihren Leibern vorbei und erreichte die Fenster. Im Zurückschauen erkannte er, dass der Messerwerfer auf einen der Tische gesprungen war und dort verharrte. Sein strohblonder Gehilfe kam mit weiten Sprüngen näher. Wie das einzige bewegliche Wesen in einer von Lähmung überwältigten Halle raste der schmale Junge auf Ghislain zu. Fassungslos sah der der rot-gelben Gestalt entgegen.

Es gab einfach keine Erklärung für das, was er sah.

Vorübergehend lenkte lautes Geschrei beim Eingang zur Halle ihn ab. Bewaffnete aus Herrn de Valverts Gefolge drängten durch die Tür, hinter ihnen die Wachleute Renés de Luzy. Einer von de Valverts Männern hielt einen Spieß im Anschlag und rannte auf den Messerwerfer zu, der auf dem Tisch stehend rücksichtslos Becher und Schüsseln mit den Füßen beiseitestieß. Metall klirrte zu Boden. Keramik zerbarst. De Luzys Männer versuchten, zu dem strohblonden Jungen zu gelangen. Der wiederum ließ Ghislain nicht aus den Augen. Er hatte den Jongleur schon fast erreicht. Eilends wichen auch die Letzten vor der drahtigen Gestalt zurück, als handele es sich um einen Dämon. Polternd sprang der Messerwerfer auf einen der näheren Tische, das Messer wurfbereit in der Hand. Ghislain kniff die Augen zusammen. Der Junge war so nahe, dass er einen Weinfleck auf dessen Cotte erkennen konnte. In seinem weißen, noch vollkommen haarlosen Gesicht leuchteten die Wangen feuerrot. Fest umklammert hielt er das Messer in der Rechten; auf dem Tisch dehnte sich der Messerwerfer, trotz des Spießträgers, zum Wurf und brachte die aufkreischende Menge dazu, sich auf den Boden zu werfen. Herr de Valvert riss den Arm in die Höhe.

»Tötet ihn, verdammt!«

Zum zweiten Mal an diesem Abend trafen sich Ghislains Blick und der des Messerwerfers, und kurz erschien es dem Jongleur, als lächele der Mann. Dann rammte ihm de Valverts Mann die Waffe in den Unterleib, und der Messerwerfer machte einen unwillkürlichen Schritt zurück. Für einen Augenblick schien etwas wie Verblüffung auf seinen hageren Zügen, bevor er rücklings vom Tisch krachte. Ghislains Aufmerksamkeit huschte zurück zu seinem zweiten Gegner. Der Junge war ganz nahe. Das Messer in der erhobenen Hand drehte er sich zur Seite, als sammle er mehr Schwung für einen Wurf. Über seine Schulter hinweg nahm Ghislain eine Bewegung wahr und sprang zur Seite. Ein Sirren war zu hören, etwas wie ein Schlag. Der Junge riss die Augen auf. Das Messer in der erhobenen Hand, machte er noch einen weiteren Schritt, bevor er zusammenbrach. Nur kurz starrte der junge Jongleur auf den wippenden Pfeil im Rücken des Angreifers. Eine Hitzewelle überlief seinen Körper. Schweiß brach aus allen Poren seiner Haut hervor. Flucht, schrie es in ihm. Sein Kopf war leer, aber seine Glieder bewegten sich, und so war er schon aus dem Fenster und über die Balkonbrüstung geklettert und hangelte sich am nächsten Pfeiler abwärts, bevor er den ersten, klaren Gedanken fasste. Schwer atmend drückte er sich gegen die Mauer. Ein dumpfer Schlag zeigte ihm, dass noch jemand auf den Balkon gesprungen war und sich nun oberhalb von ihm bewegte. In einem der gegenüberliegenden Fenster tauchte eine Gestalt auf, einen Bogen im Anschlag. Er drückte sich fester gegen die Wand, spürte zum ersten Mal, wie etwas Feuchtes seinen Arm herunterrann. Wessen Mann war das, wem konnte er trauen? Den Atem angehalten, schob er sich weiter. Auf der Suche nach einem Fluchtweg blieben seine Augen an der Tür zur Küche hängen. Er drückte die Hand fester auf den verletzten Arm. Wenn er diese Tür erreichen konnte. Heilige Maria, hilf. Gottes Sohn, hilf. Heiliger Geist, hilf! Guter Gott …

Wieder sah er zu dem gegenüberliegenden Fenster hoch. Zwei Gestalten standen dort, von denen eine den Bogen im Anschlag hielt und die andere – Aimon, fuhr es Ghislain durch den Kopf, doch der zweite Mann verschwand rasch, und sogleich war er sich nicht sicher, wen er gesehen hatte.

Mehr Getrappel war über ihm zu hören. Aufgeregte Stimmen mischten sich miteinander. Ein Diener beugte sich über das Geländer und lenkte die Aufmerksamkeit auf sein Versteck. Ein Pfeil bohrte sich in den Pfeiler, hinter dem der Jongleur Schutz gesucht hatte. Wie von der Bogensehne geschnellt, raste Ghislain quer über den Hof auf den Eingang zur Küche zu. Küchenmägde und Köche schrien auf, als er sich an ihnen vorbei zu der schmalen Wendeltreppe flüchtete, die zu den Privaträumen im ersten Stock führte. In seinem Rücken meinte er zu hören, wie die Tür erneut aufgerissen wurde. Ein Kessel ging scheppernd zu Boden. Wutgeschrei folgte. Ohne anzuhalten rannte er weiter, die rechte Hand auf den nunmehr stärker blutenden, linken Oberarm gepresst, warf sich, im dunklen Gang angekommen, gegen die nächstbeste Tür, stolperte in das Zimmer, an einem großen Bett vorüber und sank dahinter zu Boden. Die um den Arm gekrampfte Hand fühlte sich nunmehr an, als habe er sie in Flüssigkeit getaucht. Schwer atmend lag er auf dem Rücken. Gleich würde er aufstehen. Von einem Moment auf den anderen wurde alles schwarz.

Mitten im Getümmel ergriff René de Luzy die Hand seiner Tochter und forderte die junge Frau mit leichtem Druck auf, sich zu erheben. Schnatternd und Koseworte murmelnd eilten Rose und Berthe herbei, doch eine unwirsche Bewegung Alissendes brachte sie zum Schweigen. Überrascht bemerkte René de Luzy, mit welch gleichmütigem Ausdruck seine Tochter die Ereignisse verfolgte. Während einige Frauen weinten und die meisten Anwesenden die Aufregung hinter lautem Geschwätz verbargen, hielt sie sich gerade. Keine Regung zeigte sich auf ihrem blassen Gesicht oder in den tiefblauen Augen. Als sie auf Höhe des toten Messerwerfers ankamen, blieb sie stehen und entzog ihrem Vater die Hand, um sich dem Toten zu nähern. René folgte ihr.

Man hatte die Leiche auf den Rücken gedreht, deren starrer Blick gegen die Holzdecke glotzte. Zwischen halb geöffneten Lippen schauten faulige Zahnstümpfe hervor. Die Leibdienerinnen bekreuzigten sich mit fliegenden Fingern. Reglos starrte Alissende auf den Toten hinab.

Als kleines Kind, erinnerte sich René schaudernd, hatte man das Mädchen einmal nach einer langen Suche inmitten einer Schafschlachtung gefunden, die Gesichtszüge neugierig angespannt, ohne einen Hauch des Abscheus. Noch heute erinnerte er sich an das Grausen, das ihn überkommen hatte, als er den Blick bemerkte, mit dem seine Tochter verfolgte, wie man Lämmern die Kehle durchschnitt; Lämmer, mit denen die Kleine am Tag zuvor noch gespielt hatte, die sie gestreichelt, denen sie Namen gegeben und die sie mit Bändern geschmückt hatte. Auf die gleiche Art und Weise starrte sie nun den toten Mann an, betrachtete seine offen stehenden Augen, die Lippen, um die sich ein Lächeln eingegraben zu haben schien, die Wunden. Der Spieß war zuerst in seinen Unterleib eingedrungen, herausgerissen und dann in seine Brust gestoßen worden. Blut sammelte sich in einer Lache unter ihm.

René griff nach der Hand seiner Tochter. Sie war kalt. Seine Berührung schien sie gar nicht zu bemerken. Auch auf Rose und Berthe, die ihr Kosegeflüster wieder aufgenommen hatten, hörte sie nicht.

Vom Fenster her, wo sich die Neugierigen zwischen den Fensterflügeln drängten, um, mit in die Finsternis aufgerissenen Augen, die Flucht des Jongleurs zu verfolgen, zeigte Geschrei jede Veränderung an. Er musste nicht dorthin gehen, um zu wissen, wie es stand. An Männern und Frauen vorbei fanden sich seine und die Augen Laurents de Valvert.

Ein leichtes Kopfschütteln de Valverts und René atmete tief ein und straffte seinen Körper. Es war an der Zeit, Ordnung zu schaffen. Auf seinen Wink hin nahmen zwei Diener den toten Jungen bei Händen und Füßen, um die erste Leiche vom Besitz der de Luzys zu entfernen. Vielleicht würde man sie in einer Gasse ablegen, in eine Senkgrube, oder in die Seine werfen. Einen wie den vermisste niemand. Flickhemden gab es mehr als genug und mehr als reichlich, von den Hungerleidern kamen tagtäglich in die Stadt. Erneut richtete er die Aufmerksamkeit auf die Leiche des älteren Mannes, deren Kleidung gerade von einem der Dienstleute de Valverts durchsucht wurde.

Die Stimme de Valverts klang fassungslos: »Wir kannten sie nicht. Sie haben sich uns bei Saint-Denis angeschlossen.«

»Sie?« René musterte den schaudernden Mann.

»Sie …« Mit dem Handrücken wischte sich de Valvert über die Stirn. »Er hier, der Junge und … ein Bogenschütze.«

Alissende hörte das Geplapper ihrer Leibdienerinnen in ihrem Rücken, spürte, wie sie sich an sie drängten, den Körper der Herrin streiften, Schutz suchten. In ihrem Zimmer angekommen, blieb sie in der Mitte des Raumes stehen. Berthe entzündete einen Span an einer Lampe draußen im Gang und beeilte sich, die Kerzen anzuzünden. Rose half der Herrin aus dem kostbar bestickten, blauen Gewand und der silbrigen Cotte, bevor sie sich auf die Knie warf und Lederschuhe und Strümpfe von ihren Füßen streifte. Alissende setzte sich in den Faltstuhl und bewegte die befreiten Zehen. Eben noch waren die Aufregungen der Halle ganz nahe gewesen, nun verflüchtigten sie sich im warmen Schein der Kerzen, der sich in den mit Pergament verkleideten Fensterflügeln widerspiegelte. Mit der Spitze ihres großen Zehs fuhr sie das Muster des Webteppichs nach.

Der Tod hatte sie seit jeher fasziniert, und heute hatte sie einem Toten in die starren Augen geblickt. Was war, wenn mit dem Tod doch alles zu Ende war, wenn die Sterbenden ein Dasein in ewiger Schwärze erwartete? Sie schauderte, bemerkte kaum, wie Rose ihr Kreuzeszeichen auf die Haut malte, bis sie die Dienerin mit einer unwirschen Bewegung abwehrte. »Was machst du da, blödes Ding!«

»Verzeiht, Herrin.«

Alissende betrachtete ihre Füße. Ihr Vater sagte, dass das Dienstvolk dumme Sachen glaubte, und man solle es ihnen nicht gleichtun. Er hatte ihr den Splitter Holz vom Kreuze Christi gezeigt, den er von einem Händler erworben hatte. Sie hatte das winzige Stück sogar in der Hand halten dürfen, bevor er ihn in ein kostbares Tuch gewickelt und zurück in den Kasten gelegt hatte, den er stets unter Verschluss hielt. Nur eins gab es, das man niemals vergessen durfte, den leidenden Jesus. Sie dachte oft an den leidenden Jesus und die Jesus-Liebe.

Im Hof war es still geworden, doch ihr Vater hatte ihr eindringlich verboten, die Fensterflügel zu öffnen, und so bezähmte sie ihre Neugier.

Sie stand auf. Der leichte Stoff ihres Unterkleides streifte im Rhythmus ihrer Bewegungen über ihren Körper. Manchmal fühlte sich ihre Haut angespannt und empfindlich an. Sie berührte die Gänsehaut, die sich auf ihren Unterarmen gebildet hatte. Sie hatte sich heute der Verehrung ihres zukünftigen Mannes hingeben wollen, der nicht gekommen war.

Mit geübten Griffen löste Rose ihre Zöpfe und kämmte das Haar, während Berthe ihrer Herrin den Schmuck abnahm. Vorsichtig zirkelten die Dienerinnen um sie herum. Auf dem Tischchen lag der Psalter neben Erec und Enide. Sie schloss die Augen.

Wenn sie die Augen schloss, konnte sie den toten Messerwerfer sehen, auch die Leiche des Jungen, dessen baumelnder Kopf beim Wegtragen mehrfach hart auf dem Boden aufgeschlagen war. Vielleicht war mit dem Tod alles zu Ende, dieser schöne Körper – sie sah an sich herunter – ein Nichts. Sie wies die Dienerinnen mit einer Handbewegung an aufzuhören und ging zum Spiegel, wo sie verharrte.

Konnte sie die Knochenstrukturen sehen? Sie betastete ihre Haut. Warum nur die ganzen Lieder über das Leben, wenn der Tod am Ende gewann? Oder hatte Jesus den Tod besiegt? Ihre Mutter sagte es. Ihr Vater sagte es. Sie starrte sich selbst in die Augen, bis sie ihr fremd wurden, und drehte sich dann um. »Fürchtet ihr den Tod?«

»Nein.«

Wie aus einem Mund. Alissende runzelte die Stirn. »Warum nicht?«

»Weil uns der Herrgott auferstehen lässt.« Rose hatte das Reden übernommen.

»Euch beide?«

»So wie auch unser Herr von den Toten auferstanden ist.« Die Dienerin machte eine Pause, bevor sie fortfuhr: »Er lässt alle guten Menschen auferstehen, Edle und Gemeine.«

Alissende schaute sie nachdenklich an, dann lachte sie. »Du bist entweder mutig oder dumm.«

»Nein, Herrin«, über Roses Wangen zog ein roter Schimmer, »ich weiß, dass es so ist.« Sie wich dem schmal gewordenen Blick ihrer Herrin aus.

Sich bekreuzigend, zog Berthe sich zum Fenster zurück, dann schrie sie auf.

Ghislains Gesicht war bleich, und einen Augenblick lang starrte er Alissende genauso verblüfft an wie die ihn. Offensichtlich war er verletzt, denn Blut durchtränkte den Ärmel seiner Cotte. Zusammengekauert hockte er in der hintersten Ecke auf dem Boden, auf dem schmalen Streifen zwischen Truhe und Bett. Sie runzelte die Stirn. Etwas rührte sich in ihr beim Anblick seines Gesichts, dieses Ausdrucks zwischen Verblüffung, Schmerz und ja – sie sah genauer hin – Angst.

»Licht!«, forderte sie. Rose reichte ihr eine Öllampe. Sie beugte sich näher zu dem Jongleur hin, nachdem sie die lauter jammernde Berthe mit scharfen Worten zurechtgewiesen hatte. Der junge Mann keuchte leise. Schweißperlen schimmerten an seinem Haaransatz. Sie richtete sich auf.

»Rose, ich brauche mehr Licht.« Sie deutete auf den Kandelaber, der zur linken Seite des Bettes angebracht war. Während die Dienerin die Kerzen anzündete, betrachteten Alissende und der Jongleur einander. Von seinem Platz aus hatte er nur die Truhe an seiner Seite sehen können und das

Bett, das riesig in die Höhe ragte und jede Sicht versperrte. Zu seiner Linken bedeckte ein Webteppich die Wände. Er schwieg, drückte die Hand fester gegen den verletzten Arm und schien gegen ein Schwindelgefühl anzukämpfen.

Alissende entfernte sich und kam mit einem Becher gewässerten Weins zurück. Er trank mit tiefen Zügen. Dann lächelte er dankbar. Als er ihr den Becher zurückreichte, berührten sich ihre Finger. Sie wich zurück.

»Helft ihm hoch«, wies sie Rose und Berthe barsch an. Die Dienerinnen gehorchten. Nur wenig später stand Ghislain aufrecht, auch wenn er sich mit einer Hand am Bettpfosten festhalten musste. Noch hing der Geruch des Festes an ihm: Rosenduft und Holzfeuer, Mandelöl, Röstfleisch und Wein; ein Duft, der sie packte und ihr die Eingeweide zusammenzog. Langsam leckte sie sich über die Lippen. Heute hatte man sie mit einem abwesenden Ehemann verlobt. Sie drückte den Becher, den sie unschlüssig festgehalten hatte, in Berthes Hand. »Hol mir etwas Wein!«

»Herrin ...«

»Geh! Rose, wir werden uns um seine Verletzung kümmern.«

Sie schaute ihn unverwandt an. Hatte sie nicht von Frauen gehört, die Helden gepflegt hatten? Sie dachte an die Geschichten, denen sie gelauscht hatte, von strahlenden Helden und guten Jungfrauen. Mit sanfter Gewalt drückten sie und Rose den schwach aufbegehrenden Jongleur auf das Bett.

»Zieh die Cotte aus«, forderte sie ihn auf. Er zögerte. In einer ungeduldigen Bewegung zerschnitt ihre Hand die Luft vor seiner Nase. »Worauf wartest du?« Sie sah, wie er die Zähne zusammenbiss. Mit ihrem Tun mischten sich ihrer beider Gerüche zu einem und ließ sie aufmerken. Ihre fein geschwungenen Augenbrauen zogen sich in der Stirn zusammen. Unter ihrem fordernden Blick schlüpfte er aus der Cotte. Der Ärmel seines Hemds war rot vor Blut und hatte sich am Oberarm mit der Wunde verklebt. Ihre Augenbrauen bewegten sich nach oben, dann griff sie kurz entschlossen mit beiden Händen nach dem Stoff und riss ihn auseinander. Er gab einen unterdrückten Laut von sich. Sie lachte.

»Keine Furcht, ich kenne mich aus. Aimon hat meine Künste schon des Öfteren in Anspruch genommen.«

Dieses Mal kam sein Lächeln mit einer geringfügigen Verzögerung.

Alissende bedeutete Rose, die Lampe zu halten und widmete sich seiner Verletzung. Die Wunde war eher oberflächlich und nicht besonders tief, aber sie hatte kräftig geblutet. Sie würde den Arm säubern und einen Verband anlegen. »Wir brauchen mehr Wein und Leintuch«, wies sie die Dienerin an, »beeil dich!«

An der Tür begegnete Rose Berthe, worauf die beiden leise miteinander sprachen.

Alissende starrte Ghislains Oberarm an, ließ die Augen über die Schulter zum Kinnbogen des jungen Mannes wandern. Als sich ihre Blicke trafen, zuckten sie beide zusammen. Sie hatte vorher nicht bemerkt, wie dunkel seine Augen waren. Schwarz wie die Nacht. Bodenlos. Sie senkte den Kopf. Durch den zerrissenen Hemdsärmel konnte sie seine Brust sehen, die sich nun in ruhigeren Atemzügen hob und senkte. Sie schob die Unterlippe vor. Ihr Vater hatte stets das Beste für sie gewollt – und hatte sie ferngehalten von allem; hatte ihr einen Ehemann gebracht, der seine Frau nicht sehen wollte.

Sie hob den Kopf. Der Jongleur sah sie an. Hatte er eben nicht ihren Körper betrachtet, hatte die schlanke Taille unter dem dünnen Unterkleid mit Blicken liebkost?

»Ich bringe Euch den Wein, Herrin.« Berthe schob die Tür mit dem Ellenbogen zu. Alissende antwortete nicht. Ein unruhiger, fragender Ausdruck erschien auf Ghislains Gesicht, dann, als sich die Dienerin dem Bett näherte, beugte Alissende sich vor und presste ihren Mund auf seine Lippen. Trocken waren sie und etwas rissig, aber dahinter öffnete sich ihrer drängenden Zunge eine feucht-heiße Höhle. Sie rutschte ein wenig ab, legte die Hand auf seinen unverletzten Arm, der sich unter ihrer Berührung anspannte, suchte seinen Mund von Neuem.

So war das also. Sie hatte ihren Hund geküsst, die kleine Marienstatue ihrer Mutter, auch sich selbst. Sie klammerte sich an ihm fest, schob die Lippen zurück auf seinen Mund, küsste ihn schon geschickter.

Als sie sich von ihm löste und Berthes Augen auf sich spürte, erwiderte sie deren Blick und lächelte. Die Dienerin wich ihr aus. Mit raschen Schritten ging Alissende zu dem Schränkchen hinüber, auf dem ihr polierter Metallspiegel thronte. Aufmerksam betrachtete sie den Ausdruck in ihren Augen, fuhr sich mit den Fingerspitzen über den Mund. Sie lebte, auch wenn sie sich den ganzen Abend über an der Seite ihres Vaters wie tot vorgekommen war. Sie lebte, und eine betörende Kraft durchströmte sie.

»Sie durchsuchen das Haus, drüben im Flügel haben sie angefangen«, berichtete Rose, als sie mit mehr Wein und Leintuch zurückkehrte. »Jemand will einen Mann gesehen haben, der den Hof mit Pfeilen belegt hat.« Sie warf einen kurzen Blick auf Ghislain, dessen Gesicht wieder fahler geworden war. Etwas Blut rann über seinen Arm herab. Ohne ein weiteres Wort reinigte Alissende den Arm mit Wein und legte einen Verband an.

Wie oft hatte sie sich nicht vorgestellt, einen Helden nach

der Schlacht zu verbinden? Sie bemerkte, dass er zitterte. Seine Aufmerksamkeit begann der Erschöpfung zu weichen. Sie wies Rose an, ihm das Hemd auszuziehen, wogegen er sich kaum noch wehrte. Erst als sie ihn hieß, sich ins Bett zu legen, schüttelte er den Kopf.

Stumm machten sich die Dienerinnen daran, die blutigen Tücher aufzusammeln. Alissende beobachtete den jungen Mann, der, die Augen halb geschlossen, mit dem Kopf am Bettpfosten lehnte. Schweiß überzog seine Haut mit einer glänzenden Schicht. Seine Lippen waren farblos. Behutsam nahm sie neben ihm Platz. Als sie ihm Berthes Weinbecher reichte, nahm er ihn an und leerte ihn, nach kurzem Zögern.

»Danke«, flüsterte er rau.

Sie beugte sich zu ihm hin. Er sollte ihren Körper spüren, ihr offenes Haar, ihren Geruch riechen. Vor Beginn des Festes hatten die Dienerinnen ihre Haut mit Ölen und Düften behandelt. In ihren Haaren saß Honigduft. Sie war begehrenswert. »Leg dich hin«, forderte sie ihn auf.

Berthe zog sich zu dem Lager in der Ecke zurück, wo sie und Rose die Nacht verbrachten, um der Herrin stets zu Diensten zu sein. Rose stand an der Tür und spähte durch den Spalt nach draußen. Als kräftige Schritte zu ihnen hereindröhnten, zuckten die Frauen zusammen. Rose drückte die Tür zu und beeilte sich, das blutige Hemd unter das Bett zu schieben.

»Jésu«, rief Berthe aus und bekreuzigte sich.

»Halt den Mund, dummes Ding.« Alissende sprang vom Bett auf. »Ein Wort von euch beiden, und ihr werdet nirgendwo in Paris mehr Arbeit finden. Ich werde verbreiten, dass ihr lüstern seid, verlogen und unzuverlässig. Und du«, wandte sie sich an Ghislain, »legst dich jetzt hin.«

Der Jongleur gehorchte. Nur einen Augenblick später und

keinen Moment zu früh hatte Rose die rote Decke über ihn gezogen.

René de Luzy betrat das Zimmer seiner Tochter, ohne zu klopfen. Mit einem spitzen Schrei sprang die aus ihrem Faltstuhl hoch. Berthe ließ, die Augen vor Entsetzen aufgerissen, den Kamm fallen, und Rose sprang herbei, ihrer Herrin den Umhang um die Schultern zu legen.

»Aber, aber«, murmelte René mit beschämtem Gesichtsausdruck und senkte den Kopf, während er gleichzeitig zufrieden verfolgte, wie züchtig sich Alissende verhüllen ließ.

»Verzeiht, ma Dame«, sagte der ihm folgende Laurent de Valvert und verbeugte sich tief, »wir sind auf der Suche nach einem Bogenschützen, den Gäste gesehen haben wollen.«

»Und nach dem Jongleur«, fügte Aimon hinzu, der sich neben die Tür an die Wand gelehnt hatte und seine Schwester aus blutunterlaufenen Augen anschaute.

Er hat zu viel getrunken, bemerkte Alissende, heute Nacht würde er zu den einfachsten Dienstmädchen gehen, jenen, die ihre Schlafplätze überall fanden. Er würde sie sich nehmen, und manche würden den Haushalt in ein paar Monaten verlassen müssen. Unverwandt starrte er sie an. Sie sah, dass er seine Finger an seiner hellgrünen, mit Gelb verbrämten Cotte abgewischt und Spuren hinterlassen hatte. Auch seine Frisur hatte die Form verloren. Haarsträhnen klebten in seiner Stirn und an den rundlichen, roten Wangen.

»Ist alles in Ordnung hier?« René nahm die Hände seiner Tochter zwischen die seinen. Die nickte, hielt die Luft an, während der Blick des Vaters durch den Raum schweifte. Endlich tätschelte er ihre Wange. »Verschließt nur gut die Tür«, sagte er und verließ, gefolgt von Laurent de Valvert, das Zimmer.

Aimon blieb stehen. Flüchtig musterte Alissende ihn, wies

Berthe an, ihr das Haar zu kämmen. Nach einer Weile räusperte sich ihr Bruder. »Die Küchenleute behaupten, der Jongleur sei hier nach oben gelaufen.«

»Wer setzt schon auf das Wort von Dienstleuten?« Alissende schaute nicht zu ihm hin, bemerkte aber, dass er näher kam.

»Wenn er hierhergelaufen ist«, er stellte sich direkt vor sie hin, »wo würde er sich wohl verstecken?«

»Warum sollte er sich verstecken?« Sie legte den Kopf zurück.

Aimon beugte sich vor und schob seine Hand in ihren Nacken. Sie spürte jeden Finger einzeln. Vor seinem Alkoholatem hielt sie die Luft an.

»Alle Frauen sind Huren.« Mit einem Ruck zog er sie an sich heran, ließ dann los, sodass sie fast mitsamt dem Stuhl umgefallen wäre. Keuchend holte sie Luft. Die Hände hinter dem Rücken verschränkt, wanderte ihr Bruder durch das Zimmer. Der Weinbecher fiel in sein Blickfeld. Er nahm ihn und roch daran, bevor er ihn der zitternden Berthe reichte. Dann blieb er neben dem Bett stehen. »Los, sagt schon, Schwester, wen habt ihr versteckt?«

»Meinen Hurenbock.« Alissende stand auf, ließ den Umhang von den Schultern gleiten und lächelte ihren Bruder mit gebleckten Zähnen an.

Der stand starr, dann lachte er dröhnend. Mit ein paar Schritten war er bei ihr, umfasste ihre Taille und zog sie gegen sich. »So mag ich mein schönstes Weib.«

Sie bemühte sich nicht, von ihm loszukommen, ließ seine Berührungen wortlos geschehen. So hatte er es als Kind getan, wenn der Vater ihn gezüchtigt hatte; hatte das tränenverschmierte Gesicht gegen ihres gedrückt und sie später für seine Schwäche büßen lassen.

Irgendwann ließ er von ihr ab und verabschiedete sich. Nachdem er durch die Tür verschwunden war, hieß sie Rose den Riegel vorlegen, forderte Berthe auf, ihr einen Becher gewässerten Weins zu reichen und trank ihn in einem Zug aus. Ein ärgerlicher Seufzer war der erste Laut, den sie hören ließ, dann schleuderte sie den Becher zu Boden, sodass er über den feinen Webteppich rollte, bevor er vor einer Wand klirrend zum Halt kam. Mit leisen Schritten näherte sie sich dem Bett. »Ghislain!«

Kein Laut war zu hören. Sie schlug die Decke zurück. Zuerst stand sie wie erstarrt, dann lächelte sie. Der Jongleur hatte die Augen geschlossen. Die Lippen standen leicht geöffnet. Aber er atmete gleichmäßig. Sie beugte sich über ihn und betrachtete die dichten, schwarzen Wimpern, wartete darauf, dass er die Augen öffnete, doch das tat er nicht. Er schlief.

Als Ghislain erwachte, schwirrte im Hof der Lärm. Heiß brannte die Sonne auf die mit Pergament bezogenen Fensterläden. Bewegungslos auf dem Rücken liegend, starrte er verwirrt gegen die dunklen Deckenbalken des ihm unbekannten Raumes, betrachtete die Malereien, die sich knapp unterhalb der Decke die Wand entlang zogen, die Webteppiche und die Holztafel mit dem heiligen Martin, der seinen Mantel teilte. Die Erinnerung kam zurück, und mit ihr der Schmerz.

Vorsichtig tastete er nach dem verletzten Arm, drehte den Kopf und erstarrte. Alissende ... Verblüfft musterte er die schlafende, junge Frau neben sich. Noch mehr Erinnerungen: Man hatte versucht, ihn zu töten. Er war in dieses Zimmer geflüchtet.

Sein Blick wanderte über den Frauenkörper, der in ein Hemd aus feinem Nesselstoff gekleidet war. Sie lag auf der

Seite, ein Bein angezogen, die rechte Wange auf die gefalteten Hände gebettet. Zum Teil war ihr das Haar über das Gesicht gerutscht. Die rosigen Lippen standen offen. Wenn er seine Hand näher rückte, konnte er ihren warmen Atem spüren: Das Leben begehrte mit einem schmerzhaften Pochen in ihm auf.

Er setzte sich auf. Leben und Tod, auch im Leben vom Tod umfangen. Hier und jetzt war diese junge Frau das Leben, rosig, frisch und warm. Er ließ die rechte Hand über ihr schweben, berührte sie aber nicht.

Als er gerade mit dem Gedanken spielte, ihr Haar zurückzustreichen, wuchs eine Gestalt vor ihm empor, gefolgt von einer zweiten.

Stumm schaute er die beiden Dienerinnen an. Dunkle Ringe unter ihren Augen zeigten, dass sie diese Nacht wahrscheinlich achtsam wartend verbracht hatten, aber sie sagten nichts. Es gab kein Geschnatter, wie er es aus der Küche kannte, nur zwei Wächterinnen, die ihn nicht aus den Augen ließen. Er kehrte ihnen den Rücken zu, schob die Beine über den Bettrand und verharrte. Bis auf Bruche und Beinkleider war er unbekleidet. Leinenbinden waren um seinen linken Arm gewickelt. Er musste vorsichtig sein, wenn er dieses Zimmer verließ. Eine Berührung an seinem Rücken ließ ihn zusammenzucken.

»So schreckhaft?« Alissendes Stimme klang neckend, doch als er sich umdrehte, lag noch ein anderer Ausdruck in ihren Zügen. Gegen ihr einfaches, helles Hemd wirkten ihre Augen im gedämpften Morgenlicht noch größer und blauer. Das Hemd verrutschte, als sie sich aufsetzte, sodass er einen Blick auf den Ansatz ihrer Brüste erhaschte. Einen Hauch zu spät riss er die Augen davon los. Lächelnd zupfte sie ihr Hemd zurecht und zog die schwere Decke über ihre Beine.

»Junge Herrin!«, meldete sich Rose zu Wort.

Ungehalten wandte die Angesprochene den Kopf. »Ihr könnt gehen.«

»Aber ...«, versuchte es Rose noch einmal.

Die junge Frau hob warnend die Augenbrauen. Sie hatte sich von niemandem mehr Ratschläge erteilen lassen, seit ihre alte Amme gestorben war. Ihr hatte sie sich nahe gefühlt, von ihr hatte sie sich herzen und küssen lassen. »Geht«, sie machte eine abwehrende Bewegung mit der Hand, »ich brauche euch nicht.«

Die beiden Frauen huschten hinaus. Alissende sprang aus dem Bett, um die Tür hinter ihnen zu verriegeln. Dann blieb sie mit dem Rücken zu Ghislain gewandt stehen. Wie von selbst malten ihre Finger Kreuzzeichen auf Gesicht und Körper, wie von selbst bewegten sich ihre Lippen und murmelten einen Psalm zur Beruhigung. Als sie sich umdrehte, trafen sich ihre Blicke. Er hockte inzwischen auf dem Bett, die Beine angezogen. Sie verharrte einen Augenblick, bevor sie Schritt um Schritt näher kam.

In der Höhe der Fenster blieb sie noch einmal stehen. Es war ein warmer Tag. Sie konnte den Schweiß auf ihrem Körper spüren, roch seinen säuerlichen, animalischen Duft. Seine Augen folgten ihr. Mit unglaublicher Deutlichkeit nahm sie den Boden unter ihren Fußsohlen wahr: Staub, Teppich, Holz. Auf ihrem Tischchen hatte Rose oder Berthe eine Schale mit getrockneten, duftenden Blüten abgestellt. Sie blieb stehen, vergrub ihre Hände darin, hob die Handflächen an ihr Gesicht, sog den Duft ein. Mit der Bewegung rutschte der feine Nesselstoff nach oben. Ihre Waden wurden entblößt, ihr Busen wölbte sich gegen den Stoff. Die Aufregung ließ ihr Herz heftiger pochen. Bald würde sie verheiratet sein.

Auf dem Bett sitzend, holte Ghislain tief Luft und zog die Decke über seine Beine. In der Bruche drängte sein Glied gegen den Stoff.

Wieder trafen sich ihre Blicke. Als sie sich neben ihn setzte, lächelte sie unsicher. Er ließ ihr Zeit, bevor er die rechte Hand ausstreckte und über ihren linken Arm streichelte. Wärme, Leben – spüren, dass man lebte. Er war sich unsicher, ob er wusste, was sie wollte.

Geraume Zeit saßen sie nebeneinander, dann kniete die junge Frau sich neben ihn hin, griff nach seiner Rechten und führte sie an ihren Busen.

Er lächelte sie an. Blässe, gefolgt von glühendem Rot, zeichnete ihre Wangen. Die Wärme, die von ihr ausging, und ihr Geruch ließen ihn die Augen schließen. Dann tastete er nach ihr. Seidig war ihre Haut unter dem Hemd, vollkommen und haarlos. Er massierte sie, öffnete die Augen. Sein Glied drängte heftiger gegen den Stoff. »Alissende?«

Sie erwiderte seinen Blick, legte sich auf den Rücken und zupfte das Hemd nach oben. Nach kurzem Zögern spreizte sie ihre Beine.

Ghislain regte sich nicht. Eine rote Blume, so besang man es, so hörte man davon sprechen, so hatte er es selbst besungen.

»Ich will es.«

Er konnte sie leise atmen hören. Ihre Stimme hatte fest geklungen, die aufgerissenen Augen jedoch erinnerten an ein verschrecktes Kaninchen.

Sie holte tief Luft, streckte den Arm aus, ließ die Finger über seine Bruche streifen. Als er das Kleidungsstück lockerte und nackt vor ihr war, war ihre Angst vergessen, der Blick voller Neugier. Er rückte näher. Sie kicherte.

»Ich darf nicht …«, murmelte er, aber ein Teil von ihm hatte längst anders entschieden, ein Teil von ihm wollte diesen gefährlichen Leib, der Liebkosungen versprach, wollte den Duft, der an ihr hing.

Zum ersten Mal küsste er sie, ließ seine Zunge nach ihrer suchen, fuhr über ihre Zähne. Es brauchte nur wenig, und sie erwiderte seinen Kuss. Vorsichtig kletterte er über sie, kniete sich, ließ sein Glied über ihren Bauch streifen, suchte mit den Händen nach ihrer feuchten Körpermitte.

Er konnte sich anders entscheiden. Er ließ den Kopf in den Nacken fallen, krümmte die Schultern vorwärts, ertrank in ihrem Geruch. Wieder ließ er seine Finger wandern. Manchmal zuckte sie, manchmal erhaschte er ihren fragenden, sogar ängstlichen Blick. Sanft ließ er die Finger in sie gleiten, machte beruhigende Laute, als sie sich versteifte, streichelte, brummte, suchte ihren Eingang.

Sie war noch eng, aber er war vorsichtig. Sein Leib spannte sich an. Er bewegte seine Hüften; kostete den Moment bis zuletzt aus und zog sich zurück, um sich leise stöhnend zwischen ihre Beine zu ergießen, bevor er sich lang neben sie warf. Alissende blieb liegen, dann suchten ihre Finger die Nässe zwischen ihren Beinen. Schließlich wandte sie ihm den Kopf zu. Sie lächelte.

17. Kapitel

Ghislain drehte den Kopf zur Seite, sodass man sein markantes Profil mit der kräftigen Nase sehen konnte. Das frühe Morgenlicht tanzte auf seinen schlanken Gliedern. Jede Bewegung ließ Muskeln unter seiner Haut spielen. Mit einer Hand schob er das Tuch bis zum Ansatz von Alissendes Po herab und betrachtete, was er sah. Die junge Frau lag auf der rechten Seite, den Arm, auf dem ihr Kopf lagerte, nach oben weggestreckt. Seidig schwarz umflossen ihre Locken die Rundungen ihres Körpers. Er beugte sich vor und strich mit den Fingerspitzen der rechten Hand ihr Rückgrat entlang. Sie seufzte wohlig, drehte sich zur Seite und bot ihm die Vorderseite ihres Körpers dar. Wieder streckte er die Hand aus.

Wie oft hatte er dieses Vergnügen in den letzten Wochen genossen? Er streichelte sie erneut, folgte mit den Fingerspitzen dem unsichtbaren Pfad, der sich von ihrem Bauchnabel zu ihrer Scham zog. Während er ihre Brüste liebkoste, fiel sein Blick auf die schmale Narbe an seinem Arm.

Nach den Aufregungen der Verlobungsfeier hatte er sich versteckt gehalten, bevor er ein paar Tage später wieder aufgetaucht war. Aber niemand hatte Fragen gestellt. Die meisten Gäste waren schon abgereist gewesen, von den Verbliebenen war sein Auftauchen mit erstaunlichem Gleichmut hingenommen worden. Beinahe konnte es scheinen, als wäre er nie fort gewesen, und manchmal fand er sich kniend im Gebet, voller Fragen, auf die er keine Antworten fand.

Vor ein paar Tagen war auch der Herr de Valvert aufgebrochen, um im Namen seines Herrn einige Dinge zu erledigen. Auf dem Rückweg, hatte er angekündigt, würde er die junge Braut mit sich nehmen.

Er lagerte eine Hand auf der runden Wölbung ihrer linken Brust. Mit Alissende hatte er über die Ereignisse gesprochen, aber auch sie wusste nichts. Ihre Körper, erfüllt von Hunger, Enttäuschung und einer Angst, die sie nicht benennen konnten, fanden in den Nächten zueinander.

Als er aufstand und zum Fenster ging, hob sie den Kopf und lächelte. Vorsichtig schob er einen Fensterflügel auf. Es war früher Morgen, doch im Hof waren die Diener längst damit beschäftigt, ihren Herrschaften den kommenden Tag so angenehm wie möglich zu gestalten. Bald würden Rose und Berthe zurückkommen, von denen sich eine um das Bad ihrer Herrin kümmerte, während die andere Besorgungen machte. Er wandte sich vom Fenster ab und klaubte Hemd, Beinkleider und Cotte von der Truhe. In seinem Körbchen liegend, öffnete Alissendes Hündchen die Augen. Rasch schlüpfte der Jongleur in seine Kleider. Als er neben das Bett trat, streckte die junge Frau die Arme nach ihm aus. Er griff nach ihren Händen, zog ihren Körper vom Bett und drückte ihn an sich. Ihr Haar streifte über seine Wangen. Er küsste ihren Hals.

»Willst du schon gehen?«, flüsterte sie.

»Wir müssen vorsichtig sein.«

Sie lachte. Sie liebte es, das Spiel auszureizen, drängte ihn stets dazu, länger zu bleiben. »Schenk mir etwas von dir.«

Er sah an sich herunter. Sie deutete auf das Medaillon, das zwischen dem geöffneten Hemd auf seiner Brust zu sehen war. Er schüttelte den Kopf.

»Nein, das nicht.«

Für einen Moment verzog sich ihr Mund unwillig, dann wedelte sie mit der Hand.

»Geh, Jongleur, wir sehen uns heute Abend in der Halle.«

18. Kapitel

Über dem niedrigen Eingang schwankte das grobe Holzschild mit dem ungelenk gezeichneten Affen vom Zusammenstoß mit dem vorigen Gast. Sorgsam bückte Ghislain sich, bevor er dem lauthals Fluchenden folgte. Zwischen dem Dunst von Öllampen, einem Kessel mit brodelndem Eintopf und der Hitze vieler Körper gaben sich Männer und Frauen brüllend und kreischend ihrem Vergnügen hin. Der Lärm war ohrenbetäubend. Billiger Fusel schwängerte die Luft. Aus zusammengekniffenen Augen musterte er die Anwesenden, bis er, um ein altes Fass versammelt, Alix' Kumpaninnen entdeckte, die Männern lüsterne Bemerkungen zuschrien und sich ansonsten in Grund und Boden tranken. Eine hatte die Röcke bis weit über die Knie geschürzt, einer anderen hüpften fast die Brüste aus dem Gewand. Ein junges Mädchen saß auf dem Schoß eines bärtigen Mannes, ließ sich mit harter Wurst füttern und gab ein schmatzendes Gurren von sich, während ihre Hände unter seiner Cotte arbeiteten. Schimpfend und stoßend kämpfte sich Ghislain durch die Menge hindurch. Aus schwarz umkohlten Augen sah ihm die Frau mit den kräftigen, nackten Beinen entgegen.

»Wo ist Alix?«, fragte er.

»Trinkt Ihr etwas mit mir«, die Frau bemühte sich, in einem übertrieben vornehmen Tonfall zu sprechen und machte eine Pause, bevor sie das Wort »Herr?« folgen ließ.

Er schüttelte unwirsch den Kopf. »Ich bin kein Herr, das weißt du. Wo ist Alix?«

Das laute Auflachen der Frau verwirrte ihn, dann schwang sie sich auf den Deckel des Fasses, wo sie mit ihrem breiten Hintern leere Becher und Geschirr beiseiteschob. Ihre Knie stießen gegen seinen Bauch. Fischgeruch strömte zwischen ihren gespreizten Beinen hervor.

»Oh ja, ich weiß, dass Ihr kein Herr seid, aber ich weiß, dass ihr das alle gerne wäret.« Sie fletschte ihre verbliebenen Zähne. Rauch und Eintopfgeruch mischten sich mit einem Hauch von Fäulnis. »Und wer weiß, für wen man sich hält, wenn adlige Liebesdienerinnen die Beine spreizen?«

Ghislain holte zur Ohrfeige aus und gab gleich darauf einen Schmerzenslaut von sich. Die Hand, die die seine festhielt, war erstaunlich kräftig. Stumm rieb er sich das Gelenk. An seiner Seite fielen mehrere Betrunkene übereinander. Dünnbier und Wein ergossen sich auf den gestampften Erdboden. Er schaute die Frau an. Wenn sie die Beine auf eine bestimmte Art bewegte, konnte er ihr Geschlecht sehen.

»Wo ist Alix?«, wiederholte er.

»Oben.« Sie lachte ihm Fäulnis entgegen. Das Mädchen, das eben noch auf dem Schoß des Mannes gesessen hatte, kam zu ihnen herübergeschlendert, verstaute Münzen unter ihrer Kleidung und griff nach einem Krug, der mit billigem Fusel gefüllt war. Ganz hinten in den Schatten der Wand sah er das weiße, entblößte Hinterteil einer Frau.

»Oh, wir sind besser«, die Frau auf dem Fass war seinem Blick gefolgt, »wir treiben's nicht für ein paar Deniers.«

Sie lachte schrill. Wortlos wandte er sich ab und bahnte sich den Weg zu der schmalen, nach oben führenden Stiege. Ohne sich noch einmal umzudrehen, sprang er die Stufen hinauf. Verschläge zogen sich, links und rechts, entlang eines schmalen Ganges, die besseren mit Brettern, die schlechteren mit fadenscheinigen Decken abgeteilt. Von unten kam, nunmehr gedämpfter, der Lärm der Schankstube herauf, sodass man das Stöhnen, Gurren und die kleinen Schreie hörte, die aus ihnen drangen. Ein Geruch nach Pisse hing in der Luft.

Zuerst stand er nur da. Es dauerte eine ganze Weile, bevor er Alix in einem der Holzverschläge singen hörte. Das hatte sie schon manchmal getan, und er wusste, dass sie es gerne tat. Behutsam schlich er näher. In der Nähe des Verschlags mischte sich ihr Gesang mit den leisen Worten eines Mannes. Es dauerte noch länger, bevor er, im Schatten eines Pfeilers versteckt, den Mann aus dem Verschlag treten sah. Im Eingang drehte der Fremde sich noch einmal um. »Ich komme wieder.«

Alix erwiderte etwas, das den Mann zufrieden lachen ließ.

Erst nachdem er die Stiege hinuntergepoltert war, schlüpfte Ghislain durch die Tür. Alix stand nackt zwischen zwei Kerzen und hatte ihm den Rücken zugewandt. Ihr schmaler Körper leuchtete im Kerzenlicht. Ihr krauses, blondes Haar umspielte ihre Schultern und hing fast bis zur Taille herab.

»Geht, ich bin müde«, sagte sie, ohne sich umzudrehen. Er blieb stehen. Sie zog eines ihrer schlanken, wohlgeformten Beine an und tippte mit der Fußspitze auf den Boden. »Ich werde heute nicht mehr arbeiten, was auch immer man unten gesagt hat.«

»Alix?«

Sie drehte sich nicht um, fuhr jedoch zusammen.

»Alix?«

Er trat auf sie zu und zog sie am Arm zu sich herum. In ihrem ebenmäßigen Gesicht wirkten die schwarz umrandeten Augen riesig. Auf den Wangen leuchtete es rot, und auch die schmalen Lippen wiesen einen Rest Farbe auf. Über den Augen waren ihre dünnen blonden Augenbrauen in diesem Licht nur eine Ahnung. Sie sagte nichts. Kurz über dem Brustansatz leuchteten zwei Streifen frischer, rosa Haut.

»Alix, ich habe dich vermisst. Wo warst du?«

Ihre blassen Augenbrauen zogen sich zusammen.

»Sag, wie lange haben wir uns nicht gesehen?«, fuhr er fort. Nicht mehr, nachdem man zum zweiten Mal versucht hat, mich umzubringen, setzte er in Gedanken hinzu. Das wusste sie nicht. Manchmal wachte er nachts auf deswegen. Manchmal wollte er durch die Straßen von Paris laufen, mit nackter Brust, um die Mörder aus ihren Löchern zu locken. Es war die verdammte Ungewissheit, die ihn wahnsinnig machte.

»Alix«, sagte er noch einmal.

»Ghislain.«

Der Anblick ihres geöffneten Mundes ließ ihn zusammenzucken. »Was ist mit deinen Zähnen passiert?«

»Was schon?« Der Ausdruck von Zärtlichkeit auf ihrem Gesicht verschwand. »Ein unzufriedener Kunde.« Sie lachte meckernd. »Beschädigte Ware. Marylise hat sich dafür bezahlen lassen und mich auf die Straße gesetzt. Wie hast du mich gefunden?«

»Deine Freundinnen.« Mit dem Daumen deutete er nach unten, betrachtete die Lücke, die ihre Schneidezähne hinterlassen hatten. »Kenne ich den, der das getan hat?«

»Sicherlich, er ist der Bruder deiner Hure.« Ihre Stimme klang auf eine seltsame Art tonlos. »Aber das geht dich nichts an.« Sie wandte sich von ihm ab, ging zu ihrem Schemel, streifte sich das Unterkleid über. Als sie erneut zu ihm hinsah, waren ihre Augen schmal. »Man erzählt sich überall, dass du es mit der kleinen de Luzy treibst. Du solltest vorsichtiger sein.«

»Aber ich ...« Er stockte, fuhr sich mit gespreizten Fingern durch sein Haar. Angefangen hatte es beiläufig, mit dem Gefühl des Glücks darüber, überlebt zu haben. Wo begann die Gewohnheit? Alix stand neben dem Schemel. »Woher?«, fragte er.

Sie zuckte die Schultern. »Gerüchte nehmen ihren Weg. Du hast mich ja auch gefunden.«

Er kam näher, versuchte sie zu streicheln.

»Fass mich nicht an.« Sie wich zurück.

»Und er?« Er deutete in die Richtung, in die der letzte Kunde verschwunden war.

»Zahlst du?« Sie hob die Augenbrauen, leckte sich über die Lippen. »Du wirst bald zahlen, wenn du nicht vorsichtig bist.«

Sie starrten einander an.

»Man hat versucht, mich zu töten«, sagte er endlich.

»Dich?« Sie lachte. »So wichtig bist du? Nein, Ghislain«, sie schüttelte den Kopf, »wir sind nicht so wichtig. Solche wie wir verrecken, weil wir stören, im Weg sind, zum Vergnügen. Solche wie uns findet man in der Gosse, ersoffen im Schlamm, grün und blau geschlagen. Keinem wird es die Mühe wert sein, dich töten zu wollen.«

Er schwieg. Sie hatte recht. Sie musste recht haben. Er trat so nahe an sie heran, dass er ihren Arm hätte berühren können. »Wo warst du vorher, bevor du hierhergekommen bist? Ich habe dich vermisst, Alix.«

»Fort war ich. Ich musste mir Geld auf den Märkten verdienen, wie früher.«

»Und das Badehaus?«

»Wie gesagt, es gibt Schönere als mich.« Sie wies auf die Narben, dann auf ihre Zähne. »Ich bringe nicht mehr viel Geld ein.«

Er beugte den Kopf vor und sog ihren Geruch ein. Süßes Holz. Sie roch besser als ihre Kumpaninnen. Mit den Fingern fuhr er durch ihr Haar, streifte die Haut auf ihrem Rücken, bemerkte eine Unebenheit. »Was ist das?«

»Mancher braucht eben eine Rute, um seine Rute zum Stehen zu bringen. Ich möchte, dass du gehst, Ghislain.«

»Ich ...« Er wollte näher rücken, sie schüttelte den Kopf. »Ich werde dir beweisen, dass ich dir etwas wert bin, Alix.«

Sie verschränkte die Arme. »Geh, bitte.«

Als Ghislain vor die Tür trat, nieselte es. Er blieb stehen und beobachtete die Männer, die in das Haus hineingingen. Auf einen dunklen Holzbalken hatte jemand mit roten, ungelenken Strichen kopulierende Paare gemalt. Die Figürchen nahmen einander von hinten, von vorne, unter den seltsamsten Verrenkungen. Ein Betrunkener kam vor ihm zu Fall und wälzte sich in einer Pfütze aus Regenwasser, Kot und Urin, bevor er schwankend wieder auf die Beine kam. Jedes Mal, wenn die Tür zur Schankstube aufging, drangen Lärm, Licht und Wärme auf die Gasse hinaus. Er bemerkte kaum, wie ihn der Regen durchnässte. Am liebsten hätte er jeden der Männer gepackt, die dort hineingingen, und gegen die nächste Mauer geschleudert. Nicht sie, rühr sie nicht an. Erst spät bemerkte er das Mädchen, das ihm genau gegenüber, in einem schmalen Spalt zwischen zwei Häusern, stand und ihn unverwandt anschaute.

»Jehanne?« Den Kopf fragend zur Seite gelegt, trat er einen Schritt näher. Sie schwieg. Im Schatten zwischen den beiden Häusern erkannte er, dass sie ein hellbraunes Kleid trug, am Saum bestickt und mit einem schmalen, geknüpften Gürtel versehen, an dem sie nun unschlüssig zupfte. Er trat noch einen Schritt näher. »Was machst du hier? Das ist keine gute Gegend.«

Er warf einen Blick über die Schulter zu der Schankstube hin, vor deren Tür sich gerade zwei Studenten fluchend umklammerten. Bis zu den Knöcheln waren sie im Dreck versunken, aus dem sie sich schimpfend zu befreien suchten. Jehanne schwieg.

»Hast du dich verlaufen?«, versuchte er es. »Woher bist du gekommen? Von dort?« Die Augen zusammengekniffen, versuchte er in den Spalt zu spähen, den sie auch mit ihrem schmalen Körper fast ausfüllte.

»Nein ...« Sie starrte ihn an. »Doch, ich habe mich verlaufen. Ich habe Marderhaarpinsel gekauft.«

Sie trat auf ihn zu und streckte ihm ein Päckchen entgegen. Er nickte nur.

»Soll ich dich nach Hause bringen? Wo wohnst du?«

Sie beschrieb es ihm, wobei ihre Wangen mit jedem Wort einen tieferen Rotton annahmen. Er betrachtete sie. Sie war größer geworden, seit er sie das letzte Mal gesehen hatte, doch die schlaksigen, ungelenken Bewegungen waren die eines Kindes.

Auf dem Weg stand ihr Mund nicht still. Sie sprach von ihrer Familie, von Paris, dem Bau der Kapelle, an dem ihr Vater beteiligt war.

»Du musst sie ansehen. Das wird die schönste Kapelle, die du je gesehen hast. Sie wird aus Glas sein.«

Er versprach es ihr.

Am Anfang der Gasse, in der sich das Haus ihrer Familie befand, blieb sie stehen und trat einen Schritt auf ihn zu. Er spürte ihren Körper und wich unwillkürlich zurück. Den Kopf in den Nacken gelegt, sah sie ihn an, die Lippen leicht geöffnet. »Versprichst du es mir?«, fragte sie noch einmal.

»Ja, Jehanne.«

Sie betrachtete ihn ernst, dann lächelte sie, wandte sich ab und eilte davon.

Es war in Chartres gewesen, erinnerte Lise sich. Ihre Mutter und sie hatten sich auf Knien leise betend durch das Labyrinth bewegt. Zu Anfang war es ihr nicht unangenehm erschienen, aber irgendwann hatte sich die Kälte des Steins in ihren Körper gefressen, und kurz danach hatten die Knie zu schmerzen begonnen. Schmerz und Kälte hatten sie unruhig werden lassen. Sie hatte versucht, eine bequemere Stellung einzunehmen; womöglich hatte sie sogar leise gestöhnt, denn ihre Mutter hatte sich zu ihr umgedreht. »Die Schmerzen bieten wir dem Gottessohn dar, Lise, dem Schmerzensmann«, hatte sie mit ernstem Gesichtsausdruck erklärt. »Für jeden Gläubigen ist es eine Ehre, Jerusalem zu sehen, aber nicht jedem ist es vergönnt, in die heilige Stadt zu gelangen. Das Labyrinth ermöglicht es uns, einen kleinen Schritt in diese Richtung zu gehen, also bete, ohne zu klagen, bete für uns und bete darum, würdig zu sein. Was sind deine Schmerzen gegen die des Herrn, der die Sünden der Welt auf sich genommen hat. Ist es nicht die Sünde, die schwerer wiegt als der Schmerz?«

Ja, das hörte man allenthalben. Die Sünde wog schwerer als der Schmerz. Entstellungen, Krankheit, Leid konnten einen Menschen treffen, seine unsterbliche Seele ging nicht verloren, die Todsünde aber setzte allem ein Ende und hieß ewige Verdammnis. Wollust war eine Todsünde.

Sie spürte, wie Röte in ihren Wangen aufstieg, während ihre betenden Hände eiskalt blieben. Sie betete viel in diesen Tagen der Angst. Versteckt unter ihrem Unterkleid wölbte sich ihr Bauch.

Heilige Maria Magdalena ... Sie hob den Kopf, spürte, wie das Kopftuch verrutschte, und zupfte es mit einer Hand zurecht. Sie konnte sich genau daran erinnern, wann sie Thomas' Drängen nachgegeben hatte. Jetzt wuchs das Kind in ihr, ein Dämon, der an ihr nagte. Wie unabsichtlich ließ sie die Hand über ihren Bauch streifen. Vielleicht würde sie das Balg verlieren. Das geschah, dass man ein Kind verlor; auch ihrer Mutter war es geschehen.

Eine ältere Frau humpelte an ihr vorüber zu Maria und ihrem Kind. Zwei Mönche standen flüsternd in einem Seitenarm. Sie schloss die Augen.

Sie hatte Nôtre-Dame gewählt, eine große Kirche, mächtig genug für ihre Sorgen. Sie musste mit Thomas sprechen. Und beten. Lautlos bewegten sich ihre Lippen weiter. Sie wusste nicht, wie lange sie ihren Zustand würde verbergen können. Im Winter war die Kleidung dicker, das würde ihr Schutz bieten. Sie öffnete die Augen und hob den Blick zu der Heiligen empor. Sie wollte auch für Margaux beten, der es schlecht ging, aber ihr Kopf war so voll, dass sie keinen Gedanken fassen konnte.

Erst als sie aufstand, bemerkte sie, dass sie weinte. Mit dem Ärmel wischte sie sich hastig über das Gesicht und trat hinaus in das helle Tageslicht. Jeder Schritt durch Paris verursachte ihr Qual: Kinder, schwangere Frauen, greinende Säuglinge. Jede Bewegung, jeder Blick brachte Erinnerungen. Manchmal war sie sich sicher, dass man es ihr ansah. Sangen sie nicht schon Lieder über sie? Ein Sänger in einem bunten Flickenhemd hatte an der Gasse Aufstellung genommen und begleitete sich auf der Drehleier.

»Wenn ich auf die Straße gehe,
werde ich von allen angestarrt,
als wäre ich ein Ungeheuer.
Wenn sie den Bauch sehen,
dann stoßen sie sich gegenseitig an
und verstummen, sobald ich vorübergehe.«

Sie richtete den Blick starr geradeaus. Da war ein bleiches Mädchen mit strähnigem, aschblondem Haar, dessen schmaler Leib den schwangeren Bauch kaum tragen konnte. Zischeln begleitete ihren Weg. Schimpfworte ließen sie zusammenzucken. Seht, die hat die Beine breit gemacht. Ein Junge ließ einen Stein von seiner Schleuder schnellen und traf die Kleine am Oberarm. Als sie auf Lises Höhe ankam, spuckte eine kräftige Matrone aus. Lise tat es ihr gleich. Das Mädchen setzte seinen Weg fort, als habe es nichts bemerkt. Kinder nahmen von Neuem ihr Spiel mit einem kaputten Holzrad auf.

Als Lise wenig später die Gasse hinter Thomas' Haus erreichte, blieb sie stehen und schaute sich sorgfältig um. Niemand war in dem Durchgang zu sehen. Auch als sie zu der schmalen Tür hinüberschlich, blieb alles still. Tief Atem holend, klopfte sie. Mahaut öffnete. Stumm blickten die beiden Frauen einander an.

»Er ist nicht da«, sagte die Ältere und wollte die Tür schließen. Geistesgegenwärtig schob Lise ihren Fuß in den Spalt. »Kannst du ihm sagen, dass ich hier war?«

Mahaut zuckte die Schultern, senkte den Blick und starrte Lises Fuß an. Unwillkürlich zog die ihn zurück.

Als sie nach Hause kam, kümmerte Edwige sich gerade um Margaux. Man hatte das Lager des fiebrigen, kleinen Mädchens neben der warmen Herdstelle aufgeschlagen. Leise konnte sie die Kleine jammern hören. Am Tisch saßen, einträchtig über einige kleine Vorlagen gebeugt, Clément und Jehanne nebeneinander. Jehanne malte dieser Tage mehr, als sie früher geschnitzt hatte. Ihre Kohlezeichnungen fanden sich überall, auf Holzresten, Balken, Steinen. Lise zog den Umhang aus und hängte ihn über einen Pflock an der Wand. Clément lächelte seine älteste Tochter an.

»Wo warst du?«

»Beten«, murmelte sie.

Der September hing zwischen Gold und grauer Kälte, und Alissende war glücklich. Anfang des nächsten Jahres, hieß es nunmehr, würde Laurent de Valvert sie zu ihrem zukünftigen Ehemann bringen. Sie hatte Berthe und Rose angewiesen, mehr über den Mann herauszufinden, aber der Vater hatte Verdacht geschöpft. Ein leichtes Lächeln auf den Lippen, erinnerte sie sich daran, wie er zu ihr ins Zimmer gekommen war.

»Er ist ein guter Mann«, hatte er bemüht streng zu ihr gesagt, »denn ich habe ihn für meine Tochter ausgewählt. Ist Euch das nicht genug?«

Sie hatte genickt, und wie zu der Zeit, als sie ein kleines Mädchen gewesen war, hatte er in ihre Wangen gekniffen. Ihr Vater war ein guter Mann. Abwesend ließ sie den Kamm durch das Haar gleiten, beugte sich näher zum geöffneten Fenster hin. Eben trat Ghislain durch das Tor. Langsamer bewegte sich der Kamm durch das Haar. Der Jongleur blieb stehen und ließ den Blick zu den geöffneten Fensterflügeln wandern, um ihre Anwesenheit mit der leichtesten Neigung des Kopfes zu bemerken.

Er hatte sie gegrüßt. Sie schob den Fensterflügel weiter auf. Aufbegehren hatte ihre ersten Begegnungen gekennzeichnet, auch Wut. Sie lehnte sich in ihrem Faltstuhl zurück.

Vielleicht liebe ich ihn, dachte sie. Noch nie zuvor hatte es sie so sehr danach gelüstet, etwas von einem anderen Menschen zu erfahren. Auf Ghislains Gesicht zeichneten sich Spuren ab, von deren Ursprung sie nichts ahnte. Davon sollte er ihr erzählen. Sie wollte mehr wissen über die blitzschnelle Kraft, die in all seinen Bewegungen ruhte. Wenn er sie abends mit Musik unterhielt, konnte er völlig in sich versinken, übte er sich in Akrobatik, so strahlte sein ganzer Körper gespannte Aufmerksamkeit aus. Sie hatte ihn schon mit den verschiedensten Gegenständen jonglieren sehen, oder sich auf dem Geländer des Balkons in der Balance üben. Letzthin, bei einem Schiffsausflug, war er mit einem frechen Lied auf den Lippen unter dem Jubel der Gäste von Kahn zu Kahn gesprungen. Sie liebte das Geheimnis, das sie miteinander teilten. Er war unterhaltsam.

Alissende legte den Kamm ab, streifte mit den Fingern

durch ihr Haar, berührte ihren Nacken, betastete die empfindliche Haut unter ihren Fingerspitzen. Noch niemals zuvor hatte sie eine solche Vollkommenheit erlebt, etwas, das es wert war, besungen zu werden. Eines Tages würde er ihr ein Lied widmen. Alle würden von ihr erfahren. Das neue Gewand aus leichtem Seidenstoff raschelte, als sie aufstand. Nur einen zweiten Blick wünschte sie sich, aber er sah nicht zu ihr hoch.

»Soll ich Euer Haar flechten?« Rose war neben sie getreten.

»Nein.« Alissende spielte mit den großzügigen Ärmeln ihres Gewandes. Das glänzende Safrangelb passte hervorragend zu ihrem dunklen Haar.

Die Dienerin räusperte sich. »Wenn ich etwas sagen dürfte?«

Alissende machte eine abwehrende Handbewegung, dann nickte sie. »Sprich, bei der Liebe Jesu.«

»Man sagt ...« Rose schien nicht zu wissen, wie sie fortfahren sollte.

Alissende sah in den Hof hinab. Rose war ihre Dienerin, seit sie die Kinderstube verlassen hatte, eine vertraute, stämmige Frau, die ihr krauses, rotes Haar unter einer Haube verbarg. Immer war sie da gewesen, vom ersten Tag an hatte sie Alissende geschützt, hatte ihr über die Fallstricke des Lebens hinweggeholfen, bis das Mädchen gelernt hatte, diese selbst zu meiden.

»Was sagt man?«

Alissende beobachtete, wie Ghislain Aimon in einem weiten Bogen auswich. Wie bei einem Tanz umkreisten die jungen Männer einander, doch der Jongleur hatte die Führung übernommen, und Aimon würde noch heute Abend wütend sein. Sie schmunzelte in ihre Handfläche. Sie würde ihren Bruder trösten müssen, ihm etwas vorlesen, vielleicht von Roland, dem Helden. So hatte er es früher gemocht. An ihrer Seite gab sich die Dienerin einen Ruck. »Man sagt, Euer Jongleur besucht ein Hurenmädchen beim Affen-Wirt und seiner Frau, der Kupplerin.«

Stille. Alissende, den Blick auf den Hof gerichtet, bewegte sich nicht. Ghislain hatte eben den Eingang zur Küche erreicht, Aimon sah ihm hinterher. Durch das Hoftor polterte ein voll beladener Karren. Zwei Bettler wurden abgewiesen. Sie drehte sich vom Fenster weg zu ihrer Dienerin hin. Ihr war eiskalt, dann spürte sie, wie sich ihre Wangen röteten. »Wer sagt das?«

Rose zupfte an ihrem Kleid. »Nun, ich habe es auf der Straße gehört.«

»Klatsch und Tratsch bringst du mir?« Alissendes Stimme war leise. Auf ihrem Rücken sträubten sich die winzigsten Härchen. Eine Gänsehaut überlief sie. Ihr Herz schlug heftiger. Rose schüttelte den gesenkten Kopf.

Alissendes erster Schlag ließ sie zur Seite stolpern. Ihre Oberlippe riss auf, Blut erschien im linken Mundwinkel und bahnte sich den Weg über ihr Kinn. Vor den nächsten Schlägen versuchte sie sich zu schützen, indem sie die Arme über dem Kopf verschränkte, doch Alissendes Fäuste und Fingernägel fanden unbarmherzig ihren Weg. Keuchend drang der Atem aus ihrem aufgerissenen Mund. Als sie aufhörte, überzog eine dünne Schweißschicht ihr Gesicht, und Rose zitterte am ganzen Leib. Aus vor Wut schmalen Augen betrachtete die junge Frau die Dienerin.

»Geh.«

Noch einmal stieß sie Rose so heftig vor die Brust, dass diese beinahe gestürzt wäre. Auch nachdem die den Raum verlassen hatte, blieb Alissende stehen. Ihre Augen brannten. Ein Wasserkrug war auf dem Boden zerborsten und hatte eine Lache hinterlassen, in der ein Körbchen samt duftender Trockenblumen zertreten worden war. Der Faltstuhl war umgestürzt.

Sie schaute zu dem Schränkchen, auf dem unberührt das Bild des heiligen Martin stand. Den Kopf dem Bettler zugewandt, teilte der Heilige seinen Mantel, ohne einen Blick für seine Betrachterin.

Eine erste Bewegung durchzuckte Alissendes Körper. Mit dem Fuß berührte sie die Scherben des Kruges. Nach der Hitze war ihr kalt. Langsam ging sie zum Bett hinüber, warf sich zwischen ihre roten Decken und Kissen, verbarg das Gesicht zwischen den Armen und weinte.

19. Kapitel

Die Augen Pierres de Montreuil gewöhnten sich nur allmählich an das Dämmerlicht in der Kirche des Klosters von Maubuisson. Die Lederrolle mit den Entwürfen drückte er fest gegen seine Brust. Dumpfer Reisegeruch drang aus seiner Kleidung in seine Nase. Mit Unbehagen erinnerte er sich daran, dass er die Baustelle seit drei Tagen nicht mehr betreten hatte, doch die Nachricht des Königs hatte von Verzögerungen gesprochen und keinen Aufschub geduldet. Er ging weiter in Richtung des Altars. Deutlicher nahm er jetzt den hochgewachsenen Mann in grober Reisekleidung wahr, der vorne auf den Steinplatten kniete, den Kopf im Gebet gesenkt. Auch seine ersten Schritte hatten ihn in die Kirche geführt und nicht dorthin, wo er eine Audienz erbitten konnte. Außer dem zweiten Mann schien sich niemand in dem Gebäude zu befinden. Unschlüssig ging Pierre weiter.

Der Betende machte kein Anzeichen, ob er die Schritte gehört hatte. Nur wenig von ihm entfernt, blieb der Baumeister stehen und zog den schmutzigen Reiseumhang enger um den Körper. Es war kalt hier. Wenig Licht drang durch die Fenster und die weit geöffnete Tür herein. Ganz plötzlich legte sich der Mann flach auf den Bauch, streckte die Arme rechts und links in der Haltung eines Gekreuzigten von sich, das Gesicht auf den kalten Stein gedrückt, und verharrte in dieser Haltung.

Als er etwas später behände auf die Füße kam und sich umdrehte, errötete der Baumeister und sank in die Knie. »Herr, ich wollte Euch nicht stören.«

»Baumeister«, lächelnd kam der König ihm entgegen, »erhebt Euch, mir ist nicht unbekannt, dass Ihr angekommen seid.« Mit kräftigen Schlägen klopfte er Staub von der Vorderseite seines Gewandes. »Nur wusste ich nicht, dass Euch Euer Weg zuerst hierher bringen würde. Ich habe für die Seele der kleinen Blanche gebetet. Es ist schwer, ein Kind zu verlieren.« Nachdenklich betrachtete er sein Gegenüber. »Habt Ihr Kinder?«

Pierre nickte. »Und es ist schwer, sie sterben zu sehen.«

Louis schwieg, die Arme vor der Brust verschränkt. »Bei aller Trauer«, sagte er dann, »müssen wir jedoch stets auf den weisen Ratschluss Gottes vertrauen.« Er wandte sich dem Altar mit seinem Kruzifix zu, streckte den rechten Arm aus und machte eine Bewegung, als wische er etwas beiseite. »Jesus hat unsere Sünden auf sich genommen. Sein Leid ist es, dem wir nacheifern müssen. Seine Armut hat uns Beispiel zu sein.«

Eine Bewegung und aus den Schatten der Säulen traten zwei Männer hervor, die Pierre vorher nicht bemerkt hatte, brennende Kerzen in den Händen. Louis nahm eine und reichte Pierre die zweite. Stumm schauten die Männer auf das flackernde Licht der kleinen Flammen.

»Jesus leitet mich«, sagte der König schließlich, »denn für mein Königreich bin ich Mittler zwischen Himmel und Erde. Mir obliegt es, die heilige Mutter Kirche zu verteidigen. Und seit ich die Dornenkrone erworben habe«, er bekreuzigte sich, »weiß ich, dass der Herr seine Hand über uns hält. Aber ich muss mich dieser Ehre stets würdig erweisen.«

Pierre nickte, musterte schweigend Gestalt und Gesicht des Königs. Schon immer recht schmal, erschien Louis ihm heute hager. Zwei dünne Falten zogen sich von den Nasenflügeln zu den Mundwinkeln herab. Unter den Augen lagen dunkle Schatten. Es hieß, seit dem Feldzug gegen den englischen König leide er immer wieder unter schwerem Durchfall. Nun räusperte er sich. »Die Kapelle macht Fortschritte? Mich erreichten Berichte von Unstimmigkeiten.«

»Ja, die Kapelle macht Fortschritte. Darf ich fragen, wer ...«

Louis schüttelte den Kopf. »Ein König muss die Nachrichten studieren, die er erhält, die Wahrheit erkennen lernen und abwägen. Habt Ihr die Pläne mitgebracht?«

»Das habe ich.« Pierre hielt ihm die Rolle entgegen. »Ihr müsst Euch unbedingt die neuen Fenster ansehen, wenn Ihr zurück in Paris seid.«

»Das werde ich.« Louis drehte den Kopf zum Altar hin. »Gott ist der Baumeister des Himmels und der Erde«, fuhr er nachdenklich fort, »ich bemühe mich, der Baumeister meines Landes zu sein, und Ihr seid der Baumeister von Kirchen. Ist das nicht bemerkenswert? Jeder hat seinen Platz, und alles greift ineinander. Wie gut hat Gott alles gefügt.«

Gegen Nachmittag setzte Regen ein, und Mérsanda lauschte den wohlbekannten Geräuschen. Von ihrem Stuhl aus konnte sie dünne, graue Regenfäden sehen, die Himmel und

Umgebung bedeckten; hörte das feine, gleichmäßige Rauschen des Wassers, Tropfen, die in Pfützen klatschten und solche, die auf das Dach herabprasselten. Alissende hockte, die Spindel locker in der Hand, auf einer Truhe in Fensternähe. Zu Mérsandas Füßen hatte es sich Aimon bequem gemacht, die linke Hand auf dem rechten Knie seiner Mutter gelagert, die Augen geschlossen. Sie drehte den Kopf zur Seite und schaute auf die zwei honiggelben Kerzen, die auf dem kleinen Tischchen zu ihrer Rechten flackerten. Schatten tanzten auf dem kostbaren Psalter in ihren Händen. Mit den Fingerspitzen strich sie zärtlich über den Einband. Eine schöne Arbeit, die schönste im ganzen Zimmer. Auf das glatte Leder waren Muster und Strukturen in Gold, Rot, Grün und Blau aufgebracht worden, das Pergament innen fühlte sich glatt an und war so weiß wie ein polierter Knochen. Auf jeder Seite wurde der erste Buchstabe von einer kleinen, verschlungenen Miniatur aus winzigen Menschen und Tieren gebildet. René hatte ihr das Buch einst geschenkt.

Sie bewegte die Schultern, um das raue Leinenhemd zu spüren, das über ihre zarte, verletzliche Haut schabte. Auch die Cotte aus schwerem Stoff drückte die Schultern ihrer mageren Trägerin nieder, und das lange Sitzen und Liegen hinterließ wunde Spuren an ihrem Körper. Doch welche Möglichkeiten ließ ihr dieser nutzlose Leib sonst, Buße zu tun?

Mit den Fingern zerteilte sie das dichte, blonde Haar ihres Sohnes. Einige Strähnen waren noch feucht, er musste ein Bad genommen haben, bevor er zu ihr gekommen war. Mit einem Gefühl stolzer Bewunderung strichen ihre Hände über seine kräftigen, breiten Schultern. Er öffnete die Augen, hob den Kopf und lächelte sie an. Sie liebte es, ihn um sich zu haben. Sie liebte es, ihn anzusehen oder ihn zu fragen, womit er den Tag verbracht hatte. Als er sich vor sie hinkniete, küsste sie ihn behutsam auf die Stirn. Er war ihr Sohn; etwas an ihm würde für immer der speckige, blonde Säugling bleiben, den sie in den Armen der Amme geherzt hatte. Etwas an ihm war für immer der stolze Junge, der zum ersten Mal ein Wild zur Strecke gebracht hatte. Mit ihm war sie jung gewesen.

Mit beiden Händen zupfte sie die Wolldecke zurecht, die über ihren nutzlosen Beinen lag. Es war ein Karfreitag gewesen, an dem sie ihre Kräfte zum ersten Mal verlassen hatten, und sie hatte es auf das Leiden des Heilands geschoben, dessen Tod auf allen lastete. Aber am darauffolgenden Sonntag war die Kraft nicht zurückgekehrt, und auch Gebete halfen nicht: Sie hatte ihre Beine nicht mehr bewegen können. Aber sie konnte spüren, das war mehr als genug. Sie konnte ihren Sohn spüren. Vielleicht hatte Gott ihr den Körper genommen, damit sie sich auf das Wesentliche besinne? Alles war unwichtig, wenn nur ihr Kind auf immer verschont blieb.

Ihr Blick wanderte zu Alissende. Die junge Frau sah blass aus. Ihr Gesicht war ungeschminkt, das Haar hing schmucklos herab, und auch ihrer Kleidung hatte sie nicht die gewöhnliche Aufmerksamkeit gezollt. Sie wirkte abwesend, die Spindel in ihrer Hand drehte sich nicht. Als habe sie den Blick der Mutter gespürt, schaute sie jetzt auf.

Nicht zum ersten Mal fiel Mérsanda auf, dass ihre Tochter ihrem Vater wie aus dem Gesicht geschnitten war, doch bei aller Zuneigung, die sie ihrem Mann gegenüber empfand, hatte sie nie viel mit dem Mädchen anfangen können. Von Anfang an hatte sie das Kind abgestoßen, als wohne ihm ein Dämon inne. Sie hatte sich kaum überwinden können, den Säugling anzufassen, und jeder hündische Versuch, mit dem das kleine Mädchen später um Aufmerksamkeit gebuhlt hatte, verstärkte ihre Abscheu nur noch. Ohne Zweifel würde sie froh sein, wenn die Tochter aus dem Haus war.

20. Kapitel

Der Junge schrie nicht, als er das Gleichgewicht verlor. Niemand hörte ihn schreien. Wenige, die zufällig zum Gerüst hingesehen hatten, sahen ihn um Halt kämpfen, deutlich mehr verfolgten seinen Sturz. Der dumpfe Aufschlag und der Aufschrei der auf dem Bauplatz versammelten Menschen waren beinahe im gleichen Moment zu hören. Einem Zimmermann rutschte der Hammer aus der Hand. Der Meißel des Steinmetzen verharrte über dem Blattschmuck, an dem er arbeitete. Die Mörtelmischer hörten auf zu rühren. Stille trat an die Stelle des Baulärms.

Alle ließen von ihrer Arbeit ab und eilten zu dem Verunglückten hin. Clément erreichte Foulques als Erster. Noch während er neben dem Jungen in die Knie ging, suchte er hastig nach Verletzungen, aber er konnte keine entdecken. Der Junge lag einfach auf dem Rücken, einen Ausdruck der Verblüffung in den weit geöffneten Augen. Behutsam berührte Clément seinen Arm. »Kannst du aufstehen?«

Für einen Augenblick, bevor sich die Verblüffung in seinem fahlen Gesicht in Furcht verwandelte, starrte Foulques den Glasmaler an. Seine Arme zuckten hilflos. »Meine Beine, ich fühle sie nicht ... und meine Brust ...« Er zitterte heftig. Ein gequälter, gurgelnder Laut kam aus seinem Mund. Rosiger Schaum trat auf seine Lippen.

»Ruhig, Foulques.« Mit dem Ärmel seiner Cotte wischte Clément über den Mund des Jungen, dann griff er nach seiner rechten Hand. Foulques schloss die Augen. Geraume Zeit ließ er keinen Laut hören, dann schnappte er stöhnend nach Luft. »Clément?«

»Ich bin da.« Clément drückte seine Hand. Es war nicht das erste Mal, dass er Zeuge eines Unfalls wurde. So etwas konnte geschehen. Ein Steinquader konnte sich lösen und einen Unglücklichen unter sich zermalmen, ein Maurer konnte fehltreten, ein Zimmermann abstürzen, ein Gerüst zusammenbrechen. Auf einer Baustelle war es ratsam, stets bereit zu sein, dem Herrn gegenüberzutreten. Er sah sich um. »Wir brauchen einen Geistlichen«, rief er.

»Ein Geistlicher«, nahmen andere Stimmen seinen Ruf auf, »wir brauchen einen Geistlichen.«

Foulques' Augen öffneten sich. Sein Atmen wurde nunmehr von einem steten Gurgeln begleitet, der Schaum hatte sich rötlicher verfärbt.

»Mir ist übel«, stieß er hervor. Rote Speichelfleckchen flogen von seinen Lippen. Das Gurgeln kam tief aus seiner Kehle, die Finger seiner linken Hand krallten sich in Cléments Bein, und dann sah der Glasmaler etwas, was ihn in größerem Maß beunruhigte. Ein zuerst winziger Blutfleck an Foulques' rechter Seite hatte sich vergrößert. Blut durchtränkte die graue Cotte des Verunglückten, und es bildete sich bereits ein dunkler Fleck neben ihm. Wie gebannt starrte er auf die Stelle, dann riss er den Stoff mit einem Ruck auseinander.

Der Junge schrie auf. Clément erstarrte. Da war etwas durch Foulques' sommerbraune Haut gebrochen.

»Jésu!« Er streckte die Hand aus und zog sie zurück, ohne den Verletzten berührt zu haben. Knochen. Seine Zunge leckte über viel zu trockene Lippen. Im Versuch, die Blutung zu stillen, drückte er kurz entschlossen beide Hände auf

Foulques' Brustkorb, aber seine Bemühungen ließen den Jungen aufheulen, als sei er von glühenden Eisen gepackt worden. Mit der blutverschmierten Hand fuhr Clément sich über die Stirn. »Wo bleibt der Geistliche?«

Niemand antwortete.

»Der Junge muss beichten, er ...« Er brach ab. In der Stille konnte er Foulques' gurgelndes Atmen hören, daneben, etwas leiser, gemurmelte Gebete in der Menge. Foulques' Augen schlossen sich. Ängstlich rückte Clément sein Gesicht näher an das des Jungen.

»Hörst du mich?«

Stille, ein kaum hörbares Wispern: »Ja.«

Der Junge öffnete die Augen und sah ihn an. Erneut ergriff Clément seine Hand. »Du wirst mir doch Morgen helfen? Ich brauche jemanden für das Zuschneiden des Glases. Du kennst die Vorlage, ich habe sie dir gezeigt. Die beiden Ritter, erinnerst du dich?«

Fast unmerklich bewegte Foulques den Kopf. Clément streichelte über seinen Handrücken, die Haut war kalt und feucht.

»Es sind zwei Ritter, der eine hat den anderen besiegt«, fuhr er fort und nahm die Hand des Jungen fester zwischen seine Finger, »aber der Besiegte ist bei Gott, verstehst du?«

Er hielt inne. Foulques' Blick richtete sich sehr aufmerksam auf ihn, genauso hatte er Clément stets bei der Arbeit zugesehen. Der Glasmaler bewegte den Daumen über seinen Handrücken: Das Bild zweier kämpfender Ritter, erinnerst du dich?

Er ließ Foulques nicht aus den Augen.

Fragen über Fragen hatte der neugierige Junge gestellt, bis Thomas ihn entdeckt und unerbittlich zurück an die Arbeit getrieben hatte. Fortschritte sollte der Baumeister sehen, da konnte keine Trödelei geduldet werden. Bis zur völligen Erschöpfung waren Tagelöhner und Lehrlinge gefordert worden, so weit, bis sie vor Müdigkeit über die eigenen Füße gestolpert waren und Arme und Beine vor Anstrengung gezittert hatten. Oben auf dem Gerüst hatten Feuchtigkeit und Schmutz die Bretter rutschig werden lassen und die Arbeit besonders gefährlich gemacht, aber Thomas hatte keinen Widerspruch geduldet. »Wen Gott zu sich ruft«, hatte er mit einem leichten Lächeln gesagt, »den ruft Gott eben zu sich. Der Mensch hat nichts damit zu schaffen.«

Clément leckte sich über die Lippen. Ich hätte den Jungen fortschicken sollen, fuhr es ihm durch den Kopf, meine Nähe hat ihn in Gefahr gebracht, meine Schuld ist es, dass er hier liegt. Unwillkürlich suchten seine Augen die Reihen der Neugierigen ab. Ein paar hatten sich zurück an die Arbeit gemacht. Thomas war nirgendwo zu sehen.

»Clément?« Foulques' Stimme war so schwach, dass sie beinahe nicht zu hören war.

»Ja?« Erneut wischte er blutigen Speichel von den Lippen des Jungen, rieb dessen kalte Hand zwischen den seinen. Foulques schien es kaum zu bemerken. »Die Würfel aus meinem Beutel«, flüsterte er, »sind für Etienne. Gib sie ihm.«

Stumm fuhr Clément damit fort, die eiskalte Hand des Jungen zu reiben.

»Du wirst sie vermissen«, flüsterte er.

»Vielleicht«, Foulques' Augenbrauen zuckten in die Höhe, »aber sie haben mir schon mein ganzes Leben lang große Freude bereitet.« Er schwieg, ein schwaches Lächeln breitete sich auf seinem Gesicht aus. »Ich sollte beichten.«

Clément biss sich auf die Lippen. Foulques' Hand lag nur noch schlaff in der seinen, Stück um Stück wich die Kraft aus dem Jungen.

»Kannst du ein Kreuz schlagen?«

Foulques versuchte es, dann schüttelte er den Kopf. Tränen füllten seine Augen und liefen ihm über die Wangen. Behutsam malte Clément ein kleines Kreuz auf seine Stirn.

»Wollen wir gemeinsam beten?«

Der Junge nickte. Sein Blick glitt in die Ferne, als erinnere er sich an etwas. »Meine Mutter«, sagte er, »hat mir viele Gebete beigebracht.«

Das Reden strengte ihn an, er musste eine Pause machen. Gemeinsam begannen sie mit dem Vaterunser, sprachen ein Ave Maria, wechselten zu den Psalmen. »*Herr, strafe mich nicht in deinem Zorn / und züchtige mich nicht in deinem Grimm! Denn deine Pfeile haben mich getroffen, / deine Hand lastet schwer auf mir* ...«

Clément schloss die Augen. Schwach konnte er Foulques' Stimme hören. Die bekannten Worte aber, der Rhythmus, in dem sie gesprochen wurden, hatten etwas Tröstliches.

»*Ich bin wie ein Tauber, der nicht hört, / wie ein Stummer, der den Mund nicht auftut. / Ich bin wie einer, der nicht mehr hören kann, aus dessen Mund keine Entgegnung kommt. / Doch auf dich, Herr, harre ich; du wirst mich erhören, Herr, mein Gott* ...«, sprachen sie.

Andere Stimmen mischten sich ein, vereinten sich mit den ihren zu einer einzigen.

»*Denn ich sage: Über mich sollen die sich nicht freuen, / die gegen mich prahlen, wenn meine Füße straucheln.*«

Clément öffnete die Augen. »*Ich bin dem Fallen nahe, / mein Leid steht mir immer vor Augen* ...«, sprach er. Jemand berührte seine Schulter.

»Er ist tot«, sagte Giles' Stimme.

»*Herr, verlass mich nicht, bleib mir nicht fern, mein Gott! Eile mir zu Hilfe* ...«, betete Clément weiter.

Es dauerte eine Weile, bis er verstummte. Zuerst blieb er reglos sitzen, dann richtete sich sein Blick auf Foulques' Gesicht. Die Augen des Jungen waren geschlossen. Die dichten, viel zu langen Wimpern lagen wie winzige Fächer auf der zarten Haut, aber sie bewegten sich nicht mehr. Sonnenlicht verwandelte Foulques' Haar in rotgoldenes Funkeln, tanzte auf seinem Gesicht, als bemühe es sich, die starren Gesichtszüge neu zum Leben zu erwecken. Tränen stiegen in Clément auf. Beinahe erwartete man, Foulques' Lippen würden sich gleich spöttisch kräuseln, und der Junge würde einen aus seinen unbekümmerten Augen anschauen. Mit den Schatten kam der Tod zurück.

Fahrig glitten seine Augen von Foulques' Gesicht weg, rutschten hinunter auf dessen knochige Jungenhände, auf die mageren Beine in den graubraunen Beinkleidern. Die Knie lagerten gegeneinander, genau wie sich die Füße in den Rindlederschuhen nach innen gedreht hatten. Alles war auf Größe angelegt in diesem Körper, der diese Größe niemals mehr erreichen würde. Stumm starrte er auf Foulques' rechte Hand, die mit der Handfläche nach oben wies und den Blick auf eine kaum verheilte Verletzung freigab, die er sich vor Kurzem zugezogen haben musste. Er verschränkte die Hände des Jungen, um ihm dann erneut ein Kreuzeszeichen auf die Stirn zu malen. Es fiel ihm schwer, sich von seinem Anblick loszureißen. Erst als er den Kopf hob, bemerkte er, dass der übliche Baulärm zurückgekommen war. Etwas entfernt waren Tagelöhner damit beschäftigt, Unebenheiten mit Bauschutt aufzufüllen. Oben auf dem Gerüst hatte ein anderer Foulques' Stelle eingenommen. In den letzten Tagen hatte man begonnen, die Fenster auszumessen. Während Clément immer noch neben dem Toten kniete, nahmen auch die Mörtelmischer ihre Arbeit wieder auf. Der Steinmetz setzte den Meißel an und fuhr fort, Blätter aus dem Stein zu schälen. Der Zimmermann griff den Hammer fester. Irgendwo von der Höhe des Gerüsts herunter war Thomas' Stimme zu hören.

Wie an den anderen Tagen, an denen Ghislain die Schankstube aufgesucht hatte, wartete er geduldig, wich Streitereien aus und fliegenden Bechern, erwehrte sich der Annäherungen von Alix' Kumpaninnen, doch Alix selbst ließ sich nicht blicken.

»Sie arbeitet«, beschied man ihm knapp.

In der brodelnden Schankstube *Beim kleinen Affen*, zwischen Wirtsleuten, Huren, Spielern und den Arbeitern von den zahlreichen Pariser Baustellen, zwischen denen, die immer hier zu finden waren, und neuen Reisenden und Händlern drehte sich das Gespräch an diesem späten Nachmittag um den Unfall auf der Baustelle des Königs. Ein Junge war zu Tode gestürzt, entnahm er den ersten Berichten, denen jeder Neuankömmling eine weitere Facette hinzufügte. Hatten sich die ersten Tagelöhner noch über die Unbarmherzigkeit eines Meisters beklagt, der sie aufs Blut schindete, hatten die Vermutungen mit den letzten Sprechern andere Regionen erreicht. Von einem Fluch war nunmehr die Rede, und bald teilten sich die Gäste der Schankstube in Anhänger, Gegner und Unentschlossene.

Ein kräftiger Rothaariger, dessen Zungenschlag ihn als Engländer auswies, stieß den Humpen Dünnbier dröhnend vor sich auf das Fass, sodass die leeren Becher hüpften. »Es ist der Baumeister, auf dem der Fluch liegt, das sage ich euch!«

Zustimmendes Gemurmel war zu hören. Ghislain fuhr fort, auf die hölzerne Stiege zu starren, die ihn zu Alix führen konnte. Gut, sie wollte ihn nicht sehen – er nahm einen kräftigen Schluck Wein –, aber genauso wenig würde er zu ihr hinaufgehen. Er würde warten.

Wieder trank er. Ihr Gesicht tauchte vor ihm auf, die schmalen, ernsten Augen, die Verletzlichkeit in ihren Gesichtszügen, die von der Kunst des Überlebens sprachen. Schon als sie sich zum ersten Mal begegnet waren, hatten sie einander erkannt: Kinder der Straße waren sie. Er kannte ihre Narben, sie die seinen. Sie kannte sein Leben, er das ihre. Schon lange hatte es keinen Menschen mehr gegeben, dem er sich nahe fühlen konnte.

Seine Finger klammerten sich fester um den Becher, ein Stoß in den Rücken schob ihn unsanft nach vorne gegen das Fass. Ein anderer Gast hatte trunken das Gleichgewicht verloren. Wein schwappte auf Ghislains Hand. Er wischte sie an seiner Cotte ab. Auf ein schrilles Lachen hin hob er den Kopf. Ihm gegenüber stützte die ältere Hure aus Alix' Kreis ihren wogenden Busen auf dem Fassdeckel ab. Ihr Hemd war weit nach unten gerutscht, sodass er gut den Spalt zwischen ihren Brüsten erkennen konnte. Auf der faltigen Haut ihres Dekolletés tanzte eine billige, bunte Kette. Rote Farbe hatte sich von ihrem Mund über ihr Kinn verschmiert. Kreischend wehrte sie einen Mann ab, der ihr von hinten dreist unter die Röcke greifen wollte. Auch zum Schanktisch hin wurde es lauter.

Das Schankmädchen trug frische Bierkrüge heran. Ghislain verfolgte ihren Weg. Schwer beladen konnte sie sich kaum ihrer Haut erwehren. Kräftige Hände nutzten die Gelegenheit, grabschten nach ihrem Hintern und zwickten in das runde Fleisch. Arme schlangen sich um ihre Taille. Als sie den letzten Bierkrug abgestellt hatte, riss ein Mann sie unter brüllendem Gelächter auf seinen Schoß, packte ihre

Brüste mit beiden Händen und knetete sie wie Brotteig. Das Mädchen schrie auf. Der Mann verschloss ihr den Mund mit einem Kuss, bevor er ihr eine Münze in die Hand drückte und sie zurück in Richtung des Schanktischs schubste. Grölen begleitete ihren Weg. Keifend übertönte die rundliche Wirtin den allgemeinen Lärm: »Finger weg von meinen Mädchen, nehmt die Huren, ihr dreckigen Böcke!«

Alix' Kumpaninnen lachten schrill. Ein Zimmermann drängte sich an Ghislain vorbei auf die Gruppe des Engländers zu und mischte sich in die Unterhaltung. »Auf dem Baumeister soll ein Fluch liegen? Geschwätz!«, rief er spöttisch aus. »Pierre de Montreuil ist ein strenger Mann. Hat euch wohl zu hart rangenommen, was?«

»Ich sage nur, was man sich erzählt«, begehrte der Engländer auf.

»Oho!« Der Zimmermann verschränkte die Arme, ein Schmunzeln erschien auf seinen Gesichtszügen. »Ganz Paris schwätzt wie ein Weib. Was erzählt man sich denn?«

»Gestohlen haben soll er seinen Plan, damals, vor der Entscheidung, auf dem Weg nach Paris«, mischte sich ein grauhaariger Mann ein, dessen staubige Hände und Kleidung ihn als Steinmetz auswiesen.

Der Zimmermann lachte nun lauthals. »Aber unser guter Baumeister arbeitet doch schon seit Jahren in Paris. Wozu sollte er die Stadt denn verlassen haben?«

Er warf einen wissenden Blick in die Runde. Der Engländer hob die Schultern. Der grauhaarige Steinmetz beugte sich vor. »Dass er den Plan gestohlen hat, habe ich so aber gehört«, beharrte er, »und wir alle kennen den armen Meister, dem so übel mitgespielt wurde.«

»Nachts, bei einem Sturm sind die beiden aufeinandergetroffen«, mischte sich erneut der Engländer ein, »eine Nacht, heißt es, wie vor einer neuen Sintflut. Die Bäume bogen sich unter den Wassermassen, kleine Bäche wurden zu Flüssen, die über Felsen hinabstürzten und alles mit sich rissen. In dieser Nacht schlug«, er senkte die Stimme, »Pierre de Montreuil den Elenden nieder, sodass der über Wochen hinweg ohnmächtig dalag. Kaum genesen setzte der den Weg fort, aber der Auftrag war vergeben, und darüber verlor er den Verstand. So ist's gewesen.« Er schlug die Faust auf das Fass vor sich.

Der Zimmermann legte die Stirn in Falten. »Den Bettler von der Seine, meint ihr?« Er schüttelte den Kopf. »Wahrscheinlich ist's eine arme Christenseele, die im Krieg den Verstand verloren hat. Der wäre nicht der Erste, auch meinem Onkel erging es so nach Bouvines.« Er runzelte die Stirn. »Und hätte Gott solch einen Diebstahl überhaupt zugelassen? Bei einer Kirche, die für das Heiligste der Christenheit erbaut wird?«

»Gottes Wege sind unergründlich.« Der Engländer starrte seinen Humpen Bier grimmig an, trank einen tiefen Schluck und wischte sich mit dem Ärmel den Mund trocken. »Ich weiß, dass ich nicht der Einzige bin, für den es bei diesem Bau nicht mit rechten Dingen zugeht.« Sein Gesicht wurde ernst. »Stellt euch doch nur einmal vor, die besten Baumeister zeigten dem König ihre Entwürfe, aber seiner ist um ein solches Maß besser, dass man sich noch nicht einmal beraten muss. Man munkelt«, er hob die Augenbrauen, »dass er gar nicht von Menschenhand stammt.«

»Ich dachte, er stammt von diesem bettelnden Narren?« Auch der Zimmermann hob seinen Humpen Bier an die Lippen.

»Wie viel Göttliches hat sich nicht schon im Gewand des Narren gezeigt!«, murmelte der Steinmetz.

Die Männer verstummten. Bald drängte sich der Steinmetz in Richtung des Schanktischs davon, und der Engländer versank in düsteres Grübeln. Allein der Zimmermann machte sich auf die Suche nach neuen Gesprächspartnern.

Von Neuem widmete Ghislain seine volle Aufmerksamkeit der Stiege. Die alte Hure hauchte ihm, als sie sich an ihm vorbeidrückte, Zwiebelatem ins Gesicht. Tagelöhner grölten besoffen durcheinander. Die ersten Spieler gerieten in Streit. Würfel flogen durch die Luft und prallten von der nächsten Wand ab. Als sich jemand auf den schmalen Platz neben Ghislain drängte und den Jongleur dabei rüde zur Seite stieß, wollte der aufbegehren, schloss den Mund aber sofort wieder.

»Finde ich dich endlich, Jongleur«, sagte Aimons helle Stimme. Sein Blick hatte die Freundlichkeit eines Jagdhundes, der mit fletschenden Zähnen über dem Wild steht.

»Ich und meine Freunde«, fuhr der junge Mann fort, »haben überall nach dir gesucht.«

Wortlos musterte er Aimons Begleiter, einen kräftigen Blonden, einen Braunhaarigen und ein blassen, stämmigen Mann mit feuriger Mähne. Gleich darauf beugte sich Aimon so nahe zu ihm hin, dass Ghislain seinen Atem auf der Wange spürte. Seine kräftigen Finger bildeten eine kleine Barriere auf der alkoholfeuchten Oberfläche des Fasses. Ghislain rührte sich nicht. Ein voller Humpen Bier kippte auf dem nächsten Fass um und brachte zwei Huren dazu, kreischend aufeinander loszugehen. Aimon brachte seinen Mund dichter an Ghislains Ohr. »Du hast meine Schwester unglücklich gemacht.«

Alissende ... Er bewegte sich nicht. Zwei Besoffene stolperten gegeneinander. Die eine Hure fuhr der anderen mit allen zehn Fingern ins Gesicht. Irgendwo ertönte der quäkende Laut einer Drehleier.

»Ich liebe meine Schwester«, fuhr Aimon lauter fort.

Ghislain ließ den Blick wandern. Die unterlegene Hure stolperte schimpfend zur Tür. Aimons Begleiter rückten näher. Aimon lehnte sich vorwärts auf seine verschränkten Arme und ließ die kräftigen Schultermuskeln spielen. Dann lachte er. »Das viel Unglaublichere ist allerdings«, er lachte lauter, »dass man mir Geld für dich geboten hat.« Er fingerte eine Münze aus seinem Beutel hervor, warf sie hoch und fing sie, bevor er eine kräftige Hand auf Ghislains Schulter legte. Der schlug sie im Zurückspringen zur Seite. Aimons Begleiter rückten näher heran. Aimon packte ihn beim Ellenbogen und zerrte ihn zurück zum Fass.

»Du willst uns doch nicht verlassen?«

Ghislain schüttelte den Arm ab und sah einen der Männer nach dem anderen an, bevor er sich umdrehte und dem Schankmädchen zuwinkte. »Vier Becher!«, bedeutete er ihr mit hoch erhobenen Fingern.

Aimons Begleiter grinsten. Aimon ließ, indem er seinen Umhang zurechtrückte, den Dolch sehen. Der übliche Lärm erhob sich, als sich das Schankmädchen ihrem Fass näherte. Zwei besoffene Huren geiferten, beunruhigt über die mögliche Konkurrenz. Ein paar Männer verschafften sich, wie üblich, grob Zugriff.

Dieses Mal steckte Ghislain ihr die Münze zwischen die geöffneten Lippen und nahm zwei Weinbecher entgegen, deren Inhalt schon im nächsten Moment in Aimons und im Gesicht des Blonden landete. Noch während er das kreischende Mädchen gegen den Braunhaarigen stieß, hechtete Ghislain mit einem wilden Satz in die Menge. In der allgemeinen Verblüffung erreichte er den Ausgang, bevor seine Verfolger sich regten. Mit der Schulter schleuderte er die Tür in die Gesichter der ihm folgenden Neugierigen.

Erst an der nächsten Straßenecke hörte er Aimons wütendes Brüllen und beschleunigte seine Schritte.

Eng zusammengerollt, Arme und Beine fest gegen den Körper gepresst, kugelte Ghislain den Abhang zum Flussufer hinunter, doch seine Verfolger blieben ihm auf den Fersen. Kaum war er behände auf die Füße gesprungen, waren sie auch schon da. Geduckt wirbelte er einmal um die eigene Achse. Zwei waren es, die er nicht hatte abschütteln können; der stämmige Rothaarige und der groß gewachsene Blonde. Der Braunhaarige, als Dritter im Bund, hatte einen Umweg genommen und hetzte eben erst mit großen Sprüngen herbei, während Aimon schon in der Nähe von Nôtre-Dame zurückgeblieben war.

Keuchend holte Ghislain Luft. Längst rann der Schweiß in Strömen über seine Stirn. Sein ganzer Körper war bis in die letzte Faser angespannt. Während ihn der Rothaarige mit wuchtigen Gesten abzulenken versuchte, behielt er den hochgewachsenen Blonden, der ihn seitlich zu umgehen trachtete, im Auge. Gerade noch rechtzeitig warf er sich herum, sprang den Blonden wie eine Wildkatze an, fuhr ihm mit gespreizten Fingern ins Gesicht und schmetterte ihm das Messer mit einem beherzten Stoß des Ellenbogens aus der Hand. Mit einem dumpfen Schmerzensschrei ging der Mann in die Knie. Schon warf Ghislain sich dem Rothaarigen entgegen, sodass der stämmige Mann gegen den Braunhaarigen schleuderte und beide krachend zu Boden gingen.

In der kurzen Stille, die folgte, hörte Ghislain sein eigenes, lautes Atmen. Schweiß rann in seine Augen und nahm ihm die Sicht. Rasch fuhr er sich mit dem Ärmel der Cotte über die Stirn. Schon waren der Braun- und der Rothaarige auf den Beinen. Hastig wich er zurück, doch ein fester Griff riss seinen Kopf an den Haaren zurück. Der Blonde hatte die Unaufmerksamkeit genutzt und erneut angegriffen. Mit aller Kraft warf er sich rückwärts. Dumpf prallten die Körper der Männer gegeneinander, beide schrien auf. Noch einmal drängte Ghislain nach. Ineinander verkeilt schwankten sie auf den Fluss zu. Ein Tritt und der Gegner gab ihn wutschnaubend frei. Mit einem Satz umging Ghislain den Mann. Dunkel glänzte die Uferlinie vor ihnen. Noch einmal setzte er nach. Vergeblich ruderte der blonde Mann mit den Armen und stürzte im nächsten Augenblick brüllend ins Wasser, doch auch Ghislain rutschte der Boden unter den Füßen weg.

Als ihn die beiden verbliebenen Angreifer dieses Mal packten, hatte er ihnen nichts mehr entgegenzusetzen. Während der Braunhaarige an seinem rechten Arm zerrte, zwang ihn der Rothaarige mit gewaltigen Stößen fort vom Wasser. Gleich darauf umklammerte ihn ein eiserner Griff von hinten. Der Braunhaarige tauchte vor ihm auf, sein Faustschlag landete in Ghislains Gesicht, sodass ihm vorübergehend schwarz vor Augen wurde. Das Nächste, was er wahrnahm, war der Geschmack von Blut, der seine Mundhöhle ausfüllte, und noch mehr Blut, das ihm aus der Nase über das Kinn herabströmte.

Der Schmerz beflügelte seine Wut. Er versuchte sich loszureißen. Ein Wirbel neuer Hiebe und Faustschläge prasselte auf ihn nieder.

Es war Aimons Stimme, die die Männer dazu brachte, von ihm abzulassen und ihm eine Atempause verschaffte.

Gleich darauf hielten der Braun- und der Rothaarige ihn rechts und links bei den Armen. Schweigend betrachteten Aimon und der Jongleur einander, dann und ohne ein Anzeichen der Warnung, schmetterte Aimon Ghislain die flache Hand ins Gesicht.

Ghislains Kopf schnellte zur Seite, fast übergangslos stieß ihm sein Gegner den mit Metall verzierten Griff seiner Reitpeitsche in den Unterleib. Stöhnend krümmte sich der Jongleur zusammen. Sein Leib brannte. Der Braun- und der Rothaarige machten es ihm unmöglich, sich zu bewegen. Er war gefangen. Erneut brandete Wut in ihm auf, gemischt mit einem Hauch von Verzweiflung. Er leckte sich das Blut von den Lippen, das aus seiner Nase lief. Vielleicht konnte er Aimon reizen, ihn zu einer unüberlegten Handlung treiben. Er spuckte dem jungen Mann ein Gemisch aus Blut und Speichel entgegen. Der wich einen Schritt zurück.

»Feiger Hund!«, zischte Ghislain. Wieder ein Hieb mit der Peitsche. Dieses Mal blieb ihm kurz die Luft weg. Auf Aimons Gesicht zeigte sich zum ersten Mal etwas wie Unmut.

Ghislain blinzelte einen Schweißtropfen fort. Wieder versuchte er sich loszureißen. Er durfte ihnen keine Ruhe gönnen. Er hörte seinen Atem keuchen. Blut rann über Mund und Kinn bis in seinen Hals hinunter.

Auf Aimons kurzen Befehl hin krallte der Braunhaarige die Finger in Ghislains Nacken und zwang dessen Kopf nach unten. »Was machen wir mit ihm, Herr?«

»Habt Ihr sie gefunden, Herr?«, rief der triefnasse Blonde, vom Ufer her zu ihnen stoßend.

»Sie kommen direkt hinter mir.« Aimon deutete über seine Schulter. »Aber es wäre nicht rechtens, diesen Bastard einfach davonkommen zu lassen.«

Die Hand verschwand aus Ghislains Nacken. Aimons Handlanger rückten dichter auf. Durch einen Stoß in den unteren Rückenbereich entfuhr dem jungen Jongleur ein Schmerzensschrei, dann hielten alle inne.

Etwas näher war Hufgetrappel zu hören. Beinahe gleichzeitig drehten Aimon und Ghislain die Köpfe in die Richtung des Geräuschs. Reiter näherten sich, zügelten in kurzer Entfernung ihre Pferde und sprangen geräuschvoll aus den Sätteln.

Der junge Jongleur versuchte sich loszureißen, indem er sich mit aller Kraft aufbäumte. Zwei Mordanschläge. Hatte sie ihn verraten? Er musste diese Männer dazu bringen, ihn loszulassen. Sein Blick suchte Aimon, der seine Aufmerksamkeit auf die Neuankömmlinge richtete.

»Du fragst dich doch sicher«, setzte er an, spuckte aus und räusperte sich, »ob deine Schwester die Wahrheit gesagt hat?«

Zuerst geschah nichts, dann ging ein Ruck durch Aimons breite Schultern. Ghislain bleckte die blutigen Zähne.

»Sie war gut!«, fuhr er leise, aber deutlich fort. Er konnte Aimons Kiefer zittern sehen, die rechte Hand des jungen Mannes umklammerte die Peitsche fester. Ghislain spannte alle Muskeln an. Ein Glücksspiel, ein Spiel um Leben und Tod, das Spiel der Straße. Er brauchte nur ein wenig Unachtsamkeit.

»Wirklich, für eine Anfängerin war deine Schwester sogar sehr gut«, setzte er in gleicher Lautstärke fort. Die Schritte der Fremden näherten sich stetig. Aimon bewegte sich nicht. »Manche würden das ja Hurerei nennen …«, sagte der Jongleur.

Mit einem Brüllen stürzte Aimon auf ihn zu, fegte seine Handlanger beiseite und brachte den Jongleur ins Stolpern.

»Nicht, Herr!«, stieß einer der Männer hervor.

Jetzt, durchfuhr es Ghislain, während er mit rudernden Armen das Gleichgewicht zu halten versuchte. Aimon, die Peitsche hoch über den Kopf erhoben, packte ihn mit der verbleibenden Hand bei der Cotte.

Ghislain schwankte. Vergeblich versuchte er dem Schlag auszuweichen. Heftiger Schmerz durchdrang seinen Schädel. Weißes Leuchten schien vor ihm auf.

Die Bewegung, mit der sein Kopf zur Seite schleuderte und nach vorne auf die Brust sank, bemerkte er schon nicht mehr. Sein Körper brach in den Knien ein, kippte nach vorne. Aimon, bebend vor Wut, versetzte der reglosen Gestalt zu seinen Füßen einen Schlag auf den Rücken. Seine Finger zuckten zum Messer. Hinter ihm kamen Schritte zum Stillstand.

»Wo ist er?«, fragte eine barsche Männerstimme.

Aimon drehte sich um. »Donatien, mon Seigneur.«

Der Kniefall, den er im nassen Ufersand vollzog, war nahezu formvollendet. Kurz hielt er den Kopf demütig gesenkt, dann erhob er sich und wartete darauf, dass ihm sein Gegenüber die Wange zum Kuss darbot. Der etwa vierzigjährige Mann mit den hellbraunen, schulterlangen Haaren betrachtete ihn, ohne die Miene zu verziehen. Ein Umhang aus guter Wolle umhüllte seine kräftige Gestalt. Durch einen Schlitz auf der Brust konnte man einen Brustpanzer schimmern sehen, die Handgelenke schützten Lederriemen. Sie waren einander oft auf Festen und zu offiziellen Anlässen begegnet. Noch nie hatten sie Geschäfte miteinander gemacht.

Ohne ein weiteres Wort trat Donatien an Aimon vorbei zu der zusammengesunkenen Gestalt hin und hebelte sie mit einem kräftigen Fußtritt auf den Rücken. »Fackeln«, gebot er.

Zwei Männer aus dem Reiterzug eilten herbei und gingen neben Ghislains Kopf in die Knie. Warmer Fackelschein enthüllte das blutverschmierte Gesicht des Bewusstlosen, beschien seine gebogene Nase, den fein geschwungenen, wenn auch etwas breiten Mund, das dunkle Haar, die Narbe auf einer Wange; Stille, Donatien holte tief Luft. »Ghislain …«, flüsterte er.

Endlich. Er schloss die Augen, und alles war wieder da: die Lichtung, das Feuer, der Geruch verbrannten Fleischs und die Wut über die vergebliche Suche nach dem Kind. Laut stieß er die Luft aus, er hatte so lange auf diesen Tag gewartet und musste sich beherrschen, den Triumphschrei zu unterdrücken. Langsam hob er den Kopf und sah Aimon an.

»Wer hat ihn bewusstlos geschlagen?«

Aimon zupfte unruhig an seiner Cotte. »Er hat sich gebärdet wie ein Wahnsinniger, Herr, wir mussten ihn irgendwie zur Ruhe bringen.«

Donatien schwieg, während er Aimon und seine Helfer nacheinander betrachtete. Dann stieß er ein heiseres Lachen aus. »Zumindest scheint er kein Feigling zu sein.«

Er wandte sich erneut dem Bewusstlosen zu. Erstaunlich, wie ähnlich er dem Vater sah, stellte er bei sich fest, das war früher nicht so gewesen. Er erinnerte sich gut an den schmalen Jungen mit den runden Wangen und den schwarzen Locken, an das Kind, das gespielt, nicht an Morgen gedacht hatte und von allen geliebt worden war. Ghislain war geliebt worden.

Er hielt inne, beugte sich näher zu dem Bewusstlosen hin. Kurz, so schien es ihm gerade, hatten Ghislains Lider gezittert. Gleichmäßige Atemzüge streiften über Ghislains Haut, dann wich Donatien zurück. Er musste sich geirrt haben. Die Lider dieses jungen Mannes lagen reglos. Donatien konnte lediglich die leichten Atemzüge sehen, die die glatte, junge Kehle in Bewegung hielten. Er streckte die Hände aus, legte die Daumen zärtlich auf den Kehlkopf. Nur etwas Druck, es war so einfach.

Lise passte Thomas in kurzer Entfernung von der Baustelle ab und folgte ihm, ohne dass er sie vorerst zu bemerken schien. Keinen Gruß schenkte er ihr, noch nicht einmal einen kurzen Blick. Die Kapuze des Umhangs tief in die Stirn gezogen, eilte er ihr, die Arme vor der Brust verschränkt, in Richtung seines Hauses voraus. Die dichte Wolkendecke ließ einen dieser Tage schon zur None an den Abend denken. Kaum ein Sonnenstrahl schaffte es hinunter in das Gewirr feuchter Gassen, wo sich Händler und Bettler aneinander vorbeischoben, Mönche und Mächtige des Reichs.

»Hat Mahaut es dir erzählt?«, flüsterte sie, sich neben ihn drängend. Er gab keine Antwort. Nach ein paar Schritten griff sie nach dem Ärmel seiner Cotte. »Thomas, hat sie dir erzählt, dass ich ...«

Er blieb so abrupt stehen, dass sie stolperte. Verschreckt ließ sie ihn los. Aus starren Augen sah er sie unter seiner Kapuze hervor an. Dann zog er seine feinen Augenbrauen zusammen, sodass sie zur Nase hin wuchsen, die Lippen presste er zusammen, etwas wie ein Grinsen huschte über sein Gesicht. »Ja, das hat sie, alles hat sie mir erzählt.«

»Was werden wir tun?« Wieder musste sie seinem Rücken hinterhereilen. »Thomas, ich ...«

Als sie ihn erneut festzuhalten suchte, schlug er ihre Hand weg. »Wir?«

»Ich ...« Ein einziger Blick aus seinen schmalen Augen brachte sie zum Schweigen. Er sagte nichts, er sah sie nur an; und ihr Blick wanderte. Als er näher rückte, floh sie gegen die nächste Hauswand. Flüsternd zischte er mehr, als er sprach. Verachtung flog ihr in einem Schauer winziger Speicheltröpfchen entgegen: »Was soll ich mit einer Hure, die ihre Beine breit macht, einem Weib, das sich ins Gerede bringt?«

Mit einem Mal war sie überzeugt, er würde sie anspucken und hätte am liebsten die Augen geschlossen, aber er schüttelte nur den Kopf und ging weiter.

Sie blieb stehen. Menschen schoben sich an ihr vorüber, niemand beachtete sie. Zwei Bettler schrien um Brot, ein fein gekleideter Mann bat um Gebete für die Seele eines Verstorbenen. Eine Flötenmelodie tanzte über den Lärm hinweg. In Lise kam Bewegung, sie drängte sich zwischen zwei minderen Brüdern hindurch, um den Glasmalermeister einzuholen. »Aber Thomas«, sie musste so schnell laufen, dass sie ins Keuchen kam, »ich habe nie ...«

Er lachte. »Und ich hatte nie die Absicht.«

Fröstelnd blieb sie stehen. Auch er setzte seinen Weg nicht fort. Über ihnen riss die Wolkendecke auf und eröffnete den Blick auf eine bleiche Sonne. »Aber mein Va...«

Als er sie dieses Mal packte, schrie sie leise, so unbarmherzig war sein Griff. »Hast du nicht verstanden? Ich habe die Macht über Leben und Tod, Glück und Unglück. Ich bin derjenige, der Fortunas Rad dreht.«

Er lachte erneut, als er sie gegen eine Hausecke stieß, um sich dann mit schnellen Schritten zu entfernen. Erst als seine Gestalt am Ende der Gasse verschwunden war, bemerkte sie, dass sie weinte.

5, Aigues-Mortes

Zur Sixte hatten sie sich in den Schatten zurückgezogen, nun nahmen sie die Arbeit wieder auf. So wie sie das zukünftige Bleinetz an ihrem Platz halten würde, lagen die Glasstücke vor ihr auf der Arbeitsplatte. Ein leichtes Lächeln auf den Lippen, betrachtete die junge Frau das Muster aus fester Form und Farben, die sich an manchen Stellen leuchtend gegeneinander stellten und an anderen ineinander übergingen wie Blau und Rot am abendlichen Himmel. Eben brachte der Junge das Schwarzlot, mit dem sie das Gesicht der Gottesmutter malen würde, die Falten auf deren Kleidung, die Linien der Finger, mit denen Maria zierlich ihren Umhang halten sollte. Schwarzlot, für das der Junge in einer eisernen Schale dünn ausgeriebenen Eisen-Hammerschlag mit Pulver aus blauem und grünem Bleiglas – dem verre juif – gemischt und mit Urin angerieben hatte. Diese Farbe, hatte sie ihm erklärt, würde im Ofen als erste schmelzen, flüssig in das weiche Grundglas eindringen, auf welches sie aufgetragen worden war, und sich durch den Vorgang des Brennens damit verbinden. Aufmerksam beobachtete er, wie sie den Pinsel zur Hand nahm, um die Farbe aufzutragen. Deckend schwarz konnte man malen und – je dünner aufgetragen – den Eindruck farbiger Tönung erwecken, den Himmel mit Wolken verhüllen, oder dem Blick ein klares Blau lassen, so wie sich auch Gottes Absichten vor einem verbergen oder enthüllen konnten.

V

Heimsuchung

Herbst 1244 bis Frühsommer 1245

1. Kapitel

Zu dieser frühen Stunde waren wenige Menschen unterwegs, der Bauplatz leer, und doch bewegte sich Lise mit äußerster Vorsicht. Später, wenn der Tag fortgeschritten war, würde sie zu einem der prächtigen Häuser am Seineufer aufbrechen, wo sie in einem großen Haushalt bei der Wäsche helfen sollte. In einer raschen Bewegung spreizte sie ihre Finger und lockerte sie, strich über eine Brandverletzung auf dem Handballen, die sie sich vor etwa einer Woche zugezogen hatte. Hautfetzchen ergaben sich ihren zupfenden Fingern. An einer Stelle riss sie eine kleine Wunde. Erst eine Woche her – kurz schnürte sich ihre Kehle zu, der Atem fing sich in Hals und Nase, sodass sie zu ersticken glaubte, doch im nächsten Moment zerriss ihr die einströmende Luft schier den Brustkorb.

Es war vorbei. Wenn sie nicht vorsichtig war, würde man mit den Fingern auf sie zeigen. Sie schluckte. Ihre Augen brannten, aber sie weinte nicht. Danach hatte sie viel geweint, abends im Bett, die Faust gegen den Mund gedrückt, damit die anderen sie nicht hörten. Jetzt fühlte sie sich leer.

Ein paar Atemzüge lang blieb sie reglos stehen. Auch der Dämon war ruhig. Manchmal spürte sie, wie er sich bewegte. Mit beiden Händen strich sie ihre Cotte glatt. Ein gutes Stück war es, etwas groß, aber so würde ihr genügend Platz bleiben über den Winter. Sie hatte das Gewand in einem der großen Häuser erhalten, in denen sie die Wäsche besorgte, oder Gürtel, Säume und Ärmel mit bunten Steinen und Perlen bestickte.

Sie warf ihre Zöpfe über die Schultern zurück und horchte. Draußen war es still, aber schon konnte sie sehen, wie stärkeres Licht das Halbdunkel des Morgens zu verdrängen begann. Bald würden die ersten Arbeiter auftauchen; hier in Thomas' Hütte. Vor der Tür waren die langen Tischreihen, an denen die Glasmaler an ihren Entwürfen und den Fenstern arbeiteten. Hier drinnen lagerten buntes Glas und Schwarzlot, Kreide und Werkzeuge, Blei, damit man später die einzelnen Glasstücke zusammenfügen konnte. Der Erdboden war von unzähligen Füßen ausgetreten. Sie legte den Kopf in den Nacken, schloss die Augen und sog die Luft ein: Kalk, Erde, Holz, Schweiß, Holzkohle, Metall, eine Ahnung von Rauch.

Warum war sie hier? Sie öffnete die Augen und ging ein paar Schritte auf einen Tisch zu, auf dem kleinere und größere Glasstücke verschiedenster Art lagen. Zögernd streckte sie die Hände aus. Das erste Stück Glas fühlte sich uneben an unter ihren Fingern, beinahe rau. Im zweiten fanden sich winzige Wellen, als hielte sie ein hart gewordenes Stück Wasser in der Hand, das dritte fühlte sich am glattesten an. Sie streifte mit den Fingerspitzen darüber, dann mit dem Handrücken. Sie hatte niemals verstanden, was ihrem Vater oder Jehanne Glas oder Farben bedeuteten.

Behutsam hob sie das Glasstück gegen ihre Nase. Spüren wollte sie es, riechen, tasten, ja schmecken und das Geheimnis ergründen, welches diesem Stoff innewohnte und das die Schwester und den Vater dazu brachte, einander abends lachend die Bezeichnungen von Farben zuzuwerfen, mit ihnen zu jonglieren und im Geiste Bilder zu erschaffen. Erst roch sie nichts, dann erinnerte sie etwas an Sand. Der Mund wurde trocken. Sie leckte über das Glas, schmeckte aber nichts, nur Staub. Länger hielt sie sich das Glas gegen die Wange, aber auch da war nichts, außer diesem Gefühl von

Glätte, gepaart mit Unebenheit auf ihrer Haut. So war es eben, dieser Ort würde ihr immer fremd bleiben.

Ein Geräusch riss sie aus den Gedanken. Ein paar Augenblicke lang hatte sie zu wenig auf ihre Umgebung geachtet. Den Atem angehalten, horchte sie. Auf ein Durcheinander an Stimmen hin eilte sie zur Tür und spähte nach draußen. Die ersten Tagelöhner waren da. Zwei Männer bereiteten das Tretrad, mit dem Lasten in höchste Höhen gehievt wurden, für den Gebrauch vor. Lise stand wie erstarrt. Immer mehr Arbeiter trafen ein. Weitere Tagelöhner baten um Arbeit. Sie konnte sich nicht rühren. Sie hatte den Moment verpasst zu gehen, nun saß sie in der Falle. Schon hörte sie bekannte Stimmen: die des Baumeisters, die eines Steinmetzen, dem Jehanne und sie bei der Arbeit zugesehen hatten, die des Glasmalers namens Giles, der ebenfalls für Thomas arbeitete. Ein erster Karren rumpelte heran, gefolgt von einem zweiten, und wieder war viel Geschrei zu hören. Ihre eigenen Atemzüge erschienen ihr überlaut.

Nun hörte sie die Stimme ihres Vaters, gefolgt vom scharfen, kurzen Tonfall Thomas' Le Bœuf. Ihr Vater näherte sich der Hütte. Sie stolperte rückwärts. Thomas und Cléments Stimmen wurden lauter, auch wenn sie nicht verstand, worüber sie sprachen. Cléments Gestalt zeichnete sich dunkel vor den dünnen Brettern ab, hinter denen sie kaum zu atmen wagte. Eine Wand nur, kaum die Hälfte der Länge ihres kleinen Fingers breit, trennte sie vor der Entdeckung. Die Tür bewegte sich. Sie drückte die Hand gegen den Mund.

Das, was Thomas als Nächstes sagte, ging in einem Krachen, gefolgt von einem wütenden Aufschrei unter. Vor Schreck sprang sie nach hinten gegen den Tisch und riss ihn um, doch der allgemeine Lärm draußen überdeckte das Geräusch. Niemand hörte den Tisch kippen, niemand das Glas fallen. Sofort huschte sie mit eiligen Schritten zurück zur Tür. Ihr Herz schlug bis in ihre Kehle hinauf.

Vor der Hütte befand sich niemand mehr. Alle Arbeiter hatten sich um einen Karren versammelt, der in Schräglage geraten war und zu kippen drohte. Den lauten Befehlen Pierres de Montreuil folgend, stemmten sich Tagelöhner mit dem Rücken gegen die Seite des Wagens und bemühten sich, ihn zu stabilisieren. Der Wagenführer beruhigte seine Ochsen. Thomas brüllte Anweisungen, um die kostbare Fracht – wohl eine Glaslieferung – nicht gefährdet zu sehen. Im allgemeinen Trubel bemerkte niemand die junge Frau, die aus dem Eingang der Hütte schlüpfte und sich eilig entfernte.

Erst am Fluss angekommen, blieb Lise stehen. Ihre Beine zitterten, die Arme hielt sie fest um den Körper geschlungen. Erst jetzt bemerkte sie, dass sie ein Stück Glas in einer Hand hielt. So fest hatte sie es gehalten, dass sich eine rote Linie in ihrer Handfläche abzeichnete. Ein wenig Blut war hervorgetreten und hatte das helle Glas verfärbt. Sie starrte ihre Hand an. Irgendwie ließ sie der Anblick ruhiger werden. Ein zarter, spitzer Schmerz ging von der Wunde aus. Sie holte weit aus, um das Glasstück in den Fluss zu werfen, wo es mit dem leisesten Plätschern verschwand. Dann betrachtete sie ihre Handfläche. Es tat gut, so gut, diesen Schmerz zu spüren.

Die Männer schrien durcheinander. Der Ochse bewegte sich keinen Fußbreit. Ohne einen Laut von sich zu geben, stand er da, die Hufe in den Boden gestemmt, und Speichel tropfte aus seinem breiten Maul. Der Führer des Karrens hielt seinem Tier eine Handvoll Heu hin, um es ruhig zu halten. Den Tagelöhnern, die sich, keuchend und zitternd vor Anstrengung, gegen den Wagen stemmten, lief der Schweiß über die Gesichter. Mit lauten Worten sorgte sich Thomas um die

Lieferung, während die Gehilfen aus seiner Werkstatt gemeinsam die wohlverpackten Glasplatten unter das Vordach der Hütte schleppten, wo man ihren Zustand prüfen wollte, bevor man sie im nächsten Schritt zu den anderen Materialien nach drinnen räumte.

Als Clément gemeinsam mit Giles das letzte Paket abgelegt hatte, wischte er sich mit dem Ärmel seines Kittels über die schweißfeuchte Stirn. Seine Armmuskeln zitterten. Für den kurzen Moment, in dem er sich ausruhte, blickte er zu den Tagelöhnern hinüber, die sich nun darum kümmern konnten, den Karren unter lauten Rufen aus dem Dreck zu schieben und zu ziehen, in den er eingesunken war. Der Ochse ließ ein erstes Brüllen hören. Weitere Tagelöhner eilten herbei, bereit die Stelle auszubessern, die dem Gefährt zum Verhängnis geworden war. Mit dem Rücken zu ihm stehend, gewahrte Clément Pierre de Montreuil, der nun wieder den Baufortschritt überprüfte. Die untere Kapelle würde sehr bald fertiggestellt sein. Noch einmal wischte er sich über die Stirn. Vor der Hütte zählte Thomas die Pakete ab, die die Männer abgeladen hatten, während Giles sich daranmachte, die Tür der Hütte mit Seil und Haken offen zu halten. Ein erster Blick hinein, und ein Ruck ging durch seinen Körper. »Ihr Heiligen!«

Er stolperte einen Schritt zurück, drehte sich zu Thomas und schaute den Meister aus weit aufgerissenen Augen an, worauf der sogleich mit dem Zählen aufhörte und auf die Hütte zueilte. Clément folgte ihm.

Der Anblick, der sich ihnen bot, erlaubte zuerst kein Wort. Stumm starrten die Männer auf den umgestürzten Tisch, um den sich Glas, Blei und Schwarzlot verteilten. Gestern erst hatten sie die Materialien für ein neues Fenster zusammengestellt. Auch etwas Kreide war von der Platte auf den Boden gestäubt. Langsam bewegte Thomas sich auf die Stelle zu, bemüht, nichts durch einen unachtsamen Schritt zu verderben, während sein Blick haltlos über den Boden hinweghuschte. Clément bückte sich, um ein Stück Glas aufzuheben.

»Lass es liegen!« Thomas' Stimme war messerscharf.

Clément kam aus der Hocke nach oben und starrte ihn an. Der andere erwiderte seinen Blick, dann senkte er die Augen auf den umgestürzten Tisch zwischen ihnen.

»Warst du es? Sag schon!« Sein Mund verzog sich zu einem bitteren Grinsen. Sein Gesicht rötete sich.

»Ich?« Clément riss die Augen auf.

»Wem kann sonst daran gelegen sein, mich scheitern zu sehen?« Mit wenigen, raschen Schritten war der Glasmalermeister neben Clément angelangt und packte ihn beim Arm. Ein Stück Glas knirschte unter seinen Füßen, doch er achtete nicht darauf. »Dir werde ich's zeigen!«

Seine Finger bohrten sich kräftiger in Cléments Oberarm, dann zwang er den anderen unter Stößen zur Tür hinaus. Giles folgte ihnen in kurzem Abstand. »Dir werde ich's zeigen«, wiederholte Thomas lauter.

Die Ersten drehten sich in die Richtung seiner Stimme. Zimmermänner sahen vom Gerüst auf sie herunter. Die Mörtelmacher stellten die Arbeit ein. Mit einem Gefühl leiser Wut schlug Clément die Hand zur Seite, mit der Thomas ihn erneut zu packen suchte. Ein tiefes Knurren entrang sich Thomas' Kehle. Nun schossen beide Hände vor und packten Cléments Schultern.

Clément riss sich los, sprang rückwärts, stolperte und fing sich gerade noch. Wut und Enttäuschung beherrschten sie beide so unmittelbar, dass sich ihre Schreie keuchend zu einem vermischten. Mit einem Sprung setzte Thomas auf Clément zu. Hände krallten sich in das Fleisch des Gegenübers, Augen trafen aufeinander, hart und unbarmherzig.

Wie lange hatten sie darauf gewartet? Clément stieß Thomas zurück, der griff nach dem Stock, den er stets an seinem Gürtel hängend bei sich trug. »Ich bring dich um«, zischte er, krallte seine linke Hand in den Gegner.

Mit einem Wutschrei riss Clément sich erneut los, wollte zuschlagen und versäumte es dabei, Thomas' Stock auszuweichen. Der Hieb erwischte ihn an der linken Schulter und schickte einen dumpfen Schmerz, gefolgt von einem Gefühl der Lähmung durch seinen Körper. Im Bemühen, dem nächsten Schlag auszuweichen, warf er sich vorwärts und brachte seinen Gegner zu Fall. Brüllend gingen sie beide zu Boden, rollten keuchend, ineinander verkeilt, hin und her durch Staub und Dreck der Baustelle.

Im Sturz hatte Thomas den Stock verloren, nun blieben ihnen beiden nur die bloßen Hände. In einem Wirbel von Schlägen, zischenden Stimmen und zu vielen Erinnerungen verschwand die Welt.

»Auseinander!«, war die scharfe Stimme Pierres de Montreuil zu hören.

Ein kräftiger Hieb traf Cléments rechte Schulter. Vor Schmerz aufschreiend ließ er von Thomas ab, der die Gelegenheit nutzte, seinem Gegner gegen den Oberschenkel zu treten.

»Auseinander, habe ich gesagt!«, brüllte Pierre de Montreuil.

Thomas kam schwankend auf die Füße, Beinkleider und Cotte lehmverschmiert, die Augen blutunterlaufen.

»Jemand ist in die Hütte eingebrochen, Baumeister«, begehrte er auf, »hat Glas und ein Bild zerstört.«

Pierres dunkle Augenbrauen hoben sich bedrohlich, dann schüttelte er den Kopf. »Und das soll er gewesen sein?« Er deutete auf Clément, der sich die linke Schulter rieb und ebenfalls aufstand. »Dein bester Glasmaler?«

Thomas öffnete den Mund, wollte etwas sagen, schwieg dann. Pierre trat so nahe an ihn heran, dass sich ihre Körper berührten.

»Ich dulde keinen Streit und keine Verzögerungen auf dieser Baustelle. Ich weiß«, und damit deutete er auf Clément, »was dieser Mann leisten kann. Ich weiß auch, was es für diesen Bau bedeutet, ihn fortzuschicken. Haben wir uns verstanden?«

Thomas warf Clément einen wütenden Blick zu, sagte jedoch nichts.

Pierre trat einen Schritt zurück und verschränkte die Arme. Weiß leuchteten die Fingerknöchel an der Hand hervor, die den Stock umklammert hielt. »Haben wir uns verstanden, Maître Thomas?«, wiederholte er und hielt dem Glasmalermeister den Stock hin.

Thomas nickte, indem er den Kopf leicht neigte, rührte den Stock aber nicht an.

»Noch so ein Vorfall«, fuhr der Baumeister fort, »und ich schließe deine Werkstatt aus.« Er ließ den Stock fallen.

Thomas räusperte sich. »Es wird nicht wieder geschehen.«

»Geht jetzt an eure Arbeit. Wir haben schon genügend Zeit verloren.« Mit den letzten Worten wandte Pierre sich ab und stapfte zu einem Maurermeister hinüber.

»Bring die Hütte in Ordnung«, wies Thomas einen der jungen Gehilfen an, »und ihr«, er sah Giles und Clément an, »geht an die Arbeit. Ihr habt den Baumeister gehört.«

Aufmerksam war Edwige der Messe gefolgt und schloss nun, gegen Ende, wie alle anderen auch, jene Menschen in ihre Gebete ein, die gestorben waren oder um deren Leben man fürchtete. Margaux auf ihrem Arm, den Kopf an die Schulter der Mutter gelehnt, atmete schwer. Im Spätsommer hatte die jüngste Tochter einen Fieberanfall nur knapp überlebt und war seither zu schwach zum Laufen. Gegen den mit der Krankheit abgemagerten Leib wirkte der Kopf des Kindes riesig, und manchmal hingen die dünnen Arme und Beine herunter, als habe es vergessen, was es mit ihnen anfangen solle. Beinahe unmöglich schien es, die Kleine warm zu halten. Auch jetzt spürte Edwige, wie das Mädchen zitterte.

Leise flüsterte sie die Fürbitte mit, als ihre Tochter an die Reihe kam. Margaux gab keinen Laut von sich. Seit in jenen Tagen des Fiebers eine fremde Kraft ihre Glieder gebogen und geschüttelt und die Augen verdreht hatte, bis man nur das Weiße gesehen hatte, sprach sie nicht mehr. Für eine Weile schaute Edwige in das Gesicht ihres Kindes. Wenn sie ihrer Jüngsten in die blassgrauen Augen sah, die oft so starr dreinblickten, als sähe sie das Jammertal des Lebens nicht mehr, war sie ihr manchmal fremd. Aber Margaux' Körper fühlte sich richtig an, und ihr Geruch war der Gleiche geblieben. Sie war ihre Tochter, und sie liebte sie. Sie hob den Kopf, drückte das Mädchen fester an sich. Maria, Mutter Gottes, bitte für meine Tochter.

Vorne hatte der Priester die Hostie hochgehoben, und sie sammelte sich. Dieser Moment war der heiligste, gab die meiste Kraft. Seit Margaux' Krankheit betete sie häufiger und besuchte die Messe noch regelmäßiger als früher. Die Sünde war es, von der der Körper befreit werden musste. Wie schnell konnte der Herr einen zu sich rufen, darum musste man sich stets um Vergebung bemühen. Was, wenn der Herr die Tochter für die Sünden der Mutter strafte, für Hoffart und Schlechtigkeit der Gedanken?

Sie schulterte das Mädchen neu. Kraftlos baumelten Margaux' Beine gegen ihre Oberschenkel. Maria, Mutter Gottes, bitte für meine Tochter. Nehmt sie mir nicht fort, lasst sie mir etwas länger nur.

Als Edwige und Margaux an diesem Abend nach Hause kamen, köchelte schon der Eintopf über dem Feuer. Clément und Jehanne saßen am Tisch, über eine Vorlage gebeugt, und unterhielten sich angeregt. Wenig später kam Lise zur Tür herein, Feuerholz unter dem einen Arm, während sie sich mit der freien Hand über die Lippen wischte.

Als sie später alle einträchtig um den Tisch saßen, beobachtete Edwige ihre Älteste. Müde sah das Mädchen aus, sicherlich hatte sie die Wäsche heute viel Kraft gekostet. Auch die Brandverletzung, die sie sich erst vor Kurzem zugezogen hatte, war noch nicht vollkommen geheilt. In einem plötzlichen Gefühl der Zuneigung legte Edwige ihre Finger auf die Stelle. Das Mädchen zuckte zusammen.

»Tut es weh?« Edwige runzelte die Stirn.

Lise schaute sie ausdruckslos an, schüttelte den Kopf. »Nein, mir tut nichts weh.«

Die Dame des Hauses tauchte in der engen Kammer auf, in der Lise gerade dabei war, den Ärmel eines Kittels zu flicken, setzte sich auf den verbliebenen Hocker und beobachtete sie schweigend. Nach einer Weile nahm sie den feingeknüpften Gürtel hoch, den Lise, wie aufgetragen, bestickt hatte. Aus den Augenwinkeln verfolgte das Mädchen, wie die Finger der Frau das Perlenmuster nachzeichneten, bevor sie den Gürtel zurück auf den Tisch legte.

»Eine schöne Arbeit.«

»Danke, ma Dame.« Hurtig fuhr Lises Nadel weiter durch den Stoff.

»Der Herr hat dich mit geschickten Händen ausgestattet«, stellte die Frau nach einem kurzen Moment fest.

Lise hielt den Blick auf ihre Arbeit gerichtet. »Dafür danke ich ihm.«

»Hm.« Die Frau stand auf und ging einige Schritte durch die sparsam möblierte Kammer, in der das Mädchen seit den frühen Morgenstunden ihre Arbeit versah. Vor dem zum Hof weisenden Fenster blieb sie stehen.

Lise rückte etwas zur Seite, um das Licht weiterhin nützen zu können, beendete die Naht mit winzigen Stichen, verknotete den Faden und biss die Enden ab. Dass sich die Frau wieder umdrehte, bemerkte sie, ohne den Kopf zu drehen.

»Du wurdest mir empfohlen«, sagte die Frau und machte eine längere Pause, bevor sie fortfuhr: »Für gewöhnlich hole ich meine Mädchen aus dem Hôpital Sainte-Catherine und prüfe sie streng.«

Lise nahm einen neuen Kittel vom Stapel. Das Hôpital Sainte-Catherine war die kostenlose Herberge für Frauen, die auf der Suche nach Arbeit nach Paris kamen. Rasch prüften ihre Finger die schadhafte Stelle, dann fädelte sie einen Faden ein und machte sich wieder an die Arbeit.

Die Frau trat näher heran. »Wo kommst du her, würde ich gerne wissen?«

Lise zuckte die Schultern, hob den Kopf aber nicht, während sie den Riss am Ellenbogen flickte. »Mein Vater ist Glasmaler, ma Dame. Wir sind immer gereist, so lange ich denken kann. Aber ich glaube an Gott, unseren Herrn Jesus Christus, Maria und die Heiligen.«

Sie hob den Kopf, um ihn sofort wieder zu senken, es war nur ein Wimpernschlag. Behutsam strich die Frau über die Naht des frisch geflickten Kittels. »Ich weiß gerne, wo meine Mädchen herkommen«, sagte sie dann, »so rate ich es auch all meinen Freundinnen. Ich erkundige mich nach dem

Ruf meiner Mädchen und danach, warum sie von zu Hause fortgegangen sind.«

Erneut spürte Lise den durchdringenden Blick auf sich, fühlte ihn auf ihren Haaren, im Gesicht, auf dem ganzen Körper bis hinunter zu den Füßen. Ein leichter Stoß sprach davon, dass der Dämon erwacht war.

»Zeig einmal deine Hände«, sagte die Frau.

Lise gehorchte, den Blick nunmehr auf das weiße, gepflegte Gesicht der Dame gerichtet. Schmale, trockene Finger berührten die Brandverletzung (»Du solltest dir eine Salbe dafür geben lassen«), strichen über den hauchfeinen Schnitt in der rechten Handfläche (»Achte darauf, dass kein Blut auf die Wäsche kommt«) und fassten das Mädchen endlich am Kinn. »Und jetzt, steh auf.«

Lise gehorchte zögernd. Der Blick ihres Gegenübers schweifte über ihre Gestalt. Dann zupfte die Frau die Cotte glatt, besah sich die groben Strümpfe in den Holzschuhen, hieß das Mädchen, sich einmal um sich selbst zu drehen. Als sie einander wieder von Angesicht zu Angesicht gegenüberstanden, lächelte sie. »Mir ist aufgefallen, dass du in letzter Zeit häufig müde aussiehst, und ...«

»Es ist nichts, ma Dame!«

Die Frau schüttelte den Kopf, bevor sie ihren Satz beendete: »... fast erscheint es mir«, erneut ließ sie die Augen über Lises Körper schweifen, »als seist du etwas dünner geworden.«

Lise antwortete nicht. Nach einer Weile zuckte die Frau mit den Schultern. »Geh heute nach Hause. Du hast gute Arbeit geleistet, kannst morgen weitermachen.«

»Ja, ma Dame.« Hastig griff Lise nach ihrem Umhang. »Auf Wiedersehen, ma Dame.«

Sie war schon fast an der Tür, als sie die Stimme der Frau noch einmal zurückhielt. »Lise?«

»Ja, ma Dame?«

»Lass dir in der Küche etwas zu essen geben.«

»Danke, ma Dame.«

Auf halber Strecke – Lise hielt die Hälfte des Brotes noch in der Hand, von dem sie sich ein großes Stück hungrig in den Mund gestopft hatte – drängte bitterer, scharfer Schleim ihre Kehle hinauf. Mitten auf der Straße musste sie sich zusammenkrümmen, spuckte und würgte, bis sich nichts mehr hervorbringen ließ. Als der Brechreiz vorüber war, stand ihr der kalte Schweiß auf der Stirn. Mit einer Hand stützte sie sich gegen eine Hauswand, holte ein paar Mal vorsichtig Luft und setzte ihren Weg fort.

Vom Fluss drang Gesang herüber. Ein Kahn trug Handelsware und Baumaterialien, auf einem Boot vergnügten sich farbenprächtig gekleidete, junge Männer und Frauen. In den letzten Tagen war es wärmer geworden, Lise zupfte an ihrer Cotte, aber der kalte Herbst konnte bald kommen. Die Nächte und der frühe Morgen waren schon deutlich kühler, ein weiterer, willkommener Grund, zumindest den Kittel auch nachts zu tragen.

Ein kurzer, stechender Schmerz ließ sie innehalten. In letzter Zeit war der Dämon häufig munter. Er trat und schlug nach ihr, manchmal war sie sich sogar sicher, dass er sie biss, dass er seine langen Nägel in ihr Innerstes krallte und das Fleisch herausfetzte.

Sie drängte ein Würgen die Kehle hinunter. Einen Dämon würde sie zur Welt bringen, dessen war sie sich sicher, mit schwarzen Krallen bewehrt, Reißzähnen und gelben Augen. Ein Dämon würde aus ihr herauskriechen, und alle würden es sehen.

Mechanisch setzte sie Fuß auf Fuß. Bei aller Lebendigkeit

des Dämons war ihr Bauch recht flach. Zu Hause bemühte sie sich, mit Appetit zu essen. Wenn der Dämon sie besonders quälte, ließ sie sich Monatslumpen geben.

Noch ein Stück weiter ging es den Fluss entlang, über die Brücke zur Baustelle auf der anderen Seite hin, wo Lise Jehanne vermutete.

Die Schwester kam ihr schon am Anfang der Brücke entgegen. Lise blieb stehen. Rufe drangen zu ihnen herauf. Ein Kahn war angelandet, die Ladung musste gelöscht werden. Ein schmaler Junge jonglierte. Etwas entfernt sangen Wäscherinnen bei ihrer Arbeit. Die Stimmen erschienen ihr mit einem Mal so hell und fröhlich, dass sie hätte weinen können. Dort unten hatten auch sie schon gemeinsam Wäsche gewaschen: Edwige und Jehanne und Margaux und sie.

Jehanne redete schon im Näherkommen, die Wangen vor Aufregung gerötet. »Stell dir vor, jemand hat zwei neue Vorlagen zerstört. Ein paar meinen, der Übeltäter könne nur aus einer der anderen Werkstätten stammen.«

Lise nickte. Der Dämon tobte, und sie hatte Mühe, Luft zu holen, geschweige denn etwas zu sagen. Er riss seine Krallen in sie, bohrte sie in ihr weiches, warmes Fleisch und zog sie nach oben.

»Lise, geht es dir gut?« Jehannes Stimme klang besorgt.

»Ja.« Ein Lied kam in Lises Kopf. *Schließlich kam es an den Tag, / denn mein Bauch schwoll an, / mir Schwangeren steht die Geburt bevor*, sang sie tonlos.

»Du bist so bleich.«

»Es geht mir gut, Jehanne. Der Tag war lang, und ich bin müde. Nichts weiter. Komm, Maman erwartet uns schon.« Lise griff nach der Hand ihrer Schwester. Die schob ihre Finger bereitwillig in die der Älteren. »Außerdem hat jemand Giles' Pinsel zerbrochen und seinen Platz in Unordnung zurückgelassen, ganz, als sei ein heftiger Wind durch die Werkstatt gegangen, oder ein böser Geist.«

Deshalb schlägt mich die Mutter, / deshalb schilt mich der Vater, / beide behandeln mich hart, summte Lise stumm weiter.

»Hörst du mir überhaupt zu?« Jehanne zog ihre Hand zurück.

Die Ältere sah sie ausdruckslos an. »Doch«, murmelte sie, »ein böser Geist ... Ja, das mag sein.« *Allein zu Hause sitze ich, / hinauszugehn trau ich mich nicht, / nicht unter Leute gehn und fröhlich sein* ... Neuer Dämonschmerz zog ihren Rücken herauf und setzte sich fest, drückte ihr den Leib zusammen. Sie musste stehen bleiben.

»Lise!«

»Es ist schon gut.« Lise schubste ihre Schwester, um sie zum Weitergehen zu bringen. Die stolperte. Schweigend gingen sie nebeneinanderher, dann schob Jehanne die Hand erneut in Lises. »Soll ich dir etwas gestehen?«

Lise sagte nichts. Als Kinder hatten sie dieses Spiel der kleinen Vergehen gespielt, damals, bevor sie nach Paris gekommen waren. Sie bemerkte, dass Jehanne sie erwartungsvoll ansah und nickte, doch Jehanne benötigte einige Schritte, bevor sie die Schultern straffte und den ernsten Blick auf ihre Schwester richtete: »Ich liebe Ghislain.«

Lise schwieg. Diese kleinen Geständnisse hatten ihr Leben ausgemacht, kleine, unschuldige Schwärmereien. *Wenn ich auf die Straße gehe, / werde ich von allen angestarrt, / als wäre ich ein Ungeheuer*, hallte die Stimme in ihrem Kopf. Ihre Welt war das gewesen, bevor das Ungeheuer in ihr Leben getreten war. Wie, bei allen Heiligen, sollte sie davon sprechen?

»Aber er ist fort«, sprach Jehanne weiter, »einfach verschwunden, stell dir vor. Seit über zwei Wochen hab ich ihn nicht gesehen.«

»So machen es die Jongleure, sie ziehen weiter«, murmelte Lise. Der Dämon in ihr tanzte. Sie würde Gerede sein, in aller Leute Munde, von den Eltern verstoßen. Jehanne legte den Kopf schräg. »Und, was gestehst du?«

Lise ging weiter.

»He, so war das nicht gewettet, was gestehst du?«

Lise setzte ihren Weg fort. Jehanne griff nach ihrem Arm. Als sich die Schwester zu ihr umdrehte, schreckte sie zusammen. Lises Wangen waren mit einen Mal hochrot, die Lippen weiß, denn sie hatte sie aufeinandergepresst. Ihre sonst so hellen, grauen Augen wirkten dunkel. Ihre Stimme war ein Flüstern: »Ich bin schwanger.«

2. *Kapitel*

Das Geräusch einer schlagenden Tür und Schritte, begleitet von tanzenden Lichtflecken auf den Wänden rissen Ghislain aus einem Zustand teilnahmsloser Schläfrigkeit. Sofort wollte er sich aufrichten und musste feststellen, dass er sich weder bewegen noch etwas sagen konnte. An Armen und Beinen war er gefesselt, ein Stoffstreifen verschloss seinen Mund, sodass er lediglich ein dumpfes Grunzen hervorbrachte. Sein Schädel brummte wie ein ganzer Bienenschwarm.

Die Erinnerung kam in Bruchstücken zurück. Von Paris aus war er lange unterwegs gewesen, vielleicht sogar über Tage hinweg. Die letzte Strecke hatte er, fast bis zur Bewegungslosigkeit verschnürt, zu Pferd zugebracht. Davor konnte er sich an einen Karren erinnern und an die Geräusche von Wasser. Wenn er die Augen schloss, sah er sich selbst, eingewickelt wie eine Schmetterlingslarve, auf der Fläche des Karrens liegend, erfüllt von dieser unglaublichen Übelkeit, die ihn überfallen hatte, als er in tiefster Finsternis erstmals aus der Bewusstlosigkeit erwacht war. Erneut spürte er, wie sein dröhnender Schädel mit jeder Unebenheit des Bodens gegen den Karrenrand schleuderte. Eine Zeit lang hatte er geglaubt, sich übergeben zu müssen und jedes Mal befürchtet zu ersticken, wenn scharfe Flüssigkeit in seinen Rachen gestiegen war. Als man ihm den Knebel zum ersten Mal abgenommen hatte, hatte er allerdings, außer einem Würgen und etwas bitterem Schleim, nichts hervorgebracht.

Da waren sie schon eine Weile auf dem Wasser gewesen. Er erinnerte sich an das Geräusch, mit dem es gegen die Bordwand geklatscht war, und an fremde Stimmen. Im hinteren Teil des Boots hatte er ein kleines Zelt wahrgenommen. Man hatte ihn pinkeln geheißen und ihn erneut gefesselt und geknebelt. Als er das nächste Mal erwacht war, war ein blassgelber Schimmer knapp über dem Horizont zu sehen gewesen. Wieder waren seine Fesseln und der Knebel gelöst worden. Er hatte etwas gegessen und ein Gesöff mit einem bitteren Nachgeschmack getrunken, auf dessen Verzehr hin er bald eingeschlafen war.

Damals musste er die Zeit verloren haben, und jetzt wusste er nicht mehr, wo er war. Wenn er sich auf seine schmerzenden Sinne verließ, so konnte er lediglich sagen, dass er auf dem Rücken lag, auf einem schmalen Bett, eine dünne Decke über sich gebreitet, dass Stoff seinen Mund ausfüllte und dass sein Kopf dröhnte.

Die Schritte, die kurz ausgesetzt hatten, kamen näher, die Helligkeit nahm zu. Unwillkürlich kniff er die Augen zusammen. Zuerst nur schemenhaft traten die Umrisse einer

Frau zwischen den sie flankierenden Leuchtern hervor. Süßlicher Bienenwachsduft stieg ihm in die Nase.

Die Fremde trug einen langen, violetten, mit goldenen Stickereien versehenen Umhang über einer schimmernden, grünen Cotte. Hochaufgerichtet blieb sie vor ihm stehen, rief mit einem Nicken zwei Diener an ihre Seite, die in kurzer Entfernung einen Faltstuhl aufstellten. Nachdem sie sich gesetzt hatte, fuhr sie fort, ihn zu mustern.

»Willkommen«, sagte sie nach einer Zeit, die ihm wie die Ewigkeit vorkam, und beugte sich vor, als müsse sie ihn genauer betrachten, »wie nannten sie Euch damals noch? Ghislain?«

Verständnislos betrachtete er das von feinen Falten übersäte, ebenmäßige Gesicht, gerahmt von Gebände und Schleier.

»Ihr erinnert Euch nicht an mich?«, fuhr sie fort. »Nun, Ihr wart damals sehr jung. Vier oder fünf Jahre, als wir uns zuletzt sahen.« Sie beugte sich nochmals näher, fast schien ihr Körper von seinem Sitz kippen zu wollen, bevor sie sich mit einer majestätischen Bewegung zurücklehnte. »Wisst Ihr, wie lange ich hierauf gewartet habe? Ich dachte immer, Ihr hättet mir mehr genommen, als ich ertragen könnte, aber ich habe alles ertragen.« Ihr Kiefer wurde hart und brachte das Ebenmaß ihrer Züge vorübergehend aus dem Gleichgewicht. Ein freudloses Lachen flüchtete durch den Raum. »Zweifellos habt Ihr mir Raymond genommen.« Die Frau schlang die Arme um den Körper, den Blick in die Ferne gerichtet.

Ghislain runzelte die Stirn. Da war etwas in ihren Augen, etwas, das er kannte. Feuer, dachte er, geschmortes Fleisch. Bruchstücke. Schreie. Schmerz zog von seinem Nacken in den Kopf hoch. Hinter seiner Stirn pochte es.

Die Frau hob die Hand. »Bindet ihm die Beine los, er soll ihn sehen.«

Vier Hände zogen ihn in eine sitzende Stellung, zwei weitere machten sich an seinen Fußfesseln zu schaffen. Als man ihn in den Stand zerrte, knickte er ein und musste aufrecht gehalten werden. Seine Beine fühlten sich schwer an und schmerzten, und es dauerte seine Zeit, bis er etwas mehr Gespür für sie entwickelte. Noch immer trug er die blutbefleckte Kleidung, in der er Paris so unfreiwillig verlassen hatte. Wie lange mochte das her sein, und wo, bei der Liebe Jésu, befand er sich?

Einer der Diener entfernte den Knebel aus seinem Mund. Er bemühte sich zu schlucken und musste husten. Seine gefesselten Hände zitterten, als er nach dem Pokal griff, den ihm ein anderer Diener reichte. Gierig schluckte er den mit Wasser verdünnten Wein, ließ in der Hast die Flüssigkeit auch über das Kinn und in den Kragen rinnen. Nur einen Moment später riss ihm der Diener den Pokal aus den unwilligen Händen. Mit einem festen Griff sorgte man dafür, dass er der Frau folgte.

Für eine geraume Strecke ging es einen Gang entlang. Durch die Schießscharten, durch die in regelmäßigen Abständen schmale Lichtstreifen auf den Boden fielen, konnte er einen Wald und eine hüglige Landschaft erspähen. Aus dem Hof drangen jene geschäftigen Geräusche zu ihnen herauf, die er aus allen Burgen kannte. Sie kamen an mehreren verschlossenen Türen vorüber, dann ging es eine schmale Wendeltreppe hinunter, tiefer und tiefer hinab. Je tiefer sie gelangten, desto feuchter wurden die Wände ringsherum und desto kühler die Luft, die sie umgab. Irgendwann erreichten sie ebenen, felsigen Boden und blieben vor einer Tür stehen. Die Frau nestelte einen Schlüssel von ihrem Gürtel und schloss auf. Einer der Diener öffnete und schob Ghislain in den Raum hinein.

Das Erste, was Ghislain wahrnahm, war, dass es sich um eine Art Halle handelte, von Kerzen und Öllampen in flackerndes, warmes Licht getaucht. Die Wand der Tür gegenüber zierte das Bild eines übermannsgroßen Heiligen. In der Mitte des Raumes, auf einem großen Steintisch ruhend, lag der Körper eines Toten. Ghislain beobachtete, wie die Frau sich bekreuzigte und mit gemessenen Schritten an die Seite des Leichnams trat. Auf ihre Handbewegung hin schoben die Diener Ghislain vorwärts, bis der Tisch sie alle zum Stehen brachte.

Der Tote, ein groß gewachsener Mann mit schmalem Gesicht und gebogener Nase, trug den Habit eines Zisterziensers. Sein silbergraues Haar, über der Stirn in einer geraden Linie abgeschnitten, über den Schädel sorgfältig nach hinten gekämmt, umschloss den Kopf wie ein Helm. Die Füße waren nackt. In den kräftigen, über der Brust verschränkten Händen hielt er ein mit Edelsteinen besetztes Kreuz sowie ein Medaillon mit einem stilisierten Vogel. Ghislain bemerkte kaum, dass sich die Frau um den Tisch herum bewegt hatte und ihn über den toten Leib hinweg ansah. Auf ihre Stimme hin hob er den Kopf.

»Ich bin froh, dass Ihr Euren Vater noch einmal sehen konntet. Seit seiner letzten Krankheit hat er nur von Euch gesprochen, und wie er alles gutmachen würde, so, wie es ihm dieser Priester einschwätzte.« Ihr leises Lachen erinnerte an den Klang eines winzigen Glöckchens. »Ja, schaut ihn Euch gut an, bei allem lässt sich diese Ähnlichkeit kaum verleugnen, auch wenn Ihr nichts als ein Bastard seid, seiner elenden und stetigen Hurerei entsprungen. Schaut hin.« Mit den letzten Worten nahm ihre Stimme einen schärferen Klang an.

Gehorsam starrte Ghislain in das Gesicht des Mannes.

Falls er ihn je gekannt hatte, so erinnerte er sich nicht. Sein Vater? Dies hier war ein Fremder. Unsicher hob er den Blick. Auch an sie erinnerte er sich nicht. Früher musste sie sehr schön gewesen sein. Flüchtig streiften sich ihre Blicke, dann zog die Frau ihren Umhang über der Brust zusammen.

»Kettet ihn dort an«, wies sie die beiden Diener barsch an und deutete auf einen in der Wand eingelassenen Ring, »die beiden sollen diese Nacht gemeinsam verbringen dürfen. Sie waren so lange getrennt.«

Wieder lachte sie leise. Ghislains Arme wurden nach oben gerissen. Eine Kette schlang sich um Handgelenke und Fesseln und wurde durch den Ring gezogen. Sorgfältig überprüfte die Frau den Halt. Dann ließ sie ihn alleine zurück.

Irgendwann musste er eingeschlafen sein, denn Ghislain schreckte hoch, als der Schlüssel im Schloss knirschte und die Tür quietschend aufschwang. Sein Oberkörper lehnte an der feuchten Wand, die Fingerspitzen berührten gerade noch die Decke, die Fersen hatte er in den Boden gestemmt, sodass seine Haltung die Schultern möglichst entlastete. Als er sich aufrichtete und den Kopf zur Tür wandte, konnte er ein Stöhnen jedoch nicht unterdrücken. Sein Körper fühlte sich steif an und schmerzte bei der kleinsten Bewegung. Hinter der Stirn pochte es. Mit weit geöffneten Augen versuchte er, die Dunkelheit zu durchdringen.

Zuerst war nur der tanzende Schein von Öllampen zu sehen. Wie gebannt schaute er auf das sich schwankend nähernde Licht und hätte beinahe vor Erleichterung geseufzt, denn irgendwann waren alle Kerzen und Lampen in dem Gewölbe verloschen, und er war in völliger Finsternis zurückgeblieben. Das Gefühl von Einsamkeit, gepaart mit Angst, das ihm die Kehle zusammengeschnürt hatte, hatte sich auch durch Singen nicht vertreiben lassen. Unruhig trat er von einem Bein auf das andere.

Nacheinander traten vier Frauen durch die Tür, zwei davon Dienerinnen, die beiden anderen waren vornehm gekleidete Damen. Ihnen folgten zwei kräftige Dienstleute in leichten Brustpanzern, Wurfspieße in den Händen, als letzter der Diener, der ihn gefesselt hatte. Ghislain verfolgte, wie die zwei Dienerinnen zu dem Toten hinübergingen, um neue Kerzen in die Kerzenständer rechts und links seines Kopfes zu stecken, nachdem sie die alten Wachsreste sorgfältig entfernt und in Beuteln an ihren Gürteln verstaut hatten.

Von Neuem schälte flackerndes Licht den silbergrauen Kopf des Mannes aus dem Dunkel heraus. Ghislain hielt inne. Eine ganze Zeit lang, bevor die Kerzen verloschen waren, hatte er sich auf der Suche nach Erinnerungen im Anblick des toten Mannes versenkt, aber da war nichts. Er beobachtete, wie die beiden sorgsam gekleideten Damen vor dem Steintisch betend in die Knie gingen, während der Diener sich an seinen Fesseln zu schaffen machte. Mit einem Rasseln fiel die Kette auf seine Füße. Auf Ghislains Schmerzensschrei hin bedachte ihn der Mann mit einem breiten Grinsen.

Man brachte ihn zurück in den Gang, die Treppe hinauf, bis die kleine Gruppe die Ebene des Hofes erreicht hatte. Gegen das Licht, das von draußen in den Gang hereinfiel, musste er die Augen zusammenkneifen, aber gleich ging es auch schon weiter, bis sie alle vor einer weiteren Tür zum Stehen kamen. Eine der Dienerinnen öffnete.

Der Raum war kleiner als das Gewölbe und wies zwei Fenster auf, deren Flügel weit geöffnet standen. Nachdem er sich an die Helligkeit gewöhnt hatte, sah er Teile der Burg, dahinter jene hüglige Landschaft in Braun- und Grüntönen. In der Mitte des Raumes erfüllte ein Zuber mit dampfendem

Wasser die Luft mit Lavendelduft. Mit kräftigen Schnitten durchtrennte der Diener nunmehr auch die Fesseln um Ghislains Handgelenke. Eine der Dienerinnen zog ihm das schmutzige Hemd über den Kopf, während die andere Beinkleider und Bruche löste. Man brachte ihm ein Gefäß, damit er sich erleichtere.

Als er in das heiße Wasser stieg, konnte er einen Seufzer nicht unterdrücken. Zum ersten Mal seit Langem entspannte sich sein verkrampfter Körper. Eine Dienerin reichte ihm einen Becher mit gewässertem Wein, den er hastig leerte, die zweite machte sich daran, seinen Körper zu schrubben. Man wusch ihm die Haare, Arme und Schultern wurden massiert. Endlich gebot ihm der Diener aufzustehen. Mittels eines Leintuchs trocknete Ghislain sich ab. Ein Leinenhemd wurde über seinen Kopf gezogen, die Bruche und die neuen braunen Beinkleider zog er sich selbst an. Erneut fesselte man ihm die Hände vor dem Bauch.

Eiliger ging es den Gang entlang zurück und hinaus in den Hof. Dort angekommen ließ er den Blick schweifen. Wasser tropfte von seinen Haaren herab und hinterließ feuchte Flecken auf seinen Schultern. Trotz der hellen Sonne fröstelte er. Der Griff des Dieners leitete ihn stolpernd weiter, bis sie vor einem breiteren Eingang zum Stehen kamen. Die Frau, die Ghislain schon kennengelernt hatte, stand dort in kerzengerader Haltung, zu ihrer Linken der breitschultrige, muskulöse Mann mit dem hellbraunen Haar, den er auf dem Boot gesehen hatte.

»Gut sieht er aus, so sauber und gewaschen«, sagte die Frau, nachdem sie Ghislain von oben bis unten gemustert hatte, und wandte sich dem breitschultrigen Mann zu. »Findet Ihr nicht, Donatien? Man könnte fast vergessen, dass Euer Bastardbruder ein dreckiger Jongleur ist, ein Dieb und

Lügner ohne Ehre, dem die Pforten der Seligkeit für immer verschlossen sind.«

Bruder? Ghislain starrte den Mann an, den die Frau Donatien genannt hatte. Erinnerte er sich? Nein, da war nichts. Es war, als wühlte man in einer bodenlosen Truhe mit nutzlosen, beschädigten Dingen. Was immer er daraus hervorholte, machte weniger Sinn als das vorige. Für einen Moment drangen die Stimmen nur noch aus weiter Ferne zu ihm. Er zuckte zusammen, als man ihn erneut packte und zu einem mageren, braunen Klepper hinüberzerrte, dann bemerkte er, dass sich dort ein kleines, berittenes Grüppchen versammelte. Ein Diener legte ihm die Flöte um den Hals, die er schon vermisst hatte, zwei weitere hievten ihn auf das Pferd, das auf die Last hin leise schnaubte. Er selbst verfolgte das Geschehen mit jenem Gefühl der Erstarrung, das ihn überkommen hatte, als er zum ersten Mal aus der Bewusstlosigkeit erwacht war. Haltlos glitten seine Augen über den Hof, streiften den Bergfried, suchten die Fenster des Palas ab, sahen diesen Donatien auf den Rücken eines Schimmels springen.

Nachdem der breitschultrige Mann das aufgeregt tänzelnde Tier zur Ruhe gebracht hatte, trat die Frau zu ihm hin und legte eine Hand auf den kräftigen Hals des Pferds. »Nun, bringt die Sache zu Ende! Hier will ich ihn nicht sehen. Bringt ihn fort!«

»Keine Sorge, ma Dame.« Auf einen schrillen Pfiff hin befestigte ein Dienstmann ein Seil an Ghislains gefesselten Händen und legte dessen Ende in Donatiens rechte Hand, der es an seinem Sattel befestigte. »Damit wird er uns nicht noch einmal entkommen«, sagte er und machte eine Pause, bevor er zwischen den Zähnen hervorpresste: »Und ich kriege endlich, was mir zusteht.«

Die Frau lächelte. »Beunruhigt Euch nicht. Kein Bastard wird je eine Rolle spielen im Haus de Faure. Niemand entkommt seinem Schicksal.«

Vorsichtig versuchte Ghislain das Seil um seine Handgelenke etwas zu lockern. War de Faure sein Name und das hier seine Familie?

Er konnte Donatien lachen hören. »Niemand entkommt seinem Schicksal«, wiederholte er. »Es ist Gott, der jeden an den Platz stellt, der ihm zusteht, und auf Gottes Erde sorgen wir dafür, dass Gottes Gesetze eingehalten werden, ist es nicht so?«

Auch die Frau lachte kurz auf, bevor sie gebieterisch den Arm hob. »Geht!«

Als Donatien seine Fersen in die Seiten des Pferdes hieb, tat das Tier einen Satz vorwärts. Mit einem Ruck spannte sich das Seil und gab Ghislain einen ersten Vorgeschmack auf das, was ihn erwartete. Panisch krallte er die Finger in die Mähne des Kleppers und beeilte sich, das Tier zu größerer Schnelligkeit anzutreiben. Fünf Dienstleute folgten ihnen in den ersten Hof. Schon im Trab ging es aus dem Tor hinaus.

Von der Burg aus ritten sie zu Paaren den Berg hinab, zuerst durch einen Wald hindurch. Unten angekommen durchquerten sie einen flachen Flusslauf. Wiesen taten sich rechts und links des breiter werdenden Wegs auf. Etwas entfernt sah er eine Kapelle über sonnenbeschienenen Wolken schweben und murmelte ein Gebet, bevor er die Aufmerksamkeit auf seine nächste Umgebung richtete. Sie passierten einen Schäfer mit seiner Herde, dessen Hund die Gruppe bellend ein Stück des Wegs verfolgte, bis ihn einer der Dienstleute mit einem Steinwurf verjagte.

Das Seil blieb stets straff gespannt, denn Donatien achtete darauf, immer denselben Abstand zu halten. Als er sein

Pferd auf einer freien Fläche unvermittelt in den Trab gehen ließ, klammerte Ghislain sich gerade noch rechtzeitig mit den Beinen fest. Ab und an wandte sein *Bruder* sich zurück und warf ihm ein breites Grinsen zu. Wieder ritten sie durch einen Wald. Auf einer Lichtung richtete sich Ghislains Aufmerksamkeit auf einen Baum, den wohl ein Blitz gespaltet hatte. Er dachte an die Burg zurück. Hatte er dort seine Kindheit verbracht? Er stellte sich einen kleinen, schwarzhaarigen Jungen vor, der oben hinter den Burgzinnen hervorlugte. Er sah den gleichen Jungen, wie er furchtsam am Rand dieser Lichtung stand, die kleine Hand in der eines älteren Jungen, der beruhigend über seinen Kopf strich. Mit einem Mal hörte er jemand Füchschen rufen und übermütiges Lachen. Er hörte Übungsschwerter gegeneinander krachen und das empörte Gebrüll zweier Halbwüchsiger. Er roch verbranntes Fleisch. Er bemerkte kaum, dass sie den Wald verließen und erneut eine offene Fläche überquerten.

Als er sich umblickte, stellte er fest, dass die Dienstleute ihre Pferde an seine Seite getrieben hatten. Auch Donatien war ihnen nun weniger weit voraus und bemühte sich, dichter bei den anderen zu bleiben. Ghislain starrte auf seinen breiten Nacken. Dunkel und mächtig stieg das nächste Waldstück vor ihnen auf. Zwei Dienstleute flüsterten aufgeregt miteinander. Ein Vogel stieß einen keckernden Warnruf aus. Einer der Männer lenkte sein Pferd an Donatiens Seite. Der folgende Wortwechsel war leise und heftig. Währenddessen wurden die Pferde noch langsamer. Wieder war der Warnruf des Vogels zu hören. Ghislain starrte auf die struppige Mähne seines Reittiers, in die er seine Hände gekrallt hatte. Ein kleiner schwarzhaariger Junge tauchte vor seinem inneren Auge auf. Ein Pony, rot wie ein Fuchs. Ein Ritter aus Holz. Er hörte raschen Hufschlag ...

Doch wirklich, er hob den Kopf, das war keine Einbildung. Er hörte tatsächlich Hufschlag, und die anderen hatten es auch gehört. Unruhig ließ der Dienstmann zu seiner Linken den Blick wandern und ruckte dann nach vorne, als habe ihm jemand kräftig auf die Schultern geschlagen. Noch während Ghislain den Kopf zu ihm hinwandte, gurgelte der Mann einen Schwall Blut hervor. Wie erstarrt glotzte Ghislain auf die Pfeile, die seinen Rücken und den Hals durchbohrten. Ein weiterer Pfeil zischte über seine Schulter hinweg und verfehlte den Dienstmann an Donatiens Seite um Haaresbreite. Ein wahrer Pfeilhagel folgte.

Er erstarrte. Über Jahre hinweg hatte er Beutel abgeschnitten und von Marktständen gestohlen. Wenn man seine Lieder nicht bezahlen wollte, hatte er Eier aus dem Hühnerstall mitgehen lassen, auch mal ein Huhn. Manchmal hatte ihm der Tod auf die Schulter getippt, immer war er entkommen. Auf der Straße war der Sensenmann ein steter Begleiter, an den man sich gewöhnte, wie an Hunger, schlechtes Wetter und den unerwarteten gut bezahlten Auftritt. Einem Jongleur war der Tod immer nahe, aber niemals hatte er seinen Schrecken verloren. Er wollte nicht sterben.

Wieder hagelten Pfeile an ihm vorüber. Die verbliebenen Dienstleute und Donatien brachten hastig ihre Pferde in Stellung. Das Seil spannte sich, drohte ihn vom Pferd zu reißen. Verzweifelt trieb er das Tier auf Donatien zu, der inmitten des Pfeilhagels laut Befehle brüllte. Ein weiterer Dienstmann rutschte getroffen aus dem Sattel und verendete schreiend auf dem Boden. Ein anderer riss brüllend sein Schwert aus der Scheide.

Dann hörte der Beschuss auf. Misstrauisch sahen sich die Männer um. Ghislain versuchte, das Seil zu lockern, aber die

Fesseln saßen eng, und sein Pferd tänzelte so unruhig, dass er immer wieder abrutschte.

»Ergebt euch!«, gebot eine dunkle, kräftige Stimme mitten aus dem Dunkel des Waldes heraus.

»Niemals!« Donatien ließ sein Pferd steigen. Gerade noch hielt Ghislain sich an der Mähne des Kleppers fest. Dann lenkte Donatien mit einem schmalen Lächeln auf den Lippen das Pferd an seine Seite, riss ihm die Arme hoch und verknüpfte das Seil so um Ghislains Hals, dass es sich mit jeder unbedachten Bewegung enger zog. »Holt ihn, wenn ihr ihn wollt!« Er ließ sein Pferd tänzeln, Ghislain rang nach Atem.

Stille. Die verbliebenen Dienstleute wechselten Blicke. Immer noch Stille, dann zerriss ein unheimliches Gelächter die Luft. Als die Angreifer brüllend aus dem Unterholz brachen, tat Ghislains Pferd einen verschreckten Satz. Er rutschte zur Seite, presste instinktiv die Beine zusammen. Ein Pfeil riss eine blutende Wunde auf der Stirn des lauthals fluchenden Donatien.

»Für Richarde!«, brüllte einer der verbliebenen drei Dienstleute und warf sich den Angreifern entgegen. Schwert klirrte auf Schwert. Ghislain ließ sich nach vorne auf den Hals des Tieres sinken, immer bemüht, sein Pferd in Donatiens Nähe zu halten.

Als ein Schwerthieb den Kopf des Dienstmannes dicht neben Donatien vom Rumpf trennte, ein Blutschauer ihn benetzte und einem weiteren ein Pfeil durchs Auge in den Schädel drang, überließ Donatien den letzten Mann den Angreifern, wendete sein Pferd und trieb es eilends auf den Weg zurück in Richtung Burg.

Nur langsam kam Ghislains Klepper in Gang. Fester zog sich das Seil um seinen Hals. Kurz vor dem nächsten Waldstück stolperte das Tier, brach in den Knien ein, sodass er über dessen Hals hinweggeschleudert wurde und hart auf dem Boden aufschlug.

Er versuchte, auf die Füße zu springen, aber vergeblich. Donatien trieb seinen Schimmel unerbittlich voran. Während Ghislain das Seil zu greifen suchte, um auf diesem Weg auf die Füße zu kommen, wurde er vorwärtsgeschleift, über raue Erde und scharfkantige Steine hinweg. Pfeile sausten dicht an seinem Kopf vorbei. Hufgetrappel dröhnte hinter ihnen her. Bei allen Bemühungen bekam er zu wenig Luft. Als er mit der Schulter einen Felsbrocken rammte, musste er das Seil loslassen. In dem Moment, als es ihm alle Luft abschnürte, entleerten sich Blase und Darm.

Unwirsch stieß Donatien de Faure die Dienerin beiseite, die sich um die Wunde auf seiner Stirn kümmerte, hob den Weinpokal an seine Lippen und trank mit tiefen Zügen. Die Sturmglocken hatten das ganze dumme Volk aufgescheucht. In Scharen waren sie zur Burg geeilt, hatten Einlass und Schutz begehrt. Im Gewühl der ängstlichen Bauern und Tagelöhner würde eine Verfolgung der flüchtigen Angreifer kaum möglich sein. Und der Bastard? Als er sich umgedreht und bemerkt hatte, dass es dessen lebloser Körper war, den er seit wer weiß wie langer Zeit am Seil hinter sich her schleppte, hatte er sich eilends mit dem Messer von dem Ballast befreit. Begleitet von einem Wutschrei schleuderte er den Becher durch den Raum. Richarde de Faure beachtete ihn nicht. Seit er auf der Suche nach ihr hier heruntergepoltert war, stand sie neben der Leiche ihres Mannes. Manchmal meinte er sogar, sie leise mit ihm sprechen zu hören.

»Mehr Wein!«, herrschte er die Dienerin an, die geschwind wie ein Hase durch die Tür verschwand.

Richarde streichelte die wächsernen Wangen des Toten.

»Man hat uns angegriffen.« Donatien spreizte die Finger und schloss sie, als versuche er etwas zu greifen. »Man hat den Frieden gestört.«

»Sie hat den Frieden gestört. Wie immer schon.« Richarde ging um den Tisch herum und sah ihn über die Leiche hinweg an. »Wenn die Zeit gekommen ist, sollten wir Klage erheben.«

Wenn die Zeit gekommen ist. Donatien riss der zurückkehrenden Dienerin den Weinpokal aus der Hand und leerte ihn gierig. Wie oft hatte er das nicht schon gehört. Wenn die Zeit gekommen ist, wird Euer Vater Euch vor der Welt als seinen einzigen Erben anerkennen. Wenn die Zeit gekommen ist, wird man die Zweifel von Euch nehmen. Wenn die Zeit gekommen ist. Aber nun war der Vater tot, Opfer eines lächerlichen Jagdunfalls, der dem Alten das Genick gebrochen hatte, und das Spiel begann von Neuem. Fortuna hatte ihn gelockt und ihm ins Gesicht geschissen. Wut beengte seine Kehle. Seine Finger schlossen sich so fest um den Pokal, dass seine Fingerknöchel weiß aufleuchteten.

3. Kapitel

Blattwerk in den verschiedensten Ausführungen, Disteln und Eichenblätter, Bei- und Hahnenfuß, Hopfen, Feigen, Misteln, Früchte und auch Tiere fertigten die Steinmetze aus den Kalksteinen, die einmal in Form von Kapitellen die untere und die obere Kapelle schmücken würden. Mancher klopfte behutsam, beim anderen waren es kräftigere Schläge, die mal lauter, mal leiser über den Bauplatz hinwegklangen, sich mit den Geräuschen aus der Schmiede, dem Knirschen der Karrenräder, schwereren und leichteren Tritten und den Rufen der anderen Arbeiter mischten. Die Oktobersonne ließ die Steine warm erstrahlen. Wie von selbst verlangsamten sich die Schritte Pierres de Montreuil. Auf dieser Baustelle hatte er seine Augen stets überall. Eben war er an den langen Tischreihen der Glasmaler vorübergeschritten, an bunten Stücken aus Glas, an Köpfen und Gliedmaßen, an Pferden und Schwertern vorbei, die sich einmal zu Geschichten aus der Bibel zusammenfügen würden: Genesis, Exodus, die Geschichte von Tobit, Judit ... Er blieb stehen. Das gleichmäßige Klopfen der Steinmetze ließ nicht nach. Keiner der Männer hielt in seiner Arbeit inne. Während der eine sorgfältig Blattwerk aus dem Muschelkalk meißelte, sein Nachbar Eichen, Ahorn und Weißdorn auf einem einzigen Kapitell verband, fanden sich beim dritten Vögel, die Feigen oder Trauben pickten.

In der kleineren, unteren Kapelle, die er wenig später betrat, fiel das Licht durch Fensteröffnungen, die in ihrer Form durchbrochenen gebogenen, mit Rosen und Dreipässen verzierten Tympani ähnelten. Er wartete, bis er sich an das dämmrige Licht gewöhnt hatte, und schaute sich um.

Vor noch nicht allzu langer Zeit hatten sie die ersten Stützen entfernt, und die Furcht, alles könne zusammenstürzen, hatte ihn noch nicht verlassen. Langsam durchschritt er das Mittelschiff, den besorgten Blick auf jene Elemente gerichtet, die für die Stabilität des Gewölbes sorgten. In der Apsis zeigte sich die stützende Metallstruktur, die sich der Krümmung der Rippen anpasste, noch unverputzt. Vor der Wand blieb er stehen und legte die Hände auf die nackten Steine. Mit größter Sorgfalt waren sie behauen worden, mit größter Sorgfalt hatten die Maurer sie ineinandergefügt. Er strich mit den Fingerspitzen über die Übergänge, schloss die Augen und öffnete sie wieder. Auf dieser Baustelle arbeiteten die besten

Handwerker, die des Königs Geld ihm hatte verschaffen können, und doch überprüfte er beinahe jede Einzelheit, kannte jeden Teil des Gebäudes und hatte den Einsatz jener Sprieße dort in langen Gesprächen mit Jean de Chelles erörtert.

Er ließ seine Augen durch den Wald von Säulen und Bögen spazieren, fing sich in Schatten und Lichtpfützen, im Blattwerk und zuletzt in den ineinander verschlungenen Akanthusblättern der Sockel. Auf ein Geräusch hin hob er den Kopf, zuckte zusammen, als er eine Gestalt in einem Kapuzenmantel aus dem schmalen Bereich, der später einmal einen Teil des Chorgangs bilden würde, treten sah.

Arnauld ... Pierre kniff die Augen zusammen, um besser sehen zu können. In seinen Gedanken war der tote Freund dieser Tage nie weit fort. Jeden Bauschritt schilderte er ihm, als sei er nicht schon lange aus dieser Welt geschieden, fragte um Rat und weihte ihn in seine Sorgen ein.

Nervös rieb er sich die Augen. Der Bettler ...? Die schlanke, hochgewachsene Gestalt stand nur wenige Schritte entfernt.

»Maître de Montreuil?«

»Sire ...« Pierre ließ die Hand sinken und verbeugte sich ehrerbietig. »Verzeiht, Sire, ich habe Euch außerhalb von Paris vermutet.«

Mit einer Bewegung schlug der König seinen Umhang auseinander und streifte die Kapuze vom Kopf. »Ich bin früher zurückgekehrt. Meine Berater erwarten ... Nun, sie erwarten, dass ich mich mit ihnen berate, und dann musste ich ständig an diese Kapelle hier denken.« Er schmunzelte. »Ich habe sie vor mir gesehen, Tag und Nacht, von funkelnden Farben erfüllt, ganz, als sei sie schon vollendet.«

Abrupt ging er zu einem der Fenster hinüber, legte den Kopf in den Nacken und spähte zu der Öffnung hinauf.

Der Baumeister folgte ihm. Gegen das schon rechte kühle Wetter des späten Oktobers trug Louis eine mit Pelz gefütterte grüne Cotte mit roten Ärmeln unter seinem Umhang. Als er den Blick unvermittelt wandte, erschrak der Baumeister über die dunklen Schatten unter den Augen des Königs. Im helleren Licht wirkte sein bleiches Gesicht schmaler, als der Baumeister es in Erinnerung gehabt hatte. War er krank? Er schluckte. Jetzt meinte er feinste Schweißperlen an den Schläfen seines Gegenübers zu erkennen.

Der König schien seinen Blick nicht zu bemerken, verschränkte die Arme vor der Brust, löste sich vom Fenster, ging ein paar Schritte und legte eine Hand an eine der schmalen Säulen. »Ich gebe zu, ich bin ungeduldig. Wie einer der schönsten Wohnorte des Himmels soll sie einmal aussehen, das ist das Mindeste, ist es nicht so?« Er lachte leise. »Ja, ich würde es gerne sehen. Ich bin ungeduldig.« Er fuhr mit der Hand über den unverputzten Stein. »Der Bau geht gut voran?«

»Ich achte darauf, Sire.« Pierre de Montreuil wich Louis' Blick nicht aus. Es war nicht der erste Bau, an dem er für den König arbeitete, und spätestens seit den Tagen des Baus der Palastkapelle von Saint-Germain-en-Laye kannten sie einander gut. Er hatte sie erlebt, die Wutausbrüche dieses Mannes, der zu anderen Zeiten so friedlich wirken konnte wie ein Lamm. Diese Seite, so sagten die meisten, habe er von seinem Großvater geerbt. Jetzt legte der König den Kopf leicht zur Seite.

»Ja, Ihr achtet darauf, ich weiß.« Er ging ein paar Schritte, blieb stehen. »Ein Baumeister muss darauf achten, dass seine Mauern gut gefügt sind, damit das Gebäude nicht zusammenstürzt, so wie ein König darauf achten muss, dass Gerechtigkeit und nicht Gewalt in seinem Lande herrschen.

Nur, indem wir Gottes Lehre gemäß leben, kommen wir ihm näher, und nur indem wir die Leiden Christi auf uns nehmen, erweisen wir uns als würdig. *Herr, mein Herz ist nicht stolz, / nicht hochmütig blicken meine Augen. Ich gehe nicht um mit Dingen, / die mir zu wunderbar und zu hoch sind.*« Einen Moment lang wirkte er nachdenklich, dann zog er den Umhang über der Brust zusammen. »Ich muss gehen, Maître de Montreuil«, sagte er und zog sich die Kapuze tief in die Stirn. »Wenn man Berater zu lange alleine lässt, befürchten sie stets das Schlimmste.«

4. Kapitel

Das Erste, was Ghislain wahrnahm, war der Geruch nach Schweiß und Metall, Zwiebeln und Leder, der von dem kräftigen Arm zu ihm aufstieg, der seinen Brustkorb umklammert hielt und ihn daran hinderte, vom Pferd zu stürzen. Pferdegetrappel und Männerstimmen fügten sich hinzu; als er die Augen öffnete, verschwamm eine unbekannte, rauere Landschaft vor seinem benommenen Blick. Undeutlich erkannte er mehrere Reiter vor sich und einen weiteren zu seiner Rechten. Sicherlich befanden sich auch noch Reiter in seinem Rücken, denn auch von dort drang Hufschlag in seine rauschenden Ohren. Seine Glieder zuckten wie von selbst, der Kopf hob sich. Mit den ersten, zaghaften Bewegungen dröhnte sein Schädel. Der Versuch zu schlucken sandte Wellen von Schmerz durch seine Kehle. Erst als er die Hände in einer unwillkürlichen Bewegung an seinen Hals hob und tiefe Striemen ertastete, bemerkte er, dass er nicht mehr gefesselt war.

»Den Heiligen sei Dank, er kommt zu sich!«, ließ ihn eine Stimme nahe seinem Ohr zusammenzucken. Das Pferd, auf dem er saß, verlangsamte seinen Schritt, und nur wenig später versammelten sich sieben oder acht fremde, lachende Gesichter um ihn herum. Ein wahrer Riese lenkte sein Pferd dichter an seine Seite und grinste ihn breit an, bevor er dem mühsam schluckenden und würgenden jungen Mann seinen Trinkschlauch anbot. Ghislain griff danach, setzte die Öffnung an die aufgesprungenen Lippen und ließ Wasser in seine Mundhöhle rinnen. Bei aller Gier musste er sich gedulden, denn das Schlucken schmerzte so sehr, dass Tränen in seine Augen stiegen. Nur mit äußerster Beherrschung konnte er sich zwingen, ein paar weitere Schlucke zu nehmen, bevor er den Schlauch zurückreichte. Sein krächzender Versuch, sich zu bedanken, wurde durch ein knappes Nicken erwidert.

»Schont Euch«, sagte der Riese. Von hinten lenkten zwei weitere Männer ihre Pferde heran und drängten zu einem schnelleren Ritt. Der Riese hob den Arm, die Gruppe setzte sich in Bewegung. Wenig später fielen die Pferde in den Galopp. Ghislain blieb keine Wahl, als sich erneut der Sicherheit des fremden Arms anzuvertrauen. Die Erinnerung an das Seil kam zurück, das sich fester und fester um seinen Hals gezogen hatte, an die letzten wachen Momente, in denen er von Donatiens Schimmel über den Boden geschleift worden war.

Die Kleidung, die er zuletzt getragen hatte, war fort. Außer seinen Schuhen trug er lediglich eine Bruche und einen zu kurzen, nach Schaf riechenden Kittel. Er musterte die Reiter. Bei den Männern, die ihn begleiteten, musste es sich um die Angreifer handeln, aber er konnte es nicht beschwören. Er kannte keinen von jenen, die er nun unruhig betrachtete.

Grobe, wachsame, zerlumpte Gesellen waren es, mit narbigen Gesichtern, von denen drei Helme trugen, der Mann, der ihn hielt, ein Kettenhemd, und drei verbeulte Brustpanzer unter den zerschlissenen Cotten, dabei waren sie alle gut bewaffnet, und der Zustand ihrer Pferde ließ nichts zu wünschen übrig. Von den zweien, die stets hinten blieben, bekam er wenig mit. Von den anderen lenkte immer mal wieder jemand sein Tier an seine Seite, wies auf ein paar entfernte Hügel und deutete eine weitere Reise von zwei bis drei Tagen an, oder erbat sich, die Verletzungen betasten zu dürfen, die ihm das Seil zugefügt hatte.

»Dem Tod zu entkommen«, entgegnete der Erste auf Ghislains Verständnislosigkeit, »wenn das kein Glück bringt, was dann?«

Gegen Abend des Tages, bevor es dunkel wurde, schlug die Gruppe ihr Lager am Ufer eines kleinen Flusses auf, und der Mann im Kettenhemd geleitete Ghislain zu einem Platz am Feuer, wo er sich lang ausstrecken konnte. Erst als er lag, bemerkte Ghislain, wie zerschlagen er war. Seine Beine zitterten vom langen Ritt. Jeder Teil seines geschundenen Körpers schmerzte, war mit Schrammen und Flecken übersät, und er wusste so wenig, wie er sich drehen und wenden sollte, dass er einfach reglos liegen blieb. Den Gesprächen entnahm er, dass die Männer die Burg seiner Gefangenschaft seit seiner Ankunft dort beobachtet hatten. Ein Mann verschwand zwischen den Büschen. Der Riese setzte sich auf einen Baumstumpf in Ghislains Nähe, spielte mit seinem Messer und warf ihm hin und wieder einen Blick zu.

»Wird sie zufrieden sein?« Der Mann im Kettenhemd stellte sich neben ihn und spähte knapp an Ghislain vorbei in den Wald.

»Er lebt, oder?« Der Riese zuckte die Schultern.

Ein weiterer Mann verschwand und kehrte etwas später mit zwei Hasen zurück. Der Mann im Kettenhemd machte sich an die Zubereitung des Essens, während die anderen über Waffen und Huren redeten. Der Riese schnitzte Kerben in einen dicken Holzprügel.

Mühsam stemmte sich Ghislain auf einen Ellenbogen hoch. Immer noch ließ seine wunde Kehle wenig mehr als ein Krächzen zu, aber er zwang die Worte heraus: »Wo bringt ihr mich hin?«

Die Männer verstummten. Der Koch fuhr fort, die Hasen zuzubereiten, als habe er nicht gehört. Ein Mann stand auf und legte Feuerholz nach. Sorgfältig vertiefte der Riese auf seinem Baumstumpf eine Kerbe in seinem Holzstück und hob den Kopf. »Nach Hause, wir bringen Euch nach Hause.«

Einen weiteren Tag ritten sie durch eine ihm unbekannte Landschaft, bevor sie gegen Mittag des zweiten Tages ein Hochplateau mit einer Burg erreichten. War erst kein Mensch zu sehen gewesen, so säumten bald und je näher sie der Burg kamen, mehr und mehr Bauern und Tagelöhner die Wegesränder; zerlumpte Gestalten drängten sich neben gut gekleideten, und alle Blicke waren auf Ghislain gerichtet. Am letzten Aufstieg vor dem ersten Burgtor standen die Neugierigen in zwei Reihen hintereinander. Durch das erste Tor musste sich die Schar Reiter scharf links halten. Dieser erste Mauerring war offensichtlich neu errichtet worden, denn an ein paar Stellen sah er Steinmetze und Maurer beschäftigt. Ein zweites, schmaleres Burgtor tat sich auf, durch das sie nur in Zweierreihen reiten konnten, dann waren sie im ersten Innenhof. Ein paar Hütten standen hier. Hühner suchten nach Futter. Eine Ziege war an einem Pflock angebunden und rupfte trockenes Gras. Kinder spielten mit einem Holzbecher, in dem sie eine Kugel zu fangen suchten. Einzeln ritten sie durch das nächste Tor. Stimmengewirr erhob sich in ihrem Rücken, während die Leute hinter dem Tor verstummten. Der zweite Hof war größer und voller Menschen. Rotznasige Kinder liefen ihnen entgegen. Um einen Brunnen geschart standen junge Mädchen und stießen sich um eine bessere Sicht an. Mehrere Herren in bunten Cotten standen rechts und links einer Frau und eines weißhaarigen Mannes. Ghislains Begleiter schwangen sich vom Rücken ihrer Tiere. Er tat es ihnen gleich.

An diesem Morgen hatte man ihm einen Umhang umgelegt, und angesichts der neugierigen Menschenmenge war er froh darum. Unschlüssig ließ er den Blick wandern. Dann bemerkte er verblüfft, dass der edel gekleidete, weißhaarige Mann auf ihn zukam und nach seinen Händen griff. »Dass ich das noch erleben darf.« Der Alte lächelte ein scheues Lächeln. »Erkennt Ihr mich?«

Ghislain starrte ihn an, ohne die Miene zu verziehen. Nein, er kannte diesen Mann nicht. Er erkannte überhaupt niemanden hier. Unruhig huschten seine Augen von dem erwartungsvollen Gesicht fort, über die Menge hinweg. Als er den Blick erneut auf den Mann richtete, stand die Frau neben ihm. Sie war hübsch und schlank, von der Art, die immer jung aussah, obwohl sich schon dünne Falten auf ihrer Stirn zeigten und der Zopf, der unter dem Schleier hervorsah, von grauen Strähnen durchzogen war. Ein fester Blick aus schwarzen Augen traf ihn, die Fremde hielt ihm beide Hände entgegen.

»Ghislain de Faure«, sagte sie. Ihre Stimme vibrierte. Die Männer in den bunten Cotten senkten die Köpfe, während sich der Weißhaarige tief verbeugte. Die Frau legte ihm die Hände auf die Schultern. »Ich, Josiane de Faure, heiße Euch willkommen.« Sie begegnete seiner Verblüffung mit einem Lächeln. »Kommt«, fuhr sie fort und bot ihm ihre Wange dar, »begrüßt Eure Mutter.«

Ghislain hatte sich nackt auf dem Bett ausgestreckt und zog, als er Schritte hörte, rasch das Leintuch über sich. Stunden, so schien es ihm, hatte er im warmen Badezuber zugebracht. Mägde hatten seinen Körper gereinigt; hatten seine Wunden behandelt, ihn massiert und mit duftenden Ölen und Salben eingerieben; hatten sein Haar gewaschen; hatten ihm einen Tee bereitet, der die Schmerzen in seinem Hals lindern sollte. Als sie fertig gewesen waren, hatte er sich frisch und rosig gefühlt, wie der umhegte Säugling einer reichen Familie. Kaum dass er sich auf das Bett gelegt hatte, war er auch schon in einen tiefen, traumlosen Schlaf gesunken, aus dem er erst vor Kurzem erwacht war. Vielleicht hatte ihn derjenige geweckt, der einen Stapel Kleidung neben seinem Bett zurückgelassen hatte, oder die Taube, die sich irgendwann gurrend vor dem Fenster niedergelassen hatte.

Draußen ging es auf den Abend zu. Die Schatten wurden dichter, das eine flackernde Licht würde bald nicht mehr ausreichen, um den Raum zu erhellen.

Die Schritte hörten vor seiner Tür auf. Er schlang das Leintuch um sich und schwang die Beine vom Bett. Der Anblick Josianes de Faure ließ ihn aufspringen. »Ma Dame?« Mit einer Hand hielt er das Tuch fest.

»Ma Dame?« Sie lachte glockenhell. »Lasst Euch anschauen, mein Sohn.«

Er schlang das Leintuch unwillkürlich enger um seinen Körper.

Sie lachte erneut. »Ihr werdet Euch anziehen müssen, oder wollt Ihr so in der Halle auftreten? Alle sind gierig darauf, den Mann zu sehen, der von den Toten zurückgekehrt ist.«

»Ich bin nicht von den Toten zurückgekehrt.«

»Die Mägde sehen das anders.« Josiane zuckte die Schultern. »Ich habe sie beim Trinken Eures Badewassers erwischt.« Sie trat näher zu ihm hin. Mit einem erstaunlich festen Griff packte sie das Tuch und riss es ihm aus der Hand. Gleich darauf maß ihr ruhiger Blick seine Gestalt, dann streckte sie beide Hände aus und ließ sie über seine Schultern gleiten.

»Ihr seid groß geworden.«

Er spannte die Muskeln an.

»Als ich Euch das letzte Mal sah«, fuhr sie fort, trat einen Schritt zurück und deutete eine Höhe mit der Hand an, »wart Ihr etwa so hoch. Ihr habt mit Schnecken gespielt, die Falken Eures Vaters bewundert und wolltet ein berühmter Held werden. Euer Verschwinden hat mir das Herz zerrissen, auf Knien habe ich meinen Herrn, Euren Vater, um Gerechtigkeit angefleht. Ich wusste ja, dass nur eine die Schuld an meinem Leid tragen konnte. Jeden Tag fürchtete ich, man werde Euch erschlagen irgendwo auffinden oder ertrunken aus einem Fluss ziehen, wie einst den armen Arthur de Bretagne.« Ihre Hand machte eine knappe Bewegung. »Aber davon will ich später erzählen, wenn die Zeit reif ist.«

Sie kam näher, nahm seine rechte Hand in ihre. Der Anblick des Medaillons um seinen Hals ließ sie innehalten. Schweigend betrachtete er den stilisierten Vogel darauf.

»Das Zeichen Eures Vaters.« Sie berührte das Schmuckstück, streichelte mit einem Finger über die Narbe auf seiner Wange, wandte sich ab und winkte die Dienerin näher. »Kleide ihn an und schicke ihn in die Halle.«

Stumm sah Ghislain ihr hinterher. In Gedanken versunken, bemerkte er kaum, wie ihn die Dienerin mit sanftem Druck auf einen Stuhl zwang. Goldbraune Beinkleider aus feinem Stoff wurden über seine Beine gezogen, ein Leinenhemd über den Kopf. Eine Cotte von Amienser Blau mit einem grünen Kragen, auf den stilisierte Vögel eingestickt waren, folgte.

»Herr«, bat ihn die vor ihm kniende Frau und hob die Schuhe hoch, die sie ihm anzuziehen wünschte.

Er starrte auf ihren gesenkten Kopf hinunter. Braune Haare. Warum kniete sie vor ihm? Kannte er ihr Gesicht? Er konnte sich nicht erinnern und errötete.

»Ich mache das alleine«, stieß er knapp hervor und nahm ihr die Schuhe ab. Sie sprang auf, um aus seiner Reichweite zu huschen.

Als er fertig angekleidet war, näherte sie sich mit einem polierten Metallspiegel. Er warf einen raschen Blick hinein: Ein Fremder glotzte ihm entgegen, das Haar sorgfältig geschnitten, in tadelloser, feiner Kleidung. Er sah hin und wieder weg, betrachtete sich genauer.

Vom Weg in die große Halle bekam er kaum etwas mit. Auf gewisse Weise war es der Lärm, der ihm sagte, dass sie angekommen waren. Unzählige Menschen hatten sich versammelt. Zusammengedrängt standen Knechte und Mägde in der Nähe der Tür. Ein Stück weiter erkannte er den Riesen. Feiner gekleidete Menschen folgten. Am Ende des Saales, in einem Stuhl mit hoher Lehne sitzend, wartete seine Mutter. Ein kräftiger, rotblonder Mann an ihrer Seite hatte sich zu ihr heruntergebeugt und flüsterte ihr unablässig ins Ohr, während sie den vor ihr knienden Mann, wohl einen Bittsteller, betrachtete. Ghislain tat einen Schritt weiter in den Saal hinein. Die Stimmen wurden lauter, der dunkle Mann hob den Kopf. Gleich darauf erhob sich Josiane de Faure von ihrem Sitz. Kraftvoll klatschte der Mann an ihrer Seite in die Hände.

»Heißt Ghislain de Faure willkommen!«, schmetterte seine Stimme über die Menge hinweg. Allein der Name ließ

Köpfe herumfahren. Ghislain ging weiter, nahm stumm Grußworte und Verbeugungen entgegen, erkannte den Alten vom Vortag, stand schließlich vor seiner Mutter und beugte das Knie. »Ma Dame.«

»Ma Dame?« Sie lachte. »Steht auf, Ihr seid mein Sohn. Ihr seid der Herr.«

Er hob den Kopf und musterte sie. Ein zartes Lächeln stand auf ihren Gesichtszügen, die Augen aber beobachteten ihn aufmerksam. Mit einer eleganten Bewegung wies sie auf den Mann neben sich.

»Lernt meinen treuesten Beschützer kennen, den Herrn Renaud Le Grand.«

Der Mann an ihrer Seite zwang sein düsteres Gesicht zu einem Lächeln.

»Herr Renaud!« Ghislain verbeugte sich. Die beiden Männer musterten einander, dann hielt Josiane ihrem Sohn die Hand entgegen.

»Kommt an meine Seite«, forderte sie ihn auf. »Bringt einen Stuhl!«

Ein Faltstuhl wurde gebracht. Ghislain setzte sich, warf erst jetzt einen Blick auf die Gestalt, die neben ihm gekniet hatte. Ein schmaler Mann war es, in abgerissener, grauer Kleidung.

»Nun, wir waren gerade inmitten einer schwierigen Verhandlung«, sagte Josiane und deutete auf den Mann. »Er hat sich an unserem Fischteich vergriffen. Mit seinen eigenen Händen hat er einen Fisch daraus gefangen und wollte sich damit davonmachen. Wie sollen wir ihn bestrafen?«

Ghislain schwieg. Erst jetzt bemerkte er, dass der zitternde Mann nicht den Kopf zu heben wagte, sondern unablässig den Boden vor sich musterte. Josiane legte die Hände rechts und links auf die Stuhllehnen und seufzte leise. »Mein guter Renaud meint«, sagte sie, »wir sollten ihm die Hand abschlagen, die den Fisch gehalten hat.« Ghislain spürte, dass sie ihn musterte. »Und Ihr?«

»Er hatte sicherlich Hunger«, murmelte er, ohne den Kopf von dem Unglücklichen abzuwenden.

Josiane de Faure lehnte sich in ihrem Stuhl zurück, runzelte die Stirn und warf Renaud Le Grand einen kurzen Blick zu. »Wie es mir scheint, ist mein Sohn für Nachsicht. Lassen wir den Mann frei.«

»Ma Dame, darf ich ...«

»Wir lassen ihn frei, Renaud, zur Feier des Tages schenken wir heute ein Leben.«

Sie stand auf und legte eine Hand auf Ghislains Schulter. Der Mann in seinen Lumpen wagte es nicht, sich zu bewegen.

5. Kapitel

Im Umdrehen riss Lise das Glas vom Tisch und stand nun wie erstarrt über den Scherben. Zuerst hatte sie das Klirren wie ein eisiger Stich durchfahren, nun pulsierte die Wärme zurück in ihren Körper. Mit den Fußspitzen berührte sie das zerstörte Fensterteil. Ihr wurde wärmer. Sie sah sich um. Niemand hatte sie gesehen. Die Hütte war verlassen. Seit Foulques' Tod schlief niemand mehr hier, und seit sich die Glasmaler wieder sicher wähnten, stellten sie auch keine Wachen mehr auf. Mit langsamen Schritten ging sie durch den Raum. Dort hinten in der Ecke hatte der Junge sein Lager gehabt. Lise betrachtete die Stelle, drückte die Hand gegen die Brust. War es nicht wunderbar, wie ruhig ihr Herz schlug, während der Dämon in ihr wuchs? Das zerbrechende Glas hatte sie nicht wirklich erschreckt, nein, sie war ruhiger geworden, wie auch beim ersten Mal, und da war es doch eher ein Unfall gewesen. Mit einem Lächeln auf den Lippen stöberte sie weiter umher.

Als ihr Vater in der Tür auftauchte, befand sie sich gerade in der hintersten Ecke. »Ist da jemand?«, rief er in die Hütte hinein. Im Schatten sah er sie nicht, und sie, die Hände um den Dämon geschlungen, antwortete ihm nicht.

Nach einer Weile schob Clément die Tür zu. Seine Schritte entfernten sich. Wieder schlenderte sie durch die Werkstatt, sah sich alles an, blieb auch bei den Scherben noch einmal stehen und ließ die Kraft des Anblicks durch sich hindurchströmen. Hinter einem Stapel Holz kam eine Katze hervor und rieb sich miauend an ihren Beinen. Lise beugte sich hinab und streifte mit den Fingern durch ihr weiches Fell.

Rot, blau und grün lagen die Einzelteile des Fensters über den ganzen Boden der Hütte verteilt. Gesellen und Helfer sammelten die Bruchstücke, Splitter und Splitterchen ein. Irgendjemand hatte das Fenster, an dem Thomas zuletzt gearbeitet hatte, mit voller Kraft auf den Boden geschmettert. Es verwunderte, dass niemand etwas gehört haben wollte.

Maître Thomas hatte die Hütte beim ersten Anblick der Zerstörung verlassen und war zum Baumeister gelaufen. Jetzt würden wieder Gerüchte hochkochen, und die Stimmung, die mit der Aussicht auf den kommenden Winter und die alljährlichen Entlassungen angespannt war, verschlechterte sich weiter.

Etienne hatte zuerst die Scherben rechts des Tischs eingesammelt und war dabei, sich nach links vorzuarbeiten, als er das Mädchen bemerkte.

Jehanne kauerte unter dem Tisch, die Beine angezogen, je eine rote und eine blaue Scherbe in den Händen, und starrte vor sich hin. Ihr mausbraunes Haar war in einen unordentlichen Zopf gebunden, der über ihre Schulter nach vorne hing. Der zu kurze Rock enthüllte zwei magere, zerkratzte Beine in groben Wollstrümpfen. Die Füße in den Holzschuhen hatte sie parallel nebeneinander ausgerichtet, um nicht gegen den Tisch zu stoßen, den Kopf eingezogen, sodass ihr Kinn fast auf den Knien lagerte.

»Jehanne?« Sie regte sich nicht. Auf der Tischplatte wurden klirrend weitere Scherben abgelegt, keiner sagte ein Wort. Es war, als hinge im Angesicht der Zerstörung jeder seinen eigenen Gedanken nach. Hatten sie sich zu sicher gefühlt?

»Jehanne?« Etienne kniete sich vor das Mädchen nieder. Ihre Beine zuckten. Dann kniff sie die Augen zusammen, schob ihn, indem sie unter dem Tisch hervorkrabbelte, grob zur Seite und rannte zur Tür hinaus.

Nur einen Augenblick später folgte Etienne, aber sie war schnell. Als er sie einholte, hatte sie die Baustelle schon fast verlassen, blieb aber kurz vorher neben einem Holzstapel stehen. Er verharrte einen Schritt von ihr entfernt. Wollte er sie berühren, musste er nur den Arm ausstrecken. Seine Augen wanderten von ihrem schmalen Hals über den Rücken und die Taille zu den Hüften, die unter dem hellbraunen Stoff kaum mehr als eine Ahnung waren. In den Händen hielt sie die Glasscherben. Unter schweren Atemzügen bewegten sich ihre Schultern auf und nieder.

»Du hättest sie auf den Tisch legen müssen«, sagte er gegen ihren steifen Nacken.

Sie rührte sich erst nicht, drehte sich dann um und schaute ihn an.

Ihre Augen sind blau, grün und braun, dachte er und fand, dass ebenso viel leise Wut wie Verlassenheit darin schimmerte.

Mit einer Bewegung streckte sie ihm die Glasscherben entgegen. Er verschränkte die Arme. Obwohl sie ihn fast berührt hatte, war ihr Gesichtsausdruck nun wieder abwesend, so, als bemerke sie kaum mehr, dass er vor ihr stand. Ein leiser Stich fuhr durch ihn hindurch und krampfte seinen Unterleib zusammen. Jehanne warf einen Blick über seine linke Schulter und trat noch einen weiteren Schritt hinter den Holzstapel zurück. Neugierig schaute er selbst über den Platz hinweg, sah Jehannes Vater vor der Hütte stehen. Wieder folgte er dem Mädchen.

Nunmehr sah sie ihn an. Mit der rechten Hand umfasste er seinen linken Ellenbogen und bewegte den groben Stoff der Cotte hin und her. »Versteckst du dich etwa vor deinem Vater?«

Sie zuckte die Schultern, während sie die Glasstücke in dem Beutel an ihrem Gürtel verstaute. Er schlang die Arme fester um den Leib und stieß abwechselnd die rechte und die linke Fußspitze gegen den Boden.

»Ich bewundere Clément«, murmelte er nach einer Weile.

Sie sah ihn länger an. »Dein Vater ist der Meister«, entgegnete sie, als er schon dachte, sie würde überhaupt nichts mehr sagen.

»Ja, aber alle wissen ... Ach ...« Er legte die rechte Hand gegen den Holzstapel und fuhr fort, die Fußspitzen gegen den Boden zu stoßen. »Meinst du, dein Vater würde mir Dinge beibringen, wenn ich ihn frage?«

»Dein Vater ist der Meister.«

»Ja, ich weiß.« Etienne hörte Ungeduld in seiner Stimme und drehte das Gesicht zum Holzstapel hin. Als er wieder zu ihr hinsah, bemerkte er, dass sie ihn nicht aus den Augen gelassen hatte. Weil sie den Kopf etwas schräg hielt, war der Zopf zur Seite gerutscht und machte den Blick frei auf ihren kleinen, gerundeten Busen, der ihm bisher kaum aufgefallen war. Sie fröstelte. Auch ihr Gesicht erschien ihm blasser, und ihr Mund bewegte sich, als wolle sie zu weinen beginnen. Unwillkürlich berührte er ihren Arm. »Was ist, Jehanne?«

Sie starrte ihn an, fuhr sich mit der freien Hand über die Nase, schniefte. »Ach, Margaux ist krank, und Lise ...« Sie brach ab.

Etiennes Hand wanderte ihren Arm bis zum Ellenbogen hoch. Sie wies ihn nicht zurück. Er streichelte sie weiter.

»Und Papa arbeitet hier, und trotzdem haben wir Hunger und können den Arzt nicht zahlen; und Maman betet ständig, und Lise ... Sie spricht nicht.«

Er streichelte sie, berührte ihre Schultern, ließ die Finger zu ihrem Gesicht wandern. Seine Hände waren kalt, ihre Wangen dagegen glühten. Mit einem Mal bemerkte er, wie sie sich gegen seine Handfläche lehnte, seinen Druck erwiderte. Ihre Augen suchten einander und fanden sich. Für einen Moment genossen sie die Wärme, die Beruhigung, die von ihren gegenseitigen Berührungen ausging. Auch als er über ihr Haar strich, ihren Zopf durch seine Finger gleiten ließ, rührte sie sich nicht. Ihre Augen blieben auf ihn gerichtet. Dann aber stieß sie ihn mit einem Mal zur Seite, schrie: »Lass mich in Ruhe«, und lief mit ausgreifenden Schritten auf Thomas' Le Bœuf Hütte zu.

»Der König ist krank, und wir sollen für ihn beten? Was kümmert mich der König, wenn mein Kind stirbt? Siehst du sie überhaupt? Von nichts sprichst du, als vom Glas und den Farben, vom König und deinen Entwürfen. Aber siehst du, wie schlecht es ihr geht?« Vor Clément auf dem Boden kauernd, wiegte Edwige die jammernde Margaux in ihren Armen. Das Gesicht des Mädchens war schneeweiß, nur die Wangen leuchteten hochrot vor fiebriger Hitze. Immer wieder schüttelte Husten den schmalen Körper, immer wieder rang das Kind nach Luft.

Clément betrachtete seine Frau schweigend. Mit dem Kind auf dem Schoß saß Edwige auf der Lagerstätte neben dem Feuer, auf der Margaux fiebernd und hustend die letzten Tage verbracht hatte. Gleich daneben, an der Kochstelle, stand Lise, bekleidet mit einem Kittel, der ihr bis knapp zur Mitte der Waden reichte, und rührte in dem Topf mit Getreidebrei. Jehanne hockte auf der Bank am Tisch, hatte ihr Kleid straff über die Beine gezogen und hielt die Knie umklammert. Seit Margaux' Weinen sie alle in den frühen Morgenstunden geweckt hatte, war an Schlaf nicht mehr zu denken gewesen.

»Aber der König beschützt uns«, sagte er leise.

Wieder hustete das kleine Mädchen. Es war ein gurgelnder Husten, der tief aus ihrer Brust herauskam und ihre schmalen Schultern beben ließ. Manchmal spuckte sie auch blutigen Schleim. Er beobachtete, wie seine Frau die vom Fieber ausgetrockneten Lippen des Mädchens mit ihrem Ärmel abtupfte. Margaux hustete erneut, schnappte angstvoll nach Luft und weinte lauter. Es war schwer, diese Laute zu ertragen, auch wenn es nicht das erste Mal war. Seit November war der Husten zurück; es war kühler geworden, und die feuchte Luft, die durch Ritzen, Spalten und Löcher von draußen hereindrang, durchtränkte die wenigen Habseligkeiten. Am frühen Morgen fühlte sich jedes Kleidungsstück und jedes Stück Stoff klamm an.

Clément trat einen Schritt näher zu Edwige hin. »Er ist ein guter König.«

Edwige machte eine abwehrende Handbewegung. Margaux hatte sich beruhigt und lehnte nun, die Augen halb geschlossen, am Oberkörper ihrer Mutter.

Er rückte noch näher. Kinder starben, war es nicht so? Sie waren die Unschuldigen, die der Herr liebte. Man musste immer darauf gefasst sein, durfte sein Herz nicht an sie hängen. Und gingen sie nicht in ein besseres Reich ein, ließen dieses Jammertal der Erde hinter sich? Er schaute auf das verschwitzte Haar seines Kindes, die bleiche Haut, die an den Schläfen von feinen, blauen Linien durchzogen wurde. Die Kleine erwiderte seinen Blick. Das gleiche Grau war es, wie das ihrer Mutter und der ältesten Schwester, ein helles, weiches Wintergrau. Ein wenig Schmerz hing in ihrem Gesichtsausdruck, die Lippen zitterten, und mit einem Mal streckte sie ihm beide Arme entgegen.

»Gib sie mir«, sagte Clément zu seiner Frau. Die starrte vor sich auf den Boden, als habe sie nicht gehört. »Gib sie mir«, wiederholte er.

»Wir müssen für sie beten«, murmelte Edwige.

Clément bückte sich, fasste nach den Händen seines Kindes. Edwige ließ es geschehen. Als er Margaux im Arm hielt, schauderte er wie so häufig vor dem Gefühl zurück, ein mit ein wenig Fleisch und Haut bezogenes Bündel Knochen im Arm zu halten. Manchmal erinnerte nur die Hitze in diesem Körper noch an das Leben, das in ihm wohnte. Für einen Augenblick zog ihm ein Gefühl von Schmerz und

Trauer den Leib zusammen. Aber war es nicht wirklich besser, das Jammertal dieser Welt hinter sich zu lassen? Die nächste Welt brachte Erlösung. Er drückte das Mädchen fester an sich, beobachtete stumm den warmen, tanzenden Schein der Flammen auf Herdstein und Kessel. Lise rührte mit gleichmäßigen, kräftigen Bewegungen. Edwige zu seinen Füßen bewegte sich nicht. Margaux hustete erneut leise jammernd gegen seinen Oberkörper. »Tut es weh, Täubchen?«, flüsterte er.

Edwige kam auf die Knie und erhob sich stöhnend, denn das lange Sitzen hatte ihre Glieder steif werden lassen. »Sie spricht nicht.«

Clément strich Margaux schweißfeuchte Haarsträhnen aus Schläfen und Stirn zurück. Am Tisch schob Jehanne die Schüssel zurecht, in die Lise den Frühstücksbrei füllte.

Als sie alle um den Tisch herum saßen, sprach lange Zeit keiner ein Wort. Margaux ließ sich von ein paar Löffeln Brei überzeugen, die ihr Edwige in den kleinen Mund schob, und lehnte sich endlich gegen Cléments Schulter.

Mit dem rechten Zeigefinger malte Jehanne Linien auf den Tisch. »Ich habe die Vorlage für das Fest gesehen, Papa«, sagte sie und hob den Kopf. »Wie wirst du Judit ...«

Edwiges Löffel verharrte in der Luft. Ihre Augen blitzten, ihr Mund zitterte, bevor sie sprach: »Gibt es nichts anderes, über das es sich zu sprechen lohnt? Muss es auch hier diese Arbeit sein, die mir mein Kind nehmen wird?«

»Edwige!« Clément schüttelte den Kopf.

Edwige ließ den Löffel fallen und sprang auf. »Sag nichts! Sag nichts, nur einmal nicht. Ich bin dir immer und überall hin gefolgt, war treu, ich ...« Sie schlug die Hände vors Gesicht.

»Aber es ist eine Arbeit für Gott, Edwige.« Clément war

aufgestanden. »Sie wird die Leiden preisen, die der Gottessohn für uns auf sich genommen hat.«

»Und warum nimmt Er mir mein Kind?« Edwiges Lippen bebten, die Augen hatte sie weit aufgerissen.

Clément wollte sie umarmen, aber da war Margaux, die sich an ihm festhielt. »Wir können seine Wege nicht immer verstehen, Edwige, aber Gott ist gerecht. Darauf müssen wir vertrauen. Ich weiß, dass Gott gerecht ist.« Die letzten Worte sagte er schon gegen den Rücken seiner Frau. Noch während er sprach, hatte sich Edwige den Umhang übergeworfen und war aus dem kleinen Raum gestürzt. Clément starrte auf die geöffnete Tür. Sicher würde sie in eine der Kirchen eilen, würde beten und Almosen verteilen, die sie sich nicht leisten konnten. Er schloss die Augen. Für einen Moment hatte er das Gefühl, als beginne der Boden unter seinen Füßen zu schwanken.

7. Kapitel

Josiane de Faure ließ sich von Renaud Le Grand in den Gang führen, von dem aus man den äußeren Hof überblickte. Der weißhaarige Ludovic folgte ihnen. Längere Zeit betrachteten die drei das muntere Treiben zu ihren Füßen, dann stützte Josiane einen schlanken Arm gegen die Mauer.

Es waren Renauds Ruf und das ferne Andenken ihres Vaters, die die jungen Männer hierhergebracht hatten. Einst würden sich mit diesen kräftigen Burschen dort unten die leeren Reihen der Burgmannschaft füllen. Nie wieder wollte sie so schutzlos dastehen wie damals, als sie hierher zurückgekommen war. Ihr stolzer Blick wanderte über die Anlage, bis nach vorne, wo man die Arbeiten am zweiten Verteidigungsring im Frühjahr wieder aufnehmen wollte. Längst liebte sie diesen Ort, den man einst zu ihrem Grab erkoren hatte. Sie liebte die Düsternis der kleinen Hauptburg, die wie ein Geiernest, kurz vor dem Abgrund, auf dem Felsen klebte. Sie liebte die Einsamkeit und die Härte des Überlebens. Alles hatte man ihr nehmen wollen, aber sie lebte und tat es heute besser als je zuvor. Sie hatte gelernt, bei Wasser und Brot auf ihre Gelegenheit zu warten. Sie war auf die Jagd gegangen und hatte selbst das Messer geführt, mit dem der erlegte Rehbock aufgebrochen worden war. Sie hatte gearbeitet, die Mauern verstärken, das Gelände befestigen lassen. Sie hatte gelernt, wer und was zu diesem Land gehörte, das schon dem Vater ihres Vaters gehört hatte und zuletzt dem Bruder, bis er es im Spiel an seinen verräterischen Freund verloren hatte, und die Schwester obendrein. Sie hatte ihre Hände zu benutzen gewusst, den Kopf, den Gott ihr gegeben hatte, und ihren Körper. Hart hatten sie sie gemacht, die Jahre der Entbehrung, doch dies wusste sie zu verstecken. Das Mädchen, das sie einst gewesen war, die hübsche Kleine, die Tränen in Kissen und Decken geweint hatte, gab es nicht mehr. Sie gab auch nichts mehr auf weiche Felle im Bett, auf strohgeflochtene Matratzen und duftende Honigkerzen. Sie hatte gelernt, mit rußenden Talglichtern zu leben, brauchte keine feinen Wandteppiche oder gewürzte Speisen. Das Leben selbst hatte das Streben nach Luxus aus dem naiven Mädchen herausgeschnitten, das sie einst gewesen war. Heute diente aller Luxus lediglich der Repräsentation. Augen und Mäuler sollten die Gäste aufreißen und das Lied ihrer Stärke weit über die Grenzen hinaustragen.

Sie zupfte an dem Kragen aus Feh, der den roten Umhang über dem blauen Kleid schmückte. Sie kleidete sich kostbar und sorgsam, niemals konnte man ihr Nachlässigkeit vorwerfen. Ohne den Blick zu wenden, wusste sie, dass Renauds Augen auf ihr ruhten. Immer war er ihr treu ergeben gewesen. Auf seiner Haut erinnerten Narben an Wunden, die ihm um ihretwillen geschlagen worden waren. Niemals hatte er sie verlassen auf den langen, durstigen Strecken der Verhandlungen, hatte sie auf allen Wegen begleitet. Sie hatte Verbündete gewonnen, alte, die noch ihrem Vater und dem Bruder gefolgt waren, und auch neue, die der Ruf Renauds angelockt hatte, der das Heilige Land gesehen und gegen die Heiden gekämpft hatte. So hieß es jedenfalls.

Sie starrte noch angestrengter aus dem Fenster. Inmitten der sich im Schwertkampf übenden jungen Männer hatten ihre Augen an diesem Morgen nur ein Ziel. Der Kämpfer in seinem festen Lederwams dort unten, der dritte in der vordersten Reihe, stand weit entfernt, aber seine Bewegungen verrieten ihn sofort. Gebannt verfolgte sie den Kampf ihres Sohnes, zählte jeden Schlag, den er dem Gegner versetzte. Schon öfter hatte sie das getan, konnte stundenlang stehen und ihn beobachten. Abends nahm sie sich Zeit, sein Gesicht zu betrachten. Sie hatte ihn so lange missen müssen, dass sie es genoss, ihn einfach nur still anzusehen. Zuweilen bedauerte sie es, ihn nicht aufwachsen gesehen zu haben, andererseits waren Kinder zu wenig nütze. Manchmal erinnerte er sie sehr an seinen Vater, doch sie erkannte auch sich selbst in seinen Gesichtszügen. Sie hatte die Knappen davon sprechen hören, dass er mit seinem Messer jedes Ziel treffen könne. Aus den Augenwinkeln bemerkte sie, dass Ludovic neben sie trat. Manchmal misstraute sie dem Lächeln des weißhaarigen Alten, seinem weichen Gesicht, der Nachgiebigkeit seines ganzen Gebarens, auch wenn sie niemals an seiner Treue hatte zweifeln müssen. Er war da gewesen in den ersten entsetzlichen Tagen der Verbannung, hatte sie gestützt, ihre Tränen abgewischt, genau wie Renaud an ihre Stärke appelliert hatte. Er räusperte sich. Sie drehte sich zu ihm hin. »Und, Herr Ludovic?«

Der Alte lächelte fein und ein wenig unschlüssig, ganz, wie sie es erwartet hatte. Gegen den Stoff seines dunkelblauen Gewandes wirkte seine Haut wie bestes, dünnes Pergament. Das weiße Haar umstand seinen runden Schädel gleich einem Strahlenkranz. »Ach, wisst Ihr, ma Dame, ich erinnere mich an den kleinen Jungen, welcher dem Unterricht seiner älteren Brüder so fröhlich folgte. Ghislain war solch ein begabtes Kind.« Er schüttelte den Kopf. »Ich habe ihn immer als einen Mann des Geistes gesehen, einen Mann der Kirche.«

»Alte Geschichten ...« Josiane überging ihren Unmut, indem sie mit einer knappen Bewegung ihren Umhang raffte. »Ihr kennt unsere Pläne und die Gegebenheiten.«

»Natürlich, ich würde nie ...« Ludovic verbeugte sich leicht. »Entschuldigt die Erinnerungen eines dummen, alten Mannes, ma Dame.«

Von draußen scholl ein lauter Schrei zu ihnen herein. Ghislain hatte seinen Gegner zu Fall gebracht, hielt ihm lachend die Schwertspitze auf die Brust. Mit wütenden, kantigen Bewegungen kam der andere auf die Beine, spuckte aus und trottete aus dem Kreis der Kämpfer.

Flüchtig erstarrten Josianes Gesichtszüge in der Erinnerung an das Leben, das ihr Sohn geführt hatte. In der Burg sprach man darüber, wo er die letzten Jahre verbracht und was er getan hatte. Vielleicht hätte sie ihn nicht abends in der Halle spielen lassen dürfen, auch wenn ihm das offensichtlich Vergnügen bereitete. Sein übermütiges, in Versen dargebrachtes Lob ihrer Schönheit hatte auch sie lächeln lassen, aber sie war entschlossen, solches nicht mehr zu dulden. Wenn sie nicht entschlossener handelte, würde ihm der Ruf des Unehrlichen umso hartnäckiger anhängen. Diese Gerüchte mussten aufhören, unbedingt, denn er war ein guter Junge, gelehrig und verständig. Einzig fand er bisher wenig Gefallen daran, auf die Jagd zu gehen. Beim ersten Mal hatten ein paar eine Wildsau im Übermut mitten durch den kleinen Hof eines Bauern verfolgt. Zwei Hühner und der Hahn waren unter schweren Hufen zertrampelt worden. Abends hatte sich ihr Sohn bitter beschwert und Ersatz für den Mann eingefordert. Sie seufzte. Manchmal war sie verblüfft über die Schnelligkeit, mit der er lernte, manchmal zeigte ihr nur eine Äußerung, wie viel er noch zu lernen hatte: Recht, Gerechtigkeit, in ihrem Leben war es Stärke, die einem solches verschaffte.

Sie bemerkte kaum, dass Renaud Le Grand neben sie trat und ganz leicht ihren Ellenbogen berührte. »Ich bin zufrieden mit ihm.«

Josiane schwieg. Über Wochen hinweg ließ sie ihren Sohn schon mit dem alten Kämpen üben. Abend um Abend erstattete Renaud ihr Bericht. Sie schaute erneut in den Hof hinab. Unermüdlich tauschten die jungen Männer Schwertschläge aus und wehrten die des Gegners mit dem Schild ab. Stetiges Klappern erfüllte den Hof. Ein zweiter Gegner hatte sich Ghislain gestellt. Der erste wartete missmutig in einiger Entfernung, die Arme verschränkt, und beobachtete das Geschehen. »Er ist gut, ma Dame – dafür, dass er erstmals ein Schwert führt«, fuhr Renaud fort. Josianes Finger strichen durch ihren Pelzkragen.

»Er ist sehr gut«, entgegnete sie, »das wolltet Ihr doch sicher sagen.«

Sie drehte den Kopf leicht zur Seite, sah Renaud aber nicht an.

»Er ist ehrgeizig, und manchmal …«, der alte Ritter pfiff angesichts eines besonders heftigen Schlagabtauschs Beifall, »… verführt ihn sein altes … äh … Leben zu erstaunlichen Finten, aber Überraschung kann einem im Kampf das Leben retten.«

Josiane nickte. »Er wird uns nützen.«

Ludovic räusperte sich, sagte dann aber nichts. Unten verwirrte Ghislain seinen Gegner damit, dass er leichtfüßig um ihn herum tänzelte und dann das Übungsschwert von der rechten in die linke Hand wechselte. Josiane lachte leise. Renaud stimmte ein. »Es wird Zeit, ihn mit schwererem Gerät bekannt zu machen«, sagte er und verschränkte die Arme, »mit einem richtigen Schwert wird ihm solches nicht gelingen.«

»Schont ihn nicht.«

»Nein, ma Dame.«

Renaud stand im Schatten einer Weide in der Nähe des schmalen Flusslaufs unterhalb der Burg. Früh am heutigen Morgen hatte Ghislain sich ein altes Kettenhemd, einen Helm und Beinschienen erbeten und probte nun schon zum wiederholten Mal, vom Pferd zu stürzen und aufzuspringen. Inzwischen ging es auf Mittag zu, aber er gab nicht auf. Renaud konnte nicht sagen, zum wievielten Mal er jetzt vom Pferderücken auf den weichen Boden rutschte, sich auf das rechte Knie rollte und sich blitzschnell nach oben stemmte. Nun blieb er kurz stehen, wandte den Kopf hin und her, als gewöhne er sich immer noch daran, seine Umgebung durch den schmalen Schlitz des Helmes zu sehen. Leise klirrte das schwere Kettenhemd über den weiten Platz hinweg, als er sich auf die graue Stute zu bewegte, die in einiger Entfernung zu grasen begonnen hatte.

Renaud spähte vorsichtig hinter der Weide hervor. Zu Anfang hatte sich der junge Mann schwerer getan, war mitunter mit den Sporen im Dreck hängen geblieben und ein zweites Mal gestürzt. Inzwischen stellte er sich recht geschickt an, und sogar der weiche, zerwühlte Boden konnte ihm nur wenig anhaben. Längst war er über und über mit Lehm und Dreck beschmiert.

Als Ghislain das Pferd erreichte, blieb er neben ihm stehen und legte eine behandschuhte Hand auf den Widerrist der Stute. Die Graue wieherte leise. Sanft ließ der junge Mann die eine Hand über den Hals des Tiers streifen, dann beide, lehnte sich mit dem Oberkörper gegen das Pferd und verharrte vollkommen bewegungslos.

Die Ruhe war nur von kurzer Dauer. Gleich schwang er sich erneut in den Sattel und setzte seine Übungen hartnäckiger fort: Zur Seite werfen, fallen, sich wieder aufrichten, nach hinten werfen, fallen, wieder hochkommen, nach vorne werfen, fallen, hochstemmen. Den Reiter, der sich aus dem ein Stückchen entfernt liegenden Wald kommend näherte, bemerkten sie beide spät. Gerade noch konnte Renaud neue Deckung hinter dem Baumstamm suchen. Ghislain, ebenfalls aufmerksam geworden, wandte das Pferd in Richtung der Hufschläge und zog den Helm ab.

Als Ludovic sein Pferd an seine Seite lenkte und etwas sagte, lachte er und verbeugte sich leicht. Kurz bewegten sich beide nicht, dann sagte Ludovic wieder etwas. Verblüfft beobachtete Renaud, wie Ghislain den Helm am Sattel befestigte, das Gleiche mit den schweren Handschuhen tat und etwas aus Ludovics Händen entgegennahm. Wieder schauten die beiden einander an, dann fröstelte Ludovic, zog den Umhang am Hals zusammen, wendete sein Pferd und trieb es auf die Burg zu.

Ghislain schaute ihm hinterher. Für eine Weile tat er gar nichts, dann folgte er dem alten Mann. Sorgsam bewegte sich Renaud außer Sichtweite, als der junge Mann an der Weide vorüberritt. Ghislain hielt die Zügel in der rechten Hand und in der linken ein kleines Päckchen.

8. Kapitel

Edwige schrie gellend auf, als Clément das Laken über den Kopf seiner jüngsten Tochter ziehen wollte. Verschreckt drückte sich Jehanne gegen die Tür, vor der sie von Glockenschlag zu Glockenschlag ausgeharrt hatte, verfolgte mit weit aufgerissenen Augen, wie ihre Mutter Margaux' schmalen Körper von seinem Lager neben der Feuerstelle riss.

»Willst du nicht einmal im Leben kämpfen?« Edwiges Stimme war ein mit Tränen vermischtes Gurgeln. »Schau sie dir doch an, fühle sie!«

Anklagend streckte sie ihrem Mann das Kind entgegen, dessen Kopf haltlos hin und her baumelte. Ihre dichten Augenbrauen bildeten eine gerade Linie auf der zerfurchten Stirn. Strähnig hing das Haar bis über die vor Müdigkeit stumpfen Augen herab. Ihre Lippen zitterten.

»Edwige!« Clément wollte nach seiner Jüngsten greifen, zog die Hand aber in der Bewegung zurück.

Mit einem dumpfen Laut drückte Edwige den schlaffen Leib des Kindes gegen den eigenen. »Fühle sie doch, sie ist ganz warm, fühle sie. Gott hat sie mir nicht genommen, Gott ist gerecht. Gott würde mir nicht mein Kind nehmen, was habe ich denn getan?« Sie schüttelte den Kopf, flüsterte mehrmals: »Er würde mir nicht mein Kind nehmen. Das würde er nicht, würde mir mein Kind nicht nehmen ...«

Noch fester drückte sie Margaux' Körper an sich. Wie lange hatte sie nicht neben dem Lager ihrer Tochter ausgeharrt, hatte das wimmernde Kind gestreichelt, ihm zugeflüstert und den Schweiß von seiner Stirn gewischt. Unablässig hatte sie gebetet, hatte den kleinen, gequälten Körper massiert und versucht, das Mädchen zum Essen zu bewegen. Wenn sie der Kleinen nur etwas von den Schmerzen hätte nehmen können, sie hätte es mit Freude getan. Nun hatte sie keine Schmerzen mehr, das war gut.

Noch einmal drückte sie das Kind fester an sich, längst zitternd vor Anstrengung. Ihre Augen brannten wie Feuer. Nie zuvor war ihr Margaux so schwer vorgekommen, ihre Hände gaben dem Gewicht nach, sodass der Kopf nach hinten wegkippte und der kleine Mund sich öffnete. Sie schob eine Hand in den Nacken des Mädchens, legte die andere über die geöffneten Augen. Graue Edelsteine, dachte sie, fremd und kostbar. Margaux hatte immer die schönsten Augen gehabt, schon als sie das Kind zum ersten Mal in den Armen gehalten hatte. Sanft hob sie das Gesicht der Kleinen gegen ihres, bedeckte Mund, Wangen und Stirn mit Küssen.

»Schlaf, mein Kleines, schlaf!«

»Edwige!« Clément legte eine Hand auf die Schulter seiner Frau. »Sie ist tot, gib sie mir.«

Edwige schüttelte den Kopf. »Wir müssen etwas zu essen kochen. Sie muss essen und zu Kräften kommen. Jehanne, gib mir die zweite Decke. Deine Schwester friert. Lise, geh frische Eier holen.«

Von Neuem drückte sie Margaux fest an sich. Ihre Arme zitterten. Ihr bleiches Gesicht hatte eine graue Färbung angenommen. Vor Erschöpfung krümmte sich ihr Körper nach vorne, dann schaute sie ihre Älteste an.

»Geh!«, forderte sie eindringlicher.

Clément nickte Lise zu, die Jehanne von der Tür wegschob und mit eiligen Schritten verschwand.

Edwige drehte den Kopf. »Komm her zu mir, Jehanne!«

Wortlos kniete Jehanne sich an die Seite ihrer Mutter, die eine Hand ausstreckte, um der Dreizehnjährigen über den Kopf zu streicheln. Die konnte den Blick nicht von der kleinen Schwester nehmen. Seit Margaux' Seele entflogen war, standen ihre Augen offen, aber sie waren starr und blicklos. Aus dem kleinen Mund, aus dem sie über Stunden hinweg Stöhnen und Schmerzenslaute gehört hatten, kam kein Laut mehr und auch keine Atemzüge. Mit dem Ärmel rieb Jehanne sich hastig die ersten Tränen fort.

Edwige berührte ihren Arm. »Aber warum weinst du? Sieh doch, deine Schwester schläft. Was meinst du, wie sie sich freuen wird, wenn ich dir ein paar Rosinen für sie gebe?«

Jehanne starrte ihre Mutter an. Edwiges Gesichtsausdruck war klar und doch tanzte da ein kleiner Zweifel, bewegte sich mit dem Zucken von Augenbrauen, Mund und Augen, leuchtete in ihrem Blick auf. Ihre Augen wanderten zurück zur kleinen Schwester, die nunmehr wie eine Puppe in den Armen der Mutter hing, dann wechselten Mutter und Tochter einen erneuten Blick.

»Nein!« Edwige schüttelte den Kopf. »Ich gebe sie nicht her. Bringt mir Rosinen, bringt mir Honiggebackenes, so, wie sie es mag.«

Sie bettete das Kind bequemer in ihren Arm, stützte den Kopf in der Armbeuge auf. Jehannes Blick rutschte auf Margaux' dünne Beine herab, die unter dem Leinenhemdchen hervorschauten, fing sich an den kleinen Händen. Das dünne Haar umstand das bleiche, reglose Gesicht wie Flachs. Eine Fliege umsummte sie und setzte sich auf die rechte Wange der kleinen Schwester. Mit einer Handbewegung scheuchte Edwige sie fort. »Nein!«, flüsterte sie. »Man kann sie mir nicht fortnehmen, nicht jetzt.« Flehend schaute sie Jehanne an.

Clément, der sich eine Weile nicht gerührt hatte, setzte sich auf die andere Seite, berührte die Schultern seiner Frau, ihr Gesicht, strich über ihr Haar. Er hatte das Kreuz über seinem Kind geschlagen und betete darum, dass sie Erlösung gefunden hatte. »Gib sie mir«, flüsterte er.

»Nein, du tust ihr weh. Ihr alle tut ihr weh.« Edwige schob seine Hände zur Seite, in ihren Augen standen Tränen, die bald über ihre Wangen hinabrannen. Wieder streckte er die Hand aus, berührte den Kopf seiner Frau, legte seine rechte Hand auf ihre. »Ich tue ihr nichts, vertrau mir.«

Jehanne sah, wie sich ihre Mutter auf die Lippen biss. Immer mehr Erkennen mischte sich in ihren Blick, und Entsetzen schien auf.

»Aber man hat sie nicht losgesprochen, ihre Sünden ...«

»Sie ist ein Kind, Edwige.«

»Wir sind alle Sünder.« Edwige starrte ihre Jüngste an, dann schauderte sie. »Sie schaut mich an, Clément, sieh doch.« Ein Laut drang aus ihrem Mund hervor, wandelte sich zu einem gequälten Wimmern.

Behutsam schob Clément die Hand seiner Frau zur Seite und schloss Margaux' Augen. Dann kniete er sich vor Edwige hin. »Gib sie mir«, bat er ruhig. Dieses Mal leistete Edwige keine Gegenwehr. Stumm ließ sie es zu, dass Clément ihr das tote Kind aus den Armen nahm. Als er aufstand und seine Tochter fest an sich gedrückt hielt, legte Edwige den Kopf zurück. Wortlos verfolgte sie, wie Clément den kleinen Leichnam mit äußerster Behutsamkeit zurück auf sein Lager bettete.

»Sie soll nicht frieren«, flüsterte sie.

Clément nickte, während er seine Jüngste sorgsam zudeckte. »Hol deine Schwester zurück, Jehanne.«

Als Jehanne sich in der Tür umdrehte, bemerkte sie, dass die Schultern ihrer Mutter zu beben begonnen hatten. Edwiges schluchzender Aufschrei mischte sich mit dem Geräusch der zuschlagenden Tür.

Der Winter kehrte mit einer dünnen Schneedecke zurück. In den frühen Morgenstunden, bevor das Feuer aus der Glut geschürt wurde, zeigte sich eine zarte Eisschicht auf der Oberfläche des Wasserbottichs. Manchmal, wenn sie gerade aufgestanden war, steckte Jehanne ihre Hände dort hinein. Zuerst ließ sie sie über die Eisdecke gleiten, dann stieß sie die Finger gegen die Fläche, hörte das feine Knirschen des brechenden Eises und ließ die betäubende Kälte in sich strömen. Die Kälte half beim Vergessen. Wenn man es vorsichtig abklopfte, war das Eis wie das Glas, das sie liebte und durch das die Welt nur schemenhaft erschien. Seit Margaux gestorben war, betete Edwige viel und verteilte noch mehr Münzen an Bettler, damit auch diese für die Seele ihrer Tochter beteten. Manchmal saß sie den ganzen Tag über am Tisch und flickte Margaux' Kleidung, denn das kleine Mädchen sollte nicht frieren. Dann wieder gab es Tage, an denen Edwige sich nicht kämmte und trotz der Kälte den ganzen Tag über in ihrem Unterkleid herumlief, an anderen blieb sie in der Schlafkammer, ein regloses Etwas, zusammengerollt unter der Decke.

Nach und nach übernahm Lise die Führung des Haushalts.

Jehanne hob das rechte Bein und schabte mit der Fußspitze über eine juckende Stelle unter ihrem linken Strumpf, bevor sie das sorgsam abgeschlagene Stückchen Eis in den Mund steckte und daran lutschte. Die Verlässlichkeit, mit der die Kälte bis in ihre Ohren zog, beruhigte sie. Sie öffnete den Mund ein wenig, ließ das Eis auf der Zunge spielen.

Im Januar, im Jahr des Herrn 1245, war der gute König Louis von der Pforte des Todes zurückgekehrt und hatte, dankbar über seine Genesung, das Kreuz genommen; im letzten Herbst hatte sie Lise versprechen müssen, Stillschweigen zu bewahren. Die Schwester fürchtete sich vor dem Gerede. Manchmal schmerzte Jehanne der Bauch bei dem Gedanken an das Verschwiegene.

Als sie später am Tag die Gasse entlangging, sah sie die Witwe L'Anglais und Maître Thomas' Mahaut in ein angeregtes Gespräch vertieft. Auf der Höhe der Frauen angelangt, verstummten die beiden und starrten das Mädchen unverwandt an. Nichts hören, nichts sehen, nicht sprechen. Jehanne lief weiter, als habe sie nichts bemerkt.

In ihrem Rücken nahmen die Frauen ihr Gespräch wieder auf.

Wenn Ghislain nur zurückkehrte. Mit dem Ärmel wischte Jehanne sich hastig über das Gesicht. Ihm wollte sie alles gestehen. Sie zog die Nase hoch. Wie häufig in letzter Zeit erinnerte sie sich an einen Tag, an dem er sie in die Arme genommen hatte, damals, als sie um ihren Vater gebangt hatte. Wenn sie die Augen schloss, fühlte sie den Druck seiner Berührung, hörte seine beruhigende Stimme an ihrem Ohr.

Auf dem Weg über den Fluss beschleunigte sie ihre Schritte. Sie hielt sich jetzt viel bei ihrem Vater auf und beobachtete ihn bei der Arbeit. Längst hätte sie selbst die Holztafeln für die Vorlagen mit einem Gemisch aus Kreide und Wasser behandeln können, wie auch Etienne es tat, um dann mit Blei das Maß eines Feldes samt Einfassung mit Lineal und Zirkel darauf aufzutragen. Immer wieder verfolgte sie, wie ihr Vater das Glas mit einem glühenden Eisenstab auf die gewünschte Größe trennte, lernte, wie man die Festigkeit des Schwarzlots mit den Fingernägeln prüfte. Wenn der zufriedene Blick ihres Vaters auf ihr ruhte, war sie glücklich. Nirgendwo fühlte sie sich so geborgen wie im Geruch seiner Arbeit.

9. *Kapitel*

Im frühesten Morgenlicht standen die langen Tische, auf denen die Glasmaler mit Kreide das Netz der Kirchenfenster entwarfen, noch einsam da. Nun, während das Sonnenlicht das gegenüberliegende Ufer erleuchtete, waren Tagelöhner, Maurer, Steinmetze, Zimmerleute, Mörtelmischer und auch die Glasmaler längst bei der Arbeit. Ein Steinmetz, der, nur wenig entfernt, in der geöffneten Tür einer Bauhütte stand, hielt Hammer und Meißel in den reglos herabhängenden Händen und betrachtete nachdenklich seine bisherige Arbeit, während Sonnenstrahlen den Steinstaub des hellen Pariser Muschelkalks auf seiner Haut, den Haaren und der Kleidung glitzern ließen. Aus der Schmiede drang das übliche helle Hämmern, Befehle wurden gerufen, Karren knirschten über den Boden. Clément nahm einen tiefen Atemzug. Der Geruch von Metall lag in der Luft, von scharfem Kalk, von Erde, Feuer und süßem Blei. Seit Baubeginn war ein weiteres Jahr ins Land gegangen. Schon weithin sichtbar ragten die hellen Mauern der Kapelle empor. Längst musste man den Kopf in den Nacken legen, um die geschäftigen Bewegungen der emsigen Arbeiter oben auf den Gerüsten zu verfolgen. Es wurde rasch und ohne Unterlass gearbeitet, denn der Bau sollte möglichst schnell zum Abschluss gebracht werden. Vom eiligen Zurechtschneiden des

Glases hatten auch seine Finger blutige Kratzer und Schnitte davongetragen, und noch immer galt es, unzählige Bilder zu schaffen: Figuren im Kampf und auf der Flucht, Figuren mitten im Leben stehend. In Momenten der Müdigkeit gab ihm der Gedanke daran Kraft, dass er nie etwas anderes hatte tun wollen. Diese Arbeit brachte ihn Gott näher. Sie war ihm Gebet und Gespräch, und sie ermöglichte es ihm, den Menschen einen Gott zu zeigen, der voll Licht und Schönheit war, voller Harmonie und Gleichmaß, nicht so wie die enge, düstere Kirche seines Heimatdorfes ihn hatte erscheinen lassen, mit ihren grauen, dicken Mauern, voll feuchter, kalter Luft, in der er sich als Kind gefürchtet hatte. Niemals war da genügend Licht gewesen, denn es hatte nur ein rundes, viel zu kleines Fenster gegeben, direkt über dem Altar, und niemals hatte er etwas Bedrückenderes gefunden, als diesen Raum mit seinem Boden aus gestampftem Lehm. Aber so war das Leben gewesen, erinnerte er sich, und der junge Clément hatte nicht gedacht, dass es irgendwann einmal eine Änderung geben würde, bis er zum ersten Mal Gottes Schönheit entdeckt hatte, strahlend und leicht, wie sie sich zwischen Glas und Licht gezeigt hatte.

Er senkte den Blick und schaute auf die gestern begonnene Vorlage. Behutsam nahm er zwei neue Glasstücke auf und ordnete sie auf der Zeichnung an. Etienne und Jehanne rückten näher. Seit Beginn der Arbeit wichen die beiden ihm nicht von der Seite, wobei Missmut eine stete, kleine, steile Falte an der Nasenwurzel seiner Tochter aufscheinen ließ. Immer wenn Etienne sich näher beugte, um einen Arbeitsschritt genauer zu verfolgen, beobachtete sie ihn eifersüchtig. Zuweilen schubste sie ihn sogar und drängte sich gegen den Arm des Vaters, aber der Junge kehrte jedes Mal an seinen Platz zurück. Eben konnte Clément seine

Tochter leise murren hören, dann drehte sie sich um und eilte davon.

Flüchtig, während Clément das Verschwinden seiner Tochter im Trubel der Baustelle verfolgte, nahm er das Messer fester zwischen seine Finger, ließ den Blick die Tischreihe entlangschweifen. Viele Tische waren es, überall standen Glasmaler, überall wurden Entwürfe verglichen. Mit neuer Entschlossenheit widmete er sich dem Glas, setzte sorgfältig ein Messerchen an, um Falten und Farben eines Mantels aus der Schicht Schwarzlot herauszuarbeiten. Eine Zeit lang arbeitete er, ohne aufzusehen, dann räusperte sich Etienne. Clément warf dem Jungen einen Blick zu. Jehanne tauchte aus der Hütte Thomas' Le Bœuf auf, einen Krug in der Hand. Noch einmal räusperte sich der Junge.

»Papa?«, rief Jehanne.

»Ja?« Mit gespreizten Fingern überprüfte Clément den Abstand zwischen zwei Figuren.

»Ich bringe etwas zu trinken.« Jehanne schob sich zwischen Etienne und ihren Vater und hielt den Krug in die Höhe.

Von seinem Arbeitstisch sah Giles mit düsterem Gesichtsausdruck zu ihnen herüber. »Das Mädchen soll vorsichtig sein.«

»Ich bin vorsichtig!« Empörung schien auf Jehannes Gesichtszügen auf, Clément legte eine Hand auf ihre Schulter. Alle waren sie angespannt, seit Unbekannte in den letzten Wochen wieder eine Reihe von Glasmaler-Hütten heimgesucht hatten. Es war nichts gestohlen worden, aber der Verlust an beschädigten Materialien war beträchtlich. Gerüchte machten die Runde. Die Rede vom Fluch tauchte erneut auf manchen Lippen auf, und manche erinnerten sich an einen ähnlichen Vorfall im letzten Jahr, man hatte damals eine Katze als Übeltäterin ausgemacht.

Clément kratzte nachdenklich über eine juckende Stelle auf seinem rechten Handrücken. Wenn er den Kopf wandte, konnte er das Fell des Tierchens über dem Eingang hängen sehen.

Dieses Mal war keine Katze zu finden gewesen. Er runzelte die Stirn. Für einen Moment, bevor er den Lederbecher von seinem Gürtel nestelte und ihn sich füllen ließ, musterte der Glasmaler seine Tochter nachdenklich. Ungeduldig war sie, liebte Glas und Farben und erprobte ihre Hände, aber sicherlich würde sie niemals ... Ruckartig setzte er den Becher an, trank, befestigte ihn neu und musste ihrem Blick ausweichen, als sie ihn unvermittelt ansah. Seine Finger schlossen sich so fest um das Messer, dass es schmerzte. Er nutzte die freie Hand, um behutsam das Glas auf seinem Entwurf zurechtzurücken. Es war Zeit zu arbeiten, Zeit, sich den Farben hinzugeben. Figuren tanzten vor seinem inneren Auge, Figuren zu Pferde, Kämpfende, Sterbende, Sieger. Er dachte an ein riesiges Fenster, an Könige, Könige aus der Bibel und Könige Frankreichs, an ein Lied für Könige, ein Lied aus buntem, strahlendem Glas. Alles würde da sein, auf einen Blick, ohne dass es ein Mensch je erfassen konnte. Nur Gott erfasste das Ganze.

»Welche Farben werden die Gewänder haben?« Etiennes Stimme riss ihn aus den Gedanken. Der Mut, sich zu Wort gemeldet zu haben, ließ den Jungen blass werden. Clément betrachtete die Stelle, auf die er hingewiesen hatte, zog die Augenbrauen zusammen und kraulte seinen Bart. Er erinnerte sich: Drei aufrechte Figuren, deren Gesichter im Kerzenlicht strahlten. Irgendwann hatte er sie einmal gesehen. In Gedanken zeichnete er ihre Konturen nach.

»Grün und Rot«, erklärte er und spürte die Ruhe, die stets über ihn kam, wenn er sich mit diesen Dingen beschäftigte, »mit Schwarzlot die Falten gemalt, dort etwas mehr, dort etwas weniger, damit Gottes Licht zu uns hindurchdringen kann.«

Jehanne stieß den Jungen in die Seite. »Das weißt du nicht, Dummkopf«, wisperte sie, »und willst ein Glasmaler sein?«

»Jehanne ...«, setzte Clément an, doch aus dem Inneren der Hütte rief Thomas nach ihm, und er beeilte sich, dem Ruf Folge zu leisten.

Es gab zu viel Gerede in letzter Zeit. Er, Clément, verdiene die Stelle eines Meisters, hatten sich Stimmen hören lassen, aber es gab genügend Meister an diesem Ort. Er musste sich demütig gegenüber dem zeigen, was Gott ihm gegeben hatte, nicht hadern und nicht zweifeln. Zweifel war der Wurm des Verderbens.

Jehanne und Etienne blieben zurück, stumm den Blick aufeinander gerichtet. »Du bist hochmütig«, flüsterte der Junge nach einer Weile.

Jehanne tat, als habe sie nicht gehört.

»Du kannst wohl schon alles?«, fuhr er etwas lauter fort.

Jehanne zuckte die Schultern. Drüben hob sich aus dem Gewirr der Häuserdächer Nôtre-Dame hervor. Wenn sie den Blick schweifen ließ, konnte sie die Türme der Stadtbefestigung sehen und unzählige andere Kirchtürme: Saint Aignan und Saint Germain und Saint Paul ... Tagelöhner sangen und bewegten ihre Schippen im Rhythmus des Liedes. Sie verschränkte die Arme. Etienne war weiter in die Höhe geschossen und hielt, als wolle er dies verdecken, die mageren Schultern nach vorne gebeugt. In der Hütte wurden Cléments und Thomas' Stimmen lauter. Etienne zuckte zusammen. Sie wusste, wie genau er darauf achtete, dem Vater auszuweichen. Eilig wandte sie den Blick ab und schaute auf Cléments Vorlage. Sie selbst war heute früh der Mutter entkommen, die sich seit dem Tod der kleinen Schwester zu einer fleißigen Messgängerin entwickelt hatte. In Glaubensdingen war sie heute unerbittlich, und Jehanne achtete darauf, ihr aus dem Weg zu gehen.

»Man muss seine Sünden bereuen, seine Seele läutern und jederzeit bereit sein, dem Herrn gegenüberzutreten«, pflegte Edwige zu sagen. Eine Zeit lang hatte sie Jehanne und Lise dazu angehalten, sich während des Gebets auf einen Holzscheit zu knien, um so die Leiden des Herrn besser nachempfinden zu können. Durch den Schmerz erlangte man Erlösung, so wie der Herr durch seine Schmerzen Erlösung gebracht hatte. Der Schmerz war Strafe und Belohnung, denn er ließ die Menschen klarer sehen. Sachte berührte Jehanne ihre Knie. Längst waren die Verletzungen verheilt. Als Clément die von Blutergüssen gezeichneten Beine seiner Töchter gesehen hatte, war er wütend geworden. »Was tust du?«, hatte er seine Frau gefragt.

Die hatte den Kopf geschüttelt. »Selbst der König, unser Herr«, hatte sie aufbegehrt, »läuft barfuß, um dem Gottessohn nahe zu sein. Keinen Schmutz scheut er und keine scharfen Steine oder Dornen, der raueste Boden ist ihm recht. Manches Mal sind seine Fußspuren rot von Blut. Auch wir kleinen Sünder müssen uns die Liebe unseres Herrn verdienen. Wir müssen würdig sein, Aufnahme in seinem Reich zu finden. Was ist, wenn wir nicht würdig sind?«

»Aber Edwige, wir tun, was wir können. Wir bieten ihm unsere Arbeit dar und unsere Gottesfurcht.«

»Wir zollen ihm Schmerz, Dornen, die sich in unser Fleisch bohren ...« Die Stimme der Mutter war mit jedem Wort schriller geworden. »Du hast mir alles genommen,

Clément«, hatte sie endlich geflüstert, »lass mir wenigstens das ...«

Jehanne knabberte an ihrer Unterlippe. Ob der König dort drüben wirklich barfuß umherlief, in Schuhen ohne Sohlen, wie sie hatte erzählen hören, damit niemand sich beunruhigte?

10. Kapitel

Wie angewurzelt stand Pierre de Montreuil im Eingang zur Chambre de trait. Schmerzend hell erschien ihm das Licht, das nun, kurz vor Mittag, durch die Fenster fiel. Jede Ecke leuchtete es aus, alle Bögen und Linien auf dem Boden, alle Werkzeuge, die Blätter, die er auf dem Tisch gelassen hatte, bevor er zur Baustelle gegangen war. Doch etwas hatte sich verändert. Der Raum war nicht, wie er ihn zuletzt gesehen hatte. Der Körper eines Mannes hing über dem Tisch, die Arme nach vorne gestreckt, das Gesicht zu Pierre hin gewandt, mit einer Hand den Messstab umklammernd. Vorne, wo sich die dichten blonden Haare des Mannes teilten, lief Blut von einer Stirnverletzung über seine geschlossenen Augen, Nase und Mund herab. Der Baumeister riss die Augen auf. Arnauld? Das konnte nicht sein, unmöglich. Arnauld ... Die Gestalt beim Tisch richtete sich auf. »Pierre?«

»Arnauld«, flüsterte Pierre.

Die Gestalt kam auf ihn zu. Da war kein Blut mehr. Ein freundliches Lächeln huschte über das Gesicht des näher kommenden Jean de Chelles.

»Gott schütze dich, Pierre!«

Ohne ein Wort der Erwiderung bewegte Pierre sich steif auf den Tisch zu und hielt sich an dessen Rand fest.

»Was ist? Du siehst aus, als hättest du ein Gespenst gesehen.« Jean bekreuzigte sich. Im Bemühen, sein Zittern zu verbergen, schloss sich Pierres Hand fester um den Tischrand. »Nichts ist.«

»Ist es das Gerede?« Jean sah ihn an. »In Paris schwätzt jeder, das weißt du. Du hast eine Aufgabe übernommen, die dir viele Neider einbringt.«

»Nein.« Mit der linken Hand klopfte Pierre sich gegen die Stirn und lächelte schief. »Es ist diese Baustelle. Sie ist immer da oben, Tag und Nacht.«

Und so war es. Wenn er nachts wach lag, hörte er das Geräusch des Rades, mit dem die Lasten in höchste Höhen transportiert wurden. Er sah die ob der schweren Arbeit bei Hitze und Kälte von Schweiß überströmten Männer. Er hörte die dumpfen Schläge, mit denen die Steine bearbeitet wurden. Dann tanzten die Zeichen in seinem Kopf, die jeder Steinmetz in jeden von ihm bearbeiteten Stein ritzte und die am Zahltag über die Höhe des Lohns entschieden. Im Strudel aller Geräusche dieser Stadt hörte er stets ihre Stimmen, erinnerte sich an ihr Handeln und Feilschen, die immer wiederkehrenden Drohungen, sich bei schlechter Bezahlung eine andere Baustelle zu suchen. Wenn er die Augen schloss, sah er die ersten Zeichnungen und Modelle vor sich, die er dem König und seinen Beratern präsentiert hatte, Pergamente mit filigranen Linien, großzügigere Striche und Bögen auf dem Boden der Chambre de trait, die er heute beinahe täglich abschritt, abtastete, prüfte, über denen er immer wieder von Neuem brütete. Trotz aller Erfahrung fühlte er sich zunehmend schwach bei dem Gedanken daran, was er alles nicht wusste. Längst war er nicht mehr der Zwanzigjährige, dem es nicht in den Sinn kam, an den eigenen Kräften zu zweifeln. Um die vierzig Jahre alt war er heute, erfahrener in den Möglichkeiten des Scheiterns und bewanderter im Verlust.

Jean trat an seine Seite und klopfte ihm auf die Schulter. »Du bist verliebt.« Er lachte.

»Verfallen.« Pierres Lächeln fiel schief aus. »Gottes Schönheit will ich darstellen und scheitere doch jeden Tag.«

»Dann komm mit mir und ruh dich heute aus. Dein Bruder Eudes ist da. Auch Robert de Luzarches wartet sicher schon auf uns.«

Pierre nickte. Es würde guttun, den alten Baumeister von Amiens zu treffen, der in Paris weilte, seit ein Jüngerer die Arbeit fortsetzte. Wie oft hatten sie sich schon ausgetauscht, hatten sich gegenseitig von gelungenen und gescheiterten Versuchen berichtet. Es gab wenige – Jean de Chelles ausgenommen –, von denen er mehr gelernt hatte, und manchmal sah er Roberts Handschrift auch in diesem Bau hier, der ihm den Schlaf raubte. Er straffte sich, berührte den Arm des älteren Meisters. »Ja, lass uns Robert treffen, so wie wir es früher getan haben.«

Es war Mittag, als Jehanne das Ufer gegenüber dem Palais du Roi betrat und zu dem Gebäude hinüberstarrte. Wenig später tauchte Etienne auf. Seit Thomas sie am frühen Morgen beide von der Baustelle verjagt hatte, folgte ihr der Junge, doch sie störte sich längst nicht mehr daran. Hin und wieder beobachtete sie ihn heimlich. Schlaksig war er, mit einem Wust kastanienbrauner Locken und Augen, die oft abwesend dreinblickten. Als sie ihn anschaute, lächelte er zaghaft. Jehanne verzog die Lippen und richtete die volle Aufmerksamkeit auf das Gebäude, welches im hellen Mittagslicht über den Flusswassern zu schweben schien. Irgendwann wollte sie einmal ein solch strahlendes Gelb in einem Glasfenster sehen, nicht erdig, wie sie es kannte, sondern so hell wie das Licht selbst. Sie leckte sich über die Lippen. Weiß und Schwarzlot, entschied sie, das dunkle Gelb für die Sonne und Blau für den Himmel. Wenn sie nicht an der Seite ihres Vaters stehen durfte, schnitt sie ihre Umgebung in Gedanken auseinander und setzte sie in Glasstücken zusammen. Sie sah auf den Fluss. Blau für den Fluss, dachte sie, und ein weißes Stück für das Schiff, auf dem sie mit Schwarzlot die Planken nachzeichnen würde; für den Schiffer ein grünes Gewand. Sorgsam sammelte sie ihre Beobachtungen, um sie abends dem Vater mitzuteilen. Später einmal würde sie eine gute Glasmalerin sein.

11. Kapitel

Clément wusste nicht, warum er an seinen alten Meister dachte. Ganz plötzlich, hier in der dunklen Schlafkammer, ausgestreckt neben dem steinernen Leib seiner Frau, musste er an den letzten Tag in seinem Heimatdorf denken. Als würde es eben geschehen, erinnerte er sich daran, wie er die Herberge betreten hatte, als der Meister sich gerade zur Abreise bereit gemacht hatte. Mit wild klopfendem Herzen hatte er dem Mann eine Schnitzerei überreicht, die beste, die er bis dahin erschaffen hatte. Lange hatte der Glasmaler den kleinen Engel angeschaut. Die Schnitzerei hatte gerade in seine Handfläche gepasst. Mit den Locken, die das Gesicht des Engels umrahmten, hatte Clément sich besondere Mühe gegeben. Sogar sein Vater, der alle Figuren in der Dorfkirche geschnitzt hatte, war zufrieden damit gewesen. »Nimm mich mit«, hatte er gestammelt.

Der Mann hatte kein Wort gesagt. Seit er in dem Dorf angekommen war und Quartier in der Herberge bezogen hatte, um besseres Wetter abzuwarten, hatte der junge Clément ihn kaum aus den Augen gelassen. Zuallererst hatten die Glasplatten, die der Mann im strömenden Regen behutsam vom Rücken seines Maultiers geschnallt hatte, seine Neugier geweckt. Sofort hatte er sich anerboten, sie nach oben in dessen Zimmer zu tragen.

»Ein eigenes Zimmer, Laken und ein Talglicht, der Mann ist reich!«, hatte der Wirt dem herumlungernden Jungen kurz danach zugeflüstert.

Später hatte Clément im Hof ein Stück rotes Glas gefunden und es zitternd an den Tisch des Fremden gebracht, wo der sich gerade einen Eintopf und ein gutes Stück Wildschinken schmecken ließ. Der Mann hatte ihn eingehend betrachtet, schließlich gelächelt und gesagt: »Behalt es!«

Clément war sprachlos gewesen. Noch niemals zuvor hatte ihm jemand etwas so Kostbares geschenkt. Fiel Licht hindurch, so hatte er bald bemerkt, erschienen rote Flecke auf dem Boden. Er konnte damit Gegenstände färben und auch seine Hände. Soweit möglich, war er dem Mann in den nächsten Tagen nicht mehr von der Seite gewichen. Er hatte seine Werkzeuge betrachtet und herausgefunden, zu welchem Zweck sie dienten: Eisenstab, Kröselzange, Marderhaarpinsel, Bleimesser, Bleihammer, Bleinägel und Bleiaufreiber. Er hatte sich erklären lassen, wie man mittels buntem Glas und Schwarzlot ein Bild entstehen ließ. Dann hatte der Regen aufgehört. Der Glasmaler hatte sich zur Abreise bereit gemacht.

»Nimm mich mit!«, hatte Clément gestammelt. Der Mann hatte geschwiegen, die Schultern gezuckt und genickt. »Wenn es dein Vater erlaubt.«

»Er erlaubt es.«

Früh am nächsten Morgen waren sie aufgebrochen, aber zu seiner Überraschung hatten sich ihre Wege sehr bald getrennt. Der Meister hatte ihn in der Glashütte seines Bruders zurückgelassen, in der Clément über ein Jahr lang die Glasherstellung kennenlernte. Frühmorgens war er aufgestanden und hatte geholfen, die Öfen zu heizen. In den ersten Wochen hatte er den ganzen Tag über die Flammen bewacht. Er hatte unglaubliche Mengen Brennholz gehackt und erfahren, dass die Werkstatt noch nicht lange an dem Ort war. Im letzten Dorf hatte der hohe Holzverbrauch den Missmut der Dorfbewohner hervorgerufen. Beschwerde war erhoben worden, die Glasmacher hatten weiterziehen müssen. Der neue Wald gehörte einem Kloster, mit dem sie einen lang laufenden Vertrag abgeschlossen hatten. Nachdem die ersten Wochen Holzschlagen vorüber gewesen waren, hatte er den Glasbläsern dabei zugesehen, wie sie aus der heißen Glasmasse eine Kugel ausbliesen und diese durch eine kreisende Bewegung zu einem Zylinder drehten. Dieser Zylinder wurde schließlich auseinandergeschnitten und vorsichtig zu einer flachen Scheibe ausgewalzt. Er hatte auch geholfen, die Bestellungen der Glashändler zusammenzupacken, die die Glasplatten aus der Werkstatt wegbrachten, fort auf die Bauplätze und hin zu den wartenden Käufern. Später hatte er selbst die Mischungsverhältnisse für die Glasmasse auswendig gelernt und eigenhändig Glasscheiben hergestellt. Als der Meister zurückgekehrt war, war er schon zu einem geschickten Glasbläser geworden; er hatte gelernt, gutes von schlechtem Glas zu unterscheiden, und erkannte die Schwachstellen einer Glasscheibe mit wenigen Blicken. Der Meister war zufrieden gewesen.

Im Laufe der nächsten Monate gemeinsamer Wanderschaft hatte Clément gelernt, welches Glas besonders für die Malerei geeignet war und wie man Unebenheiten und Schlieren nutzen konnte, ein Bild zu entwerfen, das längst tief im Glas drinnen schlummerte. Er lernte Bilder, die er vor sich sah, in Einzelteile aufzuspalten und im Glas neu zusammenzusetzen. Er lernte das Schwarzlot kennen und wie es zu verwenden war. Er verliebte sich zum ersten Mal und ergoss sich nachts in seine Decke. Überall, wo es große Glasfenster gab, studierte er sie genauestens. Er war gierig nach Bildern und Vorlagen. Der Meister verdiente wenig Geld mit eigenen Glasbildern, einiges mit der Ausbesserung von Wandgemälden und mehr mit dem Verkauf von Glasscheiben und Kleinigkeiten wie Glastropfen und Glasperlen aus der Werkstatt seines Bruders. Manchmal erzählte er Clément aus seinem Leben. Er war viel gereist in jungen Jahren. Fast an allen Stätten der Christenheit war er gewesen, bis weit über das Meer und in das Heilige Land hinein, wo er andere Meister kennengelernt und manches Geheimnis aufgeschnappt hatte.

Fast sieben Jahre gingen ins Land, bevor der Meister erklärte, er habe Clément alles beigebracht. Weitere fünf Jahre später, in Chartres, entschied er sich, das Reisen aufzugeben und zur Glashütte seines Bruders zurückzukehren.

»Willst du wirklich aufhören?«, hatte Clément gefragt. »Gibt es nichts, was du noch nicht getan hast, nichts, was du noch tun möchtest?«

»Worte der Jugend.« Der Meister war sich durch sein schütteres Haar gefahren und hatte wehmütig gelächelt. »Doch, Clément, einmal wollte ich ein Gebäude aus Glas errichten, strahlend wie die Schönheit Gottes, aber es ist nicht dazu gekommen, und heute bin ich zu müde. Wenn du es aber kannst«, er hatte die faltigen Gesichtszüge verzogen, »wenn Gott dir die Gelegenheit gibt, tust du es. Versprich mir das.« Einen Tag nachdem der Meister aufgebrochen war, war Clément Thomas begegnet, einen weiteren Tag später Edwige. Den Meister hatte er niemals wiedergesehen.

Worte der Jugend. Er berührte den Rücken seiner Frau. Sie versteifte sich, richtete sich abrupt auf und verließ die Kammer. Etwas später hörte er die Tür klappen.

Edwige spürte die Härte des Bodens unter ihren Knien nicht, auch nicht die Schmerzen in ihren verkrampften Fingern, bemerkte nicht die anderen Gläubigen. Einzig die Hostie sah sie, die der Priester über den Kopf hielt, die Bewegung, mit der er der Menge den Segen erteilte. Vergib mir – sie biss sich auf die Lippen, bis sie bluteten –, vergib mir, Herr, dass ich um mein Kind so sehr trauere, wo es doch bei Euch ist, in der besseren Welt.

Lise hatte die Arme so fest um den Körper geschlungen, dass sie zitterte. Am Morgen schon war die Mutter zur Frühmesse aufgebrochen und noch nicht zurück gewesen, als ihre Älteste das Haus verlassen hatte. Tagtäglich betete sie für Margaux, betete um die Erlösung ihrer Seele. Lise biss sich auf die Lippen. *Bete für mich, Maman, bete für mich.* Tränen quollen aus ihren Augen hervor und rannen über die Wangen hinab. In kleinen Wellen schlug das Seinewasser gegen das Flussufer, leckte sich wie eine große Zunge über den Sand vorwärts und schwappte gegen ihre Füße. Sie achtete nicht darauf, ebenso wenig auf die Blicke der Flussschiffer, die von den Kähnen zu ihr herüberflogen. Lange Nachmittage tauchten vor ihrem inneren Auge auf, auch Dinge, die sie lieber vergessen wollte, aber ganz sicher hatte Thomas sie geliebt. Er musste sie geliebt haben, hätte er ihr sonst ein solch schönes Band geschenkt? Sie tastete nach ihrem Zopf. Hätte er ihr sonst diese honigsüßen Dinge gesagt? Selbstvergessen berührte sie ihre Lippen. Sie schmeckte die seinen noch heute, schmeckte seine Worte in ihrem Innersten. Nie hatte er ihr etwas Böses getan, beteiligte sich sicherlich auch nicht am Geschwätz an Straßenecken und auf Brücken, wo die Zahl der vielen Fußgänger die Schritte verlangsamte. In der letzten Woche hatte Lise erstmals ein Zischeln bemerkt, als sie mit einem neuen Vorrat Holz nach Hause kam, ein Tag danach hatten Stimmen sie beim Auffüllen des Wasservorrats umschwirrt. Thomas beteiligte sich nicht. Er hatte sie geliebt, liebte sie sicher noch. Es war der Dämon, der falsch war, der Teufel, der sich in ihren Leib gefressen hatte.

12. *Kapitel*

In einiger Entfernung, doch schon in Sichtweite der Burg, ließ sich Alissende vom Pferd helfen und setzte den Weg zu Fuß fort. Gleichgültig ließ sie das Gerede ihrer Begleiter von sich abprallen. Es sei einer Dame nicht angemessen, zu Fuß zu gehen, schade dem Ansehen ihres Mannes. Was solle man von ihr denken, wenn sie staubig und wund gelaufen auf der Burg eintreffe?

»Es sind schon Heilige zu Fuß gegangen«, entgegnete sie ruhig, auch auf die letzte Ermahnung hin. »Ich tue es für Gott. Und jetzt geh an deinen Platz, Rose!«

Rose öffnete den Mund. Alissende sah die Leibdienerin warnend an. Das Weib konnte froh sein, dass sie sie mitgenommen hatte, während die blasse Berthe nun Mérsanda de Luzy zur Hand gehen musste. Mit einer endgültigen Bewegung wandte sich die junge Frau ab und setzte energisch ihren Weg fort.

Von der kleinen Anhöhe, die sie als Nächste erreichten, senkten sich die rauen Ausläufer des Berges in lieblichere Täler herab und ließen den Blick auf kleine, silberne Flüsschen und Bachläufe zu. In der Ferne verloren sich die Augen auf weiten, fruchtbaren Flächen.

Die Burg ihres Ehemannes war kaum näher gerückt. Massig und fern lag sie im hellen Licht der Sonne. Alissende wischte sich mit einem Zipfel ihres Schleiers den Schweiß von der Stirn und biss die Zähne aufeinander. Sie hatte die Entfernung wohl unterschätzt, hatte sich vom Auf und Ab der Hügel und Hügelchen täuschen lassen. Schmerzen strömten in Wellen von ihren Füßen ausgehend durch ihren Körper; sie versuchte, nicht daran zu denken. Ganz bestimmt waren die feinen Pantöffelchen nicht dazu gemacht, solch weite Wege zu gehen. Längst hatte sie sich Wunden gerieben, aber sie würde nicht nachgeben. Hinter sich konnte sie Rose leise schimpfen hören. Nie hielt dieses Weib den Mund.

Schmerzenden Schritt um schmerzenden Schritt ging es weiter, immer weiter. Alissende nahm den Blick nicht mehr von dem Bergfried, der sich endlich deutlicher herauszuschälen begann, ein dunkles, hohes Gebäude vor dem blaugrauen Himmel.

Sie hatte ihren Mann seit der knappen Angelegenheit der Hochzeit nicht mehr gesehen. Vor einem Geistlichen, den er mitgebracht hatte, hatten sie ihre Gelübde gesprochen, und er hatte ihr den Ring angesteckt. Das war gewesen, nachdem ihr Jongleur verschwunden war. In der Hochzeitsnacht war ihr Mann, betäubt von Wein, Bier und Essen, eingeschlafen, bevor er sie zu seiner Frau hatte machen können. Sie hatte Hilfe herbeirufen müssen, um den schweren, schnarchenden Körper von sich herunterzuschieben. Das war ihre Erinnerung an ihn: ein schwerer, nach Alkohol, Schweiß und Essen stinkender Körper. Ob er sich erinnerte? Sie legte eine Hand auf ihren sanft gerundeten Unterleib, schaute auf die staubigen Fußspitzen, die unter dem Saum ihres gelben Gewandes hervorschauten. Ganz sicher bluteten ihre Füße, aber wenn der Herr ihre Demut verlangte, so würde er sie bekommen. Demut und Schmerzen gegen den Schutz vor diesem Ehemann.

Donatien de Faure zügelte sein Pferd so heftig, dass es sich aufbäumte, doch die Frau wich nicht zur Seite. Das blaue Gebände nahm die Farbe ihrer Augen auf, das Haar war sittsam unter dem Schleier versteckt. Ihr gutes, aber einfach geschnittenes Gewand mit dem gelben Saum umspielte den schlanken Körper. Einen Moment lang erschien ihm ihr blasses, klar strukturiertes Gesicht wie das einer Nonne, dann erkannte er zu seiner Verblüffung seine eigene Frau in der Fußgängerin. Den Mund aufgesperrt, starrte er auf ihre zarten, staubigen Pantöffelchen.

»Warum geht Ihr zu Fuß, ma Dame?«

»Ich grüße Euch, mon Seigneur.«

»Ich habe Euch gefragt, warum Ihr zu Fuß geht?«

»Ich gehe zu Fuß, um Gott zu gefallen, warum sonst?« Alissendes klare, große Augen richteten sich verständnislos auf ihn. »Schließlich ist auch unser Herr zu Fuß gegangen, und wer wollte ihm nicht nacheifern?«

Donatiens Wangen färbten sich dunkler. Seine Frau sah ihn unverwandt an. »Ihr habt ein loses Mundwerk, ma Dame«, sagte er. »Wollt Ihr mein Missfallen? Wo ist das Pferd, das ich Euch geschenkt habe?«

Alissende senkte den Kopf und faltete die Hände. »Aber wie kann ich Euch missfallen wollen? Vor Gott seid Ihr mein

Mann und Herr, wenn es auch Ihn gibt, der immer über Euch steht.«

Unwillkürlich drückte Donatien seine Schenkel zusammen, worauf sein Pferd einen Satz tat und Alissende streifte, sodass sie zurücktaumelte. Mit festem Griff bewahrte Rose ihre Herrin vor dem Fall.

»Mon Seigneur«, sagte sie leise, »haltet an Euch, ma Dame trägt Euren Erben in sich.«

Donatien, der schon die Peitsche erhoben hatte, hielt inne und starrte Alissende an. Seine Augen wanderten von ihrem blassen Gesicht hinab zu ihrem Unterleib. »Sie trägt meinen Sohn?«

Rose nickte. Alissende befreite sich aus dem Griff der Dienerin und straffte die Schultern. »Ja, Euren Sohn trage ich.«

Sie lächelte.

13. Kapitel

Hure, Metze, falsches Weib ... Wie faule Früchte prasselten die Worte auf Lise nieder. Frau Weitloch, Dame Beinebreit, Venusjüngerin ... Fremde Stimmen drangen pfeilschnell auf sie ein, bereit, Wunden zu reißen, und dazwischen mischten sich bekannte wie die von Mahaut und der Witwe L'Anglais.

»Und das will ein ehrliches Weib sein?« Ein schrilles Frauenlachen zerriss die Luft.

»Das Fell sollte man ihr gerben«, kreischte eine zweite Frauenstimme.

Lise versuchte weiterzugehen, als sei nichts geschehen, aber das Geschrei ließ die Leute aufhorchen, lockte Neugierige heran. Schläge, zuerst nachlässig ausgeführt, dann zielgerichteter, trafen ihre Schultern, Brust und Rücken. Kräftigere Stöße drohten wenig später, sie zu Fall zu bringen. Stolpernd setzte sie ihren Weg fort.

Es war nichts. Das war ein Albtraum, aus dem sie bald erwachen würde. Sie biss sich auf die Lippen, bis sie Blut schmeckte. Das Bemühen darum, nicht zu hören, war vergeblich. Vergeblich war es auch, die Augen auf das bunte Angebot der Händler und Handwerker zu richten, die sich an diesem Ort seit den Zeiten des Königs Philippe jede Woche versammelten. Schon wedelte die erste ehrbare Handwerkersfrau mit der Hand. »Geh fort von meinem Stand, Mädchen, hier soll man dich nicht sehen.«

Lise gehorchte.

»Hure«, hatte die erste Stimme irgendwo dort hinten im Gewühl der Stände geflüstert, und zuerst hatte sie nicht verstanden.

»Hure«, hatte ihr die Frau des Bäckers ins Gesicht gespuckt.

Sie war weitergegangen, als habe sie nichts bemerkt. Kurze Zeit später hatten sich die Ersten umgedreht. Ein mageres Männchen hatte sie, angespornt vom Gegröle der ihn umgebenden Burschen, noch eher zaghaft angestoßen. Ihr erster Schreckensschrei hatte Gelächter hervorgerufen. Den Kopf gesenkt, die Augen fest auf den Boden gerichtet, setzte sie einen Fuß vor den anderen. Nur noch fort wollte sie von diesem Ort, den sie einmal geliebt hatte, fort von den Hallen mit ihrem vielfältigen Angebot, ihren Farben und Gerüchen, mit ihrem Durcheinander an Käufern, Händlern und Handwerkern. Mit dem Ärmel fuhr sie sich über das Gesicht. Keine Tränen, nicht hier. Neue Stimmen umhüllten sie, neue Schläge und Stöße trafen ihren Körper, bekannte und unbekannte Gesichter geiferten ihr Abscheu entgegen. Die Menge schob sich gegeneinander, schob sich gegen sie, ließ sie taumeln. Hände rissen an ihrer Kleidung und an den Haaren. Finger berührten ihren Körper. Gelächter schrillte ihr entgegen. Schaulustige reckten die Hälse. Flüsternd und wispernd gab man seine Wahrheiten weiter.

Nein, das konnte nicht sein. Wieder stolperte sie, wieder biss sie sich auf die Lippen. Sie würde nicht schreien, keinen Laut von sich geben, nicht weinen. Wie aus dem Nichts tauchte ein etwa gleichaltriges Mädchen vor ihr auf, zerrte ihr die bunten Bänder aus den aufgelösten Zöpfen und war gleich darauf zwischen zwei Ständen verschwunden. Als sie der nächste Stoß fast zu Fall brachte, trat eine der Frauen wie zufällig den Saum ihres Kleides in den Schmutz. Ein paar lachten.

»Dreckige Hure«, ließ sich eine Frau hören.

»Eine Schande ist das«, mischte sich eine zweite ein. »Aus der Stadt sollte man alle jagen, die sich anmaßen, ehrbar zu sein.«

Mit dem Fuß angelte Lise nach ihrem verloren gegangenen Holzschuh. Die Gerüchte waren los und würden rasche Verbreitung finden. Von Haus zu Haus würden sie hüpfen und bald fett sein, wie ein gutes Schwein im November. Auf eine Bewegung hin hob sie den Kopf und sah Mahauts blasses Gesicht wie losgelöst über dem Körper der Frau schweben. Einen Augenblick später wischte sich Lise den Speichel aus dem Gesicht, den ihr Thomas' Haushälterin fauchend entgegengespuckt hatte. Silberarmbänder klapperten an Mahauts ausgestreckten, dünnen Armen. Wut ließ ihre blassen Augen blitzen, doch bevor sie zuschlagen konnte, sprang ein Mann übermütig hinzu und grabschte nach Lises Brüsten. Gellend schrie das Mädchen auf, stieß den Fremden mit beiden Händen zur Seite, doch schon umringten die anderen sie wieder. Eine Frau rempelte mit aller Kraft gegen ihre

Schulter, ein Mann zwickte ihr in den Hintern. Lises Haare verteilten sich längst wirr über Schultern und Oberkörper. Eine Matrone starrte sie kopfschüttelnd an. »Und so was will ein ehrbares Weib sein und bringt uns alle in Verruf. Und so was will ihren Platz zwischen ehrbaren Weibern haben. Zeichnen muss man die, dass man sieht, mit wem man's zu tun hat!«

Sie kam so nahe an Lise heran, dass sich ihr Geruch über das Mädchen legte wie eine Decke. Ein anheimelnder Geruch war es, nach Zwiebeln und warmem Brot, nach Milch und Bier. Mit einem Mal fühlte Lise sich so erschöpft, dass sie kaum einen Schritt vor den anderen bekam. Alles rückte in weite Ferne. Schweiß rann ihr aus dem Nacken über Schultern und Rücken herab. Schweiß mischte sich mit den Tränen auf ihrem Gesicht, die ihre feuchten Hände vergeblich fortzuwischen versuchten. Von irgendwoher dröhnte Mahauts Lachen.

Jehanne ließ sich auf den Boden neben die Truhe sinken, die Beine fest an den Körper gezogen, die Fäuste gegen den Mund gedrückt, um den Schrecken in sich zu halten. Schrill kreischte die Stimme ihrer Mutter in ihren Ohren. Hochrot leuchteten Edwiges Wangen, und die blonden und grauen Strähnen, die unter ihrer Haube hervorrutschten, umstanden wirr ihr Gesicht. So hatten auch Lises Haare ausgesehen, als sie diesen Raum betreten hatte. Knapp und wütend waren die Bewegungen, mit denen Edwige einen dünnen Holzscheit auf Arme und Schultern der reglos dasitzenden, älteren Schwester niedergehen ließ.

»Tu es«, schrie sie, dann noch einmal, »tu es!«, und bemühte sich, dem Vater den Holzscheit in die Hand zu drücken. Dieser ließ ihn fallen, als handele es sich um ein glühendes Stück Eisen. Aus weit geöffnetem Mund keuchend, starrte Edwige ihn an, um sich dann zu bücken. Erneut hielt sie ihm den Holzscheit entgegen. Clément wich ihrem Blick aus.

»Züchtige sie«, rief Edwige, »ich verlange, dass du sie züchtigst. Die ganze Straße zerreißt sich das Maul über unsere Tochter.«

Clément sah den Holzscheit an. Unablässig drehten und wendeten sich seine kräftigen Finger in- und gegeneinander.

Lise hatte sich bisher überhaupt nicht gerührt. Stumm hatte sie alles über sich ergehen lassen, seit sie, verfolgt vom Geschrei einer grölenden Menge, hier eingetroffen war. Sie hatte auch keinen Laut von sich gegeben, als Edwige in einem ersten, schrecklichen Anfall von Wut auf sie eingeschlagen hatte. Sie hatte geschwiegen, als Edwige ihr das Haar, auf das sie immer so stolz gewesen war, halb vom Kopf gerissen und halb heruntergeschnitten hatte. Ebenso wortlos hatte sie die Haube entgegengenommen, um, auf Edwiges Anweisung hin, den stoppeligen Schädel darunter zu verbergen.

»Eine Lehre wird es dir sein«, hatte die Mutter geschrien, »lehren werde ich dich, demütig zu sein.«

Edwige und Clément sahen ihre älteste Tochter an. Lise wiegte ganz leicht den Kopf, fast, als lausche sie einer Melodie, die nur sie hörte.

Clément hielt die Hände verschränkt. »Aber ich kann sie nicht schlagen. Das kann ich nicht tun.«

Edwige legte den Holzscheit auf dem Tisch ab, setzte sich und starrte auf ihre geballten Fäuste hinunter. »Aber hierherbringen konntest du uns«, murmelte sie nach einer Weile, »ohne an das Wohl deiner Familie zu denken, das konntest du!«

»Edwige«, er berührte ihre nunmehr zitternden Fäuste, »ich habe immer an euer Wohl gedacht, immer.«

Sie schüttelte den Kopf. »Du denkst an deine Arbeit, alles andere ist dir gleichgültig. Deshalb ist deine jüngste Tochter gestorben, deshalb ist die älteste eine Hure.«

Die Tonlosigkeit ihrer Stimme ließ die Worte umso bitterer wirken. Wie von Peitschenhieben getroffen, zuckte Clément unter ihnen zusammen.

»Das ist nicht dein Ernst.«

Edwige hob in einer gleichgültigen Bewegung die Schultern. »Schau sie dir an!« Sie deutete auf Lises gerundeten Leib. »Siehst du das?« Sie packte ihre Tochter beim Oberarm, schüttelte sie heftig. »Wer war es? Sag mir, wer es war!«

In der ersten Woche, die auf das Ereignis folgte, sprach Lise nicht. In der zweiten begann sie ihre jüngere Schwester auf Edwiges Befehl hin mit knappen Worten in die Haushaltsführung einzuweisen. Während Edwige den Tag damit zubrachte, Kirchen und Kapellen aufzusuchen und zur Messe zu gehen, lernte Jehanne, den Getreidebrei zuzubereiten. Sie schrubbte den Kessel mit Sand und fegte den gestampften Erdboden mit einem Bündel Reisig sauber. Sie holte Wasser, bis der Vorratsbehälter randvoll war, hielt das Feuerholz trocken und die Herdstelle sauber. Sie lief durch die ganze Stadt, um die geknüpften und bestickten Gürtel und Almosenbeutel zu verkaufen, mit denen Edwige und Lise die stets zu leere Geldkatze füllten.

In den ersten Tagen kam sie kaum zum Nachdenken, so ungewohnt waren die Tätigkeiten. Mit kaltem Wasser und Sand schrubbte sie sich die Finger blutig. Am Kessel verbrannte sie sich, und die schweren Wassereimer ließen ihre Hände und Schultern schmerzen. Als sie erstmals wieder alleine in der Nähe des Bauplatzes stand und stumm und starr zur heiligen Kapelle hinüberblickte, bemerkte sie ihre Tränen erst, als Etienne neben ihr auftauchte.

»Jehanne?«, fragte er. »Wo bist du gewesen? Ich habe dich vermisst.«

Das Mädchen zog die Nase hoch. Mit einem Ärmel wischte es sich über das Gesicht und schüttelte die Hand ab, die der Junge auf seinen Arm gelegt hatte. Die Wut, die in ihr hochkochte, war so unmittelbar, dass sie ihr sofort nachgeben musste. »Aber ich dich nicht«, schrie sie, »ich vermisse dich nicht, und nur manchmal, wenn ich vergesse, wer dein Vater ist, hasse ich dich nicht.«

Sie schluchzte auf, und als sie sein weißes Gesicht sah, schämte sie sich. Doch es war unmöglich, auch nur eins ihrer Worte zurückzunehmen.

14. Kapitel

Im Licht der Mittagssonne zog der bunte Zug kostbar gekleideter Menschen wie ein Feuerdrache gegen die Burg der Herren de Faure. Die Kettenhemden der Ritter klirrten mit jeder Bewegung. Die polierten Helme glänzten. Fahnen und Fähnchen flatterten im Wind. Immer wieder schnaubte eines der Pferde leise. Hunde umrundeten den Zug unablässig. Vor ihnen, auf dem Hügel, schwebten die Mauern der Burganlage über dem sie umgebenden Wald. Ab und zu blitzte oben auf den Zinnen Metall in der Sonne auf.

Ghislain senkte den Blick auf seine feinbestickten, weichen Lederhandschuhe, während weiter vorne die ersten Reiter zwischen den Bäumen verschwanden. Zu Beginn der Reise war der Nebel teilweise so dicht gewesen, dass er die

Landschaft zu Schemen hatte verschwimmen lassen. Je näher sie ihrem Ziel kamen, desto angespannter hatte er sich gefühlt. Bei jedem Geräusch, jedem Ästchen, das unter den Hufen der Pferde zerbrochen war, war er zusammengezuckt. Irgendwo über ihm stieß ein Vogel einen keckernden Warnruf aus. Renaud, kaum eine Pferdelänge entfernt, beugte sich zu Josiane herüber und flüsterte ihr etwas zu. Sie lachte leise.

Für einen Moment konnte er den Blick nicht von seiner Mutter wenden. Heute hatte sie ihr Haar unter einem fast weißen Schleier aus leichtem Tuch verborgen, darauf saß ein violettes Band aus gesteiftem Leinen, mit winzigen hellen Perlen bestickt. Über dem ebenfalls violetten Kleid mit den sattgelben Ärmeln, das den Oberkörper eng umschloss, trug sie einen grünen Umhang, der sorgfältig über die Kruppe des Pferdes drapiert worden war. Wieder sagte Renaud etwas, wieder lachte sie leise. Ghislain starrte sie an. Da war etwas in allem, was Josiane tat, das einen zwang, ihr dabei zuzuschauen, und manch unerfahrener, junger Mann errötete in ihrer Gegenwart und ließ fallen, was immer er in der Hand trug.

Ich kenne sie nicht, dachte er. Ich würde sie gerne kennenlernen.

Seine Augen richteten sich von neuem auf seine Lederhandschuhe, wanderten die Ärmel hinauf, fingen sich an Beinkleidern und Schuhen. Auch für ihn war das Kostbare gerade gut genug gewesen. Überall fand sich der Vogel aus dem Abzeichen der de Faures, ob er sich nun golden um die roten Ärmel seiner Cotte schlängelte oder den Umhang aus Amienser Blau schmückte, sogar auf den spitzen Schuhen aus dunklem Leder war er zu sehen. Der Griff des Dolches in seinem Gürtel war mit den gleichen bunten Edelsteinen besetzt, die auch die mit einer Feder verzierte Kappe auf seinem Kopf schmückten. Er hatte sich kaum erkannt, als er zufällig in einem ruhigen Bachlauf einen Blick seiner selbst erhascht hatte.

Vor ihnen öffnete sich der Wald und gab den Blick auf den letzten Rest geschwungenen Wegs frei, den sie zurücklegen mussten. Auf dem höchsten Turm flatterte das Wappen der de Faures im Wind. Oben vor dem Burgtor hatte sich eine kleine, berittene Gruppe gesammelt und kam ihnen entgegen. Für das letzte Stück des Wegs würde man ihnen das Empfangsgeleit bieten. An der Spitze des Zugs erkannte Ghislain bald Donatien de Faure, der ihn, den Halbbruder, jedoch keines Blickes würdigte. Seine Begleitung aus kräftigen, vernarbten Haudegen stand der Josianes de Faure in keiner Weise nach. Schweigend maßen die Gruppen einander, und die Hunde, die Donatien begleitet hatten, knurrten die Hunde der Gäste an.

Donatien hob die Hand. »Seid willkommen, Josiane.«

»Habt Dank, Donatien.« Josiane lächelte. »Darf ich Euch meinen Sohn, Ghislain de Faure vorstellen?«

Sie winkte Ghislain an ihre Seite. Donatien würdigte den Halbbruder immer noch keines Blickes. Falls ihn die Nennung des vollen Namens verärgert hatte, so zeugte davon nur das leichteste Zucken seines Mundes.

»Kommt, ma Dame, Ihr werdet erwartet.«

Die Erinnerung kam zurück, als sie durch das Burgtor einritten. Stumm, die Zähne aufeinandergepresst, schaute Ghislain sich um. Dort war die Tür zu der Treppe, die zu dem Gewölbe führte, in der er eine Nacht mit seinem toten Vater verbracht hatte. Hier hatte man ihn auf den Klepper gesetzt. Er bemerkte, dass Mägde und Knechte, Diener und Dienerinnen in ihrer Arbeit innehielten. Wie zu dem Zeitpunkt, als sie einander zum letzten Mal gesehen hatten, stand Richarde hoch aufgerichtet vor dem Haupteingang. Über dem Kragen ihres dunkelgrünen, über und über mit Stickereien in Rot und Gold versehenen Kleides schwebte ihr durchscheinend weißes Gesicht. Josiane stieg aus dem Sattel, näherte sich Richarde und küsste sie mitten auf die steifen Lippen.

»Friede«, war ihre dunkle Stimme weithin zu hören.

»Friede«, erwiderte Richarde.

In der Kapelle sagten die Frauen gemeinsam Dank für die glückliche Ankunft. Der Priester erteilte der Gruppe seinen Segen. Im Hinausgehen stieß Ghislain gegen eine kräftige Gestalt, die sich gemeinsam mit anderen neugierig im Eingang drängte. Als er hochblickte, röteten sich die rundlichen Wangen seines Gegenübers, die blauen Augen verengten sich.

»Aimon.« Erst wollte Ghislain zurückweichen, doch dann schob er sich an dem jungen Mann vorbei und drehte sich erst dann wieder um. Aimon starrte ihn an. Er hatte zugenommen, seit sie einander zuletzt gesehen hatten. Unter der Cotte wölbte sich ein beträchtlicher Bauch, und ein fetter Hals kroch über den Hemdkragen hinweg. Die rote, großporige Nase zeugte davon, dass er dem Alkohol zugesprochen hatte. Mit stieren Augen glotzte er Ghislain an, wandte sich dann abrupt ab. Fluchend und schimpfend drängte er sich rücksichtslos durch die Menge.

Im großen Saal versammelten sich am späten Nachmittag die Gäste. Rote, schweißüberlaufene Gesichter glänzten. Nahe der Tür warteten die niederen Mitglieder des Haushalts, außerdem Akrobaten und Jongleure, die auf ihren Auftritt warteten. Sorgfältig musterte Ghislain das fahrende Volk, erkannte aber keinen von ihnen. Das Gerücht um die Unehrlichkeit, die ihm anhaftete, durfte unter keinen Umständen, so hatte ihm Josiane beschieden, neue Nahrung erhalten. Wachsam ließ er seinen Blick durch den Saal gleiten.

Er hatte nicht geglaubt, an diesen Ort zurückzukehren, an der Seite von Josiane de Faure und Renaud Le Grand, kostbar gekleidet, als geladener Gast. Vor seinem Eintritt in den Saal hatte man seinen Namen ausgerufen. Seine Erscheinung zog nicht wenige Blicke auf sich.

Während er sich seinen Pokal von einem Diener füllen ließ, beobachtete er die Gäste, die sich um die Burgherrin scharten. Auch Josiane auf ihrem Ehrenplatz ließ Richarde nicht aus den Augen. Verbündete, Feinde, alte Freunde würden auftauchen, hatte sie ihm auf der Reise erklärt. Man würde verhandeln. Er würde lernen.

Ghislains Blick wanderte weiter zu Aimon, der sich mit erstaunlicher Ausdauer daran versuchte, seine Tischnachbarin zu unterhalten, indem er ihr köstliche Happen von den Tabletts auswählte. Gehorsam, aber gelangweilt ließ sich das Mädchen füttern. Wie alt mochte sie sein? Fünfzehn? Sie hatte ein hübsches Gesicht. Unbestritten war sie heute Abend sogar eine der Schönsten hier. Allerdings wies ihr Mund schon jetzt den eigenwilligen Zug auf, der bei denen auftauchte, die meinten, alles erreicht zu haben. Während er sie verstohlen beobachtete, erwischte sich Ghislain bei einem Lächeln. Ob es leicht sein würde, sie zu verlocken?

Alissendes Lachen riss ihn aus den Gedanken. Die junge Frau in ihrer silbrigen Cotte und einem Übergewand aus grünem Samit war erst später in die Halle gekommen. Sie hatte sich an die Seite ihres Mannes gesetzt, ohne dessen Halbbruder ein paar Sitze weiter zu beachten. Nur einmal zu Beginn war ihr Blick kurz über Ghislain hinweggeglitten. Seinen Gruß hatte sie nicht erwidert. Eben beugte sich ein Trouvère über ihre rechte Schulter und flüsterte etwas in ihr Ohr, was sie offensichtlich amüsierte, denn sie lächelte. Donatien schenkte ihr wenig Beachtung. René de Luzy, zur Rechten seines Sohnes Aimon und dessen Begleitung sitzend, vertilgte gerade ein zweites, mit Kastanien gefülltes Huhn. Einen Platz weiter verfolgte Renaud Le Grand das Treiben der Festgesellschaft unter halb gesenkten Lidern hervor, während er dem Wolfshund an seiner Seite den mächtigen Schädel tätschelte. Sein rotblonder Schopf, der bereits einzelne graue Strähnen aufwies, ruhte am Rückenteil des Stuhles. Um seinen kräftig gezeichneten, roten Mund zuckte hin und wieder ein Lächeln. Die braune, von Goldfäden durchwobene Cotte spannte sich weit über seiner mächtigen Brust. Schwarzes Fell schmückte den Kragen, die roten Beinkleider endeten in Schuhen aus weichem Leder.

Ghislain riss den Blick los. Auf dem Platz, den die im Hufeisen angeordneten Tische frei ließen, unterhielt ein kleinwüchsiger Narr die Gäste mit seinen Spitzfindigkeiten. Ein Jongleur beendete gerade seine Vorstellung aus Salti und Jongliereinlagen, und der Trouvère, welcher gemeinsam mit ihm auf der Burg eingetroffen war, ließ die Finger über seine noch stumme Laute fliegen. Abseits hatte er sich gesetzt, auf einen Hocker, den Körper vom größten Lärm weggedreht, und lauschte inmitten der lautstarken Gesellschaft selbstvergessen einem Lied, das nur er hören konnte. Viel später, wenn ihre Herzen seinen Liedern und Weisen entgegenfieberten, wie jetzt Essen, Wein und Prahlerei, würde seine Zeit kommen. Er kannte Geschichten aus allen Ecken des Landes und darüber hinaus, aber noch war es nicht so weit, noch wurden immer neue Platten mit Pasteten, Wildbret, mit

Kastanien gefüllten Hühnchen und gebratenem, mit Kräutern gespicktem Fisch sowie Gebäck und kleineren Leckereien aus Nüssen und Honig hereingetragen. Ghislain sah, wie Richardes Blick durch die Halle wanderte, wie sich ihre Augen und die Josianes trafen. Alles hatte seine Ordnung, die Sitzverteilung war ausgeklügelt, Freund und Feind, Anhänger und Gegner verteilten sich. Jedes Fest war auch eine Zeit der Präsentation, der Machtspiele und neuer Bündnisse. Auf wen konnte man zählen, wen musste man fürchten? Die Unentschlossenen ließen die Blicke zwischen den beiden Parteien hin und her wandern. Viel Aufmerksamkeit traf Renaud, von dem es hieß, er habe für seine Herrin schon manchen Kampf entschieden. Unermüdlich gierten Hunde nach Essensresten, schnappten hier und da einen Knochen auf und wurden manchmal von einem Tritt getroffen, worauf helles Jaulen die Luft zerriss.

Eine Bewegung rechter Hand ließ ihn den Kopf wenden. Aimon schaute ihn an. Seine roten Hamsterbacken zitterten, als er kräftig in ein Stück Fleisch biss und noch mit vollem Mund einen Schluck Wein aus dem Pokal nahm, den ihm ein Diener offerierte. Sein fettverschmierter Mund verzog sich zu einem Grinsen. Einladend hielt er das angebissene Fleisch in Ghislains Richtung. »Auch ein Stück, Jongleur?«, brüllte er. »Hier, nimm meines.«

Totenstille. Der Narr ließ klappernd die Holzkegel fallen, mit denen er jongliert hatte. Der Trouvère sah von seiner Laute auf. Aimon sah sich großäugig um.

»Oh, verzeiht, ich vergaß: Wir sind jetzt verwandt, nicht wahr? Der«, er schüttelte den Kopf, als könne er sich nur schwer erinnern, »... der Halbbruder des Mannes meiner Schwester, so ist es doch? Habe ich Euch unehrlich genannt, so geschah es ohne Absicht.«

Er nahm einen weiteren Schluck aus seinem Pokal und hielt das Gefäß Ghislain entgegen. »Lasst uns auf den Frieden trinken!«

Dann stand er auf und ging auf den anderen zu, der es ihm gleichtat.

Wirklich, Ghislain betrachtete seinen schwerfälligen Leib, Alissendes Bruder hatte sich über die letzten Monate offensichtlich wenig versagt. Trotzdem bebte eine kaum gezügelte, geschmeidige Kraft in seinen Gliedern. Nun standen sie einander direkt gegenüber. Es war sehr still. Stoffe raschelten unter zaghaften Bewegungen. Füße scharrten. Diener, die mit neuen Fleischplatten hereinkamen, blieben stehen. Von draußen durchdrang der Schrei eines Falken die Stille. Ohne die Miene zu verziehen, nahm Ghislain den Pokal entgegen und betrachtete stumm dessen Inhalt. Aimon hatte den letzten Schluck genutzt, um kräftig in die Flüssigkeit zu spucken. Er sah Brotkrümel, auch Fleischfasern. Alle Augen ruhten nunmehr auf ihm. Ein erstes Wispern erhob sich. Auch vom entferntesten Tisch sah man zu ihm hinüber. Er hob das Gefäß, drehte sich einmal nach links und dann mit einer solchen Geschwindigkeit nach rechts, dass er den näher rückenden Aimon voll erwischte. Mit Schwung ergoss sich die Flüssigkeit über dessen Cotte. Der Pokal schepperte zu Boden. Ein tiefes Knurren kam aus Aimons Kehle, doch noch bevor er etwas tun konnte, hatte Ghislain ihn an beiden Schultern gepackt und hielt ihn fest.

»Es tut mir leid, ich war ungeschickt«, sagte er, ohne die Spur eines Lächelns. Aimon versuchte sich loszureißen, doch die Übungen der letzten Zeit hatten seinen Gegner kräftiger werden lassen. Blitzschnell beugte der sich vor und drückte einen Kuss auf Aimons bebende Lippen. »Friede«, sagte er, so laut, dass es alle hören konnten.

Aimon lief wutrot an, doch er rührte sich nicht, als Ghislain ihn losließ. Wein triefte von der Vorderseite seines Gewandes. Zahllose Gesichter hatten sich ihnen zugewandt.

»Friede«, entgegnete er rau und erwiderte Ghislains Friedenskuss. Beifall brandete auf.

Als Ghislain sich zurück auf seinen Platz an Josianes Seite setzte, beugte sich seine Mutter zu ihm hinüber. »Gut gemacht«, flüsterte sie, um dann mit leiserer Stimme hinzuzufügen: »Soll ich ihn töten lassen?«

Ghislain schüttelte den Kopf. Josiane betrachtete ihn kurz und widmete sich dann wieder ihrem Brathuhn. Die ersten Köpfe sanken auf die Tischplatten, während andere Gäste munter weitersoffen. Die ersten Diener, Knechte und Mägde, die man zu dem Fest geladen hatte, strebten ihren Schlafplätzen zu, denn sie würden am nächsten Morgen unweigerlich früh aufstehen müssen. Die verbliebenen Anwesenden wurden lauter und lauter. Noch inmitten des Tumults setzte der Trouvère zu seinem ersten Lied von unbekannter Schönheit, verlorener Liebe, Hoffnung und der finis amor an und brachte den Saal nach und nach zum Verstummen. Mit den boutehors, die in der großen Eingangshalle gereicht wurden, standen Ghislain und Alissende sich erstmals an diesem Abend gegenüber. Zuerst rührte sich keiner von beiden, dann hob er den Becher. »Auf Euer Wohl, Schwägerin!«

Ein dringendes Bedürfnis weckte Ghislain am Morgen nach dem Fest. Einer von Josianes Männern begleitete ihn durch die düsteren Gänge der Burg. Müde vor sich hin stolpernd, folgte er dem tanzenden Weg der Fackel seines bewaffneten Beschützers, dessen andere Hand stets griffbereit am Dolch ruhte. Schnarchende Leiber, in Umhänge gehüllt, säumten die Gänge. Zu den Verhandlungen waren Verbündete samt ihrem zahlreichen Gefolge eingetroffen. Es roch nach Schweiß, Knoblauch, Wein, Zwiebeln und Hund. Ein Mann hatte sich aufgesetzt und vertilgte Käse und Oliven, deren Kerne er vor sich auf den Boden spuckte, aus der flachen Hand. Zwischendurch gähnte er herzhaft. Aus einem Raum kam das Klappern von Würfeln, begleitet von lauten Freuden- und Wutschreien, von weiter weg drangen die Klänge einer Flöte herüber. Eine Frau sang. Schritte klapperten, patschten und schlugen wie eilige Trommelschläge durch die Gänge, Treppen hinauf und hinunter. Vor dem heimlichen Örtchen, einem aufgemauerten Sitz mit Loch direkt über dem Burggraben, lag ein Mann lang ausgestreckt und schlief seinen Rausch aus. Sehr vorsichtig stieg Ghislain über den schnaufenden Körper hinweg. Der Schlafende regte sich nicht. Josianes Mann klemmte die Fackel in einen Halter, lehnte sich mit dem Rücken gegen die Wand und stocherte mit einem dünnen Hölzchen zwischen seinen Zähnen herum. Während Ghislain an seiner Bruche nestelte, stieß der Schläfer einen gurgelnden Schnarcher aus und rollte sich auf den Bauch. Ein kräftiger Geruch von Kot und Urin drang in Ghislains Nase. Er beeilte sich mit dem Pinkeln.

Als er zurück in den Gang trat, hatte der Lärm weiter zugenommen. Durch Schießscharten und schmale Fenster drang Licht. Mehr Männer reckten sich gähnend. Jemand furzte. Ein paar begaben sich auf der Suche nach etwas zu essen in die große Halle. Auf dem Weg die Treppe zu der Kammer hinauf, die man ihnen zugeteilt hatte, schoss auf halber Höhe eine Hand aus einer Seitennische hervor. Im gleichen Atemzug schob sich sein stets hellhöriger Beschützer vor ihn, bereit, etwaige Angreifer abzuwehren.

»Es ist gut«, hielt Ghislain den Mann zurück und versuchte mit den Augen die düstere Nische zu durchdringen.

Eine Frauengestalt hatte sich rechts neben der Schießscharte postiert. »Geh weiter«, beschied er Josianes Mann, »ich komme nach.«

Der zögerte, bis ihn der junge Mann mit einer ungeduldigen Geste fortschickte. Als er um die Ecke verschwunden war, spähte Ghislain erneut in die Nische.

»Alissende.« Sie antwortete nicht. Ein Schleier lag unordentlich über ihrem Kopf, und auch das Gebände saß schief. Ihren Körper umhüllte ein rotbrauner Umhang, den sie mit beiden Händen über der Brust gerafft hielt. Zuerst schaute sie ihn ernst an, dann lächelte sie. »Nun, wer hätte gedacht, dass wir uns hier wiedersehen?«

Er antwortete nicht. Im engen Aufgang der Wendeltreppe lehnte er sich mit der Schulter gegen die Wand und musterte die junge Frau. Gewissermaßen war es seltsam, wenn er bedachte, wie oft er daran gedacht hatte, aber er verspürte keine Wut mehr über ihren Verrat. Wenige Blicke genügten, um die Zeit in Erinnerung zu rufen, die sie miteinander verbracht hatten, die Nähe, die sie geteilt hatten, die kleinen Tode, die sie gestorben waren. Unter seinen beobachtenden Augen verschwand ihr Lächeln.

»Die Diener erzählen sich, Ihr wäret von den Toten zurückgekehrt«, sagte sie leise.

Er lachte unterdrückt.

»Darf ich es sehen?« Sie trat aus der Nische hervor. »Man erzählt sich, man könne den Abdruck eines Seils an Eurem Hals sehen.«

In einer unwirschen Bewegung hob Ghislain die Hand, um sie auf Abstand zu halten. »Man sieht nichts.«

»Darf ich trotzdem schauen?«

Er seufzte, nickte und zog den Kragen seines Hemdes herunter, spürte gleich darauf ihre Fingerspitzen auf seiner

Haut. Keiner sagte etwas. Sie trat zurück. Ihr auseinanderklaffender Umhang erlaubte den Blick auf ein einfaches, weit geschnittenes, grünes Kleid. Er lehnte den Kopf gegen die Wand. »Zufrieden?«

Sie zuckte die Schultern. »Man sieht nichts.«

»Warum habt Ihr dann meinen Hals berührt?«

»Man sagt, es bringe Glück.«

Er runzelte die Stirn, nickte. »Könnt Ihr Glück gebrauchen? Wie ist er denn so, mein Halbbruder? Ich kenne ihn nicht gut. Bisher hat er nur versucht, mich umzubringen.«

Wieder zuckte sie mit den Schultern, drehte sich halb zur Seite und spähte durch die Schießscharte nach draußen. »Er wird sehr bald Vater werden.«

Ghislains Blick wanderte über ihren Leib. Von der Seite war die Rundung deutlicher zu sehen. »Wann ist es so weit?«, fragte er, als sie sich umdrehte.

»Sehr bald«, wiederholte sie und schaute ihn durchdringend an. »Vielleicht schon im Juni.«

Ghislain schwieg.

»Verzeiht Ihr mir, was ich getan habe?«, flüsterte sie nach einer Weile und zupfte an ihrem Umhang. Er spürte ihre Augen beinahe körperlich auf seiner Haut. »Natürlich«, sagte er. »Ist es nicht Gott, der unser Schicksal lenkt? Was haben wir schon dazu beizutragen?«

Die beiden Frauen trugen ihre besten Gewänder. Dicke Kerzen von satter Honigfarbe in dem Kerzenständer auf dem Tisch zwischen ihnen verbreiteten ihr warmes, flackerndes Licht. Draußen war die Nacht samtschwarz. Richarde beugte sich vor, die Ellenbogen auf die Tischplatte gestützt, und schaute auf ein vor ihr liegendes Schreiben. Josiane saß zurückgelehnt in ihrem Stuhl, den aufmerksamen Blick auf ihr

Gegenüber gerichtet, während sie mit den Fingern über die Stickereien strich, die ihr grünes Gewand zierten. Wenn sie gehofft hatte, Müdigkeit, gar Resignation auf Richardes Gesichtszügen zu entdecken, so hatte sie sich getäuscht. Langsam hob die nun den Kopf.

»Man wird Euren Bastard niemals anerkennen.«

Josianes Gesichtsausdruck blieb reglos, während sie mit dem Ring aus feinem Goldgeflecht an ihrer rechten Hand spielte, den ein großer, violetter Stein schmückte. Sie hatte Renaud und Ghislain in die Kammer geschickt, gemeinsam mit den Getreuen, die mit ihrem Leben für den Schutz ihres Sohnes einstanden. Dies hier betraf nur Richarde und sie. Sie waren alleine, und sie ließ sich Zeit mit der Antwort.

»Aber Richarde«, entgegnete sie erst, als die andere unruhig zu werden drohte, »man erkannte meinen Sohn an, indem man das Testament für rechtmäßig erklärte. Offensichtlich war es meinem Ehemann und dem Vater meines Sohnes ein Bedürfnis, mir nach so vielen Jahren Gerechtigkeit widerfahren zu lassen und sein Seelenheil zu retten. Und bevor Ihr nun aber etwas Unüberlegtes tut: Ihr kennt das Testament. Würdet Ihr nicht davon ausgehen, dass Euer Abt im Zweifelsfalle zu seinen eigenen Gunsten entscheidet? Er hat viel zu gewinnen. Könnt Ihr Euch wirklich auf ihn verlassen?« Sie sah Richarde herausfordernd an, dann lachte sie leise. »Ja, das ist es: Auf wen kann man sich verlassen? Ihr wisst, dass Euch die Hände gebunden sind. Nach so vielen Jahren seid Ihr fast am Ziel, und doch bleiben Eure Wünsche unerfüllt. Mein Sohn ist legitimiert. Er wird erben.«

Richarde fuhr hoch. »Er ist ein Bastard.«

Flüchtig wie ein Blitz huschte Wut durch Josianes dunkle Augen, ein Lächeln verzog ihren Mund, erreichte aber die Augen nicht. »Was zählt, ist das Testament.«

Richarde ballte die Fäuste. »Ich werde mehr Zeugen aufbieten. Man wird mir recht geben.«

Auch die etwas kleinere Josiane erhob sich. »Versucht es, ich rate Euch allerdings ...«

Mit einer Handbewegung schnitt ihr die andere das Wort ab. »Nehmt Euch in Acht, Josiane, das ist das Einzige, was ich Euch raten kann.«

15. Kapitel

Fast den ganzen Nachmittag über, so erschien es ihr jetzt, hatte Alissende, in einem Faltstuhl sitzend, auf der großen Wiese hinter der Burg verbracht und zugesehen, wie sich die Männer im Reiten, Lanzenstechen und im Schwertkampf übten. Nun lag sie ausgestreckt auf dem Bett und beobachtete ihren Bruder. Der schaute missmutig drein. Die meiste Zeit über hatten er und Ghislain sich an entgegengesetzten Enden des Feldes befunden, nur einmal waren sie gezwungen gewesen, einander zu grüßen. Die junge Frau seufzte, während Rose Kissen unter ihren Leib stopfte, damit die Herrin bequemer liege. Mit gierigen Schlucken leerte sie den Becher Minzwasser, den die Leibdienerin ihr reichte.

Es war nicht nur schrecklich heiß, seit Kurzem bereitete ihr auch die Schwangerschaft zunehmend Schwierigkeiten. Ihr immer prallerer Bauch schränkte ihre Bewegungen ein; ohnehin schwitzte und keuchte sie bei der geringsten Anstrengung. Träge streckte sie den Arm aus und nahm ein paar Mandeln aus der Schale auf dem Tischchen neben sich. Aus dem Hof drang die dunkel donnernde Stimme Renauds Le Grand zu ihnen herauf.

Aimon sprang auf und begann, nervös auf und ab zu laufen. Schon in den letzten Tagen hatte er unruhig auf sie gewirkt, fahrig, manchmal sogar ängstlich. Kaum einen Schritt tat er, ohne die Begleitung einiger Haudegen, mit denen er zur Jagd ging oder abends spielte und sich in den Schlaf soff. Sicherlich hatte er wieder Schulden gemacht. Er drehte sich zu ihr um, verharrte aber in Fensternähe. Im Licht, das von draußen hereinfiel, wirkte seine Haut käsig.

Aber er ist kein schlechter Schwertkämpfer, dachte sie, er ist besser als Ghislain. Sie beobachtete, wie er auf die Stimmen draußen horchte. Auch Ghislain war eben kurz zu hören gewesen, dann Hufschlag.

Aimon starrte auf ihren Bauch. »Wessen Kind ist es?«

Alissendes feine Augenbrauen bogen sich halbmondförmig gegen ihr Gebände. »Das Kind meines Mannes, mit ihm bin ich verheiratet.« Sie nahm sich eine neue Mandel und betrachtete sie eingehend, bevor sie sie verzehrte.

»Ich ...«, setzte Aimon neu an und tat einen Schritt auf sie zu.

»Was?« Die junge Frau wuchtete sich auf einen Ellenbogen hoch. »Ich werde dem Haus de Faure einen Erben gebären. Was, also?«

»Nichts.« Er legte auch den Rest der Strecke zurück, setzte sich auf den Rand ihres Bettes. Aus der Nähe konnte sie sehen, dass sein Gesicht von feinen Schweißperlen überzogen war. Manche sammelten sich zu größeren Tropfen und verschwanden im feisten Fleisch seines Halses. Ein Gefühl der Verblüffung stieg in ihr auf. Wo war nur der rundgesichtige Knabe geblieben, den sie Bruder genannt hatte? Mit dem Hemdsärmel wischte er sich über die Stirn, riss sie mit der Bewegung aus den Gedanken. »Es ist furchtbar warm«, jammerte er.

Sie nickte, streckte die Hand nach ihm aus und hielt seine Rechte fest, nahm sich mehr Zeit, in sein Gesicht zu schauen. Zweifellos waren es die Augen, die sie noch am meisten an ihren Bruder erinnerten. An den Jungen, an dessen Seite sie durch das Stadthaus ihrer Eltern getobt war. An den Jungen, mit dem sie auf dem Land Beeren und Früchte gegessen hatte, bis ihre Münder rot verschmiert gewesen waren. Aus dem Hof drang erneut Renauds kräftige Stimme bis zu ihnen herauf. Aimon zuckte zusammen. Alissende drückte seine Hand fester und legte ihre verbliebene Hand auf ihren Bauch.

»Werdet Ihr meinem Kind Pate sein, Bruder?« Sie sah, wie er die Lippen aufeinanderpresste, seine Stirn sich in Falten legte. Immer noch war Renauds Stimme zu hören, und sie bemerkte, dass Aimons unsteter Blick erneut zum Fenster hinüberwanderte. »Bitte!«

Er sprang auf. »Alissende, ich ...«

»Ich bitte Euch«, wiederholte sie eindringlicher.

Er nickte.

Aimon erwachte mitten in der Nacht, von Schweiß überströmt. Ein übler Traum hatte ihn aus dem Schlaf gerissen. Zuerst versuchte er seinen fliegenden Atem zu beruhigen. Er lag auf dem Rücken, so wie er es auch im letzten, wachen Moment getan hatte, bevor er vom Schlaf übermannt worden war. Das Hemd war ihm über dem Bauch nach oben gerutscht und präsentierte dem Mondlicht den weichen, verletzlichen Unterleib. Ein Gefühl flauer Angst durchzog ihn, so wie in dem Augenblick, als er in der Kammer seiner Schwester aus dem Fenster gesehen hatte. Renaud Le Grand war unten am Brunnen gewesen, hatte die kräftigen Arme vor der Brust verschränkt gehabt und wie zufällig zu ihm hochgesehen. Schnaufend richtete er sich auf, bemerkte Cotte und einen leeren Weinpokal nebst Kanne auf dem Boden neben dem Bett, besah sich gähnend die friedlich schlafenden Männer, die zu seinem Schutz hier waren.

Von dem einäugigen Bogner erzählte man, er habe sich noch während des Kampfes den Pfeil aus Auge und Schädel gerissen und ihn einem Gegner in die Gurgel gebohrt. Dem blassen, rothaarigen Riesen, der sich schnarchend auf dem Tisch ausgestreckt hatte, krochen die Muskelwülste wie Seilstränge über Hals, Arme und Nacken. Mit bloßen Händen konnte er Eisenstangen verbiegen. Der stämmige Glatzkopf war so hässlich, dass die Weiber kreischten, wenn er ihnen zu nahe kam.

Vorsichtig setzte Aimon die Füße auf den kalten Steinboden. Noch immer konnte er das Zittern nicht ganz unterdrücken. Wieder betrachtete er seine Männer: Der Riese schnarchte inzwischen noch lauter. Der Bogner legte gegen das hereinfallende Mondlicht den Arm über das Gesicht. Vom Glatzkopf schaute nur der runde Schädel unter dem Mantel hervor. Aimon kratzte sich das Kinn. Harte Männer waren es, und doch im Schlaf so hilflos wie Säuglinge. War es nicht so, dass er hier und jetzt ungeschützt war?

Renauds Stimme dröhnte in seinem Kopf. Er stand auf und schlich zum Fenster hinüber, aber der Hof war leer. Zum letzten Mal war er dem alten Kämpen beim Essen in der großen Halle begegnet, wo er einer Schar junger Knappen Geschichten erzählt hatte. Den ganzen Abend über hatte Aimon seine Stimme gehört. Wo war er jetzt? Wo waren die Gegner, aus welcher Richtung hatte er den Angriff zu erwarten? Sein Atem flog. Silbrig glänzte die Welt draußen. Ein Käuzchen schrie, sonst machte sich kein Lebewesen bemerkbar.

Er drehte sich um und schaute die Männer an. Immer noch schliefen sie tief und fest. Der Gedanke daran, seinen Gegnern auf diese Weise alleine und hilflos ausgeliefert zu sein, ließ ihn erneut in Schweiß ausbrechen. Kurz entschlossen schlich er zu dem Riesen hinüber, stand für eine Weile über ihn gebeugt, den Blick auf das Gesicht des schlafenden Mannes gerichtet.

Die Wut in Aimon war zuerst ein leises, verlorenes Gefühl. Allein hatten sie ihn gelassen, schliefen, statt an seine Verteidigung zu denken. Und dieser Mann hier hatte ihm noch dazu beim Spiel die letzten Deniers abgenommen. Aimons Finger zogen den Dolch hervor, den er stets griffbereit im Gürtel trug. Inzwischen durchbohrte ihn die Wut, hatte Besitz von ihm ergriffen, wie von dem kleinen Jungen, der er einst gewesen war. Wie Feuer fuhr sie durch seine Glieder bis in die zitternden Fingerspitzen, ließ den Raum schwanken und verschwimmen vor seinen Augen. Sein rechtes Bein zuckte, auch wenn er längst aus dem Alter heraus war, in dem man den Fuß aufstampfte. Wie eilig waren die Bediensteten damals zusammengelaufen, wenn der junge Herr getobt hatte. Wie hatte die Amme die Hände über dem Kopf zusammengeschlagen. Wie waren sie alle um ihn herumgewirbelt, hatten sich bemüht, ihn zu beruhigen und jeden Wunsch von seinen Augen abzulesen. Und jetzt ließen sie ihn alleine.

Die Schleier verschwanden vor seinem Blick. Er würde ihnen eine Lehre erteilen. Diesem Mann hier würde er die Kehle durchschneiden. Das würde ihnen eine Lehre sein, ihren Herrn so schmählich im Stich zu lassen. Sein Arm hob sich, bereit zum Stoß.

Der Griff, der gleich darauf sein Handgelenk umklammerte, das Messer aus seiner Hand und ihn mit einem Schmerzensschrei in die Knie zwang, war unerbittlich. Mit einer fließenden Bewegung sprang der Riese vom Tisch und stieß Aimon zurück, sodass der neben der leeren Kanne polternd zu Boden ging. Sein düsterer Blick richtete sich auf den jungen Mann. »Was soll das? Wolltet Ihr mich prüfen?«

Auch die anderen beiden waren erwacht und standen aufrecht, die Waffen in den Händen.

»Ich wollte deine Schnelligkeit testen.« Missgestimmt rieb Aimon sein schmerzendes Handgelenk. Der erste Schreck verging rasch, aber er hasste es, wie er ihnen nun gegenübersaß, gleich einem fetten Käfer auf dem Rücken, der mit den Beinen zappelte. Ungehalten zerrte er an seinem Hemd. Stumm, die Gesichter ausdruckslos, sahen Riese, Bogner und Glatzkopf auf ihn herab. Er tat, als bemerke er nichts, wälzte sich auf die Knie und kam wenig elegant nach oben, ließ sich auf das Bett fallen. Indem er die Schultern kreisen ließ, versuchte er das Hemd von der schweißklebrigen Haut zu lösen. Am Tisch lehnend, überprüfte der Riese den Sitz seines Dolches.

»Ich verlange, dass einer von euch Wache hält«, sagte Aimon, die Stimme hell wie die eines Kindes.

»Was hattet Ihr vor?«, fragte der Riese, ohne ihn anzusehen.

Aimon schwieg. Der Bogner und der Glatzkopf starrten ihn an. Es war still, dann riss der Riese den Dolch aus der Scheide und rammte ihn mit voller Kraft in die Tischplatte.

»Es gibt richtige Freunde und falsche«, sagte er, »es gibt sogar die richtigen Feinde und die falschen.«

Der Riese und Aimon sahen einander an. Ohne Aimon aus den Augen zu lassen, zog der Mann das Messer aus dem Holz hervor.

16. Kapitel

Richardes Männer hatten Josianes Zug Geleit gegeben, bis dieser die Grenze der Besitzungen erreicht hatte. Inzwischen war die Burg, zu der Ghislain immer wieder zurückgeschaut hatte, schon eine Weile nicht mehr zu sehen. Sie hatten auch die Stelle passiert, an der man ihn befreit hatte. Dunkler Wald breitete sich rechts und links des schmalen Wegs aus, unterbrochen von Wiesenflächen. Manchmal tauchte eine Hütte auf. Sie passierten eine Gruppe Händler, ein paar Pilger auf dem Weg nach Vézelay. Wieder einmal sah er in der Ferne die Kapelle über den Wolken schweben. Es dauerte, bis sich die morgendlichen Nebel aus den feuchten Niederungen verzogen, dann aber brannte die Sonne von einem strahlend blauen Himmel herab.

Ghislain nahm die Kappe ab und streifte mit gespreizten Fingern durch sein Haar. Schultern und Arme schmerzten, denn Renaud hatte ihn auch gestern nicht geschont. »Ihr müsst ehrliche Waffen kennenlernen«, hatte er gesagt, während sich Ghislain bemüht hatte, das Schwert im Schlag sicher zu halten. Manchmal erschien es ihm, als bereite es Renaud Le Grand Vergnügen, ihn schwanken zu sehen. Doch seine Anweisungen kamen zwar knapp, waren aber stets hilfreich. Und er lachte nie. Ghislain tastete nach der Stelle knapp oberhalb seiner rechten Brustseite, wo die Übungslanze gegen seinen Körper gestoßen war, nachdem er selbst Schild und Lanze verloren hatte. Renauds Stoß hatte ihm den Atem geraubt. Zurückgeblieben war ein roter Fleck, der sich erst blau, dann grün und gelb verfärben würde. Seufzend sah er nach vorne zum Anfang des Zuges hin, an dessen Spitze die übliche Gruppe grobschlächtiger Männer ritt. Manche von ihnen kannte er. Sie hatten ihn damals zu Josiane gebracht. Seine Mutter ritt knapp hinter der ersten

Gruppe, vertieft in ein Gespräch mit dem alten Ludovic, der sich auch während des Reitens Notizen auf seiner Wachstafel machte.

Ghislain tastete nach dem Gegenstand, den er tief in den Falten seines Umhangs verborgen hatte. An dem Tag, als er Ludovics Päckchen ausgewickelt hatte, hatte ihn der Anblick eines Buches zuerst verwundert. Es war ein abgegriffenes Büchlein, nicht besonders groß. Unschlüssig hatte er die Seiten aufgeschlagen. Nein, das war kein gutes Pergament, zu dunkel war es. Er hatte sich die wenigen Illuminierungen angesehen. Mit den Bildern waren Stück für Stück die Erinnerungen zurückgekommen. Zwei ältere Jungen, die sich am Tisch vor ihrem Lehrer lümmelten. Er selbst, der er kaum die Tischkante überragte. Stockend, denn er war aus der Übung, hatte er zu lesen begonnen: *Am Ostertag, zur Wiederkehr der schönen Jahreszeit, hielt König Artus in seinem Schloss Cardigan Hof…*

Je weiter er fortgeschritten war, desto mehr Bilder waren in seinem Kopf aufgetaucht. Mehr Erinnerungen an zwei ältere Jungen und an gemeinsames Gelächter, an Wutgebrüll und Faustschläge, dazwischen das ängstliche Jaulen eines Hundes. Den einen Jungen – es handelte sich um Donatien – sah er stets deutlich vor sich, der andere verschwamm vor seinen Augen. Er stöhnte auf. Eine unbedachte Bewegung hatte Schmerz durch seinen Körper schießen lassen. Er biss die Zähne zusammen, schaute hin und her auf der Suche nach Renaud Le Grand. Sobald sie zu Hause waren, würden die Kampfübungen weitergehen. Wo war der Mann eigentlich?

Manche von Richardes Männern hatten es nicht eilig, zur Burg zurückzukehren. Einige wandten ihre Pferde zum Dorf hinunter, wo sie sich in der Herberge mit Geschichten, Weibern und neuen Nachrichten versorgen wollten. Hieß es nicht, der König habe das Kreuz genommen? Vielleicht wussten die Händler mehr, die diesen Ort auf dem Weg nach Italien oder weiter nach Süden, ans Mittelmeer hinunter, passierten, oder die Pilger auf der Strecke nach Santiago de Compostela. Andere Männer ritten so langsam auf dem engen Weg vor Aimon, als säßen sie auf hundertjährigen Kleppern. Riese, Bogner und Glatzkopf schwätzten und schenkten ihm wenig Beachtung. Irgendwann verlor er die Geduld und nutzte die nächste freie Fläche, um den Weg nach rechts zu verlassen.

Voller Ungeduld trieb er das Pferd an. Am Ende der Wiese erreichte er einen schmalen Bach. Gras hing, in der Sonne schimmernd, über dem glitzernden Wasser. Heller Sand bedeckte den Boden des Bachlaufs. An einer Stelle hatte sich Herbstlaub gesammelt. Aimon erinnerte sich, hier schon einmal im Winter gewesen zu sein, als sie zur Jagd geritten waren. Damals hatten Wölfe die Gegend unsicher gemacht, hatten sich bis nahe an Gehöfte gewagt, sodass die Menschen Richarde um Schutz angefleht hatten. Er trieb sein Pferd durch das Wasser und ritt, dem Bachlauf folgend, am Waldrand entlang weiter. Der feuchte Boden des Frühjahrs verbarg keine Spuren. Etliche Abdrücke von Tieren waren im Ufersand zu sehen. Der undeutliche Umriss einer riesigen Tatze weckte seine Aufmerksamkeit.

Aimon hielt sein Pferd an und musterte die Spur. Es war bedauerlich, dass er eher ein schlechter Fährtenleser war. Über ihm ließ ein Raubvogel einen schrillen Schrei hören. Er legte den Kopf in den Nacken und beobachtete den kreisenden Vogel. Nach einer Weile lenkte er sein Pferd weiter den Bach entlang, so wie es auch die seltsame Spur tat. An manchen Stellen war das fremde Tier so tief eingesunken, dass

Wasser in seinen Stapfen stand. Ein Bär? Er hatte bisher weder einen wilden Bären aus der Nähe gesehen, noch die Spuren, die dessen Tatzen machten.

Wieder hielt er das Pferd an und horchte. Der Bach machte einen Bogen nach links zur Burg hin, wo sich tief im Innern des Felsens die Quelle befand. Die Spuren führten nach rechts zwischen zwei Felsen hindurch. Damals waren sie auch dort hinübergeritten. Aimon erinnerte sich an einen schwierigen, von riesigen Wackern übersäten Weg.

Mit den Fingern fuhr er unter dem Kragen von Hemd und Cotte entlang. Er schwitzte, obwohl es hier am Waldrand deutlich kühler war als auf dem Weg drüben. Angestrengt horchte er, aber da war nichts. Er hörte die Männer nicht mehr, auch im Wald war es still. Er schluckte. Mit einem Mal verengte Angst seine Kehle, und in seinem Unterleib bildete sich ein Knoten. Entschlossen trieb er sein Pferd von den Felsen weg und weiter den Bach entlang, ließ das Pferd so schnell gehen, wie eben möglich. Ein leichter Bogen nach rechts, wieder nach links. Der Bach wurde schmaler. Als es zu seiner Rechten im Unterholz krachte und gleich darauf etwas zwischen den Bäumen hervorbrach, wäre er fast gestürzt. Ein Keiler? Suchend blickte er sich um. Sein Mund öffnete sich zum Schrei. Und dann schrie er wirklich.

Ghislain lenkte sein Pferd an Josianes und Ludovics Seite, woraufhin beide schwiegen. Ludovic klappte das Wachstäfelchen zusammen und hängte es an seinen Gürtel. Josiane musterte ihren Sohn. »Haben Euch die letzten Tage gefallen?«

Ghislain hob die Schultern. Es gab so viel, was er nicht verstand, so viel, was es zu lernen galt; und doch war ihm seine Vergangenheit schon jetzt manches Mal fern. Er dachte an Abende, an denen er den nächsten Morgen gefürchtet hatte, dann suchte er Josianes Blick. »Was verbindet Euch mit Richarde, ich wüsste gerne …«

Seine Mutter machte eine knappe Bewegung mit der Hand. »Es ist lange her. Es lohnt nicht, darüber zu sprechen. Aber wisst, es verursacht mir Schmerzen.«

Sie sah ihn geradeheraus an. Sein sonnenverbranntes Gesicht färbte sich dunkler. »Es tut mir leid. Ich wollte Euch nicht verletzen, ma Dame.«

Für eine Weile ritten sie schweigend nebeneinanderher. Ludovic hielt die Zügel in der linken, seine rechte Hand spielte mit seinem Stilus. Josiane sah starr geradeaus. Verstohlen betrachtete Ghislain sie von der Seite. Sie war immer noch von beeindruckender Schönheit und musste als junges Mädchen geradezu überwältigend ausgesehen haben. Er dachte an das Buch unter seinem Umhang. Einen Ritter gab es darinnen, der Erec hieß. *Herrin, sprach er, ich möchte Euch auf diesem Weg begleiten, wenn es Euch gefällig ist; aus keinem anderen Grund kam ich hierher, als um Euch Gesellschaft zu leisten …*

»Woran denkt Ihr?«, fragte Josiane ihn plötzlich.

»Daran, dass ich viel lernen muss.« Sie nickte. Er streckte und reckte die Schultern und lehnte sich etwas im Sattel zurück, bevor er den Blick schweifen ließ. »Könnt Ihr mir sagen, wo der Herr Renaud ist?«

Der riesige Hund zog die Lefzen hoch, sodass man seine gelben Reißzähne sah. Aus tiefster Kehle kam ein dunkles Knurren. Aimons Pferd, die Ohren angelegt, schnaubte verängstigt, blieb aber stehen. Ein gutes Tier war es, er selbst hatte es trainiert. Nervös angelte Aimon nach den Zügeln, die seinen schweißfeuchten Händen entglitten waren. Der Hund drückte den Nacken durch, schob die spitze Schnauze vor und knurrte lauter. Seine Haare sträubten sich. Aimon leckte sich über die staubtrockenen Lippen. Seine Zunge stieß gegen seine Zähne. Er griff die Zügel mit einer Hand fester und klopfte seinem Pferd mit der anderen den Hals. Er würde das Tier wenden und zurückreiten. Behutsam verlagerte er das Gewicht und presste einen Schenkel an, zog auf der gleichen Seite am Zügel. Der Hund knurrte unterdrückt. Dann hörte Aimon Hufschlag hinter sich.

Ein ledernes Wams betonte die breiten Schultern Renauds Le Grand, darüber trug er eine kurze, grüne Cotte. Er hielt die Zügel nur locker, die Hände lagerten gekreuzt vor ihm auf dem Sattel. Bis auf ein Messer schien er unbewaffnet. Aimons Zunge huschte über die Schneidflächen seiner Vorderzähne. Josianes Mann war alleine.

»Sucht Ihr den Bären?«

Ohne es zu bemerken, zerrte Aimon am Zügel seines Pferdes. Schnaubend brach das Tier aus, und er musste es wieder unter seine Gewalt bringen. Es war Renauds Lächeln, das ihn dazu brachte, nervös nach Richardes Männern Ausschau zu halten, aber weder sah noch hörte er sie. Still, dunkel und sehr grün lag der Wald da. Auch auf der Wiese war niemand zu sehen. Mit einer Hand die Zügel umklammernd, tastete er mit der anderen nach seinem Messer. Renaud ließ die Zunge schnalzen. »Das würde ich nicht tun.«

Wieder leuchtete das schmale, rote Lächeln aus seinem silbergrauen Bart hervor. Aimon gehorchte. Leise ächzend wischte er sich die Schweißtropfen von der Stirn. Josianes Mann lenkte sein Pferd an die Seite von Aimons Falben und klopfte dessen Hals.

»Er ist groß, nicht wahr?« Renaud warf einen Blick auf den grauen Hund, der sich Aimon von der anderen Seite näherte. Die Schnauze des Tiers berührte den Unterschenkel des jungen Mannes. »Ich habe ihn aufgezogen. All seine Geschwister waren schon gestorben, da habe ich ihn zu mir genommen. Man sagt, sein Vater sei ein Wolf gewesen.«

Aimon starrte auf das struppige, graubraune Fell des Tieres, die kräftigen Schultern, den Rücken, der sich zu den Hinterbeinen hin leicht absenkte. Der Hund hatte die Vorderbeine gespreizt und fest in den Boden gestemmt. Er knurrte immer noch. Die Trockenheit, die seit Renauds Auftauchen in Aimons Mund war, nahm stetig zu. Nur mit Mühe zwang er seine Lippen auseinander. Seine Stimme krächzte, während er alle Sinne darauf richtete, seine Leute zu hören. Unmöglich, dass er alleine war. »Was macht Ihr hier, Renaud Le Grand?«

»Ich habe etwas zu erledigen.« Kurz schien auch Renaud zu horchen.

Der Hund stieß seinen Schädel gegen Aimons Unterschenkel. Speichel tropfte aus seinem halb geöffneten Maul herab. Er konnte kaum den Blick von dem wolfsartigen Gebiss des Tieres nehmen.

»Was wollt Ihr von mir?«

Renaud griff nach den Zügeln von Aimons Falben. »Steigt ab.«

Aimon schüttelte den Kopf.

»Steigt ab!«, gebot Renaud schärfer, und das Untier stieß die Nase gegen das Bein des jungen Mannes.

Als Aimon zitternd neben seinem Pferd stand, konnte er sich kaum auf den Füßen halten. »Was wollt Ihr von mir?«

Renaud schwieg. »Ihr habt meine Herrin beleidigt«, sagte er dann, »aber nun scheint es mir fast beleidigend, Hand an einen solchen Feigling wie Euch zu legen.« Er sah auf Aimons schlotternde Knie. Der schwankte, musste sich am Sattel seines Pferdes festhalten. »Worum geht es Euch? Ich bezahle Euch. Was wollt Ihr? Ich habe Geld, viel Geld ...«

»Geld ...« Renaud lachte laut auf.

Aimon stimmte ein. »Livres parisis biete ich Euch, oder ...«

Mit einer Handbewegung brachte Renaud ihn zum Schweigen. »Eure Mutter war die Tochter eines Krämers, hat man mir erzählt, und der Vater Eures Vaters hat sich den Titel gekauft. Ich brauche Euer Geld nicht, Aimon de Luzy.«

Aimons Hand krampfte sich in die Mähne seines Pferdes. Das Tier wich aus und brachte ihn fast zu Fall. »Aber ich habe Geld, viel Geld ... Auch Edelsteine ...«

Renaud schien ihn gar nicht zu hören. Die Augenbrauen des Graubärtigen waren über den Augen zusammengewachsen. Abschätzig wanderte sein Blick über Aimons Körper. »Es geht nicht um Geld, Aimon de Luzy, es geht darum, seiner Herrin die Treue zu halten. Ihr habt Josiane de Faure beleidigt, wolltet dumme Gerüchte über ihren Sohn verbreiten.«

»Gerüchte?« Aimon bemühte sich zu lachen. Der Hund zog die Lefzen hoch und brachte ihn knurrend zum Verstummen.

»Ja, Gerüchte.« Renaud beugte sich in seinem Sattel vor. Irgendwo in der Nähe war ein Geräusch zu hören. Sie horchten beide. Mehrere Vögel stiegen kreischend über dem Wald auf.

»Da kommt jemand«, sagte Aimon.

Renaud lächelte wieder. »Glaubt mir, für Euch ist das zu weit fort.« Mit einem kräftigen Fußtritt zwang er den jungen Mann zu Boden. Mühsam kämpfte sich Aimon zurück auf die Knie. »Lasst mich erklären.«

»Aber dafür ist keine Gelegenheit mehr.« Renaud deutete auf die Vögel, die über dem Wald kreisten. »Wie Ihr recht bemerkt habt, kommt da jemand.«

Ein leiser Pfiff und der große Hund stand genau vor

Aimon. Die Augen des jungen Mannes weiteten sich in verständnisloser Panik. Ein weiterer Pfiff und die Schnauze des Hundes verharrte kurz über seinem Hals, ein Schnalzen und das Tier biss zu. Starr vor Entsetzen wollte er den Mund zum Schrei öffnen, aber da war nur noch Blut. Überall schmeckte er Blut. Er stürzte rückwärts, sah Alissende vor sich. Alissende als kleines Mädchen, wie sie die Würfel gegen die Wand schmetterte, sich selbst, wie er die Schwester an den Haaren zog. Ihr Gebrüll. Sein erstes Pferd. Sein erster Falke. Seine erste Jagd. Erste Enttäuschungen, Eis breitete sich in ihm aus und viel zu viel Blut ... viel zu viel ... Blut ...

Am späten Nachmittag war Aimon noch nicht zurück. Schon gegen Mittag hatte Alissende Teile des Geleitzugs in den Hof einreiten sehen, später waren die zurückgekommen, die sich länger Zeit gelassen hatten. Sie hatte ihr Lachen und Singen gehört. Einer hatte sogar eine Frau bei sich gehabt, eine wandernde Hure, die Donatien sofort zum Tor hinausgejagt hatte. Aimon war nirgendwo zu entdecken gewesen.

Sie seufzte. Mehr aus Langeweile, denn sie hatte ihre Kammer in den letzten Tagen kaum verlassen, ging sie erneut zum Fenster, um das Treiben unten zu beobachten. Heute schmerzte ihr Rücken höllisch. Mit einem Arm stützte sie sich gegen die Wand und beobachtete die durcheinanderlaufenden Männer unten.

Wo war Aimon? Sie konnte ihn nirgendwo entdecken, dabei hatte sie längst seine Begleiter ausfindig gemacht. Da war der kräftige Riese, der in der Halle Eisenstäbe verbogen hatte, dort waren der hässliche Glatzkopf und der einäugige Bogner, dessen Treffsicherheit legendär war. Mit einem Mal dachte sie daran, wie ängstlich Aimon in den letzten Tagen gewesen war. Bis spät in die Nacht hinein hatte er manchmal bei ihr gehockt. Einmal war sie sogar eingeschlafen und hatte ihn am nächsten Morgen vor ihrem Bett auf dem Boden gefunden, den leeren Weinpokal mit der rechten Hand umklammernd.

Eine Unruhe, die im Hof ausbrach, ließ sie wieder nach unten blicken. Ein paar eilten zum Tor und umrundeten einen Staubfuß samt Packpferd, der sich des Andrangs nur mühsam erwehren konnte. Das allgemeine Geschrei lockte Richarde aus dem Haus. Der Händler warf die Arme hoch, um sich Platz zu verschaffen, und zog das Packpferd in Richtung Brunnen.

Aber das war kein Packpferd.

Alissende war, als lege sich eine Nebelwand über ihre Umgebung, aus der nur der Kopf von Aimons Falben hervorschaute. Dann sah sie wieder klarer. Sie sah ihren Vater, René de Luzy, schreiend aus dem Haus rennen, stolpern und stürzen. Sie sah Donatien, ihren Ehemann, der ihm folgte und dem Schwiegervater auf die Beine half. Zögerlicher schälte sich das Bild eines quer über dem Sattel liegenden Körpers heraus, den man in den Umhang ihres Bruders gewickelt hatte.

Alissende drückte die linke Stirnseite gegen die raue Mauer. Nein, sagte etwas in ihrem Kopf, nein, nein, nein ...

Sie sah ihren Vater, stolpernd und von Donatien gestützt, an die Seite des Falben treten, sah ihn nach einer Hand greifen, die aus dem Stoff des Umhangs gerutscht war, und beobachtete, wie René diese schlaffe Hand zwischen seinen Fingern hielt, sie küsste und liebkoste, bevor er aufschreiend ein zweites Mal in die Knie brach.

Nein ... In leichten, gleichmäßigen Bewegungen stieß Alissende ihre Stirn gegen die Mauer. Der Schmerz tat gut. Er ließ sie vergessen, wenigstens für einen kurzen Moment.

Noch hockten die Schluchzer stumm in ihrer Kehle, noch sah sie wortlos zu, wie Diener den leblosen Körper aus dem Sattel hoben, um ihn auf eine eilends herbeigebrachte Trage zu heben, derweil Donatien mit dem Staubfuß sprach.

Genau unter ihrem Fenster brachte René de Luzy laut schluchzend und sich die Haare raufend die Träger mit der Bahre zum Stehen und riss das Umhangtuch vom Kopf der Leiche. Alissende schrie auf. Aimons Gesicht war so bleich, als fände sich kein einziger Blutstropfen mehr in seinem Körper, nur der Hals war eine klaffende Wunde, ein rotes, hungriges Maul. In einem Anfall von Schmerz krümmte sie sich und suchte Halt an der Wand. Ein krampfartiges Ziehen durchdrang ihren Leib. Da war eine warme Flüssigkeit, die ihre Beine herablief. Sie keuchte. Dann schrie sie.

Ghislain sah zu, wie der Glasbläser die Glasmasse aufnahm und mit der Kraft seines Atems zu einer wabernden Kugel blies. Dann stemmte der Mann den Hohlstab geschickt in die Höhe, bewegte und drehte ihn, bis er es zufrieden war und die Kugel abkühlen konnte. Der junge Mann wandte den Blick ab, horchte und schaute sich um: eine Hütte, die an einem sandigen Bachlauf tief im Wald lag; mehrere Öfen, um Sand und Asche zu Glasmasse zu schmelzen. Die Rufe der Holzfäller, die aus dem Wald zu ihnen herüberdrangen. Der Laut des Blasebalgs, von einem kleinen Jungen bedient, der über den Platz keuchte. Eine Frau, die in einer wassergefüllten Kuhle mit gleichmäßigen Bewegungen Lehm für die Herstellung neuer Öfen trat. Eine Handelsstraße, die nicht weit entfernt, hinter diesen Birken dort, entlangführte. Er schaute zu seinem Pferd, das er der Obhut eines Dieners überlassen hatte.

Als sie hier eingetroffen waren, waren die Arbeiter auf die

Knie gefallen und zwei Frauen hatten, angesichts Josianes bewaffneter Begleitung, angstvoll die Hände vor den Mund geschlagen. Jetzt stand Josiane de Faure dort, zwei der Männer an der Seite, die auch ihn über Tage hinweg begleitet hatten, und sprach mit dem Meister der Glaserhütte.

Ghislain ließ die Augen weiterwandern: Glas, milchiges und buntes Glas in allen Farben und Formen stand an einer Wand der Hütte aufgereiht und funkelte im Sonnenlicht. Mit einem Mal musste er an einen grauhaarigen Mann denken, eine schmale blonde Frau und drei Mädchen. Die schönste Kapelle unter Gottes Himmel, eine Kapelle aus buntem Glas.

Er hatte ihr versprochen zu kommen und hatte es nicht getan.

Leichte Tritte zeigten ihm, dass sich ihm jemand näherte, er drehte sich um und sah sich Josiane gegenüber.

»Richarde beansprucht auch diese Hütte hier für sich.« Sie wies um sich, deutete auf den Jungen mit dem Blasebalg, der in seinen Bewegungen innehielt und zu ihnen herüberstarrte. »Die Familie lebt in Angst vor ihr.«

Ghislain schwieg. Kurz erschien es ihm, als sei Josiane in Gedanken versunken, dann berührte sie flüchtig seinen Arm. »Es ist Euer Erbe. Das solltet Ihr wissen.«

Ghislain sah wieder zu den Glasscheiben hin. Der Blasebalg war wieder zu hören, doch die Laute klangen unregelmäßiger. »Ist das Glas für den Kirchenbau?«

Josiane runzelte die Stirn. »Aber ja«, sagte sie, »und wisst Ihr was? Das ist ein Weg in das Herz unseres Königs.« Sie lächelte.

»Es ist schön«, murmelte er nach einer Weile, und sein Tonfall ließ sie vermuten, dass er ihr nicht zugehört hatte. »Ich habe gerade an früher gedacht«, fügte er hinzu, »an letztes Jahr.«

Sie schüttelte den Kopf, trat einen Schritt auf ihn zu und sah zu den Männern hinüber, die sie zu seiner ständigen Begleitung abgestellt hatte. Langsam drehte er sich zur Seite und folgte ihrem Blick.

»Denkt nicht an früher.« Sie legte eine Hand auf seinen Arm, spürte, wie die Anspannung unter ihren Fingern wich. »Ihr gehört jetzt zu uns.«

17. Kapitel

Zum Pfingstfest, das Scharen von Gläubigen nach Paris lockte, war es warm. Stundenlang zogen sich die Prozessionen durch die unter der Hitze stinkende Stadt. Fürbitten wurden an die Mutter Gottes und die Heiligen gerichtet. Reliquienhändler boten ihre Ware feil, Knochen- und Holzsplitter sowie Kuriositäten aus dem Heiligen Land fanden neue Besitzer. Bettler, aber auch Taschendiebe hatten ihr Einkommen. In den Verliesen des Prévôt schwitzten die weniger erfolgreichen Diebe am Abend des ersten Tages ihrer Strafe entgegen. Am zweiten Tag gaben einige Gläubige das Fasten auf und fielen in Scharen in den Schankstuben der Gassen ein. Im *Ochsen*, dem *Hahn* und dem *Kleinen Affen* klingelten die Münzen. Bier und Wein floss in Strömen. Die Huren arbeiteten ohne Pause. Die Frommeren jedoch sammelten sich auch an diesem zweiten Tag auf dem Vorplatz von Nôtre-Dame. Immer wieder zogen die Höhe der Kirche, die unzähligen Statuen und Ornamente die Blicke der Gläubigen an. Im Gewirr der Gasse richteten sich viele Augen nach oben, auf dem engen Platz vor der Kirche standen die Gläubigen dicht an dicht. Hier sprach Gott mit ihnen, hier offenbarte er auch den Unbelesenen sein Wort und seine Stärke. Manche waren aus kleinen Dörfern von weiter her gekommen und stolperten zwischen den Gerüsten umher. Ein paar Frauen machten sich daran, Steinmehl von den Wänden des heiligen Ortes zu kratzen, das gute Dienste gegen Krankheiten leisten sollte. Mehr Männer und Frauen sammelten sich vor dem Eingang oder schlenderten durch den schon fertiggestellten, zentralen Teil der Kirche, der dem Gottesdienst offen stand. Der Lärm war ohrenbetäubend. Manche Bitten brauchten eine mächtige Kirche; zu diesem Zweck hatten sich heute hier nicht wenige versammelt. Auch von den umliegenden Baustellen war man an diesem Tag der Ruhe gekommen. Die Steinmetze begutachteten die Arbeit ihrer Kollegen, die Glasmaler prüften die Fenster. Ein paar der Bauleute knieten sich nieder und beteten. Dem Weib eines Schnitzers stand die Niederkunft bevor, ein Maurer flehte Jesus an, seinem kleinen Sohn den Buckel zu nehmen. Im allgemeinen Getöse ging das Stöhnen zuerst unter, dann reckte der Erste den Hals. Ein Zimmermann stieß seinen Gesellen in die Seite, worauf der junge Mann seine Andacht unterbrach. Beide horchten. Wieder ein Stöhnen. Nun hörte es auch ein Maurer. Ein Straßenköter schlug bellend an. Der Schnitzer sprang auf. Neugierig machten sich die Männer auf die Suche nach dem Ursprung des Geräuschs. Weit mussten sie nicht gehen.

Die Geräusche kamen von einem heftig weinenden Mann, der hinter einem der Pfeiler kniete und die Hände gegen den Himmel gehoben hatte. Als die Männer sich näherten, warf er sich gerade zu Boden und streckte die Arme weit nach beiden Seiten, das Gesicht in den Staub gedrückt. Offensichtlich bemerkte er sie nicht. Sein Körper zuckte unter heftigen Schluchzern, dann sprang er auf. Für einen Wimpernschlag herrschte Stille, bevor sein Schrei von Dach, Wänden und Boden widerhallte: »Mon Seigneur, helft mir!«

»Maître Pierre?« Ein Maurer hatte den Baumeister erkannt und trat zögernd näher. Der fuhr herum. Vom Weinen waren seine Augen gerötet, die Wangen fleckig. Er hatte sich die Haare gerauft, sodass sie wild um seinen Kopf standen. Die Vorderseite seines Gewandes war schmutzig vom Staub, in den er sich geworfen hatte. Mit weit aufgerissenen, leeren Augen starrte er durch die Männer hindurch, dann stürmte er an ihnen vorbei.

Wie es ihm anstand, überfiel der Dämon Lise zum letzten Mal an der Stelle, an der er in sie hineingepflanzt worden war. Unter dem starken Sommerregen war der Friedhof menschenleer. Mit dem ersten, heftigen Schmerz krümmte sich das Mädchen stöhnend zusammen, setzte ihren Weg jedoch fort. Aber dieses Mal hörten die Krämpfe nicht auf. Sie wurden schwächer, setzten kurz aus, doch wie Wellen, die sich dem Ufer näherten, kamen sie stets zurück. Nur unter Stöhnen und mit vielen Pausen gelang es ihr, die hintere Mauer zu erreichen. Für eine Weile blieb sie dort zusammengekrümmt sitzen, den Rock bis über die Füße gezogen, und rührte sich nicht. Auch als der Regen noch stärker herabprasselte, machte sie keine Anstalten, Schutz zu suchen. Sehr bald klebte die Kleidung an ihrem Körper, Wasser troff aus ihren Haaren, und sie schlotterte vor Kälte.

Hier, erinnerte sie sich, während ihre Finger über die feuchte, raue Mauer fuhren, hatte Thomas ihr Honig ins Ohr gegeben, hatte ihr geschmeichelt und sie glauben lassen, dass sie einst seine Frau sein würde. Lise, die Frau des Glasmalers Thomas Le Bœuf, die angesehene Meisterin im eigenen Haus. Mit offenen Augen hatte sie geträumt und nichts gesehen. Wie elend dumm war sie gewesen.

Sie beugte sich vor, spürte, neben dem Regen, nun auch die Feuchtigkeit, die zwischen ihren Beinen herauslief. Mühsam stemmte sie sich hoch, ging ein paar Schritte und wusste nicht, wohin. Zwischen den grauen Regenfäden sah sie ihre Umgebung nur undeutlich. Die Krämpfe verstärkten sich, ein besonders heftiger fegte sie von den Beinen. Mit dem Gesicht voran kam sie auf dem Boden zu liegen, um ihre Wangen fügte sich Schlamm. Sie spürte Erde an ihrem Mund, schmeckte sie zwischen den Lippen. Irgendwo in der Nähe riefen Glocken zur Andacht.

Wimmernd wälzte sie sich auf die Seite und zog die Beine an, aber der Dämon war erwacht und gab keine Ruhe. Der Dämon hatte seine Faust gereckt und riss an ihrem Fleisch, bis nur noch unmenschliche Laute aus ihrem Mund drangen. Wie ein Tier hörte sie sich an, wie das Tier, das sie war. Ihre Finger krallten sich in den aufgewühlten Schlamm. Sie bekam Steine zu packen, Stoffreste, eine irdene Scherbe. Rhythmisch zuckte ihr Leib. Als der Schmerz ihr eine Pause ließ, gab sie ihren Tränen freien Lauf, aber bald kehrte alles mit doppelter Stärke zurück.

Es war so weit, der Dämon begehrte, geboren zu werden, und sie war alleine. Grunzend warf sie sich auf den Rücken. Der Schweiß, der über ihr Gesicht strömte, mischte sich mit dem Regenwasser, floss in ihren Mund. Sie war alleine. Niemand würde sie finden. Mit letzter Kraft rollte sie sich herum, kam hustend auf die Knie und kroch los, bis der Schmerz sie von Neuem zu Boden riss. Vor ihr tauchte eine neue Wand auf. Ihre ausgestreckte, rechte Hand umklammerte einen Stein, der unter ihrem festen Griff aus dem Boden brach. Der Dämon tobte. Der Dämon wollte sie töten. Sie spürte es.

Gegen den peitschenden Regen hatte Jehanne den Umhang fest um Kopf und Oberkörper geschlungen. Nun ließ das Unwetter nach, aber unter dichten, drückenden Wolken reichte der Blick nicht weit. Seit sie den Friedhof betreten hatte, bewegte sie sich mit äußerster Vorsicht. Ein Gefühl von Angst und Unruhe begleitete sie seit dem späten Nachmittag, als Lise nicht vom Brunnen zurückgekehrt war. Immer wieder hatte es sie auf die Gasse hinausgetrieben, um nach der Älteren Ausschau zu halten; als sie endlich losgelaufen war, hatte der Regen längst das meiste Volk von den Straßen der Stadt in Häuser und Schankstuben getrieben. Hier und da hatten sich letzte Fußgänger beeilt, einen trockenen Platz zu erreichen. Ein Karren war im Dreck stecken geblieben und mit gebrochenem Rad zurückgelassen worden. Am Brunnen hatte sie den Holzeimer gefunden. Erst war sie sich unschlüssig gewesen, was sie tun sollte, dann war sie einfach losgerannt. Heftig keuchend vom schnellen Lauf hatte sie diesen Ort erreicht. Margaux war hier beerdigt worden, und Lise hatte in den letzten Tagen oft von der Kleinen gesprochen.

Ein Geräusch hemmte ihren Schritt. Jehanne blieb stehen, bemüht, das dämmrige Licht zu durchdringen. Nichts, man sah kaum ein paar Armlängen weit. Der Friedhof schien menschenleer. Das übliche lärmende Volk musste anderswo Unterschlupf gefunden haben. Schaudernd setzte das Mädchen seinen Weg fort. Aus dem aufgeweichten Boden staken hier und da Knochen hervor, an einer Stelle meinte sie, eine Hand zu erkennen. Dumpf roch es, nach Feuchtigkeit, Moder und süßer Verwesung, nach Leben und Tod.

Es war die hinterste Ecke des Friedhofs, in der sie über einen reglosen Körper hinweg in den Schlamm stürzte. Ein leiser Schrei entfuhr ihr. Hastig rappelte sie sich auf die Knie hoch.

Als sie Lise erkannte, hätte sie beinahe noch einmal geschrien. Bis zur Taille waren Gewand und Unterkleid der Schwester nach oben geschoben, die Strümpfe dagegen zu den Knöcheln herabgerutscht. Blut verschmierte Lises Unterleib und bildete einen dunklen Fleck zwischen ihren Beinen, und dann war da noch etwas, etwas, das an einer langen Schnur aus Lises Leib heraushing: ein kleiner Körper, die Beinchen angezogen, das kleine Hinterteil nach oben gereckt, winzige, zu Fäusten geballte Händchen seitlich gegen ein schwarzbehaartes Köpfchen gedrückt. Jehanne kroch näher, berührte das von Fett und Blut verschmierte Bündel, nahm es hoch und drehte es behutsam auf den Rücken.

Ein kleiner Junge. Wie gebannt starrte Jehanne in das faltige, bleiche Gesicht des Kindes. Die fest zusammengekniffenen Augen des Säuglings zuckten, aber kein Laut war zu hören. Seine Lippen standen leicht geöffnet, die winzige Nase kräuselte sich. Gedankenverloren berührte sie die Schnur, die aus dem Bauch des Säuglings herauskam und zwischen Lises Beinen endete. Bei Margaux hatte es ebenso ausgesehen, und sie meinte sich zu erinnern, dass man die Schnur durchschnitten hatte.

Hastig fingerte sie das Schnitzmesser unter ihrem Umhang hervor und hielt erneut inne. Sie hatte damals nicht sehen können, was die älteren Frauen genau getan hatten, denn kurz vorher war sie von einer Nachbarin entdeckt worden, die sie an den Ohren aus dem Versteck gezerrt hatte. Was, wenn sie das Kind durch ihr Handeln tötete? Lieber Gott, hilf mir. Maria, Gottesmutter, hilf mir! Gottessohn, hilf mir. Helft, all ihr Heiligen!

Ein Stöhnen ließ sie zu ihrer Schwester hinüberschauen. Unruhig zuckte das kleine Messer in ihrer Hand. Lises

Mund stand offen, sie sog mühsam Luft ein. Die Augen waren unter den geschlossenen Lidern tief in ihre Höhlen zurückgesunken. Vollkommene Erschöpfung zeichnete ihre Gesichtszüge. Heilige Maria, hilf meiner Schwester! Jehannes Lippen bewegten sich im Gebet, ein neues, lauteres Stöhnen zerriss die Stille. Jehanne biss die Zähne aufeinander, setzte dann kurz entschlossen das Messer an und durchtrennte die Schnur.

Der kleine Junge regte sich nicht. Vielleicht war ihm kalt? Jehanne schlüpfte aus ihrem Umhang und wickelte den Säugling sorgfältig darin ein, bevor sie ihn vorsichtig zurück auf den Boden legte. Über dem Friedhof begannen sich die Wolken zu teilen – erste, graue Helligkeit erreichte den Boden. Wie lange mochte es dauern, bis die Huren zurückkehrten, das fahrende Volk und die, die Vergnügung suchten? Neben ihrer Schwester ging sie in die Knie.

»Lise?«, flüsterte sie. Lise öffnete die Augen nicht. Jehanne rückte näher heran, strich der Älteren das feuchte Haar aus dem Gesicht. Ein neuerlicher Krampf verzerrte Lises Gesichtszüge, ein blutiger Klumpen rutschte zwischen ihren Beinen hervor, und sie lag erneut reglos da. Sie öffnete die Augen auch nicht, als sie zu sprechen begann.

»Ist der Dämon da?«

»Es ist ein Junge«, murmelte Jehanne und schaute zu dem kleinen Wesen hinüber, dessen runzliges Gesichtchen kaum aus den Falten des Umhangs hervorschaute.

Lise öffnete die Augen und drückte sich auf den Ellenbogen hoch. »Hilf mir!« Sie streckte einen Arm zu Jehanne hin und setzte sich mit deren Hilfe auf. »Wo?«

Jehanne zögerte, bevor sie das Bündel vom Boden aufhob und in Lises Arme legte. Stumm starrte die auf das Kind herab. Keine Regung zeigte sich auf dem Gesicht der Schwester, kein Laut kam von ihren Lippen, und doch hielt sie den Kleinen vorsichtig, wie eine Glasscheibe.

»Ich glaube, er ist gesund«, sagte Jehanne nach einer Weile.

Lise schwieg, reichte der Jüngeren das Kind dann unvermittelt zurück: »Nimm ihn!«

Wortlos drückte Jehanne das Kind an sich, rieb mit einem Zipfel des Umhangs Blut und Schmutz aus dem Gesichtchen und strich zart über den kleinen Mund. Eben noch ohne Bewegung, öffneten sich die Lippen des Säuglings wie von selbst und schnappten nach ihrem Finger.

»Er saugt!« Jehannes Stimme überschlug sich.

Lise zuckte die Schultern. Rasch schlüpfte sie aus ihrer Kleidung, ließ das blutige Unterkleid liegen und zog sich das Obergewand wieder über den Kopf. Stumm wiegte Jehanne derweil das Kind in ihren Armen.

Als sie nach Hause kamen, war Edwige noch nicht zurück, aber Clément saß vor der Herdstelle und hielt die Hände gegen die Wärme. Ohne ein Wort verschwand Lise in der Schlafkammer und war schon eingeschlafen, bevor er das Bett erreichte. Zögerlich trat er aus der Kammer hervor.

Jehanne streckte ihm das Bündel hin. Ihr Vater nahm es mit äußerster Vorsicht entgegen und schlug den Stoff auseinander. In dem Moment, in dem sie beide in das Gesicht des Säuglings schauten, öffnete der die Augen und ließ ein leises Wimmern hören. In einer behutsamen Bewegung drückte Clément das Kind an sich. »Geh Ziegenmilch holen, Jehanne.«

Jehanne gehorchte. Als sie sich in der Tür noch einmal umdrehte, sah sie ihren Vater, das Kind im Arm, vor dem Feuer sitzen. Sanft sprach er auf den Säugling ein.

Draußen fegte Wind durch den Hinterhof und brachte Türen und Fensterläden zum Klappern. Vielleicht würde es ein Gewitter geben. Drückende Hitze hatte den Unrat auf den Straßen und in den Kanälen der Stadt in den letzten Tagen fast zum Gären gebracht, und auch durch die Ritzen der Häuser drang der dumpfe Geruch. Von den Erhängten an ihren Galgen stiegen mit jeder pendelnden Bewegung der leblosen Körper Fliegenschwärme auf. Süßer Verwesungsgestank ließ die Anwohner die Luft anhalten. Schon hatte es Beschwerden gegeben, doch was sollte man tun, wenn dem Recht Genüge getan werden musste?

Mit einer Hand hielt Lise die klappernde Tür fest und starrte nach oben in den immer schwärzer werdenden Himmel. An ihrem Ellenbogen spürte sie Jehanne, die ihr heute nicht von der Seite weichen wollte.

In den Tagen nach der Geburt des Dämons hatte Lise heftig gefiebert. Wahrscheinlich hatte sie auch gestöhnt, geschrien, möglicherweise im Wahn geredet. Sie wusste es nicht. Seit sie wieder gesund war, schwieg sie meist. Nur noch selten verließ sie das Haus, eigentlich nur, um nach hinten in den Hof zu gehen. Auf ihrem ersten Gang zum Brunnen hatte sie eine grölende Meute Straßenkinder begleitet. Sie würde nicht mehr dorthin gehen. Niemals mehr.

Erneut spürte sie Jehannes Berührung, ein leichtes Stoßen. »Sie werden es vergessen«, hatte die Jüngere hilflos gesagt und der Meute die Tür in die Gesichter geschlagen. »Sie werden vergessen, was du getan hast.« Lise hatte nicht geantwortet.

Drinnen schlief das Kind in einem alten Körbchen auf dem Tisch. Sie kümmerte sich nicht um den Säugling, hatte auch keine Milch, mit der sie ihn hätte nähren können. Sie achtete nicht mehr auf ihre Kleidung, auf die sie früher solchen Wert gelegt hatte, kümmerte sich nicht um Zierrat und kämmte die Haare nicht, die langsam nachwuchsen.

»Lise?« Jehanne stieß sie erneut an.

Lise drehte sich um. Irgendwie wirkte Jehannes Gesicht verschwommen, als befände sie sich in weiter Ferne. Sie schluckte. Die Schwester sagte etwas, aber sie war so weit weg, als stünde sie auf der anderen Seite eines weiten Flusses, so weit entfernt, als könne sie niemals mehr zu ihr gelangen. Sie schlug die Hand vor den Mund. Vor ihr bewegte sich Jehanne hin und her. »Soll ich deine Haare kämmen?«, sagte ihre Stimme. Aber sie war so weit weg – vergeblich streckte Lise die Hände nach ihr aus –, so weit weg.

18. Kapitel

Josiane wärmte ihre Hände am flackernden Kaminfeuer. Eben hatte sie Schleier und Gebände abgenommen, und Renaud konnte nicht umhin, ihren schmalen Nacken unter dem kunstvollen Geflecht schwarzer Haare anzustarren. Der Drang, sie zu berühren, wurde so stark, dass er sich kaum beherrschen konnte. Stumm biss er die Lippen aufeinander. Ein feiner Blutfaden rann von seiner Unterlippe in seinen grauen Bart. Die Arme ineinander verschränkt, sah er zu, wie Josiane sich nach vorne beugte und mit einem Ast in den Flammen herumstocherte. Funken stoben auf. Sie hielt ihr Gesicht in die Hitze, dann drehte sie sich um, die Wangen gerötet.

»Wieder einmal bin ich Euch zu Dank verpflichtet, Renaud«, sagte sie lächelnd, und der alte Kämpfer trank ihre Stimme wie süßen Met.

»Stets zu Diensten, ma Dame.« Die Muskeln an seinen

Armen spannten sich an. Josiane hatte sein Vertrauen immer verdient. Seit sie hierhergekommen war, kämpfte er für sie. *Pour l'amour de Josiane*. Sie war die Einzige, die seine Liebe verdiente. *Pour l'amour de Josiane. Pour l'amour d'elle. Pour l'amour de Dieu.* Er sah zu, wie sie seinen Pokal mit ihrem besten Wein füllte.

»Was würde ich ohne Euren kräftigen Schwertarm tun?« Sie trat einen Schritt auf ihn zu, hielt ihm das Gefäß entgegen. Ein blumiger Duft stieg in seine Nase. »Nehmt!«

Er trank gehorsam. »Josiane, ich …«

So rasch wie sie näher gekommen war, wich sie zurück und drehte sich zum Feuer. »Ich habe eine neue Aufgabe für Euch.«

»Ja, ma Dame?«

»Ich möchte, dass Ihr eine Frau für meinen Sohn sucht.«

Ghislain zügelte das Pferd und wendete das Tier, sodass er zur Burg hinaufsehen konnte. Über den Baumwipfeln reckten sich die Burgtürme dunkel in den Himmel. Der Turm rechter Hand war ein Wachturm, der andere, der wie ein Schwalbennest über dem Abgrund schwebte, diente seiner Mutter als Wohnstätte. Hier brannte Feuer im Kamin, wenn es kalt war, glühten Kohlen in Metallbecken. Er trieb sein Pferd an, lenkte es weiter um die Burg herum, bis zum Fuß des Steilhangs auf der anderen Seite und dem Wald, hinter dem das Dorf lag. An der Stelle, an der die Abfälle der Burg in den Graben geworfen wurden, hielt er noch einmal an. Bei seinem ersten Ausritt hatte er hier Dorfbewohner beim Durchwühlen des Unrats angetroffen, die, seiner ansichtig, zu Salzsäulen erstarrt waren. Die Männer in seiner Begleitung hatten die zerlumpten Gestalten schließlich verjagt, damit er sich nicht an ihnen störe.

Seit sie zurück waren, waren diese Begleiter immer da, auch jetzt.

Er ließ seine Stute in den Trab gehen, verzog nachdenklich die Stirn. Nach monatelangen Übungen beherrschte er Pferd und Lanze gut genug, um nicht jedes Mal hinter der Kruppe seines Tiers auf dem Boden zu landen. Die blauen Flecken waren zwar kaum weniger geworden, aber er machte zweifelsohne Fortschritte. Einmal, vor Kurzem erst, hatte seine Mutter eine Magd mit einer duftenden Salbe aus Kamillenblüten in seine Kammer geschickt, die die kleinen Wunden und Flecken auf seinem Körper versorgt hatte. Sie war jung gewesen, ein hübsches Ding mit einem runden Busen und einer schmalen Taille, das blonde Haar im Nacken zusammengenommen. *Ich sage euch fürwahr: So golden und leuchtend auch das Haar der blonden Isolde war, sie hätte doch gegen diese Jungfrau zurückstehen müssen.*

Er hatte das Mädchen angesehen und an Alix gedacht, wie auch jetzt. Als er sie nach Beendigung ihrer Arbeit hinausgeschickt hatte, war sie verwundert gewesen, dann aber eilig verschwunden. Im höchsten Maße erregt, hatte er Hand an sich selbst legen müssen.

Warum er die Kleine nicht genommen habe, hatte seine Mutter ihn gestern gefragt, sie sei ein Geschenk gewesen.

Weil ihm nicht danach gewesen sei, hatte er entgegnet.

Aber jeder Mann müsse ab und an einen Acker furchen, hatte Josiane lachend geantwortet und dann ernster hinzugefügt: Ihr müsst noch viel lernen.

Ja, er musste sicherlich noch viel lernen. Die Falten auf Ghislains Stirn vertieften sich. Manchmal war ihm seine Mutter fremd.

Pferd und Reiter hatten nun den schmalen Pfad genau unter dem Wohnturm erreicht. Auch hier lagen vereinzelte Abfälle herum. Er musterte den steilen, abweisenden Felsen. Hufschlag zeigte ihm, dass sich seine Begleiter von Neuem näherten. Er trieb sein Pferd in eine schnellere Gangart, um ihnen wenigstens ein bisschen voraus zu sein, gelangte zu dem Galgen, der sich unterhalb der Burg auf einem kleinen Hügel befand.

Süßer Verwesungsduft umfing ihn. Nur eine schmale Gestalt, bekleidet mit einem schmutzigen, groben Leinenhemd, hing am Balken. Krähen beäugten den näher kommenden Reiter. Ein Vogel saß auf dem Kopf des Toten. Der Körper des Hingerichteten reckte sich gegen den Boden, als suche er nach Halt. Sein Kopf war zur Seite gesunken. Als Ghislain dichter heranritt, flogen die Vögel kreischend auf. Er zügelte das Pferd und schaute in das Gesicht des Erhängten. Leere Augenhöhlen starrten ihn an, die Nase war von Schnabelhieben zerfetzt, an den Wangen fehlten Fleischstücke. Trotzdem wusste er, wen er vor sich hatte. Er hatte ihn bisher einmal gesehen, damals, als sie gemeinsam vor Josiane de Faure gekniet hatten. Der Fischdieb hatte sein Ende gefunden.

Als Ghislain sein Pferd an diesem Abend durch das zweite Tor lenkte, aus dem Sattel glitt und die Zügel, erstmals ohne längeres Nachdenken, einem Diener zuwarf, stand Josiane am Fenster ihrer Kammer. Dass er keine Ammen benötige, hatte er seinen Begleitern gestern gesagt, aber sie wusste nicht, ob das so war. Sie wusste nicht, ob er verstehen würde, was man von ihm erwartete. Pflichten hatte er nie gekannt. Zu lange Zeit hatte er eigene Entscheidungen getroffen, zu wenig der Erkenntnis wohnte ihm inne, vor anderen auserwählt zu sein. Sie horchte auf seine Schritte draußen auf der Treppe. Wenn er nur weiterhin zu ihr kam, weiterhin ihren Rat suchte, sollte sie ihn eines Tages überzeugt haben. Besser war es allerdings, wenn das eher früher denn später der Fall war.

Im allgemeinen Trubel der Ankunft neuer Verbündeter wenige Tage später gelang es Ghislain erstmals, sein Pferd unbemerkt aus dem Tor hinauszulenken. Im Galopp entfernte er sich.

Zuerst hatte er einen Hirten mit einer Herde Ziegen passiert, dann zwei junge Mädchen auf Eseln. Im nächsten Gehöft hatte eine Bande Kinder, seiner ansichtig, damit aufgehört, das eng geschnürte Bündel umherzutreten, das ihnen zum Spiel diente. Alle hatten ihn angestarrt, und er hatte sich gefragt, welche Haltung wohl am angemessensten war. Irgendwann hatte er sich darauf verlegt, allen, denen er begegnete, kurz zuzunicken. Kaum einer hatte seinen Gruß erwidert.

Für einen Moment besann er sich ganz auf den sanften Hufschlag seiner Stute. Noch niemals zuvor, jedenfalls soweit er sich erinnern konnte, hatte er ein Pferd sein Eigen genannt, und er war Josiane dankbar für das großzügige Geschenk. Er legte eine Hand auf den warmen Hals des Tiers, spielte mit der Mähne und spürte, wie sich die Hellgraue anspannte, bereit, auf das kleinste Anzeichen hin loszustürmen. Heute Morgen hatte er ihr einen kleinen, harten Winterapfel aus der Vorratskammer geholt, und das Pferd hatte ihn mit samtweichen Lippen von seiner Handfläche genommen. Er hatte überlegt, der Stute einen Namen zu geben, wie es die Helden in den Erzählungen taten.

Ein Geräusch ließ ihn nach den Zügeln greifen, die er zuvor nur locker gehalten hatte. Immer vorwärts hatte ihn sein Weg geführt und endete nun vor einer riesigen Felswand zwischen Felsbrocken, die aussahen, als habe sie ein Riese fallen lassen. Kleine Büsche wuchsen zwischen den Felsen, wenig hartes Gras. Am strahlend blauen Himmel war kein Wölkchen zu sehen, nur ein großer Vogel zog seine Kreise. Grillen zirpten. Gegen das grelle Sonnenlicht sah er die zerlumpten Gestalten spät, dann zog er die Zügel der Stute so fest an, dass sie tänzelnd ausbrechen wollte.

Erst tauchte nur eine Frau zwischen den Felsblöcken auf, deren Kleidung von einem ähnlichen hellen Graubraun war wie das ihrer Umgebung. Ihr folgten Mädchen, jüngere und ältere, auch ein Mann, der humpelte, weil ihm, wie Ghislain feststellte, ein Fuß fehlte. Stumm starrten ihn die Menschen an. Stumm starrte er zurück. Sogar ihre Haare waren graubraun. Eines der kleineren Mädchen hatte ein vereitertes Auge, einem kleinen Jungen troff der Speichel aus dem Mund. Im Schatten des großen Felsens entdeckte er eine schiefe Hütte.

Wieder sah er von einem Kind zum anderen, zu der Frau und dem Mann. War dies eine Familie? Bei zwei oder dreien der Kinder konnte er eine Ähnlichkeit feststellen, ansonsten glichen sie einander wie Feuer und Wasser. Die Frau kam näher und hielt ihm die Handfläche hin. Verblüfft starrte er darauf, dann erinnerte er sich an den Almosenbeutel, den ihm ein Diener am Gürtel befestigt hatte, und gab ihr eine Münze. Ohne ein Wort zu sagen, nahm sie das Geldstück prüfend in den fast zahnlosen Mund, drehte sich um und verschwand in der Hütte. Die meisten der Mädchen und auch der Jungen folgten ihr. Der Mann nahm das Mädchen mit dem eitrigen Auge auf den Arm und starrte ihn weiterhin an.

Von einem Moment auf den anderen hatte Ghislain den Eindruck, irgendwo eingedrungen zu sein, wendete sein

Pferd und trieb es rasch zu einer schnelleren Gangart an. Der Wind ließ den Schweiß trocknen, der ihm, wie er jetzt bemerkte, ausgebrochen war.

Bald hatte er bekanntes Gebiet erreicht. Kurz darauf gelangte er an den kleinen Teich, an dem er zu Anfang viel Zeit verbracht hatte. Mit seinen ständigen Begleitern an der Seite hatte er den Ort zunehmend gemieden.

Josianes Männer. Er verjagte den Gedanken, sprang vom Rücken seines Pferdes, um es zum Wasser zu führen und zu tränken, bevor er es endlich in der Nähe eines Fleckchens Gras so festband, dass es fressen konnte.

Die Fläche des Teichs schimmerte grün und verlockend, aber heute setzte er sich lediglich ans Ufer und ging nicht baden. Manchmal fragte er sich, was man ihm nicht sagte. Seine Gedanken kehrten zu den Leuten zurück, die er bei den Felsen gesehen hatte. Im Gebüsch hinter ihm raschelte es. Er zog die Beine an, um aufspringen zu können, entspannte sich jedoch, als er Renaud erkannte.

»Ein schönes Fleckchen«, sagte der Graubärtige nach einer Weile, »wart Ihr den ganzen Tag hier?«

Ghislain wollte nicken, verneinte dann mit einer Geste. Scharf sah ihn der alte Kämpfer an. »Es ist gefährlich, alleine umherzureiten«, stellte er dann fest.

Der Jüngere hob den Kopf. »Hier, auf dem Land meiner Familie?«

Renaud antwortete nicht. Nur seine Augen wurden einen Hauch schmaler.

»Ich war bei den Felsen«, beantwortete Ghislain seine Frage.

Der alte Kämpe schwieg. Irgendwo aus den Tiefen des Teichs stieß ein Fisch nach einem Insekt schnappend nach oben.

»Wer sind sie?«

»Wer?« Renaud hakte die Daumen in seinen Gürtel und musterte die Wasseroberfläche. »Man müsste fischen gehen«, murmelte er.

»Wer sind diese Menschen dort?«, wiederholte Ghislain.

Renaud schaute ihn an, zuckte mit den Schultern. »Familien, Dorfbewohner ... Ihre Dörfer wurden bei Grenzstreitigkeiten zerstört, sie haben sich dorthin geflüchtet. Die Herrin lässt sie in Ruhe.«

Ghislain sprang auf. »Aber sie leben wie umherstreunende Tiere.«

»Es sind nicht unsere Leute.« Der Ältere schaute den jungen Mann kopfschüttelnd an. »Merkt Euch das.« Er wandte sich brüsk ab. »Es ist Zeit zurückzukehren, die Herrin vermisst Euch. Sie gibt heute einen Empfang zu Euren Ehren, habt Ihr das vergessen?«

Ghislain schaute über den Teich hinweg. »Warum sollte es gefährlich sein, in dieser Gegend alleine zu reiten, Renaud?«

19. Kapitel

Es war mitten in der Nacht, als Jehanne durstig erwachte. Vorsichtig tastete sie sich in Richtung der Wohnkammer, wo silbriges Mondlicht den Raum erhellte, denn jemand hatte die Tür zur Gasse weit geöffnet. Lise saß vollständig bekleidet am Tisch, das Körbchen mit dem Säugling vor sich. Mit keiner Bewegung zeigte sie, ob sie ihre jüngere Schwester bemerkt hatte. Jehanne griff nach ihrem Unterkleid und warf es sich über, schlich näher, kam um den Tisch herum. Die Ältere hatte den Blick starr geradeaus gerichtet. Ihre Hände lagerten übereinander vor ihr auf der Tischplatte.

»Lise?«

Die Angesprochene regte sich zuerst nicht, zuckte dann mit dem Kopf, bevor sie die Schwester anschaute. »Jehanne …« Ihre Stimme klang verwundert. »Wo warst du?«

»Ich? Es ist Nacht, wir schlafen. Ich habe nur ein wenig Durst.«

»Wasser ist dort.« Lise deutete auf den Vorratsbehälter und sank in die alte Stellung zurück. Jehanne füllte einen Becher und trank. Dann schaute sie ihre Schwester an. »Willst du nicht ins Bett kommen?«

»Ich bin nicht müde.« Lise deutete auf den Streifen Licht, der durch die geöffnete Tür hereinfiel. »Es ist so hell.«

»Da drinnen ist es dunkel.« Jehanne machte eine Bewegung zur Schlafkammer hin.

»Nein, es ist zu hell. Ich kann nicht schlafen.« Die Schwester starrte vor sich auf den Tisch, ließ den Blick zu dem Körbchen wandern. Überrascht bemerkte Jehanne, dass sie ihre nun wieder knapp schulterlangen Haare sorgfältig mit Bändern verziert hatte. Immer noch schaute sie den Korb an. Ein ungutes Gefühl durchströmte das junge Mädchen. Sie beugte sich über den Korb, doch das Kind war da. Es lag auf dem Rücken, hatte beide Ärmchen angewinkelt, die geballten Fäustchen berührten die Ohren. Am Vorderkopf bildete das dunkle Haar des Säuglings einen Kringel. Durch zarte Augenlider leuchtete ein blaues, ädriges Geflecht. Ab und zu öffnete sich sein kleiner Mund, und er saugte ein paar rhythmische Züge. Sein entspanntes Gesicht zeigte, wie tief und fest er schlief. Sie legte ihren Handrücken gegen seine warme, weiche Wange. Lise beugte sich vor und zeichnete mit den Fingern das Geflecht des Korbes nach.

»Ein schöner Korb, findest du nicht? Ich habe ihn damals ausgesucht.« Sie stieß den Korb an. Das Kind riss die Augen auf und ließ ein Schnaufen hören. Seine Arme bewegten sich, es öffnete den Mund und krähte leise. Kurz entschlossen nahm Jehanne den kleinen Jungen hoch und lagerte ihn gegen ihre Schulter. Rasch beruhigte er sich wieder.

Lises Fingerspitzen bewegten sich über das Korbgeflecht. »Gib ihn mir«, sagte sie nach einer Weile.

Jehanne zögerte. Manchmal nannte die Schwester den Kleinen »Dämon«, einmal hatte sie ihn samt Korb fallen lassen.

»Gib ihn mir«, wiederholte Lise.

Jehanne legte das Kind in ihre Arme. Suchend drehte sich der Kopf des Säuglings gegen den warmen Körper. Eine kleine Hand stemmte sich gegen die Brust der Schwester. Um Lises Mund herum zuckte es, der starre Gesichtsausdruck begann sich zu lösen. Für längere Zeit saß sie ruhig da, dann sprang sie auf.

»Nimm du ihn!« Sie drückte das Kind in Jehannes Arme. »Ich kann nicht, ich kann das nicht. Ich habe Angst, dass ich ...«

Mitten im Satz brach sie ab und ließ sich auf den Stuhl fallen. Ihr Gesichtsausdruck nahm die alte Starre an. Jehanne streichelte dem Kind über das Köpfchen, steckte die Daumenspitze in seinen geöffneten Mund und spürte, wie der Kleine zu saugen begann. Als er eingeschlafen war, legte sie ihn zurück in den Korb und deckte ihn sorgsam zu.

Lise starrte auf ihre Hände. Jehanne gähnte. »Komm ins Bett, Lise.«

Zuerst rührte die Ältere sich nicht. Dann beugte sie sich vor, sodass ihr Gesicht fast auf ihren Handrücken zu lagern kam. »Angst habe ich«, murmelte sie, »solche Angst, dass ich ihm etwas tu.«

20. Kapitel

Rauch war in Cléments Nase gestiegen, bevor er die Baustelle erreicht hatte. Je näher er dem Ort des Geschehens gekommen war, desto lauter war der Brandlärm geworden. Das Feuermaul, als welches sich ihm die Tür zur Werkstatt Thomas' Le Bœuf darbot, erschien ihm wie der Eingang zur Hölle. Im Brausen der Flammen waren Dämonen unterwegs. Kurz stand er wie gelähmt, sah mit tränenden Augen, wie die Flammen durch das Dach züngelten, wie sie zum Eingang herausschlugen, gleich vielfachen Zungen. Unzählige hatten sich versammelt; Thomas' Arbeiter, aber auch jene aus den anderen Werkstätten und viel Pariser Volk. Bauleute und Schaulustige schrien durcheinander. In Eimern wurde eilends Wasser herbeigeschleppt. In vorderster Linie konnte Clément Pierre de Montreuil sehen, der sich wild gestikulierend darum bemühte, ein Übergreifen auf die anderen Gebäude zu verhindern. Der Mann hatte seine Cotte abgeworfen und stand lediglich mit Hemd, Beinkleidern und Bruche bekleidet da. Rasch reihte sich auch Clément in die Kette der Wasserträger ein. Befehle wurden gebrüllt. Schneller, hieß es, schneller, schneller: Eimer greifen, weiterreichen, greifen, weiterreichen ... So ging es in einem fort. Bald schmerzten die Schultern. Ascheflöckchen klebten auf Haaren und Gesichtern. Mancher rang nach Atem. Der Baumeister, über lange Zeit in der vordersten Reihe, musste hustend abbrechen. Ohne Umschweife übernahm Clément seinen Platz und weiter ging es: Eimer greifen, weiterreichen, greifen, weiterreichen, das Wasser auf die zuckenden Flammen gießen. Ein Windstoß trieb dichteren Rauch in seine Richtung. Husten schüttelte seinen Körper, sodass er dachte, er müsse ersticken. Schweiß lief ihm von der Stirn in die Augen. Er hob den Arm, rieb gegen das Brennen an und dann ...

Zuerst war es nur eine Bewegung zwischen Rauch und Flammen, dann trieb ein Windstoß den Qualm auseinander und gab eine zierliche Gestalt frei. Clément stand wie erstarrt. Das konnte nicht sein. Seine Stimme krächzte Wortloses, zwei Mal musste er ansetzen: »Lise!«

Jemand versuchte einen Eimer in seine Hand zu drücken, er bemerkte es nicht. »Lise!«, krächzte er.

Jemand stieß ihn fluchend zur Seite. Er stolperte, fing sich.

Lise war im Schlund dieser Hölle. Während die Löscharbeiten zügig fortgesetzt wurden, war es ihm unmöglich, sich zu bewegen. Dann stürzte er auf das brennende Gebäude zu. Dichter Rauch trieb ihn zurück. Er kehrte um, riss einen Streifen Stoff von seinem Hemd ab und tauchte ihn in den nächsten Wassereimer, bevor er ein zweites Mal auf die brennende Hütte zulief. Ein vielstimmiger Schrei begleitete seinen Sprung in das Feuerloch und mischte sich mit seinem eigenen Brüllen. Während er mit einer Hand den feuchten Stoff gegen seinen Mund gedrückt hielt, schlug er mit der anderen Glut von Kopf und Körper. Hinter der Feuerwand hatte der Brand noch nicht zu wüten begonnen. Das feuchte Tuch auf Mund und Nase gedrückt, atmete er vorsichtig ein und aus. Der Rauch erschwerte die Sicht, eine Gestalt löste sich aus den Schwaden und kam auf ihn zu.

»Papa, besuchst du mich? Wie schön, dass du kommst.«

»Lise.« Seine Stimme klang dumpf unter dem Stoff hervor.

Das Mädchen lächelte. Sie hatte ihr schönstes Kleid angezogen, wie er erkannte, ein blaugraues mit roten Stickereien rund um den Kragen. Ihre Haare waren sorgfältig frisiert, die Lippen dunkelrot gefärbt, aber das Feuer hatte seinen Tribut gefordert. Auf der einen Seite war ihr Haar angesengt. Tränen hatten sich den Weg durch die rußigen Flecken auf ihren roten Wangen gebahnt, und das Lippenrot verteilte sich über das Kinn. Im Arm hielt sie einen Korb, der ihm wohlbekannt war. Sein Atem stockte, dann streckte er die Hand aus. »Lise, komm zu mir.«

»Dort hinten ist es schön«, murmelte sie und deutete auf den hinteren Teil der Werkstatt, wo das Glas lagerte. »Man kann das Licht beobachten. Man sieht, wie der Dämon tanzt. Siehst du, er tanzt mit mir.« Hustend drückte sie den Korb gegen ihren Körper und drehte sich einmal um sich selbst.

»Lise!« Ein knackendes Geräusch ließ Clément unvermittelt nach oben schauen. Zu seiner Linken krachten Bretter herunter. Die Flammen fraßen sich stetig über Dach und Seiten vorwärts zum hinteren Teil der Hütte. Wieder krachte es. Er sprang auf seine Tochter zu, packte ihren Arm, bemüht, den Korb nicht zu gefährden. »Lise!«

Sie schaute ihn teilnahmslos an, dann lächelte sie, riss sich mit einem Ruck los und trat einen Schritt zurück. Der Korb geriet in leichte Schräglage, sie griff ihn fester, wiegte ihn hin und her.

»Der Dämon ist groß, mit Krallen bewehrt und glühenden Augen«, flüsterte sie. »Jetzt ruft er mich, jetzt muss ich zu ihm gehen.«

Sie drehte sich, ließ die Füße hüpfen und springen, sang vor sich hin. Erneut versuchte er, nach ihr zu greifen. »Lise, es brennt!«

Das Mädchen tanzte weiter, den Korb gegen die Brust gepresst, sang lauthals. Als ein Stützpfeiler der Hütte sich zur Seite neigte, versuchte Clément seine Tochter zur Tür hin zu stoßen. Fast gleichzeitig prasselten brennende Balken und Bretter auf sie herab. Er brüllte vor Schmerz.

Mit dem Einsturz der Hütte war ein Teil der Flammen verloschen, an anderen Stellen schwelte der Brand weiter. Unermüdlich wurde Wasser herangeschleppt. Erst als sich nichts mehr regte, als Wasser das Holz dunkel färbte und in Bächen auf dem Boden zusammenlief, machte man sich daran, Balken und Bretter von den beiden Verunglückten zu räumen. Hier und da traf man auf Glutnester, die rasch gelöscht wurden. Abgesehen vom Geräusch auseinanderrutschender Bretter war es fast still. Viele waren zu erschöpft, um zu sprechen. Wenige wisperten darüber, was sie gesehen hatten. Ein paar waren schwer atmend vor den Holzstapeln zusammengesunken, die durch ihren Einsatz gerettet worden waren. Ein Steinmetz lehnte keuchend und nach Luft ringend an seinem Steinvorrat.

Als Erster näherte sich Pierre de Montreuil den beiden reglosen Körpern, die man mit letzter Kraft freigelegt hatte. Der Glasmaler lag auf dem Rücken, die Augen geschlossen, über ihm ausgestreckt seine ältere Tochter. Am Hinterkopf verklebte Blut das blonde Haar des Mädchens, dort, wo ihr ein herabstürzender Balken den Schädel zertrümmert hatte. Der Baumeister hob die Hand, rief Helfer herbei, die die Verunglückte auf den Rücken drehten. Ihre weit geöffneten, starren Augen setzten sich weiß von dem von Ruß und roter Farbe verschmierten Gesicht ab. Stumm kniete Pierre de Montreuil sich nieder und schloss dem Mädchen die Augen. Zwei Helfer trugen sie beiseite, einer warf einen Umhang über die Tote. Der Baumeister hatte sich inzwischen dem zweiten Opfer zugewandt. Auf den ersten Blick war nichts zu erkennen. Der Glasmaler lag ebenso reglos da wie seine Tochter. Eine Mischung aus Blut und Asche lag über seinen Handrücken. Brandlöcher übersäten seine Kleidung, Ruß schwärzte sein Gesicht. Blut war vom Kopf des Mädchens auf seinen Oberkörper getropft. Ängstlich beugte sich der Baumeister näher zu dem Mann hin. Nichts. Mit beiden Händen berührte er das Gesicht des Verunglückten. Die Haut glühte. Den Atem angehalten, legte Pierre das Ohr gegen Clèments offen stehenden Mund. Dann hätte er am liebsten geschrien. Der Glasmaler atmete, leise und unregelmäßig, aber er atmete.

Edwige schrie nicht, als man Lise nach Hause brachte, und auch nicht, als man ihren bewusstlosen Mann in die Schlafkammer trug. Vorsichtig reinigte sie dort seine Wunden mit einer Mischung aus Wasser und Wein, wickelte Leinenbinden um seine Hände, was ihn die Zähne aufeinanderknirschen lassen ließ, und überließ ihn dem unruhigen Schlaf des Verletzten. Während in der Kammer Cléments Fieber zu steigen begann, bereitete sie ihre Tochter auf die Beerdigung vor. Behutsam wusch sie den Körper ihres Kindes, Arme, Beine und Leib, immer und immer wieder mit den gleichen, sanften Bewegungen, bis aller Ruß, aller Schmutz, alle Farbe abgewaschen war. Leise sang sie dabei, sang Lieder, die sie dem Säugling vorgesungen hatte und später dem Kind.

Erst nach einer Weile wagte es Jehanne, näher heranzuschleichen. Stumm betrachtete sie die Schwester. Lise war schön gewesen, ihre Glieder so schlank und zierlich, und mit einem Mal schämte sie sich für jeden Moment, an dem sie miteinander gestritten hatten. Unvermittelt schluchzte sie auf. »Sie war schön.« Ihre Stimme bebte.

Edwige nickte. »Sie war ein gutes Kind.« Sanft streichelte sie über das Gesicht ihrer Ältesten.

Jehanne stützte die Hände gegen den Tisch. Schon lange hatte sie Edwige nicht mehr so ruhig erlebt. Auf der Bank lag das Leintuch, in das die Mutter den Leichnam einnähen würde. Jehanne schluchzte lauter. Kurz ließ Edwige von der toten Schwester ab und legte der Jüngeren den Arm um die Schultern. Aus der Kammer drang ein schwaches Krächzen.

»Geh zu deinem Vater«, mit dem Ärmel wischte Edwige über das verweinte Gesicht ihrer Tochter, »sieh nach, ob er etwas braucht.«

Jehanne nickte stumm. Ihre Mutter war so ruhig, dass es sie beinahe verstörte, und doch war sie froh darum. Hastig wischte sich die Nase am Ärmelstoff ab. Mit einem Talglicht in der einen Hand und einem Becher Wasser in der anderen ging sie in die Schlafkammer.

Ihr Vater lag so da, wie sie ihn zurückgelassen hatten. Im schwachen Schein des Flämmchens konnte sie sein Gesicht undeutlich erkennen. Vorsichtig stellte sie das Licht auf einem Schemelchen ab und kauerte sich neben ihn auf den Boden. Mit den Fingern ertastete sie sein heißes Gesicht, den Schweiß auf der Stirn, die aufgerissenen, trockenen Lippen. Als sie versehentlich gegen eine seiner auf der Decke ruhenden Hände stieß, stöhnte er auf. Er war wach.

»Entschuldige«, flüsterte sie.

Er öffnete den Mund, um etwas zu sagen, brachte aber nur ein krächzendes Husten heraus. Sie streichelte über seine Wangen.

»Willst du etwas trinken?«

Er nickte. Sie musste ihn stützen, doch das meiste Wasser rann ihm an den Mundwinkeln vorbei in den Nacken. Bald ließ er sich erschöpft zurücksinken. Seinen Augen schlossen sich halb. Sie vermutete schon, dass er erneut das Bewusstsein verloren hatte, da hörte sie seine Stimme.

»Lise?«, fragte er.

Jehanne schwieg. Wenig später hörte sie etwas, was wie

unterdrücktes Schluchzen klang. Dann schüttelte ihn erneut heftiger Husten.

»Das Kind?« Die Stimme des Vaters war kaum hörbar. Jehanne schaute ihn nun doch an, sah die Tränen, die zwischen seinen halb geschlossenen Lidern hervorrannen.

»Er schläft.« Sie zog die Nase hoch. Die Tränen, die ihre Kehle hinaufdrängten, ließen sie stottern: »Ich habe ihn ... habe ihn ... heute Morgen aus dem ... dem Korb genommen. Er schrie, und ich dachte, Lise tut ihm ... tut ihm ...« Sie weinte nunmehr so heftig, dass sie kein Wort herausbekam. Durch den von Tränen verschleierten Blick sah sie, dass der Vater die Augen geschlossen hatte.

»Papa?« Ihre Stimme bebte. Er antwortete nicht. Sie zog die Nase hoch, barg kurz das Gesicht an seiner linken Wange und stand auf. »Gott schütze dich, Papa. Werde wieder gesund. Bitte.«

Zurück in der Wohnkammer, sah sie ihre Mutter über Lise gebeugt stehen. Das Tuch war vernäht, ließ nur das Gesicht der Schwester frei.

»Verzeih, dass ich dich alleine gelassen habe«, flüsterte Edwige. Sie küsste Lises Stirn, faltete die Hände zum Gebet. »Ihr Heiligen, schützt mein Kind, das nie jemandem etwas zuleide tat. Herrgott, nimm sie auf in dein Reich und lasse sie auferstehen am Jüngsten Tag.«

Mit einer Bewegung zog sie das Tuch über Lises Gesicht und schloss auch die letzte Naht.

»Jehanne, ich habe eine Aufgabe für dich«, sagte sie dann.

Der alte Mönch Philippe, der am Morgen nach dem aufsehenerregenden Brand als Erster zum Lagerhaus der Abtei von Ourscamp kam, traute seinen Ohren nicht. Eben hatte er an die Rückreise gedacht, beschwerlich für einen Mann seines Alters, und daran, dass er bald in seinem Garten sein würde – der Herr hatte seine Tage gezählt, da war er sich sicher –, da drang ein zartes Wimmern aus dem Bündel, das vor dem Eingang des Lagerhauses lag. Ungläubig beugte er sich vor. Kurz war nichts zu hören, dann wieder das Geräusch. Wirklich, aus dem Bündel heraus wimmerte es. Vorsichtig schob der alte Mönch den Stoff zur Seite und erstarrte.

Ein Kind. Philippe glotzte auf das winzige Gesichtchen herunter. Der Säugling hatte die Augen geöffnet, sah ihn aber nicht an. Zu kleinen Fäusten geballt, lagen die Hände des Kindes dicht neben dessen Ohren. Der Mund des kleinen Wesens schien in ständiger Bewegung. Als störe ihn etwas, grimassierte der Säugling kurz darauf, sodass Philippe zurückschreckte, dann stieß das Menschlein einen feinen, dünnen Schrei aus. Der alte Mönch starrte das Kind an. Wieder schrie das Kleine, und es war dieser zweite Schrei, der, tief in ihm, etwas zum Klingen brachte, als habe ihn etwas berührt. Entschlossen hob er das Bündel hoch. Durch die Fetzen des Gewands, in die man das Kind gewickelt hatte, konnte er die Bewegungen des kleinen Körpers spüren. Sanft strich er mit dem rechten Daumen über die kalten Wangen des Säuglings, schob eilig die Tür auf und ging in das Gebäude hinein. Das Kind war ja vollkommen ausgekühlt. Mit eiligen Schritten ging er zu einem Kohlenbecken hinüber, an dem zwei jüngere Mönche sich die Hände wärmten. Die beiden Männer, eben noch in ein Gespräch über den Brand vertieft – schon jetzt galt es als Wunder, dass offenbar ein Großteil der Glasplatten unversehrt geblieben war –, lächelten ihm grüßend zu. Unten im Keller erzählte ein Poltern von morgendlicher Arbeit.

»Na, Philippe, geht es heute zurück?«, setzte der eine

Mönch an und verstummte, als der Ältere das Tuch zurückschlug und das dunkle Haar des Säuglings enthüllte.

»Was ist denn das?«

»Ein Kind«, Philippes Augen ruhten staunend auf dem perfekten Köpfchen, »jemand hat ein Kind vor unsere Tür gelegt.« Wieder ließ der Säugling einen dünnen Schrei hören. Philippes Stirn legte sich in nachdenkliche Falten, dann erhellten sich seine Züge. »Haben wir Milch?«

»Ziegenmilch.« Auch der zweite junge Mönch erwachte aus seiner Erstarrung. »Ich hole einen Krug.«

Als der Säugling wenig später Milch von den Fingern des jungen Mannes schmatzte, zerteilte der andere junge Mönch den Stoff, mit dem man den kleinen Körper umwickelt hatte, und enthüllte das Geschlechtsteil.

»Ein Junge«, sagte Philippe, beinahe erleichtert.

Der Mönch mit dem Milchkrug bot dem Kleinen erneut seine milchtriefenden Finger an. Gierig schnappte das Kind danach.

»Ein guter Trinker«, sagte der junge Mann, »was werden wir mit ihm tun?«

Sanft strich Philippe über den dunklen Haarschopf des Kindes. Er konnte nicht umhin zu lächeln. »Ich nehme ihn mit«, sagte er, »nach Ourscamp. Wir werden ihn zu einem gottgefälligen Menschen erziehen.«

Als Clément Tage nach Lises Beerdigung aus seinen Fieberträumen erwachte, kauerte Edwige neben seinem Lager und schlief. Der Kopf war ihr vornüber auf die Brust gesunken. Ihre Schultern bewegten sich unter tiefen, manchmal schnaufenden Atemzügen. Sie schnarchte leise. Für eine Weile beobachtete er sie mit dem zärtlichen Blick desjenigen, der etwas Geliebtes neu entdeckte. Da waren Falten in ihrem Gesicht, die er noch nicht kannte. Graublonde Strähnen rutschten unter ihrer Haube hervor und tanzten über ihrem runden Busen. Sie hatte die Hände über einer Stickarbeit im Schoß gekreuzt. Seine eigenen Hände, bemerkte er, waren verbunden. Auf einem Schemel brannte ein Talglicht. Daneben stand ein kleiner Krug. Er räusperte sich. Edwiges Schnarchen geriet ins Stolpern. Dann hob sie den Kopf, lächelte, als sie seine geöffneten Augen sah. Für eine lange Zeit sahen sie einander an. Sie sah müde aus, aber erleichtert. Er öffnete den Mund, bewegte die Lippen, bevor er sprach, flüsterte zuerst noch. Sie beugte sich vor, die Augenbrauen leicht gerunzelt. Clément ließ sie nicht aus den Augen. »Es tut mir leid, Edwige.«

Edwige legte ihre Arbeit zur Seite, ein Almosenbeutelchen, auf das sie in feinen Stichen Stickereien aufgebracht hatte, beugte sich noch näher und streichelte sein Gesicht. Ihre Finger, trocken und etwas kühl auf seiner hitzigen Haut, kraulten seinen Bart. »Ich habe nachgedacht, Clément«, sagte sie dann, »habe an früher gedacht, an unsere schweren Tage und an die guten, daran, warum ich dich geheiratet habe.«

Seine Augen weiteten sich, aber er sagte nichts. Sie strich ihm das Haar aus der Stirn, bevor sie ihre Hände wieder im Schoß lagerte.

»Ich habe auch darüber nachgedacht, warum einem der Herr Prüfungen auferlegt.« Bevor sie weitersprach, sah sie auf ihre Hände herab. »Aber ich weiß nur, dass wir die Bürde annehmen müssen, die uns der Herr auferlegt hat, und dabei doch nachsichtig gegenüber uns selbst sein müssen. Das hat Gottes Sohn uns gelehrt; Liebe und Nachsicht gegenüber seinen Kreaturen. Was Gott entscheidet, kann nicht falsch sein.« Sie suchte seinen Blick. »Und ist es nicht so, dass meine Kinder in einer besseren Welt sind?«

Clément schwieg. Mit dem Erwachen waren die Gefühle von Schmerz und Verlust zurückgekehrt. Er wusste nicht, ob er ihr folgen wollte.

»Die Arbeiter aus der Werkstatt haben gesammelt«, fuhr sie endlich fort. »Es wird für das Nötigste reichen, bis du gesund bist. Ich habe noch nicht mit Thomas sprechen können, aber Pierre de Montreuil lässt ausrichten, dass er dich bald an deinem alten Platz erwartet.«

Das Lächeln auf ihrem Gesicht erinnerte ihn an die junge Frau, die er geheiratet hatte, doch nichts mehr war, wie es früher gewesen war.

Schmerz ließ ihn leise keuchen. Edwige hatte sich darangemacht, die Verbände von seinen Händen zu lösen. Die linke Hand machte keine Schwierigkeiten, doch als sie die letzte Lage Leinen an der rechten löste, schrie er auf. Jehanne erschien im Türrahmen. Edwige schickte sie fort, rückte das Talglicht näher. Er versuchte seine rechte Hand zu bewegen. Der Schmerz nahm ihm fast den Atem.

»Halt ruhig!« Seine Frau legte eine Hand auf seinen rechten Arm und beugte sich vor. Clément biss die Zähne zusammen. »Was ist?«

Sie nahm den Krug und träufelte großzügig Flüssigkeit auf seine rechte Hand, bevor sie eine frische Lage Leinen darüberlegte und diese mit dem alten Stück festband. Er knirschte mit den Zähnen. »Was ist?«, wiederholte er.

»Du hast dich verletzt, als du versucht hast, unsere Tochter zu retten.«

»Lise ...«, flüsterte er. Sein Mund zuckte. Tränen quollen zwischen kurzzeitig geschlossenen Augenlidern hervor.

Edwige senkte den Kopf. »Man sagt, dass Glut auf deine Hände gefallen ist. Man hat sie erst spät entfernen können.« Sie starrte auf ihren Schoß, während sie weitersprach. »Auf der linken Seite sind die Verletzungen nur oberflächlich, aber die rechte Seite will nicht heilen ...«

Sie machte eine Bewegung, als müsse sie ihren Körper enger beisammenhalten. Er starrte nach oben gegen die Decke, die Hände reglos auf der Bettdecke, spürte, wie sie schwer auf seinem Bauch lagerten. Manchmal ging ein dumpfer Schmerz, dann ein Ziehen und Klopfen von ihnen aus. Oben konnte er das Geflecht zwischen den Balken erahnen, das mit jedem Jahr mehr hervortrat, dazwischen Lehm und gestampfte Erde. Er drehte den Kopf. Edwige hatte das Almosenbeutelchen wieder an sich genommen, hielt es aber in der Hand, als wisse sie nicht, was sie damit tun solle. Er schluckte. Seine Stimme schwankte. »Werde ich meine Hand je wieder benutzen können?«

6, Aigues-Mortes

Im hellen Licht des frühen Nachmittags hatte sie geduldig und Schicht für Schicht die ersten mit wenig Schwarzlot flächig aufgetragenen Lasuren aufgebracht. Manchmal hatte sie warten müssen, bis eine Schicht getrocknet war. Manchmal galt es, die noch feuchte Farbe für seine Zwecke zu nutzen. Verläufe von Licht und Schatten waren unter ihren Fingerkuppen entstanden, mithilfe von spitzen und breiten, weichen und härteren Pinseln sorgsam herausgearbeitet, Schattenpartien von Gesichtern, Faltenmulden von Gewändern, die die Figuren vor ihr stetig lebendiger erscheinen ließen; die Haltung Marias, ein kurz aufscheinendes Bild aus der Vergangenheit, das sie innehalten ließ. Es waren auch Erinnerungen, die sie hier aus dem Schwarzlot herausarbeiten konnte, Bewegungen, zu denen sich Töne gesellten, Rufe, die sie von draußen hörte oder schon einmal gehört hatte. Im Nachbarhaus überprüfte der Tuchhändler ein Stück Stoff im Nachmittagslicht. Gestern hatte ihr sein kleiner Sohn frische, grüne Mandeln gebracht. Von irgendwoher drang der Duft von gebratenem Fisch zu ihr herüber. Die junge Frau beugte sich vor und begann mit einem dünnen Pinselstiel die hellen Lockenkringel ihres Auftraggebers aus der mit Schwarzlot dunkel getönten Haarmasse herauszukratzen. Als Nächstes würde sie sich den Konturstrichen widmen, dann konnte das Bild gebrannt werden.

VI

Freunde und Feinde

Sommer 1245 bis Frühjahr 1247

1. Kapitel

»Schneller, ihr müsst schneller arbeiten!« Unerbittlich dröhnte Thomas' Stimme über die Köpfe der Glasmaler, Glasschneider und Bleiglaser hinweg. Die einfachsten Helfer, die das Schwarzlot anmischten, duckten sich tiefer unter ihrem wütenden Klang. Jehanne rückte näher zu ihrem Vater hin. Clément starrte auf seine mit einem schmutzigen Verband umwickelte rechte Hand. Finger und Handrücken waren gekrümmt, jede Bewegung sandte Schmerzen durch seinen ganzen Körper. Kaum konnte er das Stück Blei festhalten, mit dem er die neue Vorlage auf die mit Kreide überzogene Holztafel zeichnete. Rasch wechselte er das Bleistück in die linke Hand, winkelte den rechten Arm vor der Brust an und versuchte den Schmerz zu vergessen. Edwige sorgte sich jeden Abend um seine Wunden, doch stellte sich bisher kaum Besserung ein.

Seufzend streckte er die linke aus und zog eben sorgfältig eine Linie nach, als ihn Kindergeschrei herumfahren ließ. Ein Knirps hatte sich von der Hand seiner Amme losgerissen und patschte unsicher auf die Baustelle zu. Der Glasmaler starrte das Kind an. Der Kleine musste etwas älter als ein Jahr sein. Unsicher, aber glucksend vor Vergnügen schwankte er vorwärts. Die Amme hatte ihn rasch eingeholt und hielt ihn schon im nächsten Moment sicher auf dem Arm, während er seinen Unwillen herausbrüllte. Clément beobachtete, wie sich die beiden entfernten.

Lises Kind hatten sie ausgesetzt, erinnerte er sich, und seine Lippen zitterten kaum merklich. Vor dem Lagerhaus der Abtei von Ourscamp, wie Edwige ihm erzählt hatte. Ein paar hatten nach dem Brand etwas von der Strafe Gottes gemurmelt. Er wusste es nicht. Auf der Baustelle sprachen sie immer noch von dem Korb, den Lise im Arm gehalten hatte und den man nicht wiedergefunden hatte. Hastig rieb er sich mit dem linken Handrücken über den bebenden Mund. Es war besser so.

Er drehte sich um, zeichnete die Linie noch einmal deutlicher nach, nahm das Bleistück zurück in die rechte Hand. Durch die hastige Bewegung durchfuhr ihn neuerlicher Schmerz. Er ließ das Stück fallen. Jehanne bückte sich. Als sie wieder hochkam, schaute er einen Moment lang in ihre blaugrün schimmernden Augen.

»Ist etwas?«, fragte sie.

»Nein, nichts, Kind, ich war ungeschickt. Komm, leg das Stück dorthin und schau dir an, wo wir das Blei hinsetzen werden.«

Er biss sich auf die Lippen, um ein Stöhnen zu unterdrücken. Jehanne rückte wissbegierig näher. Vorübergehend fing er sich in ihrem aufmerksamen Gesichtsausdruck, dann musterte er ihre schmale, lange Nase, den feingezeichneten, etwas aufgeworfenen Mund. Unter dem Oberteil ihres Kleides, fiel ihm auf, zeichneten sich endlich deutlicher Rundungen ab. Aber die verkratzten Hände, die sie auf die Tischplatte gelegt hatte und nun unruhig bewegte, erinnerten ihn an sein Kind. Er räusperte sich, zeigte die Linien an, an denen später Blei die einzelnen Glasstücke beisammenhalten würde, sprach mit leiser Stimme von den Farben und in welchem Zusammenspiel sie am besten wirken würden. Vollkommen vertieft versanken sie in der Arbeit.

Thomas tauchte so plötzlich hinter ihnen auf, dass sie viel zu spät auf ihn aufmerksam wurden. »Arbeiten sollst du, *Maître* Clément«, zischte der Glasmalermeister, »nicht schwätzen. Sofort verlässt das Weib meine Werkstatt.« Ein knappes Lächeln umspielte seine Mundwinkel. »Oder bist du vielleicht zu krank, um gute Arbeit zu leisten?«

Clément schüttelte den Kopf. Behutsam schob er seine Tochter vom Tisch weg. Die Wangen des Mädchens färbten sich röter, während sie hinunter auf die Spitzen ihrer Holzschuhe schaute, die unter dem schmutzigen Kleidsaum hervorkamen. Thomas betrachtete sie flüchtig, dann lachte er auf. »Ich hoffe, du passt wenigstens auf sie auf, sonst müsste man deine arme Frau wirklich bedauern, dich geheiratet zu haben.«

Während der folgenden Atemzüge herrschte Stille. Clément hob den Blick in Thomas' hinein, entgegnete jedoch nichts. Es war Etienne, der wie ein Pfeil aus dem Inneren der neuen Hütte geschossen kam.

»Lass sie in Ruhe«, brüllte er und warf sich mit der ganzen Gewalt seines mageren Körpers gegen den Vater. »Lass sie endlich in Ruhe!«

Zuerst wirkte Thomas verblüfft, dann wollte er auf den Jungen losgehen, der ihm blitzschnell auswich. Begleitet von einem gewaltigen Brüllen riss der Glasmalermeister die schmale Gerte aus seinem Gürtel hervor, dann erstarrte er. Etienne hatte seinerseits ein Messer in der Hand und hielt es stichbereit vor sich. Die weit geöffneten Augen der Mitglieder der Werkstatt wechselten zwischen Meister und Sohn hin und her. Inzwischen hatten alle ihre Plätze verlassen und sich um den Ort des Aufruhrs versammelt. Etienne zitterte heftig.

»Was tust du da?« Thomas schüttelte den Kopf.

»Soll ich sprechen?« Die Röte auf den Wangen des Jungen färbte sich dunkler. »Soll ich sprechen, oder wirst du sie in Frieden lassen?«

Wieder Stille – der Glasmalermeister stand reglos, ein Zucken ging durch seinen Körper. »Du bist mein Sohn, du schuldest mir Gehorsam«, flüsterte er endlich harsch. Ein paar nickten. Thomas wandte, um weitere Zustimmung heischend, den Kopf hin und her. »Mein Sohn ist er.«

Etiennes Hand klammerte sich fester um den Messergriff. Seine Lippen bewegten sich mehrmals tonlos, bevor er sprach. »Und manchmal wünschte ich, ich wäre es nicht«, stieß er hervor. Dieses Mal wurden mehr Köpfe geschüttelt. Der Junge sah zu Clément hinüber. »Manchmal wünschte ich, ich wäre es nicht«, wiederholte er und fügte lauter hinzu: »Darf ich deine Tochter nach Hause bringen, Clément de Chartres?«

Nachdem sie eine Weile nebeneinanderher gelaufen waren, blieb Jehanne stehen und zupfte Etienne am linken Ärmel. Erst wollte er ihrem Blick ausweichen, dann schaute er sie an. Sein Gesicht, bemerkte Jehanne, war wieder blass wie eh und je, die schräg stehenden Augen blickten unstet drein.

»Ich danke dir«, sagte sie.

Er nickte nur.

»Das war mutig.« Sie lächelte ihn an. Etienne schaute auf die Spitzen ihrer Zähne, die zwischen ihren rosigen Lippen hervorschimmerten. Ihre lange, schmale Nase, stellte er wieder einmal fest, machte im unteren Bereich eine ganz leichte Bewegung nach links. Je länger er sie anschaute, desto heißer fühlten sich seine Wangen an. Unvermittelt drehte er sich zur Seite und stieß mit den Spitzen seiner Füße gegen die Hauswand.

»Lass uns weitergehen«, murmelte er undeutlich, warf ihr einen kurzen Blick zu, sah sie nicken.

Bald war sie ihm einen halben Schritt voraus. Er ließ seine Augen von ihrem Haaransatz im Nacken über den Rücken, die Hüften und den Po nach unten wandern, um gleich wieder von vorne zu beginnen. Weiblicher sah sie aus, auch wenn sie recht schmal war.

»Wird er dich bestrafen?«, warf sie ihm über die Schulter zu.

Er zuckte die Achseln.

»Was ist es, was du über Thomas weißt?«

»Das«, er schüttelte den Kopf, » kann ich nicht sagen.«

»Warum?«

Nun war er es, der schneller lief, sodass sie Mühe hatte, mit ihm Schritt zu halten.

»Weil er mein Vater ist, verflucht.« Mit einer heftigen Bewegung verschränkte er die Arme vor der Brust.

Am Eingang zur Gasse, in der sie wohnten, blieben sie beide stehen, wie zwei Pferde, die man nebeneinander vor einen Karren gespannt hatte. Mehrere Atemzüge lang sagte keiner ein Wort, dann wandten sie sich einander zu. Er streckte die rechte Hand aus und legte den Handrücken gegen Jehannes linke Wange. Lange regte sie sich nicht, dann trat sie einen Schritt zurück. »Ich sehe dich morgen, Etienne.«

Er nickte, sah zu, wie sie die Gasse entlang verschwand. Er hatte nichts gesagt, nichts von dem, was er hatte sagen wollen; nicht einmal, dass er Angst um sein Leben hatte.

Etienne legte den Kopf in den Nacken und spähte nach oben zu dem schmalen Streifen Blau, der sich zwischen den eng stehenden Häusern zeigte. Die letzte Nacht hatte er nicht zu Hause verbracht, war lange umhergelaufen, bevor er Unterschlupf in einem verfallenen Haus gefunden hatte. Ein feuchter Schweinerüssel hatte ihn früh am Morgen geweckt. Er war aufgesprungen, hatte die schmerzenden Glieder gereckt, die die Kälte der Nacht steif und unbeweglich hatte werden lassen. Hier, am anderen Ende der heimatlichen Gasse, wo es feuchter und düsterer war als in dem Teil, in dem das Haus seines Vaters stand, setzte sich Verlassenheit an den Platz der Kälte. Sein Magen knurrte. Es war lange her, dass er zuletzt gegessen hatte. Er presste eine Hand gegen seinen rumorenden Bauch. Der Hund, der ihm seit dem frühen Morgen gefolgt war, bettelte ihn, müde mit dem Schwanz wedelnd, um Nahrung an.

Etienne senkte den Kopf. Ungeachtet der Feuchtigkeit hatte sich die Luft im Laufe des Tages auch in diesem Teil der Gasse erwärmt. Fliegenschwärme umkreisten Hinterlassenschaften von Kot und Urin. Die wenigsten Häuser hier wiesen einen Abort oder eine Latrine auf. Mit einer Handbewegung verscheuchte er zum wiederholten Mal die Fliegen, die sich auf seinem Gesicht niederlassen wollten.

Er hasste ihn. Der Gedanke hatte ihn zuerst erschreckt, nun nistete er sich tiefer und tiefer ein.

Einen guten Teil des Tages war er seinem Vater heute gefolgt, der wiederum Edwige nicht aus den Augen gelassen hatte. Während der Messe hatte Thomas Cléments Frau die ganze Zeit über angestarrt.

Mit einer Hand tastete Etienne nach dem schmalen Messer, das er unter seiner Kleidung versteckt hielt. Nach Lises Tod hatte er es sich gekauft, als sein Vater ihn wieder einmal so unerbittlich verprügelt hatte, dass er sicher gewesen war, sterben zu müssen. Wieder scheuchte er die Fliegen fort, spuckte kräftig aus. Der Hund, der auf etwas Essbares wartete, beschnüffelte den Speichel. Etienne bewegte sich den Weg entlang zurück.

»Ich hasse ihn«, murmelte er vor sich hin, als könne er den Gedanken nur so festhalten. Ich hasse ihn, wiederholte er stumm. Thomas tauchte vor seinem inneren Auge auf. Der Vater, an einem Tag, an dem er seinem Sohn geduldig erklärte, wie man das Schwarzlot anrührte, Glas schnitt, Bleistreifen goss. Der Vater, wie er stolz lächelnd vor einem fertigen Fenster stand. »Aber ich hasse ihn«, stotterte er, klammerte die Arme eng um den Körper und blieb stehen.

Erst spät bemerkte er die zierliche Frauengestalt, die ihm aus einem Haus entgegentrat.

»Etienne?« Edwiges Stimme klang ungläubig.

Er straffte die Schultern.

»Was machst du hier?«, fuhr sie fort. Er schaute auf seine Fußspitzen, hob den Kopf. »Es tut mir leid, Edwige«, platzte es aus ihm heraus. »Ich möchte dich um Verzeihung bitten.«

»Verzeihung? Mich?«

Die Schultern des Jungen bebten unter schweren Atemzügen, aber er antwortete nicht. Edwige schaute ihn nachdenklich an.

»Bete für meine Töchter«, sagte sie dann, »willst du das tun?«

Er nickte.

»Komm herein.«

Sie streckte die Hand nach ihm aus. Fast stolperte er, als sie ihn mit kräftigem Griff in das Haus hineinzog. Innen ging sie zuerst zur Herdstelle hinüber, rührte kurz in dem Kessel über den Flammen, dann drehte sie sich zu ihm hin.

»Setz dich. Willst du etwas trinken?«

Etienne nickte, fuhr sich mit gespreizten Fingern durch die struppigen, kastanienbraunen Locken. Edwige betrachtete den gelb-grünen Fleck neben seinem linken Auge, stellte dann einen Becher mit Dünnbier vor ihm auf den Tisch. »Wolltest du zu uns?«

Er senkte die Augen auf die Tischplatte. Er wusste es nicht. Er wusste nicht mehr, was er hier machte. Langsam setzte er sich.

»Ich habe heute für die Seelen meiner Töchter gebetet«, sagte Edwige leise.

Etienne wartete ab, doch nun schien sie nichts mehr sagen zu wollen.

Irgendwann trat sie an seine Seite. Mit äußerst behutsamen Fingern streifte sie seine Haare auseinander. »Ich kannte deinen Vater schon, da war er kaum älter, als du es jetzt bist. Wir waren einmal sehr gute Freunde.«

Etienne biss sich auf die Lippen. Edwige nahm einen Kamm aus dem Beutel an ihrem Gürtel und begann ihn zu kämmen. Er schloss die Augen. Wie lange hatte er von einer solchen Berührung geträumt? Wenn er nicht gewusst hatte, nach was ihn hungerte, so wusste er jetzt, was diesen Hunger stillte.

Jehanne hatte neues Brot auf dem Tisch abgelegt und Etienne zuerst nur großäugig angestarrt. Mit ihrem Kommen war er aufgesprungen, und Edwiges Kamm war schmerzhaft über seine Kopfhaut gekratzt.

»Jehanne, du warst heute nicht ... Ich habe ...«

Er brach ab, spürte, wie die Hitze in seine Ohren stieg und sie zum Glühen brachte. Auf dem Rücken, im Nacken und auf den Armen stellten sich feinste Härchen auf. Ich muss fortgehen, dachte er, weg aus Paris. Nur ihnen hier wollte er es sagen.

Er sah zu, wie Jehanne sich einen Becher Dünnbier einschenkte und den Inhalt mit großen Schlucken zu sich nahm. Er beobachtete, wie Edwige das Brot sorgfältig nach Ungeziefer absuchte und es in ein Tuch einschlug. Draußen dämmerte es. Er konnte es durch die Tür sehen, die Jehanne nicht geschlossen hatte. Die junge Frau schenkte sich einen zweiten Becher Dünnbier ein. Ihr Haar, zu einem dicken Zopf geflochten, hing über ihre linke Schulter nach vorne. Zum ersten Mal bemerkte er eine Art Zierde an ihrer Kleidung. Sie hatte das hellbraune Gewand mit einem bunten Gürtel geschmückt. Zitternd fingerte er zwei kleine Münzen aus einer kleinen Tasche an seinem eigenen Gürtel hervor.

»Für Gebete. Für Lise und Margaux.« Seine Stimme krächzte, dann brachte er keinen Ton mehr heraus. Während er mit gekrümmtem Rücken dahockte, widmeten sich die Frauen dem Haushalt. Ab und an streiften ihn ihre Blicke, zuweilen fingen sich Jehannes fragende Augen in seinen. Aber er konnte nichts sagen, nicht das aussprechen, was es zu sagen galt und was immer neue Schauer über seinen Rücken trieb.

Und so sprang er auf, als Clément zur Tür hereinkam, huschte, Abschiedsworte murmelnd, nach draußen.

Er war schon weit am Haus seines Vaters vorbei und fast am Fluss angelangt, als er stehen blieb: Aber er musste sich doch von ihnen verabschieden, konnte und wollte nicht einfach davongehen.

Der Weg zurück erschien ihm länger zu dauern. Der Hund, der ihn den ganzen Nachmittag lang belagert hatte, tauchte aus einer Gasse auf.

Als er das Haus des Glasmalers Clément erreichte, blieb Etienne stehen. Leise Stimmen drangen von innen nach draußen, unterbrochen von Geräuschen, die er nicht einordnen konnte. Er klopfte, aber nichts regte sich. Behutsam stieß er die Tür auf.

Jehanne lehnte an dem Fass, in dem die Familie ihr Frischwasser aufbewahrte. Clément saß am Tisch; neben ihm war

Edwige, die ein Leintuch in der Hand hielt und sich über die rechte Hand ihres Mannes gebeugt hatte.

Und diese Hand war es, die Etienne den Atem stocken ließ. Gekrümmt war sie, wie der verkümmerte Fuß eines Hahns, den er einmal gesehen hatte, teilweise narbig, teilweise von blutigen Stellen übersät. Offensichtlich bereitete sie Clément Schmerzen, denn der Glasmaler hatte die Lippen so fest aufeinandergepresst, dass sie ganz weiß waren.

Etienne tat einen Schritt nach vorne. Er wusste nicht, ob er einen Laut von sich gegeben hatte, aber alle drei hoben ihre Köpfe und sahen zu ihm hin. Jehanne öffnete den Mund. Edwiges Augen weiteten sich. Clément sprang auf, unterdrückte einen Schmerzenslaut und kam auf ihn zu.

Etienne stolperte rückwärts, stieß gegen die Tür, drehte sich um und gelangte nach draußen. Ein paar Schritte rannte er weit, bevor er zu Boden stürzte.

Clément war ihm auf den Fersen, zog den Gestürzten nach oben. »Etienne!«

Etienne riss sich los, stolperte weiter. Clément holte ihn erneut ein. Wieder riss der Junge sich los, wirbelte herum und stieß Jehannes Vater mit beiden Händen vor die Brust. Mit einem dumpfen Laut krachte der Glasmaler zu Boden. Etienne hörte, wie er einen Schmerzensschrei unterdrückte, und rannte los.

Als Clément zurück in den Raum kam, hatten Edwige und Jehanne sich nicht von ihren Plätzen bewegt. Der Glasmaler setzte sich, schwer atmend. An seiner rechten Hand waren Wunden neu aufgebrochen. Stumm starrte er vor sich auf den Tisch. Edwige nahm das Leinenstück in die Hand, tauchte es in die Schüssel mit Kräutersud und beugte sich über seine Hand. Ruhig begann sie zu arbeiten. Er presste die Lippen aufeinander, so sehr mit seinen Schmerzen beschäftigt, dass er ihre Stimme zuerst kaum hörte. Erst als sie seine Schulter berührte, ihn zwang, ihr ins Gesicht zu sehen, schreckte er auf.

»Wird er etwas sagen, Clément?« Ihre Stimme zitterte.

Lange starrte er sie an, dann hob er die Schultern. »Ich weiß es nicht.«

2. Kapitel

Ghislain hatte sich auf den Stuhl Ludovic gegenüber gesetzt, den Kopf gegen die hochgezogene Rückenlehne gelehnt, das rechte Bein über die Armlehne gelegt, und wippte mit dem Fuß. Ludovic hielt den Blick nun schon seit geraumer Zeit auf das Schachbrett auf dem Tisch zwischen ihnen gerichtet. Der junge Mann musterte den Älteren. Ludovic sah nachdenklich aus. Im hellen Tageslicht, das durch einen der weit geöffneten Fensterflügel zu ihnen hereinfiel, wirkte seine Haut wie sehr dünnes, helles Pergament. Nur auf den Wangenknochen leuchteten unregelmäßige rote Flecken. Von draußen klangen die üblichen Geräusche des Tages zu ihnen herein: Rufe und Lachen, das Wiehern von Pferden, von etwas weiter her die Stimmen der Maurer und Steinmetze, die mit der Verstärkung der äußeren Mauer beschäftigt waren.

Ghislain nahm eine der Figuren vom Schachbrett und betrachtete sie eingehend, bevor er sie zurück an ihren Platz stellte. Ludovic hatte den kleinen Jungen gekannt, der er einmal gewesen sein musste. Der Junge, der die kleine, grüne Cotte getragen hatte, die ihm Josiane eines Tages gezeigt hatte. »Ich habe sie behalten, damit ich niemals vergesse, welches Unrecht man mir angetan hat«, hatte sie zu ihm gesagt. Er wippte stärker mit dem Fuß.

Ludovic hob den Kopf, schaute kurz irritiert auf das zuckende Bein des jungen Mannes und suchte dessen Blick. »Gefällt Euch das Buch?«

Ghislain nickte und hielt in den Bewegungen inne. Die dichten weißen Augenbrauen des älteren Mannes hoben sich zitternd gegen dessen Haaransatz.

»Es war Euer liebstes Buch. Nun«, er schaute in die Ferne und lächelte, »Ihr habt jedenfalls gerne von den Kämpfen und den Rittern darinnen gehört. Ihr konntet gar nicht genug davon kriegen. Raymond …«

»Raymond?«

»Donatiens Bruder, Euer Halbbruder. Er wäre ein guter Gelehrter geworden. Ein ruhiger Junge, kein Kämpfer. Ihr wart ein Herz und eine Seele. Er verschwand zur selben Zeit wie Ihr damals, aber man spricht selten von ihm.« Ludovic nahm eine der Schachfiguren auf und drehte sie hin und her.

»Ein Gelehrter?« Ghislain wippte wieder heftiger mir dem Fuß. »Vielleicht ist das auch meine Berufung. Gott hat mich zweifelsohne nicht an den Platz eines Ritters gestellt. Renaud hat mich heute mit einem einzigen Stoß in den Staub geschickt, dabei dachte ich, ich wäre so weit.« Er berührte eine Stelle an seiner Schulter und verzog das Gesicht. »Bald werde ich wirklich keinen einzigen heilen Fleck mehr am Leib haben.«

Der ältere Mann schmunzelte. »Der Weg zum Ritter ist eine langwierige Angelegenheit. Die meisten hier üben unablässig, seit sie Kinder waren. Ich hörte, Ihr wäret ein guter Reiter und hättet inzwischen angefangen, die Lanze zu meistern.«

Ghislain hob die Schultern. »Aber ein Schwertkämpfer bin ich nicht und werde es womöglich nie.«

»Geduld.« Ludovic schmunzelte immer noch.

Der junge Mann nahm das rechte Bein von der Armlehne und setzte sich aufrecht hin. »Es wäre gut, wenn ich mich erinnern könnte. Es gibt Tage, an denen ich zweifele, ob ich überhaupt hierher gehöre ...«

Ludovics Gesichtsausdruck wurde unvermittelt ernst. »Manchmal wünschte ich, auch Josiane würde sich erinnern«, sagte er leise.

»... oder ob man mir überhaupt traut«, fuhr Ghislain fort.

»Ihr seid Josianes Sohn, darüber seid unbesorgt.« Der ältere Mann streckte die Hände zu den Schachfiguren hin, zuckte zurück. Seine Augen weiteten sich. »Es ist niemals gut, wenn arme Sünder, wie wir es sind, über Recht und Unrecht entscheiden.«

Ghislain runzelte fragend die Stirn. Ludovics Augen verengten sich, dann klärte sich sein Blick. »Nein, vergesst es. Verzeiht das dumme Geschwätz eines alten Mannes. Ihr gehört hierher, glaubt mir, Gott hat Euch genau an diese Stelle gesetzt.«

Ächzend lehnte er sich in seinem Stuhl zurück und schwieg.

»Noch etwas zu trinken?«, fragte Ghislain endlich und hob den Krug mit gewässertem Wein hoch. Der Ältere nickte. Ghislain rückte die beiden Becher näher zu sich. Heute waren sie ihm deutlicher missfallen als je zuvor, die Gestalten, die sich immer in seiner Nähe aufhielten. Die vor dem Tor waren, wenn er hinausreiten wollte, oder unweigerlich auftauchten, wenn er schon wähnte, sie abgeschüttelt zu haben. Die Männer, die immer um ihn waren: *Josianes Getreue*.

3. Kapitel

In den ersten Tagen, nachdem er Paris verlassen hatte, war Etienne stets bis zur völligen Erschöpfung gelaufen, heute zwang ihn ein Unwetter, früher haltzumachen. Der eisige Wind hatte ihn noch in der Ebene erwischt, bald danach hatte Regen eingesetzt. Den Kopf gesenkt, den flatternden Umhang mühsam mit beiden Händen zusammenhaltend und dabei den Vorratsbeutel schützend, hatte er sich vorangekämpft. So heftig war der Regen gewesen, dass er das Gefühl gehabt hatte, Gott leere das Wasser kübelweise über ihm aus. Auf dem Weg, dem er folgte, flossen Rinnsale in den Spuren der Wagenrinnen zusammen, und der Schlamm schmatzte bis über die Knöchel hoch. Er war schon durchnässt gewesen, als er sich in den Schutz eines riesigen Baumes auf der windabgewandten Seite eines Hügels geflüchtet hatte. Schlotternd, Arme und Beine eng an den Körper gezogen, hatte er in das graue Nichts der Regenfäden gestarrt. Erst dort, im Sitzen, hatte er gespürt, wie zerschlagen er sich fühlte. Während des unbarmherzigen Marsches der letzten Tage hatte er sich Blasen gelaufen, die bei jedem Schritt ein Stechen durch seinen Körper sandten. Seine Beine zitterten, die verkrampften Schultern schmerzten. Irgendwann ließ er sich zur Seite sinken und fiel bald in einen unruhigen Dämmerschlaf.

Als er erwachte, schien die Sonne. Der Wind hatte die Wolken vertrieben. Nach dem Sonnenstand zu urteilen, musste es später Nachmittag sein.

Er setzte sich auf, schlüpfte aus seiner schlammbespritzten Kleidung, die er zum Trocknen ausbreitete, und bot den nackten Körper den wärmenden Strahlen dar. Noch würde es ein paar Stunden dauern, bevor es dunkel wurde, doch der Platz erschien ihm gut genug, um dort auch die Nacht zu verbringen. Unter dem Baum wuchs dichtes, raues Gras, und das Laub würde zumindest ein wenig Schutz vor einem erneuten Regenfall bieten. Er beugte sich vor und durchstöberte den kleinen Vorratsbeutel. Das Brot war fast trocken geblieben, doch seit er aufgebrochen war, verspürte er wenig Hunger. Lustlos pulte er mit den Fingern ein Stück ab und schob es in den Mund.

Aus der Küche seines Vaters hatte er es mitgenommen und war sich vorgekommen wie ein Dieb. Er hatte lange warten müssen, bis Mahaut zu ihren Einkäufen aufgebrochen war. Drinnen im Haus war er zuerst unbeweglich stehen geblieben. Auf dem Tisch hatte das Frühstücksgeschirr gestanden. Mit den Fingern war er durch die irdene Schüssel gefahren, um sich die letzten Reste Brei gierig zum Mund zu führen. Dann hatte er einen alten, wollenen Umhang gegriffen, den Mahaut wohl zum Flicken bereitgelegt hatte, und die Nase darin vergraben. Mit dem Geruch seines Vaters waren die Gedanken an ihn zurückgekommen. Er hatte sich setzen müssen.

Er liebte ihn, oder? Er liebte ihn doch. Etienne musste tief Luft holen, um die Tränen zurückzuhalten, stopfte das Brot zurück in den Beutel und zupfte ein Stück Pergament hervor, das er sich als Letztes gegriffen hatte. In einer Truhe hatte er es gefunden, dort, wo der Vater die alten Werkzeuge aufbewahrte, die er, abgesehen von dem Umhang, ebenfalls mitgenommen hatte. Zum wiederholten Mal glättete er das Stück. Ganz oben am Rand hatte jemand etwas hingezeichnet und halbherzig abgekratzt, sodass nur noch unregelmäßige Spuren zu sehen waren, ansonsten war das Pergament leer. Er konnte nicht sagen, warum er es eingesteckt hatte. Vielleicht hatte er sich vorgestellt, etwas darauf zeichnen zu können, um sich einem Meister als Lehrling zu empfehlen, doch das Blatt war leer. Es war leer, wie sein Kopf, wenn er sich das Bild seines Vaters vor Augen zu rufen suchte. Er griff nach dem Umhang und drückte ihn gegen seine Nase, roch aber nur feuchte Wolle und eine Ahnung von Schaf. Ich hasse ihn, hatte er in Paris gedacht, nun vermisste er ihn.

Gedankenverloren zog er die Beine an. In der Weite der Hügellandschaft konnte er den Weg sehen, den er gekommen war. Der Weg hatte ihn durch Dörfer geführt, an Gehöften und Hirten mit ihren Herden vorüber. Er hatte andere gesehen, die unterwegs waren, Menschen, die aufbrachen und solche, die nach Hause kamen. Er hatte Pilger gesehen, Minderbrüder und Boten. Eine Bewegung, die er mehr aus den Augenwinkeln wahrnahm, lenkte seinen Blick zurück in seinen Schoß. Einen Moment lang starrte er fasziniert auf das, was er sah, dann stieß er die Luft aus. Spätes Sonnenlicht leuchtete durch den Busch zu seiner Rechten und ließ einen Schattentanz aus Blättern und Zweigen über das Pergament wirbeln, ein zartes, graues Blattwerk aus geschwungenen Bögen und schwankenden Blättern. Er hielt ganz still. Nun wusste er, was er malen würde.

Das Mädchen drehte Etienne den Rücken zu, während sie das Gewand über ihren Kopf zog. Stumm starrte er auf ihre nackte Haut. Vor dem Grün der Büsche, die den kleinen Teich säumten, wirkte sie strahlend weiß. Nun reckte sie die Arme über den Kopf und türmte ihr Haar mit den Händen auf, sodass er den Schwung ihrer Taille und der Hüften nachvollziehen konnte. Gleich darauf ließ sie die Hände sinken und drehte sich zu ihm hin, doch ihr Gesicht blieb im Schatten. Unter langen Haaren leuchteten ihre Brüste hervor. Sie erinnerten ihn an die Brüste der Frauen, die er im Badehaus gesehen hatte, und an die von Statuen, die er heimlich berührt hatte. Ein Gefühl der Wärme durchrieselte ihn. Umständlich stand er auf, um ihr näher zu kommen. Ihr Gesicht lag im Schatten, unter seinen Füßen raschelte das Laub. Ein Windstoß brachte die Blätter des großen Baumes über ihm zum Rauschen. Er wusste es nicht, aber er war sich sicher, dass dies einst ein mächtiger Baum gewesen sein musste. Ein Baum, den man anflehte und dem man Geschenke darbrachte, um die Erfüllung von Wünschen zu erflehen. Als er sie fast erreicht hatte, drehte sich das Mädchen um und stürzte kopfüber in den Teich. Etwas Silbernes, gleich einem Fischschwanz, leuchtete kurz über der Wasseroberfläche. Stille folgte, dann rief sie – einmal, zweimal ... Er verstand nicht, was sie rief, aber sie musste ihn rufen, und er zögerte nicht. Eiskalt schlug das Wasser über seinem Kopf zusammen, doch er spürte keine Angst. Die Stimme des Mädchens wurde lauter. Er schwamm auf das Geräusch zu, die Augen weit aufgerissen.

Und dann war sie da. Sie winkte ihm zu. Ihr Haar umschwebte ein längliches Gesicht, zwischen zwei blaugrünen Augen sah er eine lange, etwas krumme Nase. Mit einem Schrei stieß er nach oben, durch die Wasseroberfläche hindurch. Eine vollkommene Hitze durchstrahlte ihn, hob ihn empor und ließ ihn sinken.

Als er erwachte, war es dunkel. In seiner Bruche spürte er etwas Feuchtes.

4. *Kapitel*

Die nächsten Wochen vergingen in Ruhe. Die Hand heilte Stück um Stück, auch wenn es Clément unmöglich blieb, die Finger ganz zu strecken. Er ging dazu über, die linke Hand zu bevorzugen, doch die Umgewöhnung war mühsam. Auch jetzt wieder war er nicht zufrieden mit einer Linie, zu unsicher sah sie aus. Er hielt inne, schaute auf die verschiedenfarbigen Glassplitter, die sich um die Tische der Glasschneider verteilten und in der Sonne glänzten und funkelten. Einer der Männer hatte sich gerade geschnitten, unterdrückte einen Fluch und steckte den verletzten Daumen in den Mund. Ein junger Gehilfe kröselte ein Glasteil sorgfältig in die richtige Form, die Bleiglaser fügten die Glasstücke mittels Bleistreifen aneinander und hämmerten diese vorsichtig mit dem Bleihammer fest. Überall waren die Geräusche guter Arbeit zu hören. Wenn er den Kopf wandte, konnte er hinter sich auf dem Gerüst den Baumeister und die Glasmalermeister stehen sehen, die heute den Einsatz neuer fertiger Scheiben in die riesigen, freien Flächen zwischen den Strebepfeilern besprachen.

In höchste Höhen emporgewachsen, ähnelte der Bau inzwischen einem Gerippe. Clément sah, wie der Baumeister eine Handbewegung über die ganze Fläche hinweg machte, die das Glas einmal ausfüllen würde.

Eine Wand aus Licht würden sie bauen, von umfassender, göttlicher Schönheit. Er konnte nicht umhin zu lächeln. Ganz plötzlich spürte er wieder den Drang in sich, der ihn hierhergeführt hatte, spürte jenes Begehren, das einer reinen, unverfälschten Liebe glich. Er schaute auf seine Vorlage, auf den Lederhandschuh, den Edwige ihm zum Schutz seiner rechten Hand gekauft hatte, um die Heilung nicht zu gefährden. Nachdenklich runzelte er die Augenbrauen. Solange er die Rechte nur eingeschränkt würde benutzen können, so hatte ihm Thomas gesagt, würde er auch nur den halben Lohn erhalten. Er könne einschlagen oder sich eine neue Arbeit suchen.

Mit der Linken nahm er ein Glasstück auf und legte es an die vorgesehene Stelle. Der Glasschneider hatte gute Arbeit geleistet. Aus der Hütte sah er Jehanne heraneilen. Sie war immer hier, wenn Thomas nicht in der Nähe war. Als sie vor ihm stand, lächelte sie. Etwas Schwarzlot prangte auf ihrem Kinn. Er streckte die Hand aus und rieb darüber.

»Willst du mir helfen und das Glas von dort drüben holen, die roten Stücke?«

Sie nickte, huschte fort und war auch schon zurück, legte das Glas an die von Clément angewiesene Stelle und begann bald nervös mit ihrem Zopf zu spielen. Er nahm den Pinsel auf und trug Schwarzlot auf einem anderen Teil des Glases auf, aus dem er später die Falten der Gewänder herausarbeiten würde.

»Judit«, erklärte er, »kennst du ihre Geschichte?«

»Ich weiß nicht.« Jehanne zuckte mit den Schultern und schaute ihn schelmisch von der Seite an. Eine Kinderstimme, dachte Clément, seine Tochter war nun fast vierzehn Jahre alt, und doch war so viel an ihr Kind. Noch heute erinnerte ihn etwas an ihr an das kleine Mädchen, dessen harte, kleine Knie er so oft hatte versorgen müssen, wenn sie bei ihren wilden Spielen gestürzt war. Er beugte sich vor. Sie roch auch wie ein Kind, weich und süßlich. Mit einem Blick vergewisserte er sich, dass Thomas weit oben auf dem Gerüst war.

»Soll ich dir die Geschichte noch einmal erzählen?«, fragte er schmunzelnd. Wie oft hatte er das tun müssen. Wie oft hatte sie verlangt: Noch einmal, erzähl es noch einmal. Sie nickte, während sie ein Glasstück behutsam an die vorgesehene Stelle legte. Ihre Zunge glitt zwischen den leicht geöffneten Lippen hin und her. Sie ist mir geblieben, dachte Clément, sie und Edwige sind mir geblieben. Ich muss sie beide schützen. Er schaute auf die Vorlage, die einmal das Gastmahl des Holofernes darstellen würde, dann begann er zu erzählen: »*Davon hörte in jenen Tagen Judit, die Tochter Meraris …*«

5. Kapitel

In der engen Gasse hatte Edwige sich gegen die Hauswand gedrückt, als könne sie darin verschwinden. Zuerst hatte sie weinen wollen, aber es war, als wären nun endgültig keine Tränen mehr in ihr. Ihre Kiefermuskeln zitterten, ihr Gesicht schmerzte von den Schläfen bis zum Kinnbogen, während sie Arme und Hände herabhängen ließ, als gehörten sie nicht zu ihr. Kraftlos war ihr Körper, schlaff, wie jenes Püppchen, das sie als Kind besessen hatte. Sie wusste nicht, warum sie aufrecht stand. Noch jetzt, lange Zeit nachdem Thomas sie hier zurückgelassen hatte, dröhnten ihr die eigenen Worte im Kopf: »Es ist zu wenig, Thomas, bezahl meinem Mann, was er verdient hat. Bezahl einen angemessenen Lohn. Er ist ein guter Glasmaler.«

»Vor allem ist er ein Krüppel.« Thomas hatte gelacht. »Oder glaubt ihr, das ist mir verborgen geblieben? Haltet ihr mich für so dumm, wie damals?«

»Aber …« Sie hatte innegehalten, um das Flehen aus ihrer Stimme zu bannen.

»Ich stehe nicht in seinem Weg, er kann sich eine andere Stelle suchen. Von mir bekommt er, was er verdient.«

Sie hatte sich auf die Lippen beißen, den Atem beruhigen müssen, bevor sie hatte weitersprechen können: »Du weißt, dass er nicht von dieser Stelle lassen will, und du weißt, dass er keine andere Anstellung finden wird, nicht eine solche, wie er sie jetzt hat, nicht in seinem Zustand.«

Thomas hatte erneut gelacht. »Du siehst also, du musst mir dankbar sein. Ich halte meine Hand über euch, wie ein liebender Vater. Ihr seid meinem Herzen so nah, dass ich das einfach tun muss. Unter gewissen Umständen«, seine Augen waren über ihren Körper geschweift, »könnte ich mir natürlich vorstellen, ihm mehr zu zahlen.«

Er hatte seinen rechten Finger so rasch auf ihre Lippen gelegt, dass sie keine Gelegenheit gehabt hatte, etwas zu erwidern.

»Du musst jetzt nichts sagen. Ich war mein ganzes Leben lang geduldig. Sag, bereust du es manchmal, ihn geheiratet zu haben? Bei allem, was er dir angetan hat? Nein, du musst jetzt wirklich nichts sagen. Wenn du dich entschieden hast, komm heute Abend an den Fluss, du weißt schon, wohin.«

Dann war er fortgegangen und hatte sie zurückgelassen.

Edwige spürte, wie die Feuchtigkeit, die von der Hauswand abstrahlte, in ihre Kleider kroch. Als sie ihre Füße bewegte, schmatzte der Lehm unter ihren Sohlen. Etwas entfernt hörte sie Glocken, Hufgetrappel, Rufe, Stimmen, die Waren anpriesen, Gesang, das Geräusch von Handwerk, Wagenräder in feuchtem Untergrund.

Sie löste sich von der Mauer, machte ein paar Schritte, schwankte mit einer Schulter hart zurück gegen den Stein und keuchte vor Schmerz.

Immer noch keine Tränen. Sie dachte an Thomas' Augen auf ihrem Körper, nicht bewundernd, wie es früher gewesen war, sondern fordernd. Auch mit dem nächsten Schritt gelang es ihr nicht, Halt zu finden, noch einmal stieß sie gegen die Wand, zischte neuerlichen Schmerz zwischen zusammengebissenen Zähnen hervor.

Am Eingang der Gasse blieb sie kurz stehen, dann folgte sie der Richtung, in die Thomas gegangen war. Schneller und schneller wurden ihre Schritte, bis sie fast rannte. Sie hielt erst an, als sie das Schild des *Goldenen Ochsen* erblickte, der Schankstube, in der der Glasmalermeister Le Bœuf fast jeden Abend verbrachte.

Edwige hatte vor der Tür der Schankstube gewartet, bis Thomas viel später zurück in die Dämmerung der Gasse getreten war, um ihm sehr vorsichtig zu folgen. Irgendwann war er stehen geblieben auf seinem Weg, und sie war hinter ein großes Fass gehuscht, doch er hatte lediglich, vor Erleichterung grunzend, gegen eine Hauswand gepisst. Kurz vor dem Petit-Pont entzog sie der rasche Sprung hinter eine Hausecke den Blicken zweier von Thomas' Bekannten.

Jetzt waren sie angekommen. Unablässig bewegten sich Edwiges Lippen in einem stillen Gebet.

Lange vorher schon hatte sie gemeint, den feuchten Hauch des Wassers auf ihrer Haut zu spüren, nun hörte sie das leise Plätschern des Flusses. Das gegenüberliegende Ufer war in der Dämmerung nur schemenhaft zu erkennen. In dunklen Umrissen ließen sich vertäute Schiffe und Boote erahnen. Der tägliche Verkehr ruhte, nur von den schwimmenden Flussmühlen drangen Geräusche herüber. Ab und zu sah man, etwas weiter entfernt, schwankende Lichter.

Sie blieb zitternd stehen. Thomas stand vorne, nahe am Wasser. War er sich so sicher, dass sie kommen würde? Aber er musste ja hierherkommen, musste kommen, falls sie ... Sie biss sich auf die Lippen, ging ein paar Schritte weiter, blieb stehen.

Einst waren sie Freunde gewesen, hatten Nachmittage miteinander verbracht. Er hatte sie zu Hause bei ihrem Vater besucht. Sie hatte über seine jungenhafte Angeberei gekichert und sich die Heirat mit ihm vorstellen können, bis Clément gekommen war.

Im Versuch, ihn deutlicher zu sehen, kniff sie die Augen zusammen. Gerade beugte er sich vor und nestelte an seiner Kleidung. Er musste wohl erneut pinkeln, denn wenig später hörte sie das unverwechselbare Geräusch. Dann spuckte er kräftig aus.

Sie dachte an den Jungen, den sie gekannt hatte, an den jungen Mann, der sich um die Werkstatt ihres Vaters bemüht hatte und um dessen Tochter. An den Stiernackigen, den Verlässlichen. Sie riss die Augen von seiner Gestalt los. Zu seiner Rechten konnte sie vage den Bettler sehen, der immer hier unten am Fluss saß. Sie hatte von ihm gehört, lange bevor sie nach Paris gekommen waren. Es kursierten viele Geschichten über ihn. Der Mann bemerkte sie nicht. Aber Thomas drehte sich um, als sie den nächsten Schritt auf ihn zu tat.

»Edwige! Da denke ich, ich bleib für immer allein, und jetzt bist du da!« Sein Gesicht leuchtete als weißer Fleck vor ihr. »Seit damals habe ich auf dich gewartet, weißt du das?«

Er kam näher. Ihr Mund wurde trocken, auf ihren Unterarmen stellten sich die Haare auf. Doch er hielt wieder an, drehte den Kopf zum Wasser hin, sodass sie nur seine dunklen Haare sehen konnte. Nach einer Weile lachte er unterdrückt.

»Ich dachte nicht, dass du kommst, und das gleich beim ersten Ruf«, er zog die Nase hoch, »ich dachte, du brauchst mehr Aufmerksamkeit. Sogar die gemeinsten Frauen wollen doch heute umworben werden, wie Prinzessinnen in den Geschichten eines Trouvères. Vorübergehend dachte ich sogar, deine Tochter – so ein süßes Kind – könnte dich ersetzen, aber dem war nicht so.«

Er sah sie an. Stumm erwiderte Edwige seinen Blick. Sie konnte nicht sprechen. Es war ein Gefühl, als habe ihr jemand die Faust in die Kehle gerammt, und es ließ sie nach Luft schnappen. Japsend krümmte sie sich nach vorne. Und sie verstand, doch, sie verstand nur zu gut. Blitzschnell hatte Thomas sie bei den Schultern gepackt und riss sie in eine aufrechte Stellung hoch.

»Schau mich an und sag, das wusste ich nicht. Was bist du nur für eine Mutter, deren Kind unter ihren eigenen Augen herumhuren kann?«

Sie öffnete den Mund. Der unbarmherzige Griff, mit dem er sie festhielt, hätte sie aufschreien lassen, doch die Stimme versagte ihr, noch nicht einmal ein Krächzen bildete sich in ihrer Kehle. Ihr ganzer Leib schien von einem unglaublichen Gewicht zusammengedrückt zu werden, dazwischen bemerkte sie ein heftiges Pochen, das bis in den Hals hinaufreichte. In ihren Ohren rauschte es, dann erschlafften ihre Glieder, und sie fand sich im Ufersand kauernd. Ihre Stimme kam zurück, schnarrend wie eine Drehleier. »Du hast sie getötet?«

»Nein, das hat das dumme Ding selbst getan. Und darüber wird Gott richten, das weißt du doch, meine Gute.«

Edwige antwortete nicht. Das Plätschern der Mühlen erschien ihr lauter zu werden. Damals in Chartres hatten Thomas und sie lange traumhafte Tage am Fluss verbracht. Das hier war ein Albtraum. Sie stützte sich auf die Hände, bekam einen Stein zu greifen und erhob sich. Der Bettler schien verschwunden, jedenfalls konnte sie ihn nicht mehr sehen. Das Geräusch von Thomas' Bewegungen zeigte ihr, dass er sich behutsamer bewegte, als wolle er keine Aufmerksamkeit auf sich ziehen.

»Komm zu mir, Edwige, du gehörst zu mir, das hast du immer getan.«

Sie schüttelte den Kopf. Ein Schritt zurück und ihr rechter Fuß wurde nass.

»Warum antwortest du nicht?«

»Weil es nichts zu sagen gibt.« Sie musste schlucken, bevor sie das Wort hervorbrachte: »Mörder.«

»Ich, ein Mörder?« Er lachte. »Willst du mich richten? Oder willst du wissen, wie einfach es war?«

»Gott wird dich richten. Alleine wirst du vor ihm stehen, keiner wird bei dir sein. Du hast alle verjagt, Thomas, deinen Sohn, mich …«

Sie brach ab. Er stand kurz reglos da, dann schlug er ihr mit voller Kraft ins Gesicht. Sie taumelte rückwärts, schmeckte Blut auf ihren Lippen. Der Fluss zupfte an ihrem Gewand. Sie trat weiter zurück, sodass sie sich nur noch wankend halten konnte. Ihre rechte Hand schloss sich fester um den Stein, den sie im Aufstehen gepackt hatte.

»Ich kenne dich nicht mehr, Thomas, ich werde auch keine Erinnerung mehr an dich haben. In meinen Gedanken wirst du keinen Platz haben. Es gibt dich nicht mehr.« Sie spürte, wie ihr Gewand um ihre Beine schwebte. Er stieß keuchend die Luft aus und kam näher. Wie in einem Tanz machte sie einen Schritt um ihn herum. Wie in einem Tanz tat er einen Schritt zur Seite. Der Fluss gurgelte.

»Ich werde jetzt nach Hause gehen.« Sie machte einen weiteren Schritt an ihm vorbei. Er fuhr herum, bekam ihren Umhang zu fassen: »Bleib, du wirst nirgendwo hingehen!«

Seinen jüngsten Sohn im Arm, saß Pierre de Montreuil vor dem Kamin und hielt seine Füße ans wärmende Feuer. Der Junge hatte den Kopf gegen den Vater gelehnt, hielt die eine Hand gegen den Mund gedrückt und die andere Hand im Stoff der väterlichen Cotte vergraben. Das Bad hatte ihn müde gemacht, aber noch wollte er nicht schlafen. Wie um zu beweisen, dass er wach sei, zappelten die Beinchen, die unter dem Kittelchen hervorschauten, unablässig. Sanft strich der Baumeister seinem Kind über den Kopf, ließ die Finger um die kleinen, feuchten Locken im weichen Kindernacken spielen. Draußen klapperten Agnès und die Magd mit dem Geschirr. Die Stimme seines kleinen Neffen Raoul war zu hören und immer wieder mahnend die seiner Mutter, die die Einladung zu einem gemeinsamen Essen angenommen hatte. Vielleicht würde es seiner Schwägerin gelingen, Agnès ruhiger werden zu lassen. Vielleicht würde sie der Anblick des gesunden Raoul Zuversicht lehren. Manchmal hatte er Angst um Agnès. Manchmal hatte er Angst um sich.

Er sah zum Tisch, wo er die Unterlagen abgelegt hatte, die er heute aus der Chambre de trait mitgebracht hatte. Wenn er die Augen schloss, sah er das Gerippe der Kapelle vor sich: Strebepfeiler, Bögen, in die Höhe gewachsene Mauern, ein Winterwald, ein Wald, ohne die Blätter, die das Harsche weicher erscheinen ließen. Inzwischen hatten sie begonnen, die ersten Scheiben einzusetzen. In den nächsten Tagen würde er erneut die Glasmalermeister zusammenrufen, um über das weitere Vorgehen zu sprechen. Ausführlich hatten sie es letzte Woche getan und lange davor, als er seinen Entwurf vorgestellt hatte. In der Erinnerung an das Gewirr ihrer Stimmen dröhnte ihm der Schädel. Jeder hatte etwas zu sagen gehabt. Es waren Meister, Männer, deren Kunstfertigkeit gesucht wurde, Männer, die ihre Arbeit verstanden und dies auch kundzutun trachteten.

Er öffnete die Augen. Behutsam küsste er den Kopf seines Sohnes und wischte den Speichel von dessen kleinem Kinn. Der Junge suchte seinen Blick. Pierre lächelte. Das Kind lächelte zurück. Dann gähnte es herzhaft, rieb sich mit seinen kleinen Fäusten die Augen.

Mochte es für den Jungen auch Zeit sein, schlafen zu gehen, es war solchermaßen beruhigend, ihn im Arm zu halten, dass Pierre nicht von ihm lassen wollte.

Edwige konnte sich nicht erinnern, ob sie geschrien hatte, aber etwas Schrilles dröhnte in ihren Ohren nach. Mit einem gewaltigen Schlag klatschte der Stein in ihrer Hand gegen Thomas' Schädel. Der Mann taumelte zur Seite. Sie schlug noch einmal zu, traf seine Schulter und mit dem dritten Schlag seine linke Wange und seine Schläfe. Sein Körper machte eine Drehung, sodass sich sein Gesicht dem Fluss zuwandte. Indem sie auf die Knie fiel, stürzte Thomas vorwärts auf den Bauch. Der Fall seines schweren Körpers ließ Wasser gegen ihre Arme und das Gesicht spritzen. Lange Zeit saß sie danach nur da, den Stein fest mit beiden Händen umklammernd. Sie sah nichts, hörte nichts, spürte nichts. Es war ihr, als habe sie jemand an einen Punkt gebracht, von dem sie nicht zurückkehren konnte. Alles erschien ihr weit weg zu sein.

Erst spät konnte sie sich regen, ließ den Stein ins Wasser plumpsen. Die Umrisse von Thomas' Gestalt konnte sie eben noch erkennen. Er rührte sich nicht. Sie kroch näher zu ihm hin, streckte die Hände aus und ertastete, dass er mit dem Gesicht voran im Wasser lag. Er bewegte sich auch auf ihre Berührungen hin nicht. Nur seine Hand stieß, im Wasser schwebend, gegen ihre.

Wenn ich ihn nicht umdrehe, wird er ertrinken.

Wieder stieß die Hand gegen ihr Bein, als habe sie eigenes Leben gewonnen.

Er ertrinkt. Du musst ihn auf den Rücken drehen, ihn aus dem Wasser ziehen. Es ist nicht an dir, ihn zu richten.

Sie drehte den Kopf zur Seite, bewegte sich aber nicht von der Stelle. Langsam streckte sie die Hand aus und tastete nach Thomas' Gesicht. Das Wasser strömte über Nase und Mund hinweg. Sie holte tief Luft.

Sie konnte später nicht sagen, welche Kraft ihren Körper lenkte, und sie hoffte, dass sie diese Erbarmungslosigkeit nie wieder erleben würde. Mit beiden Füßen stemmte sie sich gegen den schweren Körper und schob ihn tiefer ins Wasser hinaus, schob und drückte, bis ihr der Schweiß übers Gesicht lief und der Fluss Thomas' Körper fest in seinen Fängen hatte. Ohne eine Regung beobachtete sie, wie die Strömung den Körper packte und ins tiefere Wasser hinauszog. Vielleicht würde sie ihn mitnehmen, hinaus aus der Stadt.

Sie stand auf. Ihre Zähne klapperten. Dann drehte sie sich um und ertastete sich den Weg vom Ufer zurück. Vielleicht würden sie ihn schon morgen finden. Vielleicht würden sie schon morgen kommen, sie zu holen. Sie wusste es nicht, wusste nur eines: Sie hatte einen Menschen getötet.

Erst war Etienne verschwunden. Nun blieb Thomas den dritten Tag aus. Gemeinsam mit den anderen Glasmalermeistern war der Baumeister Pierre de Montreuil vor Thomas' Hütte stehen geblieben und betrachtete die verbliebenen Männer ungeduldig.

»Wir können nicht länger warten. Die Arbeit drängt!« Er ließ den Blick schweifen. Wie alle hatte Clément schon bei seinen ersten ungehaltenen Worten von seiner Beschäftigung aufgesehen. Der Pinsel mit Schwarzlot zitterte über dem Stück Glas, an dem er gerade arbeitete.

Der Baumeister sah einen der Männer nach dem anderen an. »Wer kann seine Stelle übernehmen?«

Schweigen. Clément schaute auf das fast fertige Fenster auf dem Tisch, schaute auf drei Figuren, die auf der Flucht nach rückwärts blickten. Einen Moment lang dachte er an das Fenster, auf das er damals seinen Namen geschrieben hatte. Er hob den Kopf.

»Nun, wer kann es?« Pierres Stimme klang bedrohlich ungeduldig.

Giles, der älteste Gehilfe, trat einen Schritt vor. Clément ließ seinen Pinsel fallen. »Ich kann es!«, rief er. »Fragt die Leute hier, sie kennen mich. Manche kennen auch meine Arbeiten von anderen Orten her, nicht wahr?« Er warf einen Blick in die Runde. Ein paar Männer nickten. Nur Giles' Gesichtsausdruck hatte sich verdüstert, war scharf geworden, wie der einer Ratte.

»Du?« Pierre de Montreuil schaute Clément länger an. »Ich muss zugeben, ich habe an dich gedacht.«

»Ich bin der Älteste hier«, sagte Giles leise, doch nur Clément hörte die Stimme an seiner Seite. Die anderen Mitglieder der Werkstatt hatten sich zusammengeschart und murmelten lautstark Zustimmung. »Mein Recht ist es«, fuhr Giles fort, war aber nicht laut genug. »Mein Leben lang hab ich im Dienst von Meistern gestanden. Mein Recht ist es, die Werkstatt zu führen, solange Maître Thomas fort ist.«

Clément achtete nicht auf Thomas' ältesten Gehilfen. Entschlossen trat er einen weiteren Schritt auf den Baumeister zu, und während er spürte, wie der Mann ihm auf die Schulter klopfte, geriet Giles aus seinem Blickfeld. Er würde später mit ihm sprechen, wenn er seine Arbeit getan hatte.

6. Kapitel

So spätabends war in den dunklen Gängen der Burg niemand mehr zu sehen oder zu hören. Die alltäglichen Geräusche waren verstummt, keiner eilte mehr hin und her, keine Stimmen ertönten, kein Hufgetrappel erklang im Hof. Aus dem dichten Wald drang das Heulen eines einzelnen Wolfs, gleich darauf blökten Schafe durcheinander. Der Schäfer reckte schlaftrunken den Kopf. Sein Hund hatte die Ohren schon seit geraumer Zeit gespitzt. Ein Käuzchen schrie. Im Kamin der großen Halle brannte, bewacht von einem Diener, ein Feuer. Äste knackten, von Flammen umzüngelt. Ascheflöckchen trieben hoch und sanken herab.

Josiane de Faure saß in ihrem Faltstuhl, die Füße zur Wärme hin ausgestreckt, den leeren, mit kostbaren Steinen geschmückten Trinkpokal locker in der rechten Hand, und horchte auf das Geheul draußen. Im Winter würden die vermaledeiten Wölfe noch näher herankommen. Vielleicht würde sie eine Wolfsjagd veranstalten wie letztes Jahr. Sie konnte die Nachbarn dazu einladen, ein Fest geben. In der kalten Jahreszeit gab es ohnehin viel zu wenig Unterhaltung. Sie stellte den Trinkpokal auf den kleinen Tisch neben ihrem Stuhl und machte sich daran aufzustehen. Renaud Le Grand sprang herbei, sie zu stützen. Sie lehnte seine Hilfe mit einer knappen Geste ab, unterdrückte ein Gähnen. Für heute waren sie beide müde und hatten genug getrunken.

Renaud zögerte, ging dann zum Fenster, schob den Fensterflügel auf und betrachtete die Umgebung. Die heutige Jagd war anstrengend gewesen, für eine Weile hatte er sich einen wilden Ritt mit Josianes Sohn geliefert. Die Jagd hatte seinen Appetit geweckt. Vielleicht würde er eine der Mägde besuchen. Die Mädchen mochten es, wenn er ihnen Schutz vor den niederen Dienstleuten verhieß.

»Er hat sich beschwert«, sagte Josiane, und er drehte sich zu ihr um. Sie stand nun vor dem Kamin und sah in die Flammen.

Vielleicht muss ich ihn einweihen, fuhr es ihr durch den Kopf, aber nur, wenn ich die Fäden in der Hand behalte, erst wenn er für sich angenommen hat, was ihm zugedacht ist.

Sie seufzte. »Sagt den Männern, dass sie zurückhaltender

sein sollen, wenn sie ihn verfolgen. Sein Missfallen bringt uns nichts ein.«

Renaud verschränkte die Arme vor der Brust. Allein die Stimme dieser Frau ließ Schauer über seinen Rücken laufen.

»Ich weiß zu wenig über ihn«, fuhr sie fort. »Hat er ein Liebchen? Besucht er die Mägde? Ich weiß nichts!«

Renaud räusperte sich. »Was soll ich tun?«

»Herausfinden, was er liebt.« Sie beugte sich vor, hielt die Hand so nahe an die Glut, dass es schmerzen musste, aber er sah nicht einmal ein Zucken auf ihren Gesichtszügen. »Liebe ist der Schlüssel. Sie macht uns weich«, sie ballte die Faust, »verletzlich und empfänglich.«

7. Kapitel

Der Einfall, loszureiten und das Pferd in den fliegenden Galopp zu treiben, war Ghislain schlagartig gekommen. Als die Gruppe Händler zwischen seine Begleiter und ihn geraten war und die Burgbewohner mit »Ahs« und »Ohs« auf die Ladung feiner Stoffe zugeströmt waren, bevor alle Wagen das Tor passiert hatten, hatte er seine Gelegenheit erkannt. Nur einen Moment lang frei sein von Josianes Männern, nachdem er in den letzten Wochen keinen Schritt ohne sie getan hatte.

Er beugte sich tiefer über den Pferdehals, schnalzte mit der Zunge und spürte, wie das Tier noch einmal schneller wurde. Die Hufe donnerten über den Boden. Er spürte die groben Haare der Mähne wie kleine Schläge an seinem Gesicht. Im Zurückdrehen sah er, dass man sich daranmachte, seine Verfolgung aufzunehmen, doch noch hatten nicht alle ihre Pferde bestiegen, und eines scheute sogar vor der im

Wind flatternden Plane eines Händlerkarrens. Aufgeregtes Gebrüll war zu hören, aber er war schon weit vorne. Sie würden ihn nicht einfangen, heute nicht. Am liebsten hätte er gelacht. Ein Gefühl ausgelassener Fröhlichkeit überkam ihn, so stark, wie er es zuletzt als Junge empfunden hatte. Natürlich würde er gegen Abend zurückkehren, aber er benötigte keine Aufpasser. Er hatte sein Leben über lange Jahre hinweg alleine gemeistert.

Vom Burgtor ging der Weg in einer leichten Biegung bergab, bald hatte er die ersten Bäume des Wäldchens in der Senke erreicht, durch das er hindurchmusste, bevor es zum Plateau wieder ein Stück hinauf ging. Ein wütender Riese habe die Einkerbung mit einem einzigen Faustschlag geschaffen, erzählten sich die Leute dieser Gegend. Wasser spritzte auf, als er sein Pferd durch den kleinen Flusslauf trieb. Dort hinten, etwas weiter den Fluss entlang, hatte er einmal einen langen Tag übend auf einer Wiese zugebracht. Er schnalzte mit der Zunge. Gleich würde er die Ebene erreichen. Wieder drehte er sich zurück. Seine Verfolger waren nicht zu sehen. Er ließ das Pferd in leichten Trab fallen. Bei der Vorstellung der ärgerlichen Gesichter der Männer lachte er lauthals. Das Pferd brach tänzelnd zur Seite aus, er klopfte ihm den Hals. Schnaubend warf es den Kopf hoch. »Ruhig«, murmelte er, »ruhig.«

Zwischen den letzten Bäumen hindurch konnte er nun das Hochplateau sehen, die großen Felsbrocken, die der Riese geworfen hatte, und kleinere Felsen dazwischen. Aus den Schatten des Waldes kommend war die Sonne unbarmherzig hell, auch wenn sie ihren höchsten Punkt schon hinter sich gelassen hatte. Er trabte ein gutes Stück weiter, dann zügelte er sein Pferd und brachte es zum Stehen.

Da war etwas. Er kniff die Augen zusammen. Ein Windstoß fuhr durch das Waldstückchen in seinem Rücken. Goldenes Licht stand blendend schräg auf der weiten, von rauem Gras bewachsenen Fläche. Unruhig versuchte sein Pferd auszubrechen, dann wieherte es. Von ferne antwortete das Wiehern eines anderen Pferds. Weitere Laute mischten sich dazwischen: Hufschlag, leises Klirren, gedämpfte Stimmen. Er richtete sich im Sattel auf und beschattete die Augen mit der Hand.

Da – ein Reiterzug näherte sich, eben noch verdeckt durch die Felsen dort drüben. Ghislain bemühte sich, mehr zu erkennen. Je näher der Zug kam, desto deutlicher sah er Fahnen und Wimpel im Wind flattern, sah vielfarbige Stoffe und schimmerndes Metall. Die vordersten Pferde schälten sich heraus, wurden zu kräftigen Rössern. Lautere Stimmen waren zu hören, deutlicheres Klirren, Befehlsrufe. Zwei Reiter lösten sich aus den dicht geschlossenen Reihen und sprengten im Galopp auf ihn zu.

Wieder wieherte ein Pferd. Ghislains Stute tänzelte und gab hell Antwort. Mit einer Hand und den Schenkeln parierte der junge Mann das Tier, während er den näher kommenden Reitern entgegensah. Der erste, der auf dem größeren Pferd, kam ihm bekannt vor. Bald wusste er, warum.

Heftig zügelte Donatien seinen Schimmel und ließ das Tier steigen, sodass Ghislain Mühe hatte, seines zu bändigen. Erst als er nicht mehr Gefahr lief herunterzufallen, wagte er es, einen Blick auf Donatiens höhnisch grinsendes Gesicht zu werfen.

»Seid Ihr etwa hier, uns zu empfangen? Hat die Herrin Josiane nicht mehr Männer aufzubieten als ihren Bastard?« Donatien lachte, bevor der Ausdruck seiner Augen drohender wurde.

Ghislain antwortete nicht. Ein nunmehr unbehaglicher

Blick über seine Schulter zeigte ihm, dass seine Verfolger noch nicht zu sehen waren.

»Oder hat man dem Bastard nicht gesagt, dass wir kommen?«

Ghislain hielt seine Gesichtszüge unbewegt. Der Mann an Donatiens Seite, ganz in Braun gekleidet, mit einem Gesicht von der Farbe eines alten, verschrumpelten Apfels, trieb sein Pferd näher heran. Die Armbrust in seiner rechten Hand hatte er locker auf den linken Unterarm gelagert, während die Finger seiner linken mit einem Bolzen spielten.

»Darf ich Euch meinen treuen Diener vorstellen?« Donatien nickte zu dem Mann hin, der Ghislain seinerseits unaufhörlich musterte. »Wie ist es mit Euch, Bastard? Ihr habt keinen treuen Diener, oder etwa doch? Alleine seid Ihr, wie es sich für einen Ehrlosen gehört.« Donatien spuckte aus.

Über seine Schulter konnte Ghislain sehen, dass sich mehr Reiter aus dem Zug gelöst hatten und auf sie zuhielten. Ein erster Schweißtropfen bildete sich an der Schläfe des jungen Mannes und perlte herab. Der Apfelgesichtige legte mit routinierten Bewegungen den Bolzen in die Armbrust.

Wo waren Josianes Männer? Ghislain schauderte. Ein Räuspern lenkte seinen Kopf zurück in die Richtung seines Halbbruders. Der lächelte.

»Ich wusste immer, dass wir noch nicht fertig miteinander sind, Bastard.«

In der folgenden Stille konnte Ghislain hören, wie die Armbrust gespannt wurde. Unvermittelt richteten sich seine Augen auf die Waffe, die der Diener nun im Anschlag auf ihn gerichtet hielt, erwartete schon den Schuss, aber nichts geschah. Nur seine Kehle schnürte sich zu, als er sah, wie der Mann die Armbrust höher nahm, wie seine Finger ruhig und behutsam hantierten, wie er die Augen zusammenkniff, um sein Ziel anzuvisieren. Ein Gedanke durchfuhr ihn, und er fragte sich, ob er die Antwort gleich wissen würde: Welches Geräusch macht eine Armbrust, wenn auf einen geschossen wird?

»Ich habe Euch schon gekannt, als Ihr ein kleines Mädchen wart, und Ihr wart ein gutes Kind.« Ludovic beugte sich vor und legte die Hand auf Josianes. »Später lernte ich eine junge Frau und eine liebende Mutter kennen, aber jetzt erkenne ich Euch nicht mehr. Was ist geschehen, Josiane?«

»Was geschehen ist? Ein Mann, der meinem Bruder Treue schwor und mir die Ehe. Der es zuließ, dass man mir das Kind nahm, das er zu lieben und zu schützen vorgegeben hatte, und der nicht einmal den Mut hatte, mich zu töten und von meinem Elend zu erlösen? Aber es war gut so. Der Herr hat recht entschieden. Am Leben bin ich geblieben und meinem Ziel heute näher als je zuvor.«

»Aber mit der Vergangenheit hat Euer Sohn nichts zu tun.«

»Nein, aber er wird mir helfen, das zu bekommen, was mir zusteht, mindestens ein Teil davon ... oder alles.« Josianes dunkle Augen, denen Ghislains so ähnlich, richteten sich undurchdringlich auf den alten Mann. »Ihr habt schon recht, Ludovic, das kleine Mädchen bin ich nicht mehr und werde es nie wieder sein. Spucken würde ich heute auf sie, und das verzagte Weib aus der Burg hinausprügeln. Härte ist unsere einzige Möglichkeit zu leben.«

»Ihr macht mir Angst, ma Dame.«

»Gut so.« Sie entzog ihm ihre Hand, die er nunmehr fest umklammert gehalten hatte.

Ein Mann polterte in den Raum, ohne sich ankündigen zu

lassen, und trieb die beiden endgültig auseinander. »Herrin«, rief er, »Ghislain de Faure ist uns entkommen und reitet direkt auf Richardes Zug zu.«

Noch in der großen Halle an der Seite seiner Mutter meinte Ghislain das Abschussgeräusch einer Armbrust zu hören, die nie abgeschossen worden war. Noch dort, unter den Augen von Gästen und Gastgebern, Dienstleuten und Wachen, dehnte sich die Zeit, die er damit verbracht hatte, auf den kleinen Bolzen zu starren in die Unendlichkeit. Immer wieder zog sich sein Unterleib zusammen, aber er hielt die Gesichtszüge unbewegt. Manchmal bewegten sich Richardes Augen von Josianes Gesicht weg auf seines hin, und dann lächelte sie kaum merklich. Ihren scharfen Worten hatte er es zu verdanken, dass er hier stand. Ihren Worten war Donatiens mürrischer Gesichtsausdruck geschuldet.

Sein Halbbruder hielt die Arme vor der Brust verschränkt und folgte den höflichen Begrüßungsfloskeln genauso wenig, wie Ghislain es tat. Die Wachmänner der Burg musterten Richardes Begleitschutz. Renaud Le Grand stand zwei Schritte hinter Josiane, den Körper vor Aufmerksamkeit angespannt, und zuckte immer mal wieder leicht mit dem linken Bein.

»Man wird Euch jetzt Eure Kammern zeigen«, sagte Josiane. »Nach der Messe heute Abend erwarte ich Euch wieder hier.«

Damit drehte sie sich um und bedeutete ihrem Sohn und Renaud, ihr die Wendeltreppe hinauf zu folgen. Ghislain wusste, dass sich hier über dem Saal eines der Zimmer befand, das Josiane am häufigsten benutzte.

Der Raum war erstaunlich behaglich eingerichtet. Felle lagen auf dem kalten Steinboden. Eine Wand schmückte ein alter Wandteppich. Wenn im Winter unten in der Halle der große Kamin dauerhaft in Betrieb genommen wurde, war es auch hier oben angenehm warm. Er sah einen Tisch, auf dem mehrere beschriftete Wachstafeln lagen, dazu Pergamentrollen. Zwar wiesen die Fenster nur Holzläden auf, die ein voraususchender Diener weit öffnete, bevor er sich eilig zurückzog, doch ansonsten fehlte es an nichts.

Josiane ging zum Tisch, suchte zwischen den Wachstafeln herum und reichte Renaud eine davon. »Bringt dies zu Ludovic.«

Nachdem Renaud Le Grand durch die Tür verschwunden war, wartete sie noch einen Augenblick lang, bevor sie sich ihrem Sohn zuwandte. Ernst schaute sie ihn an. »Was habt Ihr Euch dabei gedacht, einfach davonzureiten?«

Ghislain hob die Augenbrauen und verlieh seinem Gesichtsausdruck damit etwas Hochmütiges. Seine Lippen wölbten sich, auf der Suche nach Worten. »Ich bin ein Mann, der für sich allein stehen kann«, sagte er. »Jahrelang hat sich niemand um meine Wege bekümmert.«

Er suchte Josianes Blick. Die schaute ihn über den Tisch hinweg unverwandt an. Die rechte Hand hielt sie auf die Tischplatte gestützt. Auch auf die Entfernung konnte er sehen, dass sie zitterte.

»Aber nun seid Ihr Teil einer Familie, Ghislain de Faure. Ihr habt Pflichten.«

Ghislain de Faure – die Augenbrauen des jungen Mannes bogen sich erneut. »Pflichten, die Ihr mir nicht nennt, ma Dame.«

Josiane schwieg, die Augen immer noch auf ihren Sohn gerichtet. Die Hand auf der Tischplatte zitterte stärker, die linke ballte sich zur Faust. Als sie sprach, war ein metallischer Klang in ihrer Stimme.

»Es ist bedauerlich, dass Ihr nicht verstanden habt, dass Ihr zuallererst gehorchen müsst. Wisst Ihr, was Gefolgschaft ist? Nein. Versteht Ihr, dass Ihr Euch heute in große Gefahr gebracht habt? Nein.« Sie schüttelte den Kopf, bedeckte das Gesicht mit den gespreizten Händen und krümmte die Schultern nach vorne. Mehrmals holte sie tief Luft, bevor sie die Arme wieder sinken ließ und die Hände nach ihm ausstreckte. »Ghislain ...«

Er runzelte die Stirn. Ganz unvermittelt hatte ihre Stimme einen weichen Tonfall angenommen, und die Geschwindigkeit des Wechsels trieb einen Schauder über seinen Rücken. Vielleicht hatte sie recht. Vielleicht verstand er einfach nicht, um was es hier ging, erkannte nicht, was wichtig war.

»Ghislain«, flüsterte sie noch einmal, und er wollte ihre Berührung spüren, ihre Finger auf seiner Haut. »Ihr seid mein einziger Sohn, versprecht, dass Ihr so etwas Unbedachtes nicht wieder tut.«

Es war nach der Morgenmesse am nächsten Tag, als vier von Richardes Männern Ghislain umzingelten und ihn zu den Ställen hinüberzwangen, wo er sich nur wenig später Richarde selbst gegenübersah. Während der Messe hatte er einen kurzen Blick auf sie erhascht, auf ihr unbewegtes Gesicht unter dem hellen Gebände und dem Schleier, auf den violetten Umhang, den sie mit zwei Fingern zierlich gerafft hielt, sodass man das grüne Innenfutter sehen konnte. Bald nach der Elevatio war sie verschwunden gewesen, ohne sich in das aufkommende Geschwätz einzumischen. Unruhig bewegte er die Schultern im Bemühen, die schweren Hände loszuwerden, die ihn festhielten. Richarde fütterte ihren Falben derweil mit kleinen Äpfeln und schaute nicht in seine Richtung. Leise konnte er das Pferd schnauben hören, dazwischen die Geräusche, mit denen das Tier die harten Früchte zermalmte. Ab und zu bewegte es den Kopf auf und ab, versuchte, seine Gönnerin anzustoßen. Kein Laut war zu hören, außer den Bewegungen der Tiere, außer Scharren und Schnauben, außer dem leisen Klirren eines Kettenhemds, wenn sich einer der Männer in seinem Rücken bewegte. Richardes Männer gingen niemals unbewaffnet. Offenbar hatte man die Stallburschen hinausgeschickt.

Erneut versuchte er die schweren Hände abzuschütteln, doch vergebens. Richarde, die nun den letzten Apfel verfüttert hatte, klopfte ihrem Falben den Hals, wandte sich ab und kam auf ihn zu. Als sie einander gegenüberstanden, war ihr Gesichtsausdruck genauso unbeweglich wie während der Messe. Mit zwei Fingern fasste sie den Stoff ihres Umhangs und präsentierte das Innenfutter, als stünden sie einander in der Halle gegenüber. Feine, spitze Schuhe schauten unter dem Saum des Umhangs hervor, an dem sich ein paar Strohreste verfangen hatten. Kurz richtete sie ihren Blick auf die vier Männer. »Geht!«, beschied sie ihnen knapp und schaute wieder Ghislain an. Das Dämmerlicht im Stall nahm ihren blassen Augen etwas von ihrem eisigen Ausdruck, aber es war nichts darinnen zu lesen. Er bewegte die Schultern, zupfte an seiner Cotte, als könne er so die Berührungen der Männer abstreifen. Sie verfolgte seine Bewegungen. »Habt Ihr Eure Mutter kennengelernt?«, fragte sie, als er innehielt. Ghislain erwiderte ihren Blick, schwieg aber.

»Hat sie zu Euch von Gefolgschaft gesprochen?«, fuhr sie fort.

Wieder keine Antwort. Zum ersten Mal glitten Richardes Augen von seinem Gesicht weg zur Stalltür in seinem Rücken. Kurz schien sie sich in Gedanken zu verlieren. Ihre

Augen weiteten sich, wurden enger, als sie ihn erneut in den Blick nahm.

»Zum ersten Mal hörte ich von Josiane, als mein Mann meinen Ältesten zur Ausbildung hierherschickte, auf die Burg ihres Bruders. Als Jungen waren sie einmal eng befreundet gewesen, so wie das mit Burschen so ist, die erstmals von zu Hause fort sind. Sie war damals gerade mal vierzehn Jahre alt, ein mageres, flaches Ding, und ich vergaß sie schnell …« Sie holte tief Luft, doch der präzise, gleichmäßige Tonfall ihrer Stimme blieb derselbe, als sie fortfuhr: »Ein paar Jahre darauf folgte Raymond, Gott sei seiner armen Seele gnädig, Donatiens Beispiel. Mein Mann begleitete ihn, wahrscheinlich wollte er die guten Verbindungen aufleben lassen, die durch irgendein Ereignis empfindlich gestört worden waren. Dass es sich dabei um unsere Hochzeit handelte, erfuhr ich erst später, schließlich war ich die Fremde aus dem Norden, der nicht einmal der eigene Haushalt traute. In der Zwischenzeit war die Kleine zu einem hübschen Frauchen erblüht, und bald begann mein eigener Ehemann um sie zu werben. Gerüchte wurden laut von einem Eheversprechen, sie wurde schwanger und setzte mir einen Kuckuck ins Nest – Euch.«

Wenn Ghislain erwartet hatte, Wut in ihrem Ausdruck zu sehen, so stellte er fest, dass sie gleichmütig dreinblickte. Sie erzählte von diesen Dingen, als seien sie einer anderen passiert.

»Es war eine schwere Zeit, aber als Ihr verschwandet und mit Euch Raymond …« Jetzt meinte er ihre Stimme zittern zu hören, aber der Eindruck verflüchtigte sich, als sie weitersprach. »Er hatte Euch bald vergessen. Mein Ehemann hatte immer nur ein Gedächtnis für Dinge von Vorteil. Erst spät begann ihn sein Gewissen zu zwacken. Das war nach jener

Krankheit, die seine rechte Seite vorübergehend lähmte. Da rief er uns alle an sein Bett, auch sie. Danach sprach er davon, dass er Euch hätte suchen lassen müssen, nur Euch, kein Wort zu Raymond. Er begann für Sichtungen von Euch zu zahlen, als wäret Ihr ein Heiliger. Er fragte jeden, der kam. Wenn ich gewusst hätte, wie viel Macht sie noch über ihn hatte, hätte ich sie nicht zu ihm gelassen, so viel er auch nach ihr rief, als er den Tod nahen spürte, und den spürte er in den letzten Jahren oft. Jedes Mal muss sie ihm da ein wenig von dem Gift eingeträufelt haben, das ihn mehr und mehr gegen mich aufbrachte.«

Ghislain verschränkte unwillkürlich die Arme. »Ihr habt versucht, mich umbringen zu lassen.« Es war ein Schuss ins Ungewisse in der Hoffnung auf einen Treffer, und er musste sich räuspern, nachdem er die Worte hervorgebracht hatte. An der Bewegung ihrer Augenwülste bemerkte er, dass sie die Augenbrauen zusammenzog. Ihre Finger kniffen den Stoff des Umhangs fester zusammen.

»Nein, das würde ich nicht tun. Ich wollte Euch gefangen setzen, das gebe ich zu. Tot nützt Ihr uns nichts. Nun warte ich darauf, das Testament anfechten zu können, das Euch einen Teil meines Besitzes zuspricht. Es ist Donatien, vor dem Ihr Euch in Acht nehmen müsst.« Ihre Finger lockerten sich. »Mein Sohn ist ungestüm. Manchmal hält er es für die beste Lösung, Euch einfach aus dem Weg zu räumen.«

Ghislain fasste nach dem Medaillon um seinen Hals, spielte damit. Einen halben Schritt kam Richarde näher. »Nun sagt mir, habt Ihr Eure Mutter kennengelernt?«

Er schwieg. Richarde tat einen weiteren Schritt auf ihn zu. »Am besten lernt Ihr sie kennen«, sagte sie leise, »wenn Ihr Euch widersetzt.«

Richarde de Faure war zuerst aus dem Stall herausgekommen, und nur ein paar Augenblicke später folgte ihr Ghislain. Josiane sah ihren Sohn mit dem Medaillon um seinen Hals spielen, während er in Gedanken versunken dem Weg folgte, den auch Richarde gegangen war.

Welches Gift mochte sie ihm ins Ohr geträufelt haben? Ein eisiger Hauch durchströmte Josianes Körper bis hinein in die Fingerspitzen. Man durfte niemandem trauen. In einer Welt, in der Verwandte einander töteten und verkauften, durfte man niemandem trauen. Einen Moment lang spürte sie etwas in sich, ein enger, heißer Schmerz, der durch ihre Eingeweide fuhr; die Angst eines dummen Mädchens, von Stein umhüllt. Ihr Sohn würde ihr einige Fragen beantworten müssen, sobald die ungeliebten Gäste die Burg verlassen hatten. Er maß sich zu viel Freiheit an, sie würde ihm eine Lehre erteilen.

8. Kapitel

Im ersten Moment stand Ghislain noch aufrecht vor Josiane de Faure, dann stieß ihn jemand zu Boden. Mit beiden Händen musste er seinen Fall abfangen. Als er sich aufrichten wollte, wurde sein rechter Arm schmerzhaft nach hinten auf den Rücken gedreht, ein Knie in seinem Nacken hielt sein Gesicht nach unten, presste Nase und Mund auf die schmutzigen Steinplatten. Er spürte Staub, der Druck im Nacken lockerte sich etwas. Er drehte das Gesicht zur Seite, leckte und stieß mit der Zungenspitze den Dreck von den Lippen. Aus den Augenwinkeln sah er, wie sich seine Mutter aus ihrem Stuhl erhob und näher kam.

»Was hattet Ihr mit Richarde zu besprechen?«

Noch bevor er antworten konnte, verstärkte sich der Druck auf seinen Hals und ließ ihn um Atem ringen. Direkt vor seiner Nase tauchten Josianes Schuhe auf. Der Saum ihres Kleides bewegte sich hin und her. »Sagt schon!«

»Lasst mich aufstehen.«

Eine Weile lang geschah nichts. Eine Schuhspitze schob sich näher zu seiner Nase hin, dann trat Josiane einen Schritt zurück.

»Lasst ihn los«, sagte sie, und endlich konnte er sich wieder frei bewegen. Der rechte Arm fühlte sich wie gelähmt an. Er stützte sich auf die linke Hand, kniete sich hin.

»Nun?« Hoch aufgerichtet stand seine Mutter vor ihm und schaute auf ihn herunter. »Was hattet Ihr mit Richarde zu besprechen?«

Ghislain bewegte vorsichtig den rechten Arm, antwortete aber nicht. Dicht hinter sich nahm er jemanden wahr.

»Ich bin enttäuscht von Euch, mein Sohn«, fuhr Josiane fort. »Meint Ihr nicht, Ihr hättet uns von diesem Gespräch berichten müssen? Wäre eine Entschuldigung nicht angemessen? Sprecht!«

Sie hatte eine schmale Gerte aus dunkel poliertem Holz aus ihrem Gürtel genommen und hielt sie ihm ans Kinn. Er presste die Lippen aufeinander. Die Gerte folgte der Linie seines Kiefernbogens, strich über die Narbe auf seiner Wange. Mit einer Hand schob er sie beiseite. Die Gestalt einer blonden Frau im Dämmerlicht eines Stalls schien vor ihm auf, eisblaue Augen und Worte, die sie gesprochen hatte, einzelne Worte, ein Mosaik aus Worten. Eine fremde Vergangenheit, die vor ihm erwuchs.

Die Gerte tastete sich erneut über sein Gesicht, erneut schob er sie fort. »Ich bin mein eigener Herr, ich schulde niemandem Rechenschaft.«

»Oh doch, Ghislain de Faure«, Josiane legte die Gerte noch einmal gegen seine Wange, etwas flackerte in ihren Augen, »seit Ihr hier seid, seid Ihr Teil unserer Familie. Die Familie bestimmt.«

Ghislain schüttelte den Kopf. Als er sich nun erheben wollte, packte der hinter ihm Stehende blitzschnell seinen rechten Arm und drehte ihn erneut auf den Rücken. Josiane machte eine knappe Bewegung mit der Hand. Ein Schmerzensschrei begleitete seinen neuerlichen Sturz nach vorne, doch dieses Mal fing ihn ein fester Griff kurz vor dem Boden ab. Er brüllte vor Schmerz. Wieder schoben sich die Fußspitzen seiner Mutter in sein Blickfeld. »Ihr werdet reden, das schwöre ich Euch. Ich dulde nicht, dass man mir zuwiderhandelt.«

Bei den Handgelenken hatte man Ghislains Arme fest mit Lederriemen zusammengeschnürt und ihn an den Ring am Schandpfahl im Hof gebunden. Noch während er fast alleine dastand und das neugierige Publikum hinter ihm zusammenströmte – der junge Herr sollte bestraft werden! –, spürte er die beginnende Lähmung in seinen Armen. Vergeblich versuchte er, sich Erleichterung zu verschaffen, aber die Fesseln saßen zu fest. Der spätsommerlichen Hitze zum Trotz fröstelte er. Schon in der Halle hatte man ihn geheißen, das Hemd auszuziehen. Nur das Medaillon lagerte auf seiner nackten Brust. Wenn er den Kopf senkte, konnte er das Schimmern sehen und wie sich das Schmuckstück unter seinen unregelmäßigen Atemzügen bewegte.

Das Stimmengewirr hinter ihm nahm zu. Man unterhielt sich. Er erkannte die Stimmen von Knechten und Mägden, die ihm zu Diensten gewesen waren, von Knappen, die er von den Kampfübungen her kannte. Ein Schauer überlief seinen Körper. Jahrelang hatte er mit Bestrafungen gelebt, und es hatte ihm nichts bedeutet. Er war der Jongleur gewesen, heute hier, morgen dort, ohne Bindungen oder Verpflichtungen, stets sein eigenes Maß, verletzlich, aber frei.

Unbehaglich wich er den Blicken einiger Neugieriger aus, die sich vor dem Pfahl versammelt hatten, um ihm ins Gesicht zu starren. Auch Ludovic stand dort, wenige Schritte entfernt. Sein Mund bewegte sich. Vielleicht sprach er ein Gebet. Dann trafen sich die Augen des älteren und die des jüngeren Mannes. Der Alte zögerte, seine Lippen formten neue Worte. Ghislain verstand nicht. Wieder die gleichen Lippenbewegungen. Gott, las Ghislain. Ludovics Mund formte die Worte ein drittes und ein viertes Mal. Gott ... Gott ist bei Euch. Gott ist bei Euch, versuchte der Alte zu sagen.

»Gott ist bei mir«, wiederholte Ghislain flüsternd. Zu seiner Linken, dort, wo sich die Tür zum Hauptgebäude befand, huschte die Menge auseinander. Als er in die Richtung blickte, sah er Josiane und Renaud Le Grand näher kommen.

Er hatte sie gehört, gestern draußen im Gang, kaum dass man ihn aus dem Zimmer gezerrt hatte – Renauds dunkles Murmeln und dann, lauter, Josianes Stimme: ›Jungen Hunden muss man ab und an eine Lehre erteilen, so einfach ist das.‹

Er biss die Zähne zusammen. Seine Mutter, er schluckte und verbesserte sich, Josiane hatte sich sorgfältig gekleidet. Das Grün ihres Gewands ließ die schwarzen Augen leuchten. Die roten Ärmel waren über und über mit Blumenranken aus Gold- und Silberfäden bestickt. Ihre Miene unter dem hellen Gebände und dem ebenfalls grünen Schleier wirkte gefasst. Renaud Le Grand, bemerkte Ghislain, hielt die Peitsche in der Hand, also würde er die Bestrafung übernehmen. Abrupt wandte der junge Mann den Kopf ab, doch auch aus den Augenwinkeln sah er, wie Renaud sich näherte. Bald konnte er den Atem des Mannes in seinem Nacken spüren. Wein- und Zwiebelduft erreichte seine Nase.

Einen Moment lang geschah nichts. Renaud gab ein knappes Geräusch von sich.

Der erste Schlag schleuderte Ghislain gegen den Pfahl und ließ seine Lippen aufplatzen. Seine Zähne knirschten aufeinander. Er würde nicht schreien, nicht hier vor Josiane de Faure, nicht vor Renaud, den vielen Menschen, und ja, auch nicht vor Ludovic, der ihn irgendwann einmal das Alphabet gelehrt hatte. Er würde nicht schreien, er würde …

Der zweite Schlag. Ein Stöhnen. Durch die Menge ging ein Raunen. Ghislain sah, dass manchen die Münder offen standen. Eine Frau bekreuzigte sich. Nein, die Herrin kannte keine Gnade. Es war gut, zu tun, was die Herrin wünschte.

Der dritte Schlag. *Gott ist bei mir …* Der vierte Schlag wurde so weit herausgezögert, bis er schon nahe daran war, den Kopf zu drehen. Der fünfte Schlag entlockte ihm den ersten Schrei. *Gott ist bei mir. Gott ist uns Zuflucht und Stärke …* Seine Gedanken stolperten. *Darum fürchten wir uns nicht, wenn die Erde auch wankt …*

Sechs, sieben, acht, neun … Renauds Schläge trafen präzise, hieben mal neue Wunden oder vertieften längst aufgerissene. Mit dem zehnten Schlag brüllte Ghislain. Als Josianes Stimme Einhalt gebot, war er nur mehr halb bei Bewusstsein. Am Pfahl hängend, denn er konnte sich nicht mehr auf den Beinen halten, hatten sich die Lederriemen tief in seine Handgelenke eingegraben. Blut rann über seine Arme und den Rücken herab. Blut glänzte auch auf seinen Lippen.

»Macht ihn los«, gebot Josiane.

Mit zwei kräftigen Schnitten durchtrennte Renaud Le Grand Ghislains Fesseln. Das Gesicht voran brach der junge Mann zusammen. Staub wirbelte auf. Die Menge der Schaulustigen raunte. Fliegen begannen den reglosen Körper zu umschwirren. Auf Renauds knappe Anweisung hin brachte einer der Diener einen Wassereimer herbei und leerte ihn über dem Verletzten aus. Josiane machte eine Handbewegung, worauf ihn zwei Männer auf die Beine zerrten und vorwärtsschleiften, weg vom Ort des Geschehens. Mühsam, wie in Trance, versuchte Ghislain seine Beine zum Laufen zu bringen. Eine lange Treppe ging es hinab. Eine Tür öffnete sich. Ein paar Schritte, man ließ ihn los, und er fiel auf ein Lager aus Stroh. Alles wurde schwarz.

»Er kommt zu sich!«

Es war eine unbekannte Stimme, die Ghislain als Erstes hörte, noch bevor er die verklebten Augen öffnete und in das Licht einer Öllampe stierte.

»Dem Herrn sei Dank, die Sonne wird bald untergehen. Dann sind die Dämonen unterwegs und stehlen die Seelen derer, die schwach sind.«

Die unbekannte Stimme mischte sich mit einer bekannten. Die Öllampe schob sich näher an sein Gesicht. Mit einer kraftlosen Bewegung versuchte er, sie beiseitezuschieben. Das Licht schwankte zurück. Ein kniendes Mädchen sah ihn aus weit aufgerissenen Augen an, die ältere Magd an seiner Seite hielt eine Schüssel gegen den Leib gedrückt.

Ghislain kniff die Augen zusammen und öffnete sie wieder, rieb sie schwach mit den Fingern. Als er die Hände sinken ließ, starrte ihn das Mädchen immer noch an. Ihre Stimme hatte er zuerst gehört, die Alte kannte er. Er öffnete den Mund, versuchte, etwas zu sagen, aber kein Laut kam über seine Lippen. Jemand klapperte mit den Zähnen. Glühende Hitze strahlte von seiner Wange auf die Hände herüber, auf die er seinen Kopf gebettet hatte. Zwischen Anfällen von Schüttelfrost war es heißer als im tiefsten Sommer. Mühsam bewegte er die Zunge durch den ausgedörrten Mund: »Durst ...«

Seine Stimme hörte sich rau an, als hätte er stundenlang geschrien.

Die ältere Magd stellte ihre Schüssel ab und kniete sich ebenfalls nieder. Das Mädchen holte eine Kanne herbei, füllte einen Becher, den sie neben seiner rechten Hand abstellte. Es war die ältere Magd, die ihm half, sich aufzusetzen. Ein schier unerträglicher Schmerz breitete sich von seinem Rücken her über seinen ganzen Körper bis in die zitternden Fingerspitzen hinein aus. Der Geschmack von Blut drang ihm von den Lippen her in den Mund. Er keuchte. *Gott ist bei mir. Der Herr ist bei mir.* Nur unter größten Anstrengungen und von mehreren Pausen unterbrochen, leerte er den Becher mit verdünntem Wein, bevor er, das Gesicht voran, zurück auf sein Strohlager sank. Erst nach einer Weile hatte er genügend Kraft gesammelt, um den Kopf stöhnend zur Seite zu drehen.

Es war eine kleine, ihm unbekannte Kammer. Rötliches Licht fiel durch ein enges Fenster herein, das sich rechts oberhalb seines Kopfes befand. Wahrscheinlich war er in einem der Türme, aber Genaueres konnte er nicht sagen. Er sah etwas über sich, was aussah wie Abendhimmel. Rot und Blau und Grau. Wieder klapperten seine Zähne aufeinander. Eine Folge von bunten Lichtern tanzte vor ihm auf und ab, kam zu nahe heran, sodass er die Augen schließen musste. Eine Hand berührte seine Stirnseite, dann zwangen Finger ein unwillig flatterndes Augenlid auseinander.

»Der junge Herr hat Fieber«, hörte er die ältere Magd sagen, »lauf und teil es mit. Vielleicht sollten wir einen Arzt zurate ziehen.«

Er ließ ein weiteres Schaudern über sich ergehen. Die tanzenden Lichter verschwanden. »Der junge Herr ...« Er spuckte die Worte mehr als er sie aussprach. Die ältere Magd hatte ein Fläschchen aus einem Beutel genommen und tröpfelte etwas davon auf das Stück Leinen in ihrer rechten Hand. »Haltet jetzt still, junger Herr. Die Herrin hat befohlen, dass ich Euren Rücken säubere.«

Ghislain antwortete zuerst nicht, schob sich zitternd auf die Ellenbogen hoch. Die Bewegung ließ einen Feuerbrand über seinen Rücken rasen. Seine Stimme war kaum hörbar: »Und ihr könnt Josiane de Faure sagen, dass ich nichts auf das gebe, was sie sagt. Sagt ihr: Das war ein Fehler.«

Wieder verließen ihn die Kräfte. Die Zähne klapperten von Neuem. Mühsam drehte er den Kopf, schob die glühende Wange auf die verschränkten Hände. Eine Berührung an seinem Rücken ließ ihn aufschreien, doch er konnte sich nicht mehr bewegen, konnte diesen Fingern nicht entkommen. »Gott ist bei mir«, flüsterte er, *»Gott ist uns Zuflucht und Stärke, / ein bewährter Helfer in allen Nöten ...«*

Die eigene Stimme verklang. Sein Kopf war leer, nur der Schmerz blieb. Wieder spürte er eine Berührung, wieder schrie er auf. Dann kam die Finsternis zurück.

Die Wunden heilten langsam, und es brauchte seine Zeit, bis er sich ohne allzu große Schmerzen bewegen konnte. Josianes Botschaften ließ er unbeantwortet. Irgendwann tauschte man die Lage Stroh mit einer geflochtenen Matratze und gab ihm eine dünne Wolldecke für die bereits kühler werdenden Nächte. In dieser Zeit schlief er auf dem Bauch liegend. Josianes ersten Besuch verbrachte er, nach draußen starrend, am Fenster. Es ging auf den Herbst zu, die Landschaft wurde karger. Er verlor sich in Gedanken an Paris und Alix – war er damals nicht glücklich gewesen?

An diesem Abend gab es nur ein kleines Brot und dünnen Wein. Ghislain holte sich beides zum Fenster hin und aß, den Blick nach draußen gerichtet. Nachts knurrte sein Magen.

Er hatte früh entdeckt, dass die Fensteröffnung zwar schmal war, aber dennoch breit genug, um einen geschickten Kletterer nicht allzu kräftiger Statur hindurchzulassen. Bald streckte er zum ersten Mal vorsichtig den Kopf nach draußen. Von seinem Platz aus konnte er rechts und links den Wehrgang sehen. Der Turm – es war Josianes Wohnturm – erhob sich hoch über einem Felsen. So lange es hell war, musterte er den Weg nach unten. Die Mauern waren steil, aber als Junge war er glattere und steilere Wände hinauf- und hinuntergeklettert. Weit unten gab es eine Stelle, an der der Felsen etwas überhing, sodass man nicht bis ganz hinuntersehen konnte. Ganz oben, unter dem Dach des Turms stachen dicke Balken durch die Mauern nach außen. Stück um Stück nahm eine Vorstellung in ihm Gestalt an.

Bald beschäftigte er sich den ganzen Tag über damit, das Leben auf der Burg zu beobachten, soweit es ihm durch das Fenster möglich war. Abends, im Dunkeln, arbeitete er daran, die Kraft und Geschmeidigkeit seiner Glieder zurückzugewinnen. Sein ganzes Leben lang hatte er sich auf seinen Körper verlassen müssen. Er legte sich flach auf den Bauch, zog die Arme an und bemühte sich, sein Gewicht auf Zehen- und Fingerspitzen in die Höhe zu stemmen. Er krallte die Finger in winzige Öffnungen über dem Türsturz und zog sich nach oben. In den ersten Tagen begannen Arme und Beine schnell zu zittern, doch rasch gewann er Kraft zurück. Den Tag seiner Flucht legte er auf Neumond. Als er sich durch das schmale Fenster nach draußen schob und nach Halt für seine nackten Hände und Zehen suchte, war es stockfinster.

Die ersten Abschnitte war er in Gedanken schon im Hellen durchgegangen, und er kam gut voran, auch wenn ihm bald vor Anstrengung der Schweiß über Gesicht und Körper rann. Auf der Hälfte der Strecke begann sein Rücken zu schmerzen. Als er den Fuß des Turms fast erreicht hatte, erklangen über ihm Stimmen. Lichter tauchten in der Kammer seiner Gefangenschaft und schnell auch auf dem Wehrgang auf. Fackeln wurden geschwenkt und suchend über die Mauer hinweggehalten. Er verharrte, an den Stein gepresst, doch das Licht erreichte ihn schon nicht mehr. Oben wurde es still. Er nutzte die Gelegenheit, weiter abwärts zu klettern. Auf einem schmalen Felsabschnitt legte er eine Pause ein und rückte den um seinen Hals baumelnden Beutel mit den Schuhen zurecht. Ein Stein polterte herab und ließ ihn erschreckt innehalten, doch nichts, nichts war da. Er rieb über seine vor Anstrengung zitternden Arme und Beine. Sein Hemd klebte am Körper. Er meinte Pferdegetrappel zu hören, horchte angestrengt, aber unter ihm blieb alles dunkel. Dort unten gab es nur schmale Pfade und den Abfall der Burg, der durch Luken herabgeworfen wurde und im Sommer erbärmlich stank. Auch wenn seine Flucht entdeckt worden war, so hoffte er, würden seine Verfolger erst auf den Wegen suchen, die einen Flüchtigen schnell aus dem Umkreis der Burg führten. Aufgrund einer Festlichkeit hatte er sein Abendessen heute später als gewöhnlich bekommen. Sie konnten nicht wissen, wie lang er schon fort war.

Mit zusammengebissenen Zähnen setzte er die Kletterei fort. Am schroffen Felsen fand er leichter Halt, und er war dankbar dafür. Trotzdem war er klatschnass geschwitzt, als er unten ankam.

Keuchend ließ er sich Zeit, zu Atem zu kommen. Die kühle Luft ließ ihn frösteln, der Geruch des Abfalls den Atem anhalten, obwohl er weit weniger schlimm war als alles, was er im Hochsommer gerochen hatte. In der Finsternis kroch er blind den Hügel hinab, rutschte mit den Händen über schleimige Abfallreste, verlor den Halt und rollte gegen den harten Leib eines Tiers. Während er darum kämpfte, wieder auf die Knie zu kommen, glitten seine Hände durch den aufgebrochenen Bauch in den weichen Leib des Kadavers. Die Welle von Gestank ließ ein Würgen in seiner Kehle aufsteigen.

Der Hund – vor ein paar Tagen hatte Renaud das schwächliche Tier wütend durch eine der Abfallluken in die Tiefe gestoßen. Ghislain hatte das klägliche Jaulen bis weit in den Nachmittag hinein gehört, bevor das Tier verendet war. Er schüttelte die Hände, um das krabbelnde Gefühl loszuwerden, das sich über seine Haut zog. Auf allen vieren kroch er weiter, zog endlich die Schuhe an, kam auf die Beine und lief geradewegs in den Wald. Mit den Armen schützte er sich mühsam gegen Äste. Immer wieder stieß er gegen Bäume, stolperte, stürzte, aber er wollte so viel Strecke wie möglich hinter sich bringen. Ohne anzuhalten tappte er durch Bachläufe, stolperte über Felsbrocken und hielt erst an, als die ersten Sonnenstrahlen durch die Äste der Bäume fielen. Am Ende seiner Kräfte kroch er in eine Spalte zwischen dichtem Gestrüpp und einem Felsen und schlief sofort ein. Als er erwachte, hielt ihm jemand einen Wurfspieß direkt unter die Nase.

9. Kapitel

Eine riesige Menschenmenge hatte sich an der Seine versammelt, mehr strebten zu der betreffenden Stelle hin, kämpften sich keifend und schimpfend voran, bis sie, am

Ziel angekommen, kurz verstummten und leiser sprachen, bevor die Erregung erneut die Herrschaft übernahm. Giles und Clément waren bei den ersten gewesen, die das Ufer erreicht hatten, und standen einander nun gegenüber, zwischen ihnen Thomas' regloser Körper. Der Glasmalermeister lag auf dem Rücken. Seitdem man ihn tot aus dem Fluss gezogen hatte, wagte sich niemand mehr an ihn heran. Flussschiffer hatten die Leiche kurz vor Mittag unterhalb der alten Brücke entdeckt, wo sie sich im Treibholz verfangen hatte. Nachdem man den Leichnam an Land gebracht hatte, war aus den Vermutungen, die längst am Ufer die Runde gemacht hatten, Gewissheit geworden. Wie ein Lauffeuer hatte sich die Nachricht verbreitet: Thomas Le Bœuf war tot.

Clément kniete neben der Leiche nieder. Ein Kribbeln kroch vom Nacken ausgehend über seinen Rücken herab. Seine Lippen bewegten sich im Versuch zu beten, doch keine Worte wollten sich formen, kein Laut war zu hören. Andere beteten, andere Stimmen vereinten sich, wurden zur Gemeinschaft, die ihm Schutz bot.

Bist du alleine gestorben, Thomas? Er starrte den Toten an, während sich sein Mund unablässig bewegte. Schmutz und kleine Ästchen hatten sich in Thomas' Haar verfangen. Die kalkweiße Haut war aufgequollen. Von den Augen war in der aufgedunsenen Masse des Gesichts nichts mehr zu erkennen, dafür bleckte der Tote die ihm verbliebenen Zähne. Ein Teil seiner Oberlippe wirkte, als sei sie mit kleinen Bissen abgefressen worden. Während seine rechte Hand auf seinem Oberkörper lagerte – jemand hatte ein kleines, provisorisches Holzkreuz zwischen seine Finger geschoben –, lag der linke Arm ausgestreckt an der linken Seite, mit dem Handrücken nach oben. Vollkommen und zart erschienen die Fingernägel des toten Mannes. Nicht die Spur von Farbe war mehr daran zu sehen, genauso wie seine nackten Beine und Füße glatt und weiß waren, wie bester Marmor. Seine Kleidung war zerfetzt. Cotte und Hemd hatten sich nach oben geschoben, während man den Toten an Land gezogen hatte. Weiß präsentierte sich Thomas' aufgequollener Bauch dem hellen Licht.

Vorsichtig holte Clément Luft. Der tote Thomas stank erbärmlich. In Cléments Rücken verbreitete sich wispernd die Nachricht, Möwen hätten Fleischfetzen aus der Leiche gepickt. Aus dem geöffneten Mund sei ein langer, dunkler Wurm gekrochen. Lange rührte er sich nicht. Erst eine Bewegung in der Menge ihm gegenüber ließ ihn aufblicken.

»Edwige!« Er sprang auf.

Seine Frau schien ihn nicht zu hören. Ohne Regung stand sie da und schaute auf den Toten hinunter, bis mit einem Mal Tränen über ihre Wangen rannen. Clément ging zu ihr, zog sie an sich, drückte sie behutsam. »Geh nach Hause«, flüsterte er in ihr Ohr.

Sie schüttelte den Kopf, gab einen kleinen Laut von sich, wie eine Mischung zwischen Schluchzen und Lachen. Ein Ruck ging durch Giles' mageren Körper. Clément drehte den Kopf in die Richtung des Mannes. Der ließ den Blick über die umstehende Menge wandern.

»Ich spreche es aus«, sagte er dann.

Clément legte den Arm um seine Frau. Ihr Körper fühlte sich steif an unter seinem Griff. »Was, Giles?«

»Ich spreche es aus«, wiederholte Thomas' Gehilfe und ließ den Blick erneut über die Menge wandern. Gespräche verstummten, sogar Gebete brachen ab. Er hob die Hand. »Der Junge war es.«

»Was?« Clément runzelte die Stirn.

»Das hier!« Giles deutete auf die Leiche. »Das war kein Unfall. Der Junge hat seinen Vater getötet, und danach ist er verschwunden.«

Clément starrte den anderen Glasmaler an. In seinem Arm begann Edwige zu zittern. Dieses kleine, seltsame Schluchzen kam erneut aus ihrer Kehle. Er zog sie enger an sich.

»Du meinst, Etienne hat seinen Vater …?« Er konnte den Satz nicht zu Ende sprechen.

»Getötet.« Giles nickte. »Warum hätte er sonst aus Paris verschwinden sollen? Etienne ist der Sohn des Meisters. Er hätte die Werkstatt geerbt. Warum hätte er gehen sollen?«

Dem glühenden Eisen des Glasschneiders gab das Glas mit einem kaum hörbaren Knacken nach. Vorsichtig setzte der Mann die Kröselzange an, um das Stück behutsam in die gewünschte Form zu bringen. Glasstückchen um Glasstückchen sprengte er ab, manche davon so winzig, dass sie als Staub auf den gestampften Boden rieselten. Wie Jehanne bemerkte, warf er nur hin und wieder einen Blick auf Cléments Vorlage, aber für keinen Moment war es nötig, das Maß seiner Augen zu überprüfen. Er war ein guter Glasschneider. Aus dem Norden kommend war er erst vor Kurzem zu ihnen gestoßen und hatte das Wirrwarr der Sprachen und Dialekte auf dem Bauplatz mit dem eigenen bereichert. An manchen Tagen hörte man englische Stimmen, deutsche, toskanische und lombardische, dazwischen Französisch aus unterschiedlichsten Regionen. Im letzten Sommer hatte ein Steinmetz von weit hinter dem Rhein dem Bau einige schöne Ornamente hinzugefügt. Damals hatte Jehanne jenes Durcheinander geliebt, jetzt richtete sie alle Sinne auf das Gleichmaß der Arbeit.

Über Tage hinweg war das Auffinden von Thomas' Leiche,

insbesondere ihr schreckliches Aussehen, in aller Munde gewesen. Nirgendwo war sie den Stimmen entkommen, und bald hatte sich ein Toter, den sie niemals gesehen hatte, in ihrem Kopf zu einem Bild des Schreckens zusammengesetzt. In ihren Träumen tanzte Thomas' aufgequollenes Gesicht vor ihr. Augenhöhlen glotzten sie mal leer an, mal mit dem milchigen Grau des Blinden ausgefüllt, den sie Tag für Tag bei Nôtre-Dame betteln sah. Nachts fletschte Thomas wieder und wieder die Zähne, öffnete seinen roten Schlund und sagte etwas, was sie nicht verstand. Einmal war sie von ihrem eigenen Wimmern erwacht. Vom Brunnen aus machte das Gerücht die Runde, der Glasmalermeister müsse unerlöst gestorben sein, denn war die Unversehrtheit und Schönheit eines toten Leibes nicht Zeichen göttlicher Gnade?

Jehanne presste die Lippen aufeinander und starrte auf die Hände des Glasschneiders, der das neu geformte Stück behutsam auf die Vorlage legte. Es passte genau. Das Mädchen schloss die Augen. Sie musste diese Gedanken verjagen. Sie durften nicht hier sein. Rasch bekreuzigte sie sich. Hier war der Ort der Arbeit, die sie liebte, eine Welt, in die sie sich nunmehr fast trotzig hineinwarf. Als sie die Augen öffnete und den Kopf hob, trafen sich ihr Blick und der ihres Vaters. Erst sah Clément ernst aus, dann lächelte er ihr zu, während der Pinsel in seiner linken Hand über dem Glasstück verharrte, welches er gerade bemalte.

Am frühen Morgen, vor dem Läuten der Glocken zur Prime, hatte sie Cléments und Edwiges aufgeregte Stimmen gehört. Die Mutter schlief schlecht. Auch nach dem Umzug in das kleine Haus in der Nähe des rechten Seine-Ufers, den Pierre de Montreuil ihnen ermöglicht hatte, wurde es nicht besser. Erst kürzlich hatte Jehanne sie mitten in der Nacht vor der erkalteten Herdstelle entdeckt, zusammengekauert, ein Öllämpchen in der Hand. Ein anderes Mal hatte sie der Anblick eines von Lise geknüpften Gürtels in Tränen ausbrechen lassen. Die Stimmen heute Morgen hatten flüstern wollen, doch die Aufregung hatte sich Bahn gebrochen. »Wir waren Freunde, Clément! Erinnerst du dich nicht? Freunde!«, hatte Edwige geschrien.

Jehanne bekreuzigte sich erneut. Diese Gedanken mussten fort. Sie mussten fort von hier, weg von der Arbeit, die sie liebte: der Aufriss des zukünftigen Fensters auf den mit einem Kreidegemisch grundierten Holztafeln, das Zuschneiden der Gläser, das Bemalen mit Schwarzlot, den Brand, der die Strukturen, Faltenwürfe, Gesichter, Wellen unwiderruflich ins Glas brannte, und endlich die Verbleiung.

Laute Rufe lenkten ihre Aufmerksamkeit zu den Öfen hin, wo die neueste Ladung Gläser inzwischen so weit abgekühlt war, dass ein Reißen nicht mehr zu befürchten stand. Ein Mann prüfte mit seinem Daumennagel die Festigkeit der Farbe und nickte zufrieden. An seiner Seite konnte Jehanne ihren Vater durchatmen hören. Der Brand war einer der schwierigsten Arbeitsschritte. Es galt, eine möglichst gleichmäßige Hitze zu erreichen und auch das Abkühlen des Glases musste langsam erfolgen. Erst das eingebrannte Schwarzlot wies die tiefe Schwärze und die seidige Glätte der Oberfläche auf, die man sich wünschte. Erst mit dem Brand war die Arbeit des Glasmalers abgeschlossen, und die Verbleiung konnte beginnen.

Jehanne sah, wie ihr Vater zurück an seinen Platz ging und den Pinsel wieder aufnahm. Der Glasschneider trennte mit dem heißen Eisenstab ein neues Stück Glas ab und kröselte es in Form. Bleiglaser, ein paar Schritte weiter, ordneten das fertige Glas auf den Vorlagen an, fügten jedes Stück zwischen die Flügel der Bleiruten und hämmerten diese behutsam fest. Glasteil um Glasteil wurde von Blei umgeben und, mittels einer Legierung aus Blei und Zinn, miteinander verlötet. Lang und schlank waren die Lötkolben, kurz vor dem Ende aber dick und rund, und nach dieser Rundung wieder verjüngt und spitz.

Jehanne schaute zu ihrem Vater hinüber. »Glaubst du, dass es Etienne war?«, hatte sie ihn gestern auf dem Nachhauseweg gefragt. Er hatte nicht geantwortet. Über diese Sache sprach er nicht mit ihr. Und sie musste darauf achten, dass sie nicht zu sehr in ihn drang.

Giles' wütende Stimme ließ sie herumfahren. Der neue Lehrling, den sie eben beim Holzhacken gesehen hatte, war dem ältesten Gehilfen in den Weg gestolpert und hatte das Holz fallen lassen. Eine Backpfeife ließ den Jungen mehrere Schritt weit rückwärts fliegen. Er schrie auf, drängte vergeblich den Schluchzer zurück, der sich seiner Kehle dann umso stärker entrang, und machte sich eilig daran, die Holzscheite wieder einzusammeln.

Jehanne rückte näher zu den Bleiglasern. Dies war das Einzige, was wichtig war. Das Gleichmaß, die Spannung, die Harmonie der Glasstücke unter- und zueinander. Clément hatte es ihr erklärt. Sie lauschte dem leisen Klopfen der Bleihämmer, drehte den Kopf und sah zu den Gerüsten hinauf, die sich längst in höchsten Höhen befanden. Unermüdlich huschten die Arbeiter hin und her. Ihre Augen wanderten weiter, über Ornamente und Statuen hinweg, die die Kapelle zu schmücken begannen. Sie hörte die Stimme eines Mörtelmachers, der die neueste Lieferung Kalk genauestens überprüfte. Bei Strafe war es verboten, schlechte Ware abzuliefern. Sie sah den Baumeister, der, wie stets mit düsterem Gesicht, den Fortgang der Arbeiten begutachtete.

Von den Öfen her drang erneut Giles' Stimme zu ihr herüber. »Seid vorsichtig, ihr Dummköpfe! Glasbruch können wir uns nicht leisten.«

10. Kapitel

Etienne gähnte. Den dritten Tag in Folge hatte ihn der Meister heute zur Bewachung der Öfen abgestellt. Ein zweiter Gehilfe, ein junger Mann, der bald sein siebtes Jahr in der Werkstatt war, hatte ihm geholfen, die Glasstücke nebeneinander auf eine Schicht pulverisierter Kreide in einer Eisenpfanne zu legen. Sorgfältig hatten sie das Glas angeordnet – gegen den Handgriff hin das Grün- und Blauglas, nach innen Weiß-, Safran- und Purpurglas –, um das Eisen danach mit vereinten Kräften auf die Eisenstäbe in den Ofen zu schieben. Zuerst war ein leichtes, dann ein stärkeres Feuer geschürt worden, bis die Flammen beiderseits zwischen Ofen und Pfanne hochgeschlagen waren und das Glas umzüngelt hatten, worauf die Holzscheite herausgerissen und das Rauchloch sorgfältig verschlossen worden war. Das Abkühlen brauchte seine Zeit – immer wieder musste Etienne die Hitze überprüfen –, aber die Arbeit ließ ihm Gelegenheit, an Jehanne zu denken, etwas, wozu er in den ersten Wochen kaum gekommen war. Außerdem genoss er die Wärme.

Regnerisch war es in den letzten Tagen geworden. Der Winter stand vor der Tür. Rasch drehte er den Kopf, um dem Meister zu folgen, den er aus den Augen verloren hatte. Der Mann war ein guter Handwerker, aber er sparte nicht mit Schlägen. Es war besser, achtsam zu sein.

Seit dem letzten Winter sei er eine Waise, hatte er ihm gesagt, als er sich vorgestellt und ihm das Pergament mit seinen Entwürfen gezeigt hatte. Es war der dritte Glasmaler gewesen, bei dem er um Arbeit nachgefragt hatte, und er hatte es schon fast aufgeben wollen. Missmutig hatte der Meister seine Vorlagen betrachtet. Ast- und Blattornamente hatten kaum seine Aufmerksamkeit geweckt, dafür hatte er die Zeichnung eines Marienkopfs mit Jehannes Gesichtszügen längere Zeit betrachtet. Schließlich hatte er Etienne Speise und Trank angeboten, ein Schlaflager in einer Ecke der Werkstatt und einmal im Jahr, zu Michelmas, einen neuen Kittel. Der hatte, ohne zu zögern, eingeschlagen.

»Sag, wo hat dein Vater gearbeitet?«, hatte der Meister gefragt, während er dem neuen Lehrling kräftig die Hand geschüttelt hatte.

Etienne hatte ihn fest angeblickt. »In Rouen«, hatte er gesagt.

11. Kapitel

In der großen Halle der Burg Josianes de Faure hatte man Anfang des Jahres des Herrn 1246 alles für das Wohlergehen des Gastes vorbereitet. Boten waren in den letzten Wochen und Monaten durch die Lande geritten, Briefe und Botschaften waren übergeben worden. Nun war der Gesandte des Königs da, dem sich die Herrin de Faure unterwerfen wollte. Hatte sich nicht auch Mâcon damals unterworfen und war dem Duc de Mâcon ein Nachteil daraus erwachsen?

Die Baillis des Königs waren ohnehin allgegenwärtig. Die mächtigen Kapetinger streckten ihre Finger nach Süden und hatten ihre Augen überall. Es war besser, sich mit ihnen zu verbünden. So hatte Josiane gesagt. Ludovic zupfte an seinem Umhang aus guter Wolle und ließ den Blick schweifen, um ihn dann, wie so oft, auf Ghislain zu richten. Der junge Mann saß ein paar Plätze weiter am Kopfende des Tisches, an der rechten Seite seiner Mutter; zu ihrer Linken hatte der Mann des Königs Platz genommen. Nur selten antwortete Ghislain, wenn Josiane das Wort an ihn richtete. Meist schwieg er, den Blick unverwandt auf die Fläche zwischen den Tischen gerichtet, wo später am Abend die Unterhalter mit ihren Darbietungen beginnen würden. Ein kräftig blaues Gewand trug er heute, grün gefüttert, zur Hälfte mit roten Streifen versehen, einen Kragen aus Feh und grüne Beinkleider, aber er trug die teuren Stoffe mit einem solchen Ausdruck der Verachtung, dass es Ludovic fröstelte.

Knapp einen Tag nach seiner Flucht hatte man ihn zurück auf die Burg gebracht, verschmutzt und am Ende seiner Kräfte. Offensichtlich hatte man ihn verprügelt, denn sein linkes Auge und die Lippen waren dick geschwollen gewesen. Sieben Tage lang hatte ihn Josiane danach bei Wasser und Brot im Burgverlies belassen, aber er hatte die Entschuldigung verweigert und ebenso das Versprechen, künftig Gehorsam zu zeigen. Gerade nur bis zum äußeren Burghof durfte er deshalb heute gehen, danach zeigten ihm die Wachhabenden ihre Spieße.

Ludovic starrte den jungen Mann an, aber nichts war zu lesen in dessen Gesicht. Es trug denselben Ausdruck gespannter Achtsamkeit, den es stets zeigte, seit er wieder hier war. Es war das Gesicht eines Mannes, der auf sich allein gestellt gewesen war und Sicherheit niemals gekannt hatte. Manchmal betete der alte Lehrer darum, nur einmal wieder das neugierige Lachen auf seinen Gesichtszügen zu sehen, das ihn so an den kleinen Jungen erinnerte. Aber der Junge von damals war wohl endgültig tot, zurückgeblieben war jene starre Hülle, die dort neben Josiane de Faure saß. Noch immer übte er sich im Schwertkampf und im Reiten. Noch immer las er in dem alten Buch, wenn er auch jedes Gespräch darüber verweigerte. Stets schickte er die Mägde fort, die ihm seine Mutter als Bettwärmerinnen schickte. Zu der Ankündigung, dass man ihn verheiraten werde, wenn die passende Braut gefunden sei, hatte er kein Wort gesagt.

Vorne am Tisch des hohen Gastes ließ Gelächter die Köpfe herumfahren. Der Mann war aufgestanden und hatte, auf vielfachen Wunsch hin, noch einmal den kostbaren, mit Feh verbrämten Mantel mit dem eingestickten Kreuz auf der Schulter umgelegt, welches zeigte, dass er seinen König auf dessen Fahrt nach Jerusalem begleiten würde.

»Wie ich zu diesem schönen Mantel gekommen bin?« Er lachte. »In der Christnacht war's. Da überreichte unser Seigneur seinen treuen Gefolgsleuten diese Mäntel als Geschenk und bat darum, sie am nächsten Morgen zur ersten Messe des Tages anzulegen.« Er streckte den Pokal aus und ließ sich Wein nachfüllen, um die trockene Kehle mit kräftigen Schlucken geschmeidig zu machen. Mit dem Handrücken wischte er sich über die Lippen, bevor er fortfuhr: »Im ersten, grauen Dämmerlicht legten wir also den Weg zur Kirche zurück. Die meisten gähnten, denn in der Nacht zuvor waren es der Gebete viele gewesen. Niemand bemerkte, was er da durch die Gassen der Stadt trug, bis zu dem Zeitpunkt, als wir einander im flackernden Licht unzähliger Kerzen in der Kirche näher betrachten konnten.« Der Mann des Königs lachte. »Dann, als das Licht durch das Ostfenster eindrang, gab es kein Halten mehr. Jeder beugte sich über die Schulter des Nachbarn. Manche fuhren das Kreuz mit den Fingern nach. Manche schrien auf. Der König hatte uns zu Rittern des Kreuzes gemacht. Pilgerjäger haben sie ihn genannt, Menschenfischer. Er hat nur gelacht, und ich …« Der Erzähler schüttelte den Kopf. »Welch ein Schachzug, habe ich gedacht, welch ein Schachzug!«

12. Kapitel

Clément hatte seine Tochter früh nach Hause geschickt, und die Gehilfen hatten ihre letzten Arbeiten zwischen None und Vêpres beendet, waren zurück in ihre Kammern gegangen oder hatten die Schankstuben der näheren Umgebung aufgesucht. Mit langen Schritten durchlief der Glasmalermeister die Werkstatt. Graublaue Abendschatten hatten sich über Tische und Werkzeuge gelegt. Rotes Abendlicht beleuchtete ein Stück Glas, Teil eines halb fertigen Fensters, welches der Bleiglaser mittels Nägeln auf der Unterlage fixiert hatte. Er blieb stehen, um es zu betrachten. Sobald das Maßwerk mit all seinen Einzelheiten vollendet war, sobald alle Verstrebungen, Stützen und Windeisen befestigt waren, würde man die einzelnen Fensterteile auf die Eisenschienen aufsetzen und seitlich in der Mauerfalz verankern können.

Clemens Vitrearius Carnotensis. Mit den Worten kamen auch die Erinnerungen zurück, tanzten um ihn wie eine wilde Jagd. War er verantwortlich für das, was geschehen war? Es gab Lehrer – er hatte sie selbst gehört, gefangen im Gedränge der Studenten –, die sagten, Gott habe einem Verstand gegeben, um die richtigen Entscheidungen zu treffen. Hatte er die richtigen Entscheidungen getroffen? Edwige machte ihm keine Vorwürfe. Sie war in ihr altes Leben zurückgekehrt, auch wenn sie manchmal innehielt und in die Ferne starrte, als beobachte sie etwas. Sie genoss es, in einem größeren, besseren Haus zu wohnen, genoss es, von den

Nachbarn gegrüßt zu werden. »Lise hätte das gefallen«, sagte sie manchmal und »wenn Margaux noch lebte«.

Aber ich bin Glasmaler, dachte Clément, ich bin der Glasmaler Clément aus Chartres. *Clemens Vitrearius Carnotensis*. Ein Meister.

Als er sich ein paar Schritte von der Hütte entfernte, riss ein heftiger Windstoß an seiner Kleidung. Das Gerüst hoch über ihm knarrte, ebenso wie die Hütte in seinem Rücken. Die erste Frühjahrshitze machte einem abendlichen, kühlen Luftzug Platz. Weiter entfernt, über dem Fluss, begannen sich leichte Nebelschwaden zu sammeln. Noch regnete es nicht. Er warf einen Blick in den Abendhimmel, sah zu Nôtre-Dame hinüber, die sich mächtig über dem Gassengewirr der sie umgebenden Häuschen erhob. Eine magere Frauengestalt mit blondem, krausem Haar, ein etwa zweijähriges Kind auf der Hüfte balancierend, kam auf ihn zu und baute sich vor ihm auf. Ihr Gesicht war angespannt und wachsam, wie das einer Straßenkatze. Ein Mundwinkel hing schief herab. Als sie lächelte, enthüllte sie fehlende Schneidezähne und eine kräftige, untere Zahnreihe. Die gelbliche Haut spannte sich fest über ihre Knochen. »Drei Deniers?«, fragte sie. »Drei Deniers, und wir machen es bei dir.«

Eine Hure. Er schüttelte den Kopf.

»Drei Deniers, das ist doch nicht viel.« Sie rückte das Kind auf ihrer Hüfte zurecht, das inzwischen, unterbrochen von Husten, leise zu weinen begonnen hatte. »Mein Kind hat Hunger«, fügte sie hinzu und legte den Kopf schief. »Drei Deniers sind nichts für solche wie euch.« Er sagte nichts. »Zwei Deniers?«, fragte sie. »Aber ganz schnell, dort in der Hütte.«

Wieder schüttelte er den Kopf, fingerte jedoch vier Münzen aus dem Beutel hervor und reichte sie der Frau. Die schwieg, die Augen groß auf die Geldstücke in ihrer Hand gerichtet, bevor sie sie mit einer blitzschnellen Bewegung unter ihrer Kleidung versteckte.

»Deniers tournois …« Sie sah ihn misstrauisch an. »Was willst du? Ich mache keine komischen Sachen. Und ich mach's bestimmt nicht von hinten, wie es die Tiere tun.« Sie schüttelte sich. Er machte eine abwehrende Handbewegung. »Nichts, nichts will ich.« Wieder riss ein Windstoß an ihrer Kleidung. »Wie heißt du?«

Die Frau runzelte argwöhnisch die Stirn. »Alix.«

Er lächelte. »Geh nach Hause, Alix, für heute hast du genug verdient.«

Sie senkte den Kopf, wartete einen Moment lang, bevor sie sich abrupt umdrehte und in Richtung des Flusses davoneilte.

Clément fröstelte. Die Sonne war schon so weit gesunken, dass die Baustelle unter grauen Schatten dalag. Er hatte gehofft, den Baumeister anzutreffen, konnte ihn aber nirgends entdecken.

Wieder überlief ihn ein Schauer. Der kalte Wind ließ nicht nach. Als er sich noch einmal umsah, fiel ihm eine Unregelmäßigkeit am Fuß eines Strebepfeilers ins Auge. Ein Lederbeutel, stellte er beim Näherkommen fest; gleich darauf erkannte er ihn als den Pierres de Montreuil. Für einen Augenblick blieb er stehen. Weit über ihm war ein Geräusch zu hören. Die Augen zusammengekniffen, trat er ein paar Schritte zurück und spähte nach oben.

Gegen Abend hatten sich die vereinzelten Wolken, die der Wind den ganzen Tag lang über den Himmel getrieben hatte, zu einer riesigen, dunklen Wolkenwand aufgetürmt. Kalte Windböen schoben sich zwischen die warme Luft, die den

Wachmännern auf den Wehrgängen der Burg Josianes de Faure das Atmen erschwert hatte. Fahnen flatterten mal wild im Wind und hingen dann schlaff herab. Ein paar Tropfen fielen, dann hörte der Regen auch schon wieder auf. Ghislain, auf einem Schemel kauernd, spähte aus dem Fenster zum Wald hinunter. Im Dämmerlicht schmolzen die Bäume zu einer schwarzen Masse zusammen. Von Nordwesten raste eine weitere Wolke heran, um sich alsbald über die Umgebung zu legen wie die Nacht über den Tag. Ein gelbes Schwelen war am Horizont zu sehen, der erste Blitz zuckte über den Himmel. Der Donnerschlag erfolgte fast gleichzeitig. Er beugte sich weiter nach vorne. Kreuz und quer war er einst durch das Land gezogen, hatte seine Gefahren kennengelernt, seine Eigenheiten, und er fragte sich, wo das Unwetter heute wohl überall sein mochte: War es in Flandern, in der Normandie, der Picardie, in Paris? War es in der Bretagne? Brachten sich die Leute von Sens vor ihm in Sicherheit? Peitschte es im Süden über die Bürger von Avignon hinweg oder über den Bergrücken von Viens? Eine neue Windböe brüllte in den Wald hinein. Stöhnend bogen sich die ungeschützt stehenden Bäume unter dem Ansturm. Mehr Wolken türmten sich auf, wie ein Riese aus einer Sage, wie die wilde Jagd. Wieder zuckte ein Blitz über den Himmel, wieder folgte Donner. In der darauffolgenden Stille vernahm er eine Bewegung hinter sich.

»Manche sagen, zu solchen Zeiten sind Dämonen unterwegs«, hörte er Josianes Stimme, »manche sagen, wir werden Zeuge von Gottes Stärke. *Die Stimme des Herrn erschallt über den Wassern. / Der Gott der Herrlichkeit donnert, / der Herr über gewaltigen Wassern* ...«

Auf einen neuen Blitz folgte neuer Donner. Schwerer Regen setzte ein. Josiane klatschte energisch in die Hände, worauf sich die Diener beeilten, alle Fensterläden zu schließen. Stück um Stück wurde es dunkler in der Halle. Dienerinnen zündeten Öllampen und Kerzen an.

Ghislain verharrte an seinem Platz und scheuchte den Diener, der seinen Fensterladen schließen wollte, mit einer Handbewegung fort. Beide Hände stützte er auf den kleinen Fensterabsatz und fuhr fort, nach draußen zu schauen. Der Hof, in dem eben noch Menschen geschäftig hin und her gerannt waren, um Stalltüren zu schließen und Gerätschaften in Sicherheit zu bringen, war leer. Kurz war das Meckern einer Ziege zu hören. Ab und an erhellten Blitze die gespenstische Szenerie, die nun mit einer Geschwindigkeit über den Himmel zuckten wie ein von einem äußerst geschickten Bogner losgeschickter Pfeilhagel. Der Donner ließ die Ohren singen und krampfte den Leib zusammen. Unter heftiger werdenden Sturmböen bogen sich die Bäume weiter gegen den Boden, bis der erste krachend barst.

Josiane trat dicht neben Ghislain, streifte dabei mit dem Ärmel über sein Gesicht. Wichtige Boten hatte sie heute empfangen und dafür ihre besten Gewänder angezogen. Ein schweres, weinrotes Obergewand setzte sich von einer goldgelben Cotte ab, darunter schauten bestickte Lederschuhe hervor. Das Haar verbarg ein weißes Gebände, dazu trug sie einen Schleier, der so fein war, dass er den Blick auf ihre kunstvoll geflochtene Frisur zuließ. Ghislains Kopf ruckte im Versuch, ihrer Berührung zu entkommen, zurück. Sie lächelte ihn an, bevor sie sich vorbeugte und ebenfalls nach draußen sah. Wild flatterte die Fahne auf dem gegenüberliegenden Turm im Wind. Unten löste sich der obere Teil der Stalltür und schlug gegen die Mauer. Zwischen brausendem Wind und Donner hörte man das ängstliche Wiehern der Pferde. Ein Hund jaulte.

»Als wäre die Welt aus den Fugen …«, murmelte sie und richtete sich auf.

Eine leichte Bewegung ließ ihn gleich darauf vermuten, dass sie ihn ansah. Und wirklich, ihre dunklen Augen musterten ihn starr.

»Ja, als wäre die Welt aus den Fugen …«, wiederholte sie, »und Ihr macht mir das zum Vorwurf, nicht wahr? Ihr werft mir vor, dass Ihr gehorchen müsst. Dass Ihr tun müsst, was einem höheren Zweck dient. Wisst, auch ich habe meine Wünsche begraben, kaum dass sie geboren waren, aber Ihr … Nun, gewiss, Ihr habt als dreckiger Jongleur gelebt, ein Leben ohne Pflichten. Einen Hang zur Verräterei sagt man euch Vagabunden ja nach, und mir scheint, es stimmt. Bezahlen lasst ihr euch und versucht, stets das Beste zu nehmen; meint, ihr würdet alles bekommen, ohne Gegenleistung.« Mit einer Hand streifte sie sich über die Stirn. »Ich wusste nicht, wie viel Falsch in Euch steckt. Dabei habe ich Gott Tag und Nacht angefleht, mir den Sohn zurückzugeben. Aber ich beschwere mich nicht. Gottes Wege sind unergründlich. Gott ist kein Händler, gegen den es sich keifen ließe, wie gegen den Staubfuß mit der schlechten Ware.«

Ghislain biss die Zähne so fest aufeinander, dass sein Unterkiefer zitterte. Als Josiane seinen Kieferbogen berührte, wäre er fast gestürzt, so abrupt scheute er zurück. Der Schemel geriet ins Wanken. Er sprang auf, schlang die Arme um den bebenden Leib. »Lasst mich gehen.«

Josiane schüttelte den Kopf. »Nein. Ihr habt es wohl nicht verstanden. In einer Familie ist man eine Schachfigur, die nach Belieben verrückt werden kann. Das war das Erste, was Ihr hättet lernen müssen. Das war das Erste, was ich gelernt habe. Eine Familie gibt einem Sicherheit, ja, aber auch Pflichten. Eine Familie hat ihre eigenen Regeln.« Der Wind draußen brauste so stark, dass sie lauter sprechen musste. »Richtig ist, was dem Wohl der Familie dient.«

»Richtig ist, was Gott uns als richtig erkennen lässt.«

Josianes Lachen ging in einem Donnerschlag unter. »Und das sagt ein Jongleur. Manche sagen, niemand ist weiter von Gott entfernt. Manche sagen, der Himmel bleibt euch auf immer verschlossen.«

»Der heilige Franziskus nannte sich selbst den Spielmann Gottes.«

»Was Ihr nicht alles wisst.« Sie lachte wieder. »Nein, Ihr seid meine Schachfigur, und ich werde Euch gewiss nicht aufgeben. Ihr seid der Erbe. Ich verlange Gerechtigkeit.«

Er schüttelte den Kopf. »Wie auch immer Ihr Euch Eure Gerechtigkeit ausmalt: Donatien ist der Ältere.«

Für einen Moment lang stand Josiane ruhig da, dann brachte ein Frösteln Bewegung in ihren Körper. »Nein, das ist er nicht, denn die Ehe hätte niemals vollzogen werden dürfen. Euer Vater und ich waren es, die einander versprochen waren.«

»Vergangenheit.« Ghislain verschränkte die Arme.

»Nein«, Josiane trat so dicht an ihn heran, dass er ihren Atem warm auf dem Gesicht spürte, »nicht, wenn ich es verhindern kann.«

Längst hatte der Nachtwächter die Bewohner Chartres aufgefordert, sich in ihre Häuser zu begeben. Nichts mehr war draußen zu hören von den alltäglichen Geräuschen, von Menschen, die durch die Gassen eilten, von Stimmen, von Musik, von über den Boden knirschenden Wagenrädern, Hufgetrappel, brüllenden Kühen, gackernden Hühnern, bellenden Hunden oder wiehernden Pferden. Noch immer saß Etienne über die Arbeitsplatte gebeugt. Im schon schwindenden Tageslicht hatte er die dünne Holzplatte sorgsam mit einer Lösung aus Kreide bestrichen. Nun bewegte er das Blei im Schein zweier Talglichter geschickt und entschlossen über den hellen Untergrund. Dünn zeigten sich die Umrisse eines Mädchenkörpers, darüber ein ihm wohlbekanntes Gesicht, noch ohne Augen, Mund oder Nase. Noch übte er, die Entwürfe des Meisters stets vor Augen.

Anfang des Monats hatte ein reicher Bürger ein Marienfenster in Auftrag gegeben. Zuerst hatte der Meister selbst das Maßwerk und die Eisen eingesetzt, in die das Fenster eingebracht werden würde. Etienne und der Gehilfe hatten danach den ganzen Tag damit zugebracht, die Wände zu weißen, auf dass sich das fertige Fenster umso strahlender von seiner Umgebung abhöbe. Morgen würde der Meister mit den Entwürfen beginnen, die der Auftraggeber bald zu sehen wünschte. Auch er selbst, nebst seinem Namen, sollte im Glas Darstellung finden. Vielleicht würde Etienne dem Meister zur Hand gehen dürfen. Als er in der letzten Woche um eine alte Holztafel, etwas Kreide und Blei zum Üben gebeten hatte, hatte der Meister jedenfalls genickt. Seit sein junger Lehrling in seinem Auftrag die ersten Ornamente hergestellt hatte, musste dieser die Öfen seltener bewachen.

Oben schepperte etwas krachend zu Boden. Etienne zuckte zusammen und horchte auf die polternden Schritte. Hell und leise war die Stimme der Meisterin zu hören, darauffolgend das schrille Weinen ihres Jüngsten. Etienne leckte sich flüchtig über die Lippen, während er seine Vorlage betrachtete, um das Bleistück neu anzusetzen.

»Übe dich«, hatte der Meister gesagt, und er hatte es sich nicht zwei Mal sagen lassen. Tagsüber schnitt er Glas zurecht, nachts malte er Gesichter. Eigentlich malte er nur ein Gesicht, eines, das ihm ständig vor Augen war, Tag und

Nacht. In Gedanken hatte er schon längst damit begonnen, seine Schönheit auf Glas zu bannen. Mit ein paar Strichen deutete er an, wo Nase, Mund und Augen aufgetragen werden sollten, und runzelte die Stirn.

»Hast du ein Liebchen?«, hatte der Meister ihn vor ein paar Tagen gefragt, als er Marias Nase noch etwas krummer gemalt hatte, »oder ist das deine Schwester?«

Etienne hatte die Schultern gezuckt. »Man sieht viele Mädchen hier«, war seine Antwort gewesen, doch er erinnerte sich nur an eines. Noch einmal zog er die Umrisse des Gesichts nach. Wenn er befürchtet hatte, sie zu vergessen, so wurde er jeden Tag eines Besseren belehrt, und auch zur Abendmesse flogen seine Gedanken fort. Unfähig war er, sie festzuhalten. Sie entkamen ihm, gingen den Weg zurück, den er gekommen war, hinaus aus der Stadt. Sie bewegten sich rasch über Hügel und durch fruchtbare Ebenen. Sie gaben nichts auf die Hirten mit ihren Tieren, die Händler mit ihren Wagen oder die Bauern auf dem Weg zum nächsten Markt. Den Pilgern galt ihre Neugier nicht. Sie kannten nur ein Ziel: Paris. Dort angekommen verstummten sie, und er kam zu sich. Er sah das Panorama der Stadt, als stünde er selbst dort, an Ort und Stelle: Die Stadtmauer mit ihren Türmen, die Festung des Louvre, der Fluss, die vielen Kirchtürme, der Palais du Roi auf der Île-de-la-Cité und überall ein Gewirr von hohen Stein- und geduckten Holzhäusern. Er sah auch die Höhe von Montmartre, Hügel mit Weinbergen, Dörfer, Weizenfelder, fruchtbare Täler, Waldstücke und saftige Wiesen.

Ein Windstoß ließ die Tür klappern. Als Nächstes riss sich ein schlecht befestigter Fensterladen los und schlug gegen die Wand. Seine Hand zuckte von der Unterlage zurück, dann legte er das Bleistück auf den Tisch und stand auf, um den klappernden Laden zu schließen. Neugierig warf er einen Blick nach draußen, aber in der Gasse war alles still. Kein Lüftchen wehte dort unten. Über einen mondhellen Himmel zogen graue und schwarze Wolken hinweg, als verfolgten sie einander. Ein Hund begann zu jaulen, ein zweiter setzte ein, gefolgt von einem dritten. Unwillkürlich bekreuzigte er sich. Schon den ganzen Tag über war es ihm erschienen, als werde Chartres von einem Sturm berührt, der zu weit fort war, um seine wahre Kraft zu entfalten. Jetzt sah es aus, als würde er doch noch losbrechen.

Der Baumeister, weit oben, im obersten Bereich des Gerüstes, schien Clément nicht zu bemerken. Zuerst hatte er reglos dagesessen, den Kopf gegen die Brust gedrückt, den Blick nach unten gerichtet, als fasziniere ihn die Tiefe. Nun beugte er sich vor. Clément wich ein paar Schritte zurück, um besser sehen zu können. Im zunehmend dämmrigeren Licht verschwamm das Gesicht Pierres de Montreuil zu einem undeutlichen, hellen Fleck. Ein kaum hörbares Stöhnen mischte sich unter den Wind, schwoll an und verklang. Dann beugte sich der Baumeister noch weiter vor.

Der Glasmaler unterdrückte einen Schrei. Kurz entschlossen lief er auf den Bau zu, griff sich eines der Seile und kletterte flink zum ersten Absatz empor. Während die linke Hand kräftig zupackte, konnte er an der rechten seit dem Unglück nur noch den Daumen ohne Schwierigkeiten bewegen und schickte deshalb ein kleines Stoßgebet zum Himmel, als er sein erstes Ziel erreicht hatte. Das Brett knarrte unter seinem unbedachten, festen Sprung. Kurz stockte ihm der Atem, aber das Gerüst hielt. An Maßwerk und Ornamenten vorbei arbeitete er sich weiter nach oben vor. Als er innehielt, um Luft zu holen, breitete sich Paris schon wie ein runder, dunkler Flickenteppich vor ihm aus. Auf dem silbrig grauen Strom der Seine steuerten die letzten Boote den Hafen am Place de Grève an. In der Ferne, in Richtung des Bourg Saint-Marcel, ballten sich Wolken zusammen. Ein wirkliches Unwetter wollte nicht aufkommen, nur diese Drohung hing in der Luft, schwebte schon den ganzen Tag über den Köpfen aller hier.

Clément murmelte ein rasches Gebet und kletterte weiter. Die dunkle Gestalt des Baumeisters hatte sich nicht von der Stelle bewegt. Auch als der Glasmaler seine Höhe erreichte, gab er kein Anzeichen, ob er den anderen bemerkt hatte. Vorsichtig tastete der sich vorwärts. Hier oben war den ganzen Tag über gearbeitet worden. Unzählige Füße hatten Dreck und Mörtel mit nach oben getragen; zusammen mit der typischen Pariser Feuchtigkeit vereinigte sich alles zu einer rutschigen Masse. Er musste vorsichtig sein. Mit dem folgenden Schritt glitschte sein Fuß über eine besonders lehmige Stelle. Er warf sich herum, seine Linke krallte sich am nächsten Mauerabschnitt fest. Das Herz hämmerte in ihm wie wild. Es brauchte einen Augenblick, bevor sein Atem ruhiger ging. Dann hatte er den Baumeister erreicht. Pierre de Montreuil saß rücklings gegen die Mauer gelehnt, die Beine hingen über den Rand des Gerüsts herab, die Augen waren geschlossen, und Clément erinnerte sich, dass sie nicht zum ersten Mal in der Höhe eines Gerüsts aufeinandertrafen. »Maître?«, fragte er leise.

Pierre de Montreuil regte sich nicht, lediglich seine Schultern begannen zu zittern.

»Maître?«, wiederholte Clément lauter.

Der Baumeister wandte ihm den Kopf zu und öffnete erst dann die Augen. Der Glasmaler senkte den Blick, der ihm plötzlich unangemessen direkt erschien. Für eine Weile schien es, als wolle der Baumeister nicht sprechen, endlich räusperte er sich. Sein Blick richtete sich in die Ferne. Die dichten, dunklen Augenbrauen wuchsen über der Nasenwurzel zusammen.

»Als ich es mir zur Aufgabe erkor, die schönste Kapelle zu bauen«, begann er leise und wie beiläufig, »war ich ein Junge von etwa zwölf Jahren und lernte bei einem Steinmetz. Zum zweiten Mal in meinem Leben war ich von zu Hause fort. Das erste Mal hatte meinen Vater und mich nach Saint-Denis geführt, wo mein Vater ein Gelübde erfüllte und ich den prachtvollsten, vollkommensten Bau kennenlernte, den ich bis dahin gesehen hatte.

In diesen ersten Jahren träumten wir viel. Wir, das waren Arnauld, der ältere Lehrling, und ich. Damals wusste ich nicht, dass Gott mich tatsächlich erwählen würde. Meine schönste Kapelle ...« Er bedeckte das Gesicht mit den Händen, verbesserte sich: »Unsere schönste Kapelle ... Arnauld und ich trafen uns damals, wenn möglich, fast täglich am Fluss, in jener Zeit nach der Arbeit, zwischen Tag und Abend, kurz bevor es dunkel wird. Mit angespitzten Stöcken zeichneten wir unsere Bauwerke in den feuchten Boden, übertrumpften uns mit immer waghalsigeren Konstruktionen gegenseitig, und im Laufe der Jahre sahen uns die Seine und die Oise und viele andere Flüsse und Bäche dabei zu. Niemals hätte ich gedacht, dass es möglich sein würde, so etwas wirklich zu bauen. Im Laufe der Zeit wurde ich eines Besseren belehrt, und doch mussten beinahe dreißig Jahre vergehen, bevor ich an unsere Kapelle zurückdachte. Einiges musste ich ändern; das lehrte mich die Erfahrung eines Lebens als Baumeister, anderes machte die Erfahrung erst möglich. Meine ersten Entwürfe entstanden zu Hause. Ich zeichnete in den Staub und verwarf wieder. Ich ritzte auf alte

Tonscherben. Erst als ich mir sicherer war, nahm ich eine Holztafel zur Hand, sehr, sehr viel später Pergament. Ich stellte mir ein Gebäude von einer unbeschreiblichen Leichtigkeit vor, so leicht, dass man glauben könnte, es sei vom Himmel herabgeschwebt. Ich entwarf eine Kapelle mit Wänden aus Licht. Gott ist Licht, heißt es nicht so?« Er ließ die Hände sinken. Seine Augen verengten sich, als versuche er, etwas in der Ferne genauer zu betrachten. »Als ich meinen Entwurf nach langen, beinahe schlaflosen Wochen fertiggestellt hatte, war ich vollkommen leer. Über die ganze Zeit hinweg war es mir erschienen, als weiche Arnauld nicht von meiner Seite. Als hätte ich ihn aus meiner Erinnerung neu geschaffen, aber dann war er fort und in mir klang die Leere an, die ich seit seinem Tod immer wieder spüre.

Ich wollte dem König meinen Entwurf nicht vorstellen. Die besten Baumeister würden ihre Entwürfe zeigen, warum sollte ich mich mit ihnen messen können? Sicher, unser Herr Louis kennt meine Arbeit aus Saint-Germain-en-Laye und von Saint-Denis, aber was bedeutet das?« Wieder machte er eine Pause. Zum ersten Mal schaute er Clément an. »Doch ich wurde erwählt«, fuhr er langsamer fort, »und in den ersten Wochen, die auf diesen Auftrag folgten, war ich überglücklich. Die ersten Stimmen des Neides konnte ich gut überhören, dann kam Arnauld zurück. Arnauld, den ich damals alleine gelassen hatte, nachdem er vom Gerüst gestürzt war. Der Freund, den ich zurückgelassen hatte, damit ich dem Meister folgen konnte. Zu schwer seien seine Verletzungen, hatte der Meister gesagt, er werde ohnehin bald sterben. Wir aber müssten vor dem Herbst unser neues Ziel erreichen und könnten nicht an seiner Seite bleiben. Die Mönche würden ihr Bestes für ihn tun.« Pierre verschränkte die Arme vor der Brust. »Und nun sah ich ihn wieder, unten an der Seine, ein Bettler, über den ganz Paris sprach.« Er schloss die Augen und schlug den Kopf drei Mal leicht gegen die Mauer hinter sich. »Dabei kann er es nicht sein, denn man hat mir die Stelle gezeigt, an der man ihn begraben hat, als wir im nächsten Jahr zurückkamen. Er ist es also nicht, aber in mir bohrt eine Schuld, die Gott nicht von mir nehmen will.« Unvermittelt öffnete er die Augen wieder. »Du weißt, was Schuld ist, Clément aus Chartres?«

13. Kapitel

Im frühen Nachmittagslicht leuchtete das Fenster wie ein kostbarer Edelstein. Mit äußerster Vorsicht hatten es die Männer über das Gerüst hinauf nach oben transportiert, wo es in das Maßwerk eingesetzt wurde. Schon seit dem frühen Morgen beaufsichtigte Clément die Arbeiten ohne Unterlass. Jetzt, irgendwo zwischen Sixte und None, trieb die warme Märzsonne Schweißperlen auf seine Stirn. Dankbar leerte er den Becher mit gewässertem Wein, den Jehanne ihm anbot. In den Schatten zwischen Strebepfeilern und Bauhütte wirkten ihre Augen dunkel. Sie war gewachsen seit dem letzten Jahr. Seit Edwige sich nicht mehr darüber beschwerte, wich sie dem Vater nur selten von der Seite. Unter seinem prüfenden Blick legte sie den Kopf in den Nacken.

»Komm einmal mit.« Clément führte sie zu seinem Arbeitstisch, legte die gekrümmte rechte Hand auf ihre Schulter und deutete mit der linken auf die Vorlage. »Sag, welches Glas würdest du wählen?«

Er spürte, wie ihr Körper unter seiner Berührung zuckte, bemerkte, wie sie den Kopf ruckartig hin und her bewegte. Nach einer Weile nahm sie zögernd ein Stück rotes Glas auf und legte es wieder ab, wählte ein fast farbloses Stück. »Dies für das Gesicht«, sagte sie und legte es auf die Vorlage, »damit fange ich an. Dann …«, sie schaute auf die Holztafel, »rot für das Gewand und grün für den Schleier, damit er sich schön absetzt.« Sie schwieg, die Augen auf die Tafel gerichtet, dann drehte sie sich zu ihm. »Siehst du es auch vor dir? Siehst du es?«

Ihre Wangen röteten sich, der Blick war dringlich. Sanft strich er eine Haarsträhne aus ihrer Stirn und nickte. Natürlich sah er es vor sich. Er sah, wie es einmal sein würde. Er sah die Farben, die sich gegenseitig bestärkten, und diejenigen, die einander die Kraft nahmen. Er wusste, welche Farben er zusammenbringen musste, um ein noch größeres Strahlen zu erreichen. Es waren die Bilder, die ihnen beiden Kraft gaben. Sie ließen vergessen, ließen es zu, dass man diesen Ort mit seinen Erinnerungen verließ und in ein Zwiegespräch mit einer höheren Macht trat. Die Bilder waren die Rettung. Bald würde er ihr zeigen, wie man das Schwarzlot verwendete. Sie würde lernen, Falten und Gesichter zu malen, Wellen und Strukturen. Sie war geschickt. Er legte die Hand auf ihre Schulter. Sie konnte eine gute Glasmalerin werden. Warum hatte er nicht früher daran gedacht?

7, Aigues-Mortes

Der Junge hatte den Ofen eingeheizt und auf ausreichende Hitze geachtet, und gemeinsam hatten sie die bemalten Glasstücke nebeneinander über einer Schicht aus pulverisierter Kreide, die das Ankleben verhinderte, auf Eisenplatten gelegt. Durch Abstände voneinander getrennt konnte man mehrere von diesen Platten in die glühende Hitze schieben, damit die Bemalung einbrenne und sich die tiefe Schwärze und seidige Glätte der Oberfläche aneigne, die man zu erreichen wünschte. Nachdem Glasfarbe und Grundglas ineinander geschmolzen waren, galt es zu warten, denn nur eine langsame Abkühlung konnte verhindern, dass das Glas riss. Nun war es so weit. Mit dem Fingernagel prüfte die junge Frau vorsichtig die Festigkeit der Farbe. Es war gelungen. Das Schwarzlot hielt. Morgen würde man die restlichen Glasstücke brennen und sich an die Verbleiung machen.

VII

Die heilige Kapelle

April 1248 bis August 1248

1. Kapitel

Mit langsamen Bewegungen, die Augen auf den Tisch vor sich gerichtet, tauchte Pierre de Montreuil das weiße Brot in die warme Ziegenmilch und aß mit kleinen Happen. In dieser Nacht hatten ihn die Glocken schon zur Laudes geweckt, und es war ihm danach unmöglich gewesen, neuen Schlaf zu finden. Kurz vor der Prime hatte sein kleiner Sohn begonnen, sich unruhig im Bett der Eltern umherzuwälzen, und schließlich hatte er den Kleinen gepackt und nach draußen getragen, wo er eine Dienerin angewiesen hatte, sich und dem Jungen das Frühstück zu bereiten. Längst hatte sich der Junge satt gegessen und patschte auf nackten Füßen um den Tisch herum. Gerade hielt er stolz den alten Messstab in die Höhe gereckt, den ihm sein Vater geschenkt hatte. Gestern hatte er mit Kreide ein Haus auf den Lederteppich gemalt und war dafür von seiner Mutter gezüchtigt worden. Pierre würde ihm für seine Spielerei eine alte Holztafel mitbringen. Kurz hielt er den Jungen bei der Schulter fest und streifte ihm Brotkrümel von der kleinen Cotte. Leise hörte er den Sohn Maßeinheiten vor sich hin plappern: Paume, Palme, Empan, Coudée ... Mit ernster Miene legte das Kind den Messstab am Tisch an: »Paume, Palme, Empan, Coudée ....«, murmelte es. Schmunzelnd fuhr Pierre ihm durch das dichte, braune Haar, bevor er aufstand und ans Fenster trat. Auf der stillen Gasse war zu dieser frühen Stunde wenig los, auch wenn der Verkehr stetig zunahm. Ein Straßenköter schnüffelte an einer toten Ratte, beäugt von einer jungen Katze, die ihn aus der Höhe der gegenüberliegenden Mauer beobachtete. Eine Muttersau säugte, halb in einem Hofeingang kauernd, die gierige Schar ihrer Jungtiere. Auf dem etwas höher gelegenen, gegenüberliegenden Dachgiebel saßen zwei Tauben und gurrten. Pierre nahm einen tiefen Atemzug. Noch war die Luft kühl und frisch und wenig erfüllt von den Gerüchen des Tages. In seinem Rücken hörte er den Sohn mit sich selbst reden.

Pierre lehnte die Stirn gegen den Fenstersturz. Dort drüben, schräg in diese Richtung, lag die Kapelle. Kälte zog von seinen Fingerspitzen ausgehend die Arme hoch, wanderte über seine Schultern den Leib wieder herab und ließ ihn schaudern. Mehr als acht Jahre hatte er mit diesem Bau verbracht, wenn er es bedachte, fast sein ganzes bisheriges Leben.

Eine kleine Unebenheit im Stein drückte sich in seine Stirn. Gestern, da waren die Vorbereitungen zur heutigen Einweihung schon in vollem Gange gewesen, war er noch einmal jeden Fuß der Kapelle abgelaufen. Er hatte jene Bemalungen betrachtet, für die er sich noch keine Zeit genommen hatte, und die letzten Arbeiten der Steinmetze begutachtet. Er hatte sich am Glitzern der Farben und Leuchten der Fenster erfreut. Der päpstliche Legat, Eudes de Châteauroux, würde die Weihe der oberen Kapelle vornehmen, der Erzbischof von Bourges die der Unterkirche. Sowohl der Bischof von Paris, der gar nicht zur Zeremonie geladen war, als auch der Erzbischof von Sens, einer der obersten Hirten des Reichs, hatten sich von dieser Regelung nicht erfreut gezeigt.

»Wann brechen wir auf?«

Edwige reichte Clément, der sich gerade über eine große Schüssel gebeugt Gesicht und Oberkörper wusch, ein Leintuch. Dann ließ sie den Blick über Brust und Schultern ihres

Mannes wandern. Er war schmaler geworden über die letzten Jahre, aber seine Muskeln spielten hart und kräftig unter seiner Haut. Neue Narben waren hinzugekommen. Der flaumige Haarwuchs auf seiner Brust war nicht mehr hellbraun, sondern zeigte sich grau. In seinem Gesicht waren tiefere Falten. Mit einem Lächeln nahm er ihr das Leintuch ab und rieb die nasse Haut trocken. »Bald.«

Sein Gesicht verschwand hinter dem Stoff, dann sah er sie wieder an. Sie kam näher, strich mit beiden Händen durch sein wirres Haar. Er lächelte erneut.

Mit ihm bin ich glücklich gewesen, fuhr es ihr durch den Kopf. Als sie ihn geheiratet hatte, hatte ganz Chartres gemeinsam mit ihnen gefeiert. An nichts hatte es der Vater fehlen lassen, die Tischreihen waren zahlreich gewesen, an denen sich die Nachbarn erfreut hatten. Lange hatten die Tänze und Gesänge gewährt. Der Vater hatte einen Jongleur besorgt, der die ganze Gesellschaft mit Erzählungen und Kunststückchen unterhalten hatte. Unter Gelächter war das junge Brautpaar schließlich in die Kammer begleitet worden. Die Alten hatten gute Ratschläge bereitgehalten, die Jüngeren Anzüglichkeiten gegrölt. Als Clément unter der Decke erstmals ihre Hüfte berührt hatte, war die Hitze feuerrot in ihre Wangen gestiegen. Nur einen hatte man in der lustigen Meute vermisst.

Edwige schloss die Augen. Sie würde nicht an Thomas denken.

Nachdem die letzten Gäste die kleine Kammer verlassen hatten, erinnerte sie sich, hatten Clément und sie ängstlich und starr nebeneinandergelegen. Sie konnte nicht sagen, dass es dieses erste Mal gewesen war, welches sie als besonders schön in Erinnerung hatte. Es hatte andere Male gegeben, Begegnungen voller Zärtlichkeit und Begehren. Er hatte es geliebt, seinen Kopf auf ihre Brust zu legen und ihrem Herzschlag zu lauschen. Er hatte die Veränderungen ihres Körpers geliebt, der mit den Geburten weicher geworden war.

Flüchtig fiel ihr Blick auf das Regalbrett, auf dem Jehanne ihre Sammlung von geschnitzten Holztieren aufgestellt hatte. Pferde waren dabei mit fliegenden Mähnen und Schweifen, ein Hund, bellend, das Hinterteil nach oben gerichtet, eine sich putzende Katze, ein Vogel in seinem Nest. Wie durch ein Fenster in die Vergangenheit schauten sie die Holztiere an. Wo und wann es geschnitzt worden war, wusste sie bei fast jeder Schnitzerei. Behutsam nahm sie den kleinen Falken in die Hand und berührte seine ausgebreiteten Flügel. Sie erinnerte sich gut, wie Jehanne jeden einzelnen der Vögel betrachtet und mit dem Stück Holz verglichen hatte, das sie sich zur Schnitzerei ausgewählt hatte. Geduldig hatte das Mädchen versucht zu erkennen, was sich in dem Holz verbarg und was sich zum Vorschein bringen lassen würde. Sie hatte die wachsamen Augen der Tiere in sich aufgenommen, ihr schönes Gefieder, die festen, manchmal drohend aufgerissenen Schnäbel und die Krallen, die, genau wie die gefährlichen Schnäbel, schmerzhafte Wunden reißen konnten.

Sie wandte den Kopf wieder ab, sah zu, wie Clément sich das Hemd überstreifte und nach der neuen Cotte griff. Das Blau setzte sich schön von seinem dichten, grauen Schopf ab. Er stützte die Hände gegen die Tischkante. Behutsam legte sie ihre linke Hand über seine brandnarbige rechte. Auch ihre Hände wiesen nicht mehr die weiche, glatte Haut eines jungen Mädchens auf. Mit all ihren Linien spiegelten diese Hände das Leben einer älteren Frau wider. Als sie sich vorbeugte, spürte sie, wie ihr dicker Zopf über ihren Rücken rutschte. Wenn sie die Haare öffnete, fielen ihre Haare auch heute noch in dichten Locken bis über ihre Hüften herab. Clément liebte es, ihr beim Kämmen zuzusehen. Sie lächelte ihn an. Unten klapperte die Tür. Schritte polterten die Treppe herauf. Nur einen Augenblick später stürmte Jehanne zur Tür herein.

»Es beginnt, es beginnt ... Wir müssen los!«

Kopfschüttelnd nahm Edwige ihre Tochter in Augenschein. Die Sechzehnjährige war ihr heute früh entwischt, bevor sie einen Blick auf ihren Aufzug hatte werfen können. Wie zu erwarten hatte sie ihrer Kleidung kaum Aufmerksamkeit geschenkt. Ein unordentlicher Zopf tanzte über ihrer rechten Schulter. Abwesend löste Edwige das Band und nestelte den Kamm aus dem Beutel an ihrem Gürtel hervor. Ein schönes Stück war es, sauber aus hartem Holz geschnitzt und am Griff mit Vögeln verziert. Irgendwo heulte ein Hund auf, als sei er getroffen worden. Eine Männerstimme fluchte lautstark, gefolgt vom keifenden Schimpfen einer Frau und aufgeregtem Hühnergegacker. Ein Schwein quiekte.

Hinter der ersten Säule war Alix fast über eine Sau mit ihren Jungen gestolpert, nun kniete sie sich nieder. Mit einer Hand zupfte sie das Kopftuch über ihre krausen Locken. Rau spürte sie den Boden an ihren Knien. In der Scheibe hoch über ihrem Kopf schwebte die kleine Statue der Gottesmutter. Sie konnte nichts sagen, wie ein leeres Gefäß fühlte sie sich, aber sie hörte die Stimme Marias, dem warmen, hellen Säuseln gleich, das manche Eltern kleinen Kindern gegenüber anwandten. Ohne es zu bemerken, presste sie die gefalteten Hände fester gegeneinander.

Wie so oft, hatte sie die Gottesmutter um Vergebung bitten wollen, aber nun ließ diese sie nicht zu Wort kommen. Seit Alix in die Kirche getreten war, prasselte ein Gewirr von gurrenden Lauten auf sie ein. Etwas entfernt hatte sich ein Liebespaar hinter eine der Säulen zurückgezogen. Bauern, die ihre Waren an die kleinen Händler verkauft hatten, die sie nun auf ihren Karren durch die Straßen der Stadt schoben, hockten im Kreis schwätzend beieinander. Durch die weit offen stehende Tür sah man einen nicht enden wollenden Strom von Menschen vorüberziehen. Kurz nach der Prime hatten sich die ersten versammelt. Zweifelsohne würden es im Laufe des Tages mehr werden, die sich durch die geschmückten Straßen schoben. Von überall her strömte das Volk herbei, kam aus den umliegenden Orten und auch von weiter her. Heute wurde die heilige Kapelle eingeweiht. Wer die heiligsten Reliquien sah, so hieß es, dem sollten die Sünden vergeben werden.

Alix' Zunge huschte über ihre rissigen Lippen, bewegte sich um die wenigen, verbliebenen Zähne herum. Oben spürte sie nur einzelne Stummel. Nachdem sie die ersten verloren hatte, waren die anderen umso schneller gefolgt. Nur die untere Zahnreihe stand fest, sodass sie das harte Brot zermahlen konnte, das ihr häufig als Nahrung diente. Die Kanten der unteren Schneidezähne bohrten sich scharf in das innere, weiche Fleisch ihrer Lippen. Entschlossener hob sie das Gesicht der Muttergottes entgegen. Hart und angespannt war der Körper unter dem Sackkleid, ständig zur Flucht bereit. Noch immer drückte sie die Hände gegeneinander, obschon ihre Arme durch die Anstrengung zu zittern begonnen hatten. Seit Anfang des Jahres wusste sie, dass sie wieder schwanger war. Das Kind des letzten Jahrs hatte die ersten Wochen nicht überlebt, ihr kleiner Sohn kränkelte seit dem Winter.

Sie starrte in Marias Gesicht. Heilige Mutter Gottes, wenn nur mein Schoß so trocken werden wollte wie der Saras. Marias gütiger Gesichtsausdruck änderte sich nicht. Noch immer sprach die Muttergottes, und die junge Hure tauchte ein in den Singsang ihrer Worte, ohne deren Bedeutung zu verstehen. Tief innen berührten sie die Laute. Wie ein Schutzzauber durchflossen sie warm ihren Körper. Hier konnte sie ruhig werden, konnte sich vom Strahlen der Gottesmutter berühren lassen. Frauen hatten den auferstandenen Herrn zuerst gesehen, war es nicht so? Obwohl ihre Beine zu schmerzen begannen, verschaffte sie sich keine Erleichterung. Was hatte sie schon zu geben außer Schmerz?

2. Kapitel

Zum Abendessen gab es Wildschweinschinken, dazu grobes Brot und Wein aus Auxerre. Gemeinsam mit ein paar anderen jungen Männern hatte sich Ghislain auf die Bank vor das Feuer gesetzt. Seit Sonnenuntergang war es kühler geworden. Die Männer unterhielten sich, die Jüngsten und Unerfahrensten gierten wortreich darauf, sich bald im Kampf beweisen zu können. Es dauerte nicht lange, und er hörte sie nicht mehr. Was wussten sie schon vom Leben, welche Gefahren hatten sie kennengelernt? Wenn er den Kopf ein wenig drehte, konnte er Josiane und Renaud Le Grand am Tisch sitzen sehen. Nahe dem Schanktisch hatten sich die geringsten Begleiter des Zuges versammelt und sprachen, stetig lauter grölend, dem Würzwein zu.

Er starrte in die Flammen. Eine unbedachte Bewegung schickte einen Schauer von Schmerz durch seinen Körper. Noch am späten Nachmittag, kurz nach ihrer Ankunft, hatte Renaud Le Grand darauf bestanden, die Kampfübungen fortzusetzen. Sogar auf der Reise nach Paris konnte er Josianes Mann nicht entkommen. Immer war er da, ließ ihn niemals aus den Augen. Auch jetzt meinte er seinen Blick auf dem Rücken zu spüren, drehte sich aber nicht um. Wieder und wieder hatte er Angriff und Verteidigung üben müssen, und der alte Kämpe hatte jede Nachlässigkeit hart bestraft. Ghislains Rippen schmerzten, eines seiner Handgelenke war geschwollen. Er hob den Becher, nahm einen Schluck Wein und schob ein Stück Schinken hinterher, das er auf einem Brett auf seinen Knien balancierte.

Seit er zum zweiten Mal versucht hatte zu entkommen, wurde er nicht mehr alleine gelassen. Seit diesen Tagen schlief ein Diener auf einer Bank am Fußende seines Bettes, ein anderer belegte die Türschwelle der Kammer, und zwei weitere begleiteten ihn auf Schritt und Tritt. Josiane hatte ihr Netz eng gesponnen.

Er biss ein neues Stück Schinken ab, ließ Brot folgen und kaute. Bald würden sie in Paris ankommen, wo Josiane de Faure dem König ihre Gefolgschaft zu bekräftigen gedachte. Ihre besten Männer hatte sie mitgebracht, sie dem Herrn Louis zur Verfügung zu stellen. Ihre Burg würde die königliche Macht auf dem Weg nach Süden weiter festigen.

Er überlegte, ob sich Richarde wohl auch auf dem Weg in die Stadt befand, dann dachte er an Paris.

Er hatte die Stadt nicht mehr gesehen, seit er sie so unfreiwillig verlassen hatte, und im Trubel der Ereignisse war sie ihm seltener in den Sinn gekommen. Jetzt erwachten jene Plätze vor seinem inneren Auge, auf denen er um Bezahlung gebuhlt hatte. Jetzt sah, roch und hörte er die vielen Menschen wieder, grobe, graue und braune Stoffe, leuchtende Farben und reiche Verzierungen, der Geruch von Kot, Gewürzen, Rauch und Brathuhn, die unterschiedlichsten Stimmen. Das Haus der de Luzys. Alissende. Clément und seine Familie. Alix.

Alix. Ghislain stellte seinen Becher auf den Boden, wo bald ein Hund daran schnüffelte, aber nach kurzer Zeit davon abließ. Er erinnerte sich an das Bad wenige Tage nach seiner Ankunft und an das letzte Zusammentreffen. Wie ähnlich waren sie einander gewesen. Sein Blick fiel auf den feinen Stoff seiner Cotte, dann auf die Hände, die nunmehr das Brett mit dem Schinken umklammert hielten. In seinem Rücken waren Josianes und Renauds Stimmen zu hören, ohne dass er verstand oder wissen wollte, was sie sagten. Die Reliquien zu sehen, so hieß es, befreite einen von allen Sünden. Ob er Alix sehen würde?

3. Kapitel

In der Abenddämmerung war der riesige Wildeber aus dem Wald gebrochen und stand nun nur wenige großzügige Schritte von Etienne entfernt, die Klauen fest in den lehmigen Boden gestemmt, den Kopf gesenkt. Die Strahlen der schon tief stehenden Sonne überzogen die borstige Haut des Tiers mit einem roten Schimmer. Erde und Laub hatten sich darin verfangen. Immer wieder grunzte es leise. Die Ohren bewegten sich. Etienne stand starr, den Blick unverwandt auf die Hauer des Ebers gerichtet, dann bemerkte er, wie das Tier den Kopf hob und suchend die kleinen Augen auf ihn richtete. Wieder bewegte sich schnüffelnd der feucht glänzende Rüssel. Der Eber machte eine Bewegung auf den jungen Mann zu.

Jesus und alle Heiligen! Etienne konnte sich nicht rühren. Zu weit schien ihm der Fluss entfernt, der Baum, unter dem er sein Lager aufgeschlagen hatte, das Feuer, mit dem er den Eber hätte vertreiben können. Wieder hörte er ihn leise grunzen. Vermutlich war das Tier zum Trinken hier herausgekommen, vielleicht hatte Etienne sein Lager genau dort aufgeschlagen, wo es jeden Abend an den Fluss kam. Wieder machte der Eber einen Schritt auf ihn zu.

Ihm wurde flau im Unterleib. Seine Hände zitterten. Die Knie begannen zu schlottern. Dann, als das Schwein sich weiter näherte, schrie er kurz entschlossen auf und brachte das Tier damit zum Stillstand. Brüllend warf er sich gleich darauf auf den Boden, raffte mit beiden Händen Schlamm und Lehm zusammen, kam wieder nach oben und schleuderte beides schreiend auf den Eber. Er hörte nicht auf zu schreien, bis er auf dem Fuß kehrtmachte und zum Fluss rannte. Mit einem gewaltigen Sprung setzte er zwischen die Schilfhalme, verlor den Halt und purzelte in ein Wasserloch. Wild um sich schlagend und spuckend kam er nach oben, ritzte sich die Haut an den scharfkantigen Blättern auf, scheuchte eine Entenfamilie aus ihrem Versteck.

Der Eber war ihm gefolgt, stand am Ufer, machte aber keine Anstalten, ins Wasser zu kommen. Schnaufend und grunzend verharrte das Tier, den Kopf erneut gesenkt. Etienne konnte ihn schnüffeln sehen. Mühsam kämpfte er sich auf die Füße hoch, verlor auf dem unebenen Grund den Halt, stürzte und kämpfte sich wieder hoch. Schlammiges Wasser tropfte aus Kleidern und Haaren. Einen Augenblick lang sahen der Eber und er einander an, dann drehte sich das Tier um und trollte sich die Steigung hinauf, um weiter oben im Wald zu verschwinden.

Laut stieß Etienne die angehaltene Luft aus, blieb aber, wo er war. Stille. Er schloss die Augen, öffnete sie wieder, hörte den eigenen Atem, fühlte seinen Herzschlag bis in den Hals hinauf. Wenn er den Kopf etwas zur Seite wandte, konnte er Fische sehen, die im Fluss nach Insekten sprangen. Ein Reiher stakte am Ufer entlang. Gegenüber, auf der anderen Seite, war in der Ferne ein Dorf zu erkennen. Auf einem Hügel darüber reckte sich ein Kirchturm wie ein schlanker Pfeil in den Himmel. Heftig klapperten seine Zähne aufeinander. Die Kälte aus dem Wasser kroch über seine Beine nach oben und brachte den ganzen Körper zum Schaudern. Noch immer konnte er sich nicht entscheiden, den sicheren Platz zu verlassen, doch nach und nach nahm die Erschöpfung eines langen Tages von ihm Besitz. Abwechselnd gähnte er und klapperte mit den Zähnen.

Seit er aus Chartres fortgegangen war, war er fast ohne Pausen gelaufen. Zuerst war er dem trubligen Handelsweg gefolgt, den Karren voller Stoffe, Gewürze, Spezereien und allem, was das Herz begehrte; den Scharen von Bauern auf dem Weg in den nächsten Ort; den Pilgern; dem Lachen, dem Gebrüll und den Neuigkeiten. Die letzte Strecke aber hatte ihn heute durch dichten Wald geführt. Dicke Wurzeln hatten sich wie Schlangen von den Bäumen herübergewunden, immer bereit, ihn stürzen zu lassen. Vorbei an Wasserlöchern und Tümpeln war er gegangen, am Rand eines Steinbruchs vorüber. Zur Sixte, so hatte er nach dem hohen Stand der Sonne geschätzt, war eine im Bau befindliche Burg vor ihm aufgetaucht. Nachdem die Wachmannschaft der Baustelle ihn eingehend und etwas barsch nach dem Grund seines Erscheinens befragt hatte, wollte man Neuigkeiten hören, hatte ihn gefragt, ob es stimme, dass der König bald nach Jerusalem aufbrechen werde, und ihn eingeladen, im Schatten des halb fertigen Hauptturms ein karges Mahl aus Linsen zu teilen.

Für einen Moment machten es ihm die heftig klappernden Zähne unmöglich weiterzudenken. Ohne es recht zu bemerken, begann er die Füße auf und ab zu setzen, brachte den Flussschlamm zum Wirbeln, schlang die Arme um den Leib und kämpfte vergeblich gegen das immer heftigere Schaudern an. Der Meister hatte ihn nicht gerne gehen lassen. Er hatte versprechen müssen, bald zurückzukommen. Außerdem sollte er beten, ein gutes Wort für den Meister und seine Familie einlegen. Die Reliquien zu sehen, so hieß es, befreie von allen Sünden.

Er kniff die Augen zusammen und spähte zum Waldrand hoch. Er konnte nicht hier im Wasser bleiben. Sehr vorsichtig, immer wieder innehaltend, bewegte er sich auf das Ufer zu, erreichte das Lager, das er sich viel früher bereitet hatte. Bange achtete er auf jedes Geräusch, doch er blieb allein. Der Eber war verschwunden. Der junge Mann schaute auf das klägliche Feuer hinunter, das er zuvor entzündet hatte. Nur noch eine schmale Rauchsäule hob sich in den Himmel. Er beugte sich vor und zupfte an seinen nassen Beinkleidern. Wieder horchte er. Und wenn der Eber doch zurückkehrte? Er musste vorsichtig sein. Mit einem kurzen Blick musterte er den Baum. Der kräftige Ast dort oben würde ihm ein Lager für die Nacht bieten.

Etienne trat das Feuer aus, streute Sand darüber und hängte sich die wenigen Habseligkeiten um den Hals. Ein Sprung und er erreichte die unteren Äste des Baumes. Mit einem Klimmzug zog er sich nach oben, brachte ein Bein auf den dicken Ast und saß gleich rittlings darauf. Wenn er nach unten blickte, konnte er das Wasser in kleinen, flachen Wellen gegen das seichte Ufer schlagen sehen. Er schob sich nach hinten gegen den breiten Stamm des Baumes, ließ die Beine rechts und links herabbaumeln. Noch spürte er etwas Sonnenwärme auf der Rinde, doch die Nacht würde kalt werden. Er suchte nach Halt, fand ihn an einem etwas versetzt sitzenden, wenig höher gelegenen Ast, den er mit beiden Armen umklammerte. Die nasse Kleidung klebte an seinem Körper, es war nicht bequem, aber schon fielen ihm vor Erschöpfung die Augen zu. Paris, dachte er, bereits im Einschlafen begriffen, bald würde er in Paris eintreffen.

4. *Kapitel*

Es war vollendet. Von Saint-Denis waren die Reliquien unter großer Anteilnahme der Bevölkerung überführt worden. In Anwesenheit des versammelten Hofs hatte Eudes de Châteauroux die obere Kapelle eingeweiht, und noch immer fanden nicht alle Stimmen Worte für so viel Schönheit. Die Zeremonie hatte Pierre de Montreuil in Louis' Nähe miterlebt, nun nickte der Baumeister auf die Stimmen hin, die den Bau priesen, lächelte als Antwort auf Glückwünsche, die niemals ganz zu ihm vordrangen. Es war, als habe er eine schwere Wolldecke über den Kopf gezogen und bekäme alle Geräusche nur gedämpft mit. Er war müde. In den Tagen nach Beendigung des Baus war sein Bedürfnis zu schlafen immer größer geworden. Vielleicht würde er jetzt schlafen können, er hatte es so lange nicht getan.

Er warf einen kurzen Blick auf den König, der im Begriff war, die obere Kapelle gemeinsam mit seinen engsten Beratern und den königlichen Familienmitgliedern zu verlassen. Unten und vor den Türen der Kapelle drängten sich die Menschen dicht an dicht. Der Baumeister konnte Stimmen hören. Dort unten standen auch die Meister und deren Gehilfen, die Lehrlinge und die Tagelöhner. Jeder würde heute begehren, die Reliquien zu sehen. Es hieß, sie nähmen jede Sünde von einem.

Wieder schaute er den Herrn Louis an. Manchmal, im Laufe des Gottesdienstes, hatte ihn das verzückte Gesicht des Königs beinahe erschreckt, von einer solchen Offenheit war es gewesen, als bemühe Louis sich, alle Herrlichkeit in sich aufzunehmen. Jetzt konnte er sehen, wie sich der König suchend umblickte und dann auf ihn zukam.

Pierre schaute zu Boden. Warum er so bleich sei?, hatte ihn der König vor Beginn der Zeremonie gefragt.

Die Aufregung, hatte Pierre gegen seinen Rücken gemurmelt, denn längst hatten andere, wichtigere Personen die Aufmerksamkeit des Herrn Louis gefordert.

»Kommt Ihr?«

Louis' Stimme. Der Baumeister hob den Blick und schaute in seine blauen Augen. Der König lächelte. Wissend lächelte er, so wie es manchmal seine Art war, nachdem Gott ihn ins Leben zurückgeschickt und er das Kreuz genommen hatte. Weniger prunkvoll erschien seine Kleidung seit damals, auch wenn sie heute dennoch prachtvoll ausgefallen war. Pierre leckte sich über die Lippen. Ein Satz bildete sich in seinem Kopf, wiederholte sich wieder und wieder: *Wohl dem, dessen Frevel vergeben / und dessen Sünde bedeckt ist.* Er bewegte den Mund, sagte aber nichts, legte den Kopf zurück und betrachtete die Fenster. Lichte, bunte Wände aus Glas erfüllten den Raum mit ihrem Strahlen. Der Exodus, Judit, Job, Tobit ... Der Herr Louis, der die Dornenkrone nach Frankreich holte, der es groß machte, größer noch, als es sein Großvater, der ruhmreiche Philippe, getan hatte. Der Herr hielt die Hand über sie alle. Pierre senkte den Kopf und sah den König an. Der Herr konnte auch Vergebung bringen.

»Kommt Ihr?«, wiederholte Louis. »Viele begehren denjenigen kennenzulernen, dem wir diese Kapelle verdanken.«

Der Baumeister lächelte. »Gott, wir haben sie Gott zu verdanken«, sagte er. Alles haben wir dem Herrn zu verdanken, Glück, Unglück und Vergebung.

Noch immer strömten mehr Menschen herbei, drängten sich Männer, Frauen und Kinder, gut und weniger gut gekleidete, dicht an dicht unter dem strahlend hellen Aprilhimmel. Die Sonne brannte noch nicht stark, aber die Menge bewegte sich wie siedende Flüssigkeit in einem Kessel. Schon ertönten erste, ängstliche Schreie, Stöhnen entrang sich vielfachen Kehlen, aber das Gedränge ließ nicht nach. Vorwärts ging es, immer voran auf den Eingang der Kapelle zu. Körper berührten einander, stießen sich an, schwitzten und nahmen einem den Atem. Manchmal wurde Edwige inmitten der dicht gedrängten Leiber in die Höhe geschoben, verlor den Boden unter den Füßen und schwebte ein Stück des Wegs. Doch keinen Augenblick nahm sie die Hand von Jehannes Schulter, die sich wiederum ohne Unterlass am Vater festklammerte. Als sie wieder nach oben gedrückt wurde, schloss Edwige kurz die Augen. Eine Welle von Angst durchströmte sie. Sie dachte an die Dornenkrone, damit sie nicht um sich schlagen würde. Wenn sie an die Dornenkrone dachte, sah sie das süße Blut, welches der Leidensmann für alle Sünder vergossen hatte, und wurde ruhig. Jesus war Erlösung.

Aus der Tiefe rufe ich, Herr, zu dir: / Herr, höre meine Stimme!

Sie kam wieder auf dem Boden auf, trampelte auf Füße, hörte Schmerzensschreie, wurde erneut emporgedrückt. Der Unterleib krampfte sich ihr zusammen, ihr Mund wurde trocken und füllte sich gleich darauf mit Speichel. In der Nähe der Kapellentür schrien ein paar verzückt auf in Erwartung dessen, was sie sehen würden. Wer die Reliquien erblickte, dem würde vergeben werden. Inmitten der warmen Körper fröstelte es sie. Es war zu eng. Sie zitterte, drängte das Bedürfnis zu schreien die Kehle herunter. Wenn sie nur bald aus dieser Menge herauskamen, wenn sie ihr Ziel nur bald erreicht hatten. Sie versuchte, sich die Dornenkrone vorzustellen, den Speer, der die Seite des Herrn durchbohrt, den Schwamm, der sein Gesicht berührt hatte. Der Herr war Vergebung.

Würdest du, Herr, unsere Sünden beachten, / Herr, wer könnte bestehen?

Die Menge wurde immer dichter. Sie bemerkte, wie Clément die rechte Hand nach hinten auf die seiner Tochter legte. Wie er sich zur Seite drängte. Also würden sie einen weiteren Versuch starten, die Kapelle zu erreichen. Noch immer standen die Menschen zu dicht. Kurz dröhnte das Geschrei überlaut in Edwiges Ohren. Mit aller Kraft drängte und stieß sie sich ihrem Mann hinterher. Nur noch ein Stückchen, und die Masse spuckte sie gegen die nächste Hausmauer. Sie wischte sich den Schweiß von der Stirn. »*Doch bei dir ist Vergebung, / damit man in Ehrfurcht dir dient*«, keuchte sie. »*Ich hoffe auf den Herrn, es hofft meine Seele, / ich warte voll Vertrauen auf sein Wort.*«

Sie sah, wie Clément Jehanne gegen die Wand schob und sich zu ihr umdrehte. Stumm musterten sie einander, dann streckte er ihr die Arme entgegen und zog sie an sich. Seufzend legte Edwige den Kopf gegen seine Brust, spürte ihn atmen.

»Gleich versuchen wir es noch einmal«, sagte er. Dann waren seine Lippen auf ihrer Stirn, eine behutsame Berührung. Vor den Toren der Kapelle brodelte die Masse. So viele waren gekommen. Edwige schmiegte sich noch enger an ihren Mann. »*Meine Seele wartet auf den Herrn*«, murmelte sie,

»mehr als die Wächter auf den Morgen. Mehr als die Wächter auf den Morgen …«

Clément berührte ihre Schulter. Sie sah Jehanne, die unruhig von einem Bein aufs andere trat. Eine tobende Meute von Tagelöhnern spie einen schimpfenden Giles auf sie zu. Heute Abend würden die Glasmaler feiern, heute würden sie Schmerzen und Staub der letzten Jahre abschütteln, sie mit Wein und Bier fortspülen und sich die Bäuche vollschlagen.

Edwige beobachtete, wie Giles den nächsten, der zu nahe heranrückte, mit einem wütenden Stoß von sich wegschob, um dann auf Clément zuzukommen. Hier, am Rand der Menge, verteilten sich nur noch wenige Abwartende, Schwächere und Mütter mit ihren Kindern. Sie kniff die Augen zusammen. Das Verhältnis zwischen Clément und Giles war niemals einfach gewesen, seit ihr Mann die Leitung der Werkstatt übernommen hatte. Giles bemerkte ihren Blick und lächelte sie an.

Ich traue ihm nicht, schoss es ihr durch den Kopf, den ganzen Tag schon folgt er uns. Ein unbehagliches Gefühl breitete sich über ihren ganzen Körper aus. Clément ließ sie los, um seinen ersten Gehilfen zu begrüßen.

Auf den jungen Mann, der, aus Richtung des Flusses kommend, aus einer der engen Gassen trat, wurde Edwige nur einen Moment später aufmerksam. »Etienne«, flüsterte sie.

Ihre leise Stimme brachte ihren Mann dazu, sich umzudrehen. Auf ihn folgte Giles. Erst sagte keiner etwas, dann ergriff der Gehilfe das Wort.

»Mörder«, brüllte er. »Der Vatermörder ist zurück!«

Etienne blieb stehen. Die Unsicherheit in seinem Blick machte Unverständnis Platz.

»Er ist ein Vatermörder!« Giles' Stimme überschlug sich. »Packt ihn!«

In der Menge drehten sich Köpfe. Ein paar Frauen spähten in die angewiesene Richtung. Die ersten Tagelöhner setzten sich, noch etwas ziellos, in Bewegung. Etienne stand starr, dann drehte er sich auf dem Fuß herum und raste mit wilden Sprüngen auf die Gasse zu, aus der er gekommen war.

Allen Erzählungen und Berichten zum Trotz hatte sich Ghislain den König weniger schmal vorgestellt. Nachdem er sich aus der Verbeugung aufgerichtet hatte, war er Louis' hochgewachsener Gestalt für eine Weile mit den Augen gefolgt. Obwohl es nicht kalt war, trug der König zur Feier des Tages eine rote Cotte mit einem Kragen aus Hermelin. Ein gesticktes Muster aus Goldfäden schmückte die Ärmel, die blauen Beinkleider endeten in feinen, ebenfalls bestickten, spitzen Lederschuhen. Manchmal blieben er und sein Gefolge stehen. Dann stellten seine Begleiter ihm irgendjemand aus der Menge vor, und der König richtete ein kurzes Wort an den Angesprochenen. Jerusalem lag auf mancher Zunge, und Eudes de Châteauroux, der sich stets in der Nähe des Königs aufhielt, achtete darauf, dass es nicht in Vergessenheit geriet. Wie den König selbst wies manchen das Kreuz auf der Schulter des Umhangs als Teilnehmer des Zugs nach Jerusalem aus. Seit der König Anfang des Jahres 1245 von seiner schweren Krankheit genesen war und das Kreuz genommen hatte, kennzeichne sein Auftreten ein noch größeres Maß an Entschlossenheit, sagten manche. Der wohlvertraute Duft nach Rosenöl brachte Ghislain dazu, den Kopf von ihm wegzudrehen. Josiane stand lächelnd neben ihm. Er verzog keine Miene. Die Frau spielte mit der Tassel an ihrem Umhang.

»Der König war sehr zufrieden mit den Männern, die ich ihm gebracht habe«, sagte sie.

Ghislain schwieg. Seit sie hier eingetroffen waren, hatte er sich bemüht, sich von ihr fernzuhalten. Ziellos hatte er sich treiben lassen und wusste nun nicht, ob sie nicht doch immer in seiner Nähe gewesen war. Seit er sie kannte, war er niemals alleine. Kurz dachte er an Richarde, der er auf dem Weg in diesen Saal hier in einem der kleineren Räume begegnet war. In einem Gewand aus Violett und leuchtendem Rot hatte sie neben einem Fenster gestanden, den nachdenklichen Blick durch die schmale Öffnung nach draußen gerichtet.

»So sehen wir uns also wieder«, hatte sie gesagt, als sie ihn bemerkt hatte, und hinzugefügt: »Habt Ihr Josiane kennengelernt?«

Er hatte keine Antwort gegeben. Richarde hatte ihn ausdruckslos angestarrt. Als er schon gedacht hatte, auch sie würde nicht mehr sprechen, hatte sie einen Schritt auf ihn zu getan. »Ich werde nie aufhören, gegen Josiane zu kämpfen, niemals!«

»Ich weiß«, hatte er entgegnet. Richarde hatte ihn daraufhin wieder lange angesehen und endlich gelächelt. Er schluckte. Erneut schien ihm das schwere Rosenöl die Sinne betäuben zu wollen. Josiane stand dicht vor ihm und musterte ihn. »Der Zug nach Jerusalem wird große Summen verschlingen«, sagte sie leise. »Der König wird für jede Unterstützung, die das Wohl seines Reiches sichert, dankbar sein. So schafft man sich Verbündete, versteht Ihr das? So etwas müsst Ihr lernen, wenn Ihr ein Herr de Faure sein wollt.«

Ghislain wandte sich wortlos ab und widmete sich wieder dem Trubel in der Halle. Seit der Flucht achtete er darauf, nur die nötigsten Worte mit Josiane zu wechseln. Dieses Mal schenkte er ihr ein knappes Lächeln, bevor er sie endgültig stehen ließ und eine erneute, ziellose Wanderung durch die Halle begann. Edel gekleidete Menschen standen in Gruppen beieinander. Damen lachten. Dazwischen eilten Pagen umher und reichten Wein und andere Getränke. Früher hatte er solche Gesellschaften unterhalten. Er hatte musiziert, gesungen, erzählt. Er hatte jongliert, war auf dem Seil balanciert oder hatte sich als Akrobat betätigt. Noch heute spannte sich sein Körper unwillkürlich an, war er bereit eilends zur Seite zu huschen, aber er behielt seinen Weg eisern bei, grüßte, nickte und lächelte angesichts der fragenden Blicke. Während er sich treiben ließ, entdeckte er den König neben einem dunkel gekleideten Mann mit düsterem Gesichtsausdruck, in dem er den Baumeister erkannte. Ein jüngerer, blonder Mann, halb in Grün und Blau, die große Nase keck gegen den Himmel gerichtet, unterhielt König und Baumeister und diejenigen, die sich in nächster Nähe aufhielten, mit einer Geschichte. Im Näherkommen vernahm Ghislain seine helle, etwas atemlose Stimme.

»Es begab sich also im Jahr unseres Herrn 1245, vielleicht war's auch 1246«, erzählte er, »da machten sich drei Sergeanten der Pariser Stadtwache das Vergnügen, des Nachts unbescholtene Bürger auszurauben. Lange ging das gut so, bis sie an einen jungen Mann gerieten, der kurz davorstand, die ewigen Weihen leisten zu wollen. Mit diesem aber war gar nicht gut Kirschen essen. Als unsere Sergeanten ihm den Beutel abschneiden wollten, schmetterte er dem ersten die Faust ins Gesicht, sodass der gegen die Wand schlug und bald darauf, aus Mund, Ohren und Nase blutend, den Geist aufgab. Die anderen beiden flüchteten darauf in großer Hast, doch unser junger Mann setzte ihnen voller Wut hintendrein. Dem einen entriss er das Schwert und hackte ihm ein Bein ab, als er gerade über eine Mauer flüchten wollte, dem anderen schlug er so kräftig in den Leib, dass auch der tot herniederfiel.« Der Erzähler machte eine Pause und warf einen Blick in die Runde. »Am nächsten Morgen, als unser Herr Louis in die Messe gehen wollte, da sah er zu seiner Verblüffung drei Leichen vor der Kirche liegen, neben ihnen der junge Mann, der beschlossen hatte, sich der königlichen Gerechtigkeit zu stellen.«

Kurz schaute Ghislain zu Louis hinüber und meinte, ein fast unmerkliches Lächeln auf seinen hageren Gesichtszügen zu erkennen.

»Unser Herr Louis«, fuhr der blonde Erzähler fort, »hörte sich den Fall also an, wie es jeder Gerechte tun würde, und sagte ...« Er machte eine Verbeugung in Richtung des Königs, auf den sich nunmehr alle Blicke richteten. Schwerer Rosenduft setzte Ghislain davon in Kenntnis, dass auch Josiane in unmittelbarer Nähe sein musste.

»Ich sagte«, der König lächelte, »dass ich es vorgezogen hätte, wenn er das Recht nicht in die eigenen Hände genommen hätte, aber dass ich ihm zugutehalten wolle, dass die Männer Strafe verdient hatten. Ich sagte des Weiteren, dass ich ihn als Geistlichen für wenig geeignet hielte, dass er mich aber nach Jerusalem begleiten könne, wo der Herr guter Kämpfer bedürfe.«

Der junge, blonde Mann klatschte zwei Mal in die Hände. »Und da fiel der junge Haudrauf vor unserem Herrn Louis nieder und schwor, das Kreuz zu nehmen, und unser König hatte erneut eine neue Seele für den Kampf gegen die Ungläubigen gewonnen.«

Stille, dann applaudierten die Ersten.

»Eine gute Geschichte«, rief eine Stimme. Andere pflichteten ihr bei. Louis lächelte.

Ghislain bemerkte überrascht, dass er selbst einen Schritt

auf den König zu gemacht hatte. Mit einem weiteren Schritt gewann er dessen Aufmerksamkeit. Fragend sah der König ihn an, als versuche er einzuordnen, woher er diesen Mann kenne. Ein junger Mann an seiner Seite flüsterte etwas in des Königs Ohr. Ghislain machte einen weiteren Schritt, fiel auf die Knie und senkte den Kopf. »Louis, Seigneur«, setzte er leise an und wurde dann erst lauter, »man nennt mich Ghislain de Faure. Gestern habe ich Euch Männer gebracht, heute will ich selbst das Kreuz nehmen.« Er hob den Kopf, um dem König ins Gesicht zu schauen. »Ich schwöre Euch hiermit, Euch auf Eurem Weg nach Jerusalem zu begleiten und Euch jede erdenkliche Unterstützung zukommen zu lassen, wenn Ihr mich für würdig haltet.«

Er senkte den Kopf, hörte eine von Murmeln durchsetzte Stille, als ob sich einzelne Fäden durch ein helles Leintuch wanden. Der Rosenduft war da. Er spürte Hände auf seinen Schultern.

»Jeder«, hörte er Louis' Stimme, »der bereit ist, Gott zu verteidigen, ist würdig. Steht auf.«

Halb folgte Ghislain der Aufforderung, halb ließ er sich nach oben ziehen. Dann sah er Louis erneut ins Gesicht.

»So werdet Ihr mich begleiten«, sagte der König lächelnd.

Als Ghislain einen Blick in die Menge warf, wurde er als Erstes Josianes gewahr, die, schneeweiß im Gesicht, dastand und ihn anstarrte. Wenig nur bewegten sich ihre Lippen, aber schließlich erlas er sich, was sie sagen wollte: Das werdet Ihr bereuen, sagte ihr feiner Mund, bereuen werdet Ihr.

Etienne rannte, auch als er längst keine Stimmen oder Schritte mehr hinter sich hörte, und blieb erst stehen, als ihn seine Beine nicht mehr weiter tragen wollten und der Atem beißend in der Kehle brannte. Den Rücken an die nächste

Hauswand gedrückt, die Fersen in den Boden gestemmt, um die Knie vom Zittern abzuhalten, rang er nach Luft. Er spürte Stiche links im Unterleib, presste seine rechte Hand dagegen, grub die Fingerspitzen in den Schmerz hinein.

Nur langsam begann er seine Umgebung wahrzunehmen. Der Gestank, die Vielzahl an zerlumpten Gestalten, die Geräusche von Rasseln und schnarrenden Holzklappern, mit denen Aussätzige ihre Anwesenheit bemerkbar machten, zeigten ihm, dass er sich in einem der neueren Viertel befand. Hier war der Ort, an dem die, die auf der Suche nach Glück und größerer Freiheit in die Stadt strömten, ihre ersten ärmlichen Hütten errichteten. Hier wohnten jene oder gingen ihrer Arbeit nach, die man nicht in den guten Vierteln zu sehen wünschte: Abdecker, Henker und Huren, Färber, deren Arbeit mit ihrem Gestank störte. Hier lebten die, die hofften zu entkommen, und die, die niemals mehr entkommen würden. Hier versteckte sich das Gesindel, das guten Bürgern die Beutel abschnitt.

Etienne trat einen Schritt von der Wand weg, die nur zu einer windschiefen Hütte gehörte, wie er bemerkte. Mehrmals sank er knöcheltief in den Morast der Gasse ein, während er vorwärts trottend seine Gedanken zu sammeln suchte. Vatermörder. Dieses Wort kehrte nun zu ihm zurück. War sein Vater tot? Nichts anderes konnte das bedeuten. So musste es sein. Er war ermordet worden. Von wem? Von ihm, ihn verdächtigte man.

Unvermittelt blieb er stehen. Wieder stockte der Atem. Seit er aus Paris fortgegangen war, hatte er nicht häufig an den Vater gedacht. In Chartres hatte er sich der Arbeit gewidmet, hatte besser gelernt, wie man Glas zurechtschnitt, wie man es mit Schwarzlot bemalte und brannte, hatte selbst die ersten Bilder aus Stücken bunten Glases zusammengesetzt. Selten nur hatte er an früher gedacht und kaum an den häufig so wütenden, abweisenden Mann, der sein Vater gewesen war.

Langsam setzte er seinen Weg fort. Das lauter werdende Geräusch einer Holzklapper ließ ihn ausweichen, beinahe hatte er den Aussätzigen nicht bemerkt, der an der nächsten Ecke um Unterstützung flehte. Nur einen kurzen Blick warf er auf dessen zerstörtes Gesicht, das nicht mehr erkennen ließ, ob es sich um eine Frau oder einen Mann handelte. Schmatzend drückte sich Schlamm um seine Füße hoch. Es half nichts. Er musste in Erfahrung bringen, was geschehen war.

Ghislain hatte die allgemeine Verwirrung genützt, die ausgebrochen war, als sich Josiane vor dem König niedergeworfen hatte, um ihm den einzigen Sohn abzutrotzen, und war aus dem Saal geeilt. Laut schlugen seine hastigen Schritte die Gänge entlang. Ziellos eilte er Treppen hinunter und wieder hinauf, bis er einen Ausgang aus dem Palast fand und auf die Straßen von Paris hinauslief. Immer noch drängten sich viele Menschen in den Gassen. Weitere Gäste des Königs waren eingetroffen und noch mehr Pilger, die die Reliquien zu sehen wünschten. Ein bunter Trubel von Gestalten zeigte sich rechts und links der graugrünen Seine. Das Wiehern von Pferden war zu hören. Schweine quiekten. Irgendwo sang ein Jongleur ein anzügliches Lied. Ein paar Bettler bewegten sich, die Köpfe fragend zur Seite geneigt, auf den fein gekleideten Mann zu, doch Ghislain achtete nicht auf sie. Mit weit ausgreifenden Schritten stürmte er über die Brücke. Möwen flitzten hin und her über die Wasseroberfläche und kreischten manchmal. Die Rufe der Bootsführer und Schiffsverlader mischten sich mit dem Geräusch der Flussmühlen.

Dort drüben hatte man ihn niedergeschlagen, erst weit von Paris entfernt hatte er das Bewusstsein wiedererlangt. Ghislain verlangsamte seine Schritte, dann eilte er weiter, schob sich gegen die Menge, die auf die Kapelle zuströmte. Sainte-Chapelle, heilige Kapelle, nannten sie manche.

An der nächsten Straßenecke rezitierte ein schlicht gekleideter Mann Psalmen, begleitet vom leisen Gemurmel einiger Zuhörer. Auch Ghislains Mund bewegte sich wie von selbst, als er die so bekannten Worte hörte, bis ihn der Anblick eines blonden, krausen Schopfes aus den Gedanken riss.

Alix, fuhr es ihm durch den Kopf, Alix, die in seinen Gedanken war, seit er in Paris eingetroffen war. Aber dieses Mädchen hier war zu jung. Die Kleine konnte höchstens zwölf Jahre alt sein. Unwillkürlich fuhr er sich mit Daumen und Zeigefinger an die Nasenwurzel und massierte die Stelle, als gelte es Schmerzen zu vertreiben. Neuerlich tauchte blondes, krauses Haar vor seinem inneren Auge auf, ein fester, schlanker Leib unter dem groben Stoff des Gewandes. Das erste Zusammentreffen kam ihm in Erinnerung, als sie zu ihm in den Badezuber gestiegen war, geschäftstüchtig und doch übermütig.

Seit er den Palast verlassen hatte, hatten seine Füße wie von selbst den Weg zu der Schankstube eingeschlagen, in der sie zuletzt gearbeitet hatte. Heute war der schmutzige Raum fast leer. Ein paar Huren drängten sich um die Fässer, die als Tische dienten, flickten an ihrer Kleidung und sprachen darüber, wann und ob man zur Kapelle aufbrechen wolle. Die Wirtin wischte mit mürrischen Bewegungen den Schanktisch sauber. Als er durch die Tür trat und diese laut hinter sich schloss, wandten sich ihm alle Köpfe zu. Eingehend musterte Ghislain die Gesichter der Anwesenden. Die Wirtin erkannte er, wenn sie auch dicker geworden war und sich das

Band, das die Haube hielt, noch tiefer als damals in ihr Doppelkinn einschnitt. Über einer einfachen, braunen Cotte trug sie ein Obergewand in einem blassen Blaugrau. Von den Huren kam ihm keine bekannt vor. Es waren die Älteren, die an diesem Tag zurückgeblieben waren. Gesichter mit tiefen Falten, über mit billigen, bunten Tonperlen geschmückten Gewändern. Für eine Weile herrschte Stille, dann kam die erste Hure auf ihn zu. »Habt Ihr Euch verlaufen, feiner Herr?«

Auf ihre Worte hin schaukelte die Wirtin um den Schanktisch herum und schob die andere beiseite. »Was wünscht Ihr? Guten Wein hab ich, auch würziges Bier, wenn Euch der Sinn mehr danach steht. Brot und Käse kann ich Euch anbieten …« Sie machte eine kleine Pause, während derer sie ihn erneut von oben bis unten musterte, um dann umso überzeugter hinzuzufügen: »Herr.«

Ghislain sah sie an. Nein, Herren verirrten sich nicht oft hierher, und an ihn erinnerte sie sich offensichtlich nicht, sah nur die Kleidung, die man für seinen Auftritt im Königspalast hatte anfertigen lassen. Wie oft war er nicht an solchen Orten gewesen mit den vielen anderen Gesichtslosen, hatte gesungen, gespielt, geflucht. Ganz leicht schüttelte er den Kopf, als könne er so die Erinnerungen abwehren. »Nein, nichts von dem. Ob eine Alix hier anzutreffen ist, möchte ich wissen.«

»Alix?« Die alte Hure an der Seite der Wirtin runzelte die Stirn.

Die Wirtin füllte ihm einen Becher mit Wein ein und lächelte ihn verschmitzt an. »Nehmt, dann sag ich es Euch.«

Ghislain sah sie ausdruckslos an, ließ eine Anzahl kleiner Münzen auf den Tisch klimpern. »*Man rennt dem Rufe / und dem Klang des Geldes nach. Das ist die Stimme, die gefällt …*«, sang er spöttisch.

»Oben ist sie«, zischte die ältere Hure und versuchte, eine Münze zu greifen, »will nicht aufstehen, das feine Fräulein, so wie es sich unsereins nicht leisten kann.« Sie quiekte auf, als ihr die Wirtin kräftig auf die Finger schlug, und ließ die erbeutete Münze fallen. »Etwas Besseres will sie sein«, rief sie schon Ghislains Rücken hinterher.

Ghislain achtete nicht mehr auf sie. Je zwei Stiegen auf einmal nehmend, sprang er die enge Treppe hinauf, riss die erste Tür im Gang auf, die zweite ... Hinter der dritten fand sich eine kleine Kammer mit einem Strohsack auf dem Boden, auf dem eine schmale Gestalt ruhte. Wenige Lichtstrahlen fielen durch eine mit einem Tuch verhängte Fensteröffnung auf einen Schopf blonden, krausen Haars. Knochige Schultern zeichneten sich unter einem einfachen, groben Gewand ab. Die Füße waren bloß. Der Frauenkörper lagerte auf der Seite, die Arme angewinkelt, die gefalteten Hände vor dem Gesicht. Er hörte Murmeln. Psalmen und Gebetsfetzen schälten sich heraus. »*Der Herr ist mein Hirte, mir wird es an nichts mangeln ...*«

Seine Augen wanderten. Er sah einen Schemel, darauf ein sorgfältig gefalteter Umhang. Am Kopfende des Lagers bemerkte er einen Krug und einen irdenen Becher, daneben, auf einem Holzbrett, lag ein Stück Brot, von dem eine Maus weghuschte. Ein grob aus Holz gezimmertes Kreuz lehnte an der Wand. Äußerst vorsichtig bewegte Ghislain sich auf die betende Gestalt zu, bis er fast über ihr stand. »Alix«, sagte er.

Sie erschreckte sich nicht, blieb reglos, nur die leise Stimme verstummte. Stille, dann bewegte sie sich, setzte sich auf und starrte ihn ungläubig an.

»Alix«, wiederholte er.

Noch immer leuchtete die Wut in roten Flecken auf Josianes Wangen auf. Immer wieder zwang sie die Nähe anderer Gäste, den Mund zu schließen. Grüßend nickte sie, eine feine Hand an der Tassel ihres Umhangs, tauschte ein paar Worte. Jedes Mal, wenn sie wieder für einen kurzen Moment alleine waren, richtete sie das Wort an Renaud Le Grand.

»Sucht ihn«, zischte sie. »Horcht meinetwegen Donatien aus, vielleicht hat Aimon de Luzy ihm irgendwann etwas erzählt. Findet heraus, wo mein Sohn ist und bringt ihn unverzüglich zu mir!«

Alix hatte sich aufgesetzt, stand aber nicht auf, um ihn zu begrüßen, sondern musterte ihn nur. Stumm tastete sich ihr Blick über seine Kleidung, berührte sein Gesicht, glitt um die wohlfrisierten Locken unter der Kappe. Er starrte auf ihre Füße, die er aus größerer Nähe besser sehen konnte, und stieß scharf den Atem aus. Die Fußsohlen waren stark gerötet, Fußzehen und Ballen mit Blasen und Kratzern übersät. Er setzte sich, wollte die Hände nach den Verletzungen ausstrecken, aber sie wies ihn mit einer Bewegung zurück.

»Was hast du getan?«, fragte er.

»Gegangen bin ich zum Grab des Saint-Denis.« Sie legte einen Finger auf einen besonders tiefen Kratzer. »Um Vergebung für mein sündhaftes Leben habe ich gebetet. Vierzig Mal bin ich die Strecke gegangen, so wie es mir ein Engel im Schlaf aufgetragen hat.«

»Ein Engel?« Wieder wollte er sie berühren, wieder wies sie ihn zurück.

»Und weißt du, was geschah?«, fuhr sie fort. »Als meine Füße bluteten, da begannen die Leute am Wegesrand auf mich zu achten. Hier ist jemand, dem es ernst ist mit der Buße, sagten sie. Manche gaben mir sogar Geld für Gebete.« Sie sah ihn an. »Mir, der Hure, haben sie Geld gegeben. Nichts habe ich davon behalten, ich habe gebetet und das Geld an die Armen weitergereicht.«

»Die Armen ...«, murmelte er, den Blick starr auf einen großen, zwischen Blau und Schwarz schimmernden Fleck an ihrem Handgelenk gerichtet. »Wer war das?«

»Die Wirtin.« Dieses Mal lachte sie leise. »Ihr missfällt mein neues Leben. Sie glaubt, dass sie mich mit Wasser und Brot davon abbringen kann. Sie versteht nichts.«

Er schwieg kurz. »Ich bin zurück, Alix«, sagte er.

Sie schaute ihn nur an.

»Ich bin zurückgekommen«, fuhr er fort, »ich bin hier für dich. Wir sind Kinder der Straße, erinnerst du dich?«

»Wusstest du, dass Jesus die Armen liebt?« Alix hatte die Beine eng an den Körper gezogen und die Arme um die Knie geschlungen. »Ich dachte immer, er liebt schöne Dinge, Edelsteine, feine Stoffe, wohlriechende Düfte ...« Ghislain nahm den scharfen Geruch nach Schweiß wahr, der über dem Zimmer lag. »Ich dachte, dass ich für ihn verachtenswert bin, weil mich diese Welt verachtet. Aber auf diese Welt kommt es gar nicht an. Jesus war arm, also eifern die ihm nach, die in Armut leben. Ich habe viel darüber nachgedacht, darüber, was die minderen Brüder sagen, die, die in Folge des Franziskus von Assisi leben. Auf den Straßen spricht man über ihn. Und irgendwann habe ich beschlossen, nicht mehr auf dich zu warten.«

»Und warum bist du hier?« Dieses Mal war es eine leise Mischung aus Wut und Enttäuschung, die sich in ihm ausbreitete. »Warum hast du dich den Bettlern noch nicht angeschlossen?« Für längere Zeit antwortete Alix nicht. Stumm, die Unterlippe mit den Zähnen bearbeitend, musterte er sie.

Mehr Falten waren dazugekommen, zwei hatten sich neben den Flügeln ihrer kleinen Nase eingegraben. Ihr Mund schien ihm dünnlippiger als früher und hing an einer Seite stärker herab. Wie oft hatte er nicht an sie gedacht, hatte sich vorgestellt, sie in die Arme zu schließen und um Vergebung zu bitten. Hatte sich vorgestellt, dass sie auf ihn wartete.

»Ich habe Schulden«, sagte sie. »Geld, das ich mir von der Wirtin geliehen habe, als ich an all den weltlichen Tand glaubte.«

Er dachte an den Ruß, mit dem sie ihre Augen umflort hatte, an rote Lippen- und Wangenpasten, an billige Düfte, bunte Tonperlen, schlecht gefärbte Stoffe. Am liebsten hätte er laut gelacht. Seine Finger hakten sich ineinander, zogen und zerrten. Sie wartete nicht mehr auf ihn. Wollte sie das sagen? »Ich kaufe dich frei, wir gehen fort von hier«, stieß er heraus.

»Du kannst mich nicht freikaufen, nur Jesus kann mich befreien. Ich habe gefunden, wohin ich gehöre.« Sie lächelte. »Hast du das auch?«

Er löste die Finger voneinander, zupfte einen dünnen, blauen Faden von seinem dunklen Umhang. »Ich kenne meine Familie. Ich kann dir jetzt ein gutes, sicheres Leben bieten.«

Er horchte dem Klang seiner Stimme nach. Wie viele Jahre hatte er nach der Familie gesucht, hatte weder nach rechts noch nach links geschaut. Nun war er am Ziel angekommen, doch die Leere war nicht gefüllt worden, der Hunger nicht gestillt. Er zuckte zusammen, als Alix ihre kleine, rechte Hand auf die seine legte.

»Du kannst mir nicht mehr geben, als Gott es tut, vor allem keine Würde und keine Achtung, die mir nur gegeben ist, wenn ich ein gottgefälliges Leben führe. Ich gehöre nicht in deine Welt, und ich habe gelernt, dass Gott unser Vater ist, eines anderen bedürfen wir nicht.«

Er starrte auf ihre Hand. »Ich kaufe dich frei, Alix«, wiederholte er, »ich habe das Geld.«

»Nein«, sie schüttelte den Kopf, »denn du erwartest etwas, was ich dir nicht geben kann. Ich habe mir gelobt, ein Leben in Armut und in der Folge Christi zu leben.«

»Dann ändert sich ja nichts.« Seine Bitterkeit flog in kleinen Speicheltröpfchen in den Raum.

»Doch, denn ich habe Keuschheit gelobt, und ich werde meinen Geist nicht mehr auf das Diesseits, sondern auf das Jenseits richten.«

»Was sagt deine Wirtin dazu?« Seine Stimme klang nicht fest. Alix lächelte. »Und deine Kinder?« Ghislains Augen hatten in den Schatten der gegenüberliegenden Wand eine grob gezimmerte Wiege entdeckt.

Alix starrte sie kurz an. »Drei habe ich unter Schmerzen geboren«, sagte sie, »zwei sind mir gestorben. Der Herr wird es meinem Jungen an nichts mangeln lassen.«

Sie schwiegen wieder längere Zeit. Dann stand Ghislain auf. »Ich werde morgen noch einmal kommen.«

Alix nickte, erhob sich und neigte ihren Kopf. Im Stehen wirkte ihr Körper viel schmaler, als er ihm liegend oder sitzend erschienen war. »Gib mir den Segen für meinen Weg«, sagte sie.

»Wozu meinen Segen?«, bellte er heraus und wandte sich ab. Als er die Tür erreichte, hatte sie wieder zu beten begonnen. Gleichmäßiger Singsang begleitete ihn ein Stück des Wegs.

In der Schankstube wischte die Wirtin mit kräftigen Bewegungen über den Schanktisch. Er hatte die Tür fast erreicht, als sie ihn schrill zurückpfiff. »He, hoher Herr, das Mädchen gehört mir. Bezahlt, oder ich lasse die Wachen holen. Seit sie frömmlerisch geworden ist, bringt sie mir wenig genug ein.«

Er blieb reglos stehen, den Rücken gegen die Stimme gerichtet, und ließ sich Zeit, bevor er sich umdrehte. Als er mit raschen Schritten auf den Schanktisch zusteuerte, wich die Wirtin unwillkürlich zurück. Aus weit aufgerissenen Augen beobachtete sie, wie seine Hand in den tiefen Falten seiner Kleidung verschwand. Sichtlich atmete sie auf, als er einen Beutel hervorholte und diesen nachdenklich in der Hand wog. Dann streifte er seine Ringe ab, drei an der Zahl, und legte sie gemeinsam mit dem Beutel auf den Tisch. »Lasst sie frei.«

»Ich werde sehen, was ich tun kann.« Die Wirtin hatte eine Hand nach den Ringen ausgestreckt, Ghislain hielt sie fest. »Lasst sie frei.«

»Ja, ich ...«

»Schwört es.« Seine Hand drückte ihre Finger fester zusammen und entlockte ihr einen leisen Schmerzensschrei. Das Doppelkinn zitterte.

»Ich schwör's ja. Bei den Seelen meiner Eltern schwör ich's!«

Er hielt sie einen Moment länger fest und ließ sie los, drehte sich um und stürmte mit schnellen Schritten nach draußen.

Jehanne stand am Fenster, hielt den Ledervorhang mit einer Hand leicht zur Seite und spähte auf die Gasse hinaus. Wenn sie horchte, meinte sie die unzähligen Stimmen der Pilger zu hören, den Gesang von Psalmen und Gebete. Sie musste an Etienne denken, an die Überraschung in seinem Gesicht, als man ihn Mörder gerufen hatte. Oder hatte es ihn eher überrascht, dass man ihn erkannt hatte? Ihre Finger spielten mit dem Vorhang, bewegten ihn hin und her. In der Gasse wurde das Blaugrau dunkler, der Abend kündigte sich an.

Giles, ein paar andere und ihr Vater hatten sich an Etiennes Fersen geheftet. Sie und ihre Mutter waren zurückgeblieben, und irgendwann hatte Edwige sie gefragt, ob sie noch einmal versuchen wollten, die Reliquien zu sehen. Der Weg war nicht einfach gewesen. Aber vielleicht musste das so sein. Abwesend tastete Jehanne nach den diversen schmerzenden Stellen ihres Körpers. Ihr ganzer Leib schien aus blauen Flecken zu bestehen. Unten in der Gasse liefen ein paar Pilger vorüber auf dem Weg zu der etwas weiter oben liegenden Herberge. Ihnen folgte mit kleinen Bocksprüngen ein zerlumpter Junge.

Ein Geräusch ließ Jehanne zur Schlafkammer hinsehen, aber sie musste sich getäuscht haben, denn die Tür blieb geschlossen, und alles war still. Sofort nachdem sie zu Hause angekommen waren, war Edwige dort hineingehuscht, hatte sich unter der Decke zusammengerollt und kein Wort mehr gesprochen. Sie schaute wieder nach draußen, sah den Vater und Giles durch die zunehmend dichteren Schatten kommen und im Türeingang verschwinden. Als die beiden den Raum betraten, hatte sie schon zwei Becher mit gewässertem Wein bereitgestellt. Die Männer grüßten knapp, bevor sie das Getränk hastig ausleerten.

»Wo ist deine Mutter?«, fragte Clément.

»Sie ruht sich aus. Sie war sehr müde.« Jehanne füllte die Becher nach. »Habt ihr ihn?«

Clément schüttelte den Kopf. Giles bleckte die Zähne. »Nein, er ist uns entwischt.«

Mit einer Fingerspitze verwischte Jehanne Wein auf dem Tisch, der beim zu hastigen Ausgießen danebengegangen war. »Aber vielleicht war er es nicht. Vielleicht war es ein Unfall.«

Giles musterte die junge Frau. »Er war dein Freund, nicht

wahr? Dein Spielgefährte. Solcherlei Dinge machen uns oft blind.«

Cléments zitternde Hand stieß den Becher um, er fing ihn gerade noch rechtzeitig auf. Jehanne ging zum Fenster, bewegte den Vorhang erneut zur Seite. Mehrere Frauen eilten vorüber. Ein Schatten huschte in eine schmale Nebengasse, die kaum Platz für einen kräftigen, ausgewachsenen Mann ließ, und blieb dort stehen.

»Aber wie können wir so etwas wissen?«

»Wissen können wir es nicht«, antwortete Clément, »aber wir sehen die Zusammenhänge. Das Verschwinden zu der Zeit, als sein Vater verschwand. Natürlich müsste man ihn befragen.«

»Und er ist geflohen«, warf Giles ein, sich mit einem Finger über die große Nase reibend, »warum hätte er fliehen sollen, wenn er nicht schuldig ist?«

Jehanne öffnete den Mund und schloss ihn wieder.

»Es ist schwere Schuld, den eigenen Vater zu töten«, murmelte Clément. Er zog die Schultern hoch, als sei ihm kalt, zog den guten Umhang enger um sich. Giles ließ sich noch einen dritten Becher gewässerten Weins geben und leerte ihn. »Suchen wir ihn morgen weiter«, sagte er dann. »Jetzt ist es zu dunkel.«

Clément nickte.

»Kommst du in die Werkstatt? Die Männer haben sich versammelt, den Tag ausklingen zu lassen.«

Clément nickte wieder.

Eine Weile blieb es still, nachdem Giles die Stiege hinuntergegangen und die Tür hinter sich geschlossen hatte. Für ein Stück des Wegs die Gasse entlang verfolgte Jehanne seine Schritte, dann drehte sie sich zu ihrem Vater um. Clément saß am Tisch, die Schultern nach vorne gesunken, und starrte vor sich hin. Seit die Arbeiten an der Kapelle beendet waren, überkam ihn manchmal diese Müdigkeit, als habe man ihm die Kraft aus den Knochen gesaugt. Er hob den Kopf, zögerte – und dann hörte sie es auch. Sehr leise, sehr vorsichtige Schritte kamen die Treppe herauf.

Zur Vêpres hatte Ghislain eine winzige Kapelle betreten und die Handlungen vollzogen, die sein Körper schon so oft vollzogen hatte. Sein Mund hatte Psalmen geflüstert, und in dem heiligen Moment, in dem der Priester den Gläubigen die Hostie präsentierte, hatte sich auch sein Geist beruhigt. Dass es selbstsüchtig gewesen war, Alix den Abschied zu versagen, war ihm in den Sinn gekommen, als er den Jungen zu sich gebeten hatte, der ihm seit ein paar Monaten zu Diensten war.

Er stützte die linke Hand in ihrem schweren Lederhandschuh auf sein Knie und lehnte den Rücken gegen die Wand, vor der er den Schemel platziert hatte. Im Dämmerlicht war der Raum nur schemenhaft zu erkennen. Man sah das große Bett, bestückt mit Laken, wärmenden Decken und Kissen. Man sah ein paar Kisten Reisegepäck an der Wand aufgestapelt. Ein Kandelaber zeigte sich mit halb niedergebrannten Kerzen bestückt. In der engen Kammer nebenan, die sich durch die schmale Tür dort erreichen ließ, fand sich ein großer Zuber, in dem sich der Reisende bei Bedarf den Reisestaub abspülen konnte.

Er streckte ein Bein aus, was ein zartes Knarzen hervorrief, und drapierte den Umhang um seinen Körper. Er konnte nicht sagen, wie lange er schon dort saß. Zuerst hatte er Psalmen rezitiert, dann, als dies zu einschläfernd geworden war, sich jene Lieder in den Kopf gerufen, die ihm früher das Überleben gesichert hatten.

Als die Tür geöffnet wurde, schreckte er hoch. Ein Öllämpchen, von einer Hand getragen, schwebte zuerst in den Raum. Zwei Frauen traten ein, von denen die eine die Kerzen im Kandelaber entzündete, während die andere sich den Schleier vom Kopf riss und dann reglos dastand. Der Rosenduft, der über allem in diesem Raum lag, wurde unverkennbar stärker.

»Ma Dame«, sagte er leise, aber deutlich.

Josiane fuhr herum. Das enge Gebände ohne den Schleier ließ sie grotesk aussehen. Die Dienerin schrie auf, verfiel in ein leises Jammern und wurde von ihrer Herrin mit einem unwirschen Laut zum Schweigen gebracht.

»Es ist nur mein Sohn, du kannst also hinuntergehen und dafür sorgen, dass mir ein Bad bereitet wird, damit ich mir den Dreck abspülen kann.«

Mit den letzten Worten sah sie wieder zu ihm hin. Ihre Augen leuchteten dunkel aus ihrem hell gerahmten Gesicht heraus.

Als die Dienerin zur Tür hinaushuschte, trat Josiane zwei Schritte auf ihn zu. »Was habt Ihr Euch dabei gedacht? Wie konntet Ihr mir das antun?«

»Ich habe nichts getan, als meinem Herrn Folge zu leisten. Das Ansehen der de Faures, die bisher niemand kannte, ist mit dem heutigen Tag immens gestiegen. Das muss doch in Eurem Sinne sein.« Er konnte nicht umhin, ihr ein kleines Lächeln zu schenken. Auch im flackernden Schein von Kerzenlicht und Öllampe sah er, wie sich ihre Wangen kurzzeitig dunkler färbten. »Ich lasse Euch in Arrest werfen!«, blaffte sie heraus.

»Ich habe einen Eid geleistet … Mutter. Vor Gott und dem König. Niemand und nichts kann und wird mich davon abbringen, ihn zu befolgen.«

Mit einer heftigen Bewegung löste sie ihr Gebände, riss die Streifen herab, bis ihr die dunklen Haare über die Schultern flossen. Erst nach einer Weile wurden ihre Bewegungen ruhiger. Sie drehte sich zu ihm hin.

»Überlegt es Euch. Solltet Ihr mir nicht folgen, werde ich alles töten lassen, was Ihr liebt.«

Er zuckte die Schultern. »Aber ich habe schon verloren, was ich geliebt habe.«

»Seid Ihr Euch da so sicher?«

Er starrte sie an.

»Alix heißt die Kleine, nicht wahr? Renaud hat mir von ihr erzählt, als er vorhin zurückkam. Und die kleine Magd, wundert Ihr Euch gar nicht, dass sie nicht wiederkommt?«

Noch immer kam keine Bewegung in Ghislains Glieder.

»Sie wird Renaud Bescheid gesagt haben, und der nimmt sich wohl jetzt der kleinen Hure an.«

Endlich bildete sich ein Ton in Ghislains Kehle, die Anspannung löste sich in einem wilden Schrei. Mit einem Satz sprang er von seinem Schemel auf und ging auf sie los. Josiane stolperte rückwärts gegen das Bett, wollte ebenfalls schreien, verstummte aber, als sie das Messer an ihrer Kehle spürte.

»Ich habe ihm nur aufgetragen, sie einzuschüchtern«, krächzte sie.

»Dann wollen wir hoffen, dass er sich daran hält.«

Ghislain hielt das Messer enger an ihre Kehle, brachte sie dazu, erschreckt zu japsen, dann zog er sich abrupt zurück. Im Aufstehen knarrte der lederne Brustschutz, den er sich von seinem Diener hatte anlegen lassen. Sorgfältig zog er seinen Umhang darüber zurecht.

»Ihr ekelt mich an«, flüsterte er. Ohne Josiane eines Blickes zu würdigen, stürmte er zur Tür hinaus.

»Etienne!«

Jehanne war die Erste, die ihre Sprache zurückgewann. Auf ihren Ausruf hin wandte der junge Mann den Kopf in ihre Richtung, öffnete den Mund und schloss ihn wieder. Seitdem er die Tür aufgestoßen hatte, einige Schritte in den Raum gestolpert und dann stehen geblieben war, hatte er sich kaum bewegt. Beinahe starr stand er da, die Schultern hochgezogen, den Kopf nach vorne gestreckt, als gelte es, einem Richter untertänig den Nacken darzubieten, während sein Blick ohne Unterlass hin und her hastete. Mit beiden Händen umklammerte er den Lederriemen, an dem er einen kleinen Sack über der linken Schulter trug. Lockiges Haar ringelte sich wirr unter der Kappe seines Reisemantels hervor, die er sich tief ins Gesicht gezogen hatte. Er war größer geworden, die Schultern breiter, aber die Augen blickten wie stets etwas abwesend drein. Seine gesamte Kleidung war von Schmutz überzogen, die Schuhe starrten vor Dreck. In der Stille war sein Atem stoßweise zu hören. Auch jetzt, als Jehanne zwei Schritte auf ihn zukam und Clément aufstand, sagte er nichts. Langsam öffnete sich die Tür der Schlafkammer.

Clément räusperte sich. »Was tust du hier? Sie suchen dich überall.«

Etienne, der seine Augen nunmehr auf Jehanne gerichtet hielt, blickte den älteren Glasmaler flüchtig an und richtete den Blick erneut auf die junge Frau. Unwillkürlich zupfte diese an ihrem einfachen Kleid.

»Wie dunkler Honig wird dein Haar zu diesem Stoff aussehen«, kam es ihr in den Kopf, so hatte ihre Mutter kürzlich gesagt, und sie hatte sich, wie üblich, nicht darum bekümmert, »und die Farben der Schmuckborte«, Jehannes zitternde Finger tasteten danach, »erinnern an die Farben deiner Augen.«

Etienne schaute sie an. Sein Atem ging etwas ruhiger.

Von der Tür der Schlafkammer her kam Edwige zur Raummitte, bedächtig, als sei sie eben erst aus einem tiefen Schlaf erwacht, und blieb neben der geschnitzten Bank stehen, die den Küchen- vom Wohnbereich trennte. Eine Hand legte sie auf die bunte gewebte Decke, die sie schmückte, streifte mit den Fingern darüber. Warm und sehr ruhig klang ihre Stimme: »Jehanne, willst du unserem Gast nichts zu trinken anbieten?«

»Natürlich.« Jehanne beeilte sich, der Aufforderung Folge zu leisten und reichte dem jungen Mann mit einem zaghaften Lächeln den Becher gewässerten Weins. Flüchtig strichen ihre Finger aneinander entlang, unwillkürlich machte er ein paar Schritte rückwärts. Die Unsicherheit pflanzte Ecken in seine Bewegungen. Die Finger von Cléments linker Hand krampften sich um die Tischkante, die brandnarbigen der rechten drückte er gegen die Brust. »Warum hast du deinen Vater getötet, Etienne?«

Zum ersten Mal sprach er den Namen aus. Seine Stimme zitterte. Der junge Mann setzte den Becher ab. »Ich habe niemanden getötet.«

»Aber du bist damals gemeinsam mit ihm verschwunden. Das ganze Viertel hat davon geredet, auch alle auf der Baustelle.« Clément schüttelte den Kopf.

Jehanne starrte den Krug an. Mit einem Mal erinnerte sie sich an die ersten Vermutungen und wie diese immer mehr den Tonfall von Gewissheiten angenommen hatten, wie sie ihre erste Schwerfälligkeit abgeworfen hatten, wie sie hängen geblieben waren, so wie sich der Straßenschmutz an Kleider und Schuhe hängte, so wie der Rauch in Stoffe und Haare kroch und dort blieb, dicht wie drückender, feuchter Nebel im November. Sie erinnerte sich an Marktgeflüster, an

Frauen, die sich schwätzend am Brunnen zusammenscharten, an Händler, die Thomas' Sohn aus der Stadt hatten flüchten sehen wollen, von Flammen und Schreien umgeben, als sei ihm der Leibhaftige selbst auf den Fersen. Das Gerücht hatte sich immer rascher ausgebreitet, von Haus zu Haus, von Gasse zu Gasse, über die ganze Stadt hinweg, bis es den Geschmack von Wahrheit angenommen hatte. Sie sah, wie Etienne den Becher erneut aufnahm, wie er ihn in einer Hand drehte, während sich die andere fest um den Riemen schloss, sodass die Fingerknöchel weiß hervortraten.

Seine Stimme klang matt, als er sprach. »Damals wollte ich doch nur fort. Fortgelaufen bin ich.« Mit dem Daumen fuhr er die Bemalung des Bechers nach, tanzende Figürchen und Vögel unter einer ungelenk gezeichneten Sonne. Jehanne runzelte die Stirn. Er musste müde sein, sicherlich war er den ganzen Tag unterwegs gewesen. »Ich bin gelaufen«, sprach Etienne weiter, »und habe mich nicht umgeschaut, bis ich in Chartres ankam.« Er setzte den Becher ab. »Du hast mir von Chartres erzählt, Clément, von der Kathedrale, von ihren Fenstern ...« Sein Gesicht nahm einen entschlosseneren Ausdruck an. »Ich ging dorthin, um einen Meister zu finden. Ich wusste immer, dass mir mein Vater nicht alles beibringen würde.« Kurz senkte er den Blick, dann schaute er Jehanne an, die sich nun dicht neben ihrem Vater hielt. »Ich bin gegangen, weil mich hier niemand vermisste, und ...«, er lächelte, bevor er mit gesenkter Stimme fortfuhr, »... weil ich dachte, ich würde niemanden vermissen.«

»Aber warum bist du zurückgekommen?« Clément schüttelte erneut den Kopf.

Jehanne betrachtete ihre übereinanderliegenden Hände, sah die Enden ihrer langen Zöpfe über den Handrücken tanzen. »Warum sollte er das nicht tun, wenn er doch unschuldig ist?«, sagte sie leise, ohne den Kopf zu heben. Gerade noch konnte sie sehen, wie sich ihre Mutter auf der anderen Seite des Tisches an Etiennes Seite stellte. Clément gab ein Grunzen von sich. Es war Edwiges Stimme, die als Nächstes zu hören war. »Jehanne hat recht, er muss unschuldig sein, und Gott hat uns als diejenigen erwählt, die für ihn einstehen sollen.«

Als Jehanne den Blick hob, sah sie, wie ihre Mutter die Kappe von Etiennes Kopf streifte und dem jungen Mann sanft wie einem kleinen Kind durch das Haar fuhr. Sie ließ ihre Hand kurz auf seinem Scheitel ruhen, dann lächelte sie. »*Danket dem Herrn, denn er ist gütig, / denn seine Huld währt ewig ...*«

Die Traube von Menschen, die sich vor der Schankstube drängte, eine lärmende Mischung aus Pilgern, Handwerkern, Studenten, bunt gekleideten Jongleuren, Akrobaten, Huren, Sängern und grauen Bettlern, die mit sämtlichen Gebrechen versehen schienen, die Gott jemals für die Menschheit erdacht hatte, ließ Ghislain seine Schritte beschleunigen. Nur unter Fluchen, Stößen, Hieben und lautstarkem Schimpfen gelang es ihm, in die Schankstube vorzudringen. Talglichter und wenige rußende Öllampen erhellten den düsteren Raum, dem die Leiber in der Tür jedes Tageslicht nahmen. Unzählige Füße scharrten den gestampften Boden auf. Lautstark sprach man durcheinander, aber kein Wein oder Bier wurde ausgeschenkt, kein Eintopf brodelte über dem Feuer, keine Huren umgarnten die Gäste, keine Würfel klapperten, kein Musiker spielte auf. Knapp hinter dem Eingang ballten sich die Neugierigen dicht an dicht, schoben und stießen sich um bessere Sicht an. Zur steilen Treppe hin wurden es weniger, als gelte es, diese Stelle zu meiden. Schritt um Schritt näherte er sich diesem Ort. Die Umrisse des Körpers am Fuß der Treppe hatte er schon im Hereinkommen bemerkt.

Alix … Er weigerte sich, diesen Gedanken zuzulassen. Stumm beobachtete er, wie sich eine ältere Hure neben dem reglosen Leib niederließ, während ihre Kumpaninnen sorgsam auf Abstand achteten. Das Talglicht in der Hand der Frau schälte blondes, krauses Haar aus den Schatten hervor. Ghislains Unterleib zog sich zusammen. Immer noch schritt er vorwärts, doch anders als zuvor schien sich der Weg zu verlängern, ganz als müsse er sich durch zähen Schlamm bewegen und käme kaum voran. Jedes Heben der Füße war eine unglaubliche Anstrengung, jedes Stück mehr, das sich seinen Augen offenbarte, hieß ihn umkehren.

Als er über ihr stand, erschien sie ihm wie eine Stoffpuppe, die jemand mit großer Kraft zu Boden geschleudert hatte. Zuerst starrte er sie nur an, konnte sich weder entscheiden, in die Knie zu gehen, noch irgendetwas anderes zu tun. Seine Kehle verengte sich, das Herz pochte heftiger gegen die Rippen. Der Atem, den er zitternd ausstieß, entlud sich in einem leisen Stöhnen.

Sie hatte die Augen geschlossen. Der Kopf lagerte schräg an einem der Holzfässer, die hier als Tische dienten. Ein Fuß ruhte auf der untersten Stufe, das zugehörige Bein war etwas zu weit nach innen gedreht, das Kleid bis zu den Knien hochgerutscht. Das andere Bein hielt sie angewinkelt. Irgendjemand hatte ihr die Hände wie zum Gebet auf der Brust verschränkt. Er wankte.

»Licht«, verlangte er und brach in die Knie.

Die Hure hielt ihr Talglicht vorsichtig dichter an den Kopf der jungen Frau zwischen ihnen. Alix' Gesichtszüge tauchten deutlicher aus den Schatten hervor, das Blut offenbarte sich, das ihr aus der Nase über die Lippen, das Kinn und die linke Wange gelaufen war. Ghislain stockte der Atem, bevor er sich vorbeugte und das Gesicht behutsam mit dem weichen Tuch seines Umhangs sauber wischte. Blut, bemerkte er, verklebte auch das Haar bei ihren Ohren.

»Was ist geschehen?«, fragte er, ohne den Blick von ihr abzuwenden.

»Es war ein Riese«, sagte die Wirtin über seine Schulter, »er kam herein, fragte nach ihr und ging hinauf.«

Ghislain schwieg. Neues Blut rann aus Alix' Nase. Wieder tupfte er es mit seinem Umhang ab, hörte mit jeder Bewegung das leise Knarren seines Brustschutzes. »Und dann?«

»Ich wusste ja nicht ...«, setzte die Wirtin an.

»Und dann?«, wiederholte er, während er mit gespreizten Fingern durch Alix' Haar streichelte. In der Nähe ihres leicht geöffneten Mundes und der Nase flackerte das Licht, das die alte Hure nach seinen Wünschen hielt.

Sie lebte. Hatte ihr jemand die Beichte abgenommen, sie von ihren Sünden befreit? Mit dem Daumen malte er ein Kreuz auf ihre Stirn, schaute besorgt auf ihre geschlossenen Augenlider.

»Es war ein großer Lärm dort oben«, sagte die Hure. »Mir schien's, als würden Sachen umhergeworfen. Wir hörten sie schreien und wenig später Schritte oben im Gang, und dann war sie dort oben und stürzte auch schon.«

Immer noch starrte Ghislain in Alix' Gesicht, wartete auf eine Regung, auf ein Flattern der Augenlider. Sein Unterkiefer zitterte, während er die Zähne kräftig aufeinanderbiss. Die Augenbrauen bewegten sich wie kleine Schlangen. »Warum hat ihr niemand geholfen?«

Die Hure zuckte die Schultern. »Es gibt immer mal jemanden, der uns hart nimmt, Herr. Was nützt es, jedes Mal zu weinen und zu greinen?«

»Ist er noch oben?«

Die Hure antwortete nicht. Die Stimme der Wirtin drang erneut von hinten über seine Schulter. »Ich weiß nicht. Ich habe ihn nicht herunterkommen sehen, aber hier waren so viele Menschen. Da hätte sich jeder davonmachen können.«

Ghislain antwortete nicht. Eben hatte sich das Talglicht unter einem schwereren Atemzug heftiger bewegt. Sanft legte er eine Hand gegen Alix' rechte Wange. Kurz darauf öffnete sie die Augen. Er versuchte zu lächeln. Es misslang. Er suchte nach Worten und fand keine. Wie ein riesiger Klumpen ballten sich Bauch und Unterleib zusammen und machten ihm das Atmen schwer. Steinern drückte sich die Bauchdecke gegen die Fingerspitzen seiner rechten Hand. Die Wut ließ die Hand an ihrer Wange zittern.

»Ich werde dich rächen, Alix«, flüsterte er, »ich schwöre es.«

Er griff nach ihrer rechten Hand, legte sie gegen den Brustschutz, sah, wie ihre Augen zufielen und wie sie sie unter großen Anstrengungen erneut öffnete. Ihre Lippen bewegten sich, aber er hörte keinen Laut. Mit den Augen flehte sie ihn näher heran. Er beugte sich herunter, brachte ein Ohr an ihren Mund. Er roch ihr Blut, einen kranken, fahlen Geruch von kaltem Schweiß. Zuerst hörte er nur ihr Atmen. »Nicht ... wie ... sie ... Vergebung ...«, machte er ihre Stimme aus, »ich bitte dich, nimm ...«

Oben stürzte etwas um, schepperte und klirrte lautstark durch den Gang. Ghislain ließ Alix' Hand los, war mit einem einzigen Sprung bei der Treppe und rannte sie zum zweiten Mal an diesem Tag hinauf. Dieses Mal standen alle Türen offen. Beinahe stolperte er über einen irdenen Krug, rutschte auf einem metallenen Teller aus, blieb stehen und horchte. Unten aus der Schankstube drang Gemurmel zu ihm herauf. Hier oben war es still. Äußerst behutsam bewegte er sich auf Alix' Kammer zu und spähte hinein. Soweit er sehen konnte, war das gesamte Zimmer verwüstet. Die kleine Truhe mit den wenigen Habseligkeiten war umgestürzt worden. Auf dem Boden mischte sich ihr Inhalt mit dem des Strohsacks. Nur das rohe Kreuz stand noch an der Wand. Er tat einen Schritt in den Raum hinein. Auch der Ledervorhang war abgerissen worden, sodass ein Streifen Licht bis fast vor seine Füße fiel.

Wieder horchte er. Stille. Wer aber hatte das Geräusch verursacht? Wessen Augen spürte er in seinem Rücken? Während er sich ziellos durch den Raum bewegte, rückte er seinen Dolch zurecht und richtete Alix' kleine Truhe mit der Fußspitze auf. Für die Wiege musste er sich bücken und kam dabei nahe an die Bretterwand heran, die diesen Verschlag vom nächsten trennte.

Atemzüge.

Er richtete sich auf, trat ein paar Schritte von der Wand zurück. Was, wenn der Angreifer noch hier war, um im richtigen Moment zu fliehen? Er unterdrückte ein Zittern, schlich zum Strohsack hinüber, der halb gefüllt an einer Wandseite lag, ging endlich zur Tür und schlüpfte hinaus, um gleich darauf vor dem Eingang zur benachbarten Kammer zu stehen.

In dieser Kammer hing der Vorhang noch an Ort und Stelle. Im Dämmerlicht ließ sich der Raum nicht vollkommen überblicken. Er horchte, schnupperte, sog den Geruch nach Schweiß und billigem Parfum ein, der hier über allem hing. Zuerst war da nichts, dann hörte er es doch. Irgendwo aus dem Raum drang unterdrücktes Schluchzen zu ihm.

Die Männer hatten sich umgedreht und waren, zuerst ohne einen Laut von sich zu geben, stehen geblieben, als Etienne, dicht gefolgt von Clément, Edwige und Jehanne, die Werkstatt betreten hatte. Es hatte eine Weile gedauert, bis erstes leises Gemurmel zu hören gewesen war, Worte, die einer dem nächsten ins Ohr zischte. Nun trat Giles aus der dichten Wand von Gehilfen hervor. »Wo hast du ihn gefunden, Clément?«

Clément schüttelte den Kopf, hakte die Finger hinter seinem Rücken ineinander, um sich von einer unbedachten Bewegung abzuhalten, spürte die Blicke der Männer auf sich und ihr Misstrauen, so dicht, als könne er es schneiden. Ein Weinkrug stand auf einem der Arbeitstische, umrundet von Bechern. Eine Öllampe hing an einem Haken von der Decke. Die Männer hatten ohne ihn zu feiern begonnen, nun starrten sie ihn an.

»Ich habe ihn nicht gefunden.« Er räusperte sich. »Er ist zu uns gekommen, weil ...«

»... er unschuldig ist«, vollendete Edwige und drängte sich an die Seite ihres Mannes. Clément warf ihr einen raschen Blick zu. Zum ersten Mal seit längerer Zeit sah er, wie sich ihre Schultern strafften. Sie hatte darauf bestanden, hierherzugehen, nachdem Etienne seinen ersten Hunger gestillt hatte. Sie hatte ihn geheißen, die schmutzige Kleidung auszuziehen und ihm etwas von Clément gegeben. Sauber und mit frisch gekämmten Haaren machte der junge Mann einen weniger gehetzten Eindruck.

Giles kam noch einen Schritt näher. »Aber er hat seinen Vater getötet, erinnert euch daran, wie das war, als man Thomas' Leiche fand. Wir waren uns doch einig, dass nur er es gewesen sein konnte?«

»Ich habe niemanden getötet.« Etiennes Stimme klang

leiser, als es sein entschlossener Gesichtsausdruck erwarten ließ. Flüchtig legte Edwige eine Hand auf seinen Arm und stellte sich halb zwischen den jungen Mann und Giles. »Wäre er zurückgekommen, wenn er es getan hätte, Giles?«

Giles, der den Mund zum Antworten geöffnet hatte, schloss ihn wieder.

»Hätte Gott ihn erst entkommen lassen und wieder in unsere Mitte geführt?«, fuhr Edwige fort.

Ihr Gegenüber runzelte die Stirn. »Wir kennen die Wege des Herrn nicht«, sagte er langsam.

»Wohl dem, der auf die Gerechtigkeit des Herrn vertraut«, entgegnete Edwige. »*Wohl dem Mann, der den Herrn fürchtet und ehrt / und der auf seinen Wegen geht.*«

Flüsternd wiederholte Giles die Worte des Psalms.

Clément, der sich vorübergehend im Hintergrund gehalten hatte, trat nach vorne. »Ich jedenfalls glaube ihm.« Er schaute in die Runde. Drei Gehilfen nickten. Giles zog sich gegen einen der Arbeitstische zurück, nahm einen Pinsel auf und drehte ihn in den Händen. Fünf weitere Gehilfen beobachteten ihn dabei, unentschlossen, auf welche Seite sie sich begeben sollten.

»Unsere Arbeit hier an der Kapelle geht ihrem Ende zu«, sagte der älteste Gehilfe endlich. »Hier und da gibt es Kleinigkeiten auszubessern, aber die sind kaum der Rede wert, und solche Arbeit stopft nur wenige Mäuler. Allerdings hat der König eine Stiftung ins Leben gerufen, die den Erhalt und die Pflege der Fenster sichern soll. Einige von uns werden also weiterhin für die heilige Kapelle arbeiten können.«

Der Pinsel bewegte sich nicht mehr. Giles hob unvermittelt den Kopf und sah Clément an. Jehanne drängte sich an die Seite ihres Vaters. So dicht stand sie, dass er das leise Beben ihres Körpers spüren konnte, wie es sich mit dem seines eigenen mengte. Er musste husten, bevor er sprach.

»Ich reiße mich nicht darum«, brachte er hervor. »Diese Kapelle ist für eine zu lange Zeit Teil meines Lebens gewesen. Für sie habe ich mehr Bilder entworfen und gemalt als je zuvor. Mit der Arbeit hier war ich Gott ebenso nahe wie dem Verderben, und Gott hat mich hart geprüft.« Er verstummte, ließ den Blick durch den Raum flackern. »Die Arbeit ist vollbracht, es ist vorbei«, sagte er rau. »Meine Familie und ich werden Paris verlassen, wo es schon längst zu viele Erinnerungen gibt.« Edwige ließ einen erstickten Laut hören. Clément legte eine Hand auf ihre Schulter. »Soweit Etienne keinen Anspruch erhebt«, fuhr er zu Giles gewandt fort, »überlasse ich dir Thomas' Werkstatt.«

Aus der Entfernung erinnerte Ghislain die Tote auf seinem Bett an jene Statuen, die sich auf Sarkophagen wichtiger Persönlichkeiten in einer Kirche fanden. Sämtliche Decken hatte er auf den Boden geworfen, damit nichts seinen Blick auf die reglose Gestalt hindere. Weiche, bestickte Kissen hielten Alix' schmalen Leib in Stellung, den zwei Männer auf seine Anweisung von der Schankstube bis hier hinauf in seine Kammer getragen hatten. Unter dem groben Stoff ihres Kleides wirkte der Körper so flach, als sei er schon nicht mehr vorhanden. Er selbst hatte ihr die Hände gefaltet und ein kleines Kreuz zwischen ihre Finger geschoben. Am Anfang hatte er leise mit ihr gesprochen, hatte von gemeinsamen Erlebnissen erzählt und von ihrer Schönheit. Waren sie nicht eins, hatten sie einander nicht gekannt, sie, die Kinder der Straße, die Vagabunden, die Gejagten?

Sie war schon tot gewesen, als er mit dem wimmernden Kind im Arm die Treppe heruntergekommen war, und doch hatte er sehr lange in ihre glasigen Augen gestarrt, bevor er den Leichnam auf den Schanktisch hatte heben lassen und erneut das Blut von Mund und Nase gewischt hatte. Unter seinen Berührungen war ihre Haut noch warm gewesen. Erst ganz zuletzt hatte er sich überwinden können, ihre Augen zu schließen, während der Junge, ihr Kind, die ganze Zeit über den Kopf gegen seine Schulter gedreht, eine Hand in den Stoff von Ghislains Umhang gekrallt und leise gewimmert hatte.

Chrétien ... Ghislain drückte einen Kuss auf den wirren, blonden Lockenkopf des kleinen Jungen, der auf seinen Knien kauerte.

»Er heißt Chrétien«, hatte die ältere Hure zu ihm gesagt. Jetzt tasteten Chrétiens Fingerchen – er schätzte ihn auf etwa drei Jahre – über den Brustschutz. Jeder Versuch, den Jungen auf den Boden zu setzen, hatte bisher in Wimmern geendet.

Das Kind auf dem Arm erhob er sich, um näher an das Bett heranzutreten. Mit einem Mal erinnerte er sich an ihre erste Begegnung in Paris. Er erinnerte sich an das Mädchen, das getanzt hatte. Er erinnerte sich an einen warmen Körper dicht an seinem, an eine Melodie, die sie ihm ins Ohr gesummt hatte. Langsam kniete er sich vor dem Bett nieder, hielt Alix' Sohn in einem Arm, stützte den anderen auf das Bett, sodass er nahe an ihrem Körper zu lagern kam. Ihr Kleid erinnerte ihn an ein Büßerhemd. Der Herr liebte Büßer. Er würde sie in sein Reich aufnehmen, darum würde er beten. Erste Gebetsfetzen tanzten durch seinen Kopf, Psalmen und Sprüche, die er schon häufig gehört hatte. Das Kind atmete feucht und warm gegen seinen Hals, bewegte sich, drehte den Kopf zu der Toten hin. »Schläft sie?«, fragte es.

Ghislain schüttelte den Kopf. »Der Herr hat sie zu sich genommen. Der Erzengel Gabriel behüte ihren Weg.«

Der kleine Junge schaute die Tote aufmerksamer an. Ghislain streckte den Arm aus, legte seine Rechte auf ihre gefalteten Hände.

Hinter ihnen öffnete sich die Tür, dann zerschnitt Josianes Stimme die Stille. »Hier seid Ihr also, ich habe Euch schon überall gesucht.«

Ghislain drehte sich um, den Arm fester um den kleinen Jungen schlingend. In einem roten Gewand stand Josiane de Faure in kurzer Entfernung und schaute ihn an. Etwas Ungläubigkeit stahl sich in ihr Gesicht, als sie den Jungen erblickte, doch sogleich hatte sie ihre Fassung zurückgewonnen. »Wer ist das?«

»Chrétien. Der Sohn der Frau, die sterben musste, weil sie mich kannte. Wie weit wollt Ihr gehen?« Er trat einen Schritt zur Seite, sodass ihr Blick ungehindert auf das Bett fallen konnte. Josianes Augenbrauen zuckten leicht, sie sagte aber nichts. »Und woher wollt Ihr überhaupt wissen, dass ich Euer Sohn bin?« Er leckte sich über die Lippen. »Vier Jahre alt war er, als er verschwand, habt Ihr mir erzählt. Es war das Jahr, in dem der König Louis, der Achte seines Namens, seine Truppen gegen den Süden führte. Wie aber, frage ich mich, hätte ein kleines Kind in diesen Wirren überleben sollen?«

Ihre Augenbrauen zuckten über der Nase zusammen. Ihre Wangen röteten sich etwas. »Seid beruhigt, Ihr seid es. Ihr seid Eurem Vater erstens wie aus dem Gesicht geschnitten, und zweitens«, sie kniff die Augen zusammen, »seid Ihr genauso feige wie er.«

Ghislain lachte leise. »Ihr könnt mich nicht mehr beeindrucken, ma Dame, ich bin nicht mehr der kleine Jongleur, der Eure Welt bestaunt. Ich habe sie kennengelernt, und ich habe mich den Zielen des Königs unterstellt. Ihr habt keine Macht über mich.«

Josiane schaute ihn ausdruckslos an, dann trat sie an ihm vorbei, um die Tote näher zu betrachten. »Eine Hure«, stieß sie nach einer Weile hervor. »Ihr trauert um eine Hure. Ich wusste wirklich nicht, wie viel Ihr noch lernen müsst. Mein guter Renaud hatte recht.«

Ein Wimpernschlag und Ghislain spürte, wie der nächste Atemzug in Brust und Hals stolpern wollte, wie sich Schmerz durch seinen ganzen Körper zog, dann zuckte er die Schultern. »Das ist meine Welt, ma Dame. Ich denke nicht, dass Ihr das jemals verstehen werdet.«

5. *Kapitel*

Je nach Tageszeit herrschte ein anderes Licht in der Kapelle. Mal war es strahlend hell, mal sanft und gedeckt. Manchmal zogen sich bunte Flecken wie Perlenketten über den Boden, den bunte Kacheln schmückten. Farbig waren die Wände ausgemalt, leuchteten und glitzerten in Blau, Rot, Grün und Gold, denn man hatte Metalle und zermahlenes Glas in die Farben gemischt. Clément wusste, dass er den Anblick niemals vergessen würde; auch hier in der unteren Kapelle nicht, die Maria geweiht war. Er schaute auf die filigranen, bunten Säulen, die die Decke stützten, schaute die Bemalung an, die Wunderwerke vollbrachte, beobachtete das ewige Licht, das den Ort der heiligen Hostien kennzeichnete.

»So ist es vollbracht«, hatte Edwige leise gesagt, und der Tonfall ihrer Stimme hatte ihn in eine Zeit versetzt, in der sie beide jünger gewesen waren. Behutsam hatte er seinen linken Handrücken gegen ihre Wange gelegt und sie kurz an sich gezogen. Ihr Körper war straff, aber an manchen Stellen mit dem Alter weicher geworden. Um Mund und Nase hatten sich tiefe Linien eingegraben, aber um ihre Augen zuckte manchmal wieder ein lockender Kranz aus Falten und Fältchen, und er hörte sie lachen.

»Willst du Paris verlassen?«, hatte er sie gefragt, als sie von der Werkstatt zurück zu ihrem Haus gegangen waren.

»Ich folge dir«, hatte sie geantwortet.

»Ja, aber willst du es? Willst du fort von hier?«

Für einen Moment hatte sie sich dichter an ihn gedrängt. »Ich will es. Es gibt zu viele Erinnerungen hier, hast du gesagt, und du hast recht damit.«

Wieder spürte er ihren Körper an seinem. Heute hatten sie gemeinsam gebetet, so wie sie das früher öfter getan hatten. Er stellte sich vor, ihre Haube zu lösen und mit ihren Haaren zu spielen, die ihr bis zu den Hüften reichten. Er stellte sich vor, den vertrauten Duft in ihren Locken zu riechen, den ruhigen Blick ihrer Augen auf sich zu spüren. Er hoffte, eines Tages gutmachen zu können, was er ihr angetan hatte.

Als sie beide durch das Portal nach draußen traten, an dem die letzten Steinmetzarbeiten ausgeführt wurden, stießen sie beinahe mit einem hochgewachsenen Mann zusammen, der, den Kopf gesenkt, in die Kapelle hineinwollte. Der Baumeister gab als Erster einen Laut von sich, lachte und klopfte dem Glasmaler auf die Schulter.

»Seid gegrüßt, Clément, ich hörte, dass du uns verlassen wirst?«

Clément ließ einen raschen Blick über die Gestalt Pierres de Montreuil schweifen, vom Barett, über den Kragen des feinen Hemdes unter der Cotte, bis hin zu dem hellen Staub, der sich auf dem dunklen Stoff des Tasselmantels und den sonnenverbrannten Händen des Mannes verteilte.

»Es ist Zeit«, sagte er nickend.

»Und wohin wirst du gehen?«

»Nach Aigues-Mortes.«

»Der königliche Hafen im Süden?«

»Eine neue Stadt, ein neuer Anfang ...«, entgegnete Clément. »All jene, die sich in Aigues-Mortes ansiedeln, so hat der König verlautbaren lassen, sollen von sämtlichen Steuern und Abgaben frei und ledig sein. Außerdem muss in einer neuen Stadt gebaut werden. Kirchen werden errichtet, Häuser geschmückt werden. Vielleicht brauchen sie einen Glasmaler, und wenn nicht ... Ich konnte in den letzten beiden Jahren ein wenig Geld beiseitelegen. Meine Frau träumt davon, eine Herberge zu eröffnen.«

Er zog Edwige, die bisher geschwiegen hatte, näher an sich heran. Kurz schaute Pierre de Montreuil ihr in die Augen, dann streifte sein Blick nachdenklich über den Staub auf seiner Kleidung. »Der stammt aus dem Steinbruch, den ich mir im letzten Jahr gekauft habe«, erklärte er, fingerte ein größeres Bröckchen aus einem umgeschlagenen Ärmel und schnippte es zur Seite. »Heute Vormittag war ich dort. Ich habe den Männern bei der Arbeit zugesehen. Ich habe Aufträge für neue Steinquader übermittelt, denn auch in Paris wird man wohl nie aufhören zu bauen. Manchmal denke ich, ganz Paris ist eine einzige Baustelle!« Er lachte. »Wie viele Gebäude entstehen nicht Jahr für Jahr, und jeder Herr und jeder Prälat will bald ein noch schöneres, noch prächtigeres, noch größeres Haus haben – nein, auch hier wird man niemals damit aufhören. Bis zum Jüngsten Tag nicht.« Sein nachdenklicher Blick richtete sich in die Ferne. »Heute im Steinbruch habe ich mal wieder selbst Hand angelegt, habe selbst die Hacke geschwungen, so wie ich es früher manchmal getan habe«, er bewegte die breiten Schultern, »und mit jedem Schlag habe ich mich besser gefühlt. Ich hatte vergessen, dass das so einfach sein kann.« Er lächelte in sich hinein, dann nickte er Clément und Edwige zu. »Jetzt muss ich mich beeilen. Meine Frau wartet mit dem Essen. Vergesst nicht, euch zu melden, bevor ihr die Stadt verlasst.«

Jehanne war vor der Tür stehen geblieben und hatte den Geräuschen aus dem Inneren des Hauses gelauscht, bevor sie vorsichtig eingetreten war. Hatten die Laute vorher noch Geschäftigkeit bezeugt, so sah sie Etienne nun auf einem Schemel am Tisch sitzen, beide Ellenbogen auf die Tischplatte gestützt und ein paar Werkzeuge anstarren, die er vor sich aufgereiht hatte. Ringsherum offenbarten geöffnete Truhen ihre vollkommene Leere. Auch auf dem Bord an der Wand fand sich kein Geschirr mehr. Nur ein alter Kittel war an einem Haken an der Wand hängend zurückgelassen worden, ein zerbrochener Holzlöffel lag mitten im von Fußstapfen übersäten Raum. Behutsam trat die junge Frau näher heran, bewegte sich um den Tisch herum, bis sie dem Sitzenden genau gegenüberstand. Er musste den Kopf etwas in den Nacken legen, um sie anzuschauen. Sein Gesicht schien ihr blass, die Augen öffneten sich weit, bis sie in ihnen versank.

»Es ist nichts mehr da«, sagte er. »Ich befürchte, die gute Mahaut hat alles mitgenommen.« Er setzte sich aufrechter hin und deutete auf eine Truhe nach der anderen. »Diese waren voll. Mein Vater hat immer wieder schöne Dinge gekauft und sie dort in eine dieser Truhen getan, Bänder, Schmuck für eine Frau, Geschirr. Als ich klein war, dachte ich, das seien Geschenke für mich«, er schwieg und fügte leiser hinzu, »aber das hat er mir schnell ausgetrieben.« Er starrte seine Hände an, beugte und streckte die Finger. Sie sah feine, weiße Narbenlinien auf den Handrücken.

»Tut es dir leid, dass er tot ist?«, fragte sie und wagte es nicht, ihn anzusehen.

Etienne schwieg zuerst, dann nahm er eines der Werkzeuge auf, eine Kröselzange, und strich behutsam über deren Griff. »Ich weiß es nicht. Hat er mich beschützt? Vielleicht, und doch musste ich immer auf der Hut vor ihm sein. Er hat mich so häufig geschlagen, dass ich mir mehr als einmal ausmalte fortzulaufen, aber wohin? Hier hatte ich ein Dach über dem Kopf und genügend zu essen, und manchmal war er auch gut zu mir.« Er ließ die Kröselzange auf und zu gehen. »Früher«, fuhr er dann fort, »habe ich mir manchmal vorgestellt, wie ich meinem Vater sein Geld eines Tages ins Gesicht werfen würde, aber jetzt ...« Er grinste schief, legte die Zange zurück zu den anderen Werkzeugen. »Wenigstens hat dein Vater in der Werkstatt achtgegeben. Er hätte das nicht tun müssen, nach allem, was geschehen ist.«

Sie sah ihn an. Dieses Mal war er es, der ihrem Blick auswich. Am zweiten Abend hatten sie über Lise gesprochen.

»Wusstest du, dass ich dich anfangs nicht ausstehen konnte«, sagte sie nach einer Weile, »du warst wie ein Hund, und noch dazu warst du Thomas' Sohn.«

»Ich weiß.«

»Was wirst du jetzt tun?«

Wieder bewegte Etienne die Werkzeuge hin und her. »Ich werde zurück zu meinem Meister nach Chartres gehen.«

»Wirst du uns in Aigues-Mortes besuchen kommen? Später?«

»Das ist ein weiter Weg.«

Jehanne senkte den Kopf, meinte, seine Augen auf ihrem Körper zu spüren. Wieder klirrten und klapperten die Werkzeuge auf dem Tisch, dann hielt er inne. »Sicherlich werde ich weit herumkommen, wenn ich später nach Arbeit suche«, sagte er in die Stille hinein.

Jehanne nickte, die Lippen aufeinandergepresst, und wollte schon zur Tür hasten.

»Werde ich willkommen sein?«, hielt Etiennes Stimme sie fest.

Mit dem Rücken zu ihm blieb sie stehen. »Du wirst immer willkommen sein«, stieß sie hervor, bevor sie mit fliegenden Röcken zur Tür hinausstürmte.

6. Kapitel

Am Morgen war der prächtige Zug des Königs unter wehenden Bannern, begleitet von Bognern, Gardisten und zahlreichen Rittern und Pilgern, zur Stadt hinausgeritten. Tags zuvor hatten, nach der Predigt des päpstlichen Legaten, Eudes de Châteauroux, noch mehr Männer das Kreuz genommen und sich ihrem obersten Lehnsherrn auf seinem Zug gegen die Heiden und zur Verteidigung der Christenheit angeschlossen. Während seine Frau, Marguerite de Provence, den König begleitete, hatte dessen Mutter, wie schon viele Jahre zuvor, die Regentschaft übernommen.

Pierre de Montreuil hatte den Zug vom Fenster seines Hauses aus verfolgt. Nun war nur der von zahlreichen Hufen zertrampelte Boden zurückgeblieben, und der königliche Baumeister, wie man ihn immer häufiger nannte, war allein. Hier und da hatte sich ein schlecht festgebundenes Tuch gelöst, einem war sogar das Proviantsäckchen verloren gegangen, aber die immer hungrigen Mäuler der Straßen von Paris hatten rasch alles Verwertbare aufgesammelt. Manche sagten, schoss es ihm durch den Kopf, während er eine Bettlerin beobachtete, Gott ziehe die Armut vor.

Er runzelte die Stirn, trat vom Fenster zurück und näherte sich dem Mann, der auf einem Schemel neben dem Kohlenbecken saß und aus dem einen unverhüllten Auge vor sich hin stierte. Er musste sich zwingen, dessen schiefes Gesicht zu betrachten, ohne zu schaudern, und wurde erst dann ruhiger. Manche sagten, Gott betrachte den Dienst an den Armen mit besonderem Wohlwollen.

Wir wollen lieben, weil er uns zuerst geliebt hat. Wenn jemand sagt: Ich liebe Gott!, aber seinen Bruder hasst, ist er ein Lügner. Denn wer seinen Bruder nicht liebt, den er sieht, kann Gott nicht lieben, den er nicht sieht.

Begleitet von einem leisen Seufzer kniete er sich nieder, nahm einen Fuß des Bettlers in seinen Schoß, begann die Binden abzuwickeln, die ihm die Schuhe ersetzten. Schwarz und verschmutzt war die Haut darunter, von Narben und Schwären übersät. Behutsam setzte der Baumeister den Fuß in eine Schüssel mit lauwarmem Wasser und begann, ihn sorgsam zu waschen. Der Bettler gab keinen Laut von sich.

7. Kapitel

Als sie aus dem Portal der großen Kirche von Vézelay ins Freie traten, drehte sich Ghislain um. Mit ausgestreckten Armen begehrte Alix' kleiner Sohn, auf den Arm genommen zu werden. Stumm vor Staunen betrachtete der Junge die zahlreichen Reliefs, die kleinen Skulpturen und Verzierungen an dem riesigen Bauwerk. Ghislain sah derweil den Hügel hinab, ließ die Augen ins Tal fliegen, verfolgte einen Vogel hoch oben in den Lüften. Reglos stand er, bis es ihm erschien, als beobachte ihn jemand. Suchend blickte er sich um, bemerkte eine Sänfte, die zur linken Hand gerade hinter der Kirche hervorlugte. Ein Diener winkte ihm zu. Mit dem Kind auf dem Arm trat Ghislain näher heran. Einen Moment lang stand er vor dem geschlossenen Vorhang der Sänfte, dann streifte eine schlanke Hand den Stoff zur Seite.

»Alissende.« Er neigte grüßend den Kopf, bemerkte, als er den Blick hob, ihre prüfenden Augen auf sich. Das helle Gebände rahmte ein blasses Gesicht. Darüber saß ein grüner, mit Goldfäden bestickter Schleier. Ihre Wangen waren rundlicher geworden. In der Leibesmitte wölbte sich der Bauch kugelförmig gegen den feinen Stoff ihres blauen Obergewandes, während sich die Ärmel des Untergewandes weizengelb zeigten. Ringe glitzerten an den Fingern, mit denen sie auf die Flöte an seinem Hals deutete.

»Seid Ihr in Euer altes Leben zurückgekehrt, Ghislain de Faure? Habt Ihr nicht gefunden, was Ihr suchtet?«

Schweigend zupfte er an seinem hellen Umhang und präsentierte das Kreuz auf seiner Schulter.

»Oh, ein Pilger des Herrn seid Ihr, einer, der besonderen Schutz genießt.« Alissende lächelte, und für einen Moment lang sah er die junge Frau vor sich, die ihm einst in Paris ein paar Münzen vor die Füße geworfen hatte.

»Was macht Ihr hier, ma Dame?«

»Mein Mann und seine Mutter erhoffen sich Gerechtigkeit vom König. Als im letzten Jahr dessen Gesandte in unsere Gegend kamen, um die Arbeit der königlichen Baillies zu überprüfen, haben sie Klage erhoben. Jetzt werden sie sich wohl doch in Geduld üben müssen. Bald ist er außer Landes, und niemand weiß, für wie lange. Und Josiane? Wird sie weiterkämpfen?«

Ghislain nickte. »Alles oder nichts.«

Alissende leckte sich über die Lippen. »Wer ist das?«, fragte sie und deutete auf das Kind.

»Eine Waise.«

»*Denn ich rettete den Armen, der schrie / die Waise, die ohne Hilfe war.*« Sie betrachtete den Kleinen, dann klopfte sie sanft auf den Haufen Stoff, der vor ihr lagerte, und zu Ghislains Verblüffung schälte sich ein kleines Mädchen daraus hervor, welches ihn neugierig aus dunklen Augen ansah. Die Kleine trug ein ähnliches Kleid wie ihre Mutter, hatte schwarzes, lockiges Haar und ein winziges, aber stark gebogenes Näschen. »Hier, *mon trésor*, hier ist der Mann, den ich meiner Kleinen immer schon einmal zeigen wollte.«

»Kann er Flöte spielen?« Die aufmerksamen Augen des Mädchens hatten das Instrument um Ghislains Hals entdeckt.

»Ja, das kann er. Er ist ein ...«, Alissende zögerte und schaute Ghislain gedankenvoll an, während sie das nächste Wort aussprach, »Jongleur.«

»Wie diejenigen, die in unserer Halle auftreten? Aber er hat gar keine bunten Kleider an. Er sieht aus wie ein Bettler!« Kopfschüttelnd betrachtete das Mädchen Ghislains braune Cotte und die mehr grauen als blauen Beinkleider. Der starrte die gebogene Nase der Kleinen an.

»Seine Nase ist riesig«, hörte er die Stimme eines Mädchens in seinem Kopf, irgendwo in einem Wald war das gewesen, nördlich von Paris. »Nicht zu übersehen«, antwortete eine zweite Mädchenstimme. Jehanne und Lise, ja, sie waren es gewesen. Damals war er auf der Suche gewesen, heute suchte er immer noch. Abwesend tastete er nach seiner Nase.

»Nicht wahr?«, sagte Alissende leise.

Als er sie ansah, lächelte sie, versicherte sich mit einem Blick, dass sich die Diener zurückgezogen hatten.

»Er weiß es nicht, und bald«, sie legte eine Hand auf ihren Leib, »werde ich ihm hoffentlich einen Sohn schenken. Gefällt sie Euch?«

Der junge Mann streckte die Hand nach der Kleinen aus. Die wich zurück. »Sie ist hübsch. Sie wird Eurer Familie gute Verbindungen bringen. Sagt man nicht so über Töchter?«

»Das wird sie zweifellos. Es gibt schon Anfragen, und meine Donata ist gerade einmal drei Jahre alt.«

»Donata?«

Alissende nickte. »Diesen Wunsch konnte ich ihm kaum abschlagen. Schließlich macht sich meine Familie die Hände im Handel schmutzig, wenn sie ihm auch das Geld bringt, mit dem er sich vergnügen kann.« Sie holte tief Luft. »Welche Waffe führt Ihr eigentlich?«

»Das Wort«, entgegnete Ghislain, »ich führe das Wort und biete meinem Herrn die Hoheit darüber, welche Lieder ich von diesem Zug zurückbringe.«

Alissende lehnte sich in ihren Kissen zurück, strich dem Mädchen über das Haar. »Und, werdet Ihr zurückkommen?«

»So Gott will.«

8. Kapitel

Lärm und Farben waren nach Aigues-Mortes gekommen, diese einst einsame, sandige Anhöhe mitten in den Sümpfen der Rhônemündung. Die toten Wasser, wie die Fischer sie nannten, hatten begonnen, sich mit Leben zu erfüllen. Aus Steinhaufen, Balkenbergen und Kalk waren Häuser emporgewachsen. Fachleute hatten das schachbrettartige Straßennetz trassiert, auf dem nun schon Fuhrwerke holperten. Querstraßen umschlossen den Hauptplatz, auf dem man dabei war, die Kirche Nôtre-Dame-du-Sablon zu errichten. Angelockt durch die Einladung des Königs, waren neue Bürger aus allen Richtungen des Reiches in die aufblühende Stadt gekommen und hatten das Leben der Mönche, die auf dem wüstenartigen Boden ihre Weinstöcke pflegten, aus dem Gleichtritt gebracht. Sie kamen von der Küste und vom Hinterland, von näher und von weiter her, aus Bergen und aus Tälern, sogar über das Meer. Fremde Sprachen sprudelten durcheinander. Verschiedenste Gesichter und Hauttöne zeigten sich, schwarze, braune, rote und blonde Köpfe. Unter das bunte Gewirr von Handwerkern und Händlern, Mönchen, Priestern, Ärzten und Wachleuten hatten sich in den letzten Tagen jene Männer und Frauen und deren Anhang gemischt, die sich auf den Weg nach Jerusalem begeben würden. Seit Tagen klapperte Hufschlag durch die Stadt, wurde Proviant herangeschafft, fanden sich Fremde zum gemeinsamen Gebet zusammen, mussten Kämpfer getrennt werden.

Nun war es stiller geworden. Keine Seile flogen mehr durch die Luft. Keine Befehle wurden mehr geschrien. In den frühen Morgenstunden waren die Ersten an Bord gegangen, nun hatten alle Schiffe den Hafen verlassen. Ein Geruch nach Salzwasser, Fisch und Hitze hing in der Luft. Vom Konstanzenturm herüber, der sich weiß und gerade in den Sommerhimmel erhob, konnten die Wächter inmitten einer Vielzahl von Segeln die Montjoie, das königliche Flaggschiff, auf den Wellen tanzen sehen. Vom Land aus konnte man die Segel gut verfolgen. In größerer Nähe schaukelten kleine Fischerboote auf den Wellen. Weiter draußen kreuzte eine Triere. Im verwaisten Hafen von Aigues-Mortes vergnügten sich ein paar nackte, braun gebrannte Jungen damit, von einer gemauerten Erhöhung in das trübe Hafenwasser zu springen.

Clément beobachtete die jauchzenden Kleinen, auf deren schmalen Körpern die Wassertropfen im Sonnenlicht wie Diamanten funkelten. Zwei der Jungen hatten dunkle Haare, einer war braunhaarig und dazwischen – er musste lächeln, als er sie entdeckte – hüpfte ein kleines blondes Mädchen in einem Hemdchen herum, welches knapp ihren Po bedeckte. Behutsam legte er seinen Arm um Edwiges Schulter und drückte seine Frau gegen sich.

Wenn er sie betrachtete, kam sie ihm schöner vor als die vornehmsten Weiber, die er in den letzten Tagen gesehen hatte. Nein, keine hatte es mit seiner Edwige aufnehmen können. Er liebte ihre kurze, gerade Nase, die stolze Stirn unter der Haube, das dicke, blonde Haar, von grauen Strähnen durchzogen, den manchmal müden Mund, der von einem Leben erzählte, das nicht immer leicht gewesen war. Mit Freude bemerkte er, dass ihre Wangen wieder voller wurden. Noch einmal drückte er sie an sich. Etwas zaghaft erwiderte sie seinen Druck.

Beide konnten sie den Blick nicht von den Schiffen nehmen. Im hellen Licht tanzten und hüpften die Segel, als seien sie übermütig geworden. Sie hörten das Knarren der Schiffe im Hafen, hörten Wasser gegen Bootswände klatschen. Ein weiter Weg lag vor diesen Pilgern. Wer konnte sagen, wer ihn erfolgreich gehen würde?

Er kniff die Augen zusammen und beschattete sie gegen die hellen Sonnenstrahlen. Von den Schiffen, die er noch sehen konnte, schaute er jetzt jedes einzelne an. Klein wie Figürchen auf einem Spielbrett waren die Menschen auf den Schiffen, auf einem der letzten gewahrte er eine groß gewachsene, reglose Gestalt, die unverwandt zum Land herüberblickte und sich doch schon im Sonnenlicht aufzulösen begann.

Langsam drehte er sich zu seiner Frau hin. Mit spitzen Fingern zupfte sie einen Strohhalm aus seinem grauen Haar, den er wohl heute Morgen übersehen hatte. »Lass uns nach Hause gehen.«

Er kam ins Stolpern, als sie ihn mit einem kräftigen Ruck vom Wasser wegzog, fing sich und lachte. Sie drehten sich nicht mehr um. In ihrem Rücken bewegten sich die Schiffe auf den Horizont zu.

Epilog: Aigues-Mortes

Der Morgen war noch frisch gewesen, als die junge Frau mit der Verbleiung begonnen hatte, nun erwachte ringsherum das Leben, aber sie achtete nicht darauf. Das blaugraue Gewand umspielte ihren schlanken Körper mit jeder ihrer zielgerichteten Bewegungen. Wenn sie sich vorbeugte, tanzte eine Kette aus bunten Tonperlen über ihrem Dekolleté. Das mausbraune Haar hatte sie zu einem dicken Zopf geflochten und mit einem dünnen roten Band geschmückt. Drehte sie den Kopf, so spielte Licht auf ihrer schmalen, etwas krummen Nase.

Der Junge an ihrer Seite betrachtete die einzelnen Glasstücke, die sie auf der Holztafel im Zusammenhang angeordnet hatte. Um manche Stücke schmiegte sich schon eine der Bleiruten, die er in den letzten Tagen gegossen und zurechtgehobelt hatte. Eben fügte sie ein weiteres Glasstück in den äußeren Hohlraum einer dieser Ruten ein und hämmerte das Blei vorsichtig an. Immer so fort würde das gehen, bis alle Glasstücke von Blei umfasst und untereinander zu einem zusammenhängenden Bleinetz verbunden waren. Dann würde man die einzelnen Bleiruten verlöten, sodass sich aus einzelnen Glasstücken ein zusammenhängendes Bild ergab. Ein leuchtendes Bild aus Farbe, gehalten von einem Gerüst aus dunklem Blei.

Der Junge beobachtete, wie die junge Frau sich über das Bild beugte, sehr behutsam den kleinen Hammer auf das Blei niedergehen ließ, bis es sich weich anschmiegte und das Glas an seinem Platz hielt. Es war eine gute Arbeit, dachte er. Gott hatte seine Hand über sie gehalten. Gott war überall. Er war im Gleichmaß des Netzes und im Stadtlärm, der von draußen zu ihnen hereindrang und von einem eintreffenden Schiff sprach. Er zeigte sich auch in der Kälte, die morgens in die Schlafkammer kroch, im Vogelgesang, im Wachstum der Pflanzen oder in der Wärme des nächsten Körpers.

Mit einem Mal sah sie ihn an. Er schreckte zusammen. Sie musste bemerkt haben, dass er sie beobachtete. Nun hatte sie sich aufgerichtet und musterte ihn, den Bleihammer locker in der Hand. So hatte er sie zum ersten Mal gesehen, als er durch die offene Tür in diese Werkstatt spaziert war, mit dem Bleihammer in der Hand, im Begriff, ein neues Bleinetz zusammenzufügen. Er straffte die Schultern.

»Erzählst du es mir, Jehanne?«, fragte er. »Erzählst du mir davon, wie die Sainte-Chapelle gebaut wurde?«

Einige Eckdaten zum Bau der Sainte-Chapelle

1237–1239 Louis IX. kauft Baudoin II., dem in finanzielle Bedrängnis geratenen Kaiser von Konstantinopel, Jesus' Dornenkrone ab. Diese gelangt nach Paris, wo der frühste Baubeginn der Sainte-Chapelle mit 1239 angesetzt wird.

Unter Abt Simon (1239–44) von Saint-Germain-des-Près wird das Refektorium der Abtei neu gebaut. Baumeister ist Pierre de Montreuil.

1240 Möglicherweise kamen um diese Zeit herum entweder Thomas de Cormont oder Robert de Luzarches (beide an der Kathedrale von Amiens) als Baumeister der Sainte-Chapelle nach Paris.

1241 Louis IX. gelingt noch ein zweiter großer Reliquienkauf, u.a. ein großes Stück des Kreuzes Christi. Zweites mögliches Datum für den Baubeginn.

1242–1248 Vermutlich Anfertigung der Buntglasfenster.

1244 Papst Innozenz IV. erteilt die Erlaubnis zur Einrichtung eines Kollegiums von Stiftsherren.

1245 Fertigstellung des Rohbaus der Sainte-Chapelle? Pierre de Montreuil beginnt mit dem Bau der Marienkapelle der Abtei von Saint-Germain-des-Près (1245 bis 1250/1255). Die Bauarbeiten an Nôtre-Dame-de-Paris werden wieder aufgenommen, unter der Leitung Jeans de Chelles Chor- und Seitenkapellen errichtet.

1246 Das Kollegium der Stiftsherren der Sainte-Chapelle wird eingesetzt.

1247 Pierre de Montreuil kauft einen Steinbruch bei

Conflans. Der Kaufvertrag führt ihn als caementarius (Steinmetz) in Saint-Denis.

1248 Die Sainte-Chapelle wird geweiht (26. April).

Die Sainte-Chapelle – das Bauwerk und sein geschichtlicher Hintergrund

Mit den Worten »Kunstfertigkeit, die das Material übersteigt« (opere superante materiam) beschreibt Papst Innozenz IV. in einer Bulle von 1244 die Kapelle, die der französische König im Hof seines Palastes errichten lässt. Der Baubeginn der Kapelle lag wahrscheinlich zwischen 1239 und 1241. Die erste offizielle Erwähnung erfolgte 1244 in ebenjener Bulle, in der gleichzeitig die Erlaubnis zur Gründung eines Kollegiums von Stiftsherren erteilt wurde. Als dieses im Januar 1246 formell ins Leben gerufen wurde, waren die Hauptarbeiten am Bau wahrscheinlich abgeschlossen. Am 26. April 1248 wurde die Kapelle geweiht.

Die Sainte-Chapelle ist zweistöckig gebaut. Die Oberkirche war dem König und seinen Vertrauten vorbehalten – hier befanden sich die Reliquien –, die Unterkirche stand dem Palastpersonal und dem gewöhnlichen Volk zur Verfügung. Während die Architektur nach außen zurückhaltend ist, entfaltet die Kapelle im Innern ihre volle Schönheit. In der Oberkirche ist ein Großteil der Wände durch Buntglasfenster ersetzt. Zur Stabilisierung des Gebäudes und vor allem auch der Fenster wurde dabei in einem bis dahin kaum bekannten Ausmaß Eisen verwendet. Drei eiserne Gürtel ziehen sich teils sichtbar durch die Mauern oder sind geschickt in die Fenster eingearbeitet, wo man sie kaum von den Windeisen unterscheiden kann. Weitere Untersuchungen ergaben, dass alle Steine des Baus mit Eisenhaken verklammert wurden, die wie eine Kette ineinander verhakt wurden. Neben dem prächtigen Dekor verdankt die Sainte-Chapelle vor allem den 600 Quadratmetern Glasmalerei ihren Ruf; mit vielen Originalen ist es heute das vollständigste Ensemble der Kunst der Glasmalerei des 13. Jahrhunderts.

Die Sainte-Chapelle – Glasherstellung und Glasmalerei

Die technischen und handwerklichen Grundlagen der Glasherstellung waren im 13. Jahrhundert schon hoch entwickelt. Die Farbe wurde dem geschmolzenen Glas beigegeben, wobei Kobalt die weite Skala der Blautöne hervorbrachte, Eisenoxyd mit Gold die rubinroten Töne und Silberoxyde die gelben. In geringerer oder größerer Menge, bei niedrigeren oder höheren Temperaturen ergaben diese Zusätze auch Purpur oder Grün. Für die Buntglasfenster wurde das Glas mit Trenn- und Kröseleisen in die gewünschte Form gebracht. Dann wurden mittels Schwarzlot Details wie Gewandfalten, Gesichtszüge oder Ähnliches aufgetragen, die später eingebrannt wurden. Diese »Malerei« war vor allem ein Emaillierprozess.

Man nimmt an, dass nur eine kleine Gruppe von Künstlern auf einer Baustelle für die Entwürfe der Glasfenster zuständig war. Wahrscheinlich waren es auch nur wenige Glashütten, die den Kathedralbau mit farbigem Glas belieferten. Was die Sainte-Chapelle angeht, so sind die verwendeten Gläser von guter Qualität. Unterschiedliche Stilrichtungen lassen vermuten, dass die 15 Fenster drei verschiedenen Ateliers zugeordnet werden können. Louis Grodecki unterscheidet ein Hauptatelier (Fenster der Nordseite und der Apsis, mit Ausnahme der Fenster von Ezechiel und Daniel), das Atelier des Meisters von Ezechiel und das Atelier des Meisters von Judith und Esther (Judith, Job und Esther). Bei den Fenstern der Reliquien wird eine Zusammenarbeit des Hauptateliers und des Ateliers des Meisters von Ezechiel vermutet.

Historische Figuren

Blanche de Castille (1188–1252)
Tochter von Alphonse VIII., König von Kastilien und Eléonore, der Enkelin von Henry II. und Aliénor d'Aquitaine. Heiratete 1200 den zukünftigen französischen König Louis VIII. und übernahm nach dessen Tod 1226 die Vormundschaft über den gemeinsamen Sohn Louis IX. Bis zu dessen Großjährigkeit hatte sie maßgeblichen Einfluss auf die innen- und außenpolitischen Angelegenheiten des französischen Königreiches.

Clément de Chartres
Um 1235 gab es in der Kathedrale von Rouen einen Glasmaler, von dem heute, neben seinem Fenster, nur folgende Worte erhalten sind: »Clemens Vitrearius Carnotensis me fecit« (Clemens, Glasmaler aus Chartres hat mich gemacht). Die Glasmaler und das Glas aus Chartres – die berühmteste Chartreser Glashütte lieferte ihre Waren bis nach England – waren im 13. Jahrhundert hoch angesehen, und Glasmaler zeigten allgemein eine hohe Mobilität. Es wäre also nicht unwahrscheinlich, dass Clemens ein paar Jahre später an der Sainte-Chapelle in Paris arbeitete.

Jean de Chelles (um 1200–1258)
Einer der zukunftsweisenden Architekten des hochgotischen Baustils in Paris. Ab 1245 Baumeister auf der Baustelle von Nôtre-Dame-de-Paris. Unter seiner Leitung wurde um 1250 das monumentale Rosenfenster der nördlichen Fassade fertiggestellt, 1258 die Fassade des südlichen Querhauses begonnen. Hier befindet sich am Sockel die entsprechende Inschrift, welche die Tätigkeit Jeans als Baumeister (*magister lathomus*) für dieses Jahr bezeugt.

Louis IX. (1214–1270)
König von Frankreich 1226–1270; 1297 heilig gesprochen. Sohn Louis' VIII. und Blanches de Castille. Heiratete im Mai 1234 Marguerite de Provence, mit der er elf Kinder hatte (unter anderem Philippe III. Le Hardi). In seiner Regierungszeit wurde mit dem weiteren Ausbau der königlichen Gerichtsbarkeit und der Verwaltung die staatliche Zentralisation gefördert. Außerdem konnte das französische Königtum infolge des siegreichen Kreuzzugs gegen die Albigenser (Katharer, 1209–1229) seinen Einfluss bis zum Mittelmeer ausdehnen.

Pierre de Montreuil (um 1200–1267)
Wenige Baumeister des 13. Jahrhunderts haben so viel von sich Reden gemacht, wie Pierre de Montreuil (oder Montereau). Seine Grabinschrift bezeichnete ihn als *doctor lathomorum* (»Doktor der Steinmetzkunst«). Dieser ungewöhnlichen Bezeichnung folgend, hat man ihm die schönsten Bauwerke der Pariser Region seiner Zeit zugeschrieben. Als gesichert gelten heutzutage nur das Refektorium und die Marienkapelle von Saint-Germain-des-Près (Reste der Bauwerke finden sich im Musée de Cluny).

Wie andere Baumeister betätigte er sich wohl gleichzeitig als Baustoffhändler, um 1247 erwarb er in Conflans einen Steinbruch. Im Kaufvertrag ist vermerkt, dass er zu dieser Zeit u.a. *caementarius* (Steinmetz) in Saint-Denis war, doch die Terminologie des 13. Jahrhunderts ist nicht eindeutig und lässt keine Rückschlüsse auf seine tatsächliche Stellung zu. Als Mitarbeiter, vielleicht auch ehemaliger Schüler von Jean de Chelles wurde er um 1258 dessen Nachfolger als leitender Baumeister auf der Baustelle von Nôtre-Dame-de-Paris und vollendete u.a. die südliche Querhausfassade.

Pierre de Montreuil war mit einer Frau namens Agnès verheiratet, die 1276 an seiner Seite beerdigt wurde. Bei einem gewissen Raoul de Montreuil handelt es sich wohl entweder um seinen Neffen oder den Enkel, je nachdem, ob man in Eudes de Montreuil den Sohn oder den Bruder des Baumeisters sieht.

Glossar

BAILLI Der bailli wird vom König (oder dem Grundherrn) als Vertreter in einem bestimmten Gebiet ernannt. Er ist dem prévot übergeordnet und kann an Ort und Stelle mit der nichtadligen, aber auch mit der adligen Bevölkerung verhandeln. Die Stärkung der baillies war ein wichtiger Schritt auf dem Weg zur Durchsetzung zentraler, königlicher Souveränität.

BOUTEHORS Der abschließende Teil eines mittelalterlichen Essens, zu dem Wein und kleinere Leckereien (eingelegte Früchte, Nüsse u. ä.) gereicht wurden.

CHAMBRE DE TRAIT Ort (Raum) auf oder in unmittelbarer Nähe des Bauplatzes, an dem der Baumeister seine Entwürfe er- und bearbeitet.

DAME HERSENT Figur aus dem *Roman de Renart*. Hersent ist die Frau des Wolfs Ysengrim.

DENIER PARISIS, DENIER TOURNOIS Zusätzlich zum denier parisis kommt ab dem 13. Jahrhundert der denier tournois auf, der Ersteren bald im Wert überflügelt. Für 1226 ist ein Wertverhältnis von 5:4 (denier parisis zu denier tournois) bezeugt.

ELEVATIO Die Hostie wird der Gemeinde gezeigt.

HERBULARIUS Klostergarten, Kräutergarten.

INFIRMARIUS Der Leiter des Krankenhauses im Kloster.

Jongleur Altfranzösisch jogleour, Latein ioculator (Spaßmacher, Schauspieler). Ein Jongleur war ein professioneller Darsteller (Gesang, Tanz, Tierbändigung, Akrobatik), der sowohl das einfache Volk unterhielt, als auch als das gewisse Etwas an Adelshöfen angesehen wurde. Die Haltung der Kirche zu ihnen war unentschieden. Einerseits sah man eine Gefahr in unkontrollierten Späßen, andererseits brachten Jongleure ihren Zuschauern auch das Leben der Heiligen näher. Im Allgemeinen waren sie jedoch Außenseiter und wurden oftmals sogar von der Teilnahme an der Messe ausgeschlossen.

Kettenbuch Um Diebstahl zu verhindern, wurden Bücher in den Bibliotheken vieler mittelalterlicher Klöster angekettet.

Kröselzange und Trenneisen Bis man im 16. Jahrhundert das Glasschneiden mit dem Diamanten entdeckte, sprengte man das Glas mit dem heißen Kopf des Trenneisens (ein lötkolbenähnliches Gerät) und bearbeitete es mit dem Kröseleisen (der Kröselzange) nach, indem man den Glasrand so lange »beknabberte«, bis die gewünschte Form erreicht war.

Masseinheiten paume, palme, empan, coudée, diese bezogen sich ursprünglich auf die Hand (Handbreit, Handspanne) oder den Arm (Elle).

prévot Der örtliche Vertreter des Königs in der Krondomäne.

Saint-Fiacre Schutzpatron der Gärtner.

Tageseinteilung Matines (24 h), Laudes (3 h), Prime (6 h), Tierce (9 h), Sixte (12 h), None (15 h), Vêpres (18 h), Complies (21 h).

trouvère Die nordfranzösische Form des südfranzösischen Troubadours, ein Sänger und Dichter, der seine Lieder, anders als der *Jongleur*, selbst entwickelte.

Nachwort

Die Sainte-Chapelle steht noch heute in Paris, und ich empfehle jedem den Besuch. Vor allem die riesigen Buntglasfenster in der Oberkirche sind von beeindruckender Schönheit. Für die Gläubigen der damaligen Zeit waren sie ein Symbol des Heiligen Jerusalems und sichtbare Zeichen für die Macht und Vollkommenheit des Schöpfers. Überlieferte Originalstimmen sprechen von dem Gefühl, beim Betreten der Kapelle in den Himmel emporgerissen zu werden und in einen der schönsten Räume des Paradieses einzutreten.

Wer aber war der Baumeister der Sainte-Chapelle? Pierre de Montreuil wird das Bauwerk traditionellerweise zugeschrieben – doch alle Unterlagen, die darüber näher Auskunft geben könnten, sind 1737 verbrannt, und die Richtigkeit der in einer Handschrift der Bibliothèque Nationale in Paris überlieferten Notiz, dass es sich bei ihm um den Baumeister handelt, wird heute bezweifelt. Aufgrund der Parallelen mit der Kathedrale von Amiens gehen einige Wissenschaftler (D. Kimpel, R. Branner) vielmehr davon aus, dass der Baumeister der Sainte-Chapelle von dort gekommen sein müsse.

Im vorliegenden Roman habe ich den Baumeister trotzdem Pierre de Montreuil genannt. Zum einen ist sein Name auch im Zusammenhang einer Sage verewigt, die den Bau der Sainte-Chapelle zum Inhalt hat. Zum anderen steht *mein* Pierre für die vielen Baumeister des 12. und 13. Jahrhunderts, die herrliche Bauwerke geschaffen haben und von deren Leben kaum noch etwas bekannt ist. Auch die Glasmaler der Sainte-Chapelle sind sämtlich anonym geblieben, wenn auch anhand der Stilrichtungen Ateliers unterschieden werden.

Nun, wer weiß: Vielleicht war ja jener Clément de Chartres unter diesen Glasmalern, der 1235 auf ein Fenster der Kathedrale von Rouen schrieb: *Clemens Vitrearius Carnotensis me fecit.*

Viele haben bei der Entstehung dieses Romans geholfen. Die Derix Glasstudios haben mir mitten im Weihnachtsgeschäft einen Besuch ihrer Werkstatt ermöglicht und all meine Fragen zur Glasmalerei und zur Bleiglaserei beantwortet; an die Führung erinnere ich mich heute noch gerne. An dieser Stelle deshalb meinen besonderen Dank an Ursula Rothfuss, Nathalie Gruffaz und Alexandra Jung.

Aufgrund Tina Wolfs Nachhilfe in Medizin musste ich einen Abschnitt neu schreiben, unser Gespräch wird mir immer im Gedächtnis bleiben.

Die Mitarbeiter der Stadtbibliothek Bad Kreuznach haben meine unzähligen Fernleihen bearbeitet. Mein besonderer Dank geht an Petra Pauly.

Vielen Dank auch meinem Agenten Bastian Schlück für die immer hilfreiche Begleitung und vor allem für seine Fähigkeit, schnell zu lesen.

Im Diana-Verlag haben Frauke Brodd, Carola Fischer und Andrea Müller zum Gelingen des Buches beigetragen, Barbara Raschig hat es behutsam redigiert.

Mein abschließender Dank geht an Tobias Pfaff, Susann Patzelt, Sigrun Rahner sowie Renate und Günter Dichmann. Danke für eure Unterstützung.